第四册　大乘經　般若部（四）

大般若波羅蜜多經

唐三藏法師玄奘奉詔譯

清刻龍藏佛說法變相圖

大般若波羅蜜多經卷第一百三十一

唐三藏法師玄奘奉　詔譯

初分校量功德品第三十之二十九

復次憍尸迦置贍部洲東勝身洲西牛貨洲諸有情類若善男子善女人等教贍部洲東勝身洲西牛貨洲北俱盧洲諸有情類皆令修學十善業道於意云何是善男子善女人等由此因緣得福多不天帝釋言甚多世尊甚多善逝佛言憍尸迦若善男子善女人等書寫如是甚深般若波羅蜜多施他讀誦若轉書寫廣令流布是善男子善女人等所獲福聚甚多於前何以故憍尸迦如是般若波羅蜜多秘密藏中廣說一切無漏之法聲聞種性補特伽羅修學此法速入聲聞正性離生得預流果得一來果得不還果得阿羅漢

果獨覺種性補特伽羅修學此法速入獨覺正性離生漸次證得獨覺菩提菩薩種性補特伽羅修學此法速入菩薩正性離生漸次修行諸菩薩行證得無上正等菩提憍尸迦如是般若波羅蜜多秘密藏中廣說一切無漏法者所謂布施波羅蜜多淨戒波羅蜜多安忍波羅蜜多精進波羅蜜多靜慮波羅蜜多般若波羅蜜多內空外空內外空空空大空勝義空有爲空無爲空畢竟空無際空散空無變異空本性空自相空共相空一切法空不可得空無性空自性空無性自性空真如法界法性不虛妄性不變異性平等性離生性法定法住實際虛空界不思議界無漏四靜慮四無量四無色定八解脫八勝處九次第定十遍處四念住四正斷四神足五根五力七等覺支八聖道支空解脫門無相解脫門無願解脫門五眼六神通佛十力四無所畏四無礙解大慈大悲大喜大捨十八佛不共法一切智道相智一切相智一切陀羅尼門一切三摩地門及餘無量無邊佛法皆是此中所說一切無漏之法憍尸迦若善男子善女人等教一有情住預流果所獲福聚猶勝教化南贍部洲東勝身洲西牛貨洲北俱盧洲諸有情類皆令修學十善業道何以故憍尸迦諸有修行十善業道不免地獄傍生鬼趣若諸有情住預流果便得永脫三惡趣故況教令住一來不還阿羅漢果所獲福聚而不勝彼憍尸迦若善男子善女人等教贍部洲東勝身洲西牛貨洲北俱盧洲諸有情類皆住預流一來不還阿羅漢果所獲福

聚不如有人教一有情令其安住獨覺菩提何以故憍尸迦獨覺菩提所有功德勝預流等百千倍故憍尸迦若善男子善女人等教贍部洲東勝身洲西牛貨洲北俱盧洲諸有情類皆令安住獨覺菩提所獲福聚不如有人教一有情令趣無上正等菩提何以故憍尸迦若教有情令趣無上正等菩提則令世間佛眼不斷所以者何由有菩薩摩訶薩故便有預流一來不還阿羅漢果獨覺菩提由有菩薩摩訶薩故便有如來應正等覺證得無上正等菩提由有菩薩摩訶薩故便有佛寶法寶僧寶一切世間歸依供養以是故憍尸迦一切世間若天若魔若梵若沙門若婆羅門及阿素洛人非人等應以無量上妙華鬘塗散等香衣服瓔珞寶幢旛蓋衆妙珍奇妓樂燈明盡諸所有供養恭敬尊重讚歎菩薩摩訶薩憍尸迦由此當知若善男子善女人等書寫如是甚深般若波羅蜜多施他讀誦若轉書寫廣令流布所獲福聚勝前福聚無量無邊何以故如是般若波羅蜜多秘密藏中廣說一切世出世間勝善法故由此般若波羅蜜多秘密藏中所說法故世間便有剎帝利大族婆羅門大族長者大族居士大族施設可得由此般若波羅蜜多秘密藏中所說法故世間便有四大王衆天三十三天夜摩天覩史多天樂變化天他化自在天施設可得由此般若波羅蜜多秘密藏中所說法故世間便有梵衆天梵輔天梵會天大梵天施設可得由此般若波羅蜜多秘密藏中所說法故世間便有光天少光天無量光天

極光淨天施設可得由此般若波羅蜜多秘密藏中所説法故世間便有淨天少淨天無量淨天遍淨天施設可得由此般若波羅蜜多秘密藏中所説法故世間便有廣天少廣天無量廣天廣果天施設可得由此般若波羅蜜多秘密藏中所説法故世間便有無煩天無熱天善現天善見天色究竟天施設可得由此般若波羅蜜多秘密藏中所説法故世間便有空無邊處天識無邊處天無所有處天非想非非想處天施設可得由此般若波羅蜜多秘密藏中所説法故世間便有布施波羅蜜多淨戒波羅蜜多安忍波羅蜜多精進波羅蜜多靜慮波羅蜜多般若波羅蜜多施設可得由此般若波羅蜜多秘密藏中所説法故世間便有内空外空内外空空空大空勝義空有爲空無爲空畢竟空無際空散空無變異空本性空自相空共相空一切法空不可得空無性空自性空無性自性空施設可得由此般若波羅蜜多秘密藏中所説法故世間便有眞如法界法性不虚妄性不變異性平等性離生性法定法住實際虚空界不思議界施設可得由此般若波羅蜜多秘密藏中所説法故世間便有苦聖諦集聖諦滅聖諦道聖諦施設可得由此般若波羅蜜多秘密藏中所説法故世間便有四靜慮四無量四無色定施設可得由此般若波羅蜜多秘密藏中所説法故世間便有八解脫八勝處九次第定十遍處施設可得由此般若波羅蜜多秘密藏中所説法故世間便有四念住四正斷四神足五根五力七等覺

支八聖道支施設可得由此般若波羅蜜多秘密藏中所說法故世間便有空解脫門無相解脫門無願解脫門施設可得由此般若波羅蜜多秘密藏中所說法故世間便有五眼六神通施設可得由此般若波羅蜜多秘密藏中所說法故世間便有佛十力四無所畏四無礙解大慈大悲大喜大捨十八佛不共法施設可得由此般若波羅蜜多秘密藏中所說法故世間便有無忘失法恒住捨性施設可得由此般若波羅蜜多秘密藏中所說法故世間便有一切智道相智一切相智施設可得由此般若波羅蜜多秘密藏中所說法故世間便有一切陀羅尼門一切三摩地門施設可得由此般若波羅蜜多秘密藏中所說法故世間便有預流一來不還阿羅漢及預流向預流果一來向一來果不還向不還果阿羅漢向阿羅漢果施設可得由此般若波羅蜜多秘密藏中所說法故世間便有獨覺及獨覺菩提施設可得由此般若波羅蜜多秘密藏中所說法故世間便有一切菩薩摩訶薩及諸菩薩摩訶薩行施設可得由此般若波羅蜜多秘密藏中所說法故世間便有一切如來應正等覺及諸無上正等菩提施設可得復次憍尸迦置四大洲諸有情類若善男子善女人等教小千界諸有情類皆令修學十善業道於意云何是善男子善女人等由此因緣得福多不天帝釋言甚多世尊甚多善逝佛言憍尸迦若善男子善女人等書寫如是甚深般若波羅蜜多施他讀誦若轉書寫廣令流布是善男子善女人

等所獲福聚甚多於前何以故憍尸迦如是般若波羅蜜多秘密藏中廣說一切無漏之法聲聞種性補特伽羅修學此法速入聲聞正性離生得預流果得一來果得不還果得阿羅漢果獨覺種性補特伽羅修學此法速入獨覺正性離生漸次證得獨覺菩提菩薩種性補特伽羅修學此法速入菩薩正性離生漸次修行諸菩薩行證得無上正等菩提憍尸迦如是般若波羅蜜多秘密藏中廣說一切無漏法者所謂布施波羅蜜多淨戒波羅蜜多安忍波羅蜜多精進波羅蜜多靜慮波羅蜜多般若波羅蜜多內空外空內外空空空大空勝義空有爲空無爲空畢竟空無際空散空無變異空本性空自相空共相空一切法空不可得空無性空自性空無性自性空眞如法界法性不虛妄性不變異性平等性離生性法定法住實際虛空界不思議界無漏四靜慮四無量四無色定八解脫八勝處九次第定十遍處四念住四正斷四神足五根五力七等覺支八聖道支空解脫門無相解脫門無願解脫門五眼六神通佛十力四無所畏四無礙解大慈大悲大喜大捨十八佛不共法一切智道相智一切相智一切陀羅尼門一切三摩地門及餘無量無邊佛法皆是此中所說一切無漏之法憍尸迦若善男子善女人等教一有情住預流果所獲福聚猶勝教化小千世界諸有情類皆令修學十善業道何以故憍尸迦諸有修行十善業道不免地獄傍生鬼趣若諸有情住預流果便得永脫三惡趣故況教令住一來不

還阿羅漢果所獲福聚而不勝彼憍尸迦若善男子善女人等教小千界諸有情類皆住預流一來不還阿羅漢果所獲福聚不如有人教一有情令其安住獨覺菩提何以故憍尸迦獨覺菩提所有功德勝預流等百千倍故憍尸迦若善男子善女人等教小千界諸有情類皆令安住獨覺菩提所獲福聚不如有人教一有情令趣無上正等菩提何以故憍尸迦若教有情令趣無上正等菩提則令世間佛眼不斷所以者何由有菩薩摩訶薩故便有預流一來不還阿羅漢果獨覺菩提由有菩薩摩訶薩故便有如來應正等覺證得無上正等菩提由有菩薩摩訶薩故便有佛寶法寶僧寶一切世間歸依供養以是故憍尸迦一切世間若天若魔若梵若沙門若婆羅門及阿素洛人非人等應以無量上妙華鬘塗散等香衣服瓔珞寶幢旛蓋衆妙珍奇妓樂燈明盡諸所有供養恭敬尊重讚歎菩薩摩訶薩憍尸迦由此當知若善男子善女人等書寫如是甚深般若波羅蜜多施他讀誦若轉書寫廣令流布所獲福聚勝前福聚無量無邊何以故如是般若波羅蜜多秘密藏中廣說一切世出世間勝善法故由此般若波羅蜜多秘密藏中所說法故世間便有刹帝利大族婆羅門大族長者大族居士大族施設可得由此般若波羅蜜多秘密藏中所說法故世間便有四大王衆天三十三天夜摩天覩史多天樂變化天他化自在天施設可得由此般若波羅蜜多秘密藏中所說法故世間便有梵衆天梵輔天梵會天大

梵天施設可得由此般若波羅蜜多秘密藏中所說法故世間便有光天少光天無量光天極光淨天施設可得由此般若波羅蜜多秘密藏中所說法故世間便有淨天少淨天無量淨天遍淨天施設可得由此般若波羅蜜多秘密藏中所說法故世間便有廣天少廣天無量廣天廣果天施設可得由此般若波羅蜜多秘密藏中所說法故世間便有無煩天無熱天善現天善見天色究竟天施設可得由此般若波羅蜜多秘密藏中所說法故世間便有空無邊處天識無邊處天無所有處天非想非非想處天施設可得由此般若波羅蜜多秘密藏中所說法故世間便有布施波羅蜜多淨戒波羅蜜多安忍波羅蜜多精進波羅蜜多靜慮波羅蜜多般若波羅蜜多施設可得由此般若波羅蜜多秘密藏中所說法故世間便有內空外空內外空空空大空勝義空有爲空無爲空畢竟空無際空散空無變異空本性空自相空共相空一切法空不可得空無性空自性空無性自性空施設可得由此般若波羅蜜多秘密藏中所說法故世間便有眞如法界法性不虛妄性不變異性平等性離生性法定法住實際虛空界不思議界施設可得由此般若波羅蜜多秘密藏中所說法故世間便有苦聖諦集聖諦滅聖諦道聖諦施設可得由此般若波羅蜜多秘密藏中所說法故世間便有四靜慮四無量四無色定施設可得由此般若波羅蜜多秘密藏中所說法故世間便有八解脫八勝處九次第定十遍處施設可得由

此般若波羅蜜多秘密藏中所說法故世間便有四念住四正斷四神足五根五力七等覺支八聖道支施設可得由此般若波羅蜜多秘密藏中所說法故世間便有空解脫門無相解脫門無願解脫門施設可得由此般若波羅蜜多秘密藏中所說法故世間便有五眼六神通施設可得由此般若波羅蜜多秘密藏中所說法故世間便有佛十力四無所畏四無礙解大慈大悲大喜大捨十八佛不共法施設可得由此般若波羅蜜多秘密藏中所說法故世間便有無忘失法恒住捨性施設可得由此般若波羅蜜多秘密藏中所說法故世間便有一切智道相智一切相智施設可得由此般若波羅蜜多秘密藏中所說法故世間便有一切陀羅尼門一切三摩地門施設可得由此般若波羅蜜多秘密藏中所說法故世間便有預流一來不還阿羅漢及預流向預流果一來向一來果不還向不還果阿羅漢向阿羅漢果施設可得由此般若波羅蜜多秘密藏中所說法故世間便有獨覺及獨覺菩提施設可得由此般若波羅蜜多秘密藏中所說法故世間便有一切菩薩摩訶薩及諸菩薩摩訶薩行施設可得由此般若波羅蜜多秘密藏中所說法故世間便有一切如來應正等覺及諸無上正等菩提施設可得復次憍尸迦置小千界諸有情類若善男子善女人等教中千界諸有情類皆令修學十善業道於意云何是善男子善女人等由此因緣得福多不天帝釋言甚多世尊甚多善逝佛言憍尸迦若善男子

善女人等書寫如是甚深般若波羅蜜多施他讀誦若轉書寫廣令流布是善男子善女人等所獲福聚甚多於前何以故憍尸迦如是般若波羅蜜多秘密藏中廣說一切無漏之法聲聞種性補特伽羅修學此法速入聲聞正性離生得預流果得一來果得不還果得阿羅漢果獨覺種性補特伽羅修學此法速入獨覺正性離生漸次證得獨覺菩提菩薩種性補特伽羅修學此法速入菩薩正性離生漸次修行諸菩薩行證得無上正等菩提憍尸迦如是般若波羅蜜多秘密藏中廣說一切無漏法者所謂布施波羅蜜多淨戒波羅蜜多安忍波羅蜜多精進波羅蜜多靜慮波羅蜜多般若波羅蜜多內空外空內外空空空大空勝義空有爲空無爲空畢竟空無際空散空無變異空本性空自相空共相空一切法空不可得空無性空自性空無性自性空真如法界法性不虛妄性不變異性平等性離生性法定法住實際虛空界不思議界無漏四靜慮四無量四無色定八解脫八勝處九次第定十遍處四念住四正斷四神足五根五力七等覺支八聖道支空解脫門無相解脫門無願解脫門五眼六神通佛十力四無所畏四無礙解大慈大悲大喜大捨十八佛不共法一切智道相智一切相智一切陀羅尼門一切三摩地門及餘無量無邊佛法皆是此中所說一切無漏之法憍尸迦若善男子善女人等教一有情住預流果所獲福聚猶勝教化中千世界諸有情類皆令修學十善業道何以故憍尸迦諸有修行

十善業道不免地獄傍生鬼趣若諸有情住預流果便得永脫三惡趣故況教令住一來不還阿羅漢果所獲福聚而不勝彼憍尸迦若善男子善女人等教中千界諸有情類皆住預流一來不還阿羅漢果所獲福聚不如有人教一有情令其安住獨覺菩提何以故憍尸迦獨覺菩提所有功德勝預流等百千倍故憍尸迦若善男子善女人等教中千界諸有情類令其安住獨覺菩提所獲福聚不如有人教一有情令趣無上正等菩提何以故憍尸迦若教有情令趣無上正等菩提則令世間佛眼不斷所以者何由有菩薩摩訶薩故便有預流一來不還阿羅漢果獨覺菩提由有菩薩摩訶薩故便有如來應正等覺證得無上正等菩提由有菩薩摩訶薩故便有佛寶法寶僧寶一切世間歸依供養以是故憍尸迦一切世間若天若魔若梵若沙門若婆羅門及阿素洛人非人等應以無量上妙華鬘塗散等香衣服瓔珞寶幢旛蓋衆妙珍奇妓樂燈明盡諸所有供養恭敬尊重讚歎菩薩摩訶薩憍尸迦由此當知若善男子善女人等書寫如是甚深般若波羅蜜多施他讀誦若轉書寫廣令流布所獲福聚勝前福聚無量無邊何以故如是般若波羅蜜多秘密藏中廣說一切世出世間勝善法故由此般若波羅蜜多秘密藏中所說法故世間便有刹帝利大族婆羅門大族長者大族居士大族施設可得由此般若波羅蜜多秘密藏中所說法故世間便有四大王衆天三十三天夜摩天覩史多天樂變化天他化自在

天施設可得由此般若波羅蜜多秘密藏中所說法故世間便有梵衆天梵輔天梵會天大梵天施設可得由此般若波羅蜜多秘密藏中所說法故世間便有光天少光天無量光天極光淨天施設可得由此般若波羅蜜多秘密藏中所說法故世間便有淨天少淨天無量淨天遍淨天施設可得由此般若波羅蜜多秘密藏中所說法故世間便有廣天少廣天無量廣天廣果天施設可得由此般若波羅蜜多秘密藏中所說法故世間便有無煩天無熱天善現天善見天色究竟天施設可得由此般若波羅蜜多秘密藏中所說法故世間便有空無邊處天識無邊處天無所有處天非想非非想處天施設可得由此般若波羅蜜多秘密藏中所說法故世間便有布施波羅蜜多淨戒波羅蜜多安忍波羅蜜多精進波羅蜜多靜慮波羅蜜多般若波羅蜜多施設可得由此般若波羅蜜多秘密藏中所說法故世間便有內空外空內外空空空大空勝義空有爲空無爲空畢竟空無際空散空無變異空本性空自相空共相空一切法空不可得空無性空自性空無性自性空施設可得由此般若波羅蜜多秘密藏中所說法故世間便有眞如法界法性不虛妄性不變異性平等性離生性法定法住實際虛空界不思議界施設可得由此般若波羅蜜多秘密藏中所說法故世間便有苦聖諦集聖諦滅聖諦道聖諦施設可得由此般若波羅蜜多秘密藏中所說法故世間便有四靜慮四無量四無色定施設可得由此般

若波羅蜜多秘密藏中所說法故世間便有八解脫八勝處九次第定十遍處施設可得由此般若波羅蜜多秘密藏中所說法故世間便有四念住四正斷四神足五根五力七等覺支八聖道支施設可得由此般若波羅蜜多秘密藏中所說法故世間便有空解脫門無相解脫門無願解脫門施設可得由此般若波羅蜜多秘密藏中所說法故世間便有五眼六神通施設可得由此般若波羅密多秘密藏中所說法故世間便有佛十力四無所畏四無礙解大慈大悲大喜大捨十八佛不共法施設可得由此般若波羅蜜多秘密藏中所說法故世間便有無忘失法恒住捨性施設可得由此般若波羅蜜多秘密藏中所說法故世間便有一切智道相智一切相智施設可得由此般若波羅蜜多秘密藏中所說法故世間便有一切陀羅尼門一切三摩地門施設可得由此般若波羅蜜多秘密藏中所說法故世間便有預流一來不還阿羅漢及預流向預流果一來向一來果不還向不還果阿羅漢向阿羅漢果施設可得由此般若波羅蜜多秘密藏中所說法故世間便有獨覺及獨覺菩提施設可得由此般若波羅蜜多秘密藏中所說法故世間便有一切菩薩摩訶薩及諸菩薩摩訶薩行施設可得由此般若波羅蜜多秘密藏中所說法故世間便有一切如來應正等覺及諸無上正等菩提施設可得復次憍尸迦置中千界諸有情類若善男子善女人等教化三千大千世界諸有情類皆令修學十善業道於意

云何是善男子善女人等由此因緣得福多不天帝釋言甚多世尊甚多善逝佛言憍尸迦若善男子善女人等書寫如是甚深般若波羅蜜多施他讀誦若轉書寫廣令流布是善男子善女人等所獲福聚甚多於前何以故憍尸迦如是般若波羅蜜多秘密藏中廣說一切無漏之法聲聞種性補特伽羅修學此法速入聲聞正性離生得預流果得一來果得不還果得阿羅漢果獨覺種性補特伽羅修學此法速入獨覺正性離生漸次證得獨覺菩提菩薩種性補特伽羅修學此法速入菩薩正性離生漸次修行諸菩薩行證得無上正等菩提憍尸迦如是般若波羅蜜多秘密藏中廣說一切無漏法者所謂布施波羅蜜多淨戒波羅蜜多安忍波羅蜜多精進波羅蜜多靜慮波羅蜜多般若波羅蜜多內空外空內外空空空大空勝義空有爲空無爲空畢竟空無際空散空無變異空本性空自相空共相空一切法空不可得空無性空自性空無性自性空眞如法界法性不虛妄性不變異性平等性離生性法定法住實際虛空界不思議界無漏四靜慮四無量四無色定八解脫八勝處九次第定十遍處四念住四正斷四神足五根五力七等覺支八聖道支空解脫門無相解脫門無願解脫門五眼六神通佛十力四無所畏四無礙解大慈大悲大喜大捨十八佛不共法一切智道相智一切相智一切陀羅尼門一切三摩地門及餘無量無邊佛法皆是此中所說一切無漏之法憍尸迦若善男子善女人等教一有

情住預流果所獲福聚猶勝教化如是三千大千世界諸有情類皆令修學十善業道何以故憍尸迦諸有修行十善業道不免地獄傍生鬼趣若諸有情住預流果便得永脫三惡趣故況教令住一來不還阿羅漢果所獲福聚而不勝彼

大般若波羅蜜多經卷第一百三十一

音釋

補特伽羅 梵語也或云福伽羅或富特伽羅此云數取趣謂數數往來諸趣也

大般若波羅蜜多經卷第一百三十二

唐三藏法師玄奘奉　詔譯

初分校量功德品第三十之三十

憍尸迦若善男子善女人等教化三千大千世界諸有情類皆住預流一來不還阿羅漢果所獲福聚不如有人教一有情令其安住獨覺菩提何以故憍尸迦獨覺菩提所有功德勝預流等百千倍故憍尸迦若善男子善女人等教化三千大千世界諸有情類皆令安住獨覺菩提所獲福聚不如有人教一有情令趣無上正等菩提何以故憍尸迦若教有情令趣無上正等菩提則令世間佛眼不斷所以者何由有菩薩摩訶薩故便有預流一來不還阿羅漢果獨覺菩提由有菩薩摩訶薩故便有如來應正等覺證得無上正等菩提由有菩薩摩訶薩故便有佛寶法寶僧寶一切世間歸依供養以是故憍尸迦一切世間若天若魔若梵若沙門若婆羅門及阿素洛人非人等應以無量上妙華鬘塗散等香衣服瓔珞寶幢旛蓋衆妙珍奇妓樂燈明盡諸所有供養恭敬尊重讚歎菩薩摩訶薩憍尸迦由此當知若善男子善女人等書寫如是甚深般若波羅蜜多施他讀誦若轉書寫廣令流布所獲福聚勝前福聚無量無邊何以故如是般若波羅蜜多秘密藏中廣說一切世出世間勝善法故由此般若波羅蜜多秘密藏中所說法故世間便有剎帝利大族婆羅門大族長者大族居士大族施設可得由此般若波羅蜜多秘密藏中所說法故世間便有四大王衆天三十三天夜摩天覩

史多天樂變化天他化自在天施設可得由此般若波羅蜜多秘密藏中所説法故世間便有梵衆天梵輔天梵會天大梵天施設可得由此般若波羅蜜多秘密藏中所説法故世間便有光天少光天無量光天極光淨天施設可得由此般若波羅蜜多秘密藏中所説法故世間便有淨天少淨天無量淨天遍淨天施設可得由此般若波羅蜜多秘密藏中所説法故世間便有廣天少廣天無量廣天廣果天施設可得由此般若波羅蜜多秘密藏中所説法故世間便有無煩天無熱天善現天善見天色究竟天施設可得由此般若波羅蜜多秘密藏中所説法故世間便有空無邊處天識無邊處天無所有處天非想非非想處天施設可得由此般若波羅蜜多秘密藏中所説法故世間便有布施波羅蜜多淨戒波羅蜜多安忍波羅蜜多精進波羅蜜多靜慮波羅蜜多般若波羅蜜多施設可得由此般若波羅蜜多秘密藏中所説法故世間便有内空外空内外空空空大空勝義空有爲空無爲空畢竟空無際空散空無變異空本性空自相空共相空一切法空不可得空無性空自性空無性自性空施設可得由此般若波羅蜜多秘密藏中所説法故世間便有眞如法界法性不虚妄性不變異性平等性離生性法定法住實際虚空界不思議界施設可得由此般若波羅蜜多秘密藏中所説法故世間便有苦聖諦集聖諦滅聖諦道聖諦施設可得由此般若波羅蜜多秘密藏中所説法故世間便有四靜慮四無量

四無色定施設可得由此般若波羅蜜多秘密藏中所說法故世間便有八解脫八勝處九次第定十遍處施設可得由此般若波羅蜜多秘密藏中所說法故世間便有四念住四正斷四神足五根五力七等覺支八聖道支施設可得由此般若波羅蜜多秘密藏中所說法故世間便有空解脫門無相解脫門無願解脫門施設可得由此般若波羅蜜多秘密藏中所說法故世間便有五眼六神通施設可得由此般若波羅蜜多秘密藏中所說法故世間便有佛十力四無所畏四無礙解大慈大悲大喜大捨十八佛不共法施設可得由此般若波羅蜜多秘密藏中所說法故世間便有無忘失法恒住捨性施設可得由此般若波羅蜜多秘密藏中所說法故世間便有一切智道相智一切相智施設可得由此般若波羅蜜多秘密藏中所說法故世間便有一切陀羅尼門一切三摩地門施設可得由此般若波羅蜜多秘密藏中所說法故世間便有預流一來不還阿羅漢及預流向預流果一來向一來果不還向不還果阿羅漢向阿羅漢果施設可得由此般若波羅蜜多秘密藏中所說法故世間便有獨覺及獨覺菩提施設可得由此般若波羅蜜多秘密藏中所說法故世間便有一切菩薩摩訶薩及諸菩薩摩訶薩行施設可得由此般若波羅蜜多秘密藏中所說法故世間便有一切如來應正等覺及諸無上正等菩提施設可得復次憍尸迦置此三千大千世界諸有情類若善男子善女人等教化十方各如殑

伽沙等世界諸有情類皆令修學十善業道於意云何是善男子善女人等由此因緣得福多不天帝釋言甚多世尊甚多善逝佛言憍尸迦若善男子善女人等書寫如是甚深般若波羅蜜多施他讀誦若轉書寫廣令流布是善男子善女人等所獲福聚甚多於前何以故憍尸迦如是般若波羅蜜多秘密藏中廣說一切無漏之法聲聞種性補特伽羅修學此法速入聲聞正性離生得預流果得一來果得不還果得阿羅漢果獨覺種性補特伽羅修學此法速入獨覺正性離生漸次證得獨覺菩提菩薩種性補特伽羅修學此法速入菩薩正性離生漸次修行諸菩薩行證得無上正等菩提憍尸迦如是般若波羅蜜多秘密藏中廣說一切無漏法者所謂布施波羅蜜多淨戒波羅蜜多安忍波羅蜜多精進波羅蜜多靜慮波羅蜜多般若波羅蜜多內空外空內外空空空大空勝義空有為空無為空畢竟空無際空散空無變異空本性空自相空共相空一切法空不可得空無性空自性空無性自性空真如法界法性不虛妄性不變異性平等性離生性法定法住實際虛空界不思議界無漏四靜慮四無量四無色定八解脫八勝處九次第定十遍處四念住四正斷四神足五根五力七等覺支八聖道支空解脫門無相解脫門無願解脫門五眼六神通佛十力四無所畏四無礙解大慈大悲大喜大捨十八佛不共法一切智道相智一切相智一切陀羅尼門一切三摩地門及餘無量無邊佛法皆是此中所說一

切無漏之法憍尸迦若善男子善女人等教一有情住預流果所獲福聚猶勝教化十方各如殑伽沙界諸有情類皆令修學十善業道何以故憍尸迦諸有情類修行十善業道不免地獄傍生鬼趣若諸有情住預流果便得永脫三惡趣故況教令住一來不還阿羅漢果所獲福聚而不勝彼憍尸迦若善男子善女人等教化十方各如殑伽沙等世界諸有情類皆住預流一來不還阿羅漢果所獲福聚不如有人教一有情令其安住獨覺菩提何以故憍尸迦獨覺菩提所有功德勝預流等百千倍故憍尸迦若善男子善女人等教化十方各如殑伽沙等世界諸有情類皆令安住獨覺菩提所獲福聚不如有人教一有情令趣無上正等菩提何以故憍尸迦若教有情令趣無上正等菩提則令世間佛眼不斷所以者何由有菩薩摩訶薩故便有預流一來不還阿羅漢果獨覺菩提由有菩薩摩訶薩故便有如來應正等覺證得無上正等菩提由有菩薩摩訶薩故便有佛寶法寶僧寶一切世間歸依供養以是故憍尸迦一切世間若天若魔若梵若沙門若婆羅門及阿素洛人非人等應以無量上妙華鬘塗散等香衣服瓔珞寶幢旛蓋衆妙珍奇妓樂燈明盡諸所有供養恭敬尊重讚歎菩薩摩訶薩憍尸迦由此當知若善男子善女人等書寫如是甚深般若波羅蜜多施他讀誦若轉書寫廣令流布所獲福聚勝前福聚無量無邊何以故如是般若波羅蜜多秘密藏中廣說一切世出世間勝善法故由此般若波羅

蜜多秘密藏中所說法故世間便有刹帝利大族婆羅門大族長者大族居士大族施設可得由此般若波羅蜜多秘密藏中所說法故世間便有四大王衆天三十三天夜摩天覩史多天樂變化天他化自在天施設可得由此般若波羅蜜多秘密藏中所說法故世間便有梵衆天梵輔天梵會天大梵天施設可得由此般若波羅蜜多秘密藏中所說法故世間便有光天少光天無量光天極光淨天施設可得由此般若波羅蜜多秘密藏中所說法故世間便有淨天少淨天無量淨天遍淨天施設可得由此般若波羅蜜多秘密藏中所說法故世間便有廣天少廣天無量廣天廣果天施設可得由此般若波羅蜜多秘密藏中所說法故世間便有無煩天無熱天善現天善見天色究竟天施設可得由此般若波羅蜜多秘密藏中所說法故世間便有空無邊處天識無邊處天無所有處天非想非非想處天施設可得由此般若波羅蜜多秘密藏中所說法故世間便有布施波羅蜜多淨戒波羅蜜多安忍波羅蜜多精進波羅蜜多靜慮波羅蜜多般若波羅蜜多施設可得由此般若波羅蜜多秘密藏中所說法故世間便有内空外空内外空空空大空勝義空有爲空無爲空畢竟空無際空散空無變異空本性空自相空共相空一切法空不可得空無性空自性空無性自性空施設可得由此般若波羅蜜多秘密藏中所說法故世間便有真如法界法性不虚妄性不變異性平等性離生性法定法住實際虚空界不

思議界施設可得由此般若波羅蜜多秘密藏中所説法故世間便有苦聖諦集聖諦滅聖諦道聖諦施設可得由此般若波羅蜜多秘密藏中所説法故世間便有四靜慮四無量四無色定施設可得由此般若波羅蜜多秘密藏中所説法故世間便有八解脱八勝處九次第定十遍處施設可得由此般若波羅蜜多秘密藏中所説法故世間便有四念住四正斷四神足五根五力七等覺支八聖道支施設可得由此般若波羅蜜多秘密藏中所説法故世間便有空解脱門無相解脱門無願解脱門施設可得由此般若波羅蜜多秘密藏中所説法故世間便有五眼六神通施設可得由此般若波羅蜜多秘密藏中所説法故世間便有佛十力四無所畏四無礙解大慈大悲大喜大捨十八佛不共法施設可得由此般若波羅蜜多秘密藏中所説法故世間便有無忘失法恒住捨性施設可得由此般若波羅蜜多秘密藏中所説法故世間便有一切智道相智一切相智施設可得由此般若波羅蜜多秘密藏中所説法故世間便有一切陀羅尼門一切三摩地門施設可得由此般若波羅蜜多秘密藏中所説法故世間便有預流一來不還阿羅漢及預流向預流果一來向一來果不還向不還果阿羅漢向阿羅漢果施設可得由此般若波羅蜜多秘密藏中所説法故世間便有獨覺及獨覺菩提施設可得由此般若波羅蜜多秘密藏中所説法故世間便有一切菩薩摩訶薩及諸菩薩摩訶薩行施設可得由此般

若波羅蜜多秘密藏中所說法故世間便有一切如來應正等覺及諸無上正等菩提施設可得復次憍尸迦置此十方各如殑伽沙等世界諸有情類若善男子善女人等教化十方一切世界諸有情類皆令修學十善業道於意云何是善男子善女人等由此因緣得福多不天帝釋言甚多世尊甚多善逝佛言憍尸迦若善男子善女人等書寫如是甚深般若波羅蜜多施他讀誦若轉書寫廣令流布是善男子善女人等所獲福聚甚多於前何以故憍尸迦如是般若波羅蜜多秘密藏中廣說一切無漏之法聲聞種性補特伽羅修學此法速入聲聞正性離生得預流果得一來果得不還果得阿羅漢果獨覺種性補特伽羅修學此法速入獨覺正性離生漸次證得獨覺菩提菩薩種性補特伽羅修學此法速入菩薩正性離生漸次修行諸菩薩行證得無上正等菩提憍尸迦如是般若波羅蜜多秘密藏中廣說一切無漏法者所謂布施波羅蜜多淨戒波羅蜜多安忍波羅蜜多精進波羅蜜多靜慮波羅蜜多般若波羅蜜多內空外空內外空空空大空勝義空有爲空無爲空畢竟空無際空散空無變異空本性空自相空共相空一切法空不可得空無性空自性空無性自性空真如法界法性不虛妄性不變異性平等性離生性法定法住實際虛空界不思議界無漏四靜慮四無量四無色定八解脫八勝處九次第定十遍處四念住四正斷四神足五根五力七等覺支八聖道支空解脫門無相解脫門無願解

脱門五眼六神通佛十力四無所畏四無礙解大慈大悲大喜大捨十八佛不共法一切智道相智一切相智一切陀羅尼門一切三摩地門及餘無量無邊佛法皆是此中所説一切無漏之法憍尸迦若善男子善女人等教一有情住預流果所獲福聚猶勝教化如是十方一切世界諸有情類皆令修學十善業道何以故憍尸迦諸有修行十善業道不免地獄傍生鬼趣若諸有情住預流果便得永脱三惡趣故況教令住一來不還阿羅漢果所獲福聚而不勝彼憍尸迦若善男子善女人等教化十方一切世界諸有情類皆住預流一來不還阿羅漢果所獲福聚不如有人教一有情令其安住獨覺菩提何以故憍尸迦獨覺菩提所有功德勝預流等百千倍故憍尸迦若善男子善女人等教化十方一切世界諸有情類皆令安住獨覺菩提所獲福聚不如有人教一有情令趣無上正等菩提何以故憍尸迦若教有情令趣無上正等菩提則令世間佛眼不斷所以者何由有菩薩摩訶薩故便有預流一來不還阿羅漢果獨覺菩提由有菩薩摩訶薩故便有如來應正等覺證得無上正等菩提由有菩薩摩訶薩故便有佛寶法寶僧寶一切世間歸依供養以是故憍尸迦一切世間若天若魔若梵若沙門若婆羅門及阿素洛人非人等應以無量上妙華鬘塗散等香衣服瓔珞寶幢旛蓋衆妙珍奇妓樂燈明盡諸所有供養恭敬尊重讃歎菩薩摩訶薩憍尸迦由此當知若善男子善女人等書寫如是甚深般若波羅

蜜多施他讀誦若轉書寫廣令流布所獲福聚勝前福聚無量無邊何以故如是般若波羅蜜多秘密藏中廣説一切世出世間勝善法故由此般若波羅蜜多秘密藏中所説法故世間便有刹帝利大族婆羅門大族長者大族居士大族施設可得由此般若波羅蜜多秘密藏中所説法故世間便有四大王衆天三十三天夜摩天覩史多天樂變化天他化自在天施設可得由此般若波羅蜜多秘密藏中所説法故世間便有梵衆天梵輔天梵會天大梵天施設可得由此般若波羅蜜多秘密藏中所説法故世間便有光天少光天無量光天極光淨天施設可得由此般若波羅蜜多秘密藏中所説法故世間便有淨天少淨天無量淨天遍淨天施設可得由此般若波羅蜜多秘密藏中所説法故世間便有廣天少廣天無量廣天廣果天施設可得由此般若波羅蜜多秘密藏中所説法故世間便有無煩天無熱天善現天善見天色究竟天施設可得由此般若波羅蜜多秘密藏中所説法故世間便有空無邊處天識無邊處天無所有處天非想非非想處天施設可得由此般若波羅蜜多秘密藏中所説法故世間便有布施波羅蜜多淨戒波羅蜜多安忍波羅蜜多精進波羅蜜多靜慮波羅蜜多般若波羅蜜多施設可得由此般若波羅蜜多秘密藏中所説法故世間便有內空外空內外空空空大空勝義空有爲空無爲空畢竟空無際空散空無變異空本性空自相空共相空一切法空不可得空無性空自性空

無性自性空施設可得由此般若波羅蜜多秘密藏中所說法故世間便有眞如法界法性不虛妄性不變異性平等性離生性法定法住實際虛空界不思議界施設可得由此般若波羅蜜多秘密藏中所說法故世間便有苦聖諦集聖諦滅聖諦道聖諦施設可得由此般若波羅蜜多秘密藏中所說法故世間便有四靜慮四無量四無色定施設可得由此般若波羅蜜多秘密藏中所說法故世間便有八解脱八勝處九次第定十遍處施設可得由此般若波羅蜜多秘密藏中所說法故世間便有四念住四正斷四神足五根五力七等覺支八聖道支施設可得由此般若波羅蜜多秘密藏中所說法故世間便有空解脱門無相解脱門無願解脱門施設可得由此般若波羅蜜多秘密藏中所說法故世間便有五眼六神通施設可得由此般若波羅蜜多秘密藏中所說法故世間便有佛十力四無所畏四無礙解大慈大悲大喜大捨十八佛不共法施設可得由此般若波羅蜜多秘密藏中所說法故世間便有無忘失法恒住捨性施設可得由此般若波羅蜜多秘密藏中所說法故世間便有一切智道相智一切相智施設可得由此般若波羅蜜多秘密藏中所說法故世間便有一切陀羅尼門一切三摩地門施設可得由此般若波羅蜜多秘密藏中所說法故世間便有預流一來不還阿羅漢及預流向預流果一來向一來果不還向不還果阿羅漢向阿羅漢果施設可得由此般若波羅蜜多秘密藏中所說

法故世間便有獨覺及獨覺菩提施設可得由此般若波羅蜜多秘密藏中所說法故世間便有一切菩薩摩訶薩及諸菩薩摩訶薩行施設可得由此般若波羅蜜多秘密藏中所說法故世間便有一切如來應正等覺及諸無上正等菩提施設可得復次憍尸迦若善男子善女人等教贍部洲諸有情類皆令修學四靜慮四無量四無色定五神通於意云何是善男子善女人等由此因緣得福多不天帝釋言甚多世尊甚多善逝佛言憍尸迦若善男子善女人等書寫如是甚深般若波羅蜜多施他讀誦若轉書寫廣令流布是善男子善女人等所獲福聚甚多於前何以故憍尸迦如是般若波羅蜜多秘密藏中廣說一切無漏之法聲聞種性補特伽羅修學此法速入聲聞正性離生得預流果得一來果得不還果得阿羅漢果獨覺種性補特伽羅修學此法速入獨覺正性離生漸次證得獨覺菩提菩薩種性補特伽羅修學此法速入菩薩正性離生漸次修行諸菩薩行證得無上正等菩提憍尸迦如是般若波羅蜜多秘密藏中廣說一切無漏法者所謂布施波羅蜜多淨戒波羅蜜多安忍波羅蜜多精進波羅蜜多靜慮波羅蜜多般若波羅蜜多內空外空內外空空空大空勝義空有爲空無爲空畢竟空無際空散空無變異空本性空自相空共相空一切法空不可得空無性空自性空無性自性空真如法界法性不虛妄性不變異性平等性離生性法定法住實際虛空界不思議界無漏四靜慮四無量四無

色定八解脱八勝處九次第定十遍處四念住四正斷四神足五根五力七等覺支八聖道支空解脱門無相解脱門無願解脱門五眼六神通佛十力四無所畏四無礙解大慈大悲大喜大捨十八佛不共法一切智道相智一切相智一切陀羅尼門一切三摩地門及餘無量無邊佛法皆是此中所説一切無漏之法憍尸迦若善男子善女人等教一有情住預流果所獲福聚猶勝教化南贍部洲諸有情類皆令修學四靜慮四無量四無色定五神通何以故憍尸迦諸有修行四靜慮四無量四無色定五神通不免地獄傍生鬼趣若諸有情住預流果便得永脱三惡趣故況教令住一來不還阿羅漢果所獲福聚而不勝彼憍尸迦若善男子善女人等教贍部

洲諸有情類皆住預流一來不還阿羅漢果所獲福聚不如有人教一有情令其安住獨覺菩提何以故憍尸迦獨覺菩提所有功德勝預流等百千倍故憍尸迦若善男子善女人等教贍部洲諸有情類皆令安住獨覺菩提所獲福聚不如有人教一有情令趣無上正等菩提何以故憍尸迦若教有情令趣無上正等菩提則令世間佛眼不斷所以者何由有菩薩摩訶薩故便有預流一來不還阿羅漢果獨覺菩提由有菩薩摩訶薩故便有如來應正等覺證得無上正等菩提由有菩薩摩訶薩故便有佛寶法寶僧寶一切世間歸依供養以是故憍尸迦一切世間若天若魔若梵若沙門若婆羅門及阿素洛人非人等應以無量上妙華鬘塗散等香衣服瓔珞

實幢旛蓋衆妙珍奇妓樂燈明盡諸所有供養恭敬尊重讚歎菩薩摩訶薩憍尸迦由此當知若善男子善女人等書寫如是甚深般若波羅蜜多施他讀誦若轉書寫廣令流布所獲福聚勝前福聚無量無邊何以故如是般若波羅蜜多秘密藏中廣說一切世出世間勝善法故由此般若波羅蜜多秘密藏中所說法故世間便有刹帝利大族婆羅門大族長者大族居士大族施設可得由此般若波羅蜜多秘密藏中所說法故世間便有四大王衆天三十三天夜摩天覩史多天樂變化天他化自在天施設可得由此般若波羅蜜多秘密藏中所說法故世間便有梵衆天梵輔天梵會天大梵天施設可得由此般若波羅蜜多秘密藏中所說法故世間便有光天少光天無量光天極光淨天施設可得由此般若波羅蜜多秘密藏中所說法故世間便有淨天少淨天無量淨天遍淨天施設可得由此般若波羅蜜多秘密藏中所說法故世間便有廣天少廣天無量廣天廣果天施設可得由此般若波羅蜜多秘密藏中所說法故世間便有無煩天無熱天善現天善見天色究竟天施設可得由此般若波羅蜜多秘密藏中所說法故世間便有空無邊處天識無邊處天無所有處天非想非非想處天施設可得由此般若波羅蜜多秘密藏中所說法故世間便有布施波羅蜜多淨戒波羅蜜多安忍波羅蜜多精進波羅蜜多靜慮波羅蜜多般若波羅蜜多施設可得由此般若波羅蜜多秘密藏中所說法故世間便有內

空外空內外空空空大空勝義空有爲空無爲空畢竟空無際空散空無變異空本性空自相空共相空一切法空不可得空無性空自性空無性自性空施設可得由此般若波羅蜜多秘密藏中所說法故世間便有真如法界法性不虛妄性不變異性平等性離生性法定法住實際虛空界不思議界施設可得由此般若波羅蜜多秘密藏中所說法故世間便有苦聖諦集聖諦滅聖諦道聖諦施設可得由此般若波羅蜜多秘密藏中所說法故世間便有四靜慮四無量四無色定施設可得由此般若波羅蜜多秘密藏中所說法故世間便有八解脫八勝處九次第定十遍處施設可得由此般若波羅蜜多秘密藏中所說法故世間便有四念住四正斷四神足五根五力七等覺支八聖道支施設可得由此般若波羅蜜多秘密藏中所說法故世間便有空解脫門無相解脫門無願解脫門施設可得由此般若波羅蜜多秘密藏中所說法故世間便有五眼六神通施設可得由此般若波羅蜜多秘密藏中所說法故世間便有佛十力四無所畏四無礙解大慈大悲大喜大捨十八佛不共法施設可得由此般若波羅蜜多秘密藏中所說法故世間便有無忘失法恒住捨性施設可得由此般若波羅蜜多秘密藏中所說法故世間便有一切智道相智一切相智施設可得由此般若波羅蜜多秘密藏中所說法故世間便有一切陀羅尼門一切三摩地門施設可得由此般若波羅蜜多秘密藏中所說法故世間便有

預流一來不還阿羅漢及預流向預流果一來向一來果不還向不還果阿羅漢向阿羅漢果施設可得由此般若波羅蜜多秘密藏中所說法故世間便有獨覺及獨覺菩提施設可得由此般若波羅蜜多秘密藏中所說法故世間便有一切菩薩摩訶薩及諸菩薩摩訶薩行施設可得由此般若波羅蜜多秘密藏中所說法故世間便有一切如來應正等覺及諸無上正等菩提施設可得

大般若波羅蜜多經卷第一百三十二

音釋

華鬘（鬘莫班切）殑伽（梵語也此云天堂來河名也以從高處來故殑其拯其陵二切伽具牙切）

大般若波羅蜜多經卷第一百三十三

唐三藏法師玄奘奉　詔譯

初分校量功德品第三十之三十一

復次憍尸迦置贍部洲諸有情類若善男子善女人等教贍部洲東勝身洲諸有情類皆令修學四靜慮四無量四無色定五神通於意云何是善男子善女人等由此因緣得福多不天帝釋言甚多世尊甚多善逝佛言憍尸迦若善男子善女人等書寫如是甚深般若波羅蜜多施他讀誦若轉書寫廣令流布是善男子善女人等所獲福聚甚多於前何以故憍尸迦如是般若波羅蜜多秘密藏中廣說一切無漏之法聲聞種性補特伽羅修學此法速入聲聞正性離生得預流果得一來果得不還果得阿羅漢果獨覺種性補特伽羅修學此法速入獨覺正性離生漸次證得獨覺菩提菩薩種性補特伽羅修學此法速入菩薩正性離生漸次修行諸菩薩行證得無上正等菩提憍尸迦如是般若波羅蜜多秘密藏中廣說一切無漏法者所謂布施波羅蜜多淨戒波羅蜜多安忍波羅蜜多精進波羅蜜多靜慮波羅蜜多般若波羅蜜多内空外空内外空空空大空勝義空有爲空無爲空畢竟空無際空散空無變異空本性空自相空共相空一切法空不可得空無性空自性空無性自性空眞如法界法性不虛妄性不變異性平等性離生性法定法住實際虛空界不思議界無漏四靜慮四無量四無色定八解脫八勝處九次第定十遍處四念住四正斷四神足五根五力七等覺支八

聖道支空解脫門無相解脫門無願解脫門五眼六神通佛十力四無所畏四無礙解大慈大悲大喜大捨十八佛不共法一切智道相智一切相智一切陀羅尼門一切三摩地門及餘無量無邊佛法皆是此中所說一切無漏之法憍尸迦若善男子善女人等教一有情住預流果所獲福聚猶勝教化南贍部洲東勝身洲諸有情類皆令修學四靜慮四無量四無色定五神通何以故憍尸迦諸有修行四靜慮四無量四無色定五神通不免地獄傍生鬼趣若諸有情住預流果便得永脫三惡趣故況教令住一來不還阿羅漢果所獲福聚而不勝彼憍尸迦若善男子善女人等教贍部洲東勝身洲諸有情類皆住預流一來不還阿羅漢果所獲福聚不如有人教一有情令其安住獨覺菩提何以故憍尸迦獨覺菩提所有功德勝預流等百千倍故憍尸迦若善男子善女人等教贍部洲東勝身洲諸有情類皆令安住獨覺菩提所獲福聚不如有人教一有情令趣無上正等菩提何以故憍尸迦若教有情令趣無上正等菩提則令世間佛眼不斷所以者何由有菩薩摩訶薩故便有預流一來不還阿羅漢果獨覺菩提由有菩薩摩訶薩故便有如來應正等覺證得無上正等菩提由有菩薩摩訶薩故便有佛寶法寶僧寶一切世間歸依供養以是故憍尸迦一切世間若天若魔若梵若沙門若婆羅門及阿素洛人非人等應以無量上妙華鬘塗散等香衣服瓔珞寶幢旛蓋衆妙珍奇妓樂燈明盡諸所有供養恭敬尊

重讃歎菩薩摩訶薩憍尸迦由此當知若善男子善女人等書寫如是甚深般若波羅蜜多施他讀誦若轉書寫廣令流布所獲福聚勝前福聚無量無邊何以故如是般若波羅蜜多秘密藏中廣說一切世出世間勝善法故由此般若波羅蜜多秘密藏中所說法故世間便有刹帝利大族婆羅門大族長者大族居士大族施設可得由此般若波羅蜜多秘密藏中所說法故世間便有四大王衆天三十三天夜摩天覩史多天樂變化天他化自在天施設可得由此般若波羅蜜多秘密藏中所說法故世間便有梵衆天梵輔天梵會天大梵天施設可得由此般若波羅蜜多秘密藏中所說法故世間便有光天少光天無量光天極光淨天施設可得由此般若波羅蜜多秘密藏中所說法故世間便有淨天少淨天無量淨天遍淨天施設可得由此般若波羅蜜多秘密藏中所說法故世間便有廣天少廣天無量廣天廣果天施設可得由此般若波羅蜜多秘密藏中所說法故世間便有無煩天無熱天善現天善見天色究竟天施設可得由此般若波羅蜜多秘密藏中所說法故世間便有空無邊處天識無邊處天無所有處天非想非非想處天施設可得由此般若波羅蜜多秘密藏中所說法故世間便有布施波羅蜜多淨戒波羅蜜多安忍波羅蜜多精進波羅蜜多靜慮波羅蜜多般若波羅蜜多施設可得由此般若波羅蜜多秘密藏中所說法故世間便有内空外空内外空空空大空勝義空有爲空無爲空畢竟

空無際空散空無變異空本性空自相空共相空一切法空不可得空無性空自性空無性自性空施設可得由此般若波羅蜜多秘密藏中所說法故世間便有眞如法界法性不虚妄性不變異性平等性離生性法定法住實際虚空界不思議界施設可得由此般若波羅蜜多秘密藏中所說法故世間便有苦聖諦集聖諦滅聖諦道聖諦施設可得由此般若波羅蜜多秘密藏中所說法故世間便有四靜慮四無量四無色定施設可得由此般若波羅蜜多秘密藏中所說法故世間便有八解脱八勝處九次第定十遍處施設可得由此般若波羅蜜多秘密藏中所說法故世間便有四念住四正斷四神足五根五力七等覺支八聖道支施設可得由此般若波羅蜜多秘密藏中所說法故世間便有空解脱門無相解脱門無願解脱門施設可得由此般若波羅蜜多秘密藏中所說法故世間便有五眼六神通施設可得由此般若波羅蜜多秘密藏中所說法故世間便有佛十力四無所畏四無礙解大慈大悲大喜大捨十八佛不共法施設可得由此般若波羅蜜多秘密藏中所說法故世間便有無忘失法恒住捨性施設可得由此般若波羅蜜多秘密藏中所說法故世間便有一切智道相智一切相智施設可得由此般若波羅蜜多秘密藏中所說法故世間便有一切陀羅尼門一切三摩地門施設可得由此般若波羅蜜多秘密藏中所說法故世間便有預流一來不還阿羅漢及預流向預流果一來向一來

果不還向不還果阿羅漢向阿羅漢果施設可得由此般若波羅蜜多秘密藏中所說法故世間便有獨覺及獨覺菩提施設可得由此般若波羅蜜多秘密藏中所說法故世間便有一切菩薩摩訶薩及諸菩薩摩訶薩行施設可得由此般若波羅蜜多秘密藏中所說法故世間便有一切如來應正等覺及諸無上正等菩提施設可得復次憍尸迦置贍部洲東勝身洲諸有情類若善男子善女人等教贍部洲東勝身洲西牛貨洲諸有情類皆令修學四靜慮四無量四無色定五神通於意云何是善男子善女人等由此因緣得福多不天帝釋言甚多世尊甚多善逝佛言憍尸迦若善男子善女人等書寫如是甚深般若波羅蜜多施他讀誦若轉書寫廣令流布是善男子善女人等所獲福聚甚多於前何以故憍尸迦如是般若波羅蜜多秘密藏中廣說一切無漏之法聲聞種性補特伽羅修學此法速入聲聞正性離生得預流果得一來果得不還果得阿羅漢果獨覺種性補特伽羅修學此法速入獨覺正性離生漸次證得獨覺菩提菩薩種性補特伽羅修學此法速入菩薩正性離生漸次修行諸菩薩行證得無上正等菩提憍尸迦如是般若波羅蜜多秘密藏中廣說一切無漏法者所謂布施波羅蜜多淨戒波羅蜜多安忍波羅蜜多精進波羅蜜多靜慮波羅蜜多般若波羅蜜多內空外空內外空空空大空勝義空有為空無為空畢竟空無際空散空無變異空本性空自相空共相空一切法空不可得空無

性空自性空無性自性空眞如法界法性不虛妄性不變異性平等性離生性法定法住實際虛空界不思議界無漏四靜慮四無量四無色定八解脱八勝處九次第定十遍處四念住四正斷四神足五根五力七等覺支八聖道支空解脱門無相解脱門無願解脱門五眼六神通佛十力四無所畏四無礙解大慈大悲大喜大捨十八佛不共法一切智道相智一切相智一切陀羅尼門一切三摩地門及餘無量無邊佛法皆是此中所説一切無漏之法憍尸迦若善男子善女人等教一有情住預流果所獲福聚猶勝教化南贍部洲東勝身洲西牛貨洲諸有情類皆令修學四靜慮四無量四無色定五神通何以故憍尸迦諸有修行四靜慮四無量四無色定五神通不免地獄傍生鬼趣若諸有情住預流果便得永脱三惡趣故況教令住一來不還阿羅漢果所獲福聚而不勝彼憍尸迦若善男子善女人等教贍部洲東勝身洲西牛貨洲諸有情類皆住預流一來不還阿羅漢果所獲福聚不如有人教一有情令其安住獨覺菩提何以故憍尸迦獨覺菩提所有功德勝預流等百千倍故憍尸迦若善男子善女人等教贍部洲東勝身洲西牛貨洲諸有情類皆令安住獨覺菩提所獲福聚不如有人教一有情令趣無上正等菩提何以故憍尸迦若教有情令趣無上正等菩提則令世間佛眼不斷所以者何由有菩薩摩訶薩故便有預流一來不還阿羅漢果獨覺菩提由有菩薩摩訶薩故便有如來應正等覺證得

無上正等菩提由有菩薩摩訶薩故便有佛寶法寶僧寶一切世間歸依供養以是故憍尸迦一切世間若天若魔若梵若沙門若婆羅門及阿素洛人非人等應以無量上妙華鬘塗散等香衣服瓔珞寶幢旛蓋衆妙珍奇妓樂燈明盡諸所有供養恭敬尊重讚歎菩薩摩訶薩憍尸迦由此當知若善男子善女人等書寫如是甚深般若波羅蜜多施他讀誦若轉書寫廣令流布所獲福聚勝前福聚無量無邊何以故如是般若波羅蜜多秘密藏中廣說一切世出世間勝善法故由此般若波羅蜜多秘密藏中所說法故世間便有刹帝利大族婆羅門大族長者大族居士大族施設可得由此般若波羅蜜多秘密藏中所說法故世間便有四大王衆天三十三天

夜摩天覩史多天樂變化天他化自在天施設可得由此般若波羅蜜多秘密藏中所說法故世間便有梵衆天梵輔天梵會天大梵天施設可得由此般若波羅蜜多秘密藏中所說法故世間便有光天少光天無量光天極光淨天施設可得由此般若波羅蜜多秘密藏中所說法故世間便有淨天少淨天無量淨天遍淨天施設可得由此般若波羅蜜多秘密藏中所說法故世間便有廣天少廣天無量廣天廣果天施設可得由此般若波羅蜜多秘密藏中所說法故世間便有無煩天無熱天善現天善見天色究竟天施設可得由此般若波羅蜜多秘密藏中所說法故世間便有空無邊處天識無邊處天無所有處天非想非非想處天施設可得由此般若

波羅蜜多秘密藏中所說法故世間便有布施波羅蜜多淨戒波羅蜜多安忍波羅蜜多精進波羅蜜多靜慮波羅蜜多般若波羅蜜多施設可得由此般若波羅蜜多秘密藏中所說法故世間便有内空外空内外空空空大空勝義空有爲空無爲空畢竟空無際空散空無變異空本性空自相空共相空一切法空不可得空無性空自性空無性自性空施設可得由此般若波羅蜜多秘密藏中所說法故世間便有眞如法界法性不虛妄性不變異性平等性離生性法定法住實際虛空界不思議界施設可得由此般若波羅蜜多秘密藏中所說法故世間便有苦聖諦集聖諦滅聖諦道聖諦施設可得由此般若波羅蜜多秘密藏中所說法故世間便有四靜慮四無量四無色定施設可得由此般若波羅蜜多秘密藏中所說法故世間便有八解脫八勝處九次第定十遍處施設可得由此般若波羅蜜多秘密藏中所說法故世間便有四念住四正斷四神足五根五力七等覺支八聖道支施設可得由此般若波羅蜜多秘密藏中所說法故世間便有空解脫門無相解脫門無願解脫門施設可得由此般若波羅蜜多秘密藏中所說法故世間便有五眼六神通施設可得由此般若波羅蜜多秘密藏中所說法故世間便有佛十力四無所畏四無礙解大慈大悲大喜大捨十八佛不共法施設可得由此般若波羅蜜多秘密藏中所說法故世間便有無忘失法恒住捨性施設可得由此般若波羅蜜多秘密藏中所

說法故世間便有一切智道相智一切相智施設可得由此般若波羅蜜多秘密藏中所說法故世間便有一切陀羅尼門一切三摩地門施設可得由此般若波羅蜜多秘密藏中所說法故世間便有預流一來不還阿羅漢及預流向預流果一來向一來果不還向不還果阿羅漢向阿羅漢果施設可得由此般若波羅蜜多秘密藏中所說法故世間便有獨覺及獨覺菩提施設可得由此般若波羅蜜多秘密藏中所說法故世間便有一切菩薩摩訶薩及諸菩薩摩訶薩行施設可得由此般若波羅蜜多秘密藏中所說法故世間便有一切如來應正等覺及諸無上正等菩提施設可得復次憍尸迦置贍部洲東勝身洲西牛貨洲諸有情類若善男子善女人等教贍部洲東勝身洲西牛貨洲北俱盧洲諸有情類皆令修學四靜慮四無量四無色定五神通於意云何是善男子善女人等由此因緣得福多不天帝釋言甚多世尊甚多善逝佛言憍尸迦若善男子善女人等書寫如是甚深般若波羅蜜多施他讀誦若轉書寫廣令流布是善男子善女人等所獲福聚甚多於前何以故憍尸迦如是般若波羅蜜多秘密藏中廣說一切無漏之法聲聞種性補特伽羅修學此法速入聲聞正性離生得預流果得一來果得不還果得阿羅漢果獨覺種性補特伽羅修學此法速入獨覺正性離生漸次證得獨覺菩提菩薩種性補特伽羅修學此法速入菩薩正性離生漸次修行諸菩薩行證得無上正等菩提憍尸迦如是

般若波羅蜜多秘密藏中廣說一切無漏法者所謂布施波羅蜜多淨戒波羅蜜多安忍波羅蜜多精進波羅蜜多靜慮波羅蜜多般若波羅蜜多內空外空內外空空空大空勝義空有爲空無爲空畢竟空無際空散空無變異空本性空自相空共相空一切法空不可得空無性空自性空無性自性空眞如法界法性不虛妄性不變異性平等性離生性法定法住實際虛空界不思議界無漏四靜慮四無量四無色定八解脫八勝處九次第定十遍處四念住四正斷四神足五根五力七等覺支八聖道支空解脫門無相解脫門無願解脫門五眼六神通佛十力四無所畏四無礙解大慈大悲大喜大捨十八佛不共法一切智道相智一切相智一切陁羅尼門一切三摩地門及餘無量無邊佛法皆是此中所說一切無漏之法憍尸迦若善男子善女人等教一有情住預流果所獲福聚猶勝教化南贍部洲東勝身洲西牛貨洲北俱盧洲諸有情類皆令修學四靜慮四無量四無色定五神通何以故憍尸迦諸有修行四靜慮四無量四無色定五神通不免地獄傍生鬼趣若諸有情住預流果便得永脫三惡趣故況教令住一來不還阿羅漢果所獲福聚而不勝彼憍尸迦若善男子善女人等教贍部洲東勝身洲西牛貨洲北俱盧洲諸有情類皆住預流一來不還阿羅漢果所獲福聚不如有人教一有情令其安住獨覺菩提何以故憍尸迦獨覺菩提所有功德勝預流等百千倍故憍尸迦若善男子善女人等教贍

部洲東勝身洲西牛貨洲北俱盧洲諸有情類皆令安住獨覺菩提所獲福聚不如有人教一有情令趣無上正等菩提何以故憍尸迦若教有情令趣無上正等菩提則令世間佛眼不斷所以者何由有菩薩摩訶薩故便有預流一來不還阿羅漢果獨覺菩提由有菩薩摩訶薩故便有如來應正等覺證得無上正等菩提由有菩薩摩訶薩故便有佛寶法寶僧寶一切世間歸依供養以是故憍尸迦一切世間若天若魔若梵若沙門若婆羅門及阿素洛人非人等應以無量上妙華鬘塗散等香衣服瓔珞寶幢旛蓋衆妙珍奇妓樂燈明盡諸所有供養恭敬尊重讚歎菩薩摩訶薩憍尸迦由此當知若善男子善女人等書寫如是甚深般若波羅蜜多施他讀誦若轉書寫廣令流布所獲福聚勝前福聚無量無邊何以故如是般若波羅蜜多秘密藏中廣說一切世出世間勝善法故由此般若波羅蜜多秘密藏中所說法故世間便有刹帝利大族婆羅門大族長者大族居士大族施設可得由此般若波羅蜜多秘密藏中所說法故世間便有四大王衆天三十三天夜摩天覩史多天樂變化天他化自在天施設可得由此般若波羅蜜多秘密藏中所說法故世間便有梵衆天梵輔天梵會天大梵天施設可得由此般若波羅蜜多秘密藏中所說法故世間便有光天少光天無量光天極光淨天施設可得由此般若波羅蜜多秘密藏中所說法故世間便有淨天少淨天無量淨天遍淨天施設可得由此般若波羅蜜多

秘密藏中所說法故世間便有廣天少廣天無量廣天廣果天施設可得由此般若波羅蜜多秘密藏中所說法故世間便有無煩天無熱天善現天善見天色究竟天施設可得由此般若波羅蜜多秘密藏中所說法故世間便有空無邊處天識無邊處天無所有處天非想非非想處天施設可得由此般若波羅蜜多秘密藏中所說法故世間便有布施波羅蜜多淨戒波羅蜜多安忍波羅蜜多精進波羅蜜多靜慮波羅蜜多般若波羅蜜多施設可得由此般若波羅蜜多秘密藏中所說法故世間便有内空外空内外空空空大空勝義空有爲空無爲空畢竟空無際空散空無變異空本性空自相空共相空一切法空不可得空無性空自性空無性自性空施設可得由此般若波羅蜜多秘密藏中所說法故世間便有眞如法界法性不虛妄性不變異性平等性離生性法定法住實際虛空界不思議界施設可得由此般若波羅蜜多秘密藏中所說法故世間便有苦聖諦集聖諦滅聖諦道聖諦施設可得由此般若波羅蜜多秘密藏中所說法故世間便有四靜慮四無量四無色定施設可得由此般若波羅蜜多秘密藏中所說法故世間便有八解脱八勝處九次第定十遍處施設可得由此般若波羅蜜多秘密藏中所說法故世間便有四念住四正斷四神足五根五力七等覺支八聖道支施設可得由此般若波羅蜜多秘密藏中所說法故世間便有空解脱門無相解脱門無願解脱門施設可得由此般若波

羅蜜多秘密藏中所説法故世間便有五眼六神通施設可得由此般若波羅蜜多秘密藏中所説法故世間便有佛十力四無所畏四無礙解大慈大悲大喜大捨十八佛不共法施設可得由此般若波羅蜜多秘密藏中所説法故世間便有無忘失法恒住捨性施設可得由此般若波羅蜜多秘密藏中所説法故世間便有一切智道相智一切相智施設可得由此般若波羅蜜多秘密藏中所説法故世間便有一切陀羅尼門一切三摩地門施設可得由此般若波羅蜜多秘密藏中所説法故世間便有預流一來不還阿羅漢及預流向預流果一來向一來果不還向不還果阿羅漢向阿羅漢果施設可得由此般若波羅蜜多秘密藏中所説法故世間便有獨覺及獨覺菩提施設可得由此般若波羅蜜多秘密藏中所説法故世間便有一切菩薩摩訶薩及諸菩薩摩訶薩行施設可得由此般若波羅蜜多秘密藏中所説法故世間便有一切如來應正等覺及諸無上正等菩提施設可得

大般若波羅蜜多經卷第一百三十三

大般若波羅蜜多經卷第一百三十四

唐三藏法師玄奘奉詔譯

初分校量功德品第三十之三十二

復次憍尸迦置四大洲諸有情類若善男子善女人等教小千界諸有情類皆令修學四静慮四無量四無色定五神通於意云何是善男子善女人等由此因縁得福多不天帝釋言甚多世尊甚多善逝佛言憍尸迦若善男子善女人等書寫如是甚深般若波羅蜜多施他讀誦若轉書寫廣令流布是善男子善女人等所獲福聚甚多於前何以故憍尸迦如是般若波羅蜜多秘密藏中廣説一切無漏之法聲聞種性補特伽羅修學此法速入聲聞正性離生得預流果得一來果得不還果得阿羅漢果獨覺種性補特伽羅修學此法速入獨覺正性離生漸次證得獨覺菩提菩薩種性補特伽羅修學此法速入菩薩正性離生漸次修行諸菩薩行證得無上正等菩提憍尸迦如是般若波羅蜜多秘密藏中廣説一切無漏法者所謂布施波羅蜜多淨戒波羅蜜多安忍波羅蜜多精進波羅蜜多静慮波羅蜜多般若波羅蜜多内空外空内外空空空大空勝義空有爲空無爲空畢竟空無際空散空無變異空本性空自相空共相空一切法空不可得空無性空自性空無性自性空真如法界法性不虚妄性不變異性平等性離生性法定法住實際虚空界不思議界無漏四静慮四無量四無色定八解脱八勝處九次第定十遍處四念住四正斷四神足五根五力七等覺支八聖道支空

解脱門無相解脱門無願解脱門五眼六神通佛十力四無所畏四無礙解大慈大悲大喜大捨十八佛不共法一切智道相智一切相智一切陀羅尼門一切三摩地門及餘無量無邊佛法皆是此中所説一切無漏之法憍尸迦若善男子善女人等教一有情住預流果所獲福聚猶勝教化小千世界諸有情類皆令修學四靜慮四無量四無色定五神通何以故憍尸迦諸有修行四靜慮四無量四無色定五神通不免地獄傍生鬼趣若諸有情住預流果便得永脱三惡趣故況教令住一來不還阿羅漢果所獲福聚而不勝彼憍尸迦若善男子善女人等教小千界諸有情類皆住預流一來不還阿羅漢果所獲福聚不如有人教一有情令其安住獨覺菩提何以故憍尸迦獨覺菩提所有功德勝預流等百千倍故憍尸迦若善男子善女人等教小千界諸有情類皆令安住獨覺菩提所獲福聚不如有人教一有情令趣無上正等菩提何以故憍尸迦若教有情令趣無上正等菩提則令世間佛眼不斷所以者何由有菩薩摩訶薩故便有預流一來不還阿羅漢果獨覺菩提由有菩薩摩訶薩故便有如來應正等覺證得無上正等菩提由有菩薩摩訶薩故便有佛寶法寶僧寶一切世間歸依供養以是故憍尸迦一切世間若天若魔若梵若沙門若婆羅門及阿素洛人非人等應以無量上妙華鬘塗散等香衣服瓔珞寶幢旛蓋衆妙珍奇妓樂燈明盡諸所有供養恭敬尊重讃歎菩薩摩訶薩憍尸迦由此當知若

善男子善女人等書寫如是甚深般若波羅蜜多施他讀誦若轉書寫廣令流布所獲福聚勝前福聚無量無邊何以故如是般若波羅蜜多秘密藏中廣説一切世間出世間勝善法故由此般若波羅蜜多秘密藏中所説法故世間便有剎帝利大族婆羅門大族長者大族居士大族施設可得由此般若波羅蜜多秘密藏中所説法故世間便有四大王衆天三十三天夜摩天覩史多天樂變化天他化自在天施設可得由此般若波羅蜜多秘密藏中所説法故世間便有梵衆天梵輔天梵會天大梵天施設可得由此般若波羅蜜多秘密藏中所説法故世間便有光天少光天無量光天極光淨天施設可得由此般若波羅蜜多秘密藏中所説法故世間便有淨天少淨天無量淨天遍淨天施設可得由此般若波羅蜜多秘密藏中所説法故世間便有廣天少廣天無量廣天廣果天施設可得由此般若波羅蜜多秘密藏中所説法故世間便有無煩天無熱天善現天善見天色究竟天施設可得由此般若波羅蜜多秘密藏中所説法故世間便有空無邊處天識無邊處天無所有處天非想非非想處天施設可得由此般若波羅蜜多秘密藏中所説法故世間便有布施波羅蜜多淨戒波羅蜜多安忍波羅蜜多精進波羅蜜多靜慮波羅蜜多般若波羅蜜多施設可得由此般若波羅蜜多秘密藏中所説法故世間便有內空外空內外空空空大空勝義空有爲空無爲空畢竟空無際空散空無變異空本性空自相

空共相空一切法空不可得空無性空自性空無性自性空施設可得由此般若波羅蜜多秘密藏中所説法故世間便有眞如法界法性不虚妄性不變異性平等性離生性法定法住實際虚空界不思議界施設可得由此般若波羅蜜多秘密藏中所説法故世間便有苦聖諦集聖諦滅聖諦道聖諦施設可得由此般若波羅蜜多秘密藏中所説法故世間便有四靜慮四無量四無色定施設可得由此般若波羅蜜多秘密藏中所説法故世間便有八解脱八勝處九次第定十遍處施設可得由此般若波羅蜜多秘密藏中所説法故世間便有四念住四正斷四神足五根五力七等覺支八聖道支施設可得由此般若波羅蜜多秘密藏中所説法故世間便有空解脱門無相解脱門無願解脱門施設可得由此般若波羅蜜多秘密藏中所説法故世間便有五眼六神通施設可得由此般若波羅蜜多秘密藏中所説法故世間便有佛十力四無所畏四無礙解大慈大悲大喜大捨十八佛不共法施設可得由此般若波羅蜜多秘密藏中所説法故世間便有無忘失法恒住捨性施設可得由此般若波羅蜜多秘密藏中所説法故世間便有一切智道相智一切相智施設可得由此般若波羅蜜多秘密藏中所説法故世間便有一切陀羅尼門一切三摩地門施設可得由此般若波羅蜜多秘密藏中所説法故世間便有預流一來不還阿羅漢及預流向預流果一來向一來果不還向不還果阿羅漢向阿羅漢果

施設可得由此般若波羅蜜多秘密藏中所說法故世間便有獨覺及獨覺菩提施設可得由此般若波羅蜜多秘密藏中所說法故世間便有一切菩薩摩訶薩及諸菩薩摩訶薩行施設可得由此般若波羅蜜多秘密藏中所說法故世間便有一切如來應正等覺及諸無上正等菩提施設可得復次憍尸迦置小千界諸有情類若善男子善女人等教中千界諸有情類皆令修學四靜慮四無量四無色定五神通於意云何是善男子善女人等由此因緣得福多不天帝釋言甚多世尊甚多善逝佛言憍尸迦若善男子善女人等書寫如是甚深般若波羅蜜多施他讀誦若轉書寫廣令流布是善男子善女人等所獲福聚甚多於前何以故憍尸迦如是般若波羅蜜多秘密藏中廣說一切無漏之法聲聞種性補特伽羅修學此法速入聲聞正性離生得預流果得一來果得不還果得阿羅漢果獨覺種性補特伽羅修學此法速入獨覺正性離生漸次證得獨覺菩提菩薩種性補特伽羅修學此法速入菩薩正性離生漸次修行諸菩薩行證得無上正等菩提憍尸迦如是般若波羅蜜多秘密藏中廣說一切無漏法者所謂布施波羅蜜多淨戒波羅蜜多安忍波羅蜜多精進波羅蜜多靜慮波羅蜜多般若波羅蜜多內空外空內外空空空大空勝義空有爲空無爲空畢竟空無際空散空無變異空本性空自相空共相空一切法空不可得空無性空自性空無性自性空真如法界法性不虛妄性不變異性平等性

離生性法定法住實際虛空界不思議界無漏四靜慮四無量四無色定八解脫八勝處九次第定十遍處四念住四正斷四神足五根五力七等覺支八聖道支空解脫門無相解脫門無願解脫門五眼六神通佛十力四無所畏四無礙解大慈大悲大喜大捨十八佛不共法一切智道相智一切相智一切陀羅尼門一切三摩地門及餘無量無邊佛法皆是此中所說一切無漏之法憍尸迦若善男子善女人等教一有情住預流果所獲福聚猶勝教化中千世界諸有情類皆令修學四靜慮四無量四無色定五神通何以故諸有修行四靜慮四無量四無色定五神通不免地獄傍生鬼趣若諸有情住預流果便得永脫三惡趣故況教令住一來不還阿羅漢果所獲福聚而不勝彼憍尸迦若善男子善女人等教中千界諸有情類皆住預流一來不還阿羅漢果所獲福聚不如有人教一有情令其安住獨覺菩提何以故憍尸迦獨覺菩提所有功德勝預流等百千倍故憍尸迦若善男子善女人等教中千界諸有情類皆令安住獨覺菩提所獲福聚不如有人教一有情令趣無上正等菩提何以故憍尸迦若教有情令趣無上正等菩提則令世間佛眼不斷所以者何由有菩薩摩訶薩故便有預流一來不還阿羅漢果獨覺菩提由有菩薩摩訶薩故便有如來應正等覺證得無上正等菩提由有菩薩摩訶薩故便有佛寶法寶僧寶一切世間歸依供養以是故憍尸迦一切世間若天若魔若梵若沙門若婆羅門及

阿素洛人非人等應以無量上妙華鬘塗散等香衣服瓔珞寶幢旛蓋衆妙珍奇妓樂燈明盡諸所有供養恭敬尊重讃歎菩薩摩訶薩憍尸迦由此當知若善男子善女人等書寫如是甚深般若波羅蜜多施他讀誦若轉書寫廣令流布所獲福聚勝前福聚無量無邊何以故如是般若波羅蜜多秘密藏中廣說一切世出世間勝善法故由此般若波羅蜜多秘密藏中所說法故世間便有刹帝利大族婆羅門大族長者大族居士大族施設可得由此般若波羅蜜多秘密藏中所說法故世間便有四大王衆天三十三天夜摩天覩史多天樂變化天他化自在天施設可得由此般若波羅蜜多秘密藏中所說法故世間便有梵衆天梵輔天梵會天大梵天施設可得由此般若波羅蜜多秘密藏中所說法故世間便有光天少光天無量光天極光淨天施設可得由此般若波羅蜜多秘密藏中所說法故世間便有淨天少淨天無量淨天遍淨天施設可得由此般若波羅蜜多秘密藏中所說法故世間便有廣天少廣天無量廣天廣果天施設可得由此般若波羅蜜多秘密藏中所說法故世間便有無煩天無熱天善現天善見天色究竟天施設可得由此般若波羅蜜多秘密藏中所說法故世間便有空無邊處天識無邊處天無所有處天非想非非想處天施設可得由此般若波羅蜜多秘密藏中所說法故世間便有布施波羅蜜多淨戒波羅蜜多安忍波羅蜜多精進波羅蜜多靜慮波羅蜜多般若波羅蜜多施設

可得由此般若波羅蜜多秘密藏中所說法故世間便有內空外空內外空空空大空勝義空有爲空無爲空畢竟空無際空散空無變異空本性空自相空共相空一切法空不可得空無性空自性空無性自性空施設可得由此般若波羅蜜多秘密藏中所說法故世間便有真如法界法性不虛妄性不變異性平等性離生性法定法住實際虛空界不思議界施設可得由此般若波羅蜜多秘密藏中所說法故世間便有苦聖諦集聖諦滅聖諦道聖諦施設可得由此般若波羅蜜多秘密藏中所說法故世間便有四靜慮四無量四無色定施設可得由此般若波羅蜜多秘密藏中所說法故世間便有八解脫八勝處九次第定十遍處施設可得由此般若波羅蜜多秘密藏中所說法故世間便有四念住四正斷四神足五根五力七等覺支八聖道支施設可得由此般若波羅蜜多秘密藏中所說法故世間便有空解脫門無相解脫門無願解脫門施設可得由此般若波羅蜜多秘密藏中所說法故世間便有五眼六神通施設可得由此般若波羅蜜多秘密藏中所說法故世間便有佛十力四無所畏四無礙解大慈大悲大喜大捨十八佛不共法施設可得由此般若波羅蜜多秘密藏中所說法故世間便有無忘失法恒住捨性施設可得由此般若波羅蜜多秘密藏中所說法故世間便有一切智道相智一切相智施設可得由此般若波羅蜜多秘密藏中所說法故世間便有一切陀羅尼門一切三摩地門施

設可得由此般若波羅蜜多秘密藏中所說法故世間便有預流一來不還阿羅漢及預流向預流果一來向一來果不還向不還果阿羅漢向阿羅漢果施設可得由此般若波羅蜜多秘密藏中所說法故世間便有獨覺及獨覺菩提施設可得由此般若波羅蜜多秘密藏中所說法故世間便有一切菩薩摩訶薩及諸菩薩摩訶薩行施設可得由此般若波羅蜜多秘密藏中所說法故世間便有一切如來應正等覺及諸無上正等菩提施設可得復次憍尸迦置中千界諸有情類若善男子善女人等教化三千大千世界諸有情類皆令修學四靜慮四無量四無色定五神通於意云何是善男子善女人等由此因緣得福多不天帝釋言甚多世尊甚多善逝佛言憍尸迦若善男子善女人等書寫如是甚深般若波羅蜜多施他讀誦若轉書寫廣令流布是善男子善女人等所獲福聚甚多於前何以故憍尸迦如是般若波羅蜜多秘密藏中廣說一切無漏之法聲聞種性補特伽羅修學此法速入聲聞正性離生得預流果得一來果得不還果得阿羅漢果獨覺種性補特伽羅修學此法速入獨覺正性離生漸次證得獨覺菩提菩薩種性補特伽羅修學此法速入菩薩正性離生漸次修行諸菩薩行證得無上正等菩提憍尸迦如是般若波羅蜜多秘密藏中廣說一切無漏法者所謂布施波羅蜜多淨戒波羅蜜多安忍波羅蜜多精進波羅蜜多靜慮波羅蜜多般若波羅蜜多內空外空內外空空空大空勝義空

有爲空無爲空畢竟空無際空散空無變異空本性空自相空共相空一切法空不可得空無性空自性空無性自性空眞如法界法性不虚妄性不變異性平等性離生性法定法住實際虚空界不思議界無漏四靜慮四無量四無色定八解脱八勝處九次第定十遍處四念住四正斷四神足五根五力七等覺支八聖道支空解脱門無相解脱門無願解脱門五眼六神通佛十力四無所畏四無礙解大慈大悲大喜大捨十八佛不共法一切智道相智一切相智一切陀羅尼門一切三摩地門及餘無量無邊佛法皆是此中所說一切無漏之法憍尸迦若善男子善女人等教一有情住預流果所獲福聚猶勝教化如是三千大千世界諸有情類皆令修學四靜慮四無量四無色定五神通何以故憍尸迦諸有修行四靜慮四無量四無色定五神通不免地獄傍生鬼趣若諸有情住預流果便得永脱三惡趣故況教令住一來不還阿羅漢果所獲福聚而不勝彼憍尸迦若善男子善女人等教化三千大千世界諸有情類皆住預流一來不還阿羅漢果所獲福聚不如有人教一有情令其安住獨覺菩提何以故憍尸迦獨覺菩提所有功德勝預流等百千倍故憍尸迦若善男子善女人等教化三千大千世界諸有情類皆令安住獨覺菩提所獲福聚不如有人教一有情令趣無上正等菩提何以故憍尸迦若教有情令趣無上正等菩提則令世間佛眼不斷所以者何由有菩薩摩訶薩故便有預流一來不還阿羅

漢果獨覺菩提由有菩薩摩訶薩故便有如
來應正等覺證得無上正等菩提由有菩薩
摩訶薩故便有佛寶法寶僧寶一切世間歸
依供養以是故憍尸迦一切世間若天若魔
若梵若沙門若婆羅門及阿素洛人非人等
應以無量上妙華鬘塗散等香衣服瓔珞寶
幢旛蓋衆妙珍奇妓樂燈明盡諸所有供養
恭敬尊重讃歎菩薩摩訶薩憍尸迦由此當
知若善男子善女人等書寫如是甚深般若
波羅蜜多施他讀誦若轉書寫廣令流布所
獲福聚勝前福聚無量無邊何以故如是般
若波羅蜜多秘密藏中廣說一切世出世間
勝善法故由此般若波羅蜜多秘密藏中所
說法故世間便有刹帝利大族婆羅門大族
長者大族居士大族施設可得由此般若波
羅蜜多秘密藏中所說法故世間便有四大
王衆天三十三天夜摩天覩史多天樂變化
天他化自在天施設可得由此般若波羅蜜
多秘密藏中所說法故世間便有梵衆天梵
輔天梵會天大梵天施設可得由此般若波
羅蜜多秘密藏中所說法故世間便有光天
少光天無量光天極光淨天施設可得由此
般若波羅蜜多秘密藏中所說法故世間便
有淨天少淨天無量淨天遍淨天施設可得
由此般若波羅蜜多秘蜜藏中所說法故世
間便有廣天少廣天無量廣天廣果天施設
可得由此般若波羅蜜多秘密藏中所說法
故世間便有無煩天無熱天善現天善見天
色究竟天施設可得由此般若波羅蜜多秘
密藏中所說法故世間便有空無邊處天識

無邊處天無所有處天非想非非想處天施設可得由此般若波羅蜜多秘密藏中所說法故世間便有布施波羅蜜多淨戒波羅蜜多安忍波羅蜜多精進波羅蜜多靜慮波羅蜜多般若波羅蜜多施設可得由此般若波羅蜜多秘密藏中所說法故世間便有内空外空内外空空空大空勝義空有爲空無爲空畢竟空無際空散空無變異空本性空自相空共相空一切法空不可得空無性空自性空無性自性空施設可得由此般若波羅蜜多秘密藏中所說法故世間便有眞如法界法性不虛妄性不變異性平等性離生性法定法住實際虛空界不思議界施設可得由此般若波羅蜜多秘密藏中所說法故世間便有苦聖諦集聖諦滅聖諦道聖諦施設可得由此般若波羅蜜多秘密藏中所說法故世間便有四靜慮四無量四無色定施設可得由此般若波羅蜜多秘密藏中所說法故世間便有八解脫八勝處九次第定十遍處施設可得由此般若波羅蜜多秘密藏中所說法故世間便有四念住四正斷四神足五根五力七等覺支八聖道支施設可得由此般若波羅蜜多秘密藏中所說法故世間便有空解脫門無相解脫門無願解脫門施設可得由此般若波羅蜜多秘密藏中所說法故世間便有五眼六神通施設可得由此般若波羅蜜多秘密藏中所說法故世間便有佛十力四無所畏四無礙解大慈大悲大喜大捨十八佛不共法施設可得由此般若波羅蜜多秘密藏中所說法故世間便有無

忘失法恒住捨性施設可得由此般若波羅蜜多秘密藏中所說法故世間便有一切智道相智一切相智施設可得由此般若波羅蜜多秘密藏中所說法故世間便有一切陀羅尼門一切三摩地門施設可得由此般若波羅蜜多秘密藏中所說法故世間便有預流一來不還阿羅漢及預流向預流果一來向一來果不還向不還果阿羅漢向阿羅漢果施設可得由此般若波羅蜜多秘密藏中所說法故世間便有獨覺及獨覺菩提施設可得由此般若波羅蜜多秘密藏中所說法故世間便有一切菩薩摩訶薩及諸菩薩摩訶薩行施設可得由此般若波羅蜜多秘密藏中所說法故世間便有一切如來應正等覺及諸無上正等菩提施設可得復次憍尸迦置此三千大千世界諸有情類若善男子善女人等教化十方各如殑伽沙等世界諸有情類皆令修學四靜慮四無量四無色定五神通於意云何是善男子善女人等由此因緣得福多不天帝釋言甚多世尊甚多善逝佛言憍尸迦若善男子善女人等書寫如是甚深般若波羅蜜多施他讀誦若轉書寫廣令流布是善男子善女人等所獲福聚甚多於前何以故憍尸迦如是般若波羅蜜多秘密藏中廣說一切無漏之法聲聞種性補特伽羅修學此法速入聲聞正性離生得預流果得一來果得不還果得阿羅漢果獨覺種性補特伽羅修學此法速入獨覺正性離生漸次證得獨覺菩提菩薩種性補特伽羅修學此法速入菩薩正性離生漸次修行諸

菩薩行證得無上正等菩提憍尸迦如是般若波羅蜜多秘密藏中廣說一切無漏法者所謂布施波羅蜜多淨戒波羅蜜多安忍波羅蜜多精進波羅蜜多靜慮波羅蜜多般若波羅蜜多內空外空內外空空空大空勝義空有爲空無爲空畢竟空無際空散空無變異空本性空自相空共相空一切法空不可得空無性空自性空無性自性空眞如法界法性不虛妄性不變異性平等性離生性法定法住實際虛空界不思議界無漏四靜慮四無量四無色定八解脫八勝處九次第定十遍處四念住四正斷四神足五根五力七等覺支八聖道支空解脫門無相解脫門無願解脫門五眼六神通佛十力四無所畏四無礙解大慈大悲大喜大捨十八佛不共法一切智道相智一切相智一切陀羅尼門一切三摩地門及餘無量無邊佛法皆是此中所說一切無漏之法憍尸迦若善男子善女人等教一有情住預流果所獲福聚猶勝教化十方各如殑伽沙界諸有情類皆令修學四靜慮四無量四無色定五神通何以故憍尸迦諸有修行四靜慮四無量四無色定五神通不免地獄傍生鬼趣若諸有情住預流果便得永脫三惡趣故況教令住一來不還阿羅漢果所獲福聚而不勝彼憍尸迦若善男子善女人等教化十方各如殑伽沙等世界諸有情類皆住預流一來不還阿羅漢果所獲福聚不如有人教一有情令其安住獨覺菩提何以故憍尸迦獨覺菩提所有功德勝預流等百千倍故

大般若波羅蜜多經卷第一百三十四

大般若波羅蜜多經卷第一百三十五

唐三藏法師玄奘奉　詔譯

初分校量功德品第三十之三十三

憍尸迦若善男子善女人等教化十方各如殑伽沙等世界諸有情類皆令安住獨覺菩提所獲福聚不如有人教一有情令趣無上正等菩提何以故憍尸迦若教有情令趣無上正等菩提則令世間佛眼不斷所以者何由有菩薩摩訶薩故便有預流一來不還阿羅漢果獨覺菩提由有菩薩摩訶薩故便有如來應正等覺證得無上正等菩提由有菩薩摩訶薩故便有佛寶法寶僧寶一切世間歸依供養以是故憍尸迦一切世間若天若魔若梵若沙門若婆羅門及阿素洛人非人等應以無量上妙花鬘塗散等香衣服瓔珞寶幢幡蓋衆妙珍奇妓樂燈明盡諸所有供養恭敬尊重讚歎菩薩摩訶薩憍尸迦由此當知若善男子善女人等書寫如是甚深般若波羅蜜多施他讀誦若轉書寫廣令流布所獲福聚勝前福聚無量無邊何以故如是般若波羅蜜多秘密藏中廣說一切世出世間勝善法故由此般若波羅蜜多秘密藏中所說法故世間便有刹帝利大族婆羅門大族長者大族居士大族施設可得由此般若波羅蜜多秘密藏中所說法故世間便有四大王衆天三十三天夜摩天覩史多天樂變化天他化自在天施設可得由此般若波羅蜜多秘密藏中所說法故世間便有梵衆天梵輔天梵會天大梵天施設可得由此般若波羅蜜多秘密藏中所說法故世間便有光

天少光天無量光天極光淨天施設可得由此般若波羅蜜多秘密藏中所説法故世間便有淨天少淨天無量淨天遍淨天施設可得由此般若波羅蜜多秘密藏中所説法故世間便有廣天少廣天無量廣天廣果天施設可得由此般若波羅蜜多秘密藏中所説法故世間便有無煩天無熱天善現天善見天色究竟天施設可得由此般若波羅蜜多秘密藏中所説法故世間便有空無邊處天識無邊處天無所有處天非想非非想處天施設可得由此般若波羅蜜多秘密藏中所説法故世間便有布施波羅蜜多淨戒波羅蜜多安忍波羅蜜多精進波羅蜜多靜慮波羅羅蜜多若波羅蜜多施設可得由此般若波羅蜜多秘密藏中所説法故世間便有内空外空内外空空空大空勝義空有爲空無爲空畢竟空無際空散空無變異空本性空自相空共相空一切法空不可得空無性空自性空無性自性空施設可得由此般若波羅蜜多秘密藏中所説法故世間便有眞如法界法性不虚妄性不變異性平等性離生性法定法住實際虚空界不思議界施設可得由此般若波羅蜜多秘密藏中所説法故世間便有苦聖諦集聖諦滅聖諦道聖諦施設可得由此般若波羅蜜多秘密藏中所説法故世間便有四靜慮四無量四無色定施設可得由此般若波羅蜜多秘密藏中所説法故世間便有八解脫八勝處九次第定十遍處施設可得由此般若波羅蜜多秘密藏中所説法故世間便有四念住四正斷四神

足五根五力七等覺支八聖道支施設可得由此般若波羅蜜多秘密藏中所說法故世間便有空解脫門無相解脫門無願解脫門施設可得由此般若波羅蜜多秘密藏中所說法故世間便有五眼六神通施設可得由此般若波羅蜜多秘密藏中所說法故世間便有佛十力四無所畏四無礙解大慈大悲大喜大捨十八佛不共法施設可得由此般若波羅蜜多秘密藏中所說法故世間便有無忘失法恒住捨性施設可得由此般若波羅蜜多秘密藏中所說法故世間便有一切智道相智一切相智施設可得由此般若波羅蜜多秘密藏中所說法故世間便有一切陀羅尼門一切三摩地門施設可得由此般若波羅蜜多秘密藏中所說法故世間便有預流一來不還阿羅漢及預流向預流果一來向一來果不還向不還果阿羅漢向阿羅漢果施設可得由此般若波羅蜜多秘密藏中所說法故世間便有獨覺及獨覺菩提施設可得由此般若波羅蜜多秘密藏中所說法故世間便有一切菩薩摩訶薩及諸菩薩摩訶薩行施設可得由此般若波羅蜜多秘密藏中所說法故世間便有一切如來應正等覺及諸無上正等菩提施設可得復次憍尸迦置此十方各如殑伽沙等世界諸有情類若善男子善女人等教化十方一切世界諸有情類皆令修學四靜慮四無量四無色定五神通於意云何是善男子善女人等由此因緣得福多不天帝釋言甚多世尊甚多善逝佛言憍尸迦若善男子善女人等書寫

如是甚深般若波羅蜜多施他讀誦若轉書寫廣令流布是善男子善女人等所獲福聚甚多於前何以故憍尸迦如是般若波羅蜜多秘密藏中廣說一切無漏之法聲聞種性補特伽羅修學此法速入聲聞正性離生得預流果得一來果得不還果得阿羅漢果獨覺種性補特伽羅修學此法速入獨覺正性離生漸次證得獨覺菩提菩薩種性補特伽羅修學此法速入菩薩正性離生漸次修行諸菩薩行證得無上正等菩提憍尸迦如是般若波羅蜜多秘密藏中廣說一切無漏法者所謂布施波羅蜜多淨戒波羅蜜多安忍波羅蜜多精進波羅蜜多靜慮波羅蜜多般若波羅蜜多內空外空內外空空空大空勝義空有爲空無爲空畢竟空無際空散空無變異空本性空自相空共相空一切法空不可得空無性空自性空無性自性空眞如法界法性不虛妄性不變異性平等性離生性法定法住實際虛空界不思議界無漏四靜慮四無量四無色定八解脫八勝處九次第定十遍處四念住四正斷四神足五根五力七等覺支八聖道支空解脫門無相解脫門無願解脫門五眼六神通佛十力四無所畏四無礙解大慈大悲大喜大捨十八佛不共法一切智道相智一切相智一切陀羅尼門一切三摩地門及餘無量無邊佛法皆是此中所說一切無漏之法憍尸迦若善男子善女人等教一有情住預流果所獲福聚猶勝教化如是十方一切世界諸有情類皆令修學四靜慮四無量四無色定五神通何以故

憍尸迦諸有修行四靜慮四無量四無色定五神通不免地獄傍生鬼趣若諸有情住預流果便得永脫三惡趣故況教令住一來不還阿羅漢果所獲福聚而不勝彼憍尸迦若善男子善女人等教化十方一切世界諸有情類皆住預流一來不還阿羅漢果所獲福聚不如有人教一有情令其安住獨覺菩提何以故憍尸迦獨覺菩提所有功德勝預流等百千倍故憍尸迦若善男子善女人等教化十方一切世界諸有情類皆令安住獨覺菩提所獲福聚不如有人教一有情令趣無上正等菩提何以故憍尸迦若教有情令趣無上正等菩提則令世間佛眼不斷所以者何由有菩薩摩訶薩故便有預流一來不還阿羅漢果獨覺菩提由有菩薩摩訶薩故便有如來應正等覺證得無上正等菩提由有菩薩摩訶薩故便有佛寶法寶僧寶一切世間歸依供養以是故憍尸迦一切世間若天若魔若梵若沙門若婆羅門及阿素洛人非人等應以無量上妙花鬘塗散等香衣服瓔珞寶幢旛蓋衆妙珍奇妓樂燈明盡諸所有供養恭敬尊重讚歎菩薩摩訶薩憍尸迦由此當知若善男子善女人等書寫如是甚深般若波羅蜜多施他讀誦若轉書寫廣令流布所獲福聚勝前福聚無量無邊何以故如是般若波羅蜜多秘密藏中廣說一切世出世間勝善法故由此般若波羅蜜多秘密藏中所說法故世間便有刹帝利大族婆羅門大族長者大族居士大族施設可得由此般若波羅蜜多秘密藏中所說法故世間便有

四大王衆天三十三天夜摩天覩史多天樂變化天他化自在天施設可得由此般若波羅蜜多秘密藏中所說法故世間便有梵衆天梵輔天梵會天大梵天施設可得由此般若波羅蜜多秘密藏中所說法故世間便有光天少光天無量光天極光淨天施設可得由此般若波羅蜜多秘密藏中所說法故世間便有淨天少淨天無量淨天遍淨天施設可得由此般若波羅蜜多秘密藏中所說法故世間便有廣天少廣天無量廣天廣果天施設可得由此般若波羅蜜多秘密藏中所說法故世間便有無煩天無熱天善現天善見天色究竟天施設可得由此般若波羅蜜多秘密藏中所說法故世間便有空無邊處天識無邊處天無所有處天非想非非想處天施設可得由此般若波羅蜜多秘密藏中所說法故世間便有布施波羅蜜多淨戒波羅蜜多安忍波羅蜜多精進波羅蜜多靜慮波羅蜜多般若波羅蜜多施設可得由此般若波羅蜜多秘密藏中所說法故世間便有內空外空內外空空空大空勝義空有為空無為空畢竟空無際空散空無變異空本性空自相空共相空一切法空不可得空無性空自性空無性自性空施設可得由此般若波羅蜜多秘密藏中所說法故世間便有真如法界法性不虛妄性不變異性平等性離生性法定法住實際虛空界不思議界施設可得由此般若波羅蜜多秘密藏中所說法故世間便有苦聖諦集聖諦滅聖諦道聖諦施設可得由此般若波羅蜜多秘密藏中所

說法故世間便有四靜慮四無量四無色定施設可得由此般若波羅蜜多秘密藏中所說法故世間便有八解脫八勝處九次第定十遍處施設可得由此般若波羅蜜多秘密藏中所說法故世間便有四念住四正斷四神足五根五力七等覺支八聖道支施設可得由此般若波羅蜜多秘密藏中所說法故世間便有空解脫門無相解脫門無願解脫門施設可得由此般若波羅蜜多秘密藏中所說法故世間便有五眼六神通施設可得由此般若波羅蜜多秘密藏中所說法故世間便有佛十力四無所畏四無礙解大慈大悲大喜大捨十八佛不共法施設可得由此般若波羅蜜多秘密藏中所說法故世間便有無忘失法恒住捨性施設可得由此般若波羅蜜多秘密藏中所說法故世間便有一切智道相智一切相智施設可得由此般若波羅蜜多秘密藏中所說法故世間便有一切陀羅尼門一切三摩地門施設可得由此般若波羅蜜多秘密藏中所說法故世間便有預流一來不還阿羅漢及預流向預流果一來向一來果不還向不還果阿羅漢向阿羅漢果施設可得由此般若波羅蜜多秘密藏中所說法故世間便有獨覺及獨覺菩提施設可得由此般若波羅蜜多秘密藏中所說法故世間便有一切菩薩摩訶薩及諸菩薩摩訶薩行施設可得由此般若波羅蜜多秘密藏中所說法故世間便有一切如來應正等覺及諸無上正等菩提施設可得復次憍尸迦若善男子善女人等於此般若波羅

蜜多受持讀誦如理思惟是善男子善女人等所獲福聚勝於教化一贍部洲諸有情類皆令安住十善業道四靜慮四無量四無色定五神通憍尸迦是善男子善女人等所獲福聚亦勝教化南贍部洲東勝身洲諸有情類皆令安住十善業道四靜慮四無量四無色定五神通憍尸迦是善男子善女人等所獲福聚亦勝教化南贍部洲東勝身洲西牛貨洲諸有情類皆令安住十善業道四靜慮四無量四無色定五神通憍尸迦是善男子善女人等所獲福聚亦勝教化一四大洲諸有情類皆令安住十善業道四靜慮四無量四無色定五神通憍尸迦是善男子善女人等所獲福聚亦勝教化小千世界諸有情類皆令安住十善業道四靜慮四無量四無色

定五神通憍尸迦是善男子善女人等所獲福聚亦勝教化中千世界諸有情類皆令安住十善業道四靜慮四無量四無色定五神通憍尸迦是善男子善女人等所獲福聚亦勝教化三千大千世界諸有情類皆令安住十善業道四靜慮四無量四無色定五神通憍尸迦是善男子善女人等所獲福聚亦勝教化十方各如殑伽沙等世界諸有情類皆令安住十善業道四靜慮四無量四無色定五神通憍尸迦是善男子善女人等所獲福聚亦勝教化十方一切世界諸有情類皆令安住十善業道四靜慮四無量四無色定五神通憍尸迦此中如理思惟者謂以非二非不二行覺於此般若波羅蜜多受持讀誦如理思惟復以非二非不二行覺於靜慮精進

安忍淨戒布施波羅蜜多受持讀誦如理思惟憍尸迦復以非二非不二行覺於内空如理思惟復以非二非不二行覺於外空内外空空空大空勝義空有爲空無爲空畢竟空無際空散空無變異空本性空自相空共相空一切法空不可得空無性空自性空無性自性空如理思惟憍尸迦復以非二非不二行覺於眞如如理思惟復以非二非不二行覺於法界法性不虚妄性不變異性平等性離生性法定法住實際虚空界不思議界如理思惟憍尸迦復以非二非不二行覺於苦聖諦如理思惟復以非二非不二行覺於集滅道聖諦如理思惟憍尸迦復以非二非不二行覺於四靜慮如理思惟復以非二非不二行覺於四無量四無色定如理思惟憍尸迦復以非二非不二行覺於八解脱如理思惟復以非二非不二行覺於八勝處九次第定十遍處如理思惟憍尸迦復以非二非不二行覺於四念住如理思惟復以非二非不二行覺於四正斷四神足五根五力七等覺支八聖道支如理思惟憍尸迦復以非二非不二行覺於空解脱門如理思惟復以非二非不二行覺於無相無願解脱門如理思惟憍尸迦復以非二非不二行覺於五眼如理思惟復以非二非不二行覺於六神通如理思惟憍尸迦復以非二非不二行覺於佛十力如理思惟復以非二非不二行覺於四無所畏四無礙解大慈大悲大喜大捨十八佛不共法如理思惟憍尸迦復以非二非不二行覺於無忘失法如理思惟復以非二非不

二行覺於恒住捨性如理思惟憍尸迦復以非二非不二行覺於一切智如理思惟復以非二非不二行覺於道相智一切相智如理思惟憍尸迦復以非二非不二行覺於一切陀羅尼門如理思惟復以非二非不二行覺於一切三摩地門如理思惟憍尸迦復以非二非不二行覺於菩薩摩訶薩行如理思惟憍尸迦復以非二非不二行覺於無上正等菩提如理思惟復次憍尸迦若善男子善女人等於此般若波羅蜜多以無量門廣爲他說宣示開演顯了解釋分別義趣令其易解所獲福聚勝自受持若讀若誦如理思惟如是般若波羅蜜多所獲功德憍尸迦所言般若波羅蜜多義趣者謂此般若波羅蜜多非二非不二非有相非無相非入非出非增非減非染非淨非生非滅非取非捨非執非不執非住非不住非實非不實非相應非不相應非和合非不和合非因緣非非因緣非法非非法非真如非非真如非實際非非實際如是義趣有無量門憍尸迦若善男子善女人等能廣教他如是般若波羅蜜多甚深義趣令易解者所獲福聚勝自受持若讀若誦如理思惟如是般若波羅蜜多所獲功德無量倍數復次憍尸迦若善男子善女人等自於般若波羅蜜多受持讀誦如理思惟以無量門爲他廣說宣示開演顯了解釋分別義趣令其易解是善男子善女人等所獲福聚過前福聚無量無邊爾時天帝釋白佛言世尊諸善男子善女人等應以種種巧妙文義宣說開示如是般若波羅蜜多佛言憍尸迦

如是如是如汝所説諸善男子善女人等應以種種巧妙文義宣説開示如是般若波羅蜜多憍尸迦若善男子善女人等能以種種巧妙文義宣説開示如是般若波羅蜜多是善男子善女人等成就無量無數無邊不可思議大功德聚憍尸迦若善男子善女人等盡其形壽以無量種上妙花鬘塗散等香衣服瓔珞寶幢旛蓋衆妙珍奇妓樂燈明盡諸所有清淨樂具供養恭敬尊重讚歎十方無量無數世界一切如來應正等覺有善男子善女人等自於般若波羅蜜多受持讀誦如理思惟復依種種巧妙文義以無量門爲他廣説宣示開演顯了解釋分别義趣令其易解是善男子善女人等所獲福聚甚多於前何以故憍尸迦由彼過去未來現在一切如來應正等覺皆學般若波羅蜜多已證無上正等菩提當證無上正等菩提今證無上正等菩提復次憍尸迦若善男子善女人等無量無數無邊大劫以有所得而爲方便修行布施波羅蜜多無量無數無邊大劫以有所得而爲方便修行淨戒波羅蜜多無量無數無邊大劫以有所得而爲方便修行安忍波羅蜜多無量無數無邊大劫以有所得而爲方便修行精進波羅蜜多無量無數無邊大劫以有所得而爲方便修行靜慮波羅蜜多無量無數無邊大劫以有所得而爲方便修行般若波羅蜜多有善男子善女人等於此般若波羅蜜多以無所得而爲方便受持讀誦如理思惟復以種種巧妙文義經須臾間爲他辯説宣示開演顯了解釋分别義趣令

其易解所獲福聚甚多於前憍尸迦此中所言有所得者謂善男子善女人等修布施時作如是念我能惠施彼是受者此是施果施及施物彼行施時名住布施不名布施波羅蜜多以有所得爲方便故若善男子善女人等修淨戒時作如是念我能持戒爲護於彼此是戒果及所持戒彼持戒時名住淨戒不名淨戒波羅蜜多以有所得爲方便故若善男子善女人等修安忍時作如是念我能修忍爲護彼故此是忍果及忍自性彼修忍時名住安忍不名安忍波羅蜜多以有所得爲方便故若善男子善女人等修精進時作如是念我能精進爲修斷彼此精進果精進自性彼精進時名住精進不名精進波羅蜜多以有所得爲方便故若善男子善女人等修靜慮時作如是念我能修定彼是定境此靜慮果靜慮自性彼修定時名住靜慮不名靜慮波羅蜜多以有所得爲方便故若善男子善女人等修般若時作如是念我能修慧彼是慧境此般若果般若自性彼修慧時名住般若不名般若波羅蜜多以有所得爲方便故憍尸迦是善男子善女人等以有所得爲方便故不能圓滿布施淨戒安忍精進靜慮般若波羅蜜多爾時天帝釋白佛言世尊菩薩摩訶薩云何能滿布施淨戒安忍精進靜慮般若波羅蜜多佛言憍尸迦若菩薩摩訶薩修布施時不得施者受者施果施及施物以無所得爲方便故能滿布施波羅蜜多若菩薩摩訶薩修淨戒時不得持者所護戒果及所持戒以無所得爲方便故能滿淨戒波

羅蜜多若菩薩摩訶薩修安忍時不得能忍所護忍果及忍自性以無所得爲方便故能滿安忍波羅蜜多若菩薩摩訶薩修精進時不得勤者所爲勤果精進自性以無所得爲方便故能滿精進波羅蜜多若菩薩摩訶薩修靜慮時不得定者定境定果靜慮自性以無所得爲方便故能滿靜慮波羅蜜多若菩薩摩訶薩修般若時不得慧者慧境慧果般若自性以無所得爲方便故能滿般若波羅蜜多憍尸迦諸善男子善女人等應以如是無所得慧及以種種巧妙文義宣說般若波羅蜜多應以如是無所得慧及以種種巧妙文義宣說靜慮波羅蜜多應以如是無所得慧及以種種巧妙文義宣說精進波羅蜜多應以如是無所得慧及以種種巧妙文義宣說安忍波羅蜜多應以如是無所得慧及以種種巧妙文義宣說淨戒波羅蜜多應以如是無所得慧及以種種巧妙文義宣說布施波羅蜜多何以故憍尸迦於當來世有善男子善女人等爲他宣說相似般若波羅蜜多初發無上菩提心者聞彼所說相似般若波羅蜜多心便迷謬失於中道是故應以無所得慧及以種種巧妙文義爲發無上菩提心者宣說般若波羅蜜多憍尸迦於當來世有善男子善女人等爲他宣說相似靜慮波羅蜜多初發無上菩提心者聞彼所說相似靜慮波羅蜜多心便迷謬失於中道是故應以無所得慧及以種種巧妙文義爲發無上菩提心者宣說靜慮波羅蜜多憍尸迦於當來世有善男子善女人等爲他宣說相似精進

波羅蜜多初發無上菩提心者聞彼所說相似精進波羅蜜多心便迷謬失於中道是故應以無所得慧及以種種巧妙文義爲發無上菩提心者宣說精進波羅蜜多憍尸迦於當來世有善男子善女人等爲他宣說相似安忍波羅蜜多初發無上菩提心者聞彼所說相似安忍波羅蜜多心便迷謬失於中道是故應以無所得慧及以種種巧妙文義爲發無上菩提心者宣說安忍波羅蜜多憍尸迦於當來世有善男子善女人等爲他宣說相似淨戒波羅蜜多初發無上菩提心者聞彼所說相似淨戒波羅蜜多心便迷謬失於中道是故應以無所得慧及以種種巧妙文義爲發無上菩提心者宣說淨戒波羅蜜多憍尸迦於當來世有善男子善女人等爲他宣說相似布施波羅蜜多初發無上菩提心者聞彼所說相似布施波羅蜜多心便迷謬失於中道是故應以無所得慧及以種種巧妙文義爲發無上菩提心者宣說布施波羅蜜多

大般若波羅蜜多經卷第一百三十五

大般若波羅蜜多經卷第一百三十六

唐三藏法師玄奘奉　詔譯

初分校量功德品第三十之三十四

爾時天帝釋白佛言世尊云何名說相似般若靜慮精進安忍淨戒布施波羅蜜多佛言憍尸迦若善男子善女人等說有所得般若靜慮精進安忍淨戒布施波羅蜜多如是名說相似般若靜慮精進安忍淨戒布施波羅蜜多時天帝釋復白佛言世尊云何諸善男子善女人等說有所得般若波羅蜜多名說相似般若波羅蜜多佛言憍尸迦若善男子善女人等爲發無上菩提心者說色若常若無常說受想行識若常若無常說色若樂若苦說受想行識若樂若苦說色若我若無我說受想行識若我若無我說色若淨若不淨說受想行識若淨若不淨若有能依如是等法修行般若是行般若波羅蜜多復作是說行般若者應求色若常若無常應求受想行識若常若無常應求色若樂若苦應求受想行識若樂若苦應求色若我若無我應求受想行識若我若無我應求色若淨若不淨應求受想行識若淨若不淨若有能求如是等法修行般若是行般若波羅蜜多憍尸迦若善男子善女人等如是求色若常若無常求受想行識若常若無常求色若樂若苦求受想行識若樂若苦求色若我若無我求受想行識若我若無我求色若淨若不淨求受想行識若淨若不淨依此等法行般若者我說名爲行有所得相似般若波羅蜜多憍尸迦如前所說當知皆是說有所得相似般若波

羅蜜多復次憍尸迦若善男子善女人等爲發無上菩提心者說眼處若常若無常說耳鼻舌身意處若常若無常說眼處若樂若苦說耳鼻舌身意處若樂若苦說眼處若我若無我說耳鼻舌身意處若我若無我說眼處若淨若不淨說耳鼻舌身意處若淨若不淨若有能依如是等法修行般若是行般若波羅蜜多復作是說行般若者應求眼處若常若無常應求耳鼻舌身意處若常若無常應求眼處若樂若苦應求耳鼻舌身意處若樂若苦應求眼處若我若無我應求耳鼻舌身意處若我若無我應求眼處若淨若不淨應求耳鼻舌身意處若淨若不淨若有能求如是等法修行般若是行般若波羅蜜多憍尸迦若善男子善女人等如是求眼處若常若無常求耳鼻舌身意處若我若無常求眼處若樂若苦求耳鼻舌身意處若樂若苦求眼處若我若無我求耳鼻舌身意處若我若無我求眼處若淨若不淨求耳鼻舌身意處若淨若不淨依此等法行般若者我說名爲行有所得相似般若波羅蜜多憍尸迦如前所說當知皆是說有所得相似般若波羅蜜多復次憍尸迦若善男子善女人等爲發無上菩提心者說色處若常若無常說聲香味觸法處若常若無常說色處若樂若苦說聲香味觸法處若樂若苦說色處若我若無我說聲香味觸法處若我若無我說色處若淨若不淨說聲香味觸法處若淨若不淨若有能依如是等法修行般若是行般若波羅蜜多復作是說行般若者應求色處若常若無常

應求聲香味觸法處若常若無常應求色處若樂若苦應求聲香味觸法處若樂若苦應求色處若我若無我應求聲香味觸法處若我若無我應求色處若淨若不淨應求聲香味觸法處若淨若不淨若有能求如是等法修行般若是行般若波羅蜜多憍尸迦若善男子善女人等如是求色處若常若無常求聲香味觸法處若常若無常求色處若樂若苦求聲香味觸法處若樂若苦求色處若我若無我求聲香味觸法處若我若無我求色處若淨若不淨求聲香味觸法處若淨若不淨依此等法行般若者我說名爲行有所得相似般若波羅蜜多憍尸迦如前所說當知皆是說有所得相似般若波羅蜜多復次憍尸迦若善男子善女人等爲發無上菩提心者說眼界若常若無常說色界眼識界及眼觸眼觸爲緣所生諸受若常若無常說眼界若樂若苦說色界眼識界及眼觸眼觸爲緣所生諸受若樂若苦說眼界若我若無我說色界眼識界及眼觸眼觸爲緣所生諸受若我若無我說眼界若淨若不淨說色界眼識界及眼觸眼觸爲緣所生諸受若淨若不淨若有能依如是等法修行般若是行般若波羅蜜多復作是說行般若者應求眼界若常若無常應求色界眼識界及眼觸眼觸爲緣所生諸受若常若無常應求眼界若樂若苦應求色界眼識界及眼觸眼觸爲緣所生諸受若樂若苦應求眼界若我若無我應求色界眼識界及眼觸眼觸爲緣所生諸受若我若無我應求眼界若淨若不淨應求色界眼

識界及眼觸眼觸爲緣所生諸受若淨若不淨若有能求如是等法修行般若是行般若波羅蜜多憍尸迦若善男子善女人等如是求眼界若常若無常求色界眼識界及眼觸眼觸爲緣所生諸受若常若無常求眼界若樂若苦求色界眼識界及眼觸眼觸爲緣所生諸受若樂若苦求眼界若我若無我求色界眼識界及眼觸眼觸爲緣所生諸受若我若無我求眼界若淨若不淨求色界眼識界及眼觸眼觸爲緣所生諸受若淨若不淨依此等法行般若者我說名爲行有所得相似般若波羅蜜多憍尸迦如前所說當知皆是說有所得相似般若波羅蜜多復次憍尸迦若善男子善女人等爲發無上菩提心者說耳界若常若無常說聲界耳識界及耳觸耳觸爲緣所生諸受若常若無常說耳界若樂若苦說聲界耳識界及耳觸耳觸爲緣所生諸受若樂若苦說耳界若我若無我說聲界耳識界及耳觸耳觸爲緣所生諸受若我若無我說耳界若淨若不淨說聲界耳識界及耳觸耳觸爲緣所生諸受若淨若不淨若有能依如是等法修行般若是行般若波羅蜜多復作是說行般若者應求耳界若常若無常應求聲界耳識界及耳觸耳觸爲緣所生諸受若常若無常應求耳界若樂若苦應求聲界耳識界及耳觸耳觸爲緣所生諸受若樂若苦應求耳界若我若無我應求聲界耳識界及耳觸耳觸爲緣所生諸受若我若無我應求耳界若淨若不淨應求聲界耳識界及耳觸耳觸爲緣所生諸受若淨若不淨若

有能求如是等法修行般若是行般若波羅蜜多憍尸迦若善男子善女人等如是求耳界若常若無常求聲界耳識界及耳觸耳觸爲緣所生諸受若常若無常求耳界若樂若苦求聲界耳識界及耳觸耳觸爲緣所生諸受若樂若苦求耳界若我若無我求聲界耳識界及耳觸耳觸爲緣所生諸受若我若無我求耳界若淨若不淨求聲界耳識界及耳觸耳觸爲緣所生諸受若淨若不淨依此等法行般若者我說名爲行有所得相似般若波羅蜜多憍尸迦如前所說當知皆是說有所得相似般若波羅蜜多復次憍尸迦若善男子善女人等爲發無上菩提心者說鼻界若常若無常說香界鼻識界及鼻觸鼻觸爲緣所生諸受若常若無常說鼻界若樂若苦說香界鼻識界及鼻觸鼻觸爲緣所生諸受若樂若苦說鼻界若我若無我說香界鼻識界及鼻觸鼻觸爲緣所生諸受若我若無我說鼻界若淨若不淨說香界鼻識界及鼻觸鼻觸爲緣所生諸受若淨若不淨若有能依如是等法修行般若是行般若波羅蜜多復作是說行般若者應求鼻界若常若無常應求香界鼻識界及鼻觸鼻觸爲緣所生諸受若常若無常應求鼻界若樂若苦應求香界鼻識界及鼻觸鼻觸爲緣所生諸受若樂若苦應求鼻界若我若無我應求香界鼻識界及鼻觸鼻觸爲緣所生諸受若我若無我應求鼻界若淨若不淨應求香界鼻識界及鼻觸鼻觸爲緣所生諸受若淨若不淨若有能求如是等法修行般若是行般若波羅蜜多

憍尸迦若善男子善女人等如是求鼻界若常若無常求香界鼻識界及鼻觸鼻觸爲緣所生諸受若常若無常求鼻界若樂若苦求香界鼻識界及鼻觸鼻觸爲緣所生諸受若樂若苦求鼻界若我若無我求香界鼻識界及鼻觸鼻觸爲緣所生諸受若我若無我求鼻界若淨若不淨求香界鼻識界及鼻觸鼻觸爲緣所生諸受若淨若不淨依此等法行般若者我說名爲行有所得相似般若波羅蜜多憍尸迦如前所說當知皆是說有所得相似般若波羅蜜多復次憍尸迦若善男子善女人等爲發無上菩提心者說舌界若常若無常說味界舌識界及舌觸舌觸爲緣所生諸受若常若無常說舌界若樂若苦說味界舌識界及舌觸舌觸爲緣所生諸受若樂若苦說舌界若我若無我說味界舌識界及舌觸舌觸爲緣所生諸受若我若無我說舌界若淨若不淨說味界舌識界及舌觸舌觸爲緣所生諸受若淨若不淨若有能依如是等法修行般若是行般若波羅蜜多復作是說行般若者應求舌界若常若無常應求味界舌識界及舌觸舌觸爲緣所生諸受若常若無常應求舌界若樂若苦應求味界舌識界及舌觸舌觸爲緣所生諸受若樂若苦應求舌界若我若無我應求味界舌識界及舌觸舌觸爲緣所生諸受若我若無我應求舌界若淨若不淨應求味界舌識界及舌觸舌觸爲緣所生諸受若淨若不淨若有能求如是等法修行般若是行般若波羅蜜多憍尸迦若善男子善女人等如是求舌界若常若

無常求味界舌識界及舌觸舌觸爲緣所生諸受若常若無常求舌界若樂若苦求味界舌識界及舌觸舌觸爲緣所生諸受若樂若苦求舌界若我若無我求味界舌識界及舌觸舌觸爲緣所生諸受若我若無我求舌界若淨若不淨求味界舌識界及舌觸舌觸爲緣所生諸受若淨若不淨依此等法行般若者我說名爲行有所得相似般若波羅蜜多憍尸迦如前所說當知皆是說有所得相似般若波羅蜜多復次憍尸迦若善男子善女人等爲發無上菩提心者說身界若常若無常說觸界身識界及身觸身觸爲緣所生諸受若常若無常說身界若樂若苦說觸界身識界及身觸身觸爲緣所生諸受若樂若苦說身界若我若無我說觸界身識界及身觸身觸爲緣所生諸受若我若無我說身界若淨若不淨說觸界身識界及身觸身觸爲緣所生諸受若淨若不淨若有能依如是等法修行般若是行般若波羅蜜多復作是說行般若者應求身界若常若無常應求觸界身識界及身觸身觸爲緣所生諸受若常若無常應求身界若樂若苦應求觸界身識界及身觸身觸爲緣所生諸受若樂若苦應求身界若我若無我應求觸界身識界及身觸身觸爲緣所生諸受若我若無我應求身界若淨若不淨應求觸界身識界及身觸身觸爲緣所生諸受若淨若不淨若有能求如是等法修行般若是行般若波羅蜜多憍尸迦若善男子善女人等如是求身界若常若無常求觸界身識界及身觸身觸爲緣所生諸受

若常若無常求身界若樂若苦求觸界身識界及身觸身觸爲緣所生諸受若樂若苦求身界若我若無我求觸界身識界及身觸身觸爲緣所生諸受若我若無我求身界若淨若不淨求觸界身識界及身觸身觸爲緣所生諸受若淨若不淨依此等法行般若者我說名爲行有所得相似般若波羅蜜多憍尸迦如前所說當知皆是說有所得相似般若波羅蜜多復次憍尸迦若善男子善女人等爲發無上菩提心者說意界若常若無常說法界意識界及意觸意觸爲緣所生諸受若常若無常說意界若樂若苦說法界意識界及意觸意觸爲緣所生諸受若樂若苦說意界若我若無我說法界意識界及意觸意觸爲緣所生諸受若我若無我說意界若淨若不淨說法界意識界及意觸意觸爲緣所生諸受若淨若不淨若有能依如是等法修行般若是行般若波羅蜜多復作是說行般若者應求意界若常若無常應求法界意識界及意觸意觸爲緣所生諸受若常若無常應求意界若樂若苦應求法界意識界及意觸意觸爲緣所生諸受若樂若苦應求意界若我若無我應求法界意識界及意觸意觸爲緣所生諸受若我若無我應求意界若淨若不淨應求法界意識界及意觸意觸爲緣所生諸受若淨若不淨若有能求如是等法修行般若是行般若波羅蜜多憍尸迦若善男子善女人等如是求意界若常若無常求法界意識界及意觸意觸爲緣所生諸受若常若無常求意界若樂若苦求法界意識界及

意觸意觸爲緣所生諸受若樂若苦求意界若我若無我求法界意識界及意觸意觸爲緣所生諸受若我若無我求意界若淨若不淨求法界意識界及意觸意觸爲緣所生諸受若淨若不淨依此等法行般若者我説名爲行有所得相似般若波羅蜜多憍尸迦如前所説當知皆是説有所得相似般若波羅蜜多復次憍尸迦若善男子善女人等爲發無上菩提心者説地界若常若無常説水火風空識界若常若無常説地界若樂若苦説水火風空識界若樂若苦説地界若我若無我説水火風空識界若我若無我説地界若淨若不淨説水火風空識界若淨若不淨若有能依如是等法修行般若是行般若波羅蜜多復作是説行般若者應求地界若常若無常應求水火風空識界若常若無常應求地界若樂若苦應求水火風空識界若樂若苦應求地界若我若無我應求水火風空識界若我若無我應求地界若淨若不淨應求水火風空識界若淨若不淨若有能求如是等法修行般若是行般若波羅蜜多憍尸迦若善男子善女人等如是求地界若常若無常求水火風空識界若常若無常求地界若樂若苦求水火風空識界若樂若苦求地界若我若無我求水火風空識界若我若無我求地界若淨若不淨求水火風空識界若淨若不淨依此等法行般若者我説名爲行有所得相似般若波羅蜜多憍尸迦如前所説當知皆是説有所得相似般若波羅蜜多復次憍尸迦若善男子善女人等爲發無上菩

提心者說無明若常若無常說行識名色六處觸受愛取有生老死愁歎苦憂惱若常若無常說無明若樂若苦說行識名色六處觸受愛取有生老死愁歎苦憂惱若樂若苦說無明若我若無我說行識名色六處觸受愛取有生老死愁歎苦憂惱若我若無我說無明若淨若不淨說行識名色六處觸受愛取有生老死愁歎苦憂惱若淨若不淨若有能依如是等法修行般若是行般若波羅蜜多復作是說行般若者應求無明若常若無常應求行乃至老死愁歎苦憂惱若常若無常應求無明若樂若苦應求行乃至老死愁歎苦憂惱若樂若苦應求無明若我若無我應求行乃至老死愁歎苦憂惱若我若無我應求無明若淨若不淨應求行乃至老死愁歎苦憂惱若淨若不淨若有能求如是等法修行般若是行般若波羅蜜多憍尸迦若善男子善女人等如是求無明若常若無常求行乃至老死愁歎苦憂惱若常若無常求無明若樂若苦求行乃至老死愁歎苦憂惱若樂若苦求無明若我若無我求行乃至老死愁歎苦憂惱若我若無我求無明若淨若不淨求行乃至老死愁歎苦憂惱若淨若不淨依此等法行般若者我說名爲行有所得相似般若波羅蜜多憍尸迦如前所說當知皆是說有所得相似般若波羅蜜多復次憍尸迦若善男子善女人等爲發無上菩提心者說布施波羅蜜多若常若無常說淨戒安忍精進靜慮般若波羅蜜多若常若無常說布施波羅蜜多若樂若苦說淨戒安忍精進靜慮

般若波羅蜜多若樂若苦說布施波羅蜜多若我若無我說淨戒安忍精進靜慮般若波羅蜜多若我若無我說布施波羅蜜多若淨若不淨說淨戒安忍精進靜慮般若波羅蜜多若淨若不淨若有能依如是等法修行般若是行般若波羅蜜多復作是說行般若者應求布施波羅蜜多若常若無常應求淨戒乃至般若波羅蜜多若常若無常應求布施波羅蜜多若樂若苦應求淨戒乃至般若波羅蜜多若樂若苦應求布施波羅蜜多若我若無我應求淨戒乃至般若波羅蜜多若我若無我應求布施波羅蜜多若淨若不淨應求淨戒乃至般若波羅蜜多若淨若不淨若有能求如是等法修行般若是行般若波羅蜜多憍尸迦若善男子善女人等如是求布施波羅蜜多若常若無常求淨戒乃至般若波羅蜜多若常若無常求布施波羅蜜多若樂若苦求淨戒乃至般若波羅蜜多若樂若苦求布施波羅蜜多若我若無我求淨戒乃至般若波羅蜜多若我若無我求布施波羅蜜多若淨若不淨求淨戒乃至般若波羅蜜多若淨若不淨依此等法行般若者我說名為行有所得相似般若波羅蜜多憍尸迦如前所說當知皆是說有所得相似般若波羅蜜多復次憍尸迦若善男子善女人等為發無上菩提心者說內空若常若無常說外空內外空空空大空勝義空有為空無為空畢竟空無際空散空無變異空本性空自相空共相空一切法空不可得空無性空自性空無性自性空若常若無常說內空若樂若苦

說外空內外空空空大空勝義空有爲空無爲空畢竟空無際空散空無變異空本性空自相空共相空一切法空不可得空無性空自性空無性自性空若樂若苦說內空若我若無我說外空內外空空空大空勝義空有爲空無爲空畢竟空無際空散空無變異空本性空自相空共相空一切法空不可得空無性空自性空無性自性空若我若無我說內空若淨若不淨說外空內外空空空大空勝義空有爲空無爲空畢竟空無際空散空無變異空本性空自相空共相空一切法空不可得空無性空自性空無性自性空若淨若不淨若有能依如是等法修行般若是行般若波羅蜜多復作是說行般若者應求內空若常若無常應求外空乃至無性自性空

若常若無常應求內空若樂若苦應求外空乃至無性自性空若樂若苦應求內空若我若無我應求外空乃至無性自性空若我若無我應求內空若淨若不淨應求外空乃至無性自性空若淨若不淨若有能求如是等法修行般若是行般若波羅蜜多憍尸迦若善男子善女人等如是求內空若常若無常求外空乃至無性自性空若常若無常求內空若樂若苦求外空乃至無性自性空若樂若苦求內空若我若無我求外空乃至無性自性空若我若無我求內空若淨若不淨求外空乃至無性自性空若淨若不淨依此等法行般若者我說名爲行有所得相似般若波羅蜜多憍尸迦如前所說當知皆是說有所得相似般若波羅蜜多復次憍尸迦若善

男子善女人等爲發無上菩提心者說眞如若常若無常說法界法性不虛妄性不變異性平等性離生性法定法住實際虛空界不思議界若常若無常說眞如若樂若苦說法界法性不虛妄性不變異性平等性離生性法定法住實際虛空界不思議界若樂若苦說眞如若我若無我說法界法性不虛妄性不變異性平等性離生性法定法住實際虛空界不思議界若我若無我說眞如若淨若不淨說法界法性不虛妄性不變異性平等性離生性法定法住實際虛空界不思議界若淨若不淨若有能依如是等法修行般若是行般若波羅蜜多復作是說行般若者應求眞如若常若無常應求法界乃至不思議界若常若無常應求眞如若樂若苦應求法界乃至不思議界若樂若苦應求眞如若我若無我應求法界乃至不思議界若我若無我應求眞如若淨若不淨應求法界乃至不思議界若淨若不淨若有能求如是等法修行般若是行般若波羅蜜多憍尸迦若善男子善女人等如是求眞如若常若無常求法界乃至不思議界若常若無常求眞如若樂若苦求法界乃至不思議界若樂若苦求眞如若我若無我求法界乃至不思議界若我若無我求眞如若淨若不淨求法界乃至不思議界若淨若不淨依此等法行般若者我說名爲行有所得相似般若波羅蜜多憍尸迦如前所說當知皆是說有所得相似般若波羅蜜多復次憍尸迦若善男子善女人等爲發無上菩提心者說苦聖諦若常若無常

說集滅道聖諦若常若無常說苦聖諦若樂若苦說集滅道聖諦若樂若苦說苦聖諦若我若無我說集滅道聖諦若我若無我說苦聖諦若淨若不淨說集滅道聖諦若淨若不淨若有能依如是等法修行般若是行般若波羅蜜多復作是說行般若者應求苦聖諦若常若無常應求集滅道聖諦若常若無常應求苦聖諦若樂若苦應求集滅道聖諦若樂若苦應求苦聖諦若我若無我應求集滅道聖諦若我若無我應求苦聖諦若淨若不淨應求集滅道聖諦若淨若不淨若有能求如是等法修行般若是行般若波羅蜜多憍尸迦若善男子善女人等如是求苦聖諦若常若無常求集滅道聖諦若常若無常求苦聖諦若樂若苦求集滅道聖諦若樂若苦求苦聖諦若我若無我求集滅道聖諦若我若無我求苦聖諦若淨若不淨求集滅道聖諦若淨若不淨依此等法行般若者我說名爲行有所得相似般若波羅蜜多憍尸迦如前所說當知皆是說有所得相似般若波羅蜜多復次憍尸迦若善男子善女人等爲發無上菩提心者說四靜慮若常若無常說四無量四無色定若常若無常說四靜慮若樂若苦說四無量四無色定若樂若苦說四靜慮若我若無我說四無量四無色定若我若無我說四靜慮若淨若不淨說四無量四無色定若淨若不淨若有能依如是等法修行般若是行般若波羅蜜多復作是說行般若者應求四靜慮若常若無常應求四無量四無色定若常若無常應求四靜慮若樂若苦應

求四無量四無色定若樂若苦應求四靜慮若我若無我應求四無量四無色定若我若無我應求四靜慮若淨若不淨應求四無量四無色定若淨若不淨若有能求如是等法修行般若是行般若波羅蜜多憍尸迦若善男子善女人等如是求四靜慮若常若無常求四無量四無色定若常若無常求四靜慮若樂若苦求四無量四無色定若樂若苦求四靜慮若我若無我求四無量四無色定若我若無我求四靜慮若淨若不淨求四無量四無色定若淨若不淨依此等法行般若者我說名為行有所得相似般若波羅蜜多憍尸迦如前所說當知皆是說有所得相似般若波羅蜜多

大般若波羅蜜多經卷第一百三十六

大般若波羅蜜多經卷第一百三十七

唐三藏法師玄奘奉　詔譯

初分校量功德品第三十之三十五

復次憍尸迦，若善男子善女人等為發無上菩提心者說八解脫若常若無常，說八勝處九次第定十遍處若常若無常，說八解脫若樂若苦，說八勝處九次第定十遍處若樂若苦，說八解脫若我若無我，說八勝處九次第定十遍處若我若無我，說八解脫若淨若不淨，說八勝處九次第定十遍處若淨若不淨，若有能依如是等法修行般若是行般若波羅蜜多。復作是說：行般若者應求八解脫若常若無常，應求八勝處九次第定十遍處若常若無常，應求八解脫若樂若苦，應求八勝處九次第定十遍處若樂若苦，應求八解脫若我若無我，應求八勝處九次第定十遍處若我若無我，應求八解脫若淨若不淨，應求八勝處九次第定十遍處若淨若不淨，若有能求如是等法修行般若是行般若波羅蜜多。憍尸迦，若善男子善女人等如是求八解脫若常若無常，求八勝處九次第定十遍處若常若無常，求八解脫若樂若苦，求八勝處九次第定十遍處若樂若苦，求八解脫若我若無我，求八勝處九次第定十遍處若我若無我，求八解脫若淨若不淨，求八勝處九次第定十遍處若淨若不淨，依此等法行般若者，我說名為行有所得相似般若波羅蜜多。憍尸迦，如前所說當知皆是說有所得相似般若波羅蜜多。復次憍尸迦，若善男子善女人等為發無上菩提心者說四念住若常若

無常說四正斷四神足五根五力七等覺支八聖道支若常若無常說四念住若樂若苦說四正斷四神足五根五力七等覺支八聖道支若樂若苦說四念住若我若無我說四正斷四神足五根五力七等覺支八聖道支若我若無我說四念住若淨若不淨說四正斷四神足五根五力七等覺支八聖道支若淨若不淨若有能依如是等法修行般若是行般若波羅蜜多復作是說行般若者應求四念住若常若無常應求四正斷乃至八聖道支若常若無常應求四念住若樂若苦應求四正斷乃至八聖道支若樂若苦應求四念住若我若無我應求四正斷乃至八聖道支若我若無我應求四念住若淨若不淨應求四正斷乃至八聖道支若淨若不淨若有能求如是等法修行般若是行般若波羅蜜多憍尸迦若善男子善女人等如是求四念住若常若無常求四正斷乃至八聖道支若常若無常求四念住若樂若苦求四正斷乃至八聖道支若樂若苦求四念住若我若無我求四正斷乃至八聖道支若我若無我求四念住若淨若不淨求四正斷乃至八聖道支若淨若不淨依此等法行般若者我說名爲行有所得相似般若波羅蜜多憍尸迦如前所說當知皆是說有所得相似般若波羅蜜多復次憍尸迦若善男子善女人等爲發無上菩提心者說空解脫門若常若無常說無相無願解脫門若常若無常說空解脫門若樂若苦說無相無願解脫門若樂若苦說空解脫門若我若無我說無相無願解脫門

若我若無我說空解脫門若淨若不淨說無相無願解脫門若淨若不淨若有能依如是等法修行般若是行般若波羅蜜多復作是說行般若者應求空解脫門若常若無常應求無相無願解脫門若常若無常應求空解脫門若樂若苦應求無相無願解脫門若樂若苦應求空解脫門若我若無我應求無相無願解脫門若我若無我應求空解脫門若淨若不淨應求無相無願解脫門若淨若不淨若有能求如是等法修行般若是行般若波羅蜜多憍尸迦若善男子善女人等如是求空解脫門若常若無常求無相無願解脫門若常若無常求空解脫門若樂若苦求無相無願解脫門若樂若苦求空解脫門若我若無我求無相無願解脫門若我若無我求空解脫門若淨若不淨求無相無願解脫門若淨若不淨依此等法行般若者我說名為行有所得相似般若波羅蜜多憍尸迦如前所說當知皆是說有所得相似般若波羅蜜多復次憍尸迦若善男子善女人等為發無上菩提心者說五眼若常若無常說六神通若常若無常說五眼若樂若苦說六神通若樂若苦說五眼若我若無我說六神通若我若無我說五眼若淨若不淨說六神通若淨若不淨若有能依如是等法修行般若是行般若波羅蜜多復作是說行般若者應求五眼若常若無常應求六神通若常若無常應求五眼若樂若苦應求六神通若樂若苦應求五眼若我若無我應求六神通若我若無我應求五眼若淨若不淨應求六神通若淨

若不淨若有能求如是等法修行般若是行般若波羅蜜多憍尸迦若善男子善女人等如是求五眼若常若無常求六神通若常若無常求五眼若樂若苦求六神通若樂若苦求五眼若我若無我求六神通若我若無我求五眼若淨若不淨求六神通若淨若不淨依此等法行般若者我說名爲行有所得相似般若波羅蜜多憍尸迦如前所說當知皆是說有所得相似般若波羅蜜多復次憍尸迦若善男子善女人等爲發無上菩提心者說佛十力若常若無常說四無所畏四無礙解大慈大悲大喜大捨十八佛不共法若常若無常說佛十力若樂若苦說四無所畏四無礙解大慈大悲大喜大捨十八佛不共法若樂若苦說佛十力若我若無我說四無所畏四無礙解大慈大悲大喜大捨十八佛不共法若我若無我說佛十力若淨若不淨說四無所畏四無礙解大慈大悲大喜大捨十八佛不共法若淨若不淨若有能依如是等法修行般若是行般若波羅蜜多復作是說行般若者應求佛十力若常若無常應求四無所畏乃至十八佛不共法若常若無常應求佛十力若樂若苦應求四無所畏乃至十八佛不共法若樂若苦應求佛十力若我若無我應求四無所畏乃至十八佛不共法若我若無我應求佛十力若淨若不淨應求四無所畏乃至十八佛不共法若淨若不淨若有能求如是等法修行般若是行般若波羅蜜多憍尸迦若善男子善女人等如是求佛十力若常若無常求四無所畏乃至十八佛

不共法若常若無常求佛十力若樂若苦求四無所畏乃至十八佛不共法若樂若苦求佛十力若我若無我求四無所畏乃至十八佛不共法若我若無我求佛十力若淨若不淨求四無所畏乃至十八佛不共法若淨若不淨依此等法行般若者我說名爲行有所得相似般若波羅蜜多憍尸迦如前所說當知皆是說有所得相似般若波羅蜜多復次憍尸迦若善男子善女人等爲發無上菩提心者說無忘失法若常若無常說恒住捨性若常若無常說無忘失法若樂若苦說恒住捨性若樂若苦說無忘失法若我若無我說恒住捨性若我若無我說無忘失法若淨若不淨說恒住捨性若淨若不淨若有能依如是等法修行般若是行般若波羅蜜多復作是說行般若者應求無忘失法若常若無常應求恒住捨性若常若無常應求無忘失法若樂若苦應求恒住捨性若樂若苦應求無忘失法若我若無我應求恒住捨性若我若無我應求無忘失法若淨若不淨應求恒住捨性若淨若不淨若有能求如是等法修行般若是行般若波羅蜜多憍尸迦若善男子善女人等如是求無忘失法若常若無常求恒住捨性若常若無常求無忘失法若樂若苦求恒住捨性若樂若苦求無忘失法若我若無我求恒住捨性若我若無我求無忘失法若淨若不淨求恒住捨性若淨若不淨依此等法行般若者我說名爲行有所得相似般若波羅蜜多憍尸迦如前所說當知皆是說有所得相似般若波羅蜜多復次憍尸迦

若善男子善女人等爲發無上菩提心者說一切智若常若無常說道相智一切相智若常若無常說一切智若樂若苦說道相智一切相智若樂若苦說一切智若我若無我說道相智一切相智若我若無我說一切智若淨若不淨說道相智一切相智若淨若不淨若有能依如是等法修行般若是行般若波羅蜜多復作是說行般若者應求一切智若常若無常應求道相智一切相智若常若無常應求一切智若樂若苦應求道相智一切相智若樂若苦應求一切智若我若無我應求道相智一切相智若我若無我應求一切智若淨若不淨應求道相智一切相智若淨若不淨若有能求如是等法修行般若是行般若波羅蜜多憍尸迦若善男子善女人等如是求一切智若常若無常求道相智一切相智若常若無常求一切智若樂若苦求道相智一切相智若樂若苦求一切智若我若無我求道相智一切相智若我若無我求一切智若淨若不淨求道相智一切相智若淨若不淨依此等法行般若者我說名爲行有所得相似般若波羅蜜多憍尸迦如前所說當知皆是說有所得相似般若波羅蜜多復次憍尸迦若善男子善女人等爲發無上菩提心者說一切陀羅尼門若常若無常說一切三摩地門若常若無常說一切陀羅尼門若樂若苦說一切三摩地門若樂若苦說一切陀羅尼門若我若無我說一切三摩地門若我若無我說一切陀羅尼門若淨若不淨說一切三摩地門若淨若不淨若有能依如

是等法修行般若是行般若波羅蜜多復作是說行般若者應求一切陀羅尼門若常若無常應求一切三摩地門若常若無常應求一切陀羅尼門若樂若苦應求一切三摩地門若樂若苦應求一切陀羅尼門若我若無我應求一切三摩地門若我若無我應求一切陀羅尼門若淨若不淨應求一切三摩地門若淨若不淨若有能求如是等法修行般若是行般若波羅蜜多憍尸迦若善男子善女人等如是求一切陀羅尼門若常若無常求一切三摩地門若常若無常求一切陀羅尼門若樂若苦求一切三摩地門若樂若苦求一切陀羅尼門若我若無我求一切三摩地門若我若無我求一切陀羅尼門若淨若不淨求一切三摩地門若淨若不淨依此等法行般若者我說名爲行有所得相似般若波羅蜜多憍尸迦如前所說當知皆是說有所得相似般若波羅蜜多復次憍尸迦若善男子善女人等爲發無上菩提心者說預流向預流果若常若無常說一來向一來果不還向不還果阿羅漢向阿羅漢果若常若無常說預流向預流果若樂若苦說一來向一來果不還向不還果阿羅漢向阿羅漢果若樂若苦說預流向預流果若我若無我說一來向一來果不還向不還果阿羅漢向阿羅漢果若我若無我說預流向預流果若淨若不淨說一來向一來果不還向不還果阿羅漢向阿羅漢果若淨若不淨若有能依如是等法修行般若是行般若波羅蜜多復作是說行般若者應求預流向預流果若常若無

常應求一來向乃至阿羅漢果若常若無常應求預流向預流果若樂若苦應求一來向乃至阿羅漢果若樂若苦應求預流向預流果若我若無我應求一來向乃至阿羅漢果若我若無我應求預流向預流果若淨若不淨應求一來向乃至阿羅漢果若淨若不淨若有能求如是等法修行般若是行般若波羅蜜多憍尸迦若善男子善女人等如是求預流向預流果若常若無常求一來向乃至阿羅漢果若常若無常求預流向預流果若樂若苦求一來向乃至阿羅漢果若樂若苦求預流向預流果若我若無我求一來向乃至阿羅漢果若我若無我求預流向預流果若淨若不淨求一來向乃至阿羅漢果若淨若不淨依此等法行般若者我說名爲行有所得相似般若波羅蜜多憍尸迦如前所說當知皆是說有所得相似般若波羅蜜多復次憍尸迦若善男子善女人等爲發無上菩提心者說一切獨覺菩提若常若無常說一切獨覺菩提若樂若苦說一切獨覺菩提若我若無我說一切獨覺菩提若淨若不淨若有能依如是等法修行般若是行般若波羅蜜多復作是說行般若者應求一切獨覺菩提若常若無常應求一切獨覺菩提若樂若苦應求一切獨覺菩提若我若無我應求一切獨覺菩提若淨若不淨若有能求如是等法修行般若是行般若波羅蜜多憍尸迦若善男子善女人等如是求一切獨覺菩提若常若無常求一切獨覺菩提若樂若苦求一切獨覺菩提若我若無我求一切獨覺菩提

若淨若不淨依此等法行般若者我說名爲行有所得相似般若波羅蜜多憍尸迦如前所說當知皆是說有所得相似般若波羅蜜多復次憍尸迦若善男子善女人等爲發無上菩提心者說一切菩薩摩訶薩行若常若無常說一切菩薩摩訶薩行若樂若苦說一切菩薩摩訶薩行若我若無我說一切菩薩摩訶薩行若淨若不淨若有能依如是等法修行般若是行般若波羅蜜多復作是說行般若者應求一切菩薩摩訶薩行若常若無常應求一切菩薩摩訶薩行若樂若苦應求一切菩薩摩訶薩行若我若無我應求一切菩薩摩訶薩行若淨若不淨若有能求如是等法修行般若是行般若波羅蜜多憍尸迦若善男子善女人等如是求一切菩薩摩訶薩行若常若無常求一切菩薩摩訶薩行若樂若苦求一切菩薩摩訶薩行若我若無我求一切菩薩摩訶薩行若淨若不淨依此等法行般若者我說名爲行有所得相似般若波羅蜜多憍尸迦如前所說當知皆是說有所得相似般若波羅蜜多復次憍尸迦若善男子善女人等爲發無上菩提心者說諸佛無上正等菩提若常若無常說諸佛無上正等菩提若樂若苦說諸佛無上正等菩提若我若無我說諸佛無上正等菩提若淨若不淨若有能依如是等法修行般若是行般若波羅蜜多復作是說行般若者應求諸佛無上正等菩提若常若無常應求諸佛無上正等菩提若樂若苦應求諸佛無上正等菩提若我若無我應求諸佛無上正等菩提若淨

若不淨若有能求如是等法修行般若是行般若波羅蜜多憍尸迦若善男子善女人等如是求諸佛無上正等菩提若常若無常求諸佛無上正等菩提若樂若苦求諸佛無上正等菩提若我若無我求諸佛無上正等菩提若淨若不淨依此等法行般若者我說名爲行有所得相似般若波羅蜜多憍尸迦如前所說當知皆是說有所得相似般若波羅蜜多時天帝釋復白佛言世尊云何諸善男子善女人等說有所得靜慮波羅蜜多名說相似靜慮波羅蜜多佛言憍尸迦若善男子善女人等爲發無上菩提心者說色若常若無常說受想行識若常若無常說色若樂若苦說受想行識若樂若苦說色若我若無我說受想行識若我若無我說色若淨若不淨

說受想行識若淨若不淨若有能依如是等法修行靜慮是行靜慮波羅蜜多復作是說行靜慮者應求色若常若無常應求受想行識若常若無常應求色若樂若苦應求受想行識若樂若苦應求色若我若無我應求受想行識若我若無我應求色若淨若不淨應求受想行識若淨若不淨若有能求如是等法修行靜慮是行靜慮波羅蜜多憍尸迦若善男子善女人等如是求色若常若無常求受想行識若常若無常求色若樂若苦求受想行識若樂若苦求色若我若無我求受想行識若我若無我求色若淨若不淨求受想行識若淨若不淨依此等法行靜慮者我說名爲行有所得相似靜慮波羅蜜多憍尸迦如前所說當知皆是說有所得相似靜慮波

羅蜜多復次憍尸迦若善男子善女人等爲發無上菩提心者說眼處若常若無常說耳鼻舌身意處若常若無常說眼處若樂若苦說耳鼻舌身意處若樂若苦說眼處若我若無我說耳鼻舌身意處若我若無我說眼處若淨若不淨說耳鼻舌身意處若淨若不淨若有能依如是等法修行靜慮是行靜慮波羅蜜多復作是說行靜慮者應求眼處若常若無常應求耳鼻舌身意處若常若無常應求眼處若樂若苦應求耳鼻舌身意處若樂若苦應求眼處若我若無我應求耳鼻舌身意處若我若無我應求眼處若淨若不淨應求耳鼻舌身意處若淨若不淨若有能求如是等法修行靜慮是行靜慮波羅蜜多憍尸迦若善男子善女人等如是求眼處若常若無常求耳鼻舌身意處若常若無常求眼處若樂若苦求耳鼻舌身意處若樂若苦求眼處若我若無我求耳鼻舌身意處若我若無我求眼處若淨若不淨求耳鼻舌身意處若淨若不淨依此等法行靜慮者我說名爲行有所得相似靜慮波羅蜜多憍尸迦如前所說當知皆是說有所得相似靜慮波羅蜜多

復次憍尸迦若善男子善女人等爲發無上菩提心者說色處若常若無常說聲香味觸法處若常若無常說色處若樂若苦說聲香味觸法處若樂若苦說色處若我若無我說聲香味觸法處若我若無我說色處若淨若不淨說聲香味觸法處若淨若不淨若有能依如是等法修行靜慮是行靜慮波羅蜜多復作是說行靜慮者應求色處若常若無常

應求聲香味觸法處若常若無常應求色處若樂若苦應求聲香味觸法處若樂若苦應求色處若我若無我應求聲香味觸法處若我若無我應求色處若淨若不淨應求聲香味觸法處若淨若不淨若有能求如是等法修行靜慮是行靜靜波羅蜜多憍尸迦若善男子善女人等如是求色處若常若無常求聲香味觸法處若常若無常求色處若樂若苦求聲香味觸法處若樂若苦求色處若我若無我求聲香味觸法處若我若無我求色處若淨若不淨求聲香味觸法處若淨若不淨依此等法行靜慮者我說名爲行有所得相似靜慮波羅蜜多憍尸迦如前所說當知皆是說有所得相似靜慮波羅蜜多復次憍尸迦若善男子善女人等爲發無上菩提心者說眼界若常若無常說色界眼識界及眼觸眼觸爲緣所生諸受若常若無常說眼界若樂若苦說色界眼識界及眼觸眼觸爲緣所生諸受若樂若苦說眼界若我若無我說色界眼識界及眼觸眼觸爲緣所生諸受若我若無我說眼界若淨若不淨說色界眼識界及眼觸眼觸爲緣所生諸受若淨若不淨若有能依如是等法修行靜慮是行靜慮波羅蜜多復作是說行靜慮者應求眼界若常若無常應求色界乃至眼觸爲緣所生諸受若常若無常應求眼界若樂若苦應求色界乃至眼觸爲緣所生諸受若樂若苦應求眼界若我若無我應求色界乃至眼觸爲緣所生諸受若我若無我應求眼界若淨若不淨應求色界乃至眼觸爲緣所生諸受若淨若

不淨若有能求如是等法修行靜慮是行靜慮波羅蜜多憍尸迦若善男子善女人等如是求眼界若常若無常求色界乃至眼觸爲緣所生諸受若常若無常求眼界若樂若苦求色界乃至眼觸爲緣所生諸受若樂若苦求眼界若我若無我求色界乃至眼觸爲緣所生諸受若我若無我求眼界若淨若不淨求色界乃至眼觸爲緣所生諸受若淨若不淨依此等法行靜慮者我說名爲行有所得相似靜慮波羅蜜多憍尸迦如前所說當知皆是說有所得相似靜慮波羅蜜多復次憍尸迦若善男子善女人等爲發無上菩提心者說耳界若常若無常說聲界耳識界及耳觸耳觸爲緣所生諸受若常若無常說耳界若樂若苦說聲界耳識界及耳觸耳觸爲緣所生諸受若樂若苦說耳界若我若無我說聲界耳識界及耳觸耳觸爲緣所生諸受若我若無我說耳界若淨若不淨說聲界耳識界及耳觸耳觸爲緣所生諸受若淨若不淨若有能依如是等法修行靜慮是行靜慮波羅蜜多復作是說行靜慮者應求耳界若常若無常應求聲界乃至耳觸爲緣所生諸受若常若無常應求耳界若樂若苦應求聲界乃至耳觸爲緣所生諸受若樂若苦應求耳界若我若無我應求聲界乃至耳觸爲緣所生諸受若我若無我應求耳界若淨若不淨應求聲界乃至耳觸爲緣所生諸受若淨若不淨若有能求如是等法修行靜慮是行靜慮波羅蜜多憍尸迦若善男子善女人等如是求耳界若常若無常求聲界乃至耳觸爲

緣所生諸受若常若無常求耳界若樂若苦求聲界乃至耳觸爲緣所生諸受若樂若苦求耳界若我若無我求聲界乃至耳觸爲緣所生諸受若我若無我求耳界若淨若不淨求聲界乃至耳觸爲緣所生諸受若淨若不淨依此等法行靜慮者我說名爲行有所得相似靜慮波羅蜜多憍尸迦如前所說當知皆是說有所得相似靜慮波羅蜜多復次憍尸迦若善男子善女人等爲發無上菩提心者說鼻界若常若無常說香界鼻識界及鼻觸鼻觸爲緣所生諸受若常若無常說鼻界若樂若苦說香界鼻識界及鼻觸鼻觸爲緣所生諸受若樂若苦說鼻界若我若無我說香界鼻識界及鼻觸鼻觸爲緣所生諸受若我若無我說鼻界若淨若不淨說香界鼻識界及鼻觸鼻觸爲緣所生諸受若淨若不淨若有能依如是等法修行靜慮是行靜慮波羅蜜多復作是說行靜慮者應求鼻界若常若無常應求香界乃至鼻觸爲緣所生諸受若常若無常應求鼻界若樂若苦應求香界乃至鼻觸爲緣所生諸受若樂若苦應求鼻界若我若無我應求香界乃至鼻觸爲緣所生諸受若我若無我應求鼻界若淨若不淨應求香界乃至鼻觸爲緣所生諸受若淨若不淨若有能求如是等法修行靜慮是行靜慮波羅蜜多憍尸迦若善男子善女人等如是求鼻界若常若無常求香界乃至鼻觸爲緣所生諸受若常若無常求鼻界若樂若苦求香界乃至鼻觸爲緣所生諸受若樂若苦求鼻界若我若無我求香界乃至鼻觸爲緣

所生諸受若我若無我求鼻界若淨若不淨求香界乃至鼻觸爲緣所生諸受若淨若不淨依此等法行靜慮者我說名爲行有所得相似靜慮波羅蜜多憍尸迦如前所說當知皆是說有所得相似靜慮波羅蜜多

大般若波羅蜜多經卷第一百三十七

大般若波羅蜜多經卷第一百三十八

唐三藏法師玄奘奉　詔譯

初分校量功德品第三十之三十六

復次憍尸迦若善男子善女人等爲發無上菩提心者説舌界若常若無常説味界舌識界及舌觸舌觸爲緣所生諸受若常若無常説舌界若樂若苦説味界舌識界及舌觸舌觸爲緣所生諸受若樂若苦説舌界若我若無我説味界舌識界及舌觸舌觸爲緣所生諸受若我若無我説舌界若淨若不淨説味界舌識界及舌觸舌觸爲緣所生諸受若淨若不淨若有能依如是等法修行靜慮是行靜慮波羅蜜多復作是説行靜慮者應求舌界若常若無常應求味界乃至舌觸爲緣所生諸受若常若無常應求舌界若樂若苦應求味界乃至舌觸爲緣所生諸受若樂若苦應求舌界若我若無我應求味界乃至舌觸爲緣所生諸受若我若無我應求舌界若淨若不淨應求味界乃至舌觸爲緣所生諸受若淨若不淨若有能求如是等法修行靜慮是行靜慮波羅蜜多憍尸迦若善男子善女人等如是求舌界若常若無常求味界乃至舌觸爲緣所生諸受若常若無常求舌界若樂若苦求味界乃至舌觸爲緣所生諸受若樂若苦求舌界若我若無我求味界乃至舌觸爲緣所生諸受若我若無我求舌界若淨若不淨求味界乃至舌觸爲緣所生諸受若淨若不淨依此等法行靜慮者我説名爲行有所得相似靜慮波羅蜜多憍尸迦如前所説當知皆是説有所得相似靜慮波羅蜜多

復次憍尸迦若善男子善女人等爲發無上
菩提心者說身界若常若無常說觸界身識
界及身觸身觸爲緣所生諸受若常若無常
說身界若樂若苦說觸界身識界及身觸身
觸爲緣所生諸受若樂若苦說身界若我若
無我說觸界身識界及身觸身觸爲緣所生
諸受若我若無我說身界若淨若不淨說觸
界身識界及身觸身觸爲緣所生諸受若淨
若不淨若有能依如是等法修行靜慮是行
靜慮波羅蜜多復作是說行靜慮者應求身
界若常若無常應求觸界乃至身觸爲緣所
生諸受若常若無常應求身界若樂若苦應
求觸界乃至身觸爲緣所生諸受若樂若苦
應求身界若我若無我應求觸界乃至身觸
爲緣所生諸受若我若無我應求身界若淨
若不淨應求觸界乃至身觸爲緣所生諸受
若淨若不淨若有能求如是等法修行靜慮
是行靜慮波羅蜜多憍尸迦若善男子善女
人等如是求身界若常若無常求觸界乃至
身觸爲緣所生諸受若常若無常求身界若
樂若苦求觸界乃至身觸爲緣所生諸受若
樂若苦求身界若我若無我求觸界乃至身
觸爲緣所生諸受若我若無我求身界若淨
若不淨求觸界乃至身觸爲緣所生諸受若
淨若不淨依此等法行靜慮者我說名爲行
有所得相似靜慮波羅蜜多憍尸迦如前所
說當知皆是說有所得相似靜慮波羅蜜多
復次憍尸迦若善男子善女人等爲發無上
菩提心者說意界若常若無常說法界意識
界及意觸意觸爲緣所生諸受若常若無常

說意界若樂若苦說法界意識界及意觸意觸爲緣所生諸受若樂若苦說意界若我若無我說法界意識界及意觸意觸爲緣所生諸受若我若無我說意界若淨若不淨說法界意識界及意觸意觸爲緣所生諸受若淨若不淨若有能依如是等法修行靜慮是行靜慮波羅蜜多復作是說行靜慮者應求意界若常若無常應求法界乃至意觸爲緣所生諸受若常若無常應求意界若樂若苦應求法界乃至意觸爲緣所生諸受若樂若苦應求意界若我若無我應求法界乃至意觸爲緣所生諸受若我若無我應求意界若淨若不淨應求法界乃至意觸爲緣所生諸受若淨若不淨若有能求如是等法修行靜慮是行靜慮波羅蜜多憍尸迦若善男子善女人等如是求意界若常若無常求法界乃至意觸爲緣所生諸受若常若無常求意界若樂若苦求法界乃至意觸爲緣所生諸受若樂若苦求意界若我若無我求法界乃至意觸爲緣所生諸受若我若無我求意界若淨若不淨求法界乃至意觸爲緣所生諸受若淨若不淨依此等法行靜慮者我說名爲行有所得相似靜慮波羅蜜多憍尸迦如前所說當知皆是說有所得相似靜慮波羅蜜多

復次憍尸迦若善男子善女人等爲發無上菩提心者說地界若常若無常說水火風空識界若常若無常說地界若樂若苦說水火風空識界若樂若苦說地界若我若無我說水火風空識界若我若無我說地界若淨若不淨說水火風空識界若淨若不淨若有能

依如是等法修行靜慮是行靜慮波羅蜜多復作是說行靜慮者應求地界若常若無常應求水火風空識界若常若無常應求地界若樂若苦應求水火風空識界若樂若苦應求地界若我若無我應求水火風空識界若我若無我應求地界若淨若不淨應求水火風空識界若淨若不淨若有能求如是等法修行靜慮是行靜慮波羅蜜多憍尸迦若善男子善女人等如是求地界若常若無常求水火風空識界若常若無常求地界若樂若苦求水火風空識界若樂若苦求地界若我若無我求水火風空識界若我若無我求地界若淨若不淨求水火風空識界若淨若不淨依此等法行靜慮者我說名爲行有所得相似靜慮波羅蜜多憍尸迦如前所說當知皆是說有所得相似靜慮波羅蜜多復次憍尸迦若善男子善女人等爲發無上菩提心者說無明若常若無常說行識名色六處觸受愛取有生老死愁歎苦憂惱若常若無常說無明若樂若苦說行識名色六處觸受愛取有生老死愁歎苦憂惱若樂若苦說無明若我若無我說行識名色六處觸受愛取有生老死愁歎苦憂惱若我若無我說無明若淨若不淨說行識名色六處觸受愛取有生老死愁歎苦憂惱若淨若不淨若有能依如是等法修行靜慮是行靜慮波羅蜜多復作是說行靜慮者應求無明若常若無常應求行乃至老死愁歎苦憂惱若常若無常應求無明若樂若苦應求行乃至老死愁歎苦憂惱若樂若苦應求無明若我若無我應求行

乃至老死愁歎苦憂惱若我若無我應求無明若淨若不淨應求行乃至老死愁歎苦憂惱若淨若不淨若有能求如是等法修行靜慮是行靜慮波羅蜜多憍尸迦若善男子善女人等如是求無明若常若無常求行乃至老死愁歎苦憂惱若常若無常求無明若樂若苦求行乃至老死愁歎苦憂惱若樂若苦求無明若我若無我求行乃至老死愁歎苦憂惱若我若無我求無明若淨若不淨求行乃至老死愁歎苦憂惱若淨若不淨依此等法行靜慮者我說名爲行有所得相似靜慮波羅蜜多憍尸迦如前所說當知皆是說有所得相似靜慮波羅蜜多復次憍尸迦若善男子善女人等爲發無上菩提心者說布施波羅蜜多若常若無常說淨戒安忍精進靜慮般若波羅蜜多若常若無常說布施波羅蜜多若樂若苦說淨戒安忍精進靜慮般若波羅蜜多若樂若苦說布施波羅蜜多若我若無我說淨戒安忍精進靜慮般若波羅蜜多若我若無我說布施波羅蜜多若淨若不淨說淨戒安忍精進靜慮般若波羅蜜多若淨若不淨若有能依如是等法修行靜慮是行靜慮波羅蜜多復作是說行靜慮者應求布施波羅蜜多若常若無常應求淨戒乃至般若波羅蜜多若常若無常應求布施波羅蜜多若樂若苦應求淨戒乃至般若波羅蜜多若樂若苦應求布施波羅蜜多若我若無我應求淨戒乃至般若波羅蜜多若我若無我應求布施波羅蜜多若淨若不淨應求淨戒乃至般若波羅蜜多若淨若不淨若有能

求如是等法修行靜慮是行靜慮波羅蜜多憍尸迦若善男子善女人等如是求布施波羅蜜多若常若無常求淨戒乃至般若波羅蜜多若常若無常求布施波羅蜜多若樂若苦求淨戒乃至般若波羅蜜多若樂若苦求布施波羅蜜多若我若無我求淨戒乃至般若波羅蜜多若我若無我求布施波羅蜜多若淨若不淨求淨戒乃至般若波羅蜜多若淨若不淨依此等法行靜慮者我說名爲行有所得相似靜慮波羅蜜多憍尸迦如前所說當知皆是說有所得相似靜慮波羅蜜多

復次憍尸迦若善男子善女人等爲發無上菩提心者說內空若常若無常說外空內外空空空大空勝義空有爲空無爲空畢竟空無際空散空無變異空本性空自相空共相空一切法空不可得空無性空自性空無性自性空若常若無常說內空若樂若苦說外空內外空空空大空勝義空有爲空無爲空畢竟空無際空散空無變異空本性空自相空共相空一切法空不可得空無性空自性空無性自性空若樂若苦說內空若我若無我說外空內外空空空大空勝義空有爲空無爲空畢竟空無際空散空無變異空本性空自相空共相空一切法空不可得空無性空自性空無性自性空若我若無我說內空若淨若不淨說外空內外空空空大空勝義空有爲空無爲空畢竟空無際空散空無變異空本性空自相空共相空一切法空不可得空無性空自性空無性自性空若淨若不淨若有能依如是等法修行靜慮是行靜慮

波羅蜜多復作是説行靜慮者應求內空若
常若無常應求外空乃至無性自性空若常
若無常應求內空若樂若苦應求外空乃至
無性自性空若樂若苦應求內空若我若無
我應求外空乃至無性自性空若我若無我
應求內空若淨若不淨應求外空乃至無性
自性空若淨若不淨若有能求如是等法修
行靜慮是行靜慮波羅蜜多憍尸迦若善男
子善女人等如是求內空若常若無常求外
空乃至無性自性空若常若無常求內空若
樂若苦求外空乃至無性自性空若樂若苦
求內空若我若無我求外空乃至無性自性
空若我若無我求內空若淨若不淨求外空
乃至無性自性空若淨若不淨依此等法行
靜慮者我說名爲行有所得相似靜慮波羅
蜜多憍尸迦如前所説當知皆是説有所得
相似靜慮波羅蜜多復次憍尸迦若善男子
善女人等爲發無上菩提心者說眞如若常
若無常說法界法性不虛妄性不變異性平
等性離生性法定法住實際虛空界不思議
界若常若無常說眞如若樂若苦說法界法
性不虛妄性不變異性平等性離生性法定
法住實際虛空界不思議界若樂若苦說眞
如若我若無我說法界法性不虛妄性不變
異性平等性離生性法定法住實際虛空界
不思議界若我若無我說眞如若淨若不淨
說法界法性不虛妄性不變異性平等性離
生性法定法住實際虛空界不思議界若淨
若不淨若有能依如是等法修行靜慮是行
靜慮波羅蜜多復作是說行靜慮者應求眞

如若常若無常應求法界乃至不思議界若常若無常應求眞如若樂若苦應求法界乃至不思議界若樂若苦應求眞如若我若無我應求法界乃至不思議界若我若無我應求眞如若淨若不淨應求法界乃至不思議界若淨若不淨若有能求如是等法修行靜慮是行靜慮波羅蜜多憍尸迦若善男子善女人等如是求眞如若常若無常求法界乃至不思議界若常若無常求眞如若樂若苦求法界乃至不思議界若樂若苦求眞如若我若無我求法界乃至不思議界若我若無我求眞如若淨若不淨求法界乃至不思議界若淨若不淨依此等法行靜慮者我說名爲行有所得相似靜慮波羅蜜多憍尸迦如前所說當知皆是說有所得相似靜慮波羅蜜多復次憍尸迦若善男子善女人等爲發無上菩提心者說苦聖諦若常若無常說集滅道聖諦若常若無常說苦聖諦若樂若苦說集滅道聖諦若樂若苦說苦聖諦若我若無我說集滅道聖諦若我若無我說苦聖諦若淨若不淨說集滅道聖諦若淨若不淨若有能依如是等法修行靜慮是行靜慮波羅蜜多復作是說行靜慮者應求苦聖諦若常若無常應求集滅道聖諦若常若無常應求苦聖諦若樂若苦應求集滅道聖諦若樂若苦應求苦聖諦若我若無我應求集滅道聖諦若我若無我應求苦聖諦若淨若不淨應求集滅道聖諦若淨若不淨若有能求如是等法修行靜慮是行靜慮波羅蜜多憍尸迦若善男子善女人等如是求苦聖諦若常若

無常求集滅道聖諦若常若無常求苦聖諦若樂若苦求集滅道聖諦若樂若苦求苦聖諦若我若無我求集滅道聖諦若我若無我求苦聖諦若淨若不淨求集滅道聖諦若淨若不淨依此等法行靜慮者我說名爲行有所得相似靜慮波羅蜜多憍尸迦如前所說當知皆是說有所得相似靜慮波羅蜜多復次憍尸迦若善男子善女人等爲發無上菩提心者說四靜慮若常若無常說四無量四無色定若常若無常說四靜慮若樂若苦說四無量四無色定若樂若苦說四靜慮若我若無我說四無量四無色定若我若無我說四靜慮若淨若不淨說四無量四無色定若淨若不淨若有能依如是等法修行靜慮是行靜慮波羅蜜多復作是說行靜慮者應求四靜慮若常若無常應求四無量四無色定若常若無常應求四靜慮若樂若苦應求四無量四無色定若樂若苦應求四靜慮若我若無我應求四無量四無色定若我若無我應求四靜慮若淨若不淨應求四無量四無色定若淨若不淨若有能求如是等法修行靜慮是行靜慮波羅蜜多憍尸迦若善男子善女人等如是求四靜慮若常若無常求四無量四無色定若常若無常求四靜慮若樂若苦求四無量四無色定若樂若苦求四靜慮若我若無我求四無量四無色定若我若無我求四靜慮若淨若不淨求四無量四無色定若淨若不淨依此等法行靜慮者我說名爲行有所得相似靜慮波羅蜜多憍尸迦如前所說當知皆是說有所得相似靜慮波

羅蜜多復次憍尸迦若善男子善女人等爲發無上菩提心者說八解脫若常若無常說八勝處九次第定十遍處若常若無常說八解脫若樂若苦說八勝處九次第定十遍處若樂若苦說八解脫若我若無我說八勝處九次第定十遍處若我若無我說八解脫若淨若不淨說八勝處九次第定十遍處若淨若不淨若有能依如是等法修行靜慮是行靜慮波羅蜜多復作是說行靜慮者應求八解脫若常若無常應求八勝處九次第定十遍處若常若無常應求八解脫若樂若苦應求八勝處九次第定十遍處若樂若苦應求八解脫若我若無我應求八勝處九次第定十遍處若我若無我應求八解脫若淨若不淨應求八勝處九次第定十遍處若淨若不淨若有能求如是等法修行靜慮是行靜慮波羅蜜多憍尸迦若善男子善女人等如是求八解脫若常若無常求八勝處九次第定十遍處若常若無常求八解脫若樂若苦求八勝處九次第定十遍處若樂若苦求八解脫若我若無我求八勝處九次第定十遍處若我若無我求八解脫若淨若不淨求八勝處九次第定十遍處若淨若不淨依此等法行靜慮者我說名爲行有所得相似靜慮波羅蜜多憍尸迦如前所說當知皆是說有所得相似靜慮波羅蜜多復次憍尸迦若善男子善女人等爲發無上菩提心者說四念住若常若無常說四正斷四神足五根五力七等覺支八聖道支若常若無常說四念住若樂若苦說四正斷四神足五根五力七等覺

支八聖道支若樂若苦說四念住若我若無我說四正斷四神足五根五力七等覺支八聖道支若我若無我說四念住若淨若不淨說四正斷四神足五根五力七等覺支八聖道支若淨若不淨若有能依如是等法修行靜慮是行靜慮波羅蜜多復作是說行靜慮者應求四念住若常若無常應求四正斷乃至八聖道支若常若無常應求四念住若樂若苦應求四正斷乃至八聖道支若樂若苦應求四念住若我若無我應求四正斷乃至八聖道支若我若無我應求四念住若淨若不淨應求四正斷乃至八聖道支若淨若不淨若有能求如是等法修行靜慮是行靜慮波羅蜜多憍尸迦若善男子善女人等如是求四念住若常若無常求四正斷乃至八聖道支若常若無常求四念住若樂若苦求四正斷乃至八聖道支若樂若苦求四念住若我若無我求四正斷乃至八聖道支若我若無我求四念住若淨若不淨求四正斷乃至八聖道支若淨若不淨依此等法行靜慮者我說名爲行有所得相似靜慮波羅蜜多憍尸迦如前所說當知皆是說有所得相似靜慮波羅蜜多復次憍尸迦若善男子善女人等爲發無上菩提心者說空解脫門若常若無常說無相無願解脫門若常若無常說空解脫門若樂若苦說無相無願解脫門若樂若苦說空解脫門若我若無我說無相無願解脫門若我若無我說空解脫門若淨若不淨說無相無願解脫門若淨若不淨若有能依如是等法修行靜慮是行靜慮波羅蜜多

復作是說行靜慮者應求空解脱門若常若無常應求無相無願解脱門若常若無常應求空解脱門若樂若苦應求無相無願解脱門若樂若苦應求空解脱門若我若無我應求無相無願解脱門若我若無我應求空解脱門若淨若不淨應求無相無願解脱門若淨若不淨若有能求如是等法修行靜慮是行靜慮波羅蜜多憍尸迦若善男子善女人等如是求空解脱門若常若無常求無相無願解脱門若常若無常求空解脱門若樂若苦求無相無願解脱門若樂若苦求空解脱門若我若無我求無相無願解脱門若我若無我求空解脱門若淨若不淨求無相無願解脱門若淨若不淨依此等法行靜慮者我說名爲行有所得相似靜慮波羅蜜多憍尸迦如前所說當知皆是說有所得相似靜慮波羅蜜多復次憍尸迦若善男子善女人等爲發無上菩提心者說五眼若常若無常說六神通若常若無常說五眼若樂若苦說六神通若樂若苦說五眼若我若無我說六神通若我若無我說五眼若淨若不淨說六神通若淨若不淨若有能依如是等法修行靜慮是行靜慮波羅蜜多復作是說行靜慮者應求五眼若常若無常應求六神通若常若無常應求五眼若樂若苦應求六神通若樂若苦應求五眼若我若無我應求六神通若我若無我應求五眼若淨若不淨應求六神通若淨若不淨若有能求如是等法修行靜慮是行靜慮波羅蜜多憍尸迦若善男子善女人等如是求五眼若常若無常求六神通

若常若無常求五眼若樂若苦求六神通若樂若苦求五眼若我若無我求六神通若我若無我求五眼若淨若不淨求六神通若淨若不淨依此等法行靜慮者我說名爲行有所得相似靜慮波羅蜜多憍尸迦如前所說當知皆是說有所得相似靜慮波羅蜜多復次憍尸迦若善男子善女人等爲發無上菩提心者說佛十力若常若無常說四無所畏四無礙解大慈大悲大喜大捨十八佛不共法若常若無常說佛十力若樂若苦說四無所畏四無礙解大慈大悲大喜大捨十八佛不共法若樂若苦說佛十力若我若無我說四無所畏四無礙解大慈大悲大喜大捨十八佛不共法若我若無我說佛十力若淨若不淨說四無所畏四無礙解大慈大悲大喜

大捨十八佛不共法若淨若不淨若有能依如是等法修行靜慮是行靜慮波羅蜜多復作是說行靜慮者應求佛十力若常若無常應求四無所畏乃至十八佛不共法若常若無常應求佛十力若樂若苦應求四無所畏乃至十八佛不共法若樂若苦應求佛十力若我若無我應求四無所畏乃至十八佛不共法若我若無我應求佛十力若淨若不淨應求四無所畏乃至十八佛不共法若淨若不淨若有能求如是等法修行靜慮是行靜慮波羅蜜多憍尸迦若善男子善女人等如是求佛十力若常若無常求四無所畏乃至十八佛不共法若常若無常求佛十力若樂若苦求四無所畏乃至十八佛不共法若樂若苦求佛十力若我若無我求四無所畏乃

至十八佛不共法若我若無我求佛十力若淨若不淨求四無所畏乃至十八佛不共法若淨若不淨依此等法行靜慮者我說名爲行有所得相似靜慮波羅蜜多憍尸迦如前所說當知皆是說有所得相似靜慮波羅蜜多復次憍尸迦若善男子善女人等爲發無上菩提心者說無忘失法若常若無常說恒住捨性若常若無常說無忘失法若樂若苦說恒住捨性若樂若苦說無忘失法若我若無我說恒住捨性若我若無我說無忘失法若淨若不淨說恒住捨性若淨若不淨若有能依如是等法修行靜慮是行靜慮波羅蜜多復作是說行靜慮者應求無忘失法若常若無常應求恒住捨性若常若無常應求無忘失法若樂若苦應求恒住捨性若樂若苦應求無忘失法若我若無我應求恒住捨性若我若無我應求無忘失法若淨若不淨應求恒住捨性若淨若不淨若有能求如是等法修行靜慮是行靜慮波羅蜜多憍尸迦若善男子善女人等如是求無忘失法若常若無常求恒住捨性若常若無常求無忘失法若樂若苦求恒住捨性若樂若苦求無忘失法若我若無我求恒住捨性若我若無我求無忘失法若淨若不淨求恒住捨性若淨若不淨依此等法行靜慮者我說名爲行有所得相似靜慮波羅蜜多憍尸迦如前所說當知皆是說有所得相似靜慮波羅蜜多

大般若波羅蜜多經卷第一百三十八

大般若波羅蜜多經卷第一百三十九

唐三藏法師玄奘奉詔譯

初分校量功德品第三十之三十七

復次憍尸迦若善男子善女人等爲發無上菩提心者說一切智若常若無常說道相智一切相智若常若無常說一切智若樂若苦說道相智一切相智若樂若苦說一切智若我若無我說道相智一切相智若我若無我說一切智若淨若不淨說道相智一切相智若淨若不淨若有能依如是等法修行靜慮是行靜慮波羅蜜多復作是說行靜慮者應求一切智若常若無常應求道相智一切相智若常若無常應求一切智若樂若苦應求道相智一切相智若樂若苦應求一切智若我若無我應求道相智一切相智若我若無我應求一切智若淨若不淨應求道相智一切相智若淨若不淨若有能求如是等法修行靜慮是行靜慮波羅蜜多憍尸迦若善男子善女人等如是求一切智若常若無常求道相智一切相智若常若無常求一切智若樂若苦求道相智一切相智若樂若苦求一切智若我若無我求道相智一切相智若我若無我求一切智若淨若不淨求道相智一切相智若淨若不淨依此等法行靜慮者我說名爲行有所得相似靜慮波羅蜜多憍尸迦如前所說當知皆是說有所得相似靜慮波羅蜜多復次憍尸迦若善男子善女人等爲發無上菩提心者說一切陀羅尼門若常若無常說一切三摩地門若常若無常說一切陀羅尼門若樂若苦說一切三摩地門若

樂若苦說一切陀羅尼門若我若無我說一切三摩地門若我若無我說一切陀羅尼門若淨若不淨說一切三摩地門若淨若不淨若有能依如是等法修行靜慮是行靜慮波羅蜜多復作是說行靜慮者應求一切陀羅尼門若常若無常應求一切三摩地門若常若無常應求一切陀羅尼門若樂若苦應求一切三摩地門若樂若苦應求一切陀羅尼門若我若無我應求一切三摩地門若我若無我應求一切陀羅尼門若淨若不淨應求一切三摩地門若淨若不淨若有能求如是等法修行靜慮是行靜慮波羅蜜多憍尸迦若善男子善女人等如是求一切陀羅尼門若常若無常求一切三摩地門若常若無常求一切陀羅尼門若樂若苦求一切三摩地門若樂若苦求一切陀羅尼門若我若無我求一切陀羅尼門若淨若不淨求一切三摩地門若淨若不淨依此等法行靜慮者我說名為行有所得相似靜慮波羅蜜多憍尸迦如前所說當知皆是說有所得相似靜慮波羅蜜多復次憍尸迦若善男子善女人等為發無上菩提心者說預流向預流果若常若無常說一來向一來果不還向不還果阿羅漢向阿羅漢果若常若無常說預流向預流果若樂若苦說一來向一來果不還向不還果阿羅漢向阿羅漢果若樂若苦說預流向預流果若我若無我說一來向一來果不還向不還果阿羅漢向阿羅漢果若我若無我說預流向預流果若淨若不淨說一來向一來果不還向

不還果阿羅漢向阿羅漢果若淨若不淨若有能依如是等法修行靜慮是行靜慮波羅蜜多復作是說行靜慮者應求預流向預流果若常若無常應求一來向乃至阿羅漢果若常若無常應求預流向預流果若樂若苦應求一來向乃至阿羅漢果若樂若苦應求預流向預流果若我若無我應求一來向乃至阿羅漢果若我若無我應求預流向預流果若淨若不淨應求一來向乃至阿羅漢果若淨若不淨若有能求如是等法修行靜慮是行靜慮波羅蜜多憍尸迦若善男子善女人等如是求預流向預流果若常若無常求一來向乃至阿羅漢果若常若無常求預流向預流果若樂若苦求一來向乃至阿羅漢果若樂若苦求預流向預流果若我若無我求一來向乃至阿羅漢果若我若無我求預流向預流果若淨若不淨求一來向乃至阿羅漢果若淨若不淨依此等法行靜慮者我說名爲行有所得相似靜慮波羅蜜多憍尸迦如前所說當知皆是說有所得相似靜慮波羅蜜多復次憍尸迦若善男子善女人等爲發無上菩提心者說一切獨覺菩提若常若無常說一切獨覺菩提若樂若苦說一切獨覺菩提若我若無我說一切獨覺菩提若淨若不淨若有能依如是等法修行靜慮是行靜慮波羅蜜多復作是說行靜慮者應求一切獨覺菩提若常若無常應求一切獨覺菩提若樂若苦應求一切獨覺菩提若我若無我應求一切獨覺菩提若淨若不淨若有能求如是等法修行靜慮是行靜慮波羅蜜

多憍尸迦若善男子善女人等如是求一切獨覺菩提若常若無常求一切獨覺菩提若樂若苦求一切獨覺菩提若我若無我求一切獨覺菩提若淨若不淨依此等法行靜慮者我說名爲行有所得相似靜慮波羅蜜多憍尸迦如前所說當知皆是說有所得相似靜慮波羅蜜多復次憍尸迦若善男子善女人等爲發無上菩提心者說一切菩薩摩訶薩行若常若無常說一切菩薩摩訶薩行若樂若苦說一切菩薩摩訶薩行若我若無我說一切菩薩摩訶薩行若淨若不淨若有能依如是等法修行靜慮是行靜慮波羅蜜多復作是說行靜慮者應求一切菩薩摩訶薩行若常若無常應求一切菩薩摩訶薩行若樂若苦應求一切菩薩摩訶薩行若我若無我應求一切菩薩摩訶薩行若淨若不淨若有能求如是等法修行靜慮是行靜慮波羅蜜多憍尸迦若善男子善女人等如是求一切菩薩摩訶薩行若常若無常求一切菩薩摩訶薩行若樂若苦求一切菩薩摩訶薩行若我若無我求一切菩薩摩訶薩行若淨若不淨依此等法行靜慮者我說名爲行有所得相似靜慮波羅蜜多憍尸迦如前所說當知皆是說有所得相似靜慮波羅蜜多復次憍尸迦若善男子善女人等爲發無上菩提心者說諸佛無上正等菩提若常若無常說諸佛無上正等菩提若樂若苦說諸佛無上正等菩提若我若無我說諸佛無上正等菩提若淨若不淨若有能依如是等法修行靜慮是行靜慮波羅蜜多復作是說行靜慮者

應求諸佛無上正等菩提若常若無常應求諸佛無上正等菩提若樂若苦應求諸佛無上正等菩提若我若無我應求諸佛無上正等菩提若淨若不淨若有能求如是等法修行靜慮是行靜慮波羅蜜多憍尸迦若善男子善女人等如是求諸佛無上正等菩提若常若無常求諸佛無上正等菩提若樂若苦求諸佛無上正等菩提若我若無我求諸佛無上正等菩提若淨若不淨依此等法行靜慮者我說名爲行有所得相似靜慮波羅蜜多憍尸迦如前所說當知皆是說有所得相似靜慮波羅蜜多時天帝釋復白佛言世尊云何諸善男子善女人等說有所得精進波羅蜜多名說相似精進波羅蜜多佛言憍尸迦若善男子善女人等爲發無上菩提心者說色若常若無常說受想行識若常若無常說色若樂若苦說受想行識若樂若苦說色若我若無我說受想行識若我若無我說色若淨若不淨說受想行識若淨若不淨若有能依如是等法修行精進是行精進波羅蜜多復作是說行精進者應求色若常若無常應求受想行識若常若無常應求色若樂若苦應求受想行識若樂若苦應求色若我若無我應求受想行識若我若無我應求色若淨若不淨應求受想行識若淨若不淨若有能求如是等法修行精進是行精進波羅蜜多憍尸迦若善男子善女人等如是求色若常若無常求受想行識若常若無常求色若樂若苦求受想行識若樂若苦求色若我若無我求受想行識若我若無我求色若淨若

不淨求受想行識若淨若不淨依此等法行精進者我說名爲行有所得相似精進波羅蜜多憍尸迦如前所說當知皆是說有所得相似精進波羅蜜多復次憍尸迦若善男子善女人等爲發無上菩提心者說眼處若常若無常說耳鼻舌身意處若常若無常說眼處若樂若苦說耳鼻舌身意處若樂若苦說眼處若我若無我說耳鼻舌身意處若我若無我說眼處若淨若不淨說耳鼻舌身意處若淨若不淨若有能依如是等法修行精進是行精進波羅蜜多復作是說行精進者應求眼處若常若無常應求耳鼻舌身意處若常若無常應求眼處若樂若苦應求耳鼻舌身意處若樂若苦應求眼處若我若無我應求耳鼻舌身意處若我若無我應求眼處若淨若不淨應求耳鼻舌身意處若淨若不淨若有能求如是等法修行精進是行精進波羅蜜多憍尸迦若善男子善女人等如是求眼處若常若無常求耳鼻舌身意處若常若無常求眼處若樂若苦求耳鼻舌身意處若樂若苦求眼處若我若無我求耳鼻舌身意處若我若無我求眼處若淨若不淨求耳鼻舌身意處若淨若不淨依此等法行精進者我說名爲行有所得相似精進波羅蜜多憍尸迦如前所說當知皆是說有所得相似精進波羅蜜多復次憍尸迦若善男子善女人等爲發無上菩提心者說色處若常若無常說聲香味觸法處若常若無常說色處若樂若苦說聲香味觸法處若樂若苦說色處若我若無我說聲香味觸法處若我若無我說

色處若淨若不淨說聲香味觸法處若淨若不淨若有能依如是等法修行精進是行精進波羅蜜多復作是說行精進者應求色處若常若無常應求聲香味觸法處若常若無常應求色處若樂若苦應求聲香味觸法處若樂若苦應求色處若我若無我應求聲香味觸法處若我若無我應求色處若淨若不淨應求聲香味觸法處若淨若不淨若有能求如是等法修行精進是行精進波羅蜜多憍尸迦若善男子善女人等如是求色處若常若無常求聲香味觸法處若常若無常求色處若樂若苦求聲香味觸法處若樂若苦求色處若我若無我求聲香味觸法處若我若無我求色處若淨若不淨求聲香味觸法處若淨若不淨依此等法行精進者我說名爲行有所得相似精進波羅蜜多憍尸迦如前所說當知皆是說有所得相似精進波羅蜜多復次憍尸迦若善男子善女人等爲發無上菩提心者說眼界若常若無常說色界眼識界及眼觸眼觸爲緣所生諸受若常若無常說眼界若樂若苦說色界眼識界及眼觸眼觸爲緣所生諸受若樂若苦說眼界若我若無我說色界眼識界及眼觸眼觸爲緣所生諸受若我若無我說眼界若淨若不淨說色界眼識界及眼觸眼觸爲緣所生諸受若淨若不淨若有能依如是等法修行精進是行精進波羅蜜多復作是說行精進者應求眼界若常若無常應求色界乃至眼觸爲緣所生諸受若常若無常應求眼界若樂若苦應求色界乃至眼觸爲緣所生諸受若樂

若苦應求眼界若我若無我應求色界乃至眼觸爲緣所生諸受若我若無我應求眼界若淨若不淨應求色界乃至眼觸爲緣所生諸受若淨若不淨若有能求如是等法修行精進是行精進波羅蜜多憍尸迦若善男子善女人等如是求眼界若常若無常求色界乃至眼觸爲緣所生諸受若常若無常求眼界若樂若苦求色界乃至眼觸爲緣所生諸受若樂若苦求眼界若我若無我求色界乃至眼觸爲緣所生諸受若我若無我求眼界若淨若不淨求色界乃至眼觸爲緣所生諸受若淨若不淨依此等法行精進者我說名爲行有所得相似精進波羅蜜多憍尸迦如前所說當知皆是說有所得相似精進波羅蜜多復次憍尸迦若善男子善女人等爲發

無上菩提心者說耳界若常若無常說聲界耳識界及耳觸耳觸爲緣所生諸受若常若無常說耳界若樂若苦說聲界耳識界及耳觸耳觸爲緣所生諸受若樂若苦說耳界若我若無我說聲界耳識界及耳觸耳觸爲緣所生諸受若我若無我說耳界若淨若不淨說聲界耳識界及耳觸耳觸爲緣所生諸受若淨若不淨若有能依如是等法修行精進是行精進波羅蜜多復作是說行精進者應求耳界若常若無常應求聲界乃至耳觸爲緣所生諸受若常若無常應求耳界若樂若苦應求聲界乃至耳觸爲緣所生諸受若樂若苦應求耳界若我若無我應求聲界乃至耳觸爲緣所生諸受若我若無我應求耳界若淨若不淨應求聲界乃至耳觸爲緣所生

諸受若淨若不淨若有能求如是等法修行精進是行精進波羅蜜多憍尸迦若善男子善女人等如是求耳界若常若無常求聲界乃至耳觸爲緣所生諸受若常若無常求耳界若樂若苦求聲界乃至耳觸爲緣所生諸受若樂若苦求耳界若我若無我求聲界乃至耳觸爲緣所生諸受若我若無我求耳界若淨若不淨求聲界乃至耳觸爲緣所生諸受若淨若不淨依此等法行精進者我說名爲行有所得相似精進波羅蜜多憍尸迦如前所說當知皆是說有所得相似精進波羅蜜多復次憍尸迦若善男子善女人等爲發無上菩提心者說鼻界若常若無常說香界鼻識界及鼻觸鼻觸爲緣所生諸受若常若無常說鼻界若樂若苦說香界鼻識界及鼻觸鼻觸爲緣所生諸受若樂若苦說鼻界若我若無我說香界鼻識界及鼻觸鼻觸爲緣所生諸受若我若無我說鼻界若淨若不淨說香界鼻識界及鼻觸鼻觸爲緣所生諸受若淨若不淨若有能依如是等法修行精進是行精進波羅蜜多復作是說行精進者應求鼻界若常若無常應求香界乃至鼻觸爲緣所生諸受若常若無常應求鼻界若樂若苦應求香界乃至鼻觸爲緣所生諸受若樂若苦應求鼻界若我若無我應求香界乃至鼻觸爲緣所生諸受若我若無我應求鼻界若淨若不淨應求香界乃至鼻觸爲緣所生諸受若淨若不淨若有能求如是等法修行精進是行精進波羅蜜多憍尸迦若善男子善女人等如是求鼻界若常若無常求香界

乃至鼻觸爲緣所生諸受若常若無常求鼻界若樂若苦求香界乃至鼻觸爲緣所生諸受若樂若苦求鼻界若我若無我求香界乃至鼻觸爲緣所生諸受若我若無我求鼻界若淨若不淨求香界乃至鼻觸爲緣所生諸受若淨若不淨依此等法行精進者我說名爲行有所得相似精進波羅蜜多憍尸迦如前所說當知皆是說有所得相似精進波羅蜜多復次憍尸迦若善男子善女人等爲發無上菩提心者說舌界若常若無常說味界舌識界及舌觸舌觸爲緣所生諸受若常若無常說舌界若樂若苦說味界舌識界及舌觸舌觸爲緣所生諸受若樂若苦說舌界若我若無我說味界舌識界及舌觸舌觸爲緣所生諸受若我若無我說舌界若淨若不淨說味界舌識界及舌觸舌觸爲緣所生諸受若淨若不淨若有能依如是等法修行精進是行精進波羅蜜多復作是說行精進者應求舌界若常若無常應求味界乃至舌觸爲緣所生諸受若常若無常應求舌界若樂若苦應求味界乃至舌觸爲緣所生諸受若樂若苦應求舌界若我若無我應求味界乃至舌觸爲緣所生諸受若我若無我應求舌界若淨若不淨應求味界乃至舌觸爲緣所生諸受若淨若不淨若有能求如是等法修行精進是行精進波羅蜜多憍尸迦若善男子善女人等如是求舌界若常若無常求味界乃至舌觸爲緣所生諸受若常若無常求舌界若樂若苦求味界乃至舌觸爲緣所生諸受若樂若苦求舌界若我若無我求味界乃

至舌觸爲緣所生諸受若我若無我求舌界若淨若不淨求味界乃至舌觸爲緣所生諸受若淨若不淨依此等法行精進者我說名爲行有所得相似精進波羅蜜多憍尸迦如前所說當知皆是說有所得相似精進波羅蜜多復次憍尸迦若善男子善女人等爲發無上菩提心者說身界若常若無常說觸界身識界及身觸身觸爲緣所生諸受若常若無常說身界若樂若苦說觸界身識界及身觸身觸爲緣所生諸受若樂若苦說身界若我若無我說觸界身識界及身觸身觸爲緣所生諸受若我若無我說身界若淨若不淨說觸界身識界及身觸身觸爲緣所生諸受若淨若不淨若有能依如是等法修行精進是行精進波羅蜜多復作是說行精進者應

求身界若常若無常應求觸界乃至身觸爲緣所生諸受若常若無常應求身界若樂若苦應求觸界乃至身觸爲緣所生諸受若樂若苦應求身界若我若無我應求觸界乃至身觸爲緣所生諸受若我若無我應求身界若淨若不淨應求觸界乃至身觸爲緣所生諸受若淨若不淨若有能求如是等法修行精進是行精進波羅蜜多憍尸迦若善男子善女人等如是求身界若常若無常求觸界乃至身觸爲緣所生諸受若常若無常求身界若樂若苦求觸界乃至身觸爲緣所生諸受若樂若苦求身界若我若無我求觸界乃至身觸爲緣所生諸受若我若無我求身界若淨若不淨求觸界乃至身觸爲緣所生諸受若淨若不淨依此等法行精進者我說名

爲行有所得相似精進波羅蜜多憍尸迦如前所説當知皆是説有所得相似精進波羅蜜多復次憍尸迦若善男子善女人等爲發無上菩提心者説意界若常若無常説法界意識界及意觸意觸爲縁所生諸受若常若無常説意界若樂若苦説法界意識界及意觸意觸爲縁所生諸受若樂若苦説意界若我若無我説法界意識界及意觸意觸爲縁所生諸受若我若無我説意界若淨若不淨説法界意識界及意觸意觸爲縁所生諸受若淨若不淨若有能依如是等法修行精進是行精進波羅蜜多復作是説行精進者應求意界若常若無常應求法界乃至意觸爲縁所生諸受若常若無常應求意界若樂若苦應求法界乃至意觸爲縁所生諸受若樂若苦應求意界若我若無我應求法界乃至意觸爲縁所生諸受若我若無我應求意界若淨若不淨應求法界乃至意觸爲縁所生諸受若淨若不淨若有能求如是等法修行精進是行精進波羅蜜多憍尸迦若善男子善女人等如是求意界若常若無常求法界乃至意觸爲縁所生諸受若常若無常求意界若樂若苦求法界乃至意觸爲縁所生諸受若樂若苦求意界若我若無我求法界乃至意觸爲縁所生諸受若我若無我求意界若淨若不淨求法界乃至意觸爲縁所生諸受若淨若不淨依此等法行精進者我説名爲行有所得相似精進波羅蜜多憍尸迦如前所説當知皆是説有所得相似精進波羅蜜多復次憍尸迦若善男子善女人等爲發

無上菩提心者說地界若常若無常說水火風空識界若常若無常說地界若樂若苦說水火風空識界若樂若苦說地界若我若無我說水火風空識界若我若無我說地界若淨若不淨說水火風空識界若淨若不淨若有能依如是等法修行精進是行精進波羅蜜多復作是說行精進者應求地界若常若無常應求水火風空識界若常若無常應求地界若樂若苦應求水火風空識界若樂若苦應求地界若我若無我應求水火風空識界若我若無我應求地界若淨若不淨應求水火風空識界若淨若不淨若有能求如是等法修行精進是行精進波羅蜜多憍尸迦若善男子善女人等如是求地界若常若無常求水火風空識界若常若無常求地界若樂若苦求水火風空識界若樂若苦求地界若我若無我求水火風空識界若我若無我求地界若淨若不淨求水火風空識界若淨若不淨依此等法行精進者我說名爲行有所得相似精進波羅蜜多憍尸迦如前所說當知皆是說有所得相似精進波羅蜜多復次憍尸迦若善男子善女人等爲發無上菩提心者說無明若常若無常說行識名色六處觸受愛取有生老死愁歎苦憂惱若常若無常說無明若樂若苦說行識名色六處觸受愛取有生老死愁歎苦憂惱若樂若苦說無明若我若無我說行識名色六處觸受愛取有生老死愁歎苦憂惱若我若無我說無明若淨若不淨說行識名色六處觸受愛取有生老死愁歎苦憂惱若淨若不淨若有能

依如是等法修行精進是行精進波羅蜜多復作是說行精進者應求無明若常若無常應求行乃至老死愁歎苦憂惱若常若無常應求無明若樂若苦應求行乃至老死愁歎苦憂惱若樂若苦應求無明若我若無我應求行乃至老死愁歎苦憂惱若我若無我應求無明若淨若不淨應求行乃至老死愁歎苦憂惱若淨若不淨若有能求如是等法修行精進是行精進波羅蜜多憍尸迦若善男子善女人等如是求無明若常若無常求行乃至老死愁歎苦憂惱若常若無常求無明若樂若苦求行乃至老死愁歎苦憂惱若樂若苦求無明若我若無我求行乃至老死愁歎苦憂惱若我若無我求無明若淨若不淨求行乃至老死愁歎苦憂惱若淨若不淨依此等法行精進者我說名爲行有所得相似精進波羅蜜多憍尸迦如前所說當知皆是說有所得相似精進波羅蜜多

大般若波羅蜜多經卷第一百三十九

大般若波羅蜜多經卷第一百四十

唐三藏法師玄奘奉　詔譯

初分校量功德品第三十之三十八

復次憍尸迦若善男子善女人等爲發無上菩提心者說布施波羅蜜多若常若無常說淨戒安忍精進靜慮般若波羅蜜多若常若無常說布施波羅蜜多若樂若苦說淨戒安忍精進靜慮般若波羅蜜多若樂若苦說布施波羅蜜多若我若無我說淨戒安忍精進靜慮般若波羅蜜多若我若無我說布施波羅蜜多若淨若不淨說淨戒安忍精進靜慮般若波羅蜜多若淨若不淨若有能依如是等法修行精進是行精進波羅蜜多復作是說行精進者應求布施波羅蜜多若常若無常應求淨戒乃至般若波羅蜜多若常若無常應求布施波羅蜜多若樂若苦應求淨戒乃至般若波羅蜜多若樂若苦應求布施波羅蜜多若我若無我應求淨戒乃至般若波羅蜜多若我若無我應求布施波羅蜜多若淨若不淨應求淨戒乃至般若波羅蜜多若淨若不淨若有能求如是等法修行精進是行精進波羅蜜多憍尸迦若善男子善女人等如是求布施波羅蜜多若常若無常求淨戒乃至般若波羅蜜多若常若無常求布施波羅蜜多若樂若苦求淨戒乃至般若波羅蜜多若樂若苦求布施波羅蜜多若我若無我求淨戒乃至般若波羅蜜多若我若無我求布施波羅蜜多若淨若不淨求淨戒乃至般若波羅蜜多若淨若不淨依此等法行精進者我說名爲行有所得相似精進波羅蜜

多憍尸迦如前所説當知皆是説有所得相似精進波羅蜜多復次憍尸迦若善男子善女人等爲發無上菩提心者説内空若常若無常説外空内外空空空大空勝義空有爲空無爲空畢竟空無際空散空無變異空本性空自相空共相空一切法空不可得空無性空自性空無性自性空若常若無常説内空若樂若苦説外空内外空空空大空勝義空有爲空無爲空畢竟空無際空散空無變異空本性空自相空共相空一切法空不可得空無性空自性空無性自性空若樂若苦説内空若我若無我説外空内外空空空大空勝義空有爲空無爲空畢竟空無際空散空無變異空本性空自相空共相空一切法空不可得空無性空自性空無性自性空若我若無我説内空若淨若不淨説外空内外空空空大空勝義空有爲空無爲空畢竟空無際空散空無變異空本性空自相空共相空一切法空不可得空無性空自性空無性自性空若淨若不淨若有能依如是等法修行精進是行精進波羅蜜多復作是説行精進者應求内空若常若無常應求外空乃至無性自性空若常若無常應求内空若樂若苦應求外空乃至無性自性空若樂若苦應求内空若我若無我應求外空乃至無性自性空若我若無我應求内空若淨若不淨應求外空乃至無性自性空若淨若不淨若有能求如是等法修行精進是行精進波羅蜜多憍尸迦若善男子善女人等如是求内空若常若無常求外空乃至無性自性空若常

若無常求内空若樂若苦求外空乃至無性自性空若樂若苦求内空若我若無我求外空乃至無性自性空若我若無我求内空若淨若不淨求外空乃至無性自性空若淨若不淨依此等法行精進者我說名爲行有所得相似精進波羅蜜多憍尸迦如前所說當知皆是說有所得相似精進波羅蜜多復次憍尸迦若善男子善女人等爲發無上菩提心者說眞如若常若無常說法界法性不虛妄性不變異性平等性離生性法定法住實際虛空界不思議界若常若無常說眞如若樂若苦說法界法性不虛妄性不變異性平等性離生性法定法住實際虛空界不思議界若樂若苦說眞如若我若無我說法界法性不虛妄性不變異性平等性離生性法定

法住實際虛空界不思議界若我若無我說眞如若淨若不淨說法界法性不虛妄性不變異性平等性離生性法定法住實際虛空界不思議界若淨若不淨若有能依如是等法修行精進是行精進波羅蜜多復作是說行精進者應求眞如若常若無常應求法界乃至不思議界若淨若無常應求眞如若樂若苦應求法界乃至不思議界若樂若苦應求眞如若我若無我應求法界乃至不思議界若我若無我應求眞如若淨若不淨應求法界乃至不思議界若淨若不淨若有能求如是等法修行精進是行精進波羅蜜多憍尸迦若善男子善女人等如是求眞如若常若無常求法界乃至不思議界若常若無常求眞如若樂若苦求法界乃至不思議界若

樂若苦求眞如若我若無我求法界乃至不思議界若我若無我求眞如若淨若不淨求法界乃至不思議界若淨若不淨依此等法行精進者我說名爲行有所得相似精進波羅蜜多憍尸迦如前所說當知皆是說有所得相似精進波羅蜜多復次憍尸迦若善男子善女人等爲發無上菩提心者說苦聖諦若常若無常說集滅道聖諦若常若無常說苦聖諦若樂若苦說集滅道聖諦若樂若苦說苦聖諦若我若無我說集滅道聖諦若我若無我說苦聖諦若淨若不淨說集滅道聖諦若淨若不淨若有能依如是等法修行精進是行精進波羅蜜多復作是說行精進者應求苦聖諦若常若無常應求集滅道聖諦若常若無常應求苦聖諦若樂若苦應求集滅道聖諦若樂若苦應求苦聖諦若我若無我應求集滅道聖諦若我若無我應求苦聖諦若淨若不淨應求集滅道聖諦若淨若不淨若有能求如是等法修行精進是行精進波羅蜜多憍尸迦若善男子善女人等如是求苦聖諦若常若無常求集滅道聖諦若常若無常求苦聖諦若樂若苦求集滅道聖諦若樂若苦求苦聖諦若我若無我求集滅道聖諦若我若無我求苦聖諦若淨若不淨求集滅道聖諦若淨若不淨依此等法行精進者我說名爲行有所得相似精進波羅蜜多憍尸迦如前所說當知皆是說有所得相似精進波羅蜜多復次憍尸迦若善男子善女人等爲發無上菩提心者說四靜慮若常若無常說四無量四無色定若常若無常說四

靜慮若樂若苦說四無量四無色定若樂若苦說四靜慮若我若無我說四無量四無色定若我若無我說四靜慮若淨若不淨說四無量四無色定若淨若不淨若有能依如是等法修行精進是行精進波羅蜜多復作是說行精進者應求四靜慮若常若無常應求四無量四無色定若常若無常應求四靜慮若樂若苦應求四無量四無色定若樂若苦應求四靜慮若我若無我應求四無量四無色定若我若無我應求四靜慮若淨若不淨應求四無量四無色定若淨若不淨若有能求如是等法修行精進是行精進波羅蜜多憍尸迦若善男子善女人等如是求四靜慮若常若無常求四無量四無色定若常若無常求四靜慮若樂若苦求四無量四無色定若樂若苦求四靜慮若我若無我求四無量四無色定若我若無我求四靜慮若淨若不淨求四無量四無色定若淨若不淨依此等法行精進者我說名爲行有所得相似精進波羅蜜多憍尸迦如前所說當知皆是說有所得相似精進波羅蜜多復次憍尸迦若善男子善女人等爲發無上菩提心者說八解脫若常若無常說八勝處九次第定十遍處若常若無常說八解脫若樂若苦說八勝處九次第定十遍處若樂若苦說八解脫若我若無我說八勝處九次第定十遍處若我若無我說八解脫若淨若不淨說八勝處九次第定十遍處若淨若不淨若有能依如是等法修行精進是行精進波羅蜜多復作是說行精進者應求八解脫若常若無常應求八

勝處九次第定十遍處若常若無常應求八解脫若樂若苦應求八勝處九次第定十遍處若樂若苦應求八解脫若我若無我應求八勝處九次第定十遍處若我若無我應求八解脫若淨若不淨應求八勝處九次第定十遍處若淨若不淨若有能求如是等法修行精進是行精進波羅蜜多憍尸迦若善男子善女人等如是求八解脫若常若無常求八勝處九次第定十遍處若常若無常求八解脫若樂若苦求八勝處九次第定十遍處若樂若苦求八解脫若我若無我求八勝處九次第定十遍處若我若無我求八解脫若淨若不淨求八勝處九次第定十遍處若淨若不淨依此等法行精進者我說名爲行有所得相似精進波羅蜜多憍尸迦如前所說當知皆是說有所得相似精進波羅蜜多復次憍尸迦若善男子善女人等爲發無上菩提心者說四念住若常若無常說四正斷四神足五根五力七等覺支八聖道支若常若無常說四念住若樂若苦說四正斷四神足五根五力七等覺支八聖道支若樂若苦說四念住若我若無我說四正斷四神足五根五力七等覺支八聖道支若我若無我說四念住若淨若不淨說四正斷四神足五根五力七等覺支八聖道支若淨若不淨若有能依如是等法修行精進是行精進波羅蜜多復作是說行精進者應求四念住若常若無常應求四正斷乃至八聖道支若常若無常應求四念住若樂若苦應求四正斷乃至八聖道支若樂若苦應求四念住若我若無我

應求四正斷乃至八聖道支若我若無我應求四念住若淨若不淨應求四正斷乃至八聖道支若淨若不淨若有能求如是等法修行精進是行精進波羅蜜多憍尸迦若善男子善女人等如是求四念住若常若無常求四正斷乃至八聖道支若常若無常求四念住若樂若苦求四正斷乃至八聖道支若樂若苦求四念住若我若無我求四正斷乃至八聖道支若我若無我求四念住若淨若不淨求四正斷乃至八聖道支若淨若不淨依此等法行精進者我說名爲行有所得相似精進波羅蜜多憍尸迦如前所說當知皆是說有所得相似精進波羅蜜多復次憍尸迦若善男子善女人等爲發無上菩提心者說空解脫門若常若無常說無相無願解脫門若常若無常說空解脫門若樂若苦說無相無願解脫門若樂若苦說空解脫門若我若無我說無相無願解脫門若我若無我說空解脫門若淨若不淨說無相無願解脫門若淨若不淨若有能依如是等法修行精進是行精進波羅蜜多復作是說行精進者應求空解脫門若常若無常應求無相無願解脫門若常若無常應求空解脫門若樂若苦應求無相無願解脫門若樂若苦應求空解脫門若我若無我應求無相無願解脫門若我若無我應求空解脫門若淨若不淨應求無相無願解脫門若淨若不淨若有能求如是等法修行精進是行精進波羅蜜多憍尸迦若善男子善女人等如是求空解脫門若常若無常求無相無願解脫門若常若無常求

空解脱門若樂若苦求無相無願解脱門若樂若苦求空解脱門若我若無我求無相無願解脱門若我若無我求空解脱門若淨若不淨求無相無願解脱門若淨若不淨依此等法行精進者我説名爲行有所得相似精進波羅蜜多憍尸迦如前所説當知皆是説有所得相似精進波羅蜜多復次憍尸迦若善男子善女人等爲發無上菩提心者説五眼若常若無常説六神通若常若無常説五眼若樂若苦説六神通若樂若苦説五眼若我若無我説六神通若我若無我説五眼若淨若不淨説六神通若淨若不淨若有能依如是等法修行精進是行精進波羅蜜多復作是説行精進者應求五眼若常若無常應求六神通若常若無常應求五眼若樂若苦應求六神通若樂若苦應求五眼若我若無我應求六神通若我若無我應求五眼若淨若不淨應求六神通若淨若不淨若有能求如是等法修行精進是行精進波羅蜜多憍尸迦若善男子善女人等如是求五眼若常若無常求六神通若常若無常求五眼若樂若苦求六神通若樂若苦求五眼若我若無我求六神通若我若無我求五眼若淨若不淨求六神通若淨若不淨依此等法行精進者我説名爲行有所得相似精進波羅蜜多憍尸迦如前所説當知皆是説有所得相似精進波羅蜜多復次憍尸迦若善男子善女人等爲發無上菩提心者説佛十力若常若無常説四無所畏四無礙解大慈大悲大喜大捨十八佛不共法若常若無常説佛十力

若樂若苦說四無所畏四無礙解大慈大悲大喜大捨十八佛不共法若樂若苦說佛十力若我若無我說四無所畏四無礙解大慈大悲大喜大捨十八佛不共法若我若無我說佛十力若淨若不淨說四無所畏四無礙解大慈大悲大喜大捨十八佛不共法若淨若不淨若有能依如是等法修行精進是行精進波羅蜜多復作是說行精進者應求佛十力若常若無常應求四無所畏乃至十八佛不共法若常若無常應求佛十力若樂若苦應求四無所畏乃至十八佛不共法若樂若苦應求佛十力若我若無我應求四無所畏乃至十八佛不共法若我若無我應求佛十力若淨若不淨應求四無所畏乃至十八佛不共法若淨若不淨若有能求如是等法修行精進是行精進波羅蜜多憍尸迦若善男子善女人等如是求佛十力若常若無常求四無所畏乃至十八佛不共法若常若無常求佛十力若樂若苦求四無所畏乃至十八佛不共法若樂若苦求佛十力若我若無我求四無所畏乃至十八佛不共法若我若無我求佛十力若淨若不淨求四無所畏乃至十八佛不共法若淨若不淨依此等法行精進者我說名爲行有所得相似精進波羅蜜多憍尸迦如前所說當知皆是說有所得相似精進波羅蜜多復次憍尸迦若善男子善女人等爲發無上菩提心者說無忘失法若常若無常說恒住捨性若常若無常說無忘失法若樂若苦說恒住捨性若樂若苦說無忘失法若我若無我說恒住捨性若我若

無我說無忘失法若淨若不淨說恒住捨性若淨若不淨若有能依如是等法修行精進是行精進波羅蜜多復作是說行精進者應求無忘失法若常若無常應求恒住捨性若常若無常應求無忘失法若樂若苦應求恒住捨性若樂若苦應求無忘失法若我若無我應求恒住捨性若我若無我應求無忘失法若淨若不淨應求恒住捨性若淨若不淨若有能求如是等法修行精進是行精進波羅蜜多憍尸迦若善男子善女人等如是求無忘失法若常若無常求恒住捨性若常若無常求無忘失法若樂若苦求恒住捨性若樂若苦求無忘失法若我若無我求恒住捨性若我若無我求無忘失法若淨若不淨求恒住捨性若淨若不淨依此等法行精進者

我說名爲行有所得相似精進波羅蜜多憍尸迦如前所說當知皆是說有所得相似精進波羅蜜多復次憍尸迦若善男子善女人等爲發無上菩提心者說一切智若常若無常說道相智一切相智若常若無常說一切智若樂若苦說道相智一切相智若樂若苦說一切智若我若無我說道相智一切相智若我若無我說一切智若淨若不淨說道相智一切相智若淨若不淨若有能依如是等法修行精進是行精進波羅蜜多復作是說行精進者應求一切智若常若無常應求道相智一切相智若常若無常應求一切智若樂若苦應求道相智一切相智若樂若苦應求一切智若我若無我應求道相智一切相智若我若無我應求一切智若淨若不淨應

求道相智一切相智若淨若不淨若有能求如是等法修行精進是行精進波羅蜜多憍尸迦若善男子善女人等如是求一切智若常若無常求道相智一切相智若常若無常求一切智若樂若苦求道相智一切相智若樂若苦求一切智若我若無我求道相智一切相智若我若無我求一切智若淨若不淨求道相智一切相智若淨若不淨依此等法行精進者我說名爲行有所得相似精進波羅蜜多憍尸迦如前所說當知皆是說有所得相似精進波羅蜜多復次憍尸迦若善男子善女人等爲發無上菩提心者說一切陀羅尼門若常若無常說一切三摩地門若常若無常說一切陀羅尼門若樂若苦說一切三摩地門若樂若苦說一切陀羅尼門若我若無我說一切三摩地門若我若無我說一切陀羅尼門若淨若不淨說一切三摩地門若淨若不淨若有能依如是等法修行精進是行精進波羅蜜多復作是說行精進者應求一切陀羅尼門若常若無常應求一切三摩地門若常若無常應求一切陀羅尼門若樂若苦應求一切三摩地門若樂若苦應求一切陀羅尼門若我若無我應求一切三摩地門若我若無我應求一切陀羅尼門若淨若不淨應求一切三摩地門若淨若不淨若有能求如是等法修行精進是行精進波羅蜜多憍尸迦若善男子善女人等如是求一切陀羅尼門若常若無常求一切三摩地門若常若無常求一切陀羅尼門若樂若苦求一切三摩地門若樂若苦求一切陀羅尼門

若我若無我求一切三摩地門若我若無我求一切陀羅尼門若淨若不淨求一切三摩地門若淨若不淨依此等法行精進者我說名爲行有所得相似精進波羅蜜多憍尸迦如前所說當知皆是說有所得相似精進波羅蜜多復次憍尸迦若善男子善女人等爲發無上菩提心者說預流向預流果若常若無常說一來向一來果不還向不還果阿羅漢向阿羅漢果若常若無常說預流向預流果若樂若苦說一來向一來果不還向不還果阿羅漢向阿羅漢果若樂若苦說預流向預流果若我若無我說一來向一來果不還向不還果阿羅漢向阿羅漢果若我若無我說預流向預流果若淨若不淨說一來向一來果不還向不還果阿羅漢向阿羅漢果若淨若不淨若有能依如是等法修行精進是行精進波羅蜜多復作是說行精進者應求預流向預流果若常若無常應求一來向乃至阿羅漢果若常若無常應求預流向預流果若樂若苦應求一來向乃至阿羅漢果若樂若苦應求預流向預流果若我若無我應求一來向乃至阿羅漢果若我若無我應求預流向預流果若淨若不淨應求一來向乃至阿羅漢果若淨若不淨若有能求如是等法修行精進是行精進波羅蜜多憍尸迦若善男子善女人等如是求預流向預流果若常若無常求一來向乃至阿羅漢果若常若無常求預流向預流果若樂若苦求一來向乃至阿羅漢果若樂若苦求預流向預流果若我若無我求一來向乃至阿羅漢果若我

若無我求預流向預流果若淨若不淨求一
來向乃至阿羅漢果若淨若不淨依此等法
行精進者我説名爲行有所得相似精進波
羅蜜多憍尸迦如前所説當知皆是説有所
得相似精進波羅蜜多復次憍尸迦若善男
子善女人等爲發無上菩提心者説一切獨
覺菩提若常若無常説一切獨覺菩提若樂
若苦説一切獨覺菩提若我若無我説一切
獨覺菩提若淨若不淨若有能依如是等法
修行精進是行精進波羅蜜多復作是説行
精進者應求一切獨覺菩提若常若無常應
求一切獨覺菩提若樂若苦應求一切獨覺
菩提若我若無我應求一切獨覺菩提若淨
若不淨若有能求如是等法修行精進是行
精進波羅蜜多憍尸迦若善男子善女人等

如是求一切獨覺菩提若常若無常求一切
獨覺菩提若樂若苦求一切獨覺菩提若我
若無我求一切獨覺菩提若淨若不淨依此
等法行精進者我説名爲行有所得相似精
進波羅蜜多憍尸迦如前所説當知皆是説
有所得相似精進波羅蜜多復次憍尸迦若
善男子善女人等爲發無上菩提心者説一
切菩薩摩訶薩行若常若無常説一切菩薩
摩訶薩行若樂若苦説一切菩薩摩訶薩行
若我若無我説一切菩薩摩訶薩行若淨若
不淨若有能依如是等法修行精進是行精
進波羅蜜多復作是説行精進者應求一切
菩薩摩訶薩行若常若無常應求一切菩薩
摩訶薩行若樂若苦應求一切菩薩摩訶薩
行若我若無我應求一切菩薩摩訶薩行若

淨若不淨若有能求如是等法修行精進是行精進波羅蜜多憍尸迦若善男子善女人等如是求一切菩薩摩訶薩行若常若無常求一切菩薩摩訶薩行若樂若苦求一切菩薩摩訶薩行若我若無我求一切菩薩摩訶薩行若淨若不淨依此等法行精進者我說名為行有所得相似精進波羅蜜多憍尸迦如前所說當知皆是說有所得相似精進波羅蜜多復次憍尸迦若善男子善女人等為發無上菩提心者說諸佛無上正等菩提若常若無常說諸佛無上正等菩提若樂若苦說諸佛無上正等菩提若我若無我說諸佛無上正等菩提若淨若不淨若有能依如是等法修行精進是行精進波羅蜜多復作是說行精進者應求諸佛無上正等菩提若常若無常應求諸佛無上正等菩提若樂若苦應求諸佛無上正等菩提若我若無我應求諸佛無上正等菩提若淨若不淨若有能求如是等法修行精進是行精進波羅蜜多憍尸迦若善男子善女人等如是求諸佛無上正等菩提若常若無常求諸佛無上正等菩提若樂若苦求諸佛無上正等菩提若我若無我求諸佛無上正等菩提若淨若不淨依此等法行精進者我說名為行有所得相似精進波羅蜜多憍尸迦如前所說當知皆是說有所得相似精進波羅蜜多

大般若波羅蜜多經卷第一百四十

大般若波羅蜜多經卷第一百四十一

唐三藏法師玄奘奉詔譯

初分校量功德品第三十之三十九

時天帝釋復白佛言：世尊云何諸善男子善女人等說有所得安忍波羅蜜多名說相似安忍波羅蜜多？佛言：憍尸迦若善男子善女人等爲發無上菩提心者說色若常若無常說受想行識若常若無常說色若樂若苦說受想行識若樂若苦說色若我若無我說受想行識若我若無我說色若淨若不淨說受想行識若淨若不淨若有能依如是等法修行安忍是行安忍波羅蜜多復作是說行安忍者應求色若常若無常應求受想行識若常若無常應求色若樂若苦應求受想行識若樂若苦應求色若我若無我應求受想行識若我若無我應求色若淨若不淨應求受想行識若淨若不淨若有能求如是等法修行安忍是行安忍波羅蜜多憍尸迦若善男子善女人等如是求色若常若無常求受想行識若常若無常求色若樂若苦求受想行識若樂若苦求色若我若無我求受想行識若我若無我求色若淨若不淨求受想行識若淨若不淨依此等法行安忍者我說名爲行有所得相似安忍波羅蜜多憍尸迦如前所說當知皆是說有所得相似安忍波羅蜜多復次憍尸迦若善男子善女人等爲發無上菩提心者說眼處若常若無常說耳鼻舌身意處若常若無常說眼處若樂若苦說耳鼻舌身意處若樂若苦說眼處若我若無我說耳鼻舌身意處若我若無我說眼處若淨

若不淨說耳鼻舌身意處若淨若不淨若有能依如是等法修行安忍是行安忍波羅蜜多復作是說行安忍者應求眼處若常若無常應求耳鼻舌身意處若常若無常應求眼處若樂若苦應求耳鼻舌身意處若樂若苦應求眼處若我若無我應求耳鼻舌身意處若我若無我應求眼處若淨若不淨應求耳鼻舌身意處若淨若不淨若有能求如是等法修行安忍是行安忍波羅蜜多憍尸迦若善男子善女人等如是求眼處若常若無常求耳鼻舌身意處若常若無常求眼處若樂若苦求耳鼻舌身意處若樂若苦求眼處若我若無我求耳鼻舌身意處若我若無我求眼處若淨若不淨求耳鼻舌身意處若淨若不淨依此等法行安忍者我說名爲行有所得相似安忍波羅蜜多憍尸迦如前所說當知皆是說有所得相似安忍波羅蜜多復次憍尸迦若善男子善女人等爲發無上菩提心者說色處若常若無常說聲香味觸法處若常若無常說色處若樂若苦說聲香味觸法處若樂若苦說色處若我若無我說聲香味觸法處若我若無我說色處若淨若不淨說聲香味觸法處若淨若不淨若有能依如是等法修行安忍是行安忍波羅蜜多復作是說行安忍者應求色處若常若無常應求聲香味觸法處若常若無常應求色處若樂若苦應求聲香味觸法處若樂若苦應求色處若我若無我應求聲香味觸法處若我若無我應求色處若淨若不淨應求聲香味觸法處若淨若不淨若有能求如是等法修行

安忍是行安忍波羅蜜多憍尸迦若善男子善女人等如是求色處若常若無常求聲香味觸法處若常若無常求色處若樂若苦求聲香味觸法處若樂若苦求色處若我若無我求聲香味觸法處若我若無我求色處若淨若不淨求聲香味觸法處若淨若不淨依此等法行安忍者我說名爲行有所得相似安忍波羅蜜多憍尸迦如前所說當知皆是說有所得相似安忍波羅蜜多復次憍尸迦若善男子善女人等爲發無上菩提心者說眼界若常若無常說色界眼識界及眼觸眼觸爲緣所生諸受若常若無常說眼界若樂若苦說色界眼識界及眼觸眼觸爲緣所生諸受若樂若苦說眼界若我若無我說色界眼識界及眼觸眼觸爲緣所生諸受若我若無我說眼界若淨若不淨說色界眼識界及眼觸眼觸爲緣所生諸受若淨若不淨若有能依如是等法修行安忍是行安忍波羅蜜多復作是說行安忍者應求眼界若常若無常應求色界乃至眼觸爲緣所生諸受若常若無常應求眼界若樂若苦應求色界乃至眼觸爲緣所生諸受若樂若苦應求眼界若我若無我應求色界乃至眼觸爲緣所生諸受若我若無我應求眼界若淨若不淨應求色界乃至眼觸爲緣所生諸受若淨若不淨若有能求如是等法修行安忍是行安忍波羅蜜多憍尸迦若善男子善女人等如是求眼界若常若無常求色界乃至眼觸爲緣所生諸受若常若無常求眼界若樂若苦求色界乃至眼觸爲緣所生諸受若樂若苦求眼

界若我若無我求色界乃至眼觸爲緣所生諸受若我若無我求眼界若淨若不淨求色界乃至眼觸爲緣所生諸受若淨若不淨依此等法行安忍者我說名爲行有所得相似安忍波羅蜜多憍尸迦如前所說當知皆是說有所得相似安忍波羅蜜多復次憍尸迦若善男子善女人等爲發無上菩提心者說耳界若常若無常說聲界耳識界及耳觸耳觸爲緣所生諸受若常若無常說耳界若樂若苦說聲界耳識界及耳觸耳觸爲緣所生諸受若樂若苦說耳界若我若無我說聲界耳識界及耳觸耳觸爲緣所生諸受若我若無我說耳界若淨若不淨說聲界耳識界及耳觸耳觸爲緣所生諸受若淨若不淨若有能依如是等法修行安忍是行安忍波羅蜜多復作是說行安忍者應求耳界若常若無常應求聲界乃至耳觸爲緣所生諸受若常若無常應求耳界若樂若苦應求聲界乃至耳觸爲緣所生諸受若樂若苦應求耳界若我若無我應求聲界乃至耳觸爲緣所生諸受若我若無我應求耳界若淨若不淨應求聲界乃至耳觸爲緣所生諸受若淨若不淨若有能求如是等法修行安忍是行安忍波羅蜜多憍尸迦若善男子善女人等如是求耳界若常若無常求聲界乃至耳觸爲緣所生諸受若常若無常求耳界若樂若苦求聲界乃至耳觸爲緣所生諸受若樂若苦求耳界若我若無我求聲界乃至耳觸爲緣所生諸受若我若無我求耳界若淨若不淨求聲界乃至耳觸爲緣所生諸受若淨若不淨依

此等法行安忍者我說名爲行有所得相似
安忍波羅蜜多憍尸迦如前所說當知皆是
說有所得相似安忍波羅蜜多復次憍尸迦
若善男子善女人等爲發無上菩提心者說
鼻界若常若無常說香界鼻識界及鼻觸鼻
觸爲緣所生諸受若常若無常說鼻界若樂
若苦說香界鼻識界及鼻觸鼻觸爲緣所生
諸受若樂若苦說鼻界若我若無我說香界
鼻識界及鼻觸鼻觸爲緣所生諸受若我若
無我說鼻界若淨若不淨說香界鼻識界及
鼻觸鼻觸爲緣所生諸受若淨若不淨若有
能依如是等法修行安忍是行安忍波羅蜜
多復作是說行安忍者應求鼻界若常若無
常應求香界乃至鼻觸爲緣所生諸受若常
若無常應求鼻界若樂若苦應求香界乃至

鼻觸爲緣所生諸受若樂若苦應求鼻界若
我若無我應求香界乃至鼻觸爲緣所生諸
受若我若無我應求鼻界若淨若不淨應求
香界乃至鼻觸爲緣所生諸受若淨若不淨
若有能求如是等法修行安忍是行安忍波
羅蜜多憍尸迦若善男子善女人等如是求
鼻界若常若無常求香界乃至鼻觸爲緣所
生諸受若常若無常求鼻界若樂若苦求香
界乃至鼻觸爲緣所生諸受若樂若苦求鼻
界若我若無我求香界乃至鼻觸爲緣所生
諸受若我若無我求鼻界若淨若不淨求香
界乃至鼻觸爲緣所生諸受若淨若不淨依
此等法行安忍者我說名爲行有所得相似
安忍波羅蜜多憍尸迦如前所說當知皆是
說有所得相似安忍波羅蜜多復次憍尸迦

若善男子善女人等爲發無上菩提心者說舌界若常若無常說味界舌識界及舌觸舌觸爲緣所生諸受若常若無常說舌界若樂若苦說味界舌識界及舌觸舌觸爲緣所生諸受若樂若苦說舌界若我若無我說味界舌識界及舌觸舌觸爲緣所生諸受若我若無我說舌界若淨若不淨說味界舌識界及舌觸舌觸爲緣所生諸受若淨若不淨若有能依如是等法修行安忍是行安忍波羅蜜多復作是說行安忍者應求舌界若常若無常應求味界乃至舌觸爲緣所生諸受若常若無常應求舌界若樂若苦應求味界乃至舌觸爲緣所生諸受若樂若苦應求舌界若我若無我應求味界乃至舌觸爲緣所生諸受若我若無我應求舌界若淨若不淨應求味界乃至舌觸爲緣所生諸受若淨若不淨若有能求如是等法修行安忍是行安忍波羅蜜多憍尸迦若善男子善女人等如是求舌界若常若無常求味界乃至舌觸爲緣所生諸受若常若無常求舌界若樂若苦求味界乃至舌觸爲緣所生諸受若樂若苦求舌界若我若無我求味界乃至舌觸爲緣所生諸受若我若無我求舌界若淨若不淨求味界乃至舌觸爲緣所生諸受若淨若不淨依此等法行安忍者我說名爲行有所得相似安忍波羅蜜多憍尸迦如前所說當知皆是說有所得相似安忍波羅蜜多復次憍尸迦若善男子善女人等爲發無上菩提心者說身界若常若無常說觸界身識界及身觸身觸爲緣所生諸受若常若無常說身界若樂

若苦說觸界身識界及身觸身觸爲緣所生諸受若樂若苦說身界若我若無我說觸界身識界及身觸身觸爲緣所生諸受若我若無我說身界若淨若不淨說觸界身識界及身觸身觸爲緣所生諸受若淨若不淨若有能依如是等法修行安忍是行安忍波羅蜜多復作是說行安忍者應求身界若常若無常應求觸界乃至身觸爲緣所生諸受若常若無常應求身界若樂若苦應求觸界乃至身觸爲緣所生諸受若樂若苦應求身界若我若無我應求觸界乃至身觸爲緣所生諸受若我若無我應求身界若淨若不淨應求觸界乃至身觸爲緣所生諸受若淨若不淨若有能求如是等法修行安忍是行安忍波羅蜜多憍尸迦若善男子善女人等如是求身界若常若無常求觸界乃至身觸爲緣所生諸受若常若無常求身界若樂若苦求觸界乃至身觸爲緣所生諸受若樂若苦求身界若我若無我求觸界乃至身觸爲緣所生諸受若我若無我求身界若淨若不淨求觸界乃至身觸爲緣所生諸受若淨若不淨依此等法行安忍者我說名爲行有所得相似安忍波羅蜜多憍尸迦如前所說當知皆是說有所得相似安忍波羅蜜多復次憍尸迦若善男子善女人等爲發無上菩提心者說意界若常若無常說法界意識界及意觸意觸爲緣所生諸受若常若無常說意界若樂若苦說法界意識界及意觸意觸爲緣所生諸受若樂若苦說意界若我若無我說法界意識界及意觸意觸爲緣所生諸受若我若

無我說意界若淨若不淨說法界意識界及意觸意觸爲緣所生諸受若淨若不淨若有能依如是等法修行安忍是行安忍波羅蜜多復作是說行安忍者應求意界若常若無常應求法界乃至意觸爲緣所生諸受若常若無常應求意界若樂若苦應求法界乃至意觸爲緣所生諸受若樂若苦應求意界若我若無我應求法界乃至意觸爲緣所生諸受若我若無我應求意界若淨若不淨應求法界乃至意觸爲緣所生諸受若淨若不淨若有能求如是等法修行安忍是行安忍波羅蜜多憍尸迦若善男子善女人等如是求意界若常若無常求法界乃至意觸爲緣所生諸受若常若無常求意界若樂若苦求法界乃至意觸爲緣所生諸受若樂若苦求意界若我若無我求法界乃至意觸爲緣所生諸受若我若無我求意界若淨若不淨求法界乃至意觸爲緣所生諸受若淨若不淨依此等法行安忍者我說名爲行有所得相似安忍波羅蜜多憍尸迦如前所說當知皆是說有所得相似安忍波羅蜜多復次憍尸迦若善男子善女人等爲發無上菩提心者說地界若常若無常說水火風空識界若常若無常說地界若樂若苦說水火風空識界若樂若苦說地界若我若無我說水火風空識界若我若無我說地界若淨若不淨說水火風空識界若淨若不淨若有能依如是等法修行安忍是行安忍波羅蜜多復作是說行安忍者應求地界若常若無常應求水火風空識界若常若無常應求地界若樂若苦應

求水火風空識界若樂若苦應求地界若我若無我應求水火風空識界若我若無我應求地界若淨若不淨應求水火風空識界若淨若不淨若有能求如是等法修行安忍是行安忍波羅蜜多憍尸迦若善男子善女人等如是求地界若常若無常求水火風空識界若常若無常求地界若樂若苦求水火風空識界若樂若苦求地界若我若無我求水火風空識界若我若無我求地界若淨若不淨求水火風空識界若淨若不淨依此等法行安忍者我說名爲行有所得相似安忍波羅蜜多憍尸迦如前所說當知皆是說有所得相似安忍波羅蜜多復次憍尸迦若善男子善女人等爲發無上菩提心者說無明若常若無常說行識名色六處觸受愛取有生老死愁歎苦憂惱若常若無常說無明若樂若苦說行識名色六處觸受愛取有生老死愁歎苦憂惱若樂若苦說無明若我若無我說行識名色六處觸受愛取有生老死愁歎苦憂惱若我若無我說無明若淨若不淨說行識名色六處觸受愛取有生老死愁歎苦憂惱若淨若不淨若有能依如是等法修行安忍是行安忍波羅蜜多復作是說行安忍者應求無明若常若無常應求行乃至老死愁歎苦憂惱若常若無常應求無明若樂若苦應求行乃至老死愁歎苦憂惱若樂若苦應求無明若我若無我應求行乃至老死愁歎苦憂惱若我若無我應求無明若淨若不淨應求行乃至老死愁歎苦憂惱若淨若不淨若有能求如是等法修行安忍是行安忍

波羅蜜多憍尸迦若善男子善女人等如是求無明若常若無常求行乃至老死愁歎若憂惱若常若無常求無明若樂若苦求行乃至老死愁歎苦憂惱若樂若苦求無明若我若無我求行乃至老死愁歎苦憂惱若我若無我求無明若淨若不淨求行乃至老死愁歎苦憂惱若淨若不淨依此等法行安忍者我說名爲行有所得相似安忍波羅蜜多憍尸迦如前所說當知皆是說有所得相似安忍波羅蜜多復次憍尸迦若善男子善女人等爲發無上菩提心者說布施波羅蜜多若常若無常說淨戒安忍精進靜慮般若波羅蜜多若常若無常說布施波羅蜜多若樂若苦說淨戒安忍精進靜慮般若波羅蜜多若樂若苦說布施波羅蜜多若我若無我說淨戒安忍精進靜慮般若波羅蜜多若我若無我說布施波羅蜜多若淨若不淨說淨戒安忍精進靜慮般若波羅蜜多若淨若不淨若有能依如是等法修行安忍是行安忍波羅蜜多復作是說行安忍者應求布施波羅蜜多若常若無常應求淨戒乃至般若波羅蜜多若常若無常應求布施波羅蜜多若樂若苦應求淨戒乃至般若波羅蜜多若樂若苦應求布施波羅蜜多若我若無我應求淨戒乃至般若波羅蜜多若我若無我應求布施波羅蜜多若淨若不淨應求淨戒乃至般若波羅蜜多若淨若不淨若有能求如是等法修行安忍是行安忍波羅蜜多憍尸迦若善男子善女人等如是求布施波羅蜜多若常若無常求淨戒乃至般若波羅蜜多若常若

無常求布施波羅蜜多若樂若苦求淨戒乃
至般若波羅蜜多若樂若苦求布施波羅蜜
多若我若無我求淨戒乃至般若波羅蜜多
若我若無我求布施波羅蜜多若淨若不淨
求淨戒乃至般若波羅蜜多若淨若不淨依
此等法行安忍者我說名爲行有所得相似
安忍波羅蜜多憍尸迦如前所說當知皆是
說有所得相似安忍波羅蜜多復次憍尸迦
若善男子善女人等爲發無上菩提心者說
内空若常若無常說外空内外空空空大空
勝義空有爲空無爲空畢竟空無際空散空
無變異空本性空自相空共相空一切法空
不可得空無性空自性空無性自性空若常
若無常說内空若樂若苦說外空内外空空
空大空勝義空有爲空無爲空畢竟空無際

空散空無變異空本性空自相空共相空一
切法空不可得空無性空自性空無性自性
空若樂若苦說内空若我若無我說外空内
外空空空大空勝義空有爲空無爲空畢竟
空無際空散空無變異空本性空自相空共
相空一切法空不可得空無性空自性空無
性自性空若我若無我說内空若淨若不淨
說外空内外空空空大空勝義空有爲空無
爲空畢竟空無際空散空無變異空本性空
自相空共相空一切法空不可得空無性空
自性空無性自性空若淨若不淨若有能依
如是等法修行安忍是行安忍波羅蜜多復
作是說行安忍者應求内空若常若無常應
求外空乃至無性自性空若常若無常應求
内空若樂若苦應求外空乃至無性自性空

若樂若苦應求內空若我若無我應求外空乃至無性自性空若我若無我應求內空若淨若不淨應求外空乃至無性自性空若淨若不淨若有能求如是等法修行安忍是行安忍波羅蜜多憍尸迦若善男子善女人等如是求內空若常若無常求外空乃至無性自性空若常若無常求內空若樂若苦求外空乃至無性自性空若樂若苦求內空若我若無我求外空乃至無性自性空若我若無我求內空若淨若不淨求外空乃至無性自性空若淨若不淨依此等法行安忍者我說名爲行有所得相似安忍波羅蜜多憍尸迦如前所說當知皆是說有所得相似安忍波羅蜜多復次憍尸迦若善男子善女人等爲發無上菩提心者說眞如若常若無常說法界法性不虛妄性不變異性平等性離生性法定法住實際虛空界不思議界若常若無常說眞如若樂若苦說法界法性不虛妄性不變異性平等性離生性法定法住實際虛空界不思議界若樂若苦說眞如若我若無我說法界法性不虛妄性不變異性平等性離生性法定法住實際虛空界不思議界若我若無我說眞如若淨若不淨說法界法性不虛妄性不變異性平等性離生性法定法住實際虛空界不思議界若淨若不淨若有能依如是等法修行安忍是行安忍波羅蜜多復作是說行安忍者應求眞如若常若無常應求法界乃至不思議界若常若無常應求眞如若樂若苦應求法界乃至不思議界若樂若苦應求眞如若我若無我應求法界

乃至不思議界若我若無我應求眞如若淨若不淨應求法界乃至不思議界若淨若不淨若有能求如是等法修行安忍是行安忍波羅蜜多憍尸迦若善男子善女人等如是求眞如若常若無常求法界乃至不思議界若常若無常求眞如若樂若苦求法界乃至不思議界若樂若苦求眞如若我若無我求法界乃至不思議界若我若無我求眞如若淨若不淨求法界乃至不思議界若淨若不淨依此等法行安忍者我說名爲行有所得相似安忍波羅蜜多憍尸迦如前所說當知皆是說有所得相似安忍波羅蜜多復次憍尸迦若善男子善女人等爲發無上菩提心者說苦聖諦若常若無常說集滅道聖諦若常若無常說苦聖諦若樂若苦說集滅道聖諦若樂若苦說苦聖諦若我若無我說集滅道聖諦若我若無我說苦聖諦若淨若不淨說集滅道聖諦若淨若不淨若有能依如是等法修行安忍是行安忍波羅蜜多復作是說行安忍者應求苦聖諦若常若無常應求集滅道聖諦若常若無常應求苦聖諦若樂若苦應求集滅道聖諦若樂若苦應求苦聖諦若我若無我應求集滅道聖諦若我若無我應求苦聖諦若淨若不淨應求集滅道聖諦若淨若不淨若有能求如是等法修行安忍是行安忍波羅蜜多憍尸迦若善男子善女人等如是求苦聖諦若常若無常求集滅道聖諦若常若無常求苦聖諦若樂若苦求集滅道聖諦若樂若苦求苦聖諦若我若無我求集滅道聖諦若我若無我求苦聖諦若

淨若不淨求集滅道聖諦若淨若不淨依此等法行安忍者我說名爲行有所得相似安忍波羅蜜多憍尸迦。如前所說當知皆是說有所得相似安忍波羅蜜多復次憍尸迦若善男子善女人等爲發無上菩提心者說四靜慮若常若無常說四無量四無色定若常若無常說四靜慮若樂若苦說四無量四無色定若樂若苦說四靜慮若我若無我說四無量四無色定若我若無我說四靜慮若淨若不淨說四無量四無色定若淨若不淨若有能依如是等法修行安忍是行安忍波羅蜜多復作是說行安忍者應求四靜慮若常若無常應求四無量四無色定若常若無常應求四靜慮若樂若苦應求四無量四無色定若樂若苦應求四靜慮若我若無我應求四無量四無色定若我若無我應求四靜慮若淨若不淨應求四無量四無色定若淨若不淨若有能求如是等法修行安忍是行安忍波羅蜜多憍尸迦若善男子善女人等如是求四靜慮若常若無常求四無量四無色定若常若無常求四靜慮若樂若苦求四無量四無色定若樂若苦求四靜慮若我若無我求四無量四無色定若我若無我求四靜慮若淨若不淨求四無量四無色定若淨若不淨依此等法行安忍者我說名爲行有所得相似安忍波羅蜜多憍尸迦如前所說當知皆是說有所得相似安忍波羅蜜多

大般若波羅蜜多經卷第一百四十一

大般若波羅蜜多經卷第一百四十二

唐三藏法師玄奘奉詔譯

初分校量功德品第三十之四十

復次憍尸迦若善男子善女人等爲發無上菩提心者說八解脫若常若無常說八勝處九次第定十遍處若常若無常說八解脫若樂若苦說八勝處九次第定十遍處若樂若苦說八解脫若我若無我說八勝處九次第定十遍處若我若無我說八解脫若淨若不淨說八勝處九次第定十遍處若淨若不淨若有能依如是等法修行安忍是行安忍波羅蜜多復作是說行安忍者應求八解脫若常若無常應求八勝處九次第定十遍處若常若無常應求八解脫若樂若苦應求八勝處九次第定十遍處若樂若苦應求八解脫若我若無我應求八勝處九次第定十遍處若淨若不淨應求八解脫若淨若不淨應求八勝處九次第定十遍處若淨若不淨若有能求如是等法修行安忍是行安忍波羅蜜多憍尸迦若善男子善女人等如是求八解脫若常若無常求八勝處九次第定十遍處若常若無常求八解脫若樂若苦求八勝處九次第定十遍處若樂若苦求八解脫若我若無我求八勝處九次第定十遍處若我若無我求八解脫若淨若不淨求八勝處九次第定十遍處若淨若不淨依此等法行安忍者我說名爲行有所得相似安忍波羅蜜多憍尸迦如前所說當知皆是說有所得相似安忍波羅蜜多復次憍尸迦若善男子善女人等爲發無上菩提心者說四念住若常若

無常說四正斷四神足五根五力七等覺支八聖道支若常若無常說四念住若樂若苦說四正斷四神足五根五力七等覺支八聖道支若樂若苦說四念住若我若無我說四正斷四神足五根五力七等覺支八聖道支若我若無我說四念住若淨若不淨說四正斷四神足五根五力七等覺支八聖道支若淨若不淨若有能依如是等法修行安忍是行安忍波羅蜜多復作是說行安忍者應求四念住若常若無常應求四正斷乃至八聖道支若常若無常應求四念住若樂若苦應求四正斷乃至八聖道支若樂若苦應求四念住若我若無我應求四正斷乃至八聖道支若我若無我應求四念住若淨若不淨應求四正斷乃至八聖道支若淨若不淨若有能求如是等法修行安忍是行安忍波羅蜜多憍尸迦若善男子善女人等如是求四念住若常若無常求四正斷乃至八聖道支若常若無常求四念住若樂若苦求四正斷乃至八聖道支若樂若苦求四念住若我若無我求四正斷乃至八聖道支若我若無我求四念住若淨若不淨求四正斷乃至八聖道支若淨若不淨依此等法行安忍者我說名爲行有所得相似安忍波羅蜜多憍尸迦如前所說當知皆是說有所得相似安忍波羅蜜多復次憍尸迦若善男子善女人等爲發無上菩提心者說空解脫門若常若無常說無相無願解脫門若常若無常說空解脫門若樂若苦說無相無願解脫門若樂若苦說空解脫門若我若無我說無相無願解脫門

若我若無我說空解脫門若淨若不淨說無相無願解脫門若淨若不淨若有能依如是等法修行安忍是行安忍波羅蜜多復作是說行安忍者應求空解脫門若常若無常應求無相無願解脫門若常若無常應求空解脫門若樂若苦應求無相無願解脫門若樂若苦應求空解脫門若我若無我應求無相無願解脫門若我若無我應求空解脫門若淨若不淨應求無相無願解脫門若淨若不淨若有能求如是等法修行安忍是行安忍波羅蜜多憍尸迦若善男子善女人等如是求空解脫門若常若無常求無相無願解脫門若常若無常求空解脫門若樂若苦求無相無願解脫門若樂若苦求空解脫門若我若無我求無相無願解脫門若我若無我求

空解脫門若淨若不淨求無相無願解脫門若淨若不淨依此等法行安忍者我說名爲行有所得相似安忍波羅蜜多憍尸迦如前所說當知皆是說有所得相似安忍波羅蜜多復次憍尸迦若善男子善女人等爲發無上菩提心者說五眼若常若無常說六神通若常若無常說五眼若樂若苦說六神通若樂若苦說五眼若我若無我說六神通若我若無我說五眼若淨若不淨說六神通若淨若不淨若有能依如是等法修行安忍是行安忍波羅蜜多復作是說行安忍者應求五眼若常若無常應求六神通若常若無常應求五眼若樂若苦應求六神通若樂若苦應求五眼若我若無我應求六神通若我若無我應求五眼若淨若不淨應求六神通若淨

若不淨若有能求如是等法修行安忍是行
安忍波羅蜜多憍尸迦若善男子善女人等
如是求五眼若常若無常求六神通若常若
無常求五眼若樂若苦求六神通若樂若苦
求五眼若我若無我求六神通若我若無我
求五眼若淨若不淨求六神通若淨若不淨
依此等法行安忍者我說名爲行有所得相
似安忍波羅蜜多憍尸迦如是所說當知皆
是說有所得相似安忍波羅蜜多復次憍尸
迦若善男子善女人等爲發無上菩提心者
說佛十力若常若無常說四無所畏四無礙
解大慈大悲大喜大捨十八佛不共法若常
若無常說佛十力若樂若苦說四無所畏四
無礙解大慈大悲大喜大捨十八佛不共法
若樂若苦說佛十力若我若無我說四無所
畏四無礙解大慈大悲大喜大捨十八佛不
共法若我若無我說佛十力若淨若不淨說
四無所畏四無礙解大慈大悲大喜大捨十
八佛不共法若淨若不淨若有能依如是等
法修行安忍是行安忍波羅蜜多復作是說
行安忍者應求佛十力若常若無常應求四
無所畏乃至十八佛不共法若常若無常應
求佛十力若樂若苦應求四無所畏乃至十
八佛不共法若樂若苦應求佛十力若我若
無我應求四無所畏乃至十八佛不共法若
我若無我應求佛十力若淨若不淨應求四
無所畏乃至十八佛不共法若淨若不淨若
有能求如是等法修行安忍是行安忍波羅
蜜多憍尸迦若善男子善女人等如是求佛
十力若常若無常求四無所畏乃至十八佛

不共法若常若無常求佛十力若樂若苦求四無所畏乃至十八佛不共法若樂若苦求佛十力若我若無我求四無所畏乃至十八佛不共法若我若無我求佛十力若淨若不淨求四無所畏乃至十八佛不共法若淨若不淨依此等法行安忍者我說名爲行有所得相似安忍波羅蜜多憍尸迦如前所說當知皆是說有所得相似安忍波羅蜜多復次憍尸迦若善男子善女人等爲發無上菩提心者說無忘失法若常若無常說恒住捨性若常若無常說無忘失法若樂若苦說恒住捨性若樂若苦說無忘失法若我若無我說恒住捨性若我若無我說無忘失法若淨若不淨說恒住捨性若淨若不淨若有能依如是等法修行安忍是行安忍波羅蜜多復作是說行安忍者應求無忘失法若常若無常應求恒住捨性若常若無常應求無忘失法若樂若苦應求恒住捨性若樂若苦應求無忘失法若我若無我應求恒住捨性若我若無我應求無忘失法若淨若不淨應求恒住捨性若淨若不淨若有能求如是等法修行安忍是行安忍波羅蜜多憍尸迦若善男子善女人等如是求無忘失法若常若無常求恒住捨性若常若無常求無忘失法若樂若苦求恒住捨性若樂若苦求無忘失法若我若無我求恒住捨性若我若無我求無忘失法若淨若不淨求恒住捨性若淨若不淨依此等法行安忍者我說名爲行有所得相似安忍波羅蜜多憍尸迦如前所說當知皆是說有所得相似安忍波羅蜜多復次憍尸迦

若善男子善女人等爲發無上菩提心者說一切智若常若無常說道相智一切相智若常若無常說一切智若樂若苦說道相智一切相智若樂若苦說一切智若我若無我說道相智一切相智若我若無我說一切智若淨若不淨說道相智一切相智若淨若不淨若有能依如是等法修行安忍是行安忍波羅蜜多復作是說行安忍者應求一切智若常若無常應求道相智一切相智若常若無常應求一切智若樂若苦應求道相智一切相智若樂若苦應求一切智若我若無我應求道相智一切相智若我若無我應求一切智若淨若不淨應求道相智一切相智若淨若不淨若有能求如是等法修行安忍是行安忍波羅蜜多憍尸迦若善男子善女人等如是求一切智若常若無常求道相智一切相智若常若無常求一切智若樂若苦求道相智一切相智若樂若苦求一切智若我若無我求道相智一切相智若我若無我求一切智若淨若不淨求道相智一切相智若淨若不淨依此等法行安忍者我說名爲行有所得相似安忍波羅蜜多憍尸迦如前所說當知皆是說有所得相似安忍波羅蜜多復次憍尸迦若善男子善女人等爲發無上菩提心者說一切陀羅尼門若常若無常說一切三摩地門若常若無常說一切陀羅尼門若樂若苦說一切三摩地門若樂若苦說一切陀羅尼門若我若無我說一切三摩地門若我若無我說一切陀羅尼門若淨若不淨說一切三摩地門若淨若不淨若有能依如

是等法修行安忍是行安忍波羅蜜多復作是説行安忍者應求一切陀羅尼門若常若無常應求一切三摩地門若常若無常應求一切陀羅尼門若樂若苦應求一切三摩地門若樂若苦應求一切陀羅尼門若我若無我應求一切三摩地門若我若無我應求一切陀羅尼門若淨若不淨應求一切三摩地門若淨若不淨若有能求如是等法修行安忍是行安忍波羅蜜多憍尸迦若善男子善女人等如是求一切陀羅尼門若常若無常求一切三摩地門若常若無常求一切陀羅尼門若樂若苦求一切三摩地門若樂若苦求一切陀羅尼門若我若無我求一切三摩地門若我若無我求一切陀羅尼門若淨若不淨求一切三摩地門若淨若不淨依此等法行安忍者我説名爲行有所得相似安忍波羅蜜多憍尸迦如前所説當知皆是説有所得相似安忍波羅蜜多復次憍尸迦若善男子善女人等爲發無上菩提心者説預流向預流果若常若無常説一來向一來果不還向不還果阿羅漢向阿羅漢果若常若無常説預流向預流果若樂若苦説一來向一來果不還向不還果阿羅漢向阿羅漢果若樂若苦説預流向預流果若我若無我説一來向一來果不還向不還果阿羅漢向阿羅漢果若我若無我説預流向預流果若淨若不淨説一來向一來果不還向不還果阿羅漢向阿羅漢果若淨若不淨若有能依如是等法修行安忍是行安忍波羅蜜多復作是説行安忍者應求預流向預流果若常若無

常應求一來向乃至阿羅漢果若常若無常應求預流向預流果若樂若苦應求一來向乃至阿羅漢果若樂若苦應求預流向預流果若我若無我應求一來向乃至阿羅漢果若我若無我應求預流向預流果若淨若不淨應求一來向乃至阿羅漢果若淨若不淨若有能求如是等法修行安忍是行安忍波羅蜜多憍尸迦若善男子善女人等如是求預流向預流果若常若無常求一來向乃至阿羅漢果若常若無常求預流向預流果若樂若苦求一來向乃至阿羅漢果若樂若苦求預流向預流果若我若無我求一來向乃至阿羅漢果若我若無我求預流向預流果若淨若不淨求一來向乃至阿羅漢果若淨若不淨依此等法行安忍者我說名爲行有所得相似安忍波羅蜜多憍尸迦如前所說當知皆是說有所得相似安忍波羅蜜多復次憍尸迦若善男子善女人等爲發無上菩提心者說一切獨覺菩提若常若無常說一切獨覺菩提若樂若苦說一切獨覺菩提若我若無我說一切獨覺菩提若淨若不淨若有能依如是等法修行安忍是行安忍波羅蜜多復作是說行安忍者應求一切獨覺菩提若常若無常應求一切獨覺菩提若樂若苦應求一切獨覺菩提若我若無我應求一切獨覺菩提若淨若不淨若有能求如是等法修行安忍是行安忍波羅蜜多憍尸迦若善男子善女人等如是求一切獨覺菩提若常若無常求一切獨覺菩提若樂若苦求一切獨覺菩提若我若無我求一切獨覺菩提

若淨若不淨依此等法行安忍者我說名爲行有所得相似安忍波羅蜜多憍尸迦如前所說當知皆是說有所得相似安忍波羅蜜多復次憍尸迦若善男子善女人等爲發無上菩提心者說一切菩薩摩訶薩行若常若無常說一切菩薩摩訶薩行若樂若苦說一切菩薩摩訶薩行若我若無我說一切菩薩摩訶薩行若淨若不淨若有能依如是等法修行安忍是行安忍波羅蜜多復作是說行安忍者應求一切菩薩摩訶薩行若常若無常應求一切菩薩摩訶薩行若樂若苦應求一切菩薩摩訶薩行若我若無我應求一切菩薩摩訶薩行若淨若不淨若有能求如是等法修行安忍是行安忍波羅蜜多憍尸迦若善男子善女人等如是求一切菩薩摩訶薩行若常若無常求一切菩薩摩訶薩行若樂若苦求一切菩薩摩訶薩行若我若無我求一切菩薩摩訶薩行若淨若不淨依此等法行安忍者我說名爲行有所得相似安忍波羅蜜多憍尸迦如前所說當知皆是說有所得相似安忍波羅蜜多復次憍尸迦若善男子善女人等爲發無上菩提心者說諸佛無上正等菩提若常若無常說諸佛無上正等菩提若樂若苦說諸佛無上正等菩提若我若無我說諸佛無上正等菩提若淨若不淨若有能依如是等法修行安忍是行安忍波羅蜜多復作是說行安忍者應求諸佛無上正等菩提若常若無常應求諸佛無上正等菩提若樂若苦應求諸佛無上正等菩提若我若無我應求諸佛無上正等菩提若淨

若不淨若有能求如是等法修行安忍是行安忍波羅蜜多憍尸迦若善男子善女人等如是求諸佛無上正等菩提若常若無常求諸佛無上正等菩提若樂若苦求諸佛無上正等菩提若我若無我求諸佛無上正等菩提若淨若不淨依此等法行安忍者我說名爲行有所得相似安忍波羅蜜多憍尸迦如前所說當知皆是說有所得相似安忍波羅蜜多時天帝釋復白佛言世尊云何諸善男子善女人等說有所得淨戒波羅蜜多名說相似淨戒波羅蜜多佛言憍尸迦若善男子善女人等爲發無上菩提心者說色若常若無常說受想行識若常若無常說色若樂若苦說受想行識若樂若苦說色若我若無我說受想行識若我若無我說色若淨若不淨說受想行識若淨若不淨若有能依如是等法修行淨戒是行淨戒波羅蜜多復作是說行淨戒者應求色若常若無常應求受想行識若常若無常應求色若樂若苦應求受想行識若樂若苦應求色若我若無我應求受想行識若我若無我應求色若淨若不淨應求受想行識若淨若不淨若有能求如是等法修行淨戒是行淨戒波羅蜜多憍尸迦若善男子善女人等如是求色若常若無常求受想行識若常若無常求色若樂若苦求受想行識若樂若苦求色若我若無我求受想行識若我若無我求色若淨若不淨求受想行識若淨若不淨依此等法行淨戒者我說名爲行有所得相似淨戒波羅蜜多憍尸迦如前所說當知皆是說有所得相似淨戒波

羅蜜多復次憍尸迦若善男子善女人等爲發無上菩提心者說眼處若常若無常說耳鼻舌身意處若常若無常說眼處若樂若苦說耳鼻舌身意處若樂若苦說眼處若我若無我說耳鼻舌身意處若我若無我說眼處若淨若不淨說耳鼻舌身意處若淨若不淨若有能依如是等法修行淨戒是行淨戒波羅蜜多復作是說行淨戒者應求眼處若常若無常應求耳鼻舌身意處若常若無常應求眼處若樂若苦應求耳鼻舌身意處若樂若苦應求眼處若我若無我應求耳鼻舌身意處若我若無我應求眼處若淨若不淨應求耳鼻舌身意處若淨若不淨若有能求如是等法修行淨戒是行淨戒波羅蜜多憍尸迦若善男子善女人等如是求眼處若常若無常求耳鼻舌身意處若常若無常求眼處若樂若苦求耳鼻舌身意處若樂若苦求眼處若我若無我求耳鼻舌身意處若我若無我求眼處若淨若不淨求耳鼻舌身意處若淨若不淨依此等法行淨戒者我說名爲行有所得相似淨戒波羅蜜多憍尸迦如前所說當知皆是說有所得相似淨戒波羅蜜多復次憍尸迦若善男子善女人等爲發無上菩提心者說色處若常若無常說聲香味觸法處若常若無常說色處若樂若苦說聲香味觸法處若樂若苦說色處若我若無我說聲香味觸法處若我若無我說色處若淨若不淨說聲香味觸法處若淨若不淨若有能依如是等法修行淨戒是行淨戒波羅蜜多復作是說行淨戒者應求色處若常若無常

應求聲香味觸法處若常若無常應求色處若樂若苦應求聲香味觸法處若樂若苦應求色處若我若無我應求聲香味觸法處若我若無我應求色處若淨若不淨應求聲香味觸法處若淨若不淨若有能求如是等法修行淨戒是行淨戒波羅蜜多憍尸迦若善男子善女人等如是求色處若常若無常求聲香味觸法處若常若無常求色處若樂若苦求聲香味觸法處若樂若苦求色處若我若無我求聲香味觸法處若我若無我求色處若淨若不淨求聲香味觸法處若淨若不淨依此等法行淨戒者我說名爲行有所得相似淨戒波羅蜜多憍尸迦如前所說當知皆是說有所得相似淨戒波羅蜜多復次憍尸迦若善男子善女人等爲發無上菩提心者說眼界若常若無常說色界眼識界及眼觸眼觸爲緣所生諸受若常若無常說眼界若樂若苦說色界眼識界及眼觸眼觸爲緣所生諸受若樂若苦說眼界若我若無我說色界眼識界及眼觸眼觸爲緣所生諸受若我若無我說眼界若淨若不淨說色界眼識界及眼觸眼觸爲緣所生諸受若淨若不淨若有能依如是等法修行淨戒是行淨戒波羅蜜多復作是說行淨戒者應求眼界若常若無常應求色界乃至眼觸爲緣所生諸受若常若無常應求眼界若樂若苦應求色界乃至眼觸爲緣所生諸受若樂若苦應求眼界若我若無我應求色界乃至眼觸爲緣所生諸受若我若無我應求眼界若淨若不淨應求色界乃至眼觸爲緣所生諸受若淨若

不淨若有能求如是等法修行淨戒是行淨
戒波羅蜜多憍尸迦若善男子善女人等如
是求眼界若常若無常求色界乃至眼觸爲
緣所生諸受若常若無常求眼界若樂若苦
求色界乃至眼觸爲緣所生諸受若樂若苦
求眼界若我若無我求色界乃至眼觸爲緣
所生諸受若我若無我求眼界若淨若不淨
求色界乃至眼觸爲緣所生諸受若淨若不
淨依此等法行淨戒者我說名爲行有所得
相似淨戒波羅蜜多憍尸迦如前所說當知
皆是說有所得相似淨戒波羅蜜多復次憍
尸迦若善男子善女人等爲發無上菩提心
者說耳界若常若無常說聲界耳識界及耳
觸耳觸爲緣所生諸受若常若無常說耳界
若樂若苦說聲界耳識界及耳觸耳觸爲緣
所生諸受若樂若苦說耳界若我若無我說
聲界耳識界及耳觸耳觸爲緣所生諸受若
我若無我說耳界若淨若不淨說聲界耳識
界及耳觸耳觸爲緣所生諸受若淨若不淨
若有能依如是等法修行淨戒是行淨戒波
羅蜜多復作是說行淨戒者應求耳界若常
若無常應求聲界乃至耳觸爲緣所生諸受
若常若無常應求耳界若樂若苦應求聲界
乃至耳觸爲緣所生諸受若樂若苦應求耳
界若我若無我應求聲界乃至耳觸爲緣所
生諸受若我若無我應求耳界若淨若不淨
應求聲界乃至耳觸爲緣所生諸受若淨若
不淨若有能求如是等法修行淨戒是行淨
戒波羅蜜多憍尸迦若善男子善女人等如
是求耳界若常若無常求聲界乃至耳觸爲

緣所生諸受若常若無常求耳界若樂若苦求聲界乃至耳觸爲緣所生諸受若樂若苦求耳界若我若無我求聲界乃至耳觸爲緣所生諸受若我若無我求耳界若淨若不淨求聲界乃至耳觸爲緣所生諸受若淨若不淨依此等法行淨戒者我說名爲行有所得相似淨戒波羅蜜多憍尸迦如前所說當知皆是說有所得相似淨戒波羅蜜多復次憍尸迦若善男子善女人等爲發無上菩提心者說鼻界若常若無常說香界鼻識界及鼻觸鼻觸爲緣所生諸受若常若無常說鼻界若樂若苦說香界鼻識界及鼻觸鼻觸爲緣所生諸受若樂若苦說鼻界若我若無我說香界鼻識界及鼻觸鼻觸爲緣所生諸受若我若無我說鼻界若淨若不淨說香界鼻識界及鼻觸鼻觸爲緣所生諸受若淨若不淨若有能依如是等法修行淨戒是行淨戒波羅蜜多復作是說行淨戒者應求鼻界若常若無常應求香界乃至鼻觸爲緣所生諸受若常若無常應求鼻界若樂若苦應求香界乃至鼻觸爲緣所生諸受若樂若苦應求鼻界若我若無我應求香界乃至鼻觸爲緣所生諸受若我若無我應求鼻界若淨若不淨應求香界乃至鼻觸爲緣所生諸受若淨若不淨若有能求如是等法修行淨戒是行淨戒波羅蜜多憍尸迦若善男子善女人等如是求鼻界若常若無常求香界乃至鼻觸爲緣所生諸受若常若無常求鼻界若樂若苦求香界乃至鼻觸爲緣所生諸受若樂若苦求鼻界若我若無我求香界乃至鼻觸爲緣

所生諸受若我若無我求鼻界若淨若不淨求香界乃至鼻觸爲緣所生諸受若淨若不淨依此等法行淨戒者我説名爲行有所得相似淨戒波羅蜜多憍尸迦如前所説當知皆是説有所得相似淨戒波羅蜜多復次憍尸迦若善男子善女人等爲發無上菩提心者説舌界若常若無常説味界舌識界及舌觸舌觸爲緣所生諸受若常若無常説舌界若樂若苦説味界舌識界及舌觸舌觸爲緣所生諸受若樂若苦説舌界若我若無我説味界舌識界及舌觸舌觸爲緣所生諸受若我若無我説舌界若淨若不淨説味界舌識界及舌觸舌觸爲緣所生諸受若淨若不淨若有能依如是等法修行淨戒是行淨戒波羅蜜多復作是説行淨戒者應求舌界若常若無常應求味界乃至舌觸爲緣所生諸受若常若無常應求舌界若樂若苦應求味界乃至舌觸爲緣所生諸受若樂若苦應求舌界若我若無我應求味界乃至舌觸爲緣所生諸受若我若無我應求舌界若淨若不淨應求味界乃至舌觸爲緣所生諸受若淨若不淨若有能求如是等法修行淨戒是行淨戒波羅蜜多憍尸迦若善男子善女人等如是求舌界若常若無常求味界乃至舌觸爲緣所生諸受若常若無常求舌界若樂若苦求味界乃至舌觸爲緣所生諸受若樂若苦求舌界若我若無我求味界乃至舌觸爲緣所生諸受若我若無我求舌界若淨若不淨求味界乃至舌觸爲緣所生諸受若淨若不淨依此等法行淨戒者我説名爲行有所得

相似淨戒波羅蜜多憍尸迦如前所説當知皆是説有所得相似淨戒波羅蜜多

大般若波羅蜜多經卷第一百四十二

大般若波羅蜜多經卷第一百四十三

唐三藏法師玄奘奉　詔譯

初分校量功德品第三十之四十一

復次憍尸迦若善男子善女人等爲發無上菩提心者說身界若常若無常說觸界身識界及身觸身觸爲緣所生諸受若常若無常說身界若樂若苦說觸界身識界及身觸身觸爲緣所生諸受若樂若苦說身界若我若無我說觸界身識界及身觸身觸爲緣所生諸受若我若無我說身界若淨若不淨說觸界身識界及身觸身觸爲緣所生諸受若淨若不淨若有能依如是等法修行淨戒是行淨戒波羅蜜多復作是說行淨戒者應求身界若常若無常應求觸界乃至身觸爲緣所生諸受若常若無常應求身界若樂若苦應求觸界乃至身觸爲緣所生諸受若樂若苦應求身界若我若無我應求觸界乃至身觸爲緣所生諸受若我若無我應求身界若淨若不淨應求觸界乃至身觸爲緣所生諸受若淨若不淨若有能求如是等法修行淨戒是行淨戒波羅蜜多憍尸迦若善男子善女人等如是求身界若常若無常求觸界乃至身觸爲緣所生諸受若常若無常求身界若樂若苦求觸界乃至身觸爲緣所生諸受若樂若苦求身界若我若無我求觸界乃至身觸爲緣所生諸受若我若無我求身界若淨若不淨求觸界乃至身觸爲緣所生諸受若淨若不淨依此等法行淨戒者我說名爲行有所得相似淨戒波羅蜜多憍尸迦如前所說當知皆是說有所得相似淨戒波羅蜜多

復次憍尸迦若善男子善女人等爲發無上菩提心者說意界若常若無常說法界意識界及意觸意觸爲緣所生諸受若常若無常說意界若樂若苦說法界意識界及意觸意觸爲緣所生諸受若樂若苦說意界若我若無我說法界意識界及意觸意觸爲緣所生諸受若我若無我說意界若淨若不淨說法界意識界及意觸意觸爲緣所生諸受若淨若不淨若有能依如是等法修行淨戒是行淨戒波羅蜜多復作是說行淨戒者應求意界若常若無常應求法界乃至意觸爲緣所生諸受若常若無常應求意界若樂若苦應求法界乃至意觸爲緣所生諸受若樂若苦應求意界若我若無我應求法界乃至意觸爲緣所生諸受若我若無我應求意界若淨若不淨應求法界乃至意觸爲緣所生諸受若淨若不淨若有能求如是等法修行淨戒是行淨戒波羅蜜多憍尸迦若善男子善女人等如是求意界若常若無常求法界乃至意觸爲緣所生諸受若常若無常求意界若樂若苦求法界乃至意觸爲緣所生諸受若樂若苦求意界若我若無我求法界乃至意觸爲緣所生諸受若我若無我求意界若淨若不淨求法界乃至意觸爲緣所生諸受若淨若不淨依此等法行淨戒者我說名爲行有所得相似淨戒波羅蜜多憍尸迦如前所說當知皆是說有所得相似淨戒波羅蜜多

復次憍尸迦若善男子善女人等爲發無上菩提心者說地界若常若無常說水火風空識界若常若無常說地界若樂若苦說水火

風空識界若樂若苦說地界若我若無我說水火風空識界若我若無我說地界若淨若不淨說水火風空識界若淨若不淨若有能依如是等法修行淨戒是行淨戒波羅蜜多復作是說行淨戒者應求地界若常若無常應求水火風空識界若常若無常應求地界若樂若苦應求水火風空識界若樂若苦應求地界若我若無我應求水火風空識界若我若無我應求地界若淨若不淨應求水火風空識界若淨若不淨若有能求如是等法修行淨戒是行淨戒波羅蜜多憍尸迦若善男子善女人等如是求地界若常若無常求水火風空識界若常若無常求地界若樂若苦求水火風空識界若樂若苦求地界若我若無我求水火風空識界若我若無我求地界若淨若不淨求水火風空識界若淨若不淨依此等法行淨戒者我說名爲行有所得相似淨戒波羅蜜多憍尸迦如前所說當知皆是說有所得相似淨戒波羅蜜多復次憍尸迦若善男子善女人等爲發無上菩提心者說無明若常若無常說行識名色六處觸受愛取有生老死愁歎苦憂惱若常若無常說無明若樂若苦說行識名色六處觸受愛取有生老死愁歎苦憂惱若樂若苦說無明若我若無我說行識名色六處觸受愛取有生老死愁歎苦憂惱若我若無我說無明若淨若不淨說行識名色六處觸受愛取有生老死愁歎苦憂惱若淨若不淨若有能依如是等法修行淨戒是行淨戒波羅蜜多復作是說行淨戒者應求無明若常若無常應求

行乃至老死愁歎苦憂惱若常若無常應求無明若樂若苦應求行乃至老死愁歎苦憂惱若樂若苦應求無明若我若無我應求行乃至老死愁歎苦憂惱若我若無我應求無明若淨若不淨應求行乃至老死愁歎苦憂惱若淨若不淨若有能求如是等法修行淨戒是行淨戒波羅蜜多憍尸迦若善男子善女人等如是求無明若常若無常求行乃至老死愁歎苦憂惱若常若無常求無明若樂若苦求行乃至老死愁歎苦憂惱若樂若苦求無明若我若無我求行乃至老死愁歎苦憂惱若我若無我求無明若淨若不淨求行乃至老死愁歎苦憂惱若淨若不淨依此等法行淨戒者我說名爲行有所得相似淨戒波羅蜜多憍尸迦如前所說當知皆是說有所得相似淨戒波羅蜜多復次憍尸迦若善男子善女人等爲發無上菩提心者說布施波羅蜜多若常若無常說淨戒安忍精進靜慮般若波羅蜜多若常若無常說布施波羅蜜多若樂若苦說淨戒安忍精進靜慮般若波羅蜜多若樂若苦說布施波羅蜜多若我若無我說淨戒安忍精進靜慮般若波羅蜜多若我若無我說布施波羅蜜多若淨若不淨說淨戒安忍精進靜慮般若波羅蜜多若淨若不淨若有能依如是等法修行淨戒是行淨戒波羅蜜多復作是說行淨戒者應求布施波羅蜜多若常若無常應求淨戒乃至般若波羅蜜多若常若無常應求布施波羅蜜多若樂若苦應求淨戒乃至般若波羅蜜多若樂若苦應求布施波羅蜜多若我若無

我應求淨戒乃至般若波羅蜜多若我若無我應求布施波羅蜜多若淨若不淨應求淨戒乃至般若波羅蜜多若淨若不淨若有能求如是等法修行淨戒是行淨戒波羅蜜多憍尸迦若善男子善女人等如是求布施波羅蜜多若常若無常求淨戒乃至般若波羅蜜多若常若無常求布施波羅蜜多若樂若苦求淨戒乃至般若波羅蜜多若樂若苦求布施波羅蜜多若我若無我求淨戒乃至般若波羅蜜多若我若無我求布施波羅蜜多若淨若不淨求淨戒乃至般若波羅蜜多若淨若不淨依此等法行淨戒者我說名爲行有所得相似淨戒波羅蜜多憍尸迦如前所說當知皆是說有所得相似淨戒波羅蜜多

復次憍尸迦若善男子善女人等爲發無上菩提心者說内空若常若無常說外空内外空空空大空勝義空有爲空無爲空畢竟空無際空散空無變異空本性空自相空共相空一切法空不可得空無性空自性空無性自性空若常若無常說内空若樂若苦說外空内外空空空大空勝義空有爲空無爲空畢竟空無際空散空無變異空本性空自相空共相空一切法空不可得空無性空自性空無性自性空若樂若苦說内空若我若無我說外空内外空空空大空勝義空有爲空無爲空畢竟空無際空散空無變異空本性空自相空共相空一切法空不可得空無性空自性空無性自性空若我若無我說内空若淨若不淨說外空内外空空空大空勝義空有爲空無爲空畢竟空無際空散空無變

異空本性空自相空共相空一切法空不可得空無性空自性空無性自性空若淨若不淨若有能依如是等法修行淨戒是行淨戒波羅蜜多復作是說行淨戒者應求内空若常若無常應求外空乃至無性自性空若常若無常應求内空若樂若苦應求外空乃至無性自性空若樂若苦應求内空若我若無我應求外空乃至無性自性空若我若無我應求内空若淨若不淨應求外空乃至無性自性空若淨若不淨若有能求如是等法修行淨戒是行淨戒波羅蜜多憍尸迦若善男子善女人等如是求内空若常若無常求外空乃至無性自性空若常若無常求内空若樂若苦求外空乃至無性自性空若樂若苦求内空若我若無我求外空乃至無性自性空若我若無我求内空若淨若不淨求外空乃至無性自性空若淨若不淨依此等法行淨戒者我說名爲行有所得相似淨戒波羅蜜多憍尸迦如前所說當知皆是說有所得相似淨戒波羅蜜多復次憍尸迦若善男子善女人等爲發無上菩提心者說眞如若常若無常說法界法性不虛妄性不變異性平等性離生性法定法住實際虛空界不思議界若常若無常說眞如若樂若苦說法界法性不虛妄性不變異性平等性離生性法定法住實際虛空界不思議界若樂若苦說眞如若我若無我說法界法性不虛妄性不變異性平等性離生性法定法住實際虛空界不思議界若我若無我說眞如若淨若不淨說法界法性不虛妄性不變異性平等性離

生性法定法住實際虛空界不思議界若淨若不淨若有能依如是等法修行淨戒是行淨戒波羅蜜多復作是說行淨戒者應求眞如若常若無常應求法界乃至不思議界若常若無常應求眞如若樂若苦應求法界乃至不思議界若樂若苦應求眞如若我若無我應求法界乃至不思議界若我若無我應求眞如若淨若不淨應求法界乃至不思議界若淨若不淨若有能求如是等法修行淨戒是行淨戒波羅蜜多憍尸迦若善男子善女人等如是求眞如若常若無常求法界乃至不思議界若常若無常求眞如若樂若苦求法界乃至不思議界若樂若苦求眞如若我若無我求法界乃至不思議界若我若無我求眞如若淨若不淨求法界乃至不思議界若淨若不淨依此等法行淨戒者我說名爲行有所得相似淨戒波羅蜜多憍尸迦如前所說當知皆是說有所得相似淨戒波羅蜜多復次憍尸迦若善男子善女人等爲發無上菩提心者說苦聖諦若常若無常說集滅道聖諦若常若無常說苦聖諦若樂若苦說集滅道聖諦若樂若苦說苦聖諦若我若無我說集滅道聖諦若我若無我說苦聖諦若淨若不淨說集滅道聖諦若淨若不淨若有能依如是等法修行淨戒是行淨戒波羅蜜多復作是說行淨戒者應求苦聖諦若常若無常應求集滅道聖諦若常若無常應求苦聖諦若樂若苦應求集滅道聖諦若樂若苦應求苦聖諦若我若無我應求集滅道聖諦若我若無我應求苦聖諦若淨若不淨應

求集滅道聖諦若淨若不淨若有能求如是等法修行淨戒是行淨戒波羅蜜多憍尸迦若善男子善女人等如是求苦聖諦若常若無常求集滅道聖諦若常若無常求苦聖諦若樂若苦求集滅道聖諦若樂若苦求苦聖諦若我若無我求集滅道聖諦若我若無我求苦聖諦若淨若不淨求集滅道聖諦若淨若不淨依此等法行淨戒者我說名爲行有所得相似淨戒波羅蜜多憍尸迦如前所說當知皆是說有所得相似淨戒波羅蜜多復次憍尸迦若善男子善女人等爲發無上菩提心者說四靜慮若常若無常說四無量四無色定若常若無常說四靜慮若樂若苦說四無量四無色定若樂若苦說四靜慮若我若無我說四無量四無色定若我若無我說四靜慮若淨若不淨說四無量四無色定若淨若不淨若有能依如是等法修行淨戒是行淨戒波羅蜜多復作是說行淨戒者應求四靜慮若常若無常應求四無量四無色定若常若無常應求四靜慮若樂若苦應求四無量四無色定若樂若苦應求四靜慮若我若無我應求四無量四無色定若我若無我應求四靜慮若淨若不淨應求四無量四無色定若淨若不淨若有能求如是等法修行淨戒是行淨戒波羅蜜多憍尸迦若善男子善女人等如是求四靜慮若常若無常求四無量四無色定若常若無常求四靜慮若樂若苦求四無量四無色定若樂若苦求四靜慮若我若無我求四無量四無色定若我若無我求四靜慮若淨若不淨求四無量四無

色定若淨若不淨依此等法行淨戒者我說名爲行有所得相似淨戒波羅蜜多憍尸迦如前所說當知皆是說有所得相似淨戒波羅蜜多復次憍尸迦若善男子善女人等爲發無上菩提心者說八解脫若常若無常說八勝處九次第定十遍處若常若無常說八解脫若樂若苦說八勝處九次第定十遍處若樂若苦說八解脫若我若無我說八勝處九次第定十遍處若我若無我說八解脫若淨若不淨說八勝處九次第定十遍處若淨若不淨若有能依如是等法修行淨戒是行淨戒波羅蜜多復作是說行淨戒者應求八解脫若常若無常應求八勝處九次第定十遍處若常若無常應求八解脫若樂若苦應求八勝處九次第定十遍處若樂若苦應求八解脫若我若無我應求八勝處九次第定十遍處若我若無我應求八解脫若淨若不淨應求八勝處九次第定十遍處若淨若不淨若有能求如是等法修行淨戒是行淨戒波羅蜜多憍尸迦若善男子善女人等如是求八解脫若常若無常求八勝處九次第定十遍處若常若無常求八解脫若樂若苦求八勝處九次第定十遍處若樂若苦求八解脫若我若無我求八勝處九次第定十遍處若我若無我求八解脫若淨若不淨求八勝處九次第定十遍處若淨若不淨依此等法行淨戒者我說名爲行有所得相似淨戒波羅蜜多憍尸迦如前所說當知皆是說有所得相似淨戒波羅蜜多復次憍尸迦若善男子善女人等爲發無上菩提心者說四念住

若常若無常說四正斷四神足五根五力七等覺支八聖道支若常若無常說四念住若樂若苦說四正斷四神足五根五力七等覺支八聖道支若樂若苦說四念住若我若無我說四正斷四神足五根五力七等覺支八聖道支若我若無我說四念住若淨若不淨說四正斷四神足五根五力七等覺支八聖道支若淨若不淨若有能依如是等法修行淨戒是行淨戒波羅蜜多復作是說行淨戒者應求四念住若常若無常應求四正斷乃至八聖道支若常若無常應求四念住若樂若苦應求四正斷乃至八聖道支若樂若苦應求四念住若我若無我應求四正斷乃至八聖道支若我若無我應求四念住若淨若不淨應求四正斷乃至八聖道支若淨若不淨若有能求如是等法修行淨戒是行淨戒波羅蜜多憍尸迦若善男子善女人等如是求四念住若常若無常求四正斷乃至八聖道支若常若無常求四念住若樂若苦求四正斷乃至八聖道支若樂若苦求四念住若我若無我求四正斷乃至八聖道支若我若無我求四念住若淨若不淨求四正斷乃至八聖道支若淨若不淨依此等法行淨戒者我說名爲行有所得相似淨戒波羅蜜多憍尸迦如前所說當知皆是說有所得相似淨戒波羅蜜多復次憍尸迦若善男子善女人等爲發無上菩提心者說空解脫門若常若無常說無相無願解脫門若常若無常說空解脫門若樂若苦說無相無願解脫門若樂若苦說空解脫門若我若無我說無相無願

解脫門若我若無我說空解脫門若淨若不淨說無相無願解脫門若淨若不淨若有能依如是等法修行淨戒是行淨戒波羅蜜多復作是說行淨戒者應求空解脫門若常若無常應求無相無願解脫門若常若無常應求空解脫門若樂若苦應求無相無願解脫門若樂若苦應求空解脫門若我若無我應求無相無願解脫門若我若無我應求空解脫門若淨若不淨應求無相無願解脫門若淨若不淨若有能求如是等法修行淨戒是行淨戒波羅蜜多憍尸迦若善男子善女人等如是求空解脫門若常若無常求無相無願解脫門若常若無常求空解脫門若樂若苦求無相無願解脫門若樂若苦求空解脫門若我若無我求無相無願解脫門若我若無我求空解脫門若淨若不淨求無相無願解脫門若淨若不淨依此等法行淨戒者我說名爲行有所得相似淨戒波羅蜜多憍尸迦如前所說當知皆是說有所得相似淨戒波羅蜜多復次憍尸迦若善男子善女人等爲發無上菩提心者說五眼若常若無常說六神通若常若無常說五眼若樂若苦說六神通若樂若苦說五眼若我若無我說六神通若我若無我說五眼若淨若不淨說六神通若淨若不淨若有能依如是等法修行淨戒是行淨戒波羅蜜多復作是說行淨戒者應求五眼若常若無常應求六神通若常若無常應求五眼若樂若苦應求六神通若樂若苦應求五眼若我若無我應求六神通若我若無我應求五眼若淨若不淨應求六神

通若淨若不淨若有能求如是等法修行淨戒是行淨戒波羅蜜多憍尸迦若善男子善女人等如是求五眼若常若無常求六神通若常若無常求五眼若樂若苦求六神通若樂若苦求五眼若我若無我求六神通若我若無我求五眼若淨若不淨求六神通若淨若不淨依此等法行淨戒者我說名爲行有所得相似淨戒波羅蜜多憍尸迦如前所說當知皆是說有所得相似淨戒波羅蜜多復次憍尸迦若善男子善女人等爲發無上菩提心者說佛十力若常若無常說四無所畏四無礙解大慈大悲大喜大捨十八佛不共法若常若無常說佛十力若樂若苦說四無所畏四無礙解大慈大悲大喜大捨十八佛不共法若樂若苦說佛十力若我若無我說四無所畏四無礙解大慈大悲大喜大捨十八佛不共法若我若無我說佛十力若淨若不淨說四無所畏四無礙解大慈大悲大喜大捨十八佛不共法若淨若不淨若有能依如是等法修行淨戒是行淨戒波羅蜜多復作是說行淨戒者應求佛十力若常若無常應求四無所畏乃至十八佛不共法若常若無常應求佛十力若樂若苦應求四無所畏乃至十八佛不共法若樂若苦應求佛十力若我若無我應求四無所畏乃至十八佛不共法若我若無我應求佛十力若淨若不淨應求四無所畏乃至十八佛不共法若淨若不淨若有能求如是等法修行淨戒是行淨戒波羅蜜多憍尸迦若善男子善女人等如是求佛十力若常若無常求四無所畏乃至

十八佛不共法若常若無常求佛十力若樂若苦求四無所畏乃至十八佛不共法若樂若苦求佛十力若我若無我求四無所畏乃至十八佛不共法若我若無我求佛十力若淨若不淨求四無所畏乃至十八佛不共法若淨若不淨依此等法行淨戒者我說名爲行有所得相似淨戒波羅蜜多憍尸迦如前所說當知皆是說有所得相似淨戒波羅蜜多復次憍尸迦若善男子善女人等爲發無上菩提心者說無忘失法若常若無常說恒住捨性若常若無常說無忘失法若樂若苦說恒住捨性若樂若苦說無忘失法若我若無我說恒住捨性若我若無我說無忘失法若淨若不淨說恒住捨性若淨若不淨若有能依如是等法修行淨戒是行淨戒波羅蜜多復作是說行淨戒者應求無忘失法若常若無常應求恒住捨性若常若無常應求無忘失法若樂若苦應求恒住捨性若樂若苦應求無忘失法若我若無我應求恒住捨性若我若無我應求無忘失法若淨若不淨應求恒住捨性若淨若不淨若有能求如是等法修行淨戒是行淨戒波羅蜜多憍尸迦若善男子善女人等如是求無忘失法若常若無常求恒住捨性若常若無常求無忘失法若樂若苦求恒住捨性若樂若苦求無忘失法若我若無我求恒住捨性若我若無我求無忘失法若淨若不淨求恒住捨性若淨若不淨依此等法行淨戒者我說名爲行有所得相似淨戒波羅蜜多憍尸迦如前所說當知皆是說有所得相似淨戒波羅蜜多復次

憍尸迦若善男子善女人等爲發無上菩提心者說一切智若常若無常說道相智一切相智若常若無常說一切智若樂若苦說道相智一切相智若樂若苦說一切智若我若無我說道相智一切相智若我若無我說一切智若淨若不淨說道相智一切相智若淨若不淨若有能依如是等法修行淨戒是行淨戒波羅蜜多復作是說行淨戒者應求一切智若常若無常應求道相智一切相智若常若無常應求一切智若樂若苦應求道相智一切相智若樂若苦應求一切智若我若無我應求道相智一切相智若我若無我應求一切智若淨若不淨應求道相智一切相智若淨若不淨若有能求如是等法修行淨戒是行淨戒波羅蜜多憍尸迦若善男子善女人等如是求一切智若常若無常求道相智一切相智若常若無常求一切智若樂若苦求道相智一切相智若樂若苦求一切智若我若無我求道相智一切相智若我若無我求一切智若淨若不淨求道相智一切相智若淨若不淨依此等法行淨戒者我說名爲行有所得相似淨戒波羅蜜多憍尸迦如前所說當知皆是說有所得相似淨戒波羅蜜多復次憍尸迦若善男子善女人等爲發無上菩提心者說一切陀羅尼門若常若無常說一切三摩地門若常若無常說一切陀羅尼門若樂若苦說一切三摩地門若樂若苦說一切陀羅尼門若我若無我說一切三摩地門若我若無我說一切陀羅尼門若淨若不淨說一切三摩地門若淨若不淨若有

能依如是等法修行淨戒是行淨戒波羅蜜
多復作是説行淨戒者應求一切陀羅尼門
若常若無常應求一切三摩地門若常若無
常應求一切陀羅尼門若樂若苦應求一切
三摩地門若樂若苦應求一切陀羅尼門若
我若無我應求一切三摩地門若我若無我
應求一切陀羅尼門若淨若不淨應求一切
三摩地門若淨若不淨若有能求如是等法
修行淨戒是行淨戒波羅蜜多憍尸迦若善
男子善女人等如是求一切陀羅尼門若常
若無常求一切三摩地門若常若無常求一
切陀羅尼門若樂若苦求一切三摩地門若
樂若苦求一切陀羅尼門若我若無我求一
切三摩地門若我若無我求一切陀羅尼門
若淨若不淨求一切三摩地門若淨若不淨
依此等法行淨戒者我説名爲行有所得相
似淨戒波羅蜜多憍尸迦如前所説當知皆
是説有所得相似淨戒波羅蜜多

大般若波羅蜜多經卷第一百四十三

大般若波羅蜜多經卷第一百四十四

唐三藏法師玄奘奉　詔譯

初分校量功德品第三十之四十二

復次憍尸迦若善男子善女人等爲發無上菩提心者說預流向預流果若常若無常說一來向一來果不還向不還果阿羅漢向阿羅漢果若常若無常說預流向預流果若樂若苦說一來向一來果不還向不還果阿羅漢向阿羅漢果若樂若苦說預流向預流果若我若無我說一來向一來果不還向不還果阿羅漢向阿羅漢果若我若無我說預流向預流果若淨若不淨說一來向一來果不還向不還果阿羅漢向阿羅漢果若淨若不淨若有能依如是等法修行淨戒是行淨戒波羅蜜多復作是說行淨戒者應求預流向預流果若常若無常應求一來向乃至阿羅漢果若常若無常應求預流向預流果若樂若苦應求一來向乃至阿羅漢果若樂若苦應求預流向預流果若我若無我應求一來向乃至阿羅漢果若我若無我應求預流向預流果若淨若不淨應求一來向乃至阿羅漢果若淨若不淨若有能求如是等法修行淨戒是行淨戒波羅蜜多憍尸迦若善男子善女人等如是求預流向預流果若常若無常求一來向乃至阿羅漢果若常若無常求預流向預流果若樂若苦求一來向乃至阿羅漢果若樂若苦求預流向預流果若我若無我求一來向乃至阿羅漢果若我若無我求預流向預流果若淨若不淨求一來向乃至阿羅漢果若淨若不淨依此等法行淨戒

者我說名爲行有所得相似淨戒波羅蜜多憍尸迦如前所說當知皆是說有所得相似淨戒波羅蜜多復次憍尸迦若善男子善女人等爲發無上菩提心者說一切獨覺菩提若常若無常說一切獨覺菩提若樂若苦說一切獨覺菩提若我若無我說一切獨覺菩提若淨若不淨若有能依如是等法修行淨戒是行淨戒波羅蜜多復作是說行淨戒者應求一切獨覺菩提若常若無常應求一切獨覺菩提若樂若苦應求一切獨覺菩提若我若無我應求一切獨覺菩提若淨若不淨若有能求如是等法修行淨戒是行淨戒波羅蜜多憍尸迦若善男子善女人等如是求一切獨覺菩提若常若無常求一切獨覺菩提若樂若苦求一切獨覺菩提若我若無我

求一切獨覺菩提若淨若不淨依此等法行淨戒者我說名爲行有所得相似淨戒波羅蜜多憍尸迦如前所說當知皆是說有所得相似淨戒波羅蜜多復次憍尸迦若善男子善女人等爲發無上菩提心者說一切菩薩摩訶薩行若常若無常說一切菩薩摩訶薩行若樂若苦說一切菩薩摩訶薩行若我若無我說一切菩薩摩訶薩行若淨若不淨若有能依如是等法修行淨戒是行淨戒波羅蜜多復作是說行淨戒者應求一切菩薩摩訶薩行若常若無常應求一切菩薩摩訶薩行若樂若苦應求一切菩薩摩訶薩行若我若無我應求一切菩薩摩訶薩行若淨若不淨若有能求如是等法修行淨戒是行淨戒波羅蜜多憍尸迦若善男子善女人等如是

求一切菩薩摩訶薩行若常若無常求一切菩薩摩訶薩行若樂若苦求一切菩薩摩訶薩行若我若無我求一切菩薩摩訶薩行若淨若不淨依此等法行淨戒者我說名爲行有所得相似淨戒波羅蜜多憍尸迦如前所說當知皆是說有所得相似淨戒波羅蜜多復次憍尸迦若善男子善女人等爲發無上菩提心者說諸佛無上正等菩提若常若無常說諸佛無上正等菩提若樂若苦說諸佛無上正等菩提若我若無我說諸佛無上正等菩提若淨若不淨若有能依如是等法修行淨戒是行淨戒波羅蜜多復作是說行淨戒者應求諸佛無上正等菩提若常若無常應求諸佛無上正等菩提若樂若苦應求諸佛無上正等菩提若我若無我應求諸佛無上正等菩提若淨若不淨若有能求如是等法修行淨戒是行淨戒波羅蜜多憍尸迦若善男子善女人等如是求諸佛無上正等菩提若常若無常求諸佛無上正等菩提若樂若苦求諸佛無上正等菩提若我若無我求諸佛無上正等菩提若淨若不淨依此等法行淨戒者我說名爲行有所得相似淨戒波羅蜜多憍尸迦如前所說當知皆是說有所得相似淨戒波羅蜜多時天帝釋復白佛言世尊云何諸善男子善女人等說有所得布施波羅蜜多名說相似布施波羅蜜多佛言憍尸迦若善男子善女人等爲發無上菩提心者說色若常若無常說受想行識若常若無常說色若樂若苦說受想行識若樂若苦說色若我若無我說受想行識若我若無我

說色若淨若不淨說受想行識若淨若不淨若有能依如是等法修行布施是行布施波羅蜜多復作是說行布施者應求色若常若無常應求受想行識若常若無常應求色若樂若苦應求受想行識若樂若苦應求色若我若無我應求受想行識若我若無我應求色若淨若不淨應求受想行識若淨若不淨若有能求如是等法修行布施是行布施波羅蜜多憍尸迦若善男子善女人等如是求色若常若無常求受想行識若常若無常求色若樂若苦求受想行識若樂若苦求色若我若無我求受想行識若我若無我求色若淨若不淨求受想行識若淨若不淨依此等法行布施者我說名爲行有所得相似布施波羅蜜多憍尸迦如前所說當知皆是說有所得相似布施波羅蜜多復次憍尸迦若善男子善女人等爲發無上菩提心者說眼處若常若無常說耳鼻舌身意處若常若無常說眼處若樂若苦說耳鼻舌身意處若樂若苦說眼處若我若無我說耳鼻舌身意處若我若無我說眼處若淨若不淨說耳鼻舌身意處若淨若不淨若有能依如是等法修行布施是行布施波羅蜜多復作是說行布施者應求眼處若常若無常應求耳鼻舌身意處若常若無常應求眼處若樂若苦應求耳鼻舌身意處若樂若苦應求眼處若我若無我應求耳鼻舌身意處若我若無我應求眼處若淨若不淨應求耳鼻舌身意處若淨若不淨若有能求如是等法修行布施是行布施波羅蜜多憍尸迦若善男子善女人等如

是求眼處若常若無常求耳鼻舌身意處若常若無常求眼處若樂若苦求耳鼻舌身意處若樂若苦求眼處若我若無我求耳鼻舌身意處若我若無我求眼處若淨若不淨求耳鼻舌身意處若淨若不淨依此等法行布施者我說名爲行有所得相似布施波羅蜜多憍尸迦如前所說當知皆是說有所得相似布施波羅蜜多復次憍尸迦若善男子善女人等爲發無上菩提心者說色處若常若無常說聲香味觸法處若常若無常說色處若樂若苦說聲香味觸法處若樂若苦說色處若我若無我說聲香味觸法處若我若無我說色處若淨若不淨說聲香味觸法處若淨若不淨若有能依如是等法修行布施是行布施波羅蜜多復作是說行布施者應求色處若常若無常應求色處若樂若苦應求聲香味觸法處若樂若苦應求色處若我若無我應求聲香味觸法處若我若無我應求色處若淨若不淨應求聲香味觸法處若淨若不淨若有能求如是等法修行布施是行布施波羅蜜多憍尸迦若善男子善女人等如是求色處若常若無常求聲香味觸法處若常若無常求色處若樂若苦求聲香味觸法處若樂若苦求色處若我若無我求聲香味觸法處若我若無我求色處若淨若不淨求聲香味觸法處若淨若不淨依此等法行布施者我說名爲行有所得相似布施波羅蜜多憍尸迦如前所說當知皆是說有所得相似布施波羅蜜多復次憍尸迦若善男子善女人等

爲發無上菩提心者說眼界若常若無常說色界眼識界及眼觸眼觸爲緣所生諸受若常若無常說眼界若樂若苦說色界眼識界及眼觸眼觸爲緣所生諸受若樂若苦說眼界若我若無我說色界眼識界及眼觸眼觸爲緣所生諸受若我若無我說眼界若淨若不淨說色界眼識界及眼觸眼觸爲緣所生諸受若淨若不淨若有能依如是等法修行布施是行布施波羅蜜多復作是說行布施者應求眼界若常若無常應求色界乃至眼觸爲緣所生諸受若常若無常應求眼界若樂若苦應求色界乃至眼觸爲緣所生諸受若樂若苦應求眼界若我若無我應求色界乃至眼觸爲緣所生諸受若我若無我應求眼界若淨若不淨應求色界乃至眼觸爲緣所生諸受若淨若不淨若有能求如是等法修行布施是行布施波羅蜜多憍尸迦若善男子善女人等如是求眼界若常若無常求色界乃至眼觸爲緣所生諸受若常若無常求眼界若樂若苦求色界乃至眼觸爲緣所生諸受若樂若苦求眼界若我若無我求色界乃至眼觸爲緣所生諸受若我若無我求眼界若淨若不淨求色界乃至眼觸爲緣所生諸受若淨若不淨依此等法行布施者我說名爲行有所得相似布施波羅蜜多憍尸迦如前所說當知皆是說有所得相似布施波羅蜜多復次憍尸迦若善男子善女人等爲發無上菩提心者說耳界若常若無常說聲界耳識界及耳觸耳觸爲緣所生諸受若常若無常說耳界若樂若苦說聲界耳識界

及耳觸耳觸爲緣所生諸受若樂若苦說耳界若我若無我說聲界耳識界及耳觸耳觸爲緣所生諸受若我若無我說耳界若淨若不淨說聲界耳識界及耳觸耳觸爲緣所生諸受若淨若不淨若有能依如是等法修行布施是行布施波羅蜜多復作是說行布施者應求耳界若常若無常應求聲界乃至耳觸爲緣所生諸受若常若無常應求耳界若樂若苦應求聲界乃至耳觸爲緣所生諸受若樂若苦應求耳界若我若無我應求聲界乃至耳觸爲緣所生諸受若我若無我應求耳界若淨若不淨應求聲界乃至耳觸爲緣所生諸受若淨若不淨若有能求如是等法修行布施是行布施波羅蜜多憍尸迦若善男子善女人等如是求耳界若常若無常求聲界乃至耳觸爲緣所生諸受若常若無常求耳界若樂若苦求聲界乃至耳觸爲緣所生諸受若樂若苦求耳界若我若無我求聲界乃至耳觸爲緣所生諸受若我若無我求耳界若淨若不淨求聲界乃至耳觸爲緣所生諸受若淨若不淨依此等法行布施者我說名爲行有所得相似布施波羅蜜多憍尸迦如前所說當知皆是說有所得相似布施波羅蜜多復次憍尸迦若善男子善女人等爲發無上菩提心者說鼻界若常若無常說香界鼻識界及鼻觸鼻觸爲緣所生諸受若常若無常說鼻界若樂若苦說香界鼻識界及鼻觸鼻觸爲緣所生諸受若樂若苦說鼻界若我若無我說香界鼻識界及鼻觸鼻觸爲緣所生諸受若我若無我說鼻界若淨若

不淨說香界鼻識界及鼻觸鼻觸爲緣所生諸受若淨若不淨若有能依如是等法修行布施是行布施波羅蜜多復作是說行布施者應求鼻界若常若無常應求香界乃至鼻觸爲緣所生諸受若常若無常應求鼻界若樂若苦應求香界乃至鼻觸爲緣所生諸受若樂若苦應求鼻界若我若無我應求香界乃至鼻觸爲緣所生諸受若我若無我應求鼻界若淨若不淨應求香界乃至鼻觸爲緣所生諸受若淨若不淨若有能求如是等法修行布施是行布施波羅蜜多憍尸迦若善男子善女人等如是求鼻界若常若無常求香界乃至鼻觸爲緣所生諸受若常若無常求鼻界若樂若苦求香界乃至鼻觸爲緣所生諸受若樂若苦求鼻界若我若無我求香界乃至鼻觸爲緣所生諸受若我若無我求鼻界若淨若不淨求香界乃至鼻觸爲緣所生諸受若淨若不淨依此等法行布施者我說名爲行有所得相似布施波羅蜜多憍尸迦如前所說當知皆是說有所得相似布施波羅蜜多復次憍尸迦若善男子善女人等爲發無上菩提心者說舌界若常若無常說味界舌識界及舌觸舌觸爲緣所生諸受若常若無常說舌界若樂若苦說味界舌識界及舌觸舌觸爲緣所生諸受若樂若苦說舌界若我若無我說味界舌識界及舌觸舌觸爲緣所生諸受若我若無我說舌界若淨若不淨說味界舌識界及舌觸舌觸爲緣所生諸受若淨若不淨若有能依如是等法修行布施是行布施波羅蜜多復作是說行布施

者應求舌界若常若無常應求味界乃至舌觸爲緣所生諸受若常若無常應求舌界若樂若苦應求味界乃至舌觸爲緣所生諸受若樂若苦應求舌界若我若無我應求味界乃至舌觸爲緣所生諸受若我若無我應求舌界若淨若不淨應求味界乃至舌觸爲緣所生諸受若淨若不淨若有能求如是等法修行布施是行布施波羅蜜多憍尸迦若善男子善女人等如是求舌界若常若無常求味界乃至舌觸爲緣所生諸受若常若無常求舌界若樂若苦求味界乃至舌觸爲緣所生諸受若樂若苦求舌界若我若無我求味界乃至舌觸爲緣所生諸受若我若無我求舌界若淨若不淨求味界乃至舌觸爲緣所生諸受若淨若不淨依此等法行布施者我說名爲行有所得相似布施波羅蜜多憍尸迦如前所說當知皆是說有所得相似布施波羅蜜多復次憍尸迦若善男子善女人等爲發無上菩提心者說身界若常若無常說觸界身識界及身觸身觸爲緣所生諸受若常若無常說身界若樂若苦說觸界身識界及身觸身觸爲緣所生諸受若樂若苦說身界若我若無我說觸界身識界及身觸身觸爲緣所生諸受若我若無我說身界若淨若不淨說觸界身識界及身觸身觸爲緣所生諸受若淨若不淨若有能依如是等法修行布施是行布施波羅蜜多復作是說行布施者應求身界若常若無常應求觸界乃至身觸爲緣所生諸受若常若無常應求身界若樂若苦應求觸界乃至身觸爲緣所生諸受

若樂若苦應求身界若我若無我應求觸界乃至身觸爲緣所生諸受若我若無我應求身界若淨若不淨應求觸界乃至身觸爲緣所生諸受若淨若不淨若有能求如是等法修行布施是行布施波羅蜜多憍尸迦若善男子善女人等如是求身界若常若無常求觸界乃至身觸爲緣所生諸受若常若無常求身界若樂若苦求觸界乃至身觸爲緣所生諸受若樂若苦求身界若我若無我求觸界乃至身觸爲緣所生諸受若我若無我求身界若淨若不淨求觸界乃至身觸爲緣所生諸受若淨若不淨依此等法行布施者我說名爲行有所得相似布施波羅蜜多憍尸迦如前所說當知皆是說有所得相似布施波羅蜜多復次憍尸迦若善男子善女人等

爲發無上菩提心者說意界若常若無常說法界意識界及意觸意觸爲緣所生諸受若常若無常說意界若樂若苦說法界意識界及意觸意觸爲緣所生諸受若樂若苦說意界若我若無我說法界意識界及意觸意觸爲緣所生諸受若我若無我說意界若淨若不淨說法界意識界及意觸意觸爲緣所生諸受若淨若不淨若有能依如是等法修行布施是行布施波羅蜜多復作是說行布施者應求意界若常若無常應求法界乃至意觸爲緣所生諸受若常若無常應求意界若樂若苦應求法界乃至意觸爲緣所生諸受若樂若苦應求意界若我若無我應求法界乃至意觸爲緣所生諸受若我若無我應求意界若淨若不淨應求法界乃至意觸爲緣

所生諸受若淨若不淨若有能求如是等法修行布施是行布施波羅蜜多憍尸迦若善男子善女人等如是求意界若常若無常求法界乃至意觸爲緣所生諸受若常若無常求意界若樂若苦求法界乃至意觸爲緣所生諸受若樂若苦求意界若我若無我求法界乃至意觸爲緣所生諸受若我若無我求意界若淨若不淨求法界乃至意觸爲緣所生諸受若淨若不淨依此等法行布施者我說名爲行有所得相似布施波羅蜜多憍尸迦如前所說當知皆是說有所得相似布施波羅蜜多復次憍尸迦若善男子善女人等爲發無上菩提心者說地界若常若無常說水火風空識界若常若無常說地界若樂若苦說水火風空識界若樂若苦說地界若我若無我說水火風空識界若我若無我說地界若淨若不淨說水火風空識界若淨若不淨若有能依如是等法修行布施是行布施波羅蜜多復作是說行布施者應求地界若常若無常應求水火風空識界若常若無常應求地界若樂若苦應求水火風空識界若樂若苦應求地界若我若無我應求水火風空識界若我若無我應求地界若淨若不淨應求水火風空識界若淨若不淨若有能求如是等法修行布施是行布施波羅蜜多憍尸迦若善男子善女人等如是求地界若常若無常求水火風空識界若常若無常求地界若樂若苦求水火風空識界若樂若苦求地界若我若無我求水火風空識界若我若無我求地界若淨若不淨求水火風空識界

若淨若不淨依此等法行布施者我説名爲行有所得相似布施波羅蜜多憍尸迦如前所説當知皆是説有所得相似布施波羅蜜多復次憍尸迦若善男子善女人等爲發無上菩提心者説無明若常若無常説行識名色六處觸受愛取有生老死愁歎苦憂惱若常若無常説無明若樂若苦説行識名色六處觸受愛取有生老死愁歎苦憂惱若樂若苦説無明若我若無我説行識名色六處觸受愛取有生老死愁歎苦憂惱若我若無我説無明若淨若不淨説行識名色六處觸受愛取有生老死愁歎苦憂惱若淨若不淨若有能依如是等法修行布施是行布施波羅蜜多復作是説行布施者應求無明若常若無常應求行乃至老死愁歎苦憂惱若常若無常應求無明若樂若苦應求行乃至老死愁歎苦憂惱若樂若苦應求無明若我若無我應求行乃至老死愁歎苦憂惱若我若無我應求無明若淨若不淨應求行乃至老死愁歎苦憂惱若淨若不淨若有能求如是等法修行布施是行布施波羅蜜多憍尸迦若善男子善女人等如是求無明若常若無常求行乃至老死愁歎苦憂惱若常若無常求無明若樂若苦求行乃至老死愁歎苦憂惱若樂若苦求無明若我若無我求行乃至老死愁歎苦憂惱若我若無我求無明若淨若不淨求行乃至老死愁歎苦憂惱若淨若不淨依此等法行布施者我説名爲行有所得相似布施波羅蜜多憍尸迦如前所説當知皆是説有所得相似布施波羅蜜多復次憍

尸迦若善男子善女人等爲發無上菩提心者說布施波羅蜜多若常若無常說淨戒安忍精進靜慮般若波羅蜜多若常若無常說布施波羅蜜多若樂若苦說淨戒安忍精進靜慮般若波羅蜜多若樂若苦說布施波羅蜜多若我若無我說淨戒安忍精進靜慮般若波羅蜜多若我若無我說布施波羅蜜多若淨若不淨說淨戒安忍精進靜慮般若波羅蜜多若淨若不淨若有能依如是等法修行布施是行布施波羅蜜多復作是說行布施者應求布施波羅蜜多若常若無常應求淨戒乃至般若波羅蜜多若常若無常應求布施波羅蜜多若樂若苦應求淨戒乃至般若波羅蜜多若樂若苦應求布施波羅蜜多若我若無我應求淨戒乃至般若波羅蜜多若我若無我應求布施波羅蜜多若淨若不淨應求淨戒乃至般若波羅蜜多若淨若不淨若有能求如是等法修行布施是行布施波羅蜜多憍尸迦若善男子善女人等如是求布施波羅蜜多若常若無常求淨戒乃至般若波羅蜜多若常若無常求布施波羅蜜多若樂若苦求淨戒乃至般若波羅蜜多若樂若苦求布施波羅蜜多若我若無我求淨戒乃至般若波羅蜜多若我若無我求布施波羅蜜多若淨若不淨求淨戒乃至般若波羅蜜多若淨若不淨依此等法行布施者我說名爲行有所得相似布施波羅蜜多憍尸迦如前所說當知皆是說有所得相似布施波羅蜜多復次憍尸迦若善男子善女人等爲發無上菩提心者說內空若常若無常說

外空内外空空空大空勝義空有爲空無爲空畢竟空無際空散空無變異空本性空自相空共相空一切法空不可得空無性空自性空無性自性空若常若無常說内空若樂若苦說外空内外空空空大空勝義空有爲空無爲空畢竟空無際空散空無變異空本性空自相空共相空一切法空不可得空無性空自性空無性自性空若樂若苦說内空若我若無我說外空内外空空空大空勝義空有爲空無爲空畢竟空無際空散空無變異空本性空自相空共相空一切法空不可得空無性空自性空無性自性空若我若無我說内空若淨若不淨說外空内外空空空大空勝義空有爲空無爲空畢竟空無際空散空無變異空本性空自相空共相空一切法空不可得空無性空自性空無性自性空若淨若不淨若有能依如是等法修行布施是行布施波羅蜜多復作是說行布施者應求内空若常若無常應求外空乃至無性自性空若常若無常應求内空若樂若苦應求外空乃至無性自性空若樂若苦應求内空若我若無我應求外空乃至無性自性空若我若無我應求内空若淨若不淨應求外空乃至無性自性空若淨若不淨若有能求如是等法修行布施是行布施波羅蜜多憍尸迦若善男子善女人等如是求内空若常若無常求外空乃至無性自性空若常若無常求内空若樂若苦求外空乃至無性自性空若樂若苦求内空若我若無我求外空乃至無性自性空若我若無我求内空若淨若不

淨求外空乃至無性自性空若淨若不淨依此等法行布施者我說名爲行有所得相似布施波羅蜜多憍尸迦如前所說當知皆是說有所得相似布施波羅蜜多

大般若波羅蜜多經卷第一百四十四

大般若波羅蜜多經卷第一百四十五

唐三藏法師玄奘奉　詔譯

初分校量功德品第三十之四十三

復次憍尸迦若善男子善女人等爲發無上菩提心者說眞如若常若無常說法界法性不虛妄性不變異性平等性離生性法定法住實際虛空界不思議界若常若無常說眞如若樂若苦說法界法性不虛妄性不變異性平等性離生性法定法住實際虛空界不思議界若樂若苦說眞如若我若無我說法界法性不虛妄性不變異性平等性離生性法定法住實際虛空界不思議界若我若無我說眞如若淨若不淨說法界法性不虛妄性不變異性平等性離生性法定法住實際虛空界不思議界若淨若不淨若有能依如是等法修行布施是行布施波羅蜜多復作是說行布施者應求眞如若常若無常應求法界乃至不思議界若常若無常應求眞如若樂若苦應求法界乃至不思議界若樂若苦應求眞如若我若無我應求法界乃至不思議界若我若無我應求眞如若淨若不淨應求法界乃至不思議界若淨若不淨若有能求如是等法修行布施是行布施波羅蜜多憍尸迦若善男子善女人等如是求眞如若常若無常求法界乃至不思議界若常若無常求眞如若樂若苦求法界乃至不思議界若樂若苦求眞如若我若無我求法界乃至不思議界若我若無我求眞如若淨若不淨求法界乃至不思議界若淨若不淨依此等法行布施者我說名爲行有所得相似布

施波羅蜜多憍尸迦如前所說當知皆是說有所得相似布施波羅蜜多復次憍尸迦若善男子善女人等爲發無上菩提心者說苦聖諦若常若無常說集滅道聖諦若常若無常說苦聖諦若樂若苦說集滅道聖諦若樂若苦說苦聖諦若我若無我說集滅道聖諦若我若無我說苦聖諦若淨若不淨說集滅道聖諦若淨若不淨若有能依如是等法修行布施是行布施波羅蜜多復作是說行布施者應求苦聖諦若常若無常應求集滅道聖諦若常若無常應求苦聖諦若樂若苦應求集滅道聖諦若樂若苦應求苦聖諦若我若無我應求集滅道聖諦若我若無我應求苦聖諦若淨若不淨應求集滅道聖諦若淨若不淨若有能求如是等法修行布施是行布施波羅蜜多憍尸迦若善男子善女人等如是求苦聖諦若常若無常求集滅道聖諦若常若無常求苦聖諦若樂若苦求集滅道聖諦若樂若苦求苦聖諦若我若無我求集滅道聖諦若我若無我求苦聖諦若淨若不淨求集滅道聖諦若淨若不淨依此等法行布施者我說名爲行有所得相似布施波羅蜜多憍尸迦如前所說當知皆是說有所得相似布施波羅蜜多復次憍尸迦若善男子善女人等爲發無上菩提心者說四靜慮若常若無常說四無量四無色定若常若無常說四靜慮若樂若苦說四無量四無色定若樂若苦說四靜慮若我若無我說四無量四無色定若我若無我說四靜慮若淨若不淨說四無量四無色定若淨若不淨若有能依

如是等法修行布施是行布施波羅蜜多復作是説行布施者應求四靜慮若常若無常應求四無量四無色定若常若無常應求四靜慮若樂若苦應求四無量四無色定若樂若苦應求四靜慮若我若無我應求四無量四無色定若我若無我應求四靜慮若淨若不淨應求四無量四無色定若淨若不淨若有能求如是等法修行布施是行布施波羅蜜多憍尸迦若善男子善女人等如是求四靜慮若常若無常求四無量四無色定若常若無常求四靜慮若樂若苦求四無量四無色定若樂若苦求四靜慮若我若無我求四無量四無色定若我若無我求四靜慮若淨若不淨求四無量四無色定若淨若不淨依此等法行布施者我説名爲行有所得相似布施波羅蜜多憍尸迦如前所説當知皆是説有所得相似布施波羅蜜多復次憍尸迦若善男子善女人等爲發無上菩提心者説八解脱若常若無常説八勝處九次第定十遍處若常若無常説八解脱若樂若苦説八勝處九次第定十遍處若樂若苦説八解脱若我若無我説八勝處九次第定十遍處若我若無我説八解脱若淨若不淨説八勝處九次第定十遍處若淨若不淨若有能依如是等法修行布施是行布施波羅蜜多復作是説行布施者應求八解脱若常若無常應求八勝處九次第定十遍處若常若無常應求八解脱若樂若苦應求八勝處九次第定十遍處若樂若苦應求八解脱若我若無我應求八勝處九次第定十遍處若我若無我

應求八解脱若淨若不淨應求八勝處九次第定十遍處若淨若不淨若有能求如是等法修行布施是行布施波羅蜜多憍尸迦若善男子善女人等如是求八解脱若常若無常求八勝處九次第定十遍處若常若無常求八解脱若樂若苦求八勝處九次第定十遍處若樂若苦求八解脱若我若無我求八勝處九次第定十遍處若我若無我求八解脱若淨若不淨求八勝處九次第定十遍處若淨若不淨依此等法行布施者我說名爲行有所得相似布施波羅蜜多憍尸迦如前所說當知皆是說有所得相似布施波羅蜜多復次憍尸迦若善男子善女人等爲發無上菩提心者說四念住若常若無常說四正斷四神足五根五力七等覺支八聖道支若常若無常說四念住若樂若苦說四正斷四神足五根五力七等覺支八聖道支若樂若苦說四念住若我若無我說四正斷四神足五根五力七等覺支八聖道支若我若無我說四念住若淨若不淨說四正斷四神足五根五力七等覺支八聖道支若淨若不淨若有能依如是等法修行布施是行布施波羅蜜多復作是說行布施者應求四念住若常若無常應求四正斷乃至八聖道支若常若無常應求四念住若樂若苦應求四正斷乃至八聖道支若樂若苦應求四念住若我若無我應求四正斷乃至八聖道支若我若無我應求四念住若淨若不淨應求四正斷乃至八聖道支若淨若不淨若有能求如是等法修行布施是行布施波羅蜜多憍尸迦若

善男子善女人等如是求四念住若常若無常求四正斷乃至八聖道支若常若無常求四念住若樂若苦求四正斷乃至八聖道支若樂若苦求四念住若我若無我求四正斷乃至八聖道支若我若無我求四念住若淨若不淨求四正斷乃至八聖道支若淨若不淨依此等法行布施者我說名爲行有所得相似布施波羅蜜多憍尸迦如前所說當知皆是說有所得相似布施波羅蜜多復次憍尸迦若善男子善女人等爲發無上菩提心者說空解脱門若常若無常說無相無願解脱門若常若無常說空解脱門若樂若苦說無相無願解脱門若樂若苦說空解脱門若我若無我說無相無願解脱門若我若無我說空解脱門若淨若不淨說無相無願解脱門若淨若不淨若有能依如是等法修行布施是行布施波羅蜜多復作是說行布施者應求空解脱門若常若無常應求無相無願解脱門若常若無常應求空解脱門若樂若苦應求無相無願解脱門若樂若苦應求空解脱門若我若無我應求無相無願解脱門若我若無我應求空解脱門若淨若不淨應求無相無願解脱門若淨若不淨若有能求如是等法修行布施是行布施波羅蜜多憍尸迦若善男子善女人等如是求空解脱門若常若無常求無相無願解脱門若常若無常求空解脱門若樂若苦求無相無願解脱門若樂若苦求空解脱門若我若無我求無相無願解脱門若我若無我求空解脱門若淨若不淨求無相無願解脱門若淨若不淨

依此等法行布施者我說名爲行有所得相似布施波羅蜜多憍尸迦如前所說當知皆是說有所得相似布施波羅蜜多復次憍尸迦若善男子善女人等爲發無上菩提心者說五眼若常若無常說六神通若常若無常說五眼若樂若苦說六神通若樂若苦說五眼若我若無我說六神通若我若無我說五眼若淨若不淨說六神通若淨若不淨若有能依如是等法修行布施是行布施波羅蜜多復作是說行布施者應求五眼若常若無常應求六神通若常若無常應求五眼若樂若苦應求六神通若樂若苦應求五眼若我若無我應求六神通若我若無我應求五眼若淨若不淨應求六神通若淨若不淨若有能求如是等法修行布施是行布施波羅蜜多憍尸迦若善男子善女人等如是求五眼若常若無常求六神通若常若無常求五眼若樂若苦求六神通若樂若苦求五眼若我若無我求六神通若我若無我求五眼若淨若不淨求六神通若淨若不淨依此等法行布施者我說名爲行有所得相似布施波羅蜜多憍尸迦如前所說當知皆是說有所得相似布施波羅蜜多復次憍尸迦若善男子善女人等爲發無上菩提心者說佛十力若常若無常說四無所畏四無礙解大慈大悲大喜大捨十八佛不共法若常若無常說佛十力若樂若苦說四無所畏四無礙解大慈大悲大喜大捨十八佛不共法若樂若苦說佛十力若我若無我說四無所畏四無礙解大慈大悲大喜大捨十八佛不共法若我若

無我說佛十力若淨若不淨說四無所畏四無礙解大慈大悲大喜大捨十八佛不共法若淨若不淨若有能依如是等法修行布施是行布施波羅蜜多復作是說行布施者應求佛十力若常若無常應求四無所畏乃至十八佛不共法若常若無常應求佛十力若樂若苦應求四無所畏乃至十八佛不共法若樂若苦應求佛十力若我若無我應求四無所畏乃至十八佛不共法若我若無我應求佛十力若淨若不淨應求四無所畏乃至十八佛不共法若淨若不淨若有能求如是等法修行布施是行布施波羅蜜多憍尸迦若善男子善女人等如是求佛十力若常若無常求四無所畏乃至十八佛不共法若常若無常求佛十力若樂若苦求四無所畏乃

至十八佛不共法若樂若苦求佛十力若我若無我求四無所畏乃至十八佛不共法若我若無我求佛十力若淨若不淨求四無所畏乃至十八佛不共法若淨若不淨依此等法行布施者我說名爲行有所得相似布施波羅蜜多憍尸迦如前所說當知皆是說有所得相似布施波羅蜜多復次憍尸迦若善男子善女人等爲發無上菩提心者說無忘失法若常若無常說恒住捨性若常若無常說無忘失法若樂若苦說恒住捨性若樂若苦說無忘失法若我若無我說恒住捨性若我若無我說無忘失法若淨若不淨說恒住捨性若淨若不淨若有能依如是等法修行布施是行布施波羅蜜多復作是說行布施者應求無忘失法若常若無常應求恒住捨

性若常若無常應求無忘失法若樂若苦應求恒住捨性若樂若苦應求無忘失法若我若無我應求恒住捨性若我若無我應求無忘失法若淨若不淨應求恒住捨性若淨若不淨若有能求如是等法修行布施是行布施波羅蜜多憍尸迦若善男子善女人等如是求無忘失法若常若無常求恒住捨性若常若無常求無忘失法若樂若苦求恒住捨性若樂若苦求無忘失法若我若無我求恒住捨性若我若無我求無忘失法若淨若不淨求恒住捨性若淨若不淨依此等法行布施者我說名爲行有所得相似布施波羅蜜多憍尸迦如前所說當知皆是說有所得相似布施波羅蜜多復次憍尸迦若善男子善女人等爲發無上菩提心者說一切智若常若無常說道相智一切相智若常若無常說一切智若樂若苦說道相智一切相智若樂若苦說一切智若我若無我說道相智一切相智若我若無我說一切智若淨若不淨說道相智一切相智若淨若不淨若有能依如是等法修行布施是行布施波羅蜜多復作是說行布施者應求一切智若常若無常應求道相智一切相智若常若無常應求一切智若樂若苦應求道相智一切相智若樂若苦應求一切智若我若無我應求道相智一切相智若我若無我應求一切智若淨若不淨應求道相智一切相智若淨若不淨若有能求如是等法修行布施是行布施波羅蜜多憍尸迦若善男子善女人等如是求一切智若常若無常求道相智一切相智若常若

無常求一切智若樂若苦求道相智一切相
智若樂若苦求一切智若我若無我求道相
智一切相智若我若無我求一切智若淨若
不淨求道相智一切相智若淨若不淨依此
等法行布施者我說名爲行有所得相似布
施波羅蜜多憍尸迦如前所說當知皆是說
有所得相似布施波羅蜜多復次憍尸迦若
善男子善女人等爲發無上菩提心者說一
切陀羅尼門若常若無常說一切三摩地門
若常若無常說一切陀羅尼門若樂若苦說
一切三摩地門若樂若苦說一切陀羅尼門
若我若無我說一切三摩地門若我若無我
說一切陀羅尼門若淨若不淨說一切三摩
地門若淨若不淨若有能依如是等法修行
布施是行布施波羅蜜多復作是說行布施

者應求一切陀羅尼門若常若無常應求一
切三摩地門若常若無常應求一切陀羅尼
門若樂若苦應求一切三摩地門若樂若苦
應求一切陀羅尼門若我若無我應求一切
三摩地門若我若無我應求一切陀羅尼門
若淨若不淨應求一切三摩地門若淨若不
淨若有能求如是等法修行布施是行布施
波羅蜜多憍尸迦若善男子善女人等如是
求一切陀羅尼門若常若無常求一切三摩
地門若常若無常求一切陀羅尼門若樂若
苦求一切三摩地門若樂若苦求一切陀羅
尼門若我若無我求一切三摩地門若我若
無我求一切陀羅尼門若淨若不淨求一切
三摩地門若淨若不淨依此等法行布施者
我說名爲行有所得相似布施波羅蜜多憍

尸迦如前所說當知皆是說有所得相似布施波羅蜜多復次憍尸迦若善男子善女人等爲發無上菩提心者說預流向預流果若常若無常說一來向一來果不還向不還果阿羅漢向阿羅漢果若常若無常說預流向預流果若樂若苦說一來向一來果不還向不還果阿羅漢向阿羅漢果若樂若苦說預流向預流果若我若無我說一來向一來果不還向不還果阿羅漢向阿羅漢果若我若無我說預流向預流果若淨若不淨說一來向一來果不還向不還果阿羅漢向阿羅漢果若淨若不淨若有能依如是等法修行布施是行布施波羅蜜多復作是說行布施者應求預流向預流果若常若無常應求一來向乃至阿羅漢果若常若無常應求預流向

預流果若樂若苦應求一來向乃至阿羅漢果若樂若苦應求預流向預流果若我若無我應求一來向乃至阿羅漢果若我若無我應求預流向預流果若淨若不淨應求一來向乃至阿羅漢果若淨若不淨若有能求如是等法修行布施是行布施波羅蜜多憍尸迦若善男子善女人等如是求預流向預流果若常若無常求一來向乃至阿羅漢果若常若無常求預流向預流果若樂若苦求一來向乃至阿羅漢果若樂若苦求預流向預流果若我若無我求一來向乃至阿羅漢果若我若無我求預流向預流果若淨若不淨求一來向乃至阿羅漢果若淨若不淨依此等法行布施者我說名爲行有所得相似布施波羅蜜多憍尸迦如前所說當知皆是說

有所得相似布施波羅蜜多復次憍尸迦若善男子善女人等爲發無上菩提心者説一切獨覺菩提若常若無常説一切獨覺菩提若樂若苦説一切獨覺菩提若我若無我説一切獨覺菩提若淨若不淨若有能依如是等法修行布施是行布施波羅蜜多復作是説行布施者應求一切獨覺菩提若常若無常應求一切獨覺菩提若樂若苦應求一切獨覺菩提若我若無我應求一切獨覺菩提若淨若不淨若有能求如是等法修行布施是行布施波羅蜜多憍尸迦若善男子善女人等如是求一切獨覺菩提若常若無常求一切獨覺菩提若樂若苦求一切獨覺菩提若我若無我求一切獨覺菩提若淨若不淨依此等法行布施者我説名爲行有所得相

似布施波羅蜜多憍尸迦如前所説當知皆是説有所得相似布施波羅蜜多復次憍尸迦若善男子善女人等爲發無上菩提心者説一切菩薩摩訶薩行若常若無常説一切菩薩摩訶薩行若樂若苦説一切菩薩摩訶薩行若我若無我説一切菩薩摩訶薩行若淨若不淨若有能依如是等法修行布施是行布施波羅蜜多復作是説行布施者應求一切菩薩摩訶薩行若常若無常應求一切菩薩摩訶薩行若樂若苦應求一切菩薩摩訶薩行若我若無我應求一切菩薩摩訶薩行若淨若不淨若有能求如是等法修行布施是行布施波羅蜜多憍尸迦若善男子善女人等如是求一切菩薩摩訶薩行若常若無常求一切菩薩摩訶薩行若樂若苦求一

切菩薩摩訶薩行若我若無我求一切菩薩摩訶薩行若淨若不淨依此等法行布施者我說名爲行有所得相似布施波羅蜜多憍尸迦如前所說當知皆是說有所得相似布施波羅蜜多復次憍尸迦若善男子善女人等爲發無上菩提心者說諸佛無上正等菩提若常若無常說諸佛無上正等菩提若樂若苦說諸佛無上正等菩提若我若無我說諸佛無上正等菩提若淨若不淨若有能依如是等法修行布施是行布施波羅蜜多復作是說行布施者應求諸佛無上正等菩提若常若無常應求諸佛無上正等菩提若樂若苦應求諸佛無上正等菩提若我若無我應求諸佛無上正等菩提若淨若不淨若有能求如是等法修行布施是行布施波羅蜜多憍尸迦若善男子善女人等如是求諸佛無上正等菩提若常若無常求諸佛無上正等菩提若樂若苦求諸佛無上正等菩提若我若無我求諸佛無上正等菩提若淨若不淨依此等法行布施者我說名爲行有所得相似布施波羅蜜多憍尸迦如前所說當知皆是說有所得相似布施波羅蜜多復次憍尸迦若善男子善女人等爲發無上菩提心者宣說般若波羅蜜多作如是言來善男子我當教汝修學般若波羅蜜多若依我教而修學者當速住於初極喜地二離垢地三發光地四焰慧地五極難勝地六現前地七遠行地八不動地九善慧地十法雲地憍尸迦是善男子善女人等以有相爲方便有所得爲方便及時分想教他修學般若波羅蜜多

是說相似般若波羅蜜多憍尸迦若善男子善女人等爲發無上菩提心者宣說靜慮波羅蜜多作如是言來善男子我當教汝修學靜慮波羅蜜多若依我教而修學者當速住於初極喜地二離垢地三發光地四焰慧地五極難勝地六現前地七遠行地八不動地九善慧地十法雲地憍尸迦是善男子善女人等以有相爲方便有所得爲方便及時分想教他修學靜慮波羅蜜多是說相似靜慮波羅蜜多憍尸迦若善男子善女人等爲發無上菩提心者宣說精進波羅蜜多作如是言來善男子我當教汝修學精進波羅蜜多若依我教而修學者當速住於初極喜地二離垢地三發光地四焰慧地五極難勝地六現前地七遠行地八不動地九善慧地十法雲地憍尸迦是善男子善女人等以有相爲方便有所得爲方便及時分想教他修學精進波羅蜜多是說相似精進波羅蜜多憍尸迦若善男子善女人等爲發無上菩提心者宣說安忍波羅蜜多作如是言來善男子我當教汝修學安忍波羅蜜多若依我教而修學者當速住於初極喜地二離垢地三發光地四焰慧地五極難勝地六現前地七遠行地八不動地九善慧地十法雲地憍尸迦是善男子善女人等以有相爲方便有所得爲方便及時分想教他修學安忍波羅蜜多是說相似安忍波羅蜜多憍尸迦若善男子善女人等爲發無上菩提心者宣說淨戒波羅蜜多作如是言來善男子我當教汝修學淨戒波羅蜜多若依我教而修學者當速住於

初極喜地二離垢地三發光地四焰慧地五極難勝地六現前地七遠行地八不動地九善慧地十法雲地憍尸迦是善男子善女人等以有相爲方便有所得爲方便及時分想教他修學淨戒波羅蜜多是說相似淨戒波羅蜜多憍尸迦若善男子善女人等爲發無上菩提心者宣說布施波羅蜜多作如是言來善男子我當教汝修學布施波羅蜜多若依我教而修學者當速住於初極喜地二離垢地三發光地四焰慧地五極難勝地六現前地七遠行地八不動地九善慧地十法雲地憍尸迦是善男子善女人等以有相爲方便有所得爲方便及時分想教他修學布施波羅蜜多是說相似布施波羅蜜多復次憍尸迦若善男子善女人等爲發無上菩提心者宣說般若波羅蜜多或說靜慮波羅蜜多或說精進波羅蜜多或說安忍波羅蜜多或說淨戒波羅蜜多或說布施波羅蜜多作如是言來善男子我當教汝修學般若乃至布施波羅蜜多若依我教而修學者速超聲聞及獨覺地憍尸迦是善男子善女人等以有相爲方便有所得爲方便及時分想教他修學般若靜慮精進安忍淨戒布施波羅蜜多是爲宣說相似般若乃至布施波羅蜜多復次憍尸迦若善男子善女人等爲發無上菩提心者宣說般若波羅蜜多或說靜慮波羅蜜多或說精進波羅蜜多或說安忍波羅蜜多或說淨戒波羅蜜多或說布施波羅蜜多作如是言來善男子我當教汝修學般若乃至布施波羅蜜多若依我教而修學者速入

菩薩正性離生既入菩薩正性離生便得菩薩無生法忍既得菩薩無生法忍便得菩薩不退神通既得菩薩不退神通能歷十方一切佛土從一佛國至一佛國供養恭敬尊重讚歎一切如来應正等覺由此速疾證得無上正等菩提憍尸迦是善男子善女人等以有相爲方便有所得爲方便及時分想教他修學般若靜慮精進安忍淨戒布施波羅蜜多是爲宣說相似般若乃至布施波羅蜜多復次憍尸迦若善男子善女人等告住菩薩種性者言若能聽聞受持讀誦精勤修學如理思惟甚深般若波羅蜜多決定當獲無量無數無邊功德憍尸迦是善男子善女人等以有相爲方便有所得爲方便作如是說是說相似般若靜慮精進安忍淨戒布施波羅蜜多復次憍尸迦若善男子善女人等告住菩薩種性者言汝於過去未來現在一切如來應正等覺從初發心乃至證得無餘涅槃所有善根皆應隨喜一切合集爲諸有情迴向無上正等菩提憍尸迦是善男子善女人等以有相爲方便有所得爲方便作如是說是說相似般若靜慮精進安忍淨戒布施波羅蜜多

大般若波羅蜜多經卷第一百四十五

大般若波羅蜜多經卷第一百四十六

唐三藏法師玄奘奉　詔譯

初分校量功德品第三十之四十四

爾時天帝釋白佛言世尊云何名爲宣説真正般若靜慮精進安忍淨戒布施波羅蜜多佛言憍尸迦若善男子善女人等説無所得般若靜慮精進安忍淨戒布施波羅蜜多如是名爲宣説真正般若靜慮精進安忍淨戒布施波羅蜜多時天帝釋復白佛言世尊云何諸善男子善女人等説無所得般若波羅蜜多名説真正般若波羅蜜多佛言憍尸迦若善男子善女人等爲發無上菩提心者宣説般若波羅蜜多作如是言汝善男子應修般若波羅蜜多不應觀色若常若無常不應觀受想行識若常若無常何以故色色自性空受想行識受想行識自性空是色自性即非自性是受想行識自性亦非自性若非自性即是般若波羅蜜多於此般若波羅蜜多色不可得彼常無常亦不可得受想行識皆不可得彼常無常亦不可得所以者何此中尚無色等可得何況有彼常與無常汝若能修如是般若是修般若波羅蜜多復作是言汝善男子應修般若波羅蜜多不應觀色若樂若苦不應觀受想行識若樂若苦何以故色色自性空受想行識受想行識自性空是色自性即非自性是受想行識自性亦非自性若非自性即是般若波羅蜜多於此般若波羅蜜多色不可得彼樂與苦亦不可得受想行識皆不可得彼樂與苦亦不可得所以者何此中尚無色等可得何況有彼樂之與

若汝若能修如是般若是修般若波羅蜜多復作是言汝善男子應修般若波羅蜜多不應觀色若我若無我不應觀受想行識若我若無我何以故色色自性空受想行識受想行識自性空是色自性即非自性是受想行識自性亦非自性若非自性即是般若波羅蜜多於此般若波羅蜜多色不可得彼我無我亦不可得受想行識皆不可得彼我無我亦不可得所以者何此中尚無色等可得何況有彼我與無我汝若能修如是般若是修般若波羅蜜多復作是言汝善男子應修般若波羅蜜多不應觀色若淨若不淨不應觀受想行識若淨若不淨何以故色色自性空受想行識受想行識自性空是色自性即非自性是受想行識自性亦非自性若非自性即是般若波羅蜜多於此般若波羅蜜多色不可得彼淨不淨亦不可得受想行識皆不可得彼淨不淨亦不可得所以者何此中尚無色等可得何況有彼淨與不淨汝若能修如是般若是修般若波羅蜜多憍尸迦是善男子善女人等作此等説是爲宣説眞正般若波羅蜜多復次憍尸迦若善男子善女人等爲發無上菩提心者宣説般若波羅蜜多作如是言汝善男子應修般若波羅蜜多不應觀眼處若常若無常不應觀耳鼻舌身意處若常若無常何以故眼處眼處自性空耳鼻舌身意處耳鼻舌身意處自性空是眼處自性即非自性是耳鼻舌身意處自性亦非自性若非自性即是般若波羅蜜多於此般若波羅蜜多眼處不可得彼常無常亦不可

得耳鼻舌身意處皆不可得彼常無常亦不可得所以者何此中尚無眼處等可得何況有彼常與無常汝若能修如是般若是修般若波蜜多多復作是言汝善男子應修般若波羅蜜多不應觀眼處若樂若苦不應觀耳鼻舌身意處若樂若苦何以故眼處眼處自性空耳鼻舌身意處耳鼻舌身意處自性空是眼處自性即非自性是耳鼻舌身意處自性亦非自性若非自性即是般若波羅蜜多於此般若波羅蜜多眼處不可得彼樂與苦亦不可得耳鼻舌身意處皆不可得彼樂與苦亦不可得所以者何此中尚無眼處等可得何況有彼樂之與苦汝若能修如是般若是修般若波羅蜜多復作是言汝善男子應修般若波羅蜜多不應觀眼處若我若無我

不應觀耳鼻舌身意處若我若無我何以故眼處眼處自性空耳鼻舌身意處耳鼻舌身意處自性空是眼處自性即非自性是耳鼻舌身意處自性亦非自性若非自性即是般若波羅蜜多於此般若波羅蜜多眼處不可得彼我無我亦不可得耳鼻舌身意處皆不可得彼我無我亦不可得所以者何此中尚無眼處等可得何況有彼我與無我汝若能修如是般若是修般若波羅蜜多復作是言汝善男子應修般若波羅蜜多不應觀眼處若淨若不淨不應觀耳鼻舌身意處若淨若不淨何以故眼處眼處自性空耳鼻舌身意處耳鼻舌身意處自性空是眼處自性即非自性是耳鼻舌身意處自性亦非自性若非自性即是般若波羅蜜多於此般若波羅蜜

多眼處不可得彼淨不淨亦不可得耳鼻舌身意處皆不可得彼淨不淨亦不可得所以者何此中尚無眼處等可得何況有彼淨與不淨汝若能修如是般若是修般若波羅蜜多憍尸迦是善男子善女人等作此等說是爲宣說眞正般若波羅蜜多復次憍尸迦若善男子善女人等爲發無上菩提心者宣說般若波羅蜜多作如是言汝善男子應修般若波羅蜜多不應觀色處若常若無常不應觀聲香味觸法處若常若無常何以故色處色處自性空聲香味觸法處聲香味觸法處自性空是色處自性即非自性是聲香味觸法處自性亦非自性若非自性即是般若波羅蜜多於此般若波羅蜜多色處不可得彼常無常亦不可得聲香味觸法處皆不可得彼常無常亦不可得所以者何此中尚無色處等可得何況有彼常與無常汝若能修如是般若是修般若波羅蜜多復作是言汝善男子應修般若波羅蜜多不應觀色處若樂若苦不應觀聲香味觸法處若樂若苦何以故色處色處自性空聲香味觸法處聲香味觸法處自性空是色處自性即非自性是聲香味觸法處自性亦非自性若非自性即是般若波羅蜜多於此般若波羅蜜多色處不可得彼樂與苦亦不可得聲香味觸法處皆不可得彼樂與苦亦不可得所以者何此中尚無色處等可得何況有彼樂之與苦汝若能修如是般若是修般若波羅蜜多復作是言汝善男子應修般若波羅蜜多不應觀色處若我若無我不應觀聲香味觸法處若我

若無我何以故色處色處自性空聲香味觸法處聲香味觸法處法處自性空是色處自性即非自性是聲香味觸法處自性亦非自性若非自性即是般若波羅蜜多於此般若波羅蜜多色處不可得彼我無我亦不可得聲香味觸法處皆不可得彼我無我亦不可得所以者何此中尚無色處等可得何況有彼我與無我汝若能修如是般若是修般若波羅蜜多復作是言汝善男子應修般若波羅蜜多不應觀色處若淨若不淨不應觀聲香味觸法處若淨若不淨何以故色處色處自性空聲香味觸法處聲香味觸法處自性空是色處自性即非自性是聲香味觸法處自性亦非自性若非自性即是般若波羅蜜多於此般若波羅蜜多色處不可得彼淨不淨亦不可得聲香味觸法處皆不可得彼淨不淨亦不可得所以者何此中尚無色處等可得何況有彼淨與不淨汝若能修如是般若是修般若波羅蜜多憍尸迦是善男子善女人等作此等說是爲宣說眞正般若波羅蜜多

復次憍尸迦若善男子善女人等爲發無上菩提心者宣說般若波羅蜜多作如是言汝善男子應修般若波羅蜜多不應觀眼界若常若無常不應觀色界眼識界及眼觸眼觸爲緣所生諸受若常若無常何以故眼界眼界自性空色界眼識界及眼觸眼觸爲緣所生諸受色界乃至眼觸爲緣所生諸受自性空是眼界自性即非自性是色界乃至眼觸爲緣所生諸受自性亦非自性若非自性即是般若波羅蜜多於此般若波羅蜜多眼界

不可得彼常無常亦不可得色界乃至眼觸爲緣所生諸受皆不可得彼常無常亦不可得所以者何此中尚無眼界等可得何况有彼常與無常汝若能修如是般若是修般若波羅蜜多復作是言汝善男子應修般若波羅蜜多不應觀眼界若樂若苦不應觀色界眼識界及眼觸眼觸爲緣所生諸受若樂若苦何以故眼界眼界自性空色界眼識界及眼觸眼觸爲緣所生諸受色界乃至眼觸爲緣所生諸受自性空是眼界自性即非自性是色界乃至眼觸爲緣所生諸受自性亦非自性若非自性即是般若波羅蜜多於此般若波羅蜜多眼界不可得彼樂與苦亦不可得色界乃至眼觸爲緣所生諸受皆不可得彼樂與苦亦不可得所以者何此中尚無眼界等可得何况有彼樂之與苦汝若能修如是般若是修般若波羅蜜多復作是言汝善男子應修般若波羅蜜多不應觀眼界若我若無我不應觀色界眼識界及眼觸眼觸爲緣所生諸受若我若無我何以故眼界眼界自性空色界眼識界及眼觸眼觸爲緣所生諸受色界乃至眼觸爲緣所生諸受自性空是眼界自性即非自性是色界乃至眼觸爲緣所生諸受自性亦非自性若非自性即是般若波羅蜜多於此般若波羅蜜多眼界不可得彼我無我亦不可得色界乃至眼觸爲緣所生諸受皆不可得彼我無我亦不可得所以者何此中尚無眼界等可得何况有彼我與無我汝若能修如是般若是修般若波羅蜜多復作是言汝善男子應修般若波羅

蜜多不應觀眼界若淨若不淨不應觀色界眼識界及眼觸眼觸爲緣所生諸受若淨若不淨何以故眼界眼界自性空色界眼識界及眼觸眼觸爲緣所生諸受色界乃至眼觸爲緣所生諸受自性空是眼界自性即非自性是色界乃至眼觸爲緣所生諸受自性亦非自性若非自性即是般若波羅蜜多於此般若波羅蜜多眼界不可得彼淨不淨亦不可得色界乃至眼觸爲緣所生諸受皆不可得彼淨不淨亦不可得所以者何此中尚無眼界等可得何況有彼淨與不淨汝若能修如是般若是修般若波羅蜜多憍尸迦是善男子善女人等作此等說是爲宣說眞正般若波羅蜜多復次憍尸迦若善男子善女人等爲發無上菩提心者宣說般若波羅蜜多

作如是言汝善男子應修般若波羅蜜多不應觀耳界若常若無常不應觀聲界耳識界及耳觸耳觸爲緣所生諸受若常若無常何以故耳界耳界自性空聲界耳識界及耳觸耳觸爲緣所生諸受聲界乃至耳觸爲緣所生諸受自性空是耳界自性即非自性是聲界乃至耳觸爲緣所生諸受自性亦非自性若非自性即是般若波羅蜜多於此般若波羅蜜多耳界不可得彼常無常亦不可得聲界乃至耳觸爲緣所生諸受皆不可得彼常無常亦不可得所以者何此中尚無耳界等可得何況有彼常與無常汝若能修如是般若是修般若波羅蜜多復作是言汝善男子應修般若波羅蜜多不應觀耳界若樂若苦不應觀聲界耳識界及耳觸耳觸爲緣所生

諸受若樂若苦何以故耳界耳界自性空聲
耳界識界及耳觸耳觸爲緣所生諸受聲界
乃至耳觸爲緣所生諸受自性空是耳界自
性即非自性是聲界乃至耳觸爲緣所生諸
受自性亦非自性若非自性即是般若波羅
蜜多於此般若波羅蜜多耳界不可得彼樂
與苦亦不可得聲界乃至耳觸爲緣所生諸
受皆不可得彼樂與苦亦不可得所以者何
此中尚無耳界等可得何況有彼樂之與苦
汝若能修如是般若是修般若波羅蜜多復
作是言汝善男子應修般若波羅蜜多不應
觀耳界若我若無我不應觀聲界耳識界及
耳觸耳觸爲緣所生諸受若我若無我何以
故耳界耳界自性空聲界耳識界及耳觸耳
觸爲緣所生諸受聲界乃至耳觸爲緣所生

諸受自性空是耳界自性即非自性是聲界
乃至耳觸爲緣所生諸受自性亦非自性若
非自性即是般若波羅蜜多於此般若波羅
蜜多耳界不可得彼我無我亦不可得聲界
乃至耳觸爲緣所生諸受皆不可得彼我無
我亦不可得所以者何此中尚無耳界等可
得何況有彼我與無我汝若能修如是般若
是修般若波羅蜜多復作是言汝善男子應
修般若波羅蜜多不應觀耳界若淨若不淨
不應觀聲界耳識界及耳觸耳觸爲緣所生
諸受若淨若不淨何以故耳界耳界自性空
聲界耳識界及耳觸耳觸爲緣所生諸受聲
界乃至耳觸爲緣所生諸受自性空是耳界
自性即非自性是聲界乃至耳觸爲緣所生
諸受自性亦非自性若非自性即是般若波

羅蜜多於此般若波羅蜜多耳界不可得彼淨不淨亦不可得聲界乃至耳觸爲緣所生諸受皆不可得彼淨不淨亦不可得所以者何此中尚無耳界等可得何況有彼淨與不淨汝若能修如是般若是修般若波羅蜜多憍尸迦是善男子善女人等作此等說是爲宣說眞正般若波羅蜜多復次憍尸迦若善男子善女人等爲發無上菩提心者宣說般若波羅蜜多作如是言汝善男子應修般若波羅蜜多不應觀鼻界若常若無常不應觀香界鼻識界及鼻觸鼻觸爲緣所生諸受若常若無常何以故鼻界鼻界自性空香界鼻識界及鼻觸鼻觸爲緣所生諸受香界乃至鼻觸爲緣所生諸受自性空是鼻界自性即非自性是香界乃至鼻觸爲緣所生諸受自性亦非自性若非自性即是般若波羅蜜多於此般若波羅蜜多鼻界不可得彼常無常亦不可得香界乃至鼻觸爲緣所生諸受皆不可得彼常無常亦不可得所以者何此中尚無鼻界等可得何況有彼常與無常汝若能修如是般若是修般若波羅蜜多復作是言汝善男子應修般若波羅蜜多不應觀鼻界若樂若苦不應觀香界鼻識界及鼻觸鼻觸爲緣所生諸受若樂若苦何以故鼻界鼻界自性空香界鼻識界及鼻觸鼻觸爲緣所生諸受香界乃至鼻觸爲緣所生諸受自性空是鼻界自性即非自性是香界乃至鼻觸爲緣所生諸受自性亦非自性若非自性即是般若波羅蜜多於此般若波羅蜜多鼻界不可得彼樂與苦亦不可得香界乃至鼻觸

爲緣所生諸受皆不可得彼樂與苦亦不可得所以者何此中尚無鼻界等可得何況有彼樂之與苦汝若能修如是般若是修般若波羅蜜多復作是言汝善男子應修般若波羅蜜多不應觀鼻界若我若無我不應觀香界鼻識界及鼻觸鼻觸爲緣所生諸受若我若無我何以故鼻界鼻界自性空香界鼻識界及鼻觸鼻觸爲緣所生諸受香界乃至鼻觸爲緣所生諸受自性空是鼻界自性即非自性是香界乃至鼻觸爲緣所生諸受自性亦非自性若非自性即是般若波羅蜜多於此般若波羅蜜多鼻界不可得彼我無我亦不可得香界乃至鼻觸爲緣所生諸受皆不可得彼我無我亦不可得所以者何此中尚無鼻界等可得何況有彼我與無我汝若能修如是般若是修般若波羅蜜多復作是言汝善男子應修般若波羅蜜多不應觀鼻界若淨若不淨不應觀香界鼻識界及鼻觸鼻觸爲緣所生諸受若淨若不淨何以故鼻界鼻界自性空香界鼻識界及鼻觸鼻觸爲緣所生諸受香界乃至鼻觸爲緣所生諸受自性空是鼻界自性即非自性是香界乃至鼻觸爲緣所生諸受自性亦非自性若非自性即是般若波羅蜜多於此般若波羅蜜多鼻界不可得彼淨不淨亦不可得香界乃至鼻觸爲緣所生諸受皆不可得彼淨不淨亦不可得所以者何此中尚無鼻界等可得何況有彼淨與不淨汝若能修如是般若是修般若波羅蜜多憍尸迦是善男子善女人等作此等說是爲宣說眞正般若波羅蜜多復次

憍尸迦若善男子善女人等爲發無上菩提心者宣說般若波羅蜜多作如是言汝善男子應修般若波羅蜜多不應觀舌界若常若無常不應觀味界舌識界及舌觸舌觸爲緣所生諸受若常若無常何以故舌界舌界自性空味界舌識界及舌觸舌觸爲緣所生諸受味界乃至舌觸爲緣所生諸受自性空是舌界自性即非自性是味界乃至舌觸爲緣所生諸受自性亦非自性若非自性即是般若波羅蜜多於此般若波羅蜜多舌界不可得彼常無常亦不可得味界乃至舌觸爲緣所生諸受皆不可得彼常無常亦不可得所以者何此中尚無舌界等可得何況有彼常與無常汝若能修如是般若是修般若波羅蜜多復作是言汝善男子應修般若波羅蜜多不應觀舌界若樂若苦不應觀味界舌識界及舌觸舌觸爲緣所生諸受若樂若苦何以故舌界舌界自性空味界舌識界及舌觸舌觸爲緣所生諸受味界乃至舌觸爲緣所生諸受自性空是舌界自性即非自性是味界乃至舌觸爲緣所生諸受自性亦非自性若非自性即是般若波羅蜜多於此般若波羅蜜多舌界不可得彼樂與苦亦不可得味界乃至舌觸爲緣所生諸受皆不可得彼樂與苦亦不可得所以者何此中尚無舌界等可得何況有彼樂之與苦汝若能修如是般若是修般若波羅蜜多復作是言汝善男子應修般若波羅蜜多不應觀舌界若我若無我不應觀味界舌識界及舌觸舌觸爲緣所生諸受若我若無我何以故舌界舌界自性

空味界舌識界及舌觸舌觸爲緣所生諸受味界乃至舌觸爲緣所生諸受自性空是舌界自性即非自性是味界乃至舌觸爲緣所生諸受自性亦非自性若非自性即是般若波羅蜜多於此般若波羅蜜多舌界不可得彼我無我亦不可得味界乃至舌觸爲緣所生諸受皆不可得彼我無我亦不可得所以者何此中尚無舌界等可得何況有彼我與無我汝若能修如是般若是修般若波羅蜜多復作是言汝善男子應修般若波羅蜜多不應觀舌界若淨若不淨不應觀味界舌識界及舌觸舌觸爲緣所生諸受若淨若不淨何以故舌界舌界自性空味界舌識界及舌觸舌觸爲緣所生諸受味界乃至舌觸爲緣所生諸受自性空是舌界自性即非自性是味界乃至舌觸爲緣所生諸受自性亦非自性若非自性即是般若波羅蜜多於此般若波羅蜜多舌界不可得彼淨不淨亦不可得味界乃至舌觸爲緣所生諸受皆不可得彼淨不淨亦不可得所以者何此中尚無舌界等可得何況有彼淨與不淨汝若能修如是般若是修般若波羅蜜多憍尸迦是善男子善女人等作此等説是爲宣説眞正般若波羅蜜多復次憍尸迦若善男子善女人等爲發無上菩提心者宣説般若波羅蜜多作如是言汝善男子應修般若波羅蜜多不應觀身界若常若無常不應觀觸界身識界及身觸身觸爲緣所生諸受若常若無常何以故身界身界自性空觸界身識界及身觸身觸爲緣所生諸受觸界乃至身觸爲緣所生諸

受自性空是身界自性即非自性是觸界乃至身觸爲緣所生諸受自性亦非自性若非自性即是般若波羅蜜多於此般若波羅蜜多身界不可得彼常無常亦不可得觸界乃至身觸爲緣所生諸受皆不可得彼常無常亦不可得所以者何此中尚無身界等可得何況有彼常與無常汝若能修如是般若是修般若波羅蜜多復作是言汝善男子應修般若波羅蜜多不應觀身界若樂若苦不應觀觸界身識界及身觸身觸爲緣所生諸受若樂若苦何以故身界身界自性空觸界身識界及身觸身觸爲緣所生諸受觸界乃至身觸爲緣所生諸受自性空是身界自性即非自性是觸界乃至身觸爲緣所生諸受自性亦非自性若非自性即是般若波羅蜜多於此般若波羅蜜多身界不可得彼樂與苦亦不可得觸界乃至身觸爲緣所生諸受皆不可得彼樂與苦亦不可得所以者何此中尚無身界等可得何況有彼樂之與苦汝若能修如是般若是修般若波羅蜜多復作是言汝善男子應修般若波羅蜜多不應觀身界若我若無我不應觀觸界身識界及身觸身觸爲緣所生諸受若我若無我何以故身界身界自性空觸界身識界及身觸身觸爲緣所生諸受觸界乃至身觸爲緣所生諸受自性空是身界自性即非自性是觸界乃至身觸爲緣所生諸受自性亦非自性若非自性即是般若波羅蜜多於此般若波羅蜜多身界不可得彼我無我亦不可得觸界乃至身觸爲緣所生諸受皆不可得彼我無我亦

不可得所以者何此中尚無身界等可得何況有彼我與無我汝若能修如是般若是修般若波羅蜜多復作是言汝善男子應修般若波羅蜜多不應觀身界若淨若不淨不應觀觸界身識界及身觸身觸爲緣所生諸受若淨若不淨何以故身界身界自性空觸界身識界及身觸身觸爲緣所生諸受觸界乃至身觸爲緣所生諸受自性空是身界自性即非自性是觸界乃至身觸爲緣所生諸受自性亦非自性若非自性即是般若波羅蜜多於此般若波羅蜜多身界不可得彼淨不淨亦不可得觸界乃至身觸爲緣所生諸受皆不可得彼淨不淨亦不可得所以者何此中尚無身界等可得何況有彼淨與不淨汝若能修如是般若是修般若波羅蜜多憍尸迦是善男子善女人等作此等說是爲宣說眞正般若波羅蜜多

大般若波羅蜜多經卷第一百四十六

大般若波羅蜜多經卷第一百四十七

唐三藏法師玄奘奉詔譯

初分校量功德品第三十之四十五

復次憍尸迦若善男子善女人等爲發無上菩提心者宣說般若波羅蜜多作如是言汝善男子應修般若波羅蜜多不應觀意界若常若無常不應觀法界意識界及意觸意觸爲緣所生諸受若常若無常何以故意界意界自性空法界意識界及意觸意觸爲緣所生諸受法界乃至意觸爲緣所生諸受自性空是意界自性即非自性是法界乃至意觸爲緣所生諸受自性亦非自性若非自性即是般若波羅蜜多於此般若波羅蜜多意界不可得彼常無常亦不可得法界乃至意觸爲緣所生諸受皆不可得彼常無常亦不可得所以者何此中尚無意界等可得何況有彼常與無常汝若能修如是般若是修般若波羅蜜多復作是言汝善男子應修般若波羅蜜多不應觀意界若樂若苦不應觀法界意識界及意觸意觸爲緣所生諸受若樂若苦何以故意界意界自性空法界意識界及意觸意觸爲緣所生諸受法界乃至意觸爲緣所生諸受自性空是意界自性即非自性是法界乃至意觸爲緣所生諸受自性亦非自性若非自性即是般若波羅蜜多於此般若波羅蜜多意界不可得彼樂與苦亦不可得法界乃至意觸爲緣所生諸受皆不可得彼樂與苦亦不可得所以者何此中尚無意界等可得何況有彼樂之與苦汝若能修如是般若是修般若波羅蜜多復作是言汝善

男子應修般若波羅蜜多不應觀意界若我若無我不應觀法界意識界及意觸意觸爲緣所生諸受若我若無我何以故意界意界自性空法界意識界及意觸意觸爲緣所生諸受法界乃至意觸爲緣所生諸受自性空是意界自性即非自性是法界乃至意觸爲緣所生諸受自性亦非自性若非自性即是般若波羅蜜多於此般若波羅蜜多意界不可得彼我無我亦不可得法界乃至意觸爲緣所生諸受皆不可得彼我無我亦不可得所以者何此中尚無意界等可得何況有彼我與無我汝若能修如是般若是修般若波羅蜜多復作是言汝善男子應修般若波羅蜜多不應觀意界若淨若不淨不應觀法界意識界及意觸意觸爲緣所生諸受若淨若不淨何以故意界意界自性空法界意識界及意觸意觸爲緣所生諸受法界乃至意觸爲緣所生諸受自性空是意界自性即非自性是法界乃至意觸爲緣所生諸受自性亦非自性若非自性即是般若波羅蜜多於此般若波羅蜜多意界不可得彼淨不淨亦不可得法界乃至意觸爲緣所生諸受皆不可得彼淨不淨亦不可得所以者何此中尚無意界等可得何況有彼淨與不淨汝若能修如是般若是修般若波羅蜜多憍尸迦是善男子善女人等作此等説是爲宣説眞正般若波羅蜜多復次憍尸迦若善男子善女人等爲發無上菩提心者宣説般若波羅蜜多作如是言汝善男子應修般若波羅蜜多不應觀地界若常若無常不應觀水火風空識

界若常若無常何以故地界地界自性空水火風空識界水火風空識界自性空是地界自性即非自性是水火風空識界自性亦非自性若非自性即是般若波羅蜜多於此般若波羅蜜多地界不可得彼常無常亦不可得水火風空識界皆不可得彼常無常亦不可得所以者何此中尚無地界等可得何況有彼常與無常汝若能修如是般若是修般若波羅蜜多復作是言汝善男子應修般若波羅蜜多不應觀地界若樂若苦不應觀水火風空識界若樂若苦何以故地界地界自性空水火風空識界水火風空識界自性空是地界自性即非自性是水火風空識界自性亦非自性若非自性即是般若波羅蜜多於此般若波羅蜜多地界不可得彼樂與苦亦不可得水火風空識界皆不可得彼樂與苦亦不可得所以者何此中尚無地界等可得何況有彼樂之與苦汝若能修如是般若是修般若波羅蜜多復作是言汝善男子應修般若波羅蜜多不應觀地界若我若無我不應觀水火風空識界若我若無我何以故地界地界自性空水火風空識界水火風空識界自性空是地界自性即非自性是水火風空識界自性亦非自性若非自性即是般若波羅蜜多於此般若波羅蜜多地界不可得彼我無我亦不可得水火風空識界皆不可得彼我無我亦不可得所以者何此中尚無地界等可得何況有彼我與無我汝若能修如是般若是修般若波羅蜜多復作是言汝善男子應修般若波羅蜜多不應觀地界

若淨若不淨不應觀水火風空識界若淨若不淨何以故地界地界自性空水火風空識界水火風空識界自性空是地界自性即非自性是水火風空識界自性亦非自性若非自性即是般若波羅蜜多於此般若波羅蜜多地界不可得彼淨不淨亦不可得水火風空識界皆不可得彼淨不淨亦不可得所以者何此中尚無地界等可得何況有彼淨與不淨汝若能修如是般若是修般若波羅蜜多憍尸迦是善男子善女人等作此等說是爲宣説眞正般若波羅蜜多復次憍尸迦若善男子善女人等爲發無上菩提心者宣説般若波羅蜜多作如是言汝善男子應修般若波羅蜜多不應觀無明若常若無常不應觀行識名色六處觸受愛取有生老死愁歎苦憂惱若常若無常何以故無明無明自性空行識名色六處觸受愛取有生老死愁歎苦憂惱行乃至老死愁歎苦憂惱自性空是無明自性即非自性是行乃至老死愁歎苦憂惱自性亦非自性若非自性即是般若波羅蜜多於此般若波羅蜜多無明不可得彼常無常亦不可得行乃至老死愁歎苦憂惱皆不可得彼常無常亦不可得所以者何此中尚無無明等可得何況有彼常與無常汝若能修如是般若是修般若波羅蜜多復作是言汝善男子應修般若波羅蜜多不應觀無明若樂若苦不應觀行識名色六處觸受愛取有生老死愁歎苦憂惱若樂若苦何以故無明無明自性空行識名色六處觸受愛取有生老死愁歎苦憂惱行乃至老死愁歎

苦憂惱自性空是無明自性即非自性是行乃至老死愁歎苦憂惱自性亦非自性若非自性即是般若波羅蜜多於此般若波羅蜜多無明不可得彼樂與苦亦不可得行乃至老死愁歎苦憂惱皆不可得彼樂與苦亦不可得所以者何此中尚無無明等可得何況有彼樂之與苦汝若能修如是般若是修般若波羅蜜多復作是言汝善男子應修般若波羅蜜多不應觀無明若我若無我不應觀行識名色六處觸受愛取有生老死愁歎苦憂惱若我若無我何以故無明無明自性空行識名色六處觸受愛取有生老死愁歎苦憂惱行乃至老死愁歎苦憂惱自性空是無明自性即非自性是行乃至老死愁歎苦憂惱自性亦非自性若非自性即是般若波羅蜜多於此般若波羅蜜多無明不可得彼我無我亦不可得行乃至老死愁歎苦憂惱皆不可得彼我無我亦不可得所以者何此中尚無無明等可得何況有彼我與無我汝若能修如是般若是修般若波羅蜜多復作是言汝善男子應修般若波羅蜜多不應觀無明若淨若不淨不應觀行識名色六處觸受愛取有生老死愁歎苦憂惱若淨若不淨何以故無明無明自性空行識名色六處觸受愛取有生老死愁歎苦憂惱行乃至老死愁歎苦憂惱自性空是無明自性即非自性是行乃至老死愁歎苦憂惱自性亦非自性若非自性即是般若波羅蜜多於此般若波羅蜜多無明不可得彼淨不淨亦不可得行乃至老死愁歎苦憂惱皆不可得彼淨不淨亦

不可得所以者何此中尚無無明等可得何況有彼淨與不淨汝若能修如是般若是修般若波羅蜜多憍尸迦是善男子善女人等作此等說是爲宣說眞正般若波羅蜜多復次憍尸迦若善男子善女人等爲發無上菩提心者宣說般若波羅蜜多作如是言汝善男子應修般若波羅蜜多不應觀布施波羅蜜多若常若無常不應觀淨戒安忍精進靜慮般若波羅蜜多若常若無常何以故布施波羅蜜多布施波羅蜜多自性空淨戒安忍精進靜慮般若波羅蜜多淨戒乃至般若波羅蜜多自性空是布施波羅蜜多自性即非自性是淨戒乃至般若波羅蜜多自性亦非自性若非自性即是般若波羅蜜多於此般若波羅蜜多布施波羅蜜多不可得彼常無常亦不可得淨戒乃至般若波羅蜜多皆不可得彼常無常亦不可得所以者何此中尚無布施波羅蜜多等可得何況有彼常與無常汝若能修如是般若是修般若波羅蜜多復作是言汝善男子應修般若波羅蜜多不應觀布施波羅蜜多若樂若苦不應觀淨戒安忍精進靜慮般若波羅蜜多若樂若苦何以故布施波羅蜜多布施波羅蜜多自性空淨戒安忍精進靜慮般若波羅蜜多淨戒乃至般若波羅蜜多自性空是布施波羅蜜多自性即非自性是淨戒乃至般若波羅蜜多自性亦非自性若非自性即是般若波羅蜜多於此般若波羅蜜多布施波羅蜜多不可得彼樂與苦亦不可得淨戒乃至般若波羅蜜多皆不可得彼樂與苦亦不可得所以者

何此中尚無布施波羅蜜多等可得何況有彼樂之與苦汝若能修如是般若是修般若波羅蜜多復作是言汝善男子應修般若波羅蜜多不應觀布施波羅蜜多若我若無我不應觀淨戒安忍精進靜慮般若波羅蜜多若我若無我何以故布施波羅蜜多布施波羅蜜多自性空淨戒安忍精進靜慮般若波羅蜜多淨戒乃至般若波羅蜜多自性空是布施波羅蜜多自性即非自性是淨戒乃至般若波羅蜜多自性亦非自性若非自性即是般若波羅蜜多於此般若波羅蜜多布施波羅蜜多不可得彼我無我亦不可得淨戒乃至般若波羅蜜多皆不可得彼我無我亦不可得所以者何此中尚無布施波羅蜜多等可得何況有彼我與無我汝若能修如是般若是修般若波羅蜜多復作是言汝善男子應修般若波羅蜜多不應觀布施波羅蜜多若淨若不淨不應觀淨戒安忍精進靜慮般若波羅蜜多若淨若不淨何以故布施波羅蜜多布施波羅蜜多自性空淨戒安忍精進靜慮般若波羅蜜多淨戒乃至般若波羅蜜多自性空是布施波羅蜜多自性即非自性是淨戒乃至般若波羅蜜多自性亦非自性若非自性即是般若波羅蜜多於此般若波羅蜜多布施波羅蜜多不可得彼淨不淨亦不可得淨戒乃至般若波羅蜜多皆不可得彼淨不淨亦不可得所以者何此中尚無布施波羅蜜多等可得何況有彼淨與不淨汝若能修如是般若是修般若波羅蜜多憍尸迦是善男子善女人等作此等說是爲宣

說眞正般若波羅蜜多復次憍尸迦若善男子善女人等爲發無上菩提心者宣說般若波羅蜜多作如是言汝善男子應修般若波羅蜜多不應觀內空若常若無常不應觀外空內外空空空大空勝義空有爲空無爲空畢竟空無際空散空無變異空本性空自相空共相空一切法空不可得空無性空自性空無性自性空若常若無常何以故內空內空自性空外空內外空空空大空勝義空有爲空無爲空畢竟空無際空散空無變異空本性空自相空共相空一切法空不可得空無性空自性空無性自性空外空乃至無性自性空自性空是內空自性即非自性是外空乃至無性自性空自性亦非自性若非自性即是般若波羅蜜多於此般若波羅蜜多內空不可得彼常無常亦不可得外空乃至無性自性空皆不可得彼常無常亦不可得所以者何此中尚無內空等可得何況有彼常與無常汝若能修如是般若是修般若波羅蜜多復作是言汝善男子應修般若波羅蜜多不應觀內空若樂若苦不應觀外空內外空空空大空勝義空有爲空無爲空畢竟空無際空散空無變異空本性空自相空共相空一切法空不可得空無性空自性空無性自性空若樂若苦何以故內空內空自性空外空內外空空空大空勝義空有爲空無爲空畢竟空無際空散空無變異空本性空自相空共相空一切法空不可得空無性空自性空無性自性空外空乃至無性自性空自性空是內空自性即非自性是外空乃至

無性自性空自性亦非自性若非自性即是般若波羅蜜多於此般若波羅蜜多内空不可得彼樂與苦亦不可得外空乃至無性自性空皆不可得彼樂與苦亦不可得所以者何此中尚無内空等可得何况有彼樂之與苦汝若能修如是般若是修般若波羅蜜多復作是言汝善男子應修般若波羅蜜多不應觀内空若我若無我不應觀外空内外空空空大空勝義空有爲空無爲空畢竟空無際空散空無變異空本性空自相空共相空一切法空不可得空無性空自性空無性自性空若我若無我何以故内空内空自性空外空内外空空空大空勝義空有爲空無爲空畢竟空無際空散空無變異空本性空自相空共相空一切法空不可得空無性空自性空無性自性空外空乃至無性自性空自性空是内空自性即非自性是外空乃至無性自性空自性亦非自性若非自性即是般若波羅蜜多於此般若波羅蜜多内空不可得彼我無我亦不可得外空乃至無性自性空皆不可得彼我無我亦不可得所以者何此中尚無内空等可得何况有彼我與無我汝若能修如是般若是修般若波羅蜜多復作是言汝善男子應修般若波羅蜜多不應觀内空若淨若不淨不應觀外空内外空空空大空勝義空有爲空無爲空畢竟空無際空散空無變異空本性空自相空共相空一切法空不可得空無性空自性空無性自性空若淨若不淨何以故内空内空自性空外空内外空空空大空勝義空有爲空無爲空

畢竟空無際空散空無變異空本性空自相
空共相空一切法空不可得空無性空自性
空無性自性空外空乃至無性自性空自性
空是内空自性即非自性是外空乃至無性
自性空自性亦非自性若非自性即是般若
波羅蜜多於此般若波羅蜜多内空不可得
彼淨不淨亦不可得外空乃至無性自性空
皆不可得彼淨不淨亦不可得所以者何此
中尚無内空等可得何況有彼淨與不淨汝
若能修如是般若是修般若波羅蜜多憍尸
迦是善男子善女人等作此等説是爲宣説
眞正般若波羅蜜多復次憍尸迦若善男子
善女人等爲發無上菩提心者宣説般若波
羅蜜多作如是言汝善男子應修般若波羅
蜜多不應觀眞如若常若無常不應觀法界

法性不虛妄性不變異性平等性離生性法
定法住實際虛空界不思議界若常若無常
何以故眞如眞如自性空法界法性不虛妄
性不變異性平等性離生性法定法住實際
虛空界不思議界法界乃至不思議界自性
空是眞如自性即非自性是法界乃至不思
議界自性亦非自性若非自性即是般若波
羅蜜多於此般若波羅蜜多眞如不可得彼
常無常亦不可得法界乃至不思議界皆不
可得彼常無常亦不可得所以者何此中尚
無眞如等可得何況有彼常與無常汝若能
修如是般若是修般若波羅蜜多復作是言
汝善男子應修般若波羅蜜多不應觀眞如
若樂若苦不應觀法界法性不虛妄性不變
異性平等性離生性法定法住實際虛空界

不思議界若樂若苦何以故眞如眞如自性空法界法性不虛妄性不變異性平等性離生性法定法住實際虛空界不思議界法界乃至不思議界自性空是眞如自性即非自性是法界乃至不思議界自性亦非自性若非自性即是般若波羅蜜多於此般若波羅蜜多眞如不可得彼樂與苦亦不可得法界乃至不思議界皆不可得彼樂與苦亦不可得所以者何此中尚無眞如等可得何况有彼樂之與苦汝若能修如是般若是修般若波羅蜜多復作是言汝善男子應修般若波羅蜜多不應觀眞如若我若無我不應觀法界法性不虛妄性不變異性平等性離生性法定法住實際虛空界不思議界若我若無我何以故眞如眞如自性空法界法性不虛妄性不變異性平等性離生性法定法住實際虛空界不思議界法界乃至不思議界自性空是眞如自性即非自性是法界乃至不思議界自性亦非自性若非自性即是般若波羅蜜多於此般若波羅蜜多眞如不可得彼我無我亦不可得法界乃至不思議界皆不可得彼我無我亦不可得所以者何此中尚無眞如等可得何况有彼我與無我汝若能修如是般若是修般若波羅蜜多復作是言汝善男子應修般若波羅蜜多不應觀眞如若淨若不淨不應觀法界法性不虛妄性不變異性平等性離生性法定法住實際虛空界不思議界若淨若不淨何以故眞如眞如自性空法界法性不虛妄性不變異性平等性離生性法定法住實際虛空界不思議

界法界乃至不思議界自性空是眞如自性即非自性是法界乃至不思議界自性亦非自性若非自性即是般若波羅蜜多於此般若波羅蜜多眞如不可得彼淨不淨亦不可得法界乃至不思議界皆不可得彼淨不淨亦不可得所以者何此中尚無眞如等可得何況有彼淨與不淨汝若能修如是般若是修般若波羅蜜多憍尸迦是善男子善女人等作此等説是爲宣説眞正般若波羅蜜多復次憍尸迦若善男子善女人等爲發無上菩提心者宣説般若波羅蜜多作如是言汝善男子應修般若波羅蜜多不應觀苦聖諦若常若無常不應觀集滅道聖諦若常若無常何以故苦聖諦苦聖諦自性空集滅道聖諦集滅道聖諦自性空是苦聖諦自性即非

自性是集滅道聖諦自性亦非自性若非自性即是般若波羅蜜多於此般若波羅蜜多苦聖諦不可得彼常無常亦不可得集滅道聖諦皆不可得彼常無常亦不可得所以者何此中尚無苦聖諦等可得何況有彼常與無常汝若能修如是般若是修般若波羅蜜多復作是言汝善男子應修般若波羅蜜多不應觀苦聖諦若樂若苦不應觀集滅道聖諦若樂若苦何以故苦聖諦苦聖諦自性空集滅道聖諦集滅道聖諦自性空是苦聖諦自性即非自性是集滅道聖諦自性亦非自性若非自性即是般若波羅蜜多苦聖諦不可得彼樂與苦亦不可得集滅道聖諦皆不可得彼樂與苦亦不可得所以者何此中尚無苦聖諦等可得何況

有彼樂之與苦汝若能修如是般若是修般若波羅蜜多復作是言汝善男子應修般若波羅蜜多不應觀苦聖諦若我若無我不應觀集滅道聖諦若我若無我何以故苦聖諦苦聖諦自性空集滅道聖諦集滅道聖諦自性空是苦聖諦自性即非自性是集滅道聖諦自性亦非自性若非自性即是般若波羅蜜多於此般若波羅蜜多苦聖諦不可得彼我無我亦不可得集滅道聖諦皆不可得彼我無我亦不可得所以者何此中尚無苦聖諦等可得何況有彼我與無我汝若能修如是般若是修般若波羅蜜多復作是言汝善男子應修般若波羅蜜多不應觀苦聖諦若淨若不淨不應觀集滅道聖諦若淨若不淨何以故苦聖諦苦聖諦自性空集滅道聖諦集滅道聖諦自性空是苦聖諦自性即非自性是集滅道聖諦自性亦非自性若非自性即是般若波羅蜜多於此般若波羅蜜多苦聖諦不可得彼淨不淨亦不可得集滅道聖諦皆不可得彼淨不淨亦不可得所以者何此中尚無苦聖諦等可得何況有彼淨與不淨汝若能修如是般若是修般若波羅蜜多憍尸迦是善男子善女人等作此等說是爲宣說眞正般若波羅蜜多復次憍尸迦若善男子善女人等爲發無上菩提心者宣說般若波羅蜜多作如是言汝善男子應修般若波羅蜜多不應觀四靜慮若常若無常不應觀四無量四無色定若常若無常何以故四靜慮四靜慮自性空四無量四無色定四無量四無色定自性空是四靜慮自性即非自

性是四無量四無色定自性亦非自性若非自性即是般若波羅蜜多於此般若波羅蜜多四靜慮不可得彼常無常亦不可得四無量四無色定皆不可得彼常無常亦不可得所以者何此中尚無四靜慮等可得何況有彼常與無常汝若能修如是般若是修般若波羅蜜多復作是言汝善男子應修般若波羅蜜多不應觀四靜慮若樂若苦不應觀四無量四無色定若樂若苦何以故四靜慮四靜慮自性空四無量四無色定四無量四無色定自性空是四靜慮自性即非自性是四無量四無色定自性亦非自性若非自性即是般若波羅蜜多於此般若波羅蜜多四靜慮不可得彼樂與苦亦不可得四無量四無色定皆不可得彼樂與苦亦不可得所以者何此中尚無四靜慮等可得何況有彼樂之與苦汝若能修如是般若是修般若波羅蜜多復作是言汝善男子應修般若波羅蜜多不應觀四靜慮若我若無我不應觀四無量四無色定若我若無我何以故四靜慮四靜慮自性空四無量四無色定四無量四無色定自性空是四靜慮自性即非自性是四無量四無色定自性亦非自性若非自性即是般若波羅蜜多於此般若波羅蜜多四靜慮不可得彼我無我亦不可得四無量四無色定皆不可得彼我無我亦不可得所以者何此中尚無四靜慮等可得何況有彼我與無我汝若能修如是般若是修般若波羅蜜多復作是言汝善男子應修般若波羅蜜多不應觀四靜慮若淨若不淨不應觀四無量四

無色定若淨若不淨何以故四靜慮四靜慮自性空四無量四無色定四無量四無色定自性空是四靜慮自性即非自性是四無量四無色定自性亦非自性若非自性即是般若波羅蜜多於此般若波羅蜜多四靜慮不可得彼淨不淨亦不可得四無量四無色定皆不可得彼淨不淨亦不可得所以者何此中尚無四靜慮等可得何況有彼淨與不淨汝若能修如是般若是修般若波羅蜜多憍尸迦是善男子善女人等作此等說是爲宣說眞正般若波羅蜜多

大般若波羅蜜多經卷第一百四十七

大般若波羅蜜多經卷第一百四十八

唐三藏法師玄奘奉詔譯

初分校量功德品第三十之四十六

復次憍尸迦若善男子善女人等爲發無上菩提心者宣說般若波羅蜜多作如是言汝善男子應修般若波羅蜜多不應觀八解脫若常若無常不應觀八勝處九次第定十遍處若常若無常何以故八解脫八解脫自性空八勝處九次第定十遍處八勝處九次第定十遍處自性空是八解脫自性即非自性是八勝處九次第定十遍處自性亦非自性若非自性即是般若波羅蜜多於此般若波羅蜜多八解脫不可得彼常無常亦不可得八勝處九次第定十遍處皆不可得彼常無常亦不可得所以者何此中尚無八解脫等可得何況有彼常與無常汝若能修如是般若是修般若波羅蜜多復作是言汝善男子應修般若波羅蜜多不應觀八解脫若樂若苦不應觀八勝處九次第定十遍處若樂若苦何以故八解脫八解脫自性空八勝處九次第定十遍處八勝處九次第定十遍處自性空是八解脫自性即非自性是八勝處九次第定十遍處自性亦非自性若非自性即是般若波羅蜜多於此般若波羅蜜多八解脫不可得彼樂與苦亦不可得八勝處九次第定十遍處皆不可得彼樂與苦亦不可得所以者何此中尚無八解脫等可得何況有彼樂之與苦汝若能修如是般若是修般若波羅蜜多復作是言汝善男子應修般若波羅蜜多不應觀八解脫若我若無我不應觀

八勝處九次第定十遍處若我若無我何以故八解脫八解脫自性空八勝處九次第定十遍處八勝處九次第定十遍處自性空是八解脫自性即非自性是八勝處九次第定十遍處自性亦非自性若非自性即是般若波羅蜜多於此般若波羅蜜多八解脫不可得彼我無我亦不可得八勝處九次第定十遍處皆不可得彼我無我亦不可得所以者何此中尚無八解脫等可得何況有彼我與無我汝若能修如是般若是修般若波羅蜜多復作是言汝善男子應修般若波羅蜜多不應觀八解脫若淨若不淨不應觀八勝處九次第定十遍處若淨若不淨何以故八解脫八解脫自性空八勝處九次第定十遍處八勝處九次第定十遍處自性空是八解脫自性即非自性是八勝處九次第定十遍處自性亦非自性若非自性即是般若波羅蜜多於此般若波羅蜜多八解脫不可得彼淨不淨亦不可得八勝處九次第定十遍處皆不可得彼淨不淨亦不可得所以者何此中尚無八解脫等可得何況有彼淨與不淨汝若能修如是般若是修般若波羅蜜多憍尸迦是善男子善女人等作此等說是爲宣說眞正般若波羅蜜多復次憍尸迦若善男子善女人等爲發無上菩提心者宣說般若波羅蜜多作如是言汝善男子應修般若波羅蜜多不應觀四念住若常若無常不應觀四正斷四神足五根五力七等覺支八聖道支若常若無常何以故四念住四念住自性空四正斷四神足五根五力七等覺支八聖道

支四正斷乃至八聖道支自性空是四念住自性即非自性是四正斷乃至八聖道支自性亦非自性若非自性即是般若波羅蜜多於此般若波羅蜜多四念住不可得彼常無常亦不可得四正斷乃至八聖道支皆不可得彼常無常亦不可得所以者何此中尚無四念住等可得何況有彼常與無常汝若能修如是般若是修般若波羅蜜多復作是言汝善男子應修般若波羅蜜多不應觀四念住若樂若苦不應觀四正斷四神足五根五力七等覺支八聖道支若樂若苦何以故四念住四念住自性空四正斷四神足五根五力七等覺支八聖道支四正斷乃至八聖道支自性空是四念住自性即非自性是四正斷乃至八聖道支自性亦非自性若非自性即是般若波羅蜜多於此般若波羅蜜多四念住不可得彼樂與苦亦不可得四正斷乃至八聖道支皆不可得彼樂與苦亦不可得所以者何此中尚無四念住等可得何況有彼樂之與苦汝若能修如是般若是修般若波羅蜜多復作是言汝善男子應修般若波羅蜜多不應觀四念住若我若無我不應觀四正斷四神足五根五力七等覺支八聖道支若我若無我何以故四念住四念住自性空四正斷四神足五根五力七等覺支八聖道支四正斷乃至八聖道支自性空是四念住自性即非自性是四正斷乃至八聖道支自性亦非自性若非自性即是般若波羅蜜多於此般若波羅蜜多四念住不可得彼我無我亦不可得四正斷乃至八聖道支皆不

可得彼我無我亦不可得所以者何此中尚無四念住等可得何況有彼我與無我汝若能修如是般若是修般若波羅蜜多復作是言汝善男子應修般若波羅蜜多不應觀四念住若淨若不淨不應觀四正斷四神足五根五力七等覺支八聖道支若淨若不淨何以故四念住四念住自性空四正斷四神足五根五力七等覺支八聖道支四正斷乃至八聖道支自性空是四念住自性即非自性是四正斷乃至八聖道支自性亦非自性若非自性即是般若波羅蜜多於此般若波羅蜜多四念住不可得彼淨不淨亦不可得四正斷乃至八聖道支皆不可得彼淨不淨亦不可得所以者何此中尚無四念住等可得何況有彼淨與不淨汝若能修如是般若是修般若波羅蜜多憍尸迦是善男子善女人等作此等說是爲宣說眞正般若波羅蜜多

復次憍尸迦若善男子善女人等爲發無上菩提心者宣說般若波羅蜜多作如是言汝善男子應修般若波羅蜜多不應觀空解脫門若常若無常不應觀無相無願解脫門若常若無常何以故空解脫門空解脫門自性空無相無願解脫門無相無願解脫門自性空是空解脫門自性即非自性是無相無願解脫門自性亦非自性若非自性即是般若波羅蜜多於此般若波羅蜜多空解脫門不可得彼常無常亦不可得無相無願解脫門皆不可得彼常無常亦不可得所以者何此中尚無空解脫門等可得何況有彼常與無常汝若能修如是般若是修般若波羅蜜多

復作是言汝善男子應修般若波羅蜜多不應觀空解脫門若樂若苦不應觀無相無願解脫門若樂若苦何以故空解脫門空解脫門自性空無相無願解脫門無相無願解脫門自性空是空解脫門自性即非自性是無相無願解脫門自性亦非自性若非自性即是般若波羅蜜多於此般若波羅蜜多空解脫門不可得彼樂與苦亦不可得無相無願解脫門皆不可得彼樂與苦亦不可得所以者何此中尚無空解脫門等可得何況有彼樂之與苦汝若能修如是般若是修般若波羅蜜多復作是言汝善男子應修般若波羅蜜多不應觀空解脫門若我若無我不應觀無相無願解脫門若我若無我何以故空解脫門空解脫門自性空無相無願解脫門無相無願解脫門自性空是空解脫門自性即非自性是無相無願解脫門自性亦非自性若非自性即是般若波羅蜜多於此般若波羅蜜多空解脫門不可得彼我無我亦不可得無相無願解脫門皆不可得彼我無我亦不可得所以者何此中尚無空解脫門等可得何況有彼我與無我汝若能修如是般若是修般若波羅蜜多復作是言汝善男子應修般若波羅蜜多不應觀空解脫門若淨若不淨不應觀無相無願解脫門若淨若不淨何以故空解脫門空解脫門自性空無相無願解脫門無相無願解脫門自性空是空解脫門自性即非自性是無相無願解脫門自性亦非自性若非自性即是般若波羅蜜多於此般若波羅蜜多空解脫門不可得彼淨

不淨亦不可得無相無願解脫門皆不可得彼淨不淨亦不可得所以者何此中尚無空解脫門等可得何況有彼淨與不淨汝若能修如是般若是修般若波羅蜜多憍尸迦是善男子善女人等作此等說是爲宣說眞正般若波羅蜜多復次憍尸迦若善男子善女人等爲發無上菩提心者宣說般若波羅蜜多作如是言汝善男子應修般若波羅蜜多不應觀五眼若常若無常不應觀六神通若常若無常何以故五眼五眼自性空六神通六神通自性空是五眼自性即非自性是六神通自性亦非自性若非自性即是般若波羅蜜多於此般若波羅蜜多五眼不可得彼常無常亦不可得六神通不可得彼常無常亦不可得所以者何此中尚無五眼等可得

何況有彼常與無常汝若能修如是般若是修般若波羅蜜多復作是言汝善男子應修般若波羅蜜多不應觀五眼若樂若苦不應觀六神通若樂若苦何以故五眼五眼自性空六神通六神通自性空是五眼自性即非自性是六神通自性亦非自性若非自性即是般若波羅蜜多於此般若波羅蜜多五眼不可得彼樂與苦亦不可得六神通不可得彼樂與苦亦不可得所以者何此中尚無五眼等可得何況有彼樂之與苦汝若能修如是般若是修般若波羅蜜多復作是言汝善男子應修般若波羅蜜多不應觀五眼若我若無我不應觀六神通若我若無我何以故五眼五眼自性空六神通六神通自性空是五眼自性即非自性是六神通自性亦非自

性若非自性即是般若波羅蜜多於此般若波羅蜜多五眼不可得彼我無我亦不可得六神通不可得彼我無我亦不可得所以者何此中尚無五眼等可得何况有彼我與無我汝若能修如是般若是修般若波羅蜜多復作是言汝善男子應修般若波羅蜜多不應觀五眼若淨若不淨不應觀六神通若淨若不淨何以故五眼五眼自性空六神通六神通自性空是五眼自性即非自性是六神通自性亦非自性若非自性即是般若波羅蜜多於此般若波羅蜜多五眼不可得彼淨不淨亦不可得六神通不可得彼淨不淨亦不可得所以者何此中尚無五眼等可得何况有彼淨與不淨汝若能修如是般若是修般若波羅蜜多憍尸迦是善男子善女人等

作此等說是爲宣說眞正般若波羅蜜多復次憍尸迦若善男子善女人等爲發無上菩提心者宣說般若波羅蜜多作如是言汝善男子應修般若波羅蜜多不應觀佛十力若常若無常不應觀四無所畏四無礙解大慈大悲大喜大捨十八佛不共法若常若無常何以故佛十力佛十力自性空四無所畏四無礙解大慈大悲大喜大捨十八佛不共法四無所畏乃至十八佛不共法自性空是佛十力自性即非自性是四無所畏乃至十八佛不共法自性亦非自性若非自性即是般若波羅蜜多於此般若波羅蜜多佛十力不可得彼常無常亦不可得四無所畏乃至十八佛不共法皆不可得彼常無常亦不可得所以者何此中尚無佛十力等可得何况有

彼常與無常汝若能修如是般若是修般若波羅蜜多復作是言汝善男子應修般若波羅蜜多不應觀佛十力若樂若苦不應觀四無所畏四無礙解大慈大悲大喜大捨十八佛不共法若樂若苦何以故佛十力佛十力自性空四無所畏四無礙解大慈大悲大喜大捨十八佛不共法四無所畏乃至十八佛不共法自性空是佛十力自性即非自性是四無所畏乃至十八佛不共法自性亦非自性若非自性即是般若波羅蜜多於此般若波羅蜜多佛十力不可得彼樂與苦亦不可得四無所畏乃至十八佛不共法皆不可得彼樂與苦亦不可得所以者何此中尚無佛十力等可得何況有彼樂之與苦汝若能修如是般若是修般若波羅蜜多復作是言汝善男子應修般若波羅蜜多不應觀佛十力若我若無我不應觀四無所畏四無礙解大慈大悲大喜大捨十八佛不共法若我若無我何以故佛十力佛十力自性空四無所畏四無礙解大慈大悲大喜大捨十八佛不共法四無所畏乃至十八佛不共法自性空是佛十力自性即非自性是四無所畏乃至十八佛不共法自性亦非自性若非自性即是般若波羅蜜多於此般若波羅蜜多佛十力不可得彼我無我亦不可得四無所畏乃至十八佛不共法皆不可得彼我無我亦不可得所以者何此中尚無佛十力等可得何況有彼我與無我汝若能修如是般若是修般若波羅蜜多復作是言汝善男子應修般若波羅蜜多不應觀佛十力若淨若不淨不應

觀四無所畏四無礙解大慈大悲大喜大捨十八佛不共法若淨若不淨何以故佛十力佛十力自性空四無所畏四無礙解大慈大悲大喜大捨十八佛不共法四無所畏乃至十八佛不共法自性空是佛十力自性即非自性是四無所畏乃至十八佛不共法自性亦非自性若非自性即是般若波羅蜜多於此般若波羅蜜多佛十力不可得彼淨不淨亦不可得四無所畏乃至十八佛不共法皆不可得波淨不淨亦不可得所以者何此中尚無佛十力等可得何況有彼淨與不淨汝若能修如是般若是修般若波羅蜜多憍尸迦是善男子善女人等作此等說是爲宣說眞正般若波羅蜜多復次憍尸迦若善男子善女人等爲發無上菩提心者宣說般若波羅蜜多作如是言汝善男子應修般若波羅蜜多不應觀無忘失法若常若無常不應觀恒住捨性若常若無常何以故無忘失法無忘失法自性空恒住捨性恒住捨性自性空是無忘失法自性即非自性是恒住捨性自性亦非自性若非自性即是般若波羅蜜多於此般若波羅蜜多無忘失法不可得彼常無常亦不可得恒住捨性不可得彼常無常亦不可得所以者何此中尚無無忘失法等可得何況有彼常與無常汝若能修如是般若是修般若波羅蜜多復作是言汝善男子應修般若波羅蜜多不應觀無忘失法若樂若苦不應觀恒住捨性若樂若苦何以故無忘失法無忘失法自性空恒住捨性恒住捨性自性空是無忘失法自性即非自性是恒

住捨性自性亦非自性若非自性即是般若波羅蜜多於此般若波羅蜜多無忘失法不可得彼樂與苦亦不可得恒住捨性不可得彼樂與苦亦不可得所以者何此中尚無無忘失法等可得何況有彼樂之與苦汝若能修如是般若是修般若波羅蜜多復作是言汝善男子應修般若波羅蜜多不應觀無忘失法若我若無我不應觀恒住捨性若我若無我何以故無忘失法無忘失法自性空恒住捨性恒住捨性自性空是無忘失法自性即非自性是恒住捨性自性亦非自性若非自性即是般若波羅蜜多於此般若波羅蜜多無忘失法不可得彼我無我亦不可得恒住捨性不可得彼我無我亦不可得所以者何此中尚無無忘失法等可得何況有彼我與無我汝若能修如是般若是修般若波羅蜜多復作是言汝善男子應修般若波羅蜜多不應觀無忘失法若淨若不淨不應觀恒住捨性若淨若不淨何以故無忘失法無忘失法自性空恒住捨性恒住捨性自性空是無忘失法自性即非自性是恒住捨性自性亦非自性若非自性即是般若波羅蜜多於此般若波羅蜜多無忘失法不可得彼淨不淨亦不可得恒住捨性不可得彼淨不淨亦不可得所以者何此中尚無無忘失法等可得何況有彼淨與不淨汝若能修如是般若是修般若波羅蜜多憍尸迦是善男子善女人等作此等説是爲宣説眞正般若波羅蜜多復次憍尸迦若善男子善女人等爲發無上菩提心者宣説般若波羅蜜多作如是言

汝善男子應修般若波羅蜜多不應觀一切智若常若無常不應觀道相智一切相智若常若無常何以故一切智一切智自性空道相智一切相智道相智一切相智自性空是一切智自性即非自性是道相智一切相智自性亦非自性若非自性即是般若波羅蜜多於此般若波羅蜜多一切智不可得彼常無常亦不可得道相智一切相智皆不可得彼常無常亦不可得所以者何此中尚無一切智等可得何況有彼常與無常汝若能修如是般若是修般若波羅蜜多復作是言汝善男子應修般若波羅蜜多不應觀一切智若樂若苦不應觀道相智一切相智若樂若苦何以故一切智一切智自性空道相智一切相智道相智一切相智自性空是一切智自性即非自性是道相智一切相智自性亦非自性若非自性即是般若波羅蜜多於此般若波羅蜜多一切智不可得彼樂與苦亦不可得道相智一切相智皆不可得彼樂與苦亦不可得所以者何此中尚無一切智等可得何況有彼樂之與苦汝若能修如是般若是修般若波羅蜜多復作是言汝善男子應修般若波羅蜜多不應觀一切智若我若無我不應觀道相智一切相智若我若無我何以故一切智一切智自性空道相智一切相智道相智一切相智自性空是一切智自性即非自性是道相智一切相智自性亦非自性若非自性即是般若波羅蜜多於此般若波羅蜜多一切智不可得彼我無我亦不可得道相智一切相智皆不可得彼我無我

亦不可得所以者何此中尚無一切智等可得何況有彼我與無我汝若能修如是般若是修般若波羅蜜多復作是言汝善男子應修般若波羅蜜多不應觀一切智若淨若不淨不應觀道相智一切相智若淨若不淨何以故一切智一切智自性空道相智一切相智道相智一切相智自性空是一切智自性即非自性是道相智一切相智自性亦非自性若非自性即是般若波羅蜜多於此般若波羅蜜多一切智不可得彼淨不淨亦不可得道相智一切相智皆不可得彼淨不淨亦不可得所以者何此中尚無一切智等可得何況有彼淨與不淨汝若能修如是般若是修般若波羅蜜多憍尸迦是善男子善女人等作此等說是為宣說真正般若波羅蜜多

復次憍尸迦若善男子善女人等為發無上菩提心者宣說般若波羅蜜多作如是言汝善男子應修般若波羅蜜多不應觀一切陀羅尼門若常若無常不應觀一切三摩地門若常若無常何以故一切陀羅尼門一切陀羅尼門自性空一切三摩地門一切三摩地門自性空是一切陀羅尼門自性即非自性是一切三摩地門自性亦非自性若非自性即是般若波羅蜜多於此般若波羅蜜多一切陀羅尼門不可得彼常無常亦不可得一切三摩地門不可得彼常無常亦不可得所以者何此中尚無一切陀羅尼門等可得何況有彼常與無常汝若能修如是般若是修般若波羅蜜多復作是言汝善男子應修般若波羅蜜多不應觀一切陀羅尼門若樂若

若不應觀一切三摩地門若樂若苦何以故一切陀羅尼門一切陀羅尼門自性空一切三摩地門一切三摩地門自性空是一切陀羅尼門自性即非自性是一切三摩地門自性亦非自性若非自性即是般若波羅蜜多於此般若波羅蜜多一切陀羅尼門不可得彼樂與苦亦不可得一切三摩地門不可得彼樂與苦亦不可得所以者何此中尚無一切陀羅尼門等可得何況有彼樂之與苦汝若能修如是般若是修般若波羅蜜多復作是言汝善男子應修般若波羅蜜多不應觀一切陀羅尼門若我若無我不應觀一切三摩地門若我若無我何以故一切陀羅尼門一切陀羅尼門自性空一切三摩地門一切三摩地門自性空是一切陀羅尼門自性即非自性是一切三摩地門自性亦非自性若非自性即是般若波羅蜜多於此般若波羅蜜多一切陀羅尼門不可得彼我無我亦不可得一切三摩地門不可得彼我無我亦不可得所以者何此中尚無一切陀羅尼門等可得何況有彼我與無我汝若能修如是般若是修般若波羅蜜多復作是言汝善男子應修般若波羅蜜多不應觀一切陀羅尼門若淨若不淨不應觀一切三摩地門若淨若不淨何以故一切陀羅尼門一切陀羅尼門自性空一切三摩地門一切三摩地門自性空是一切陀羅尼門自性即非自性是一切三摩地門自性亦非自性若非自性即是般若波羅蜜多於此般若波羅蜜多一切陀羅尼門不可得彼淨不淨亦不可得一切三摩

地門不可得彼淨不淨亦不可得所以者何此中尚無一切陀羅尼門等可得何況有彼淨與不淨汝若能修如是般若是修般若波羅蜜多憍尸迦是善男子善女人等作此等說是爲宣說眞正般若波羅蜜多復次憍尸迦若善男子善女人等爲發無上菩提心者宣說般若波羅蜜多作如是言汝善男子應修般若波羅蜜多不應觀預流向預流果若常若無常不應觀一來向一來果不還向不還果阿羅漢向阿羅漢果若常若無常何以故預流向預流果預流向預流果自性空一來向一來果不還向不還果阿羅漢向阿羅漢果一來向乃至阿羅漢果自性空是預流向預流果自性即非自性是一來向乃至阿羅漢果自性亦非自性若非自性即是般若

波羅蜜多於此般若波羅蜜多預流向預流果不可得彼常無常亦不可得一來向乃至阿羅漢果皆不可得彼常無常亦不可得所以者何此中尚無預流向等可得何況有彼常與無常汝若能修如是般若是修般若波羅蜜多復作是言汝善男子應修般若波羅蜜多不應觀預流向預流果若樂若苦不應觀一來向一來果不還向不還果阿羅漢向阿羅漢果若樂若苦何以故預流向預流果預流向預流果自性空一來向一來果不還向不還果阿羅漢向阿羅漢果一來向乃至阿羅漢果自性空是預流向預流果自性即非自性是一來向乃至阿羅漢果自性亦非自性若非自性即是般若波羅蜜多於此般若波羅蜜多預流向預流果不可得彼樂與

若亦不可得一來向乃至阿羅漢果皆不可得彼樂與苦亦不可得所以者何此中尚無預流向等可得何況有彼樂之與苦汝若能修如是般若是修般若波羅蜜多復作是言汝善男子應修般若波羅蜜多不應觀預流向預流果若我若無我不應觀一來向一來果不還向不還果阿羅漢向阿羅漢果若我若無我何以故預流向預流果預流向預流果自性空一來向一來果不還向不還果阿羅漢向阿羅漢果一來向乃至阿羅漢果自性空是預流向預流果自性即非自性是一來向乃至阿羅漢果自性亦非自性若非自性即是般若波羅蜜多於此般若波羅蜜多預流向預流果不可得彼我無我亦不可得一來向乃至阿羅漢果皆不可得彼我無我亦不可得所以者何此中尚無預流向等可得何況有彼我與無我汝若能修如是般若是修般若波羅蜜多復作是言汝善男子應修般若波羅蜜多不應觀預流向預流果若淨若不淨不應觀一來向一來果不還向不還果阿羅漢向阿羅漢果若淨若不淨何以故預流向預流果預流向預流果自性空一來向一來果不還向不還果阿羅漢向阿羅漢果一來向乃至阿羅漢果自性空是預流向預流果自性即非自性是一來向乃至阿羅漢果自性亦非自性若非自性即是般若波羅蜜多於此般若波羅蜜多預流向預流果不可得彼淨不淨亦不可得一來向乃至阿羅漢果皆不可得彼淨不淨亦不可得所以者何此中尚無預流向等可得何況有彼

淨與不淨汝若能修如是般若是修般若波羅蜜多憍尸迦是善男子善女人等作此等說是爲宣說眞正般若波羅蜜多

大般若波羅蜜多經卷第一百四十八

大般若波羅蜜多經卷第一百四十九

唐三藏法師玄奘奉　詔譯

初分校量功德品第三十之四十七

復次憍尸迦若善男子善女人等爲發無上菩提心者宣說般若波羅蜜多作如是言汝善男子應修般若波羅蜜多不應觀一切獨覺菩提若常若無常何以故一切獨覺菩提一切獨覺菩提自性空是一切獨覺菩提自性即非自性若非自性即是般若波羅蜜多於此般若波羅蜜多一切獨覺菩提不可得彼常無常亦不可得所以者何此中尚無一切獨覺菩提可得何況有彼常與無常汝若能修如是般若是修般若波羅蜜多復作是言汝善男子應修般若波羅蜜多不應觀一切獨覺菩提若樂若苦何以故一切獨覺菩提一切獨覺菩提自性空是一切獨覺菩提自性即非自性若非自性即是般若波羅蜜多於此般若波羅蜜多一切獨覺菩提不可得彼樂與苦亦不可得所以者何此中尚無一切獨覺菩提可得何況有彼樂之與苦汝若能修如是般若是修般若波羅蜜多復作是言汝善男子應修般若波羅蜜多不應觀一切獨覺菩提若我若無我何以故一切獨覺菩提一切獨覺菩提自性空是一切獨覺菩提自性即非自性若非自性即是般若波羅蜜多於此般若波羅蜜多一切獨覺菩提不可得彼我無我亦不可得所以者何此中尚無一切獨覺菩提可得何況有彼我與無我汝若能修如是般若是修般若波羅蜜多復作是言汝善男子應修般若波羅蜜多不

應觀一切獨覺菩提若淨若不淨何以故一切獨覺菩提一切獨覺菩提自性空是一切獨覺菩提自性即非自性若非自性即是般若波羅蜜多於此般若波羅蜜多一切獨覺菩提不可得彼淨不淨亦不可得所以者何此中尚無一切獨覺菩提可得何況有彼淨與不淨汝若能修如是般若是修般若波羅蜜多憍尸迦是善男子善女人等作此等說是爲宣説眞正般若波羅蜜多復次憍尸迦若善男子善女人等爲發無上菩提心者宣説般若波羅蜜多作如是言汝善男子應修般若波羅蜜多不應觀一切菩薩摩訶薩行若常若無常何以故一切菩薩摩訶薩行一切菩薩摩訶薩行自性空是一切菩薩摩訶薩行自性即非自性若非自性即是般若波羅蜜多於此般若波羅蜜多一切菩薩摩訶薩行不可得彼常無常亦不可得所以者何此中尚無一切菩薩摩訶薩行可得何況有彼常與無常汝若能修如是般若是修般若波羅蜜多復作是言汝善男子應修般若波羅蜜多不應觀一切菩薩摩訶薩行若樂若苦何以故一切菩薩摩訶薩行一切菩薩摩訶薩行自性空是一切菩薩摩訶薩行自性即非自性若非自性即是般若波羅蜜多於此般若波羅蜜多一切菩薩摩訶薩行不可得彼樂與苦亦不可得所以者何此中尚無一切菩薩摩訶薩行可得何況有彼樂之與苦汝若能修如是般若是修般若波羅蜜多復作是言汝善男子應修般若波羅蜜多不應觀一切菩薩摩訶薩行若我若無我何以

故一切菩薩摩訶薩行一切菩薩摩訶薩行自性空是一切菩薩摩訶薩行自性即非自性若非自性即是般若波羅蜜多於此般若波羅蜜多一切菩薩摩訶薩行不可得彼我無我亦不可得所以者何此中尚無一切菩薩摩訶薩行可得何況有彼我與無我汝若能修如是般若是修般若波羅蜜多復作是言汝善男子應修般若波羅蜜多不應觀一切菩薩摩訶薩行若淨若不淨何以故一切菩薩摩訶薩行一切菩薩摩訶薩行自性空是一切菩薩摩訶薩行自性即非自性若非自性即是般若波羅蜜多於此般若波羅蜜多一切菩薩摩訶薩行不可得彼淨不淨亦不可得所以者何此中尚無一切菩薩摩訶薩行可得何況有彼淨與不淨汝若能修如是般若是修般若波羅蜜多憍尸迦是善男子善女人等作此等說是爲宣說眞正般若波羅蜜多復次憍尸迦若善男子善女人等爲發無上菩提心者宣說般若波羅蜜多作如是言汝善男子應修般若波羅蜜多不應觀諸佛無上正等菩提若常若無常何以故諸佛無上正等菩提諸佛無上正等菩提自性空是諸佛無上正等菩提自性即非自性若非自性即是般若波羅蜜多於此般若波羅蜜多諸佛無上正等菩提不可得彼常無常亦不可得所以者何此中尚無諸佛無上正等菩提可得何況有彼常與無常汝若能修如是般若是修般若波羅蜜多復作是言汝善男子應修般若波羅蜜多不應觀諸佛無上正等菩提若樂若苦何以故諸佛無上

正等菩提諸佛無上正等菩提自性空是諸佛無上正等菩提自性即非自性若非自性即是般若波羅蜜多於此般若波羅蜜多諸佛無上正等菩提不可得彼樂與苦亦不可得所以者何此中尚無諸佛無上正等菩提可得何況有彼樂之與苦汝若能修如是般若是修般若波羅蜜多復作是言汝善男子應修般若波羅蜜多不應觀諸佛無上正等菩提若我若無我何以故諸佛無上正等菩提諸佛無上正等菩提自性空是諸佛無上正等菩提自性即非自性若非自性即是般若波羅蜜多於此般若波羅蜜多諸佛無上正等菩提不可得彼我無我亦不可得所以者何此中尚無諸佛無上正等菩提可得何況有彼我與無我汝若能修如是般若是修般若波羅蜜多復作是言汝善男子應修般若波羅蜜多不應觀諸佛無上正等菩提若淨若不淨何以故諸佛無上正等菩提諸佛無上正等菩提自性空是諸佛無上正等菩提自性即非自性若非自性即是般若波羅蜜多於此般若波羅蜜多諸佛無上正等菩提不可得彼淨不淨亦不可得所以者何此中尚無諸佛無上正等菩提可得何況有彼淨與不淨汝若能修如是般若是修般若波羅蜜多憍尸迦是善男子善女人等作此等說是為宣說真正般若波羅蜜多時天帝釋復白佛言世尊云何諸善男子善女人等說無所得靜慮波羅蜜多名說真正靜慮波羅蜜多佛言憍尸迦若善男子善女人等為發無上菩提心者宣說靜慮波羅蜜多作如是

言汝善男子應修靜慮波羅蜜多不應觀色若常若無常不應觀受想行識若常若無常何以故色色自性空受想行識受想行識自性空是色自性即非自性是受想行識自性亦非自性若非自性即是靜慮波羅蜜多於此靜慮波羅蜜多色不可得彼常無常亦不可得受想行識皆不可得彼常無常亦不可得所以者何此中尚無色等可得何況有彼常與無常汝若能修如是靜慮是修靜慮波羅蜜多復作是言汝善男子應修靜慮波羅蜜多不應觀色若樂若苦不應觀受想行識若樂若苦何以故色色自性空受想行識受想行識自性空是色自性即非自性是受想行識自性亦非自性若非自性即是靜慮波羅蜜多於此靜慮波羅蜜多色不可得彼樂與苦亦不可得受想行識皆不可得彼樂與苦亦不可得所以者何此中尚無色等可得何況有彼樂之與苦汝若能修如是靜慮是修靜慮波羅蜜多復作是言汝善男子應修靜慮波羅蜜多不應觀色若我若無我不應觀受想行識若我若無我何以故色色自性空受想行識受想行識自性空是色自性即非自性是受想行識自性亦非自性若非自性即是靜慮波羅蜜多於此靜慮波羅蜜多色不可得彼我無我亦不可得受想行識皆不可得彼我無我亦不可得所以者何此中尚無色等可得何況有彼我與無我汝若能修如是靜慮是修靜慮波羅蜜多復作是言汝善男子應修靜慮波羅蜜多不應觀色若淨若不淨不應觀受想行識若淨若不淨何

以故色色自性空受想行識受想行識自性空是色自性即非自性是受想行識自性亦非自性若非自性即是靜慮波羅蜜多於此靜慮波羅蜜多色不可得彼淨不淨亦不可得受想行識皆不可得彼淨不淨亦不可得所以者何此中尚無色等可得何況有彼淨與不淨汝若能修如是靜慮是修靜慮波羅蜜多憍尸迦是善男子善女人等作此等說是爲宣說眞正靜慮波羅蜜多復次憍尸迦若善男子善女人等爲發無上菩提心者宣說靜慮波羅蜜多作如是言汝善男子應修靜慮波羅蜜多不應觀眼處若常若無常不應觀耳鼻舌身意處若常若無常何以故眼處眼處自性空耳鼻舌身意處耳鼻舌身意處自性空是眼處自性即非自性是耳鼻舌身意處自性亦非自性若非自性即是靜慮波羅蜜多於此靜慮波羅蜜多眼處不可得彼常無常亦不可得耳鼻舌身意處皆不可得彼常無常亦不可得所以者何此中尚無眼處等可得何況有彼常與無常汝若能修如是靜慮是修靜慮波羅蜜多復作是言汝善男子應修靜慮波羅蜜多不應觀眼處若樂若苦不應觀耳鼻舌身意處若樂若苦何以故眼處眼處自性空耳鼻舌身意處耳鼻舌身意處自性空是眼處自性即非自性是耳鼻舌身意處自性亦非自性若非自性即是靜慮波羅蜜多於此靜慮波羅蜜多眼處不可得彼樂與苦亦不可得耳鼻舌身意處皆不可得彼樂與苦亦不可得所以者何此中尚無眼處等可得何況有彼樂之與苦汝

若能修如是靜慮是修靜慮波羅蜜多復作是言汝善男子應修靜慮波羅蜜多不應觀眼處若我若無我不應觀耳鼻舌身意處若我若無我何以故眼處眼處自性空耳鼻舌身意處耳鼻舌身意處自性空是眼處自性即非自性是耳鼻舌身意處自性亦非自性若非自性即是靜慮波羅蜜多於此靜慮波羅蜜多眼處不可得彼我無我亦不可得耳鼻舌身意處皆不可得彼我無我亦不可得所以者何此中尚無眼處等可得何況有彼我與無我汝若能修如是靜慮是修靜慮波羅蜜多復作是言汝善男子應修靜慮波羅蜜多不應觀眼處若淨若不淨不應觀耳鼻舌身意處若淨若不淨何以故眼處眼處自性空耳鼻舌身意處耳鼻舌身意處自性空是眼處自性即非自性是耳鼻舌身意處自性亦非自性若非自性即是靜慮波羅蜜多於此靜慮波羅蜜多眼處不可得彼淨不淨亦不可得耳鼻舌身意處皆不可得彼淨不淨亦不可得所以者何此中尚無眼處等可得何況有彼淨與不淨汝若能修如是靜慮是修靜慮波羅蜜多憍尸迦是善男子善女人等作此等說是爲宣說眞正靜慮波羅蜜多復次憍尸迦若善男子善女人等爲發無上菩提心者宣說靜慮波羅蜜多作如是言汝善男子應修靜慮波羅蜜多不應觀色處若常若無常不應觀聲香味觸法處若常若無常何以故色處色處自性空聲香味觸法處聲香味觸法處自性空是色處自性即非自性是聲香味觸法處自性亦非自性若非

自性即是靜慮波羅蜜多於此靜慮波羅蜜多色處不可得彼常無常亦不可得聲香味觸法處皆不可得彼常無常亦不可得所以者何此中尚無色處等可得何況有彼常與無常汝若能修如是靜慮是修靜慮波羅蜜多復作是言汝善男子應修靜慮波羅蜜多不應觀色處若樂若苦不應觀聲香味觸法處若樂若苦何以故色處色處自性空聲香味觸法處聲香味觸法處自性空是色處自性即非自性是聲香味觸法處自性亦非自性若非自性即是靜慮波羅蜜多於此靜慮波羅蜜多色處不可得彼樂與苦亦不可得聲香味觸法處皆不可得彼樂與苦亦不可得所以者何此中尚無色處等可得何況有彼樂之與苦汝若能修如是靜慮是修靜慮波羅蜜多復作是言汝善男子應修靜慮波羅蜜多不應觀色處若我若無我不應觀聲香味觸法處若我若無我何以故色處色處自性空聲香味觸法處聲香味觸法處自性空是色處自性即非自性是聲香味觸法處自性亦非自性若非自性即是靜慮波羅蜜多於此靜慮波羅蜜多色處不可得彼我無我亦不可得聲香味觸法處皆不可得彼我無我亦不可得所以者何此中尚無色處等可得何況有彼我與無我汝若能修如是靜慮是修靜慮波羅蜜多復作是言汝善男子應修靜慮波羅蜜多不應觀色處若淨若不淨不應觀聲香味觸法處若淨若不淨何以故色處色處自性空聲香味觸法處聲香味觸法處自性空是色處自性即非自性是聲

香味觸法處自性亦非自性若非自性即是靜慮波羅蜜多於此靜慮波羅蜜多色處不可得彼淨不淨亦不可得聲香味觸法處皆不可得彼淨不淨亦不可得所以者何此中尚無色處等可得何況有彼淨與不淨汝若能修如是靜慮是修靜慮波羅蜜多憍尸迦是善男子善女人等作此等說是爲宣說眞正靜慮波羅蜜多復次憍尸迦若善男子善女人等爲發無上菩提心者宣說靜慮波羅蜜多作如是言汝善男子應修靜慮波羅蜜多不應觀眼界若常若無常不應觀色界眼識界及眼觸眼觸爲緣所生諸受若常若無常何以故眼界眼界自性空色界眼識界及眼觸眼觸爲緣所生諸受色界乃至眼觸爲緣所生諸受自性空是眼界自性即非自性是色界乃至眼觸爲緣所生諸受自性亦非自性若非自性即是靜慮波羅蜜多於此靜慮波羅蜜多眼界不可得彼常無常亦不可得色界乃至眼觸爲緣所生諸受皆不可得彼常無常亦不可得所以者何此中尚無眼界等可得何況有彼常與無常汝若能修如是靜慮是修靜慮波羅蜜多復作是言汝善男子應修靜慮波羅蜜多不應觀眼界若樂若苦不應觀色界眼識界及眼觸眼觸爲緣所生諸受若樂若苦何以故眼界眼界自性空色界眼識界及眼觸眼觸爲緣所生諸受色界乃至眼觸爲緣所生諸受自性空是眼界自性即非自性是色界乃至眼觸爲緣所生諸受自性亦非自性若非自性即是靜慮波羅蜜多於此靜慮波羅蜜多眼界不可得

彼樂與苦亦不可得色界乃至眼觸爲緣所生諸受皆不可得彼樂與苦亦不可得所以者何此中尚無眼界等可得何況有彼樂之與苦汝若能修如是靜慮是修靜慮波羅蜜多復作是言汝善男子應修靜慮波羅蜜多不應觀眼界若我若無我不應觀色界眼識界及眼觸眼觸爲緣所生諸受若我若無我何以故眼界眼界自性空色界眼識界及眼觸眼觸爲緣所生諸受色界乃至眼觸爲緣所生諸受自性空是眼界自性即非自性是色界乃至眼觸爲緣所生諸受自性亦非自性若非自性即是靜慮波羅蜜多於此靜慮波羅蜜多眼界不可得彼我無我亦不可得色界乃至眼觸爲緣所生諸受皆不可得彼我無我亦不可得所以者何此中尚無眼界等可得何況有彼我與無我汝若能修如是靜慮是修靜慮波羅蜜多復作是言汝善男子應修靜慮波羅蜜多不應觀眼界若淨若不淨不應觀色界眼識界及眼觸眼觸爲緣所生諸受若淨若不淨何以故眼界眼界自性空色界眼識界及眼觸眼觸爲緣所生諸受色界乃至眼觸爲緣所生諸受自性空是眼界自性即非自性是色界乃至眼觸爲緣所生諸受自性亦非自性若非自性即是靜慮波羅蜜多於此靜慮波羅蜜多眼界不可得彼淨不淨亦不可得色界乃至眼觸爲緣所生諸受皆不可得彼淨不淨亦不可得所以者何此中尚無眼界等可得何況有彼淨與不淨汝若能修如是靜慮是修靜慮波羅蜜多憍尸迦是善男子善女人等作此等說

是爲宣說眞正靜慮波羅蜜多復次憍尸迦若善男子善女人等爲發無上菩提心者宣說靜慮波羅蜜多作如是言汝善男子應修靜慮波羅蜜多不應觀耳界若常若無常不應觀聲界耳識界及耳觸耳觸爲緣所生諸受若常若無常何以故耳界耳界自性空聲界耳識界及耳觸耳觸爲緣所生諸受聲界乃至耳觸爲緣所生諸受自性空是耳界自性即非自性是聲界乃至耳觸爲緣所生諸受自性亦非自性若非自性即是靜慮波羅蜜多於此靜慮波羅蜜多耳界不可得彼常無常亦不可得聲界乃至耳觸爲緣所生諸受皆不可得彼常無常亦不可得所以者何此中尚無耳界等可得何況有彼常與無常汝若能修如是靜慮是修靜慮波羅蜜多復作是言汝善男子應修靜慮波羅蜜多不應觀耳界若樂若苦不應觀聲界耳識界及耳觸耳觸爲緣所生諸受若樂若苦何以故耳界耳界自性空聲界耳識界及耳觸耳觸爲緣所生諸受聲界乃至耳觸爲緣所生諸受自性空是耳界自性即非自性是聲界乃至耳觸爲緣所生諸受自性亦非自性若非自性即是靜慮波羅蜜多於此靜慮波羅蜜多耳界不可得彼樂與苦亦不可得聲界乃至耳觸爲緣所生諸受皆不可得彼樂與苦亦不可得所以者何此中尚無耳界等可得何況有彼樂之與苦汝若能修如是靜慮是修靜慮波羅蜜多復作是言汝善男子應修靜慮波羅蜜多不應觀耳界若我若無我不應觀聲界耳識界及耳觸耳觸爲緣所生諸受

若我若無我何以故耳界耳界自性空聲界耳識界及耳觸耳觸爲縁所生諸受聲界乃至耳觸爲縁所生諸受自性空是耳界自性即非自性是聲界乃至耳觸爲縁所生諸受自性亦非自性若非自性即是靜慮波羅蜜多於此靜慮波羅蜜多耳界不可得彼我無我亦不可得聲界乃至耳觸爲縁所生諸受皆不可得彼我無我亦不可得所以者何此中尚無耳界等可得何况有彼我與無我汝若能修如是靜慮是修靜慮波羅蜜多復作是言汝善男子應修靜慮波羅蜜多不應觀耳界若淨若不淨不應觀聲界耳識界及耳觸耳觸爲縁所生諸受若淨若不淨何以故耳界耳界自性空聲界耳識界及耳觸耳觸爲縁所生諸受聲界乃至耳觸爲縁所生諸受自性空是耳界自性即非自性是聲界乃至耳觸爲縁所生諸受自性亦非自性若非自性即是靜慮波羅蜜多於此靜慮波羅蜜多耳界不可得彼淨不淨亦不可得聲界乃至耳觸爲縁所生諸受皆不可得彼淨不淨亦不可得所以者何此中尚無耳界等可得何况有彼淨與不淨汝若能修如是靜慮是修靜慮波羅蜜多憍尸迦是善男子善女人等作此等說是爲宣說眞正靜慮波羅蜜多

復次憍尸迦若善男子善女人等爲發無上菩提心者宣說靜慮波羅蜜多作如是言汝善男子應修靜慮波羅蜜多不應觀鼻界若常若無常不應觀香界鼻識界及鼻觸鼻觸爲縁所生諸受若常若無常何以故鼻界鼻界自性空香界鼻識界及鼻觸鼻觸爲縁所

生諸受香界乃至鼻觸爲緣所生諸受自性空是鼻界自性即非自性是香界乃至鼻觸爲緣所生諸受自性亦非自性若非自性即是靜慮波羅蜜多於此靜慮波羅蜜多鼻界不可得彼常無常亦不可得香界乃至鼻觸爲緣所生諸受皆不可得彼常無常亦不可得所以者何此中尚無鼻鼻界等可得何況有彼常與無常汝若能修如是靜慮是修靜慮波羅蜜多復作是言汝善男子應修靜慮波羅蜜多不應觀鼻界若樂若苦不應觀香界鼻識界及鼻觸鼻觸爲緣所生諸受若樂若苦何以故鼻界鼻界自性空香界鼻識界及鼻觸鼻觸爲緣所生諸受香界乃至鼻觸爲緣所生諸受自性空是鼻界自性即非自性是香界乃至鼻觸爲緣所生諸受自性亦非自性若非自性即是靜慮波羅蜜多於此靜慮波羅蜜多鼻界不可得彼樂與苦亦不可得香界乃至鼻觸爲緣所生諸受皆不可得彼樂與苦亦不可得所以者何此中尚無鼻界等可得何況有彼樂之與苦汝若能修如是靜慮是修靜慮波羅蜜多復作是言汝善男子應修靜慮波羅蜜多不應觀鼻界若我若無我不應觀香界鼻識界及鼻觸鼻觸爲緣所生諸受若我若無我何以故鼻界鼻界自性空香界鼻識界及鼻觸鼻觸爲緣所生諸受香界乃至鼻觸爲緣所生諸受自性空是鼻界自性即非自性是香界乃至鼻觸爲緣所生諸受自性亦非自性若非自性即是靜慮波羅蜜多於此靜慮波羅蜜多鼻界不可得彼我無我亦不可得香界乃至鼻觸爲

緣所生諸受皆不可得彼我無我亦不可得所以者何此中尚無鼻界等可得何况有彼我與無我汝若能修如是靜慮是修靜慮波羅蜜多復作是言汝善男子應修靜慮波羅蜜多不應觀鼻界若淨若不淨不應觀香界鼻識界及鼻觸鼻觸爲緣所生諸受若淨若不淨何以故鼻界鼻界自性空香界鼻識界及鼻觸鼻觸爲緣所生諸受香界乃至鼻觸爲緣所生諸受自性空是鼻界自性即非自性是香界乃至鼻觸爲緣所生諸受自性亦非自性若非自性即是靜慮波羅蜜多於此靜慮波羅蜜多鼻界不可得彼淨不淨亦不可得香界乃至鼻觸爲緣所生諸受皆不可得彼淨不淨亦不可得所以者何此中尚無鼻界等可得何况有彼淨與不淨汝若能修如是靜慮是修靜慮波羅蜜多憍尸迦是善男子善女人等作此等說是爲宣說眞正靜慮波羅蜜多

大般若波羅蜜多經卷第一百四十九

大般若波羅蜜多經卷第一百五十

唐三藏法師玄奘奉詔譯

初分校量功德品第三十之四十八

復次憍尸迦若善男子善女人等爲發無上菩提心者宣說靜慮波羅蜜多作如是言汝善男子應修靜慮波羅蜜多不應觀舌界若常若無常不應觀味界舌識界及舌觸舌觸爲緣所生諸受若常若無常何以故舌界舌界自性空味界舌識界及舌觸舌觸爲緣所生諸受味界乃至舌觸爲緣所生諸受自性空是舌界自性即非自性是味界乃至舌觸爲緣所生諸受自性亦非自性若非自性即是靜慮波羅蜜多於此靜慮波羅蜜多舌界不可得彼常無常亦不可得味界乃至舌觸爲緣所生諸受皆不可得彼常無常亦不可得所以者何此中尚無舌界等可得何況有彼常與無常汝若能修如是靜慮是修靜慮波羅蜜多復作是言汝善男子應修靜慮波羅蜜多不應觀舌界若樂若苦不應觀味界舌識界及舌觸舌觸爲緣所生諸受若樂若苦何以故舌界舌界自性空味界舌識界及舌觸舌觸爲緣所生諸受味界乃至舌觸爲緣所生諸受自性空是舌界自性即非自性是味界乃至舌觸爲緣所生諸受自性亦非自性若非自性即是靜慮波羅蜜多於此靜慮波羅蜜多舌界不可得彼樂與苦亦不可得味界乃至舌觸爲緣所生諸受皆不可得彼樂與苦亦不可得所以者何此中尚無舌界等可得何況有彼樂之與苦汝若能修如是靜慮是修靜慮波羅蜜多復作是言汝善

男子應修靜慮波羅蜜多不應觀舌界若我若無我不應觀味界舌識界及舌觸舌觸爲緣所生諸受若我若無我何以故舌界舌界自性空味界舌識界及舌觸舌觸爲緣所生諸受味界乃至舌觸爲緣所生諸受自性空是舌界自性即非自性是味界乃至舌觸爲緣所生諸受自性亦非自性若非自性即是靜慮波羅蜜多於此靜慮波羅蜜多舌界不可得彼我無我亦不可得味界乃至舌觸爲緣所生諸受皆不可得彼我無我亦不可得所以者何此中尚無舌界等可得何況有彼我與無我汝若能修如是靜慮是修靜慮波羅蜜多復作是言汝善男子應修靜慮波羅蜜多不應觀舌界若淨若不淨不應觀味界舌識界及舌觸舌觸爲緣所生諸受若淨若不淨何以故舌界舌界自性空味界舌識界及舌觸舌觸爲緣所生諸受味界乃至舌觸爲緣所生諸受自性空是舌界自性即非自性是味界乃至舌觸爲緣所生諸受自性亦非自性若非自性即是靜慮波羅蜜多於此靜慮波羅蜜多舌界不可得彼淨不淨亦不可得味界乃至舌觸爲緣所生諸受皆不可得彼淨不淨亦不可得所以者何此中尚無舌界等可得何況有彼淨與不淨汝若能修如是靜慮是修靜慮波羅蜜多憍尸迦是善男子善女人等作此等説是爲宣説眞正靜慮波羅蜜多復次憍尸迦若善男子善女人等爲發無上菩提心者宣説靜慮波羅蜜多作如是言汝善男子應修靜慮波羅蜜多不應觀身界若常若無常不應觀觸界身識界

及身觸身觸爲緣所生諸受若常若無常何以故身界身界自性空觸界身識界及身觸身觸爲緣所生諸受觸界乃至身觸爲緣所生諸受自性空是身界自性即非自性是觸界乃至身觸爲緣所生諸受自性亦非自性若非自性即是靜慮波羅蜜多於此靜慮波羅蜜多身界不可得彼常無常亦不可得觸界乃至身觸爲緣所生諸受皆不可得彼常無常亦不可得所以者何此中尚無身界等可得何況有彼常與無常汝若能修如是靜慮是修靜慮波羅蜜多復作是言汝善男子應修靜慮波羅蜜多不應觀身界若樂若苦不應觀觸界身識界及身觸身觸爲緣所生諸受若樂若苦何以故身界身界自性空觸界身識界及身觸身觸爲緣所生諸受觸界乃至身觸爲緣所生諸受自性空是身界自性即非自性是觸界乃至身觸爲緣所生諸受自性亦非自性若非自性即是靜慮波羅蜜多於此靜慮波羅蜜多身界不可得彼樂與苦亦不可得觸界乃至身觸爲緣所生諸受皆不可得彼樂與苦亦不可得所以者何此中尚無身界等可得何況有彼樂之與苦汝若能修如是靜慮是修靜慮波羅蜜多復作是言汝善男子應修靜慮波羅蜜多不應觀身界若我若無我不應觀觸界身識界及身觸身觸爲緣所生諸受若我若無我何以故身界身界自性空觸界身識界及身觸身觸爲緣所生諸受觸界乃至身觸爲緣所生諸受自性空是身界自性即非自性是觸界乃至身觸爲緣所生諸受自性亦非自性若

非自性即是靜慮波羅蜜多於此靜慮波羅蜜多身界不可得彼我無我亦不可得觸界乃至身觸爲緣所生諸受皆不可得彼我無我亦不可得所以者何此中尚無身界等可得何況有彼我與無我汝若能修如是靜慮是修靜慮波羅蜜多復作是言汝善男子應修靜慮波羅蜜多不應觀身界若淨若不淨不應觀觸界身識界及身觸身觸爲緣所生諸受若淨若不淨何以故身界身界自性空觸界身識界及身觸身觸爲緣所生諸受觸界乃至身觸爲緣所生諸受自性空是身界自性即非自性是觸界乃至身觸爲緣所生諸受自性亦非自性若非自性即是靜慮波羅蜜多於此靜慮波羅蜜多身界不可得彼淨不淨亦不可得觸界乃至身觸爲緣所生諸受皆不可得彼淨不淨亦不可得所以者何此中尚無身界等可得何況有彼淨與不淨汝若能修如是靜慮是修靜慮波羅蜜多憍尸迦是善男子善女人等作此等說是爲宣說眞正靜慮波羅蜜多復次憍尸迦若善男子善女人等爲發無上菩提心者宣說靜慮波羅蜜多作如是言汝善男子應修靜慮波羅蜜多不應觀意界若常若無常不應觀法界意識界及意觸意觸爲緣所生諸受若常若無常何以故意界意界自性空法界意識界及意觸意觸爲緣所生諸受法界乃至意觸爲緣所生諸受自性空是意界自性即非自性是法界乃至意觸爲緣所生諸受自性亦非自性若非自性即是靜慮波羅蜜多於此靜慮波羅蜜多意界不可得彼常無常

亦不可得法界乃至意觸爲緣所生諸受皆不可得彼常無常亦不可得所以者何此中尚無意界等可得何况有彼常與無常汝若能修如是靜慮是修靜慮波羅蜜多復作是言汝善男子應修靜慮波羅蜜多不應觀意界若樂若苦不應觀法界意識界及意觸意觸爲緣所生諸受若樂若苦何以故意界意界自性空法界意識界及意觸意觸爲緣所生諸受法界乃至意觸爲緣所生諸受自性空是意界自性即非自性是法界乃至意觸爲緣所生諸受自性亦非自性若非自性即是靜慮波羅蜜多於此靜慮波羅蜜多意界不可得彼樂與苦亦不可得法界乃至意觸爲緣所生諸受皆不可得彼樂與苦亦不可得所以者何此中尚無意界等可得何况有彼樂之與苦汝若能修如是靜慮是修靜慮波羅蜜多復作是言汝善男子應修靜慮波羅蜜多不應觀意界若我若無我不應觀法界意識界及意觸意觸爲緣所生諸受若我若無我何以故意界意界自性空法界意識界及意觸意觸爲緣所生諸受法界乃至意觸爲緣所生諸受自性空是意界自性即非自性是法界乃至意觸爲緣所生諸受自性亦非自性若非自性即是靜慮波羅蜜多於此靜慮波羅蜜多意界不可得彼我無我亦不可得法界乃至意觸爲緣所生諸受皆不可得彼我無我亦不可得所以者何此中尚無意界等可得何况有彼我與無我汝若能修如是靜慮是修靜慮波羅蜜多復作是言汝善男子應修靜慮波羅蜜多不應觀意界

若淨若不淨不應觀法界意識界及意觸意觸爲緣所生諸受若淨若不淨何以故意界意界自性空法界意識界及意觸意觸爲緣所生諸受法界乃至意觸爲緣所生諸受自性空是意界自性即非自性是法界乃至意觸爲緣所生諸受自性亦非自性若非自性即是靜慮波羅蜜多於此靜慮波羅蜜多意界不可得彼淨不淨亦不可得法界乃至意觸爲緣所生諸受皆不可得彼淨不淨亦不可得所以者何此中尚無意界等可得何况有彼淨與不淨汝若能修如是靜慮是修靜慮波羅蜜多憍尸迦是善男子善女人等作此等說是爲宣說眞正靜慮波羅蜜多復次憍尸迦若善男子善女人等爲發無上菩提心者宣說靜慮波羅蜜多作如是言汝善男子應修靜慮波羅蜜多不應觀地界若常若無常不應觀水火風空識界若常若無常何以故地界地界自性空水火風空識界水火風空識界自性空是地界自性即非自性是水火風空識界自性亦非自性若非自性即是靜慮波羅蜜多於此靜慮波羅蜜多地界不可得彼常無常亦不可得水火風空識界皆不可得彼常無常亦不可得所以者何此中尚無地界等可得何况有彼常與無常汝若能修如是靜慮是修靜慮波羅蜜多復作是言汝善男子應修靜慮波羅蜜多不應觀地界若樂若苦不應觀水火風空識界若樂若苦何以故地界地界自性空水火風空識界水火風空識界自性空是地界自性即非自性是水火風空識界自性亦非自性若非

自性即是靜慮波羅蜜多地界不可得彼樂與苦亦不可得水火風空識界皆不可得彼樂與苦亦不可得所以者何此中尚無地界等可得何況有彼樂之與苦汝若能修如是靜慮是修靜慮波羅蜜多復作是言汝善男子應修靜慮波羅蜜多不應觀地界若我若無我不應觀水火風空識界若我若無我何以故地界地界自性空水火風空識界水火風空識界自性空是地界自性即非自性是水火風空識界自性亦非自性若非自性即是靜慮波羅蜜多於此靜慮波羅蜜多地界不可得彼我無我亦不可得水火風空識界皆不可得彼我無我亦不可得所以者何此中尚無地界等可得何況有彼我與無我汝若能修如是靜慮是修靜慮波羅蜜多復作是言汝善男子應修靜慮波羅蜜多不應觀地界若淨若不淨不應觀水火風空識界若淨若不淨何以故地界地界自性空水火風空識界水火風空識界自性空是地界自性即非自性是水火風空識界自性亦非自性若非自性即是靜慮波羅蜜多於此靜慮波羅蜜多地界不可得彼淨不淨亦不可得水火風空識界皆不可得彼淨不淨亦不可得所以者何此中尚無地界等可得何況有彼淨與不淨汝若能修如是靜慮是修靜慮波羅蜜多憍尸迦是善男子善女人等作此等說是爲宣說眞正靜慮波羅蜜多復次憍尸迦若善男子善女人等爲發無上菩提心者宣說靜慮波羅蜜多作如是言汝善男子應修靜慮波羅蜜多不應

觀無明若常若無常不應觀行識名色六處觸受愛取有生老死愁歎苦憂惱若常若無常何以故無明無明自性空行識名色六處觸受愛取有生老死愁歎苦憂惱行乃至老死愁歎苦憂惱自性空是無明自性即非自性是行乃至老死愁歎苦憂惱自性亦非自性若非自性即是靜慮波羅蜜多於此靜慮波羅蜜多無明不可得彼常無常亦不可得行乃至老死愁歎苦憂惱皆不可得彼常無常亦不可得所以者何此中尚無無明等可得何況有彼常與無常汝若能修如是靜慮是修靜慮波羅蜜多復作是言汝善男子應修靜慮波羅蜜多不應觀無明若樂若苦不應觀行識名色六處觸受愛取有生老死愁歎苦憂惱若樂若苦何以故無明無明自性空行識名色六處觸受愛取有生老死愁歎苦憂惱行乃至老死愁歎苦憂惱自性空是無明自性即非自性是行乃至老死愁歎苦憂惱自性亦非自性若非自性即是靜慮波羅蜜多於此靜慮波羅蜜多無明不可得彼樂與苦亦不可得行乃至老死愁歎苦憂惱皆不可得彼樂與苦亦不可得所以者何此中尚無無明等可得何況有彼樂之與苦汝若能修如是靜慮是修靜慮波羅蜜多復作是言汝善男子應修靜慮波羅蜜多不應觀無明若我若無我不應觀行識名色六處觸受愛取有生老死愁歎苦憂惱若我若無我何以故無明無明自性空行識名色六處觸受愛取有生老死愁歎苦憂惱行乃至老死愁歎苦憂惱自性空是無明自性即非自性

是行乃至老死愁歎苦憂惱自性亦非自性若非自性即是靜慮波羅蜜多於此靜慮波羅蜜多無明不可得彼我無我亦不可得行乃至老死愁歎苦憂惱皆不可得彼我無我亦不可得所以者何此中尚無無明等可得何況有彼我與無我汝若能修如是靜慮是修靜慮波羅蜜多復作是言汝善男子應修靜慮波羅蜜多不應觀無明若淨若不淨不應觀行識名色六處觸受愛取有生老死愁歎苦憂惱若淨若不淨何以故無明無明自性空行識名色六處觸受愛取有生老死愁歎苦憂惱行乃至老死愁歎苦憂惱自性空是無明自性即非自性是行乃至老死愁歎苦憂惱自性亦非自性若非自性即是靜慮波羅蜜多於此靜慮波羅蜜多無明不可得彼淨不淨亦不可得行乃至老死愁歎苦憂惱皆不可得彼淨不淨亦不可得所以者何此中尚無無明等可得何況有彼淨與不淨汝若能修如是靜慮是修靜慮波羅蜜多憍尸迦是善男子善女人等作此等說是爲宣說真正靜慮波羅蜜多復次憍尸迦若善男子善女人等爲發無上菩提心者宣說靜慮波羅蜜多作如是言汝善男子應修靜慮波羅蜜多不應觀布施波羅蜜多若常若無常不應觀淨戒安忍精進靜慮般若波羅蜜多若常若無常何以故布施波羅蜜多布施波羅蜜多自性空淨戒安忍精進靜慮般若波羅蜜多淨戒乃至般若波羅蜜多自性空是布施波羅蜜多自性即非自性是淨戒乃至般若波羅蜜多自性亦非自性若非自性即

是靜慮波羅蜜多於此靜慮波羅蜜多布施波羅蜜多不可得彼常無常亦不可得淨戒乃至般若波羅蜜多皆不可得彼常無常亦不可得所以者何此中尚無布施波羅蜜多等可得何況有彼常與無常汝若能修如是靜慮是修靜慮波羅蜜多復作是言汝善男子應修靜慮波羅蜜多不應觀布施波羅蜜多若樂若苦不應觀淨戒安忍精進靜慮般若波羅蜜多若樂若苦何以故布施波羅蜜多布施波羅蜜多自性空淨戒安忍精進靜慮般若波羅蜜多淨戒乃至般若波羅蜜多自性空是布施波羅蜜多自性即非自性是淨戒乃至般若波羅蜜多自性亦非自性若非自性即是靜慮波羅蜜多於此靜慮波羅蜜多布施波羅蜜多不可得彼樂與苦亦不可得淨戒乃至般若波羅蜜多皆不可得彼樂與苦亦不可得所以者何此中尚無布施波羅蜜多等可得何況有彼樂之與苦汝若能修如是靜慮是修靜慮波羅蜜多復作是言汝善男子應修靜慮波羅蜜多不應觀布施波羅蜜多若我若無我不應觀淨戒安忍精進靜慮般若波羅蜜多若我若無我何以故布施波羅蜜多布施波羅蜜多自性空淨戒安忍精進靜慮般若波羅蜜多淨戒乃至般若波羅蜜多自性空是布施波羅蜜多自性即非自性是淨戒乃至般若波羅蜜多自性亦非自性若非自性即是靜慮波羅蜜多於此靜慮波羅蜜多布施波羅蜜多不可得彼我無我亦不可得淨戒乃至般若波羅蜜多皆不可得彼我無我亦不可得所以者何

此中尚無布施波羅蜜多等可得何況有彼我與無我汝若能修如是靜慮是修靜慮波羅蜜多復作是言汝善男子應修靜慮波羅蜜多不應觀布施波羅蜜多若淨若不淨不應觀淨戒安忍精進靜慮般若波羅蜜多若淨若不淨何以故布施波羅蜜多布施波羅蜜多自性空淨戒安忍精進靜慮般若波羅蜜多淨戒乃至般若波羅蜜多自性空是布施波羅蜜多自性即非自性是淨戒乃至般若波羅蜜多自性亦非自性若非自性即是靜慮波羅蜜多於此靜慮波羅蜜多布施波羅蜜多不可得彼淨不淨亦不可得淨戒乃至般若波羅蜜多皆不可得彼淨不淨亦不可得所以者何此中尚無布施波羅蜜多等可得何況有彼淨與不淨汝若能修如是靜

慮是修靜慮波羅蜜多憍尸迦是善男子善女人等作此等說是爲宣說眞正靜慮波羅蜜多復次憍尸迦若善男子善女人等爲發無上菩提心者宣說靜慮波羅蜜多作如是言汝善男子應修靜慮波羅蜜多不應觀內空若常若無常不應觀外空內外空空空大空勝義空有爲空無爲空畢竟空無際空散空無變異空本性空自相空共相空一切法空不可得空無性空自性空無性自性空若常若無常何以故內空內空自性空外空內外空空空大空勝義空有爲空無爲空畢竟空無際空散空無變異空本性空自相空共相空一切法空不可得空無性空自性空無性自性空外空乃至無性自性空自性空是內空自性即非自性是外空乃至無性自性

空自性亦非自性若非自性即是靜慮波羅蜜多於此靜慮波羅蜜多內空不可得彼常無常亦不可得外空乃至無性自性空皆不可得彼常無常亦不可得所以者何此中尚無內空等可得何況有彼常與無常汝若能修如是靜慮是修靜慮波羅蜜多復作是言汝善男子應修靜慮波羅蜜多不應觀內空若樂若苦不應觀外空內外空空空大空勝義空有爲空無爲空畢竟空無際空散空無變異空本性空自相空共相空一切法空不可得空無性空自性空無性自性空若樂若苦何以故內空內空自性空外空內外空空空大空勝義空有爲空無爲空畢竟空無際空散空無變異空本性空自相空共相空一切法空不可得空無性空自性空無性自性空外空乃至無性自性空自性空是內空自性即非自性是外空乃至無性自性空自性亦非自性若非自性即是靜慮波羅蜜多於此靜慮波羅蜜多內空不可得彼樂與苦亦不可得外空乃至無性自性空皆不可得彼樂與苦亦不可得所以者何此中尚無內空等可得何況有彼樂之與苦汝若能修如是靜慮是修靜慮波羅蜜多復作是言汝善男子應修靜慮波羅蜜多不應觀內空若我若無我不應觀外空內外空空空大空勝義空有爲空無爲空畢竟空無際空散空無變異空本性空自相空共相空一切法空不可得空無性空自性空無性自性空若我若無我何以故內空內空自性空外空內外空空空大空勝義空有爲空無爲空畢竟空無際空

散空無變異空本性空自相空共相空一切法空不可得空無性空自性空無性自性空外空乃至無性自性空自性空是內空自性即非自性是外空乃至無性自性空自性亦非自性若非自性即是靜慮波羅蜜多於此靜慮波羅蜜多內空不可得彼我無我亦不可得外空乃至無性自性空皆不可得彼我無我亦不可得所以者何此中尚無內空等可得何況有彼我與無我汝若能修如是靜慮是修靜慮波羅蜜多復作是言汝善男子應修靜慮波羅蜜多不應觀內空若淨若不淨不應觀外空內外空空空大空勝義空有爲空無爲空畢竟空無際空散空無變異空本性空自相空共相空一切法空不可得空無性空自性空無性自性空若淨若不淨何以故內空內空自性空外空內外空空空大空勝義空有爲空無爲空畢竟空無際空散空無變異空本性空自相空共相空一切法空不可得空無性空自性空無性自性空外空乃至無性自性空自性空是內空自性即非自性是外空乃至無性自性空自性亦非自性若非自性即是靜慮波羅蜜多於此靜慮波羅蜜多內空不可得彼淨不淨亦不可得外空乃至無性自性空皆不可得彼淨不淨亦不可得所以者何此中尚無內空等可得何況有彼淨與不淨汝若能修如是靜慮是修靜慮波羅蜜多憍尸迦是善男子善女人等作此等說是爲宣說真正靜慮波羅蜜多復次憍尸迦若善男子善女人等爲發無上菩提心者宣說靜慮波羅蜜多作如是言

汝善男子應修靜慮波羅蜜多不應觀眞如若常若無常不應觀法界法性不虛妄性不變異性平等性離生性法定法住實際虛空界不思議界若常若無常何以故眞如眞如自性空法界法性不虛妄性不變異性平等性離生性法定法住實際虛空界不思議界法界乃至不思議界自性空是眞如自性即非自性是法界乃至不思議界自性亦非自性若非自性即是靜慮波羅蜜多於此靜慮波羅蜜多眞如不可得彼常無常亦不可得法界乃至不思議界皆不可得彼常無常亦不可得所以者何此中尚無眞如等可得何況有彼常與無常汝若能修如是靜慮是修靜慮波羅蜜多復作是言汝善男子應修靜慮波羅蜜多不應觀眞如若樂若苦不應觀法界法性不虛妄性不變異性平等性離生性法定法住實際虛空界不思議界若樂若苦何以故眞如眞如自性空法界法性不虛妄性不變異性平等性離生性法定法住實際虛空界不思議界法界乃至不思議界自性空是眞如自性即非自性是法界乃至不思議界自性亦非自性若非自性即是靜慮波羅蜜多於此靜慮波羅蜜多眞如不可得彼樂與苦亦不可得法界乃至不思議界皆不可得彼樂與苦亦不可得所以者何此中尚無眞如等可得何況有彼樂之與苦汝若能修如是靜慮是修靜慮波羅蜜多復作是言汝善男子應修靜慮波羅蜜多不應觀眞如若我若無我不應觀法界法性不虛妄性不變異性平等性離生性法定法住實際虛

空界不思議界若我若無我何以故眞如眞如自性空法界法性不虛妄性不變異性平等性離生性法定法住實際虛空界不思議界法界乃至不思議界自性空是眞如自性即非自性是法界乃至不思議界自性亦非自性若非自性即是靜慮波羅蜜多於此靜慮波羅蜜多眞如不可得彼我無我亦不可得法界乃至不思議界皆不可得彼我無我亦不可得所以者何此中尚無眞如等可得何況有彼我與無我汝若能修如是靜慮是修靜慮波羅蜜多復作是言汝善男子應修靜慮波羅蜜多不應觀眞如若淨若不淨不應觀法界法性不虛妄性不變異性平等性離生性法定法住實際虛空界不思議界若淨若不淨何以故眞如眞如自性空法界法性不虛妄性不變異性平等性離生性法定法住實際虛空界不思議界法界乃至不思議界自性空是眞如自性即非自性是法界乃至不思議界自性亦非自性若非自性即是靜慮波羅蜜多於此靜慮波羅蜜多眞如不可得彼淨不淨亦不可得法界乃至不思議界皆不可得彼淨不淨亦不可得所以者何此中尚無眞如等可得何況有彼淨與不淨汝若能修如是靜慮是修靜慮波羅蜜多憍尸迦是善男子善女人等作此等說是爲宣說眞正靜慮波羅蜜多

大般若波羅蜜多經卷第一百五十

大般若波羅蜜多經卷第一百五十一

唐三藏法師玄奘奉詔譯

初分校量功德品第三十之四十九

復次憍尸迦若善男子善女人等爲發無上菩提心者宣說靜慮波羅蜜多作如是言汝善男子應修靜慮波羅蜜多不應觀苦聖諦若常若無常不應觀集滅道聖諦若常若無常何以故苦聖諦苦聖諦自性空集滅道聖諦集滅道聖諦自性空是苦聖諦自性即非自性是集滅道聖諦自性亦非自性若非自性即是靜慮波羅蜜多於此靜慮波羅蜜多苦聖諦不可得彼常無常亦不可得集滅道聖諦皆不可得彼常無常亦不可得所以者何此中尚無苦聖諦等可得何況有彼常與無常汝若能修如是靜慮是修靜慮波羅蜜多復作是言汝善男子應修靜慮波羅蜜多不應觀苦聖諦若樂若苦不應觀集滅道聖諦若樂若苦何以故苦聖諦苦聖諦自性空集滅道聖諦集滅道聖諦自性空是苦聖諦自性即非自性是集滅道聖諦自性亦非自性若非自性即是靜慮波羅蜜多於此靜慮波羅蜜多苦聖諦不可得彼樂與苦亦不可得集滅道聖諦皆不可得彼樂與苦亦不可得所以者何此中尚無苦聖諦等可得何況有彼樂之與苦汝若能修如是靜慮是修靜慮波羅蜜多復作是言汝善男子應修靜慮波羅蜜多不應觀苦聖諦若我若無我不應觀集滅道聖諦若我若無我何以故苦聖諦苦聖諦自性空集滅道聖諦集滅道聖諦自性空是苦聖諦自性即非自性是集滅道聖

諦自性亦非自性若非自性即是靜慮波羅
蜜多於此靜慮波羅蜜多苦聖諦不可得彼
我無我亦不可得集滅道聖諦皆不可得彼
我無我亦不可得所以者何此中尚無苦聖
諦等可得何況有彼我與無我汝若能修如
是靜慮是修靜慮波羅蜜多復作是言汝善
男子應修靜慮波羅蜜多不應觀苦聖諦若
淨若不淨不應觀集滅道聖諦若淨若不淨
何以故苦聖諦苦聖諦自性空集滅道聖諦
集滅道聖諦自性空是苦聖諦自性即非自
性是集滅道聖諦自性亦非自性若非自性
即是靜慮波羅蜜多於此靜慮波羅蜜多苦
聖諦不可得彼淨不淨亦不可得集滅道聖
諦皆不可得彼淨不淨亦不可得所以者何
此中尚無苦聖諦等可得何況有彼淨與不
淨汝若能修如是靜慮是修靜慮波羅蜜多
憍尸迦是善男子善女人等作此等說是爲
宣說眞正靜慮波羅蜜多復次憍尸迦若善
男子善女人等爲發無上菩提心者宣說靜
慮波羅蜜多作如是言汝善男子應修靜慮
波羅蜜多不應觀四靜慮若常若無常不應
觀四無量四無色定若常若無常何以故四
靜慮四靜慮自性空四無量四無色定四無
量四無色定自性空是四靜慮自性即非自
性是四無量四無色定自性亦非自性若非
自性即是靜慮波羅蜜多於此靜慮波羅蜜
多四靜慮不可得彼常無常亦不可得四無
量四無色定皆不可得彼常無常亦不可得
所以者何此中尚無四靜慮等可得何況有
彼常與無常汝若能修如是靜慮是修靜慮

波羅蜜多復作是言汝善男子應修靜慮波羅蜜多不應觀四靜慮若樂若苦不應觀四無量四無色定若樂若苦何以故四靜慮四靜慮自性空四無量四無色定四無量四無色定自性空是四靜慮自性即非自性是四無量四無色定自性亦非自性若非自性即是靜慮波羅蜜多於此靜慮波羅蜜多四靜慮不可得彼樂與苦亦不可得四無量四無色定皆不可得彼樂與苦亦不可得所以者何此中尚無四靜慮等可得何況有彼樂之與苦汝若能修如是靜慮是修靜慮波羅蜜多復作是言汝善男子應修靜慮波羅蜜多不應觀四靜慮若我若無我不應觀四無量四無色定若我若無我何以故四靜慮四靜慮自性空四無量四無色定四無量四無色定自性空是四靜慮自性即非自性是四無量四無色定自性亦非自性若非自性即是靜慮波羅蜜多於此靜慮波羅蜜多四靜慮不可得彼我無我亦不可得四無量四無色定皆不可得彼我無我亦不可得所以者何此中尚無四靜慮等可得何況有彼我與無我汝若能修如是靜慮是修靜慮波羅蜜多復作是言汝善男子應修靜慮波羅蜜多不應觀四靜慮若淨若不淨不應觀四無量四無色定若淨若不淨何以故四靜慮四靜慮自性空四無量四無色定四無量四無色定自性空是四靜慮自性即非自性是四無量四無色定自性亦非自性若非自性即是靜慮波羅蜜多於此靜慮波羅蜜多四靜慮不可得彼淨不淨亦不可得四無量四無色定

皆不可得彼淨不淨亦不可得所以者何此中尚無四靜慮等可得何況有彼淨與不淨汝若能修如是靜慮是修靜慮波羅蜜多憍尸迦是善男子善女人等作此等說是爲宣說眞正靜慮波羅蜜多復次憍尸迦若善男子善女人等爲發無上菩提心者宣說靜慮波羅蜜多作如是言汝善男子應修靜慮波羅蜜多不應觀八解脱若常若無常不應觀八勝處九次第定十遍處若常若無常何以故八解脱八解脱自性空八勝處九次第定十遍處八勝處九次第定十遍處自性空是八解脱自性即非自性是八勝處九次第定十遍處自性亦非自性若非自性即是靜慮波羅蜜多於此靜慮波羅蜜多八解脱不可得彼常無常亦不可得八勝處九次第定十遍處皆不可得彼常無常亦不可得所以者何此中尚無八解脱等可得何況有彼常與無常汝若能修如是靜慮是修靜慮波羅蜜多復作是言汝善男子應修靜慮波羅蜜多不應觀八解脱若樂若苦不應觀八勝處九次第定十遍處若樂若苦何以故八解脱八解脱自性空八勝處九次第定十遍處八勝處九次第定十遍處自性空是八解脱自性即非自性是八勝處九次第定十遍處自性亦非自性若非自性即是靜慮波羅蜜多於此靜慮波羅蜜多八解脱不可得彼樂與苦亦不可得八勝處九次第定十遍處皆不可得彼樂與苦亦不可得所以者何此中尚無八解脱等可得何況有彼樂之與苦汝若能修如是靜慮是修靜慮波羅蜜多復作是言

汝善男子應修靜慮波羅蜜多不應觀八解
脫若我若無我不應觀八勝處九次第定十
遍處若我若無我何以故八解脫八解脫自
性空八勝處九次第定十遍處八勝處九次
第定十遍處自性空是八解脫自性即非自
性是八勝處九次第定十遍處自性亦非自
性若非自性即是靜慮波羅蜜多於此靜慮
波羅蜜多八解脫不可得彼我無我亦不可
得八勝處九次第定十遍處皆不可得彼我
無我亦不可得所以者何此中尚無八解脫
等可得何況有彼我與無我汝若能修如是
靜慮是修靜慮波羅蜜多復作是言汝善男
子應修靜慮波羅蜜多不應觀八解脫若淨
若不淨不應觀八勝處九次第定十遍處若
淨若不淨何以故八解脫八解脫自性空八
勝處九次第定十遍處八勝處九次第定十
遍處自性空是八解脫自性即非自性是八
勝處九次第定十遍處自性亦非自性若非
自性即是靜慮波羅蜜多於此靜慮波羅蜜
多八解脫不可得彼淨不淨亦不可得八勝
處九次第定十遍處皆不可得彼淨不淨亦
不可得所以者何此中尚無八解脫等可得
何況有彼淨與不淨汝若能修如是靜慮是
修靜慮波羅蜜多憍尸迦是善男子善女人
等作此等說是爲宣說眞正靜慮波羅蜜多
復次憍尸迦若善男子善女人等爲發無上
菩提心者宣說靜慮波羅蜜多作如是言汝
善男子應修靜慮波羅蜜多不應觀四念住
若常若無常不應觀四正斷四神足五根五
力七等覺支八聖道支若常若無常何以故

四念住四念住自性空四正斷四神足五根五力七等覺支八聖道支四正斷乃至八聖道支自性空是四念住自性即非自性是四正斷乃至八聖道支自性亦非自性若非自性即是靜慮波羅蜜多於此靜慮波羅蜜多四念住不可得彼常無常亦不可得四正斷乃至八聖道支皆不可得彼常無常亦不可得所以者何此中尚無四念住等可得何況有彼常與無常汝若能修如是靜慮是修靜慮波羅蜜多復作是言汝善男子應修靜慮波羅蜜多不應觀四念住若樂若苦不應觀四正斷四神足五根五力七等覺支八聖道支若樂若苦何以故四念住四念住自性空四正斷四神足五根五力七等覺支八聖道支四正斷乃至八聖道支自性空是四念住自性即非自性是四正斷乃至八聖道支自性亦非自性若非自性即是靜慮波羅蜜多於此靜慮波羅蜜多四念住不可得彼樂與苦亦不可得四正斷乃至八聖道支皆不可得彼樂與苦亦不可得所以者何此中尚無四念住等可得何況有彼樂之與苦汝若能修如是靜慮是修靜慮波羅蜜多復作是言汝善男子應修靜慮波羅蜜多不應觀四念住若我若無我不應觀四正斷四神足五根五力七等覺支八聖道支若我若無我何以故四念住四念住自性空四正斷四神足五根五力七等覺支八聖道支四正斷乃至八聖道支自性空是四念住自性即非自性是四正斷乃至八聖道支自性亦非自性若非自性即是靜慮波羅蜜多於此靜慮波羅蜜

多四念住不可得彼我無我亦不可得四正斷乃至八聖道支皆不可得彼我無我亦不可得所以者何此中尚無四念住等可得何況有彼我與無我汝若能修如是靜慮是修靜慮波羅蜜多復作是言汝善男子應修靜慮波羅蜜多不應觀四念住若淨若不淨不應觀四正斷四神足五根五力七等覺支八聖道支若淨若不淨何以故四念住四念住自性空四正斷四神足五根五力七等覺支八聖道支四正斷乃至八聖道支自性空是四念住自性即非自性是四正斷乃至八聖道支自性亦非自性若非自性即是靜慮波羅蜜多於此靜慮波羅蜜多四念住不可得彼淨不淨亦不可得四正斷乃至八聖道支皆不可得彼淨不淨亦不可得所以者何此中尚無四念住等可得何況有彼淨與不淨汝若能修如是靜慮是修靜慮波羅蜜多憍尸迦是善男子善女人等作此等說是爲宣說真正靜慮波羅蜜多復次憍尸迦若善男子善女人等爲發無上菩提心者宣說靜慮波羅蜜多作如是言汝善男子應修靜慮波羅蜜多不應觀空解脫門若常若無常不應觀無相無願解脫門若常若無常何以故空解脫門空解脫門自性空無相無願解脫門無相無願解脫門自性空是空解脫門自性即非自性是無相無願解脫門自性亦非自性若非自性即是靜慮波羅蜜多於此靜慮波羅蜜多空解脫門不可得彼常無常亦不可得無相無願解脫門皆不可得彼常無常亦不可得所以者何此中尚無空解脫門等

可得何況有彼常與無常汝若能修如是靜慮是修靜慮波羅蜜多復作是言汝善男子應修靜慮波羅蜜多不應觀空解脱門若樂若苦不應觀無相無願解脱門若樂若苦何以故空解脱門空解脱門自性空無相無願解脱門無相無願解脱門自性空是空解脱門自性即非自性是無相無願解脱門自性亦非自性若非自性即是靜慮波羅蜜多於此靜慮波羅蜜多空解脱門不可得彼樂與苦亦不可得無相無願解脱門皆不可得彼樂與苦亦不可得所以者何此中尚無空解脱門等可得何況有彼樂之與苦汝若能修如是靜慮是修靜慮波羅蜜多復作是言汝善男子應修靜慮波羅蜜多不應觀空解脱門若我若無我不應觀無相無願解脱門若我若無我何以故空解脱門空解脱門自性空無相無願解脱門無相無願解脱門自性空是空解脱門自性即非自性是無相無願解脱門自性亦非自性若非自性即是靜慮波羅蜜多於此靜慮波羅蜜多空解脱門不可得彼我無我亦不可得無相無願解脱門皆不可得彼我無我亦不可得所以者何此中尚無空解脱門等可得何況有彼我與無我汝若能修如是靜慮是修靜慮波羅蜜多復作是言汝善男子應修靜慮波羅蜜多不應觀空解脱門若淨若不淨不應觀無相無願解脱門若淨若不淨何以故空解脱門空解脱門自性空無相無願解脱門無相無願解脱門自性空是空解脱門自性即非自性是無相無願解脱門自性亦非自性若非自

性即是靜慮波羅蜜多於此靜慮波羅蜜多空解脫門不可得彼淨不淨亦不可得無相無願解脫門皆不可得彼淨不淨亦不可得所以者何此中尚無空解脫門等可得何況有彼淨與不淨汝若能修如是靜慮是修靜慮波羅蜜多憍尸迦是善男子善女人等作此等説是爲宣説眞正靜慮波羅蜜多復次憍尸迦若善男子善女人等爲發無上菩提心者宣説靜慮波羅蜜多作如是言汝善男子應修靜慮波羅蜜多不應觀五眼若常若無常不應觀六神通若常若無常何以故五眼五眼自性空六神通六神通自性空是五眼自性即非自性是六神通自性亦非自性若非自性即是靜慮波羅蜜多於此靜慮波羅蜜多五眼不可得彼常無常亦不可得六神通不可得彼常無常亦不可得所以者何此中尚無五眼等可得何況有彼常與無常汝若能修如是靜慮是修靜慮波羅蜜多復作是言汝善男子應修靜慮波羅蜜多不應觀五眼若樂若苦不應觀六神通若樂若苦何以故五眼五眼自性空六神通六神通自性空是五眼自性即非自性是六神通自性亦非自性若非自性即是靜慮波羅蜜多於此靜慮波羅蜜多五眼不可得彼樂與苦亦不可得六神通不可得彼樂與苦亦不可得所以者何此中尚無五眼等可得何況有彼樂之與苦汝若能修如是靜慮是修靜慮波羅蜜多復作是言汝善男子應修靜慮波羅蜜多不應觀五眼若我若無我不應觀六神通若我若無我何以故五眼五眼自性空六

神通六神通自性空是五眼自性即非自性是六神通自性亦非自性若非自性即是靜慮波羅蜜多於此靜慮波羅蜜多五眼不可得彼我無我亦不可得六神通不可得彼我無我亦不可得所以者何此中尚無五眼等可得何况有彼我與無我汝若能修如是靜慮是修靜慮波羅蜜多復作是言汝善男子應修靜慮波羅蜜多不應觀五眼若淨若不淨不應觀六神通若淨若不淨何以故五眼五眼自性空六神通六神通自性空是五眼自性即非自性是六神通自性亦非自性若非自性即是靜慮波羅蜜多於此靜慮波羅蜜多五眼不可得彼淨不淨亦不可得六神通不可得彼淨不淨亦不可得所以者何此中尚無五眼等可得何况有彼淨與不淨汝

若能修如是靜慮是修靜慮波羅蜜多憍尸迦是善男子善女人等作此等說是爲宣說眞正靜慮波羅蜜多復次憍尸迦若善男子善女人等爲發無上菩提心者宣說靜慮波羅蜜多作如是言汝善男子應修靜慮波羅蜜多不應觀佛十力若常若無常不應觀四無所畏四無礙解大慈大悲大喜大捨十八佛不共法若常若無常何以故佛十力佛十力自性空四無所畏四無礙解大慈大悲大喜大捨十八佛不共法四無所畏乃至十八佛不共法自性空是佛十力自性即非自性是四無所畏乃至十八佛不共法自性亦非自性若非自性即是靜慮波羅蜜多於此靜慮波羅蜜多佛十力不可得彼常無常亦不可得四無所畏乃至十八佛不共法皆不可

得彼常無常亦不可得所以者何此中尚無佛十力等可得何況有彼常與無常汝若能修如是靜慮是修靜慮波羅蜜多復作是言汝善男子應修靜慮波羅蜜多不應觀佛十力若樂若苦不應觀四無所畏四無礙解大慈大悲大喜大捨十八佛不共法若樂若苦何以故佛十力佛十力自性空四無所畏四無礙解大慈大悲大喜大捨十八佛不共法四無所畏乃至十八佛不共法自性空是佛十力自性即非自性是四無所畏乃至十八佛不共法自性亦非自性若非自性即是靜慮波羅蜜多於此靜慮波羅蜜多佛十力不可得彼樂與苦亦不可得四無所畏乃至十八佛不共法皆不可得彼樂與苦亦不可得所以者何此中尚無佛十力等可得何況有彼樂之與苦汝若能修如是靜慮是修靜慮波羅蜜多復作是言汝善男子應修靜慮波羅蜜多不應觀佛十力若我若無我不應觀四無所畏四無礙解大慈大悲大喜大捨十八佛不共法若我若無我何以故佛十力佛十力自性空四無所畏四無礙解大慈大悲大喜大捨十八佛不共法四無所畏乃至十八佛不共法自性空是佛十力自性即非自性是四無所畏乃至十八佛不共法自性亦非自性若非自性即是靜慮波羅蜜多於此靜慮波羅蜜多佛十力不可得彼我無我亦不可得四無所畏乃至十八佛不共法皆不可得彼我無我亦不可得所以者何此中尚無佛十力等可得何況有彼我與無我汝若能修如是靜慮是修靜慮波羅蜜多復作是

言汝善男子應修靜慮波羅蜜多不應觀佛十力若淨若不淨不應觀四無所畏四無礙解大慈大悲大喜大捨十八佛不共法若淨若不淨何以故佛十力佛十力自性空四無所畏四無礙解大慈大悲大喜大捨十八佛不共法四無所畏乃至十八佛不共法自性空是佛十力自性即非自性是四無所畏乃至十八佛不共法自性亦非自性若非自性即是靜慮波羅蜜多於此靜慮波羅蜜多佛十力不可得彼淨不淨亦不可得四無所畏乃至十八佛不共法皆不可得彼淨不淨亦不可得所以者何此中尚無佛十力等可得何況有彼淨與不淨汝若能修如是靜慮是修靜慮波羅蜜多憍尸迦是善男子善女人等作此等說是為宣說真正靜慮波羅蜜多

復次憍尸迦若善男子善女人等為發無上菩提心者宣說靜慮波羅蜜多作如是言汝善男子應修靜慮波羅蜜多不應觀無忘失法若常若無常不應觀恒住捨性若常若無常何以故無忘失法無忘失法自性空恒住捨性恒住捨性自性空是無忘失法自性即非自性是恒住捨性自性亦非自性若非自性即是靜慮波羅蜜多於此靜慮波羅蜜多無忘失法不可得彼常無常亦不可得恒住捨性不可得彼常無常亦不可得所以者何此中尚無無忘失法等可得何況有彼常與無常汝若能修如是靜慮是修靜慮波羅蜜多復作是言汝善男子應修靜慮波羅蜜多不應觀無忘失法若樂若苦不應觀恒住捨性若樂若苦何以故無忘失法無忘失法自

性空恒住捨性恒住捨性自性空是無忘失法自性即非自性是恒住捨性自性亦非自性若非自性即是靜慮波羅蜜多於此靜慮波羅蜜多無忘失法不可得彼樂與苦亦不可得恒住捨性不可得彼樂與苦亦不可得所以者何此中尚無無忘失法等可得何況有彼樂之與苦汝若能修如是靜慮是修靜慮波羅蜜多復作是言汝善男子應修靜慮波羅蜜多不應觀無忘失法若我若無我不應觀恒住捨性若我若無我何以故無忘失法無忘失法自性空恒住捨性恒住捨性自性空是無忘失法自性即非自性是恒住捨性自性亦非自性若非自性即是靜慮波羅蜜多於此靜慮波羅蜜多無忘失法不可得彼我無我亦不可得恒住捨性不可得彼我無我亦不可得所以者何此中尚無無忘失法等可得何況有彼我與無我汝若能修如是靜慮是修靜慮波羅蜜多復作是言汝善男子應修靜慮波羅蜜多不應觀無忘失法若淨若不淨不應觀恒住捨性若淨若不淨何以故無忘失法無忘失法自性空恒住捨性恒住捨性自性空是無忘失法自性即非自性是恒住捨性自性亦非自性若非自性即是靜慮波羅蜜多於此靜慮波羅蜜多無忘失法不可得彼淨不淨亦不可得恒住捨性不可得彼淨不淨亦不可得所以者何此中尚無無忘失法等可得何況有彼淨與不淨汝若能修如是靜慮是修靜慮波羅蜜多憍尸迦是善男子善女人等作此等說是爲宣說眞正靜慮波羅蜜多復次憍尸迦若善

男子善女人等爲發無上菩提心者宣説靜慮波羅蜜多作如是言汝善男子應修靜慮波羅蜜多不應觀一切智若常若無常不應觀道相智一切相智若常若無常何以故一切智一切智自性空道相智一切相智道相智一切相智自性空是一切智自性即非自性是道相智一切相智自性亦非自性若非自性即是靜慮波羅蜜多於此靜慮波羅蜜多一切智不可得彼常無常亦不可得道相智一切相智皆不可得彼常無常亦不可得所以者何此中尚無一切智等可得何況有彼常與無常汝若能修如是靜慮是修靜慮波羅蜜多復作是言汝善男子應修靜慮波羅蜜多不應觀一切智若樂若苦不應觀道相智一切相智若樂若苦何以故一切智一切智自性空道相智一切相智道相智一切相智自性空是一切智自性即非自性是道相智一切相智自性亦非自性若非自性即是靜慮波羅蜜多於此靜慮波羅蜜多一切智不可得彼樂與苦亦不可得道相智一切相智皆不可得彼樂與苦亦不可得所以者何此中尚無一切智等可得何況有彼樂之與苦汝若能修如是靜慮是修靜慮波羅蜜多復作是言汝善男子應修靜慮波羅蜜多不應觀一切智若我若無我不應觀道相智一切相智若我若無我何以故一切智一切智自性空道相智一切相智道相智一切相智自性空是一切智自性即非自性是道相智一切相智自性亦非自性若非自性即是靜慮波羅蜜多於此靜慮波羅蜜多一切智

不可得彼我無我亦不可得道相智一切相智皆不可得彼我無我亦不可得所以者何此中尚無一切智等可得何況有彼我與無我汝若能修如是靜慮是修靜慮波羅蜜多復作是言汝善男子應修靜慮波羅蜜多不應觀一切智若淨若不淨不應觀道相智一切相智若淨若不淨何以故一切智一切智自性空道相智一切相智道相智一切相智自性空是一切智自性即非自性是道相智一切相智自性亦非自性若非自性即是靜慮波羅蜜多於此靜慮波羅蜜多一切智不可得彼淨不淨亦不可得道相智一切相智皆不可得彼淨不淨亦不可得所以者何此中尚無一切智等可得何況有彼淨與不淨汝若能修如是靜慮是修靜慮波羅蜜多憍尸迦是善男子善女人等作此等說是爲宣說眞正靜慮波羅蜜多

大般若波羅蜜多經卷第一百五十一

大般若波羅蜜多經卷第一百五十二

唐三藏法師玄奘奉　詔譯

初分校量功德品第三十之五十

復次憍尸迦若善男子善女人等爲發無上菩提心者宣說靜慮波羅蜜多作如是言汝善男子應修靜慮波羅蜜多不應觀一切陀羅尼門若常若無常不應觀一切三摩地門若常若無常何以故一切陀羅尼門一切陀羅尼門自性空一切三摩地門一切三摩地門自性空是一切陀羅尼門自性即非自性是一切三摩地門自性亦非自性若非自性即是靜慮波羅蜜多於此靜慮波羅蜜多一切陀羅尼門不可得彼常無常亦不可得一切三摩地門不可得彼常無常亦不可得所以者何此中尚無一切陀羅尼門等可得何況有彼常與無常汝若能修如是靜慮是修靜慮波羅蜜多復作是言汝善男子應修靜慮波羅蜜多不應觀一切陀羅尼門若樂若苦不應觀一切三摩地門若樂若苦何以故一切陀羅尼門一切陀羅尼門自性空一切三摩地門一切三摩地門自性空是一切陀羅尼門自性即非自性是一切三摩地門自性亦非自性若非自性即是靜慮波羅蜜多於此靜慮波羅蜜多一切陀羅尼門不可得彼樂與苦亦不可得一切三摩地門不可得彼樂與苦亦不可得所以者何此中尚無一切陀羅尼門等可得何況有彼樂之與苦汝若能修如是靜慮是修靜慮波羅蜜多復作是言汝善男子應修靜慮波羅蜜多不應觀一切陀羅尼門若我若無我不應觀一切三

摩地門若我若無我何以故一切陀羅尼門一切陀羅尼門自性空一切三摩地門一切三摩地門自性空是一切陀羅尼門自性即非自性是一切三摩地門自性亦非自性若非自性即是靜慮波羅蜜多於此靜慮波羅蜜多一切陀羅尼門不可得彼我無我亦不可得一切三摩地門不可得彼我無我亦不可得所以者何此中尚無一切陀羅尼門等可得何況有彼我與無我汝若能修如是靜慮是修靜慮波羅蜜多復作是言汝善男子應修靜慮波羅蜜多不應觀一切陀羅尼門若淨若不淨不應觀一切三摩地門若淨若不淨何以故一切陀羅尼門一切陀羅尼門自性空一切三摩地門一切三摩地門自性空是一切陀羅尼門自性即非自性是一切三摩地門自性亦非自性若非自性即是靜慮波羅蜜多於此靜慮波羅蜜多一切陀羅尼門不可得彼淨不淨亦不可得一切三摩地門不可得彼淨不淨亦不可得所以者何此中尚無一切陀羅尼門等可得何況有彼淨與不淨汝若能修如是靜慮是修靜慮波羅蜜多憍尸迦是善男子善女人等作此等說是爲宣說眞正靜慮波羅蜜多復次憍尸迦若善男子善女人等爲發無上菩提心者宣說靜慮波羅蜜多作如是言汝善男子應修靜慮波羅蜜多不應觀預流向預流果若常若無常不應觀一來向一來果不還向不還果阿羅漢向阿羅漢果若常若無常何以故預流向預流果預流向預流果自性空一來向一來果不還向不還果阿羅漢向阿羅

漢果一來向乃至阿羅漢果自性空是預流向預流果自性即非自性是一來向乃至阿羅漢果自性亦非自性若非自性即是靜慮波羅蜜多於此靜慮波羅蜜多預流向預流果不可得彼常無常亦不可得一來向乃至阿羅漢果皆不可得彼常無常亦不可得所以者何此中尚無預流向等可得何況有彼常與無常汝若能修如是靜慮是修靜慮波羅蜜多復作是言汝善男子應修靜慮波羅蜜多不應觀預流向預流果若樂若苦不應觀一來向一來果不還向不還果阿羅漢向阿羅漢果若樂若苦何以故預流向預流果預流向預流果自性空一來向一來果不還向不還果阿羅漢向阿羅漢果一來向乃至阿羅漢果自性空是預流向預流果自性即

非自性是一來向乃至阿羅漢果自性亦非自性若非自性即是靜慮波羅蜜多於此靜慮波羅蜜多預流向預流果不可得彼樂與苦亦不可得一來向乃至阿羅漢果皆不可得彼樂與苦亦不可得所以者何此中尚無預流向等可得何況有彼樂之與苦汝若能修如是靜慮是修靜慮波羅蜜多復作是言汝善男子應修靜慮波羅蜜多不應觀預流向預流果若我若無我不應觀一來向一來果不還向不還果阿羅漢向阿羅漢果若我若無我何以故預流向預流果預流向預流果自性空一來向一來果不還向不還果阿羅漢向阿羅漢果一來向乃至阿羅漢果自性空是預流向預流果自性亦非自性是一來向乃至阿羅漢果自性亦非自性若非自

性即是靜慮波羅蜜多於此靜慮波羅蜜多預流向預流果不可得彼我無我亦不可得一來向乃至阿羅漢果皆不可得彼我無我亦不可得所以者何此中尚無預流向等可得何況有彼我與無我汝若能修如是靜慮是修靜慮波羅蜜多復作是言汝善男子應修靜慮波羅蜜多不應觀預流向預流果若淨若不淨不應觀一來向一來果不還向不還果阿羅漢向阿羅漢果若淨若不淨何以故預流向預流果預流向預流果自性空一來向一來果不還向不還果阿羅漢向阿羅漢果一來向乃至阿羅漢果自性空是預流向預流果自性即非自性是一來向乃至阿羅漢果自性亦非自性若非自性即是靜慮波羅蜜多於此靜慮波羅蜜多預流向預流果不可得彼淨不淨亦不可得一來向乃至阿羅漢果皆不可得彼淨不淨亦不可得所以者何此中尚無預流向等可得何況有彼淨與不淨汝若能修如是靜慮是修靜慮波羅蜜多憍尸迦是善男子善女人等作此等說是爲宣說眞正靜慮波羅蜜多復次憍尸迦若善男子善女人等爲發無上菩提心者宣說靜慮波羅蜜多作如是言汝善男子應修靜慮波羅蜜多不應觀一切獨覺菩提若常若無常何以故一切獨覺菩提一切獨覺菩提自性空是一切獨覺菩提自性即非自性若非自性即是靜慮波羅蜜多於此靜慮波羅蜜多一切獨覺菩提不可得彼常無常亦不可得所以者何此中尚無一切獨覺菩提可得何況有彼常與無常汝若能修如是

靜慮是修靜慮波羅蜜多復作是言汝善男子應修靜慮波羅蜜多不應觀一切獨覺菩提若樂若苦何以故一切獨覺菩提一切獨覺菩提自性空是一切獨覺菩提自性即非自性若非自性即是靜慮波羅蜜多於此靜慮波羅蜜多一切獨覺菩提不可得彼樂與苦亦不可得所以者何此中尚無一切獨覺菩提可得何況有彼樂之與苦汝若能修如是靜慮是修靜慮波羅蜜多復作是言汝善男子應修靜慮波羅蜜多不應觀一切獨覺菩提若我若無我何以故一切獨覺菩提一切獨覺菩提自性空是一切獨覺菩提自性即非自性若非自性即是靜慮波羅蜜多於此靜慮波羅蜜多一切獨覺菩提不可得彼我無我亦不可得所以者何此中尚無一切獨覺菩提可得何況有彼我與無我汝若能修如是靜慮是修靜慮波羅蜜多復作是言汝善男子應修靜慮波羅蜜多不應觀一切獨覺菩提若淨若不淨何以故一切獨覺菩提一切獨覺菩提自性空是一切獨覺菩提自性即非自性若非自性即是靜慮波羅蜜多於此靜慮波羅蜜多一切獨覺菩提不可得彼淨不淨亦不可得所以者何此中尚無一切獨覺菩提可得何況有彼淨與不淨汝若能修如是靜慮是修靜慮波羅蜜多憍尸迦是善男子善女人等作此等說是爲宣說真正靜慮波羅蜜多復次憍尸迦若善男子善女人等爲發無上菩提心者宣說靜慮波羅蜜多作如是言汝善男子應修靜慮波羅蜜多不應觀一切菩薩摩訶薩行若常若無

常何以故一切菩薩摩訶薩行一切菩薩摩訶薩行自性空是一切菩薩摩訶薩行自性即非自性若非自性即是靜慮波羅蜜多於此靜慮波羅蜜多一切菩薩摩訶薩行不可得波常無常亦不可得所以者何此中尚無一切菩薩摩訶薩行可得何況有彼常與無常汝若能修如是靜慮是修靜慮波羅蜜多復作是言汝善男子應修靜慮波羅蜜多不應觀一切菩薩摩訶薩行若樂若苦何以故一切菩薩摩訶薩行一切菩薩摩訶薩行自性空是一切菩薩摩訶薩行自性即非自性若非自性即是靜慮波羅蜜多於此靜慮波羅蜜多一切菩薩摩訶薩行不可得彼樂與苦亦不可得所以者何此中尚無一切菩薩摩訶薩行可得何況有彼樂之與苦汝若能修如是靜慮是修靜慮波羅蜜多復作是言汝善男子應修靜慮波羅蜜多不應觀一切菩薩摩訶薩行若我若無我何以故一切菩薩摩訶薩行一切菩薩摩訶薩行自性空是一切菩薩摩訶薩行自性即非自性若非自性即是靜慮波羅蜜多於此靜慮波羅蜜多一切菩薩摩訶薩行不可得彼我無我亦不可得所以者何此中尚無一切菩薩摩訶薩行可得何況有彼我與無我汝若能修如是靜慮是修靜慮波羅蜜多復作是言汝善男子應修靜慮波羅蜜多不應觀一切菩薩摩訶薩行若淨若不淨何以故一切菩薩摩訶薩行一切菩薩摩訶薩行自性空是一切菩薩摩訶薩行自性即非自性若非自性即是靜慮波羅蜜多一切菩

薩摩訶薩行不可得彼淨不淨亦不可得所以者何此中尚無一切菩薩摩訶薩行可得何況有彼淨與不淨汝若能修如是静慮是修静慮波羅蜜多憍尸迦是善男子善女人等作此等説是爲宣説眞正静慮波羅蜜多復次憍尸迦若善男子善女人等爲發無上菩提心者宣説静慮波羅蜜多作如是言汝善男子應修静慮波羅蜜多不應觀諸佛無上正等菩提若常若無常何以故諸佛無上正等菩提諸佛無上正等菩提自性空是諸佛無上正等菩提自性即非自性若非自性即是静慮波羅蜜多於此静慮波羅蜜多諸佛無上正等菩提不可得彼常無常亦不可得所以者何此中尚無諸佛無上正等菩提可得何況有彼常與無常汝若能修如是静

慮是修静慮波羅蜜多復作是言汝善男子應修静慮波羅蜜多不應觀諸佛無上正等菩提若樂若苦何以故諸佛無上正等菩提諸佛無上正等菩提自性空是諸佛無上正等菩提自性即非自性若非自性即是静慮波羅蜜多於此静慮波羅蜜多諸佛無上正等菩提不可得彼樂與苦亦不可得所以者何此中尚無諸佛無上正等菩提可得何況有彼樂之與苦汝若能修如是静慮是修静慮波羅蜜多復作是言汝善男子應修静慮波羅蜜多不應觀諸佛無上正等菩提若我若無我何以故諸佛無上正等菩提諸佛無上正等菩提自性空是諸佛無上正等菩提自性即非自性若非自性即是静慮波羅蜜多於此静慮波羅蜜多諸佛無上正等菩提

不可得彼我無我亦不可得所以者何此中尚無諸佛無上正等菩提可得何況有彼我與無我汝若能修如是靜慮是修靜慮波羅蜜多復作是言汝善男子應修靜慮波羅蜜多不應觀諸佛無上正等菩提若淨若不淨何以故諸佛無上正等菩提諸佛無上正等菩提自性空是諸佛無上正等菩提自性即非自性若非自性即是靜慮波羅蜜多於此靜慮波羅蜜多諸佛無上正等菩提不可得彼淨不淨亦不可得所以者何此中尚無諸佛無上正等菩提可得何況有彼淨與不淨汝若能修如是靜慮是修靜慮波羅蜜多憍尸迦是善男子善女人等作此等說是爲宣說真正靜慮波羅蜜多時天帝釋復白佛言世尊云何諸善男子善女人等說無所得精進波羅蜜多名說真正精進波羅蜜多佛言憍尸迦若善男子善女人等爲發無上菩提心者宣說精進波羅蜜多作如是言汝善男子應修精進波羅蜜多不應觀色若常若無常不應觀受想行識若常若無常何以故色色自性空受想行識受想行識自性空是色自性即非自性是受想行識自性亦非自性若非自性即是精進波羅蜜多於此精進波羅蜜多色不可得彼常無常亦不可得受想行識皆不可得彼常無常亦不可得所以者何此中尚無色等可得何況有彼常與無常汝若能修如是精進是修精進波羅蜜多復作是言汝善男子應修精進波羅蜜多不應觀色若樂若苦不應觀受想行識若樂若苦何以故色色自性空受想行識受想行識自

性空是色自性即非自性是受想行識自性亦非自性若非自性即是精進波羅蜜多於此精進波羅蜜多色不可得彼樂與苦亦不可得受想行識皆不可得彼樂與苦亦不可得所以者何此中尚無色等可得何況有彼樂之與苦汝若能修如是精進是修精進波羅蜜多復作是言汝善男子應修精進波羅蜜多不應觀色若我若無我不應觀受想行識若我若無我何以故色色自性空受想行識受想行識自性空是色自性即非自性是受想行識自性亦非自性若非自性即是精進波羅蜜多於此精進波羅蜜多色不可得彼我無我亦不可得受想行識皆不可得彼我無我亦不可得所以者何此中尚無色等可得何況有彼我與無我汝若能修如是精進是修精進波羅蜜多復作是言汝善男子應修精進波羅蜜多不應觀色若淨若不淨不應觀受想行識若淨若不淨何以故色色自性空受想行識受想行識自性空是色自性即非自性是受想行識自性亦非自性若非自性即是精進波羅蜜多於此精進波羅蜜多色不可得彼淨不淨亦不可得受想行識皆不可得彼淨不淨亦不可得所以者何此中尚無色等可得何況有彼淨與不淨汝若能修如是精進是修精進波羅蜜多憍尸迦是善男子善女人等作此等說是爲宣說眞正精進波羅蜜多復次憍尸迦若善男子善女人等爲發無上菩提心者宣說精進波羅蜜多作如是言汝善男子應修精進波羅蜜多不應觀眼處若常若無常不應觀耳鼻

舌身意處若常若無常何以故眼處眼處自性空耳鼻舌身意處耳鼻舌身意處自性空是眼處自性即非自性是耳鼻舌身意處自性亦非自性若非自性即是精進波羅蜜多於此精進波羅蜜多眼處不可得彼常無常亦不可得耳鼻舌身意處皆不可得彼常無常亦不可得所以者何此中尚無眼處等可得何況有彼常與無常汝若能修如是精進是修精進波羅蜜多復作是言汝善男子應修精進波羅蜜多不應觀眼處若樂若苦不應觀耳鼻舌身意處若樂若苦何以故眼處眼處自性空耳鼻舌身意處耳鼻舌身意處自性空是眼處自性即非自性是耳鼻舌身意處自性亦非自性若非自性即是精進波羅蜜多於此精進波羅蜜多眼處不可得彼樂與苦亦不可得耳鼻舌身意處皆不可得彼樂與苦亦不可得所以者何此中尚無眼處等可得何況有彼樂之與苦汝若能修如是精進是修精進波羅蜜多復作是言汝善男子應修精進波羅蜜多不應觀眼處若我若無我不應觀耳鼻舌身意處若我若無我何以故眼處眼處自性空耳鼻舌身意處耳鼻舌身意處自性空是眼處自性即非自性是耳鼻舌身意處自性亦非自性若非自性即是精進波羅蜜多於此精進波羅蜜多眼處不可得彼我無我亦不可得耳鼻舌身意處皆不可得彼我無我亦不可得所以者何此中尚無眼處等可得何況有彼我與無我汝若能修如是精進是修精進波羅蜜多復作是言汝善男子應修精進波羅蜜多不應

觀眼處若淨若不淨不應觀耳鼻舌身意處若淨若不淨何以故眼處眼處自性空耳鼻舌身意處耳鼻舌身意處自性空是眼處自性即非自性是耳鼻舌身意處自性亦非自性若非自性即是精進波羅蜜多於此精進波羅蜜多眼處不可得彼淨不淨亦不可得耳鼻舌身意處皆不可得彼淨不淨亦不可得所以者何此中尚無眼處等可得何況有彼淨與不淨汝若能修如是精進是修精進波羅蜜多憍尸迦是善男子善女人等作此等說是爲宣說眞正精進波羅蜜多復次憍尸迦若善男子善女人等爲發無上菩提心者宣說精進波羅蜜多作如是言汝善男子應修精進波羅蜜多不應觀色處若常若無常不應觀聲香味觸法處若常若無常何以故色處色處自性空聲香味觸法處聲香味觸法處自性空是色處自性即非自性是聲香味觸法處自性亦非自性若非自性即是精進波羅蜜多於此精進波羅蜜多色處不可得彼常無常亦不可得聲香味觸法處皆不可得彼常無常亦不可得所以者何此中尚無色處等可得何況有彼常與無常汝若能修如是精進是修精進波羅蜜多復作是言汝善男子應修精進波羅蜜多不應觀色處若樂若苦不應觀聲香味觸法處若樂若苦何以故色處色處自性空聲香味觸法處聲香味觸法處自性空是色處自性即非自性是聲香味觸法處自性亦非自性若非自性即是精進波羅蜜多於此精進波羅蜜多色處不可得彼樂與苦亦不可得聲香味觸

法處皆不可得彼樂與苦亦不可得所以者何此中尚無色處等可得何況有彼樂之與苦汝若能修如是精進是修精進波羅蜜多復作是言汝善男子應修精進波羅蜜多不應觀色處若我若無我不應觀聲香味觸法處若我若無我何以故色處色處自性空聲香味觸法處聲香味觸法處自性空是色處自性即非自性是聲香味觸法處自性亦非自性若非自性即是精進波羅蜜多於此精進波羅蜜多色處不可得彼我無我亦不可得聲香味觸法處皆不可得彼我無我亦不可得所以者何此中尚無色處等可得何況有彼我與無我汝若能修如是精進是修精進波羅蜜多復作是言汝善男子應修精進波羅蜜多不應觀色處若淨若不淨不應觀聲香味觸法處若淨若不淨何以故色處色處自性空聲香味觸法處聲香味觸法處自性空是色處自性即非自性是聲香味觸法處自性亦非自性若非自性即是精進波羅蜜多於此精進波羅蜜多色處不可得彼淨不淨亦不可得聲香味觸法處皆不可得彼淨不淨亦不可得所以者何此中尚無色處等可得何況有彼淨與不淨汝若能修如是精進是修精進波羅蜜多憍尸迦是善男子善女人等作此等說是爲宣說真正精進波羅蜜多復次憍尸迦若善男子善女人等爲發無上菩提心者宣說精進波羅蜜多作如是言汝善男子應修精進波羅蜜多不應觀眼界若常若無常不應觀色界眼識界及眼觸眼觸爲緣所生諸受若常若無常何以故

眼界眼界自性空色界眼識界及眼觸眼觸爲緣所生諸受色界乃至眼觸爲緣所生諸受自性空是眼界自性即非自性是色界乃至眼觸爲緣所生諸受自性亦非自性若非自性即是精進波羅蜜多於此精進波羅蜜多眼界不可得彼常無常亦不可得色界乃至眼觸爲緣所生諸受皆不可得彼常無常亦不可得所以者何此中尚無眼界等可得何況有彼常與無常汝若能修如是精進是修精進波羅蜜多復作是言汝善男子應修精進波羅蜜多不應觀眼界若樂若苦不應觀色界眼識界及眼觸眼觸爲緣所生諸受若樂若苦何以故眼界眼界自性空色界眼識界及眼觸眼觸爲緣所生諸受色界乃至眼觸爲緣所生諸受自性空是眼界自性即非自性是色界乃至眼觸爲緣所生諸受自性亦非自性若非自性即是精進波羅蜜多於此精進波羅蜜多眼界不可得彼樂與苦亦不可得色界乃至眼觸爲緣所生諸受皆不可得彼樂與苦亦不可得所以者何此中尚無眼界等可得何況有彼樂之與苦汝若能修如是精進是修精進波羅蜜多復作是言汝善男子應修精進波羅蜜多不應觀眼界若我若無我不應觀色界眼識界及眼觸眼觸爲緣所生諸受若我若無我何以故眼界眼界自性空色界眼識界及眼觸眼觸爲緣所生諸受色界乃至眼觸爲緣所生諸受自性空是眼界自性即非自性是色界乃至眼觸爲緣所生諸受自性亦非自性若非自性即是精進波羅蜜多於此精進波羅蜜多

眼界不可得彼我無我亦不可得色界乃至眼觸爲緣所生諸受皆不可得彼我無我亦不可得所以者何此中尚無眼界等可得何況有彼我與無我汝若能修如是精進是修精進波羅蜜多復作是言汝善男子應修精進波羅蜜多不應觀眼界若淨若不淨不應觀色界眼識界及眼觸眼觸爲緣所生諸受若淨若不淨何以故眼界眼界自性空色界眼識界及眼觸眼觸爲緣所生諸受色界乃至眼觸爲緣所生諸受自性空是眼界自性即非自性是色界乃至眼觸爲緣所生諸受自性亦非自性若非自性即是精進波羅蜜多於此精進波羅蜜多眼界不可得彼淨不淨亦不可得色界乃至眼觸爲緣所生諸受皆不可得彼淨不淨亦不可得所以者何此中尚無眼界等可得何況有彼淨與不淨汝若能修如是精進是修精進波羅蜜多憍尸迦是善男子善女人等作此等說是爲宣說眞正精進波羅蜜多復次憍尸迦若善男子善女人等爲發無上菩提心者宣說精進波羅蜜多作如是言汝善男子應修精進波羅蜜多不應觀耳界若常若無常不應觀聲界耳識界及耳觸耳觸爲緣所生諸受若常若無常何以故耳界耳界自性空聲界耳識界及耳觸耳觸爲緣所生諸受聲界乃至耳觸爲緣所生諸受自性空是耳界自性即非自性是聲界乃至耳觸爲緣所生諸受自性亦非自性若非自性即是精進波羅蜜多於此精進波羅蜜多耳界不可得彼常無常亦不可得聲界乃至耳觸爲緣所生諸受皆不可

得彼常無常亦不可得所以者何此中尚無耳界等可得何況有彼常與無常汝若能修如是精進是修精進波羅蜜多復作是言汝善男子應修精進波羅蜜多不應觀耳界若樂若苦不應觀聲界耳識界及耳觸耳觸爲緣所生諸受若樂若苦何以故耳界耳界自性空聲界耳識界及耳觸耳觸爲緣所生諸受聲界乃至耳觸爲緣所生諸受自性空是耳界自性即非自性是聲界乃至耳觸爲緣所生諸受自性亦非自性若非自性即是精進波羅蜜多於此精進波羅蜜多耳界不可得彼樂與苦亦不可得聲界乃至耳觸爲緣所生諸受皆不可得彼樂與苦亦不可得所以者何此中尚無耳界等可得何況有彼樂之與苦汝若能修如是精進是修精進波羅

蜜多復作是言汝善男子應修精進波羅蜜多不應觀耳界若我若無我不應觀聲界耳識界及耳觸耳觸爲緣所生諸受若我若無我何以故耳界耳界自性空聲界耳識界及耳觸耳觸爲緣所生諸受聲界乃至耳觸爲緣所生諸受自性空是耳界自性即非自性是聲界乃至耳觸爲緣所生諸受自性亦非自性若非自性即是精進波羅蜜多於此精進波羅蜜多耳界不可得彼我無我亦不可得聲界乃至耳觸爲緣所生諸受皆不可得彼我無我亦不可得所以者何此中尚無耳界等可得何況有彼我與無我汝若能修如是精進是修精進波羅蜜多復作是言汝善男子應修精進波羅蜜多不應觀耳界若淨若不淨不應觀聲界耳識界及耳觸耳觸爲

緣所生諸受若淨若不淨何以故耳界耳界自性空聲界耳識界及耳觸耳觸爲緣所生諸受聲界乃至耳觸爲緣所生諸受自性空是耳界自性即非自性是聲界乃至耳觸爲緣所生諸受自性亦非自性若非自性即是精進波羅蜜多於此精進波羅蜜多耳界不可得彼淨不淨亦不可得聲界乃至耳觸爲緣所生諸受皆不可得彼淨不淨亦不可得所以者何此中尚無耳界等可得何况有彼淨與不淨汝若能修如是精進是修精進波羅蜜多憍尸迦是善男子善女人等作此等說是爲宣說眞正精進波羅蜜多

大般若波羅蜜多經卷第一百五十二

大般若波羅蜜多經卷第一百五十三

唐三藏法師玄奘奉詔譯

初分校量功德品第三十之五十一

復次憍尸迦若善男子善女人等爲發無上菩提心者宣說精進波羅蜜多作如是言汝善男子應修精進波羅蜜多不應觀鼻界若常若無常不應觀香界鼻識界及鼻觸鼻觸爲緣所生諸受若常若無常何以故鼻界鼻界自性空香界鼻識界及鼻觸鼻觸爲緣所生諸受香界乃至鼻觸爲緣所生諸受自性空是鼻界自性即非自性是香界乃至鼻觸爲緣所生諸受自性亦非自性若非自性即是精進波羅蜜多於此精進波羅蜜多鼻界不可得彼常無常亦不可得香界乃至鼻觸爲緣所生諸受皆不可得彼常無常亦不可得所以者何此中尚無鼻界等可得何況有彼常與無常汝若能修如是精進是修精進波羅蜜多復作是言汝善男子應修精進波羅蜜多不應觀鼻界若樂若苦不應觀香界鼻識界及鼻觸鼻觸爲緣所生諸受若樂若苦何以故鼻界鼻界自性空香界鼻識界及鼻觸鼻觸爲緣所生諸受香界乃至鼻觸爲緣所生諸受自性空是鼻界自性即非自性是香界乃至鼻觸爲緣所生諸受自性亦非自性若非自性即是精進波羅蜜多於此精進波羅蜜多鼻界不可得彼樂與苦亦不可得香界乃至鼻觸爲緣所生諸受皆不可得彼樂與苦亦不可得所以者何此中尚無鼻界等可得何況有彼樂之與苦汝若能修如是精進是修精進波羅蜜多復作是言汝善

男子應修精進波羅蜜多不應觀鼻界若我若無我不應觀香界鼻識界及鼻觸鼻觸爲緣所生諸受若我若無我何以故鼻界鼻界自性空香界鼻識界及鼻觸鼻觸爲緣所生諸受香界乃至鼻觸爲緣所生諸受自性空是鼻界自性即非自性是香界乃至鼻觸爲緣所生諸受自性亦非自性若非自性即是精進波羅蜜多於此精進波羅蜜多鼻界不可得彼我無我亦不可得香界乃至鼻觸爲緣所生諸受皆不可得彼我無我亦不可得所以者何此中尚無鼻界等可得何況有彼我與無我汝若能修如是精進是修精進波羅蜜多復作是言汝善男子應修精進波羅蜜多不應觀鼻界若淨若不淨不應觀香界鼻識界及鼻觸鼻觸爲緣所生諸受若淨若不淨何以故鼻界鼻界自性空香界鼻識界及鼻觸鼻觸爲緣所生諸受香界乃至鼻觸爲緣所生諸受自性空是鼻界自性即非自性是香界乃至鼻觸爲緣所生諸受自性亦非自性若非自性即是精進波羅蜜多於此精進波羅蜜多鼻界不可得彼淨不淨亦不可得香界乃至鼻觸爲緣所生諸受皆不可得彼淨不淨亦不可得所以者何此中尚無鼻界等可得何況有彼淨與不淨汝若能修如是精進是修精進波羅蜜多憍尸迦是善男子善女人等作此等說是爲宣說眞正精進波羅蜜多復次憍尸迦若善男子善女人等爲發無上菩提心者宣說精進波羅蜜多作如是言汝善男子應修精進波羅蜜多不應觀舌界若常若無常不應觀味界舌識界

及舌觸舌觸爲緣所生諸受若常若無常何以故舌界舌界自性空味界舌識界及舌觸舌觸爲緣所生諸受味界乃至舌觸爲緣所生諸受自性空是舌界自性即非自性是味界乃至舌觸爲緣所生諸受自性亦非自性若非自性即是精進波羅蜜多於此精進波羅蜜多舌界不可得彼常無常亦不可得味界乃至舌觸爲緣所生諸受皆不可得彼常無常亦不可得所以者何此中尚無舌界等可得何况有彼常與無常汝若能修如是精進是修精進波羅蜜多復作是言汝善男子應修精進波羅蜜多不應觀舌界若樂若苦不應觀味界舌識界及舌觸舌觸爲緣所生諸受若樂若苦何以故舌界舌界自性空味界舌識界及舌觸舌觸爲緣所生諸受味界乃至舌觸爲緣所生諸受自性空是舌界自性即非自性是味界乃至舌觸爲緣所生諸受自性亦非自性若非自性即是精進波羅蜜多於此精進波羅蜜多舌界不可得彼樂與苦亦不可得味界乃至舌觸爲緣所生諸受皆不可得彼樂與苦亦不可得所以者何此中尚無舌界等可得何况有彼樂之與苦汝若能修如是精進是修精進波羅蜜多復作是言汝善男子應修精進波羅蜜多不應觀舌界若我若無我不應觀味界舌識界及舌觸舌觸爲緣所生諸受若我若無我何以故舌界舌界自性空味界舌識界及舌觸舌觸爲緣所生諸受味界乃至舌觸爲緣所生諸受自性空是舌界自性即非自性是味界乃至舌觸爲緣所生諸受自性亦非自性若

非自性即是精進波羅蜜多於此精進波羅蜜多舌界不可得彼我無我亦不可得味界乃至舌觸爲緣所生諸受皆不可得彼我無我亦不可得所以者何此中尚無舌界等可得何況有彼我與無我汝若能修如是精進是修精進波羅蜜多復作是言汝善男子應修精進波羅蜜多不應觀舌界若淨若不淨不應觀味界舌識界及舌觸舌觸爲緣所生諸受若淨若不淨何以故舌界舌界自性空味界舌識界及舌觸舌觸爲緣所生諸受味界乃至舌觸爲緣所生諸受自性空是舌界自性即非自性是味界乃至舌觸爲緣所生諸受自性亦非自性若非自性即是精進波羅蜜多於此精進波羅蜜多舌界不可得彼淨不淨亦不可得味界乃至舌觸爲緣所生諸受皆不可得彼淨不淨亦不可得所以者何此中尚無舌界等可得何況有彼淨與不淨汝若能修如是精進是修精進波羅蜜多憍尸迦是善男子善女人等作此等說是爲宣說眞正精進波羅蜜多復次憍尸迦若善男子善女人等爲發無上菩提心者宣說精進波羅蜜多作如是言汝善男子應修精進波羅蜜多不應觀身界若常若無常不應觀觸界身識界及身觸身觸爲緣所生諸受若常若無常何以故身界身界自性空觸界身識界及身觸身觸爲緣所生諸受觸界乃至身觸爲緣所生諸受自性空是身界自性即非自性是觸界乃至身觸爲緣所生諸受自性亦非自性若非自性即是精進波羅蜜多於此精進波羅蜜多身界不可得彼常無常

亦不可得觸界乃至身觸爲緣所生諸受皆
不可得彼常無常亦不可得所以者何此中
尚無身界等可得何況有彼常與無常汝若
能修如是精進是修精進波羅蜜多復作是
言汝善男子應修精進波羅蜜多不應觀身
界若樂若苦不應觀觸界身識界及身觸身
觸爲緣所生諸受若樂若苦何以故身界身
界自性空觸界身識界及身觸身觸爲緣所
生諸受觸界乃至身觸爲緣所生諸受自性
空是身界自性即非自性是觸界乃至身觸
爲緣所生諸受自性即非自性若非自性即
是精進波羅蜜多於此精進波羅蜜多身界
不可得彼樂與苦亦不可得觸界乃至身觸
爲緣所生諸受皆不可得彼樂與苦亦不可
得所以者何此中尚無身界等可得何況有

彼樂之與苦汝若能修如是精進是修精進
波羅蜜多復作是言汝善男子應修精進波
羅蜜多不應觀身界若我若無我不應觀觸
界身識界及身觸身觸爲緣所生諸受若我
若無我何以故身界身界自性空觸界身識
界及身觸身觸爲緣所生諸受觸界乃至身
觸爲緣所生諸受自性空是身界自性即非
自性是觸界乃至身觸爲緣所生諸受自性
亦非自性若非自性即是精進波羅蜜多於
此精進波羅蜜多身界不可得彼我無我亦
不可得觸界乃至身觸爲緣所生諸受皆不
可得彼我無我亦不可得所以者何此中尚
無身界等可得何況有彼我與無我汝若能
修如是精進是修精進波羅蜜多復作是言
汝善男子應修精進波羅蜜多不應觀身界

若淨若不淨不應觀觸界身識界及身觸身觸爲緣所生諸受若淨若不淨何以故身界身界自性空觸界身識界及身觸身觸爲緣所生諸受觸界乃至身觸爲緣所生諸受自性空是身界自性即非自性是觸界乃至身觸爲緣所生諸受自性亦非自性若非自性即是精進波羅蜜多於此精進波羅蜜多身界不可得彼淨不淨亦不可得觸界乃至身觸爲緣所生諸受皆不可得彼淨不淨亦不可得所以者何此中尚無身界等可得何況有彼淨與不淨汝若能修如是精進是修精進波羅蜜多憍尸迦是善男子善女人等作此等說是爲宣說眞正精進波羅蜜多復次憍尸迦若善男子善女人等爲發無上菩提心者宣說精進波羅蜜多作如是言汝善男子應修精進波羅蜜多不應觀意界若常若無常不應觀法界意識界及意觸意觸爲緣所生諸受若常若無常何以故意界意界自性空法界意識界及意觸意觸爲緣所生諸受法界乃至意觸爲緣所生諸受自性空是意界自性即非自性是法界乃至意觸爲緣所生諸受自性亦非自性若非自性即是精進波羅蜜多於此精進波羅蜜多意界不可得彼常無常亦不可得法界乃至意觸爲緣所生諸受皆不可得彼常無常亦不可得所以者何此中尚無意界等可得何況有彼常與無常汝若能修如是精進是修精進波羅蜜多復作是言汝善男子應修精進波羅蜜多不應觀意界若樂若苦不應觀法界意識界及意觸意觸爲緣所生諸受若樂若苦何

以故意界意界自性空法界意識界及意觸意觸爲緣所生諸受法界乃至意觸爲緣所生諸受自性空是意界自性即非自性是法界乃至意觸爲緣所生諸受自性亦非自性若非自性即是精進波羅蜜多於此精進波羅蜜多意界不可得彼樂與苦亦不可得法界乃至意觸爲緣所生諸受皆不可得彼樂與苦亦不可得所以者何此中尚無意界等可得何況有彼樂之與苦汝若能修如是精進是修精進波羅蜜多復作是言汝善男子應修精進波羅蜜多不應觀意界若我若無我不應觀法界意識界及意觸意觸爲緣所生諸受若我若無我何以故意界意界自性空法界意識界及意觸意觸爲緣所生諸受法界乃至意觸爲緣所生諸受自性空是意界自性即非自性是法界乃至意觸爲緣所生諸受自性亦非自性若非自性即是精進波羅蜜多於此精進波羅蜜多意界不可得彼我無我亦不可得法界乃至意觸爲緣所生諸受皆不可得彼我無我亦不可得所以者何此中尚無意界等可得何況有彼我與無我汝若能修如是精進是修精進波羅蜜多復作是言汝善男子應修精進波羅蜜多不應觀意界若淨若不淨不應觀法界意識界及意觸意觸爲緣所生諸受若淨若不淨何以故意界意界自性空法界意識界及意觸意觸爲緣所生諸受法界乃至意觸爲緣所生諸受自性空是意界自性即非自性是法界乃至意觸爲緣所生諸受自性亦非自性若非自性即是精進波羅蜜多於此精進

波羅蜜多意界不可得彼淨不淨亦不可得法界乃至意觸爲緣所生諸受皆不可得彼淨不淨亦不可得所以者何此中尚無意界等可得何況有彼淨與不淨汝若能修如是精進是修精進波羅蜜多憍尸迦是善男子善女人等作此等說是爲宣說眞正精進波羅蜜多復次憍尸迦若善男子善女人等爲發無上菩提心者宣說精進波羅蜜多作如是言汝善男子應修精進波羅蜜多不應觀地界若常若無常不應觀水火風空識界若常若無常何以故地界地界自性空水火風空識界水火風空識界自性空是地界自性即非自性是水火風空識界自性亦非自性若非自性即是精進波羅蜜多於此精進波羅蜜多地界不可得彼常無常亦不可得水火風空識界皆不可得彼常無常亦不可得所以者何此中尚無地界等可得何況有彼常與無常汝若能修如是精進是修精進波羅蜜多復作是言汝善男子應修精進波羅蜜多不應觀地界若樂若苦不應觀水火風空識界若樂若苦何以故地界地界自性空水火風空識界水火風空識界自性空是地界自性即非自性是水火風空識界自性亦非自性若非自性即是精進波羅蜜多於此精進波羅蜜多地界不可得彼樂與苦亦不可得水火風空識界皆不可得彼樂與苦亦不可得所以者何此中尚無地界等可得何況有彼樂之與苦汝若能修如是精進是修精進波羅蜜多復作是言汝善男子應修精進波羅蜜多不應觀地界若我若無我不應

觀水火風空識界若我若無我何以故地界地界自性空水火風空識界水火風空識界自性空是地界自性即非自性是水火風空識界自性亦非自性若非自性即是精進波羅蜜多於此精進波羅蜜多地界不可得彼我無我亦不可得水火風空識界皆不可得彼我無我亦不可得所以者何此中尚無地界等可得何況有彼我與無我汝若能修如是精進是修精進波羅蜜多復作是言汝善男子應修精進波羅蜜多不應觀地界若淨若不淨不應觀水火風空識界若淨若不淨何以故地界地界自性空水火風空識界水火風空識界自性空是地界自性即非自性是水火風空識界自性亦非自性若非自性即是精進波羅蜜多於此精進波羅蜜多地界不可得彼淨不淨亦不可得水火風空識界皆不可得彼淨不淨亦不可得所以者何此中尚無地界等可得何況有彼淨與不淨汝若能修如是精進是修精進波羅蜜多憍尸迦是善男子善女人等作此等說是爲宣說真正精進波羅蜜多復次憍尸迦若善男子善女人等爲發無上菩提心者宣說精進波羅蜜多作如是言汝善男子應修精進波羅蜜多不應觀無明若常若無常不應觀行識名色六處觸受愛取有生老死愁歎苦憂惱若常若無常何以故無明無明自性空行識名色六處觸受愛取有生老死愁歎苦憂惱行乃至老死愁歎苦憂惱自性空是無明自性即非自性是行乃至老死愁歎苦憂惱自性亦非自性若非自性即是精進波羅蜜

多於此精進波羅蜜多無明不可得彼常無常亦不可得行乃至老死愁歎苦憂惱皆不可得彼常無常亦不可得所以者何此中尚無無明等可得何況有彼常與無常汝若能修如是精進是修精進波羅蜜多復作是言汝善男子應修精進波羅蜜多不應觀無明若樂若苦不應觀行識名色六處觸受愛取有生老死愁歎苦憂惱若樂若苦何以故無明無明自性空行識名色六處觸受愛取有生老死愁歎苦憂惱行乃至老死愁歎苦憂惱自性空是無明自性即非自性是行乃至老死愁歎苦憂惱自性亦非自性若非自性即是精進波羅蜜多於此精進波羅蜜多無明不可得彼樂與苦亦不可得行乃至老死愁歎苦憂惱皆不可得彼樂與苦亦不可得所以者何此中尚無無明等可得何況有彼樂之與苦汝若能修如是精進是修精進波羅蜜多復作是言汝善男子應修精進波羅蜜多不應觀無明若我若無我不應觀行識名色六處觸受愛取有生老死愁歎苦憂惱若我若無我何以故無明無明自性空行識名色六處觸受愛取有生老死愁歎苦憂惱行乃至老死愁歎苦憂惱自性空是無明自性即非自性是行乃至老死愁歎苦憂惱自性亦非自性若非自性即是精進波羅蜜多於此精進波羅蜜多無明不可得彼我無我亦不可得行乃至老死愁歎苦憂惱皆不可得彼我無我亦不可得所以者何此中尚無無明等可得何況有彼我與無我汝若能修如是精進是修精進波羅蜜多復作是言汝

善男子應修精進波羅蜜多不應觀無明若淨若不淨不應觀行識名色六處觸受愛取有生老死愁歎苦憂惱若淨若不淨何以故無明無明自性空行識名色六處觸受愛取有生老死愁歎苦憂惱行乃至老死愁歎苦憂惱自性空是無明自性即非自性是行乃至老死愁歎苦憂惱自性亦非自性若非自性即是精進波羅蜜多於此精進波羅蜜多無明不可得彼淨不淨亦不可得行乃至老死愁歎苦憂惱皆不可得彼淨不淨亦不可得所以者何此中尚無無明等可得何況有彼淨與不淨汝若能修如是精進是修精進波羅蜜多憍尸迦是善男子善女人等作此等說是爲宣說真正精進波羅蜜多復次憍尸迦若善男子善女人等爲發無上菩提心者宣說精進波羅蜜多作如是言汝善男子應修精進波羅蜜多不應觀布施波羅蜜多若常若無常不應觀淨戒安忍精進靜慮般若波羅蜜多若常若無常何以故布施波羅蜜多布施波羅蜜多自性空淨戒安忍精進靜慮般若波羅蜜多淨戒乃至般若波羅蜜多自性空是布施波羅蜜多自性即非自性是淨戒乃至般若波羅蜜多自性亦非自性若非自性即是精進波羅蜜多於此精進波羅蜜多布施波羅蜜多不可得彼常無常亦不可得淨戒乃至般若波羅蜜多皆不可得彼常無常亦不可得所以者何此中尚無布施波羅蜜多等可得何況有彼常與無常汝若能修如是精進是修精進波羅蜜多復作是言汝善男子應修精進波羅蜜多不應觀

布施波羅蜜多若樂若苦不應觀淨戒安忍精進靜慮般若波羅蜜多若樂若苦何以故布施波羅蜜多布施波羅蜜多自性空淨戒安忍精進靜慮般若波羅蜜多淨戒乃至般若波羅蜜多自性空是布施波羅蜜多自性即非自性是淨戒乃至般若波羅蜜多自性亦非自性若非自性即是精進波羅蜜多於此精進波羅蜜多布施波羅蜜多不可得彼樂與苦亦不可得淨戒乃至般若波羅蜜多皆不可得彼樂與苦亦不可得所以者何此中尚無布施波羅蜜多等可得何況有彼樂之與苦汝若能修如是精進是修精進波羅蜜多復作是言汝善男子應修精進波羅蜜多不應觀布施波羅蜜多若我若無我不應觀淨戒安忍精進靜慮般若波羅蜜多若我若無我何以故布施波羅蜜多布施波羅蜜多自性空淨戒安忍精進靜慮般若波羅蜜多淨戒乃至般若波羅蜜多自性空是布施波羅蜜多自性即非自性是淨戒乃至般若波羅蜜多自性亦非自性若非自性即是精進波羅蜜多於此精進波羅蜜多布施波羅蜜多不可得彼我無我亦不可得淨戒乃至般若波羅蜜多皆不可得彼我無我亦不可得所以者何此中尚無布施波羅蜜多等可得何況有彼我與無我汝若能修如是精進是修精進波羅蜜多復作是言汝善男子應修精進波羅蜜多不應觀布施波羅蜜多若淨若不淨不應觀淨戒安忍精進靜慮般若波羅蜜多若淨若不淨何以故布施波羅蜜多布施波羅蜜多自性空淨戒安忍精進靜

處般若波羅蜜多淨戒乃至般若波羅蜜多自性空是布施波羅蜜多自性即非自性是淨戒乃至般若波羅蜜多自性亦非自性若非自性即是精進波羅蜜多於此精進波羅蜜多布施波羅蜜多不可得彼淨不淨亦不可得淨戒乃至般若波羅蜜多皆不可得彼淨不淨亦不可得所以者何此中尚無布施波羅蜜多等可得何況有彼淨與不淨汝若能修如是精進是修精進波羅蜜多憍尸迦是善男子善女人等作此等說是爲宣說真正精進波羅蜜多復次憍尸迦若善男子善女人等爲發無上菩提心者宣說精進波羅蜜多作如是言汝善男子應修精進波羅蜜多不應觀内空若常若無常不應觀外空内外空空空大空勝義空有爲空無爲空畢竟空無際空散空無變異空本性空自相空共相空一切法空不可得空無性空自性空無性自性空若常若無常何以故内空内空自性空外空内外空空空大空勝義空有爲空無爲空畢竟空無際空散空無變異空本性空自相空共相空一切法空不可得空無性空自性空無性自性空外空乃至無性自性空自性空是内空自性即非自性是外空乃至無性自性空自性亦非自性若非自性即是精進波羅蜜多於此精進波羅蜜多内空不可得彼常無常亦不可得外空乃至無性自性空皆不可得彼常無常亦不可得所以者何此中尚無内空等可得何況有彼常與無常汝若能修如是精進是修精進波羅蜜多復作是言汝善男子應修精進波羅蜜多

不應觀内空若樂若苦不應觀外空内外空空空大空勝義空有爲空無爲空畢竟空無際空散空無變異空本性空自相空共相空一切法空不可得空無性空自性空無性自性空若樂若苦何以故内空内空自性空外空内外空空空大空勝義空有爲空無爲空畢竟空無際空散空無變異空本性空自相空共相空一切法空不可得空無性空自性空無性自性空外空乃至無性自性空自性空是内空自性即非自性是外空乃至無性自性空自性亦非自性若非自性即是精進波羅蜜多於此精進波羅蜜多内空不可得彼樂與苦亦不可得外空乃至無性自性空皆不可得彼樂與苦亦不可得所以者何此中尚無内空等可得何況有彼樂之與苦汝若能修如是精進是修精進波羅蜜多復作是言汝善男子應修精進波羅蜜多不應觀内空若我若無我不應觀外空内外空空空大空勝義空有爲空無爲空畢竟空無際空散空無變異空本性空自相空共相空一切法空不可得空無性空自性空無性自性空若我若無我何以故内空内空自性空外空内外空空空大空勝義空有爲空無爲空畢竟空無際空散空無變異空本性空自相空共相空一切法空不可得空無性空自性空無性自性空外空乃至無性自性空自性空是内空自性即非自性是外空乃至無性自性空自性亦非自性若非自性即是精進波羅蜜多於此精進波羅蜜多内空不可得彼我無我亦不可得外空乃至無性自性空皆

不可得彼我無我亦不可得所以者何此中
尚無内空等可得何況有彼我與無我汝若
能修如是精進是修精進波羅蜜多復作是
言汝善男子應修精進波羅蜜多不應觀内
空若淨若不淨不應觀外空内外空空空大
空勝義空有爲空無爲空畢竟空無際空散
空無變異空本性空自相空共相空一切法
空不可得空無性空自性空無性自性空若
淨若不淨何以故内空内空自性空外空内
外空空空大空勝義空有爲空無爲空畢竟
空無際空散空無變異空本性空自相空共
相空一切法空不可得空無性空自性空無
性自性空外空乃至無性自性空自性空是
内空自性即非自性是外空乃至無性自性
空自性亦非自性若非自性即是精進波羅
蜜多於此精進波羅蜜多内空不可得彼淨
不淨亦不可得外空乃至無性自性空皆不
可得彼淨不淨亦不可得所以者何此中尚
無内空等可得何況有彼淨與不淨汝若能
修如是精進是修精進波羅蜜多憍尸迦是
善男子善女人等作此等説是爲宣説眞正
精進波羅蜜多

大般若波羅蜜多經卷第一百五十三

大般若波羅蜜多經卷第一百五十四

唐三藏法師玄奘奉詔譯

初分校量功德品第三十之五十二

復次憍尸迦若善男子善女人等爲發無上菩提心者宣說精進波羅蜜多作如是言汝善男子應修精進波羅蜜多不應觀眞如若常若無常不應觀法界法性不虛妄性不變異性平等性離生性法定法住實際虛空界不思議界若常若無常何以故眞如眞如自性空法界法性不虛妄性不變異性平等性離生性法定法住實際虛空界不思議界法界乃至不思議界自性空是眞如自性即非自性是法界乃至不思議界自性亦非自性若非自性即是精進波羅蜜多於此精進波羅蜜多眞如不可得彼常無常亦不可得法界乃至不思議界皆不可得彼常無常亦不可得所以者何此中尚無眞如等可得何況有彼常與無常汝若能修如是精進是修精進波羅蜜多復作是言汝善男子應修精進波羅蜜多不應觀眞如若樂若苦不應觀法界法性不虛妄性不變異性平等性離生性法定法住實際虛空界不思議界若樂若苦何以故眞如眞如自性空法界法性不虛妄性不變異性平等性離生性法定法住實際虛空界不思議界法界乃至不思議界自性空是眞如自性即非自性是法界乃至不思議界自性亦非自性若非自性即是精進波羅蜜多於此精進波羅蜜多眞如不可得彼樂與苦亦不可得法界乃至不思議界皆不可得彼樂與苦亦不可得所以者何此中尚

無眞如等可得何況有彼樂之與苦汝若能修如是精進是修精進波羅蜜多復作是言汝善男子應修精進波羅蜜多不應觀眞如若我若無我不應觀法界法性不虛妄性不變異性平等性離生性法定法住實際虛空界不思議界若我若無我何以故眞如眞如自性空法界法性不虛妄性不變異性平等性離生性法定法住實際虛空界不思議界法界乃至不思議界自性空是眞如自性即非自性是法界乃至不思議界自性亦非自性若非自性即是精進波羅蜜多於此精進波羅蜜多眞如不可得彼我無我亦不可得法界乃至不思議界皆不可得彼我無我亦不可得所以者何此中尚無眞如等可得何況有彼我與無我汝若能修如是精進是修精進波羅蜜多復作是言汝善男子應修精進波羅蜜多不應觀眞如若淨若不淨不應觀法界法性不虛妄性不變異性平等性離生性法定法住實際虛空界不思議界若淨若不淨何以故眞如眞如自性空法界法性不虛妄性不變異性平等性離生性法定法住實際虛空界不思議界法界乃至不思議界自性空是眞如自性即非自性是法界乃至不思議界自性亦非自性若非自性即是精進波羅蜜多於此精進波羅蜜多眞如不可得彼淨不淨亦不可得法界乃至不思議界皆不可得彼淨不淨亦不可得所以者何此中尚無眞如等可得何況有彼淨與不淨汝若能修如是精進是修精進波羅蜜多憍尸迦是善男子善女人等作此等説是爲宣

說真正精進波羅蜜多復次憍尸迦若善男子善女人等爲發無上菩提心者宣說精進波羅蜜多作如是言汝善男子應修精進波羅蜜多不應觀苦聖諦若常若無常不應觀集滅道聖諦若常若無常何以故苦聖諦苦聖諦自性空集滅道聖諦集滅道聖諦自性空是苦聖諦自性即非自性是集滅道聖諦自性亦非自性若非自性即是精進波羅蜜多於此精進波羅蜜多苦聖諦不可得彼常無常亦不可得集滅道聖諦皆不可得彼常無常亦不可得所以者何此中尚無苦聖諦等可得何況有彼常與無常汝若能修如是精進是修精進波羅蜜多復作是言汝善男子應修精進波羅蜜多不應觀苦聖諦若樂若苦不應觀集滅道聖諦若樂若苦何以故苦聖諦苦聖諦自性空集滅道聖諦集滅道聖諦自性空是苦聖諦自性即非自性是集滅道聖諦自性亦非自性若非自性即是精進波羅蜜多於此精進波羅蜜多苦聖諦不可得彼樂與苦亦不可得集滅道聖諦皆不可得彼樂與苦亦不可得所以者何此中尚無苦聖諦等可得何況有彼樂之與苦汝若能修如是精進是修精進波羅蜜多復作是言汝善男子應修精進波羅蜜多不應觀苦聖諦若我若無我不應觀集滅道聖諦若我若無我何以故苦聖諦苦聖諦自性空集滅道聖諦集滅道聖諦自性空是苦聖諦自性即非自性是集滅道聖諦自性亦非自性若非自性即是精進波羅蜜多於此精進波羅蜜多苦聖諦不可得彼我無我亦不可得集

滅道聖諦皆不可得彼我無我亦不可得所以者何此中尚無苦聖諦等可得何況有彼我與無我汝若能修如是精進是修精進波羅蜜多復作是言汝善男子應修精進波羅蜜多不應觀苦聖諦若淨若不淨不應觀集滅道聖諦若淨若不淨何以故苦聖諦苦聖諦自性空集滅道聖諦集滅道聖諦自性空是苦聖諦自性即非自性是集滅道聖諦自性亦非自性若非自性即是精進波羅蜜多於此精進波羅蜜多苦聖諦不可得彼淨不淨亦不可得集滅道聖諦皆不可得彼淨不淨亦不可得所以者何此中尚無苦聖諦等可得何況有彼淨與不淨汝若能修如是精進是修精進波羅蜜多憍尸迦是善男子善女人等作此等說是爲宣說眞正精進波羅蜜多復次憍尸迦若善男子善女人等爲發無上菩提心者宣說精進波羅蜜多作如是言汝善男子應修精進波羅蜜多不應觀四靜慮若常若無常不應觀四無量四無色定若常若無常何以故四靜慮四靜慮自性空四無量四無色定四無量四無色定自性空是四靜慮自性即非自性是四無量四無色定自性亦非自性若非自性即是精進波羅蜜多於此精進波羅蜜多四靜慮不可得彼常無常亦不可得四無量四無色定皆不可得彼常無常亦不可得所以者何此中尚無四靜慮等可得何況有彼常與無常汝若能修如是精進是修精進波羅蜜多復作是言汝善男子應修精進波羅蜜多不應觀四靜慮若樂若苦不應觀四無量四無色定若樂

若苦何以故四靜慮四靜慮自性空四無量四無色定四無量四無色定自性空是四靜慮自性即非自性是四無量四無色定自性亦非自性若非自性即是精進波羅蜜多於此精進波羅蜜多四靜慮不可得彼樂與苦亦不可得四無量四無色定皆不可得彼樂與苦亦不可得所以者何此中尚無四靜慮等可得何況有彼樂之與苦汝若能修如是精進是修精進波羅蜜多復作是言汝善男子應修精進波羅蜜多不應觀四靜慮若我若無我不應觀四無量四無色定若我若無我何以故四靜慮四靜慮自性空四無量四無色定四無量四無色定自性空是四靜慮自性即非自性是四無量四無色定自性亦非自性若非自性即是精進波羅蜜多於此精進波羅蜜多四靜慮不可得彼我無我亦不可得四無量四無色定皆不可得彼我無我亦不可得所以者何此中尚無四靜慮等可得何況有彼我與無我汝若能修如是精進是修精進波羅蜜多復作是言汝善男子應修精進波羅蜜多不應觀四靜慮若淨若不淨不應觀四無量四無色定若淨若不淨何以故四靜慮四靜慮自性空四無量四無色定四無量四無色定自性空是四靜慮自性即非自性是四無量四無色定自性亦非自性若非自性即是精進波羅蜜多於此精進波羅蜜多四靜慮不可得彼淨不淨亦不可得四無量四無色定皆不可得彼淨不淨亦不可得所以者何此中尚無四靜慮等可得何況有彼淨與不淨汝若能修如是精進

是修精進波羅蜜多憍尸迦是善男子善女人等作此等說是爲宣說眞正精進波羅蜜多復次憍尸迦若善男子善女人等爲發無上菩提心者宣說精進波羅蜜多作如是言汝善男子應修精進波羅蜜多不應觀八解脫若常若無常不應觀八勝處九次第定十遍處若常若無常何以故八解脫八解脫自性空八勝處九次第定十遍處八勝處九次第定十遍處自性空是八解脫自性即非自性是八勝處九次第定十遍處自性亦非自性若非自性即是精進波羅蜜多於此精進波羅蜜多八解脫不可得彼常無常亦不可得八勝處九次第定十遍處皆不可得彼常無常亦不可得所以者何此中尚無八解脫等可得何況有彼常與無常汝若能修如是精進是修精進波羅蜜多復作是言汝善男子應修精進波羅蜜多不應觀八解脫若樂若苦不應觀八勝處九次第定十遍處若樂若苦何以故八解脫八解脫自性空八勝處九次第定十遍處八勝處九次第定十遍處自性空是八解脫自性即非自性是八勝處九次第定十遍處自性亦非自性若非自性即是精進波羅蜜多於此精進波羅蜜多八解脫不可得彼樂與苦亦不可得八勝處九次第定十遍處皆不可得彼樂與苦亦不可得所以者何此中尚無八解脫等可得何況有彼樂之與苦汝若能修如是精進是修精進波羅蜜多復作是言汝善男子應修精進波羅蜜多不應觀八解脫若我若無我不應觀八勝處九次第定十遍處若我若無我何

以故八解脫八解脫自性空八勝處九次第定十遍處八勝處九次第定十遍處自性空是八解脫自性即非自性是八勝處九次第定十遍處自性亦非自性若非自性即是精進波羅蜜多於此精進波羅蜜多八解脫不可得彼我無我亦不可得八勝處九次第定十遍處皆不可得彼我無我亦不可得所以者何此中尚無八解脫等可得何況有彼我與無我汝若能修如是精進是修精進波羅蜜多復作是言汝善男子應修精進波羅蜜多不應觀八解脫若淨若不淨不應觀八勝處九次第定十遍處若淨若不淨何以故八解脫八解脫自性空八勝處九次第定十遍處八勝處九次第定十遍處自性空是八解脫自性即非自性是八勝處九次第定十遍處自性亦非自性若非自性即是精進波羅蜜多於此精進波羅蜜多八解脫不可得彼淨不淨亦不可得八勝處九次第定十遍處皆不可得彼淨不淨亦不可得所以者何此中尚無八解脫等可得何況有彼淨與不淨汝若能修如是精進是修精進波羅蜜多憍尸迦是善男子善女人等作此等說是為宣說真正精進波羅蜜多復次憍尸迦若善男子善女人等為發無上菩提心者宣說精進波羅蜜多作如是言汝善男子應修精進波羅蜜多不應觀四念住若常若無常不應觀四正斷四神足五根五力七等覺支八聖道支若常若無常何以故四念住四念住自性空四正斷四神足五根五力七等覺支八聖道支四正斷乃至八聖道支自性空是四念

住自性即非自性是四正斷乃至八聖道支自性亦非自性若非自性即是精進波羅蜜多於此精進波羅蜜多四念住不可得彼常無常亦不可得四正斷乃至八聖道支皆不可得彼常無常亦不可得所以者何此中尚無四念住等可得何況有彼常與無常汝若能修如是精進是修精進波羅蜜多復作是言汝善男子應修精進波羅蜜多不應觀四念住若樂若苦不應觀四正斷四神足五根五力七等覺支八聖道支若樂若苦何以故四念住四念住自性空四正斷四神足五根五力七等覺支八聖道支四正斷乃至八聖道支自性空是四念住自性即非自性是四正斷乃至八聖道支自性亦非自性若非自性即是精進波羅蜜多於此精進波羅蜜多

四念住不可得彼樂與苦亦不可得四正斷乃至八聖道支皆不可得彼樂與苦亦不可得所以者何此中尚無四念住等可得何況有彼樂之與苦汝若能修如是精進是修精進波羅蜜多復作是言汝善男子應修精進波羅蜜多不應觀四念住若我若無我不應觀四正斷四神足五根五力七等覺支八聖道支若我若無我何以故四念住四念住自性空四正斷四神足五根五力七等覺支八聖道支四正斷乃至八聖道支自性空是四念住自性即非自性是四正斷乃至八聖道支自性亦非自性若非自性即是精進波羅蜜多於此精進波羅蜜多四念住不可得彼我無我亦不可得四正斷乃至八聖道支皆不可得彼我無我亦不可得所以者何此中

尚無四念住等可得何況有彼我與無我汝若能修如是精進是修精進波羅蜜多復作是言汝善男子應修精進波羅蜜多不應觀四念住若淨若不淨不應觀四正斷四神足五根五力七等覺支八聖道支若淨若不淨何以故四念住四念住自性空四正斷四神足五根五力七等覺支八聖道支四正斷乃至八聖道支自性空是四念住自性即非自性是四正斷乃至八聖道支自性亦非自性若非自性即是精進波羅蜜多於此精進波羅蜜多四念住不可得彼淨不淨亦不可得四正斷乃至八聖道支皆不可得彼淨不淨亦不可得所以者何此中尚無四念住等可得何況有彼淨與不淨汝若能修如是精進是修精進波羅蜜多憍尸迦是善男子善女人等作此等說是爲宣說眞正精進波羅蜜多復次憍尸迦若善男子善女人等爲發無上菩提心者宣說精進波羅蜜多作如是言汝善男子應修精進波羅蜜多不應觀空解脫門若常若無常不應觀無相無願解脫門若常若無常何以故空解脫門空解脫門自性空無相無願解脫門無相無願解脫門自性空是空解脫門自性即非自性是無相無願解脫門自性亦非自性若非自性即是精進波羅蜜多於此精進波羅蜜多空解脫門不可得彼常無常亦不可得無相無願解脫門皆不可得彼常無常亦不可得所以者何此中尚無空解脫門等可得何況有彼常與無常汝若能修如是精進是修精進波羅蜜多復作是言汝善男子應修精進波羅蜜多

不應觀空解脫門若樂若苦不應觀無相無願解脫門若樂若苦何以故空解脫門空解脫門自性空無相無願解脫門無相無願解脫門自性空是空解脫門自性即非自性是無相無願解脫門自性亦非自性若非自性即是精進波羅蜜多於此精進波羅蜜多空解脫門不可得彼樂與苦亦不可得無相無願解脫門皆不可得彼樂與苦亦不可得所以者何此中尚無空解脫門等可得何況有彼樂之與苦汝若能修如是精進是修精進波羅蜜多復作是言汝善男子應修精進波羅蜜多不應觀空解脫門若我若無我不應觀無相無願解脫門若我若無我何以故空解脫門空解脫門自性空無相無願解脫門無相無願解脫門自性空是空解脫門自性即非自性是無相無願解脫門自性亦非自性若非自性即是精進波羅蜜多於此精進波羅蜜多空解脫門不可得彼我無我亦不可得無相無願解脫門皆不可得彼我無我亦不可得所以者何此中尚無空解脫門等可得何況有彼我與無我汝若能修如是精進是修精進波羅蜜多復作是言汝善男子應修精進波羅蜜多不應觀空解脫門若淨若不淨不應觀無相無願解脫門若淨若不淨何以故空解脫門空解脫門自性空無相無願解脫門無相無願解脫門自性空是空解脫門自性即非自性是無相無願解脫門自性亦非自性若非自性即是精進波羅蜜多於此精進波羅蜜多空解脫門不可得彼淨不淨亦不可得無相無願解脫門皆不可

得彼淨不淨亦不可得所以者何此中尚無空解脫門等可得何況有彼淨與不淨汝若能修如是精進是修精進波羅蜜多憍尸迦是善男子善女人等作此等說是爲宣說眞正精進波羅蜜多復次憍尸迦若善男子善女人等爲發無上菩提心者宣說精進波羅蜜多作如是言汝善男子應修精進波羅蜜多不應觀五眼若常若無常不應觀六神通若常若無常何以故五眼五眼自性空六神通六神通自性空是五眼自性即非自性是六神通自性亦非自性若非自性即是精進波羅蜜多於此精進波羅蜜多五眼不可得彼常無常亦不可得六神通不可得彼常無常亦不可得所以者何此中尚無五眼等可得何況有彼常與無常汝若能修如是精進是修精進波羅蜜多復作是言汝善男子應修精進波羅蜜多不應觀五眼若樂若苦不應觀六神通若樂若苦何以故五眼五眼自性空六神通六神通自性空是五眼自性即非自性是六神通自性亦非自性若非自性即是精進波羅蜜多於此精進波羅蜜多五眼不可得彼樂與苦亦不可得六神通不可得彼樂與苦亦不可得所以者何此中尚無五眼等可得何況有彼樂之與苦汝若能修如是精進是修精進波羅蜜多復作是言汝善男子應修精進波羅蜜多不應觀五眼若我若無我不應觀六神通若我若無我何以故五眼五眼自性空六神通六神通自性空是五眼自性即非自性是六神通自性亦非自性若非自性即是精進波羅蜜多於此精

進波羅蜜多五眼不可得彼我無我亦不可得六神通不可得彼我無我亦不可得所以者何此中尚無五眼等可得何況有彼我與無我汝若能修如是精進是修精進波羅蜜多復作是言汝善男子應修精進波羅蜜多不應觀五眼若淨若不淨不應觀六神通若淨若不淨何以故五眼五眼自性空六神通六神通自性空是五眼自性即非自性是六神通自性亦非自性若非自性即是精進波羅蜜多於此精進波羅蜜多五眼不可得彼淨不淨亦不可得六神通不可得彼淨不淨亦不可得所以者何此中尚無五眼等可得何況有彼淨與不淨汝若能修如是精進是修精進波羅蜜多憍尸迦是善男子善女人等作此等說是爲宣說真正精進波羅蜜多

復次憍尸迦若善男子善女人等爲發無上菩提心者宣說精進波羅蜜多作如是言汝善男子應修精進波羅蜜多不應觀佛十力若常若無常不應觀四無所畏四無礙解大慈大悲大喜大捨十八佛不共法若常若無常何以故佛十力佛十力自性空四無所畏四無礙解大慈大悲大喜大捨十八佛不共法四無所畏乃至十八佛不共法自性空是佛十力自性即非自性是四無所畏乃至十八佛不共法自性亦非自性若非自性即是精進波羅蜜多於此精進波羅蜜多佛十力不可得彼常無常亦不可得四無所畏乃至十八佛不共法皆不可得彼常無常亦不可得所以者何此中尚無佛十力等可得何況有彼常與無常汝若能修如是精進是修精

進波羅蜜多復作是言汝善男子應修精進波羅蜜多不應觀佛十力若樂若苦不應觀四無所畏四無礙解大慈大悲大喜大捨十八佛不共法若樂若苦何以故佛十力佛十力自性空四無所畏四無礙解大慈大悲大喜大捨十八佛不共法四無所畏乃至十八佛不共法自性空是佛十力自性即非自性是四無所畏乃至十八佛不共法自性亦非自性若非自性即是精進波羅蜜多於此精進波羅蜜多佛十力不可得彼樂與苦亦不可得四無所畏乃至十八佛不共法皆不可得彼樂與苦亦不可得所以者何此中尚無佛十力等可得何況有彼樂之與苦汝若能修如是精進是修精進波羅蜜多復作是言汝善男子應修精進波羅蜜多不應觀佛十力若我若無我不應觀四無所畏四無礙解大慈大悲大喜大捨十八佛不共法若我若無我何以故佛十力佛十力自性空四無所畏四無礙解大慈大悲大喜大捨十八佛不共法四無所畏乃至十八佛不共法自性空是佛十力自性即非自性是四無所畏乃至十八佛不共法自性亦非自性若非自性即是精進波羅蜜多於此精進波羅蜜多佛十力不可得彼我無我亦不可得四無所畏乃至十八佛不共法皆不可得彼我無我亦不可得所以者何此中尚無佛十力等可得何況有彼我與無我汝若能修如是精進是修精進波羅蜜多復作是言汝善男子應修精進波羅蜜多不應觀佛十力若淨若不淨不應觀四無所畏四無礙解大慈大悲大喜大

捨十八佛不共法若淨若不淨何以故佛十力佛十力自性空四無所畏四無礙解大慈大悲大喜大捨十八佛不共法四無所畏乃至十八佛不共法自性空是佛十力自性即非自性是四無所畏乃至十八佛不共法自性亦非自性若非自性即是精進波羅蜜多於此精進波羅蜜多佛十力不可得彼淨不淨亦不可得四無所畏乃至十八佛不共法皆不可得彼淨不淨亦不可得所以者何此中尚無佛十力等可得何況有彼淨與不淨汝若能修如是精進是修精進波羅蜜多憍尸迦是善男子善女人等作此等說是爲宣說眞正精進波羅蜜多復次憍尸迦若善男子善女人等爲發無上菩提心者宣說精進波羅蜜多作如是言汝善男子應修精進波羅蜜多不應觀無忘失法若常若無常不應觀恒住捨性若常若無常何以故無忘失法無忘失法自性空恒住捨性恒住捨性自性空是無忘失法自性即非自性是恒住捨性自性亦非自性若非自性即是精進波羅蜜多於此精進波羅蜜多無忘失法不可得彼常無常亦不可得恒住捨性不可得彼常無常亦不可得所以者何此中尚無無忘失法等可得何況有彼常與無常汝若能修如是精進是修精進波羅蜜多復作是言汝善男子應修精進波羅蜜多不應觀無忘失法若樂若苦不應觀恒住捨性若樂若苦何以故無忘失法無忘失法自性空恒住捨性恒住捨性自性空是無忘失法自性即非自性是恒住捨性自性亦非自性若非自性即是精

進波羅蜜多於此精進波羅蜜多無忘失法不可得彼樂與苦亦不可得恒住捨性不可得彼樂與苦亦不可得所以者何此中尚無無忘失法等可得何況有彼樂之與苦汝若能修如是精進是修精進波羅蜜多復作是言汝善男子應修精進波羅蜜多不應觀無忘失法若我若無我不應觀恒住捨性若我若無我何以故無忘失法無忘失法自性空恒住捨性恒住捨性自性空是無忘失法自性即非自性是恒住捨性自性亦非自性若非自性即是精進波羅蜜多於此精進波羅蜜多無忘失法不可得彼我無我亦不可得恒住捨性不可得彼我無我亦不可得所以者何此中尚無無忘失法等可得何況有彼我與無我汝若能修如是精進是修精進波羅蜜多復作是言汝善男子應修精進波羅蜜多不應觀無忘失法若淨若不淨不應觀恒住捨性若淨若不淨何以故無忘失法無忘失法自性空恒住捨性恒住捨性自性空是無忘失法自性即非自性是恒住捨性自性亦非自性若非自性即是精進波羅蜜多於此精進波羅蜜多無忘失法不可得彼淨不淨亦不可得恒住捨性不可得彼淨不淨亦不可得所以者何此中尚無無忘失法等可得何況有彼淨與不淨汝若能修如是精進是修精進波羅蜜多憍尸迦是善男子善女人等作此等說是爲宣說眞正精進波羅蜜多

大般若波羅蜜多經卷第一百五十四

大般若波羅蜜多經卷第一百五十五

唐三藏法師玄奘奉詔譯

初分校量功德品第三十之五十三

復次憍尸迦，若善男子善女人等爲發無上菩提心者宣説精進波羅蜜多作如是言：汝善男子應修精進波羅蜜多不應觀一切智若常若無常，不應觀道相智一切相智若常若無常。何以故？一切智一切智自性空，道相智一切相智道相智一切相智自性空。是一切智自性即非自性，是道相智一切相智自性亦非自性。若非自性即是精進波羅蜜多。於此精進波羅蜜多一切智不可得，彼常無常亦不可得；道相智一切相智皆不可得，彼常無常亦不可得。所以者何？此中尚無一切智等可得，何况有彼常與無常。汝若能修如是精進，是修精進波羅蜜多。復作是言：汝善男子應修精進波羅蜜多不應觀一切智若樂若苦，不應觀道相智一切相智若樂若苦。何以故？一切智一切智自性空，道相智一切相智道相智一切相智自性空。是一切智自性即非自性，是道相智一切相智自性亦非自性。若非自性即是精進波羅蜜多。於此精進波羅蜜多一切智不可得，彼樂與苦亦不可得；道相智一切相智皆不可得，彼樂與苦亦不可得。所以者何？此中尚無一切智等可得，何况有彼樂之與苦。汝若能修如是精進，是修精進波羅蜜多。復作是言：汝善男子應修精進波羅蜜多不應觀一切智若我若無我，不應觀道相智一切相智若我若無我。何以故？一切智一切智自性空道相智一切相

智道相智一切相智自性空是一切智自性即非自性是道相智一切相智自性亦非自性若非自性即是精進波羅蜜多於此精進波羅蜜多一切智不可得彼我無我亦不可得道相智一切相智皆不可得彼我無我亦不可得所以者何此中尚無一切智等可得何況有彼我與無我汝若能修如是精進是修精進波羅蜜多復作是言汝善男子應修精進波羅蜜多不應觀一切智若淨若不淨不應觀道相智一切相智若淨若不淨何以故一切智一切智自性空道相智一切相智道相智一切相智自性空是一切智自性即非自性是道相智一切相智自性亦非自性若非自性即是精進波羅蜜多於此精進波羅蜜多一切智不可得彼淨不淨亦不可得

道相智一切相智皆不可得彼淨不淨亦不可得所以者何此中尚無一切智等可得何況有彼淨與不淨汝若能修如是精進是修精進波羅蜜多憍尸迦是善男子善女人等作此等說是爲宣說眞正精進波羅蜜多復次憍尸迦若善男子善女人等爲發無上菩提心者宣說精進波羅蜜多作如是言汝善男子應修精進波羅蜜多不應觀一切陀羅尼門若常若無常不應觀一切三摩地門若常若無常何以故一切陀羅尼門一切陀羅尼門自性空一切三摩地門一切三摩地門自性空是一切陀羅尼門自性即非自性是一切三摩地門自性亦非自性若非自性即是精進波羅蜜多於此精進波羅蜜多一切陀羅尼門不可得彼常無常亦不可得一切

三摩地門不可得彼常無常亦不可得所以者何此中尚無一切陀羅尼門等可得何況有彼常與無常汝若能修如是精進是修精進波羅蜜多復作是言汝善男子應修精進波羅蜜多不應觀一切陀羅尼門若樂若苦不應觀一切三摩地門若樂若苦何以故一切陀羅尼門一切陀羅尼門自性空一切三摩地門一切三摩地門自性空是一切陀羅尼門自性即非自性是一切三摩地門自性亦非自性若非自性即是精進波羅蜜多於此精進波羅蜜多一切陀羅尼門不可得彼樂與苦亦不可得一切三摩地門不可得彼樂與苦亦不可得所以者何此中尚無一切陀羅尼門等可得何況有彼樂之與苦汝若能修如是精進是修精進波羅蜜多復作是言汝善男子應修精進波羅蜜多不應觀一切陀羅尼門若我若無我不應觀一切三摩地門若我若無我何以故一切陀羅尼門一切陀羅尼門自性空一切三摩地門一切三摩地門自性空是一切陀羅尼門自性即非自性是一切三摩地門自性亦非自性若非自性即是精進波羅蜜多於此精進波羅蜜多一切陀羅尼門不可得彼我無我亦不可得一切三摩地門不可得彼我無我亦不可得所以者何此中尚無一切陀羅尼門等可得何況有彼我與無我汝若能修如是精進是修精進波羅蜜多復作是言汝善男子應修精進波羅蜜多不應觀一切陀羅尼門若淨若不淨不應觀一切三摩地門若淨若不淨何以故一切陀羅尼門一切陀羅尼門自

性空一切三摩地門一切三摩地門自性空是一切陁羅尼門自性即非自性是一切三摩地門自性亦非自性若非自性即是精進波羅蜜多於此精進波羅蜜多一切陁羅尼門不可得彼淨不淨亦不可得一切三摩地門不可得彼淨不淨亦不可得所以者何此中尚無一切陁羅尼門等可得何況有彼淨與不淨汝若能修如是精進是修精進波羅蜜多憍尸迦是善男子善女人等作此等說是爲宣說真正精進波羅蜜多復次憍尸迦若善男子善女人等爲發無上菩提心者宣說精進波羅蜜多作如是言汝善男子應修精進波羅蜜多不應觀預流向預流果若常若無常不應觀一來向一來果不還向不還果阿羅漢向阿羅漢果若常若無常何以故

預流向預流果預流向預流果自性空一來向一來果不還向不還果阿羅漢向阿羅漢果一來向乃至阿羅漢果自性空是預流向預流果自性即非自性是一來向乃至阿羅漢果自性亦非自性若非自性即是精進波羅蜜多於此精進波羅蜜多預流向預流果不可得彼常無常亦不可得一來向乃至阿羅漢果皆不可得彼常無常亦不可得所以者何此中尚無預流向等可得何況有彼常與無常汝若能修如是精進是修精進波羅蜜多復作是言汝善男子應修精進波羅蜜多不應觀預流向預流果若樂若苦不應觀一來向一來果不還向不還果阿羅漢向阿羅漢果若樂若苦何以故預流向預流果預流向預流果自性空一來向一來果不還向

不還果阿羅漢向阿羅漢果一來向乃至阿羅漢果自性空是預流向預流果自性即非自性是一來向乃至阿羅漢果自性亦非自性若非自性即是精進波羅蜜多於此精進波羅蜜多預流向預流果不可得彼樂與苦亦不可得一來向乃至阿羅漢果皆不可得彼樂與苦亦不可得所以者何此中尚無預流向等可得何況有彼樂之與苦汝若能修如是精進是修精進波羅蜜多復作是言汝善男子應修精進波羅蜜多不應觀預流向預流果若我若無我不應觀一來向一來果不還向不還果阿羅漢向阿羅漢果若我若無我何以故預流向預流果預流向預流果自性空一來向一來果不還向不還果阿羅漢向阿羅漢果一來向乃至阿羅漢果自性

空是預流向預流果自性即非自性是一來向乃至阿羅漢果自性亦非自性若非自性即是精進波羅蜜多於此精進波羅蜜多預流向預流果不可得彼我無我亦不可得一來向乃至阿羅漢果皆不可得彼我無我亦不可得所以者何此中尚無預流向等可得何況有彼我與無我汝若能修如是精進是修精進波羅蜜多復作是言汝善男子應修精進波羅蜜多不應觀預流向預流果若淨若不淨不應觀一來向一來果不還向不還果阿羅漢向阿羅漢果若淨若不淨何以故預流向預流果預流向預流果自性空一來向一來果不還向不還果阿羅漢向阿羅漢果一來向乃至阿羅漢果自性空是預流向預流果自性即非自性是一來向乃至阿羅

漢果自性亦非自性若非自性即是精進波羅蜜多於此精進波羅蜜多預流向預流果不可得彼淨不淨亦不可得一來向乃至阿羅漢果皆不可得彼淨不淨亦不可得所以者何此中尚無預流向等可得何況有彼淨與不淨汝若能修如是精進是修精進波羅蜜多憍尸迦是善男子善女人等作此等說是爲宣說眞正精進波羅蜜多復次憍尸迦若善男子善女人等爲發無上菩提心者宣說精進波羅蜜多作如是言汝善男子應修精進波羅蜜多不應觀一切獨覺菩提若常若無常何以故一切獨覺菩提一切獨覺菩提自性空是一切獨覺菩提自性即非自性若非自性即是精進波羅蜜多於此精進波羅蜜多一切獨覺菩提不可得彼常無常亦不可得所以者何此中尚無一切獨覺菩提可得何況有彼常與無常汝若能修如是精進是修精進波羅蜜多復作是言汝善男子應修精進波羅蜜多不應觀一切獨覺菩提若樂若苦何以故一切獨覺菩提一切獨覺菩提自性空是一切獨覺菩提自性即非自性若非自性即是精進波羅蜜多於此精進波羅蜜多一切獨覺菩提不可得彼樂與苦亦不可得所以者何此中尚無一切獨覺菩提可得何況有彼樂之與苦汝若能修如是精進是修精進波羅蜜多復作是言汝善男子應修精進波羅蜜多不應觀一切獨覺菩提若我若無我何以故一切獨覺菩提一切獨覺菩提自性空是一切獨覺菩提自性即非自性若非自性即是精進波羅蜜多於此

精進波羅蜜多一切獨覺菩提不可得彼我無我亦不可得所以者何此中尚無一切獨覺菩提可得何况有彼我與無我汝若能修如是精進是修精進波羅蜜多復作是言汝善男子應修精進波羅蜜多不應觀一切獨覺菩提若淨若不淨何以故一切獨覺菩提一切獨覺菩提自性空是一切獨覺菩提自性即非自性若非自性即是精進波羅蜜多於此精進波羅蜜多一切獨覺菩提不可得彼淨不淨亦不可得所以者何此中尚無一切獨覺菩提可得何况有彼淨與不淨汝若能修如是精進是修精進波羅蜜多憍尸迦是善男子善女人等作此等說是爲宣說真正精進波羅蜜多復次憍尸迦若善男子善女人等爲發無上菩提心者宣說精進波羅

蜜多作如是言汝善男子應修精進波羅蜜多不應觀一切菩薩摩訶薩行若常若無常何以故一切菩薩摩訶薩行一切菩薩摩訶薩行自性空是一切菩薩摩訶薩行自性即非自性若非自性即是精進波羅蜜多於此精進波羅蜜多一切菩薩摩訶薩行不可得彼常無常亦不可得所以者何此中尚無一切菩薩摩訶薩行可得何况有彼常與無常汝若能修如是精進是修精進波羅蜜多復作是言汝善男子應修精進波羅蜜多不應觀一切菩薩摩訶薩行若樂若苦何以故一切菩薩摩訶薩行一切菩薩摩訶薩行自性空是一切菩薩摩訶薩行自性即非自性若非自性即是精進波羅蜜多於此精進波羅蜜多一切菩薩摩訶薩行不可得彼樂與苦

亦不可得所以者何此中尚無一切菩薩摩訶薩行可得何況有彼樂之與苦汝若能修如是精進波羅蜜多復作是言汝善男子應修精進波羅蜜多不應觀一切菩薩摩訶薩行若我若無我何以故一切菩薩摩訶薩行一切菩薩摩訶薩行自性空是一切菩薩摩訶薩行自性即非自性若非自性即是精進波羅蜜多於此精進波羅蜜多一切菩薩摩訶薩行不可得彼我無我亦不可得所以者何此中尚無一切菩薩摩訶薩行可得何況有彼我與無我汝若能修如是精進是修精進波羅蜜多復作是言汝善男子應修精進波羅蜜多不應觀一切菩薩摩訶薩行若淨若不淨何以故一切菩薩摩訶薩行一切菩薩摩訶薩行自性空是一切菩薩摩訶薩行自性即非自性若非自性即是精進波羅蜜多於此精進波羅蜜多一切菩薩摩訶薩行不可得彼淨不淨亦不可得所以者何此中尚無一切菩薩摩訶薩行可得何況有彼淨與不淨汝若能修如是精進是修精進波羅蜜多憍尸迦是善男子善女人等作此等說是爲宣說眞正精進波羅蜜多復次憍尸迦若善男子善女人等爲發無上菩提心者宣說精進波羅蜜多作如是言汝善男子應修精進波羅蜜多不應觀諸佛無上正等菩提若常若無常何以故諸佛無上正等菩提諸佛無上正等菩提自性空是諸佛無上正等菩提自性即非自性若非自性即是精進波羅蜜多於此精進波羅蜜多諸佛無上正等菩提不可得彼常無常亦不可得

所以者何此中尚無諸佛無上正等菩提可得何況有彼常與無常汝若能修如是精進是修精進波羅蜜多復作是言汝善男子應修精進波羅蜜多不應觀諸佛無上正等菩提若樂若苦何以故諸佛無上正等菩提諸佛無上正等菩提自性空是諸佛無上正等菩提自性即非自性若非自性即是精進波羅蜜多於此精進波羅蜜多諸佛無上正等菩提不可得彼樂與苦亦不可得所以者何此中尚無諸佛無上正等菩提可得何況有彼樂之與苦汝若能修如是精進是修精進波羅蜜多復作是言汝善男子應修精進波羅蜜多不應觀諸佛無上正等菩提若我若無我何以故諸佛無上正等菩提諸佛無上正等菩提自性空是諸佛無上正等菩提自性即非自性若非自性即是精進波羅蜜多於此精進波羅蜜多諸佛無上正等菩提不可得彼我無我亦不可得所以者何此中尚無諸佛無上正等菩提可得何況有彼我與無我汝若能修如是精進是修精進波羅蜜多復作是言汝善男子應修精進波羅蜜多不應觀諸佛無上正等菩提若淨若不淨何以故諸佛無上正等菩提諸佛無上正等菩提自性空是諸佛無上正等菩提自性即非自性若非自性即是精進波羅蜜多於此精進波羅蜜多諸佛無上正等菩提不可得彼淨不淨亦不可得所以者何此中尚無諸佛無上正等菩提可得何況有彼淨與不淨汝若能修如是精進是修精進波羅蜜多憍尸迦是善男子善女人等作此等說是爲宣說

眞正精進波羅蜜多時天帝釋復白佛言世
尊云何諸善男子善女人等說無所得安忍
波羅蜜多名說眞正安忍波羅蜜多佛言憍
尸迦若善男子善女人等爲發無上菩提心
者宣說安忍波羅蜜多作如是言汝善男子
應修安忍波羅蜜多不應觀色若常若無常
不應觀受想行識若常若無常何以故色色
自性空受想行識受想行識自性空是色自
性即非自性是受想行識自性亦非自性若
非自性即是安忍波羅蜜多於此安忍波羅
蜜多色不可得彼常無常亦不可得受想行
識皆不可得彼常無常亦不可得所以者何
此中尚無色等可得何況有彼常與無常汝
若能修如是安忍是修安忍波羅蜜多復作
是言汝善男子應修安忍波羅蜜多不應觀
色若樂若苦不應觀受想行識若樂若苦何
以故色色自性空受想行識受想行識自性
空是色自性即非自性是受想行識自性亦
非自性若非自性即是安忍波羅蜜多於此
安忍波羅蜜多色不可得彼樂與苦亦不可
得受想行識皆不可得彼樂與苦亦不可得
所以者何此中尚無色等可得何況有彼樂
之與苦汝若能修如是安忍是修安忍波羅
蜜多復作是言汝善男子應修安忍波羅蜜
多不應觀色若我若無我不應觀受想行識
若我若無我何以故色色自性空受想行識
受想行識自性空是色自性即非自性是受
想行識自性亦非自性若非自性即是安忍
波羅蜜多於此安忍波羅蜜多色不可得彼
我無我亦不可得受想行識皆不可得彼我

無我亦不可得所以者何此中尚無色等可得何況有彼我與無我汝若能修如是安忍是修安忍波羅蜜多復作是言汝善男子應修安忍波羅蜜多不應觀色若淨若不淨不應觀受想行識若淨若不淨何以故色色自性空受想行識受想行識自性空是色自性即非自性是受想行識自性亦非自性若非自性即是安忍波羅蜜多於此安忍波羅蜜多色不可得彼淨不淨亦不可得受想行識皆不可得彼淨不淨亦不可得所以者何此中尚無色等可得何況有彼淨與不淨汝若能修如是安忍是修安忍波羅蜜多憍尸迦是善男子善女人等作此等說是爲宣說真正安忍波羅蜜多復次憍尸迦若善男子善女人等爲發無上菩提心者宣說安忍波羅蜜多作如是言汝善男子應修安忍波羅蜜多不應觀眼處若常若無常不應觀耳鼻舌身意處若常若無常何以故眼處眼處自性空耳鼻舌身意處耳鼻舌身意處自性空是眼處自性即非自性是耳鼻舌身意處自性亦非自性若非自性即是安忍波羅蜜多於此安忍波羅蜜多眼處不可得彼常無常亦不可得耳鼻舌身意處皆不可得彼常無常亦不可得所以者何此中尚無眼處等可得何況有彼常與無常汝若能修如是安忍是修安忍波羅蜜多復作是言汝善男子應修安忍波羅蜜多不應觀眼處若樂若苦不應觀耳鼻舌身意處若樂若苦何以故眼處眼處自性空耳鼻舌身意處耳鼻舌身意處自性空是眼處自性即非自性是耳鼻舌身意

處自性亦非自性若非自性即是安忍波羅蜜多於此安忍波羅蜜多眼處不可得彼樂與苦亦不可得耳鼻舌身意處皆不可得彼樂與苦亦不可得所以者何此中尚無眼處等可得何況有彼樂之與苦汝若能修如是安忍是修安忍波羅蜜多復作是言汝善男子應修安忍波羅蜜多不應觀眼處若我若無我不應觀耳鼻舌身意處若我若無我何以故眼處眼處自性空耳鼻舌身意處耳鼻舌身意處自性空是眼處自性即非自性是耳鼻舌身意處自性亦非自性若非自性即是安忍波羅蜜多於此安忍波羅蜜多眼處不可得彼我無我亦不可得耳鼻舌身意處皆不可得彼我無我亦不可得所以者何此中尚無眼處等可得何況有彼我與無我汝若能修如是安忍是修安忍波羅蜜多復作是言汝善男子應修安忍波羅蜜多不應觀眼處若淨若不淨不應觀耳鼻舌身意處若淨若不淨何以故眼處眼處自性空耳鼻舌身意處耳鼻舌身意處自性空是眼處自性即非自性是耳鼻舌身意處自性亦非自性若非自性即是安忍波羅蜜多於此安忍波羅蜜多眼處不可得彼淨不淨亦不可得耳鼻舌身意處皆不可得彼淨不淨亦不可得所以者何此中尚無眼處等可得何況有彼淨與不淨汝若能修如是安忍是修安忍波羅蜜多憍尸迦是善男子善女人等作此等說是為宣說真正安忍波羅蜜多復次憍尸迦若善男子善女人等為發無上菩提心者宣說安忍波羅蜜多作如是言汝善男子應

修安忍波羅蜜多不應觀色處若常若無常不應觀聲香味觸法處若常若無常何以故色處色處自性空聲香味觸法處聲香味觸法處自性空是色處自性即非自性是聲香味觸法處自性亦非自性若非自性即是安忍波羅蜜多於此安忍波羅蜜多色處不可得彼常無常亦不可得聲香味觸法處皆不可得彼常無常亦不可得所以者何此中尚無色處等可得何況有彼常與無常汝若能修如是安忍是修安忍波羅蜜多復作是言汝善男子應修安忍波羅蜜多不應觀色處若樂若苦不應觀聲香味觸法處若樂若苦何以故色處色處自性空聲香味觸法處聲香味觸法處自性空是色處自性即非自性是聲香味觸法處自性亦非自性若非自性即是安忍波羅蜜多於此安忍波羅蜜多色處不可得彼樂與苦亦不可得聲香味觸法處皆不可得彼樂與苦亦不可得所以者何此中尚無色處等可得何況有彼樂之與苦汝若能修如是安忍是修安忍波羅蜜多復作是言汝善男子應修安忍波羅蜜多不應觀色處若我若無我不應觀聲香味觸法處若我若無我何以故色處色處自性空聲香味觸法處聲香味觸法處自性空是色處自性即非自性是聲香味觸法處自性亦非自性若非自性即是安忍波羅蜜多於此安忍波羅蜜多色處不可得彼我無我亦不可得聲香味觸法處皆不可得彼我無我亦不可得所以者何此中尚無色處等可得何況有彼我與無我汝若能修如是安忍是修安忍

波羅蜜多復作是言汝善男子應修安忍波羅蜜多不應觀色處若淨若不淨不應觀聲香味觸法處若淨若不淨何以故色處色處自性空聲香味觸法處聲香味觸法處自性空是色處自性即非自性是聲香味觸法處自性亦非自性若非自性即是安忍波羅蜜多於此安忍波羅蜜多色處不可得彼淨不淨亦不可得聲香味觸法處皆不可得彼淨不淨亦不可得所以者何此中尚無色處等可得何況有彼淨與不淨汝若能修如是安忍是修安忍波羅蜜多憍尸迦是善男子善女人等作此等說是爲宣說眞正安忍波羅蜜多

大般若波羅蜜多經卷第一百五十五

大般若波羅蜜多經卷第一百五十六

唐三藏法師玄奘奉詔譯

初分校量功德品第三十之五十四

復次憍尸迦若善男子善女人等爲發無上菩提心者宣説安忍波羅蜜多作如是言汝善男子應修安忍波羅蜜多不應觀眼界若常若無常不應觀色界眼識界及眼觸眼觸爲緣所生諸受若常若無常何以故眼界眼界自性空色界眼識界及眼觸眼觸爲緣所生諸受色界乃至眼觸爲緣所生諸受自性空是眼界自性即非自性是色界乃至眼觸爲緣所生諸受自性亦非自性若非自性即是安忍波羅蜜多於此安忍波羅蜜多眼界不可得彼常無常亦不可得色界乃至眼觸爲緣所生諸受皆不可得彼常無常亦不可得所以者何此中尚無眼界等可得何況有彼常與無常汝若能修如是安忍是修安忍波羅蜜多復作是言汝善男子應修安忍波羅蜜多不應觀眼界若樂若苦不應觀色界眼識界及眼觸眼觸爲緣所生諸受若樂若苦何以故眼界眼界自性空色界眼識界及眼觸眼觸爲緣所生諸受色界乃至眼觸爲緣所生諸受自性空是眼界自性即非自性是色界乃至眼觸爲緣所生諸受自性亦非自性若非自性即是安忍波羅蜜多於此安忍波羅蜜多眼界不可得彼樂與苦亦不可得色界乃至眼觸爲緣所生諸受皆不可得彼樂與苦亦不可得所以者何此中尚無眼界等可得何況有彼樂之與苦汝若能修如是安忍是修安忍波羅蜜多復作是言汝善

男子應修安忍波羅蜜多不應觀眼界若我若無我不應觀色界眼識界及眼觸眼觸爲緣所生諸受若我若無我何以故眼界眼界自性空色界眼識界及眼觸眼觸爲緣所生諸受色界乃至眼觸爲緣所生諸受自性空是眼界自性即非自性是色界乃至眼觸爲緣所生諸受自性亦非自性若非自性即是安忍波羅蜜多於此安忍波羅蜜多眼界不可得彼我無我亦不可得色界乃至眼觸爲緣所生諸受皆不可得彼我無我亦不可得所以者何此中尚無眼界等可得何況有彼我與無我汝若能修如是安忍是修安忍波羅蜜多復作是言汝善男子應修安忍波羅蜜多不應觀眼界若淨若不淨不應觀色界眼識界及眼觸眼觸爲緣所生諸受若淨若不淨何以故眼界眼界自性空色界眼識界及眼觸眼觸爲緣所生諸受色界乃至眼觸爲緣所生諸受自性空是眼界自性即非自性是色界乃至眼觸爲緣所生諸受自性亦非自性若非自性即是安忍波羅蜜多於此安忍波羅蜜多眼界不可得彼淨不淨亦不可得色界乃至眼觸爲緣所生諸受皆不可得彼淨不淨亦不可得所以者何此中尚無眼界等可得何況有彼淨與不淨汝若能修如是安忍是修安忍波羅蜜多憍尸迦是善男子善女人等作此等說是爲宣說真正安忍波羅蜜多復次憍尸迦若善男子善女人等爲發無上菩提心者宣說安忍波羅蜜多作如是言汝善男子應修安忍波羅蜜多不應觀耳界若常若無常不應觀聲界耳識界

及耳觸耳觸爲緣所生諸受若常若無常何以故耳界耳界自性空聲界耳識界及耳觸耳觸爲緣所生諸受聲界乃至耳觸爲緣所生諸受自性空是耳界自性即非自性是聲界乃至耳觸爲緣所生諸受自性亦非自性若非自性即是安忍波羅蜜多於此安忍波羅蜜多耳界不可得彼常無常亦不可得聲界乃至耳觸爲緣所生諸受皆不可得彼常無常亦不可得所以者何此中尚無耳界等可得何況有彼常與無常汝若能修如是安忍是修安忍波羅蜜多復作是言汝善男子應修安忍波羅蜜多不應觀耳界若樂若苦不應觀聲界耳識界及耳觸耳觸爲緣所生諸受若樂若苦何以故耳界耳界自性空聲界耳識界及耳觸耳觸爲緣所生諸受聲界乃至耳觸爲緣所生諸受自性空是耳界自性即非自性是聲界乃至耳觸爲緣所生諸受自性亦非自性若非自性即是安忍波羅蜜多於此安忍波羅蜜多耳界不可得彼樂與苦亦不可得聲界乃至耳觸爲緣所生諸受皆不可得彼樂與苦亦不可得所以者何此中尚無耳界等可得何況有彼樂之與苦汝若能修如是安忍是修安忍波羅蜜多復作是言汝善男子應修安忍波羅蜜多不應觀耳界若我若無我不應觀聲界耳識界及耳觸耳觸爲緣所生諸受若我若無我何以故耳界耳界自性空聲界耳識界及耳觸耳觸爲緣所生諸受聲界乃至耳觸爲緣所生諸受自性空是耳界自性即非自性是聲界乃至耳觸爲緣所生諸受自性亦非自性若

非自性即是安忍波羅蜜多於此安忍波羅蜜多耳界不可得彼我無我亦不可得聲界乃至耳觸為緣所生諸受皆不可得彼我無我亦不可得所以者何此中尚無耳界等可得何況有彼我與無我汝若能修如是安忍是修安忍波羅蜜多復作是言汝善男子應修安忍波羅蜜多不應觀耳界若淨若不淨不應觀聲界耳識界及耳觸耳觸為緣所生諸受若淨若不淨何以故耳界耳界自性空聲界耳識界及耳觸耳觸為緣所生諸受聲界乃至耳觸為緣所生諸受自性空是耳界自性即非自性是聲界乃至耳觸為緣所生諸受自性亦非自性若非自性即是安忍波羅蜜多於此安忍波羅蜜多耳界不可得彼淨不淨亦不可得聲界乃至耳觸為緣所生諸受皆不可得彼淨不淨亦不可得所以者何此中尚無耳界等可得何況有彼淨與不淨汝若能修如是安忍是修安忍波羅蜜多憍尸迦是善男子善女人等作此等說是為宣說眞正安忍波羅蜜多復次憍尸迦若善男子善女人等為發無上菩提心者宣說安忍波羅蜜多作如是言汝善男子應修安忍波羅蜜多不應觀鼻界若常若無常不應觀香界鼻識界及鼻觸鼻觸為緣所生諸受若常若無常何以故鼻界鼻界自性空香界鼻識界及鼻觸鼻觸為緣所生諸受香界乃至鼻觸為緣所生諸受自性空是鼻界自性即非自性是香界乃至鼻觸為緣所生諸受自性亦非自性若非自性即是安忍波羅蜜多於此安忍波羅蜜多鼻界不可得彼常無常

亦不可得香界乃至鼻觸爲緣所生諸受皆不可得彼常無常亦不可得所以者何此中尚無鼻界等可得何況有彼常與無常汝若能修如是安忍是修安忍波羅蜜多復作是言汝善男子應修安忍波羅蜜多不應觀鼻界若樂若苦不應觀香界鼻識界及鼻觸鼻觸爲緣所生諸受若樂若苦何以故鼻界鼻界自性空香界鼻識界及鼻觸鼻觸爲緣所生諸受香界乃至鼻觸爲緣所生諸受自性空是鼻界自性即非自性是香界乃至鼻觸爲緣所生諸受自性亦非自性若非自性即是安忍波羅蜜多於此安忍波羅蜜多鼻界不可得彼樂與苦亦不可得香界乃至鼻觸爲緣所生諸受皆不可得彼樂與苦亦不可得所以者何此中尚無鼻界等可得何況有彼樂之與苦汝若能修如是安忍是修安忍波羅蜜多復作是言汝善男子應修安忍波羅蜜多不應觀鼻界若我若無我不應觀香界鼻識界及鼻觸鼻觸爲緣所生諸受若我若無我何以故鼻界鼻界自性空香界鼻識界及鼻觸鼻觸爲緣所生諸受香界乃至鼻觸爲緣所生諸受自性空是鼻界自性即非自性是香界乃至鼻觸爲緣所生諸受自性亦非自性若非自性即是安忍波羅蜜多於此安忍波羅蜜多鼻界不可得彼我無我亦不可得香界乃至鼻觸爲緣所生諸受皆不可得彼我無我亦不可得所以者何此中尚無鼻界等可得何況有彼我與無我汝若能修如是安忍是修安忍波羅蜜多復作是言汝善男子應修安忍波羅蜜多不應觀鼻界

若淨若不淨不應觀香界鼻識界及鼻觸鼻觸爲緣所生諸受若淨若不淨何以故鼻界鼻界自性空香界鼻識界及鼻觸鼻觸爲緣所生諸受香界乃至鼻觸爲緣所生諸受自性空是鼻界自性即非自性是香界乃至鼻觸爲緣所生諸受自性亦非自性若非自性即是安忍波羅蜜多於此安忍波羅蜜多鼻界不可得彼淨不淨亦不可得香界乃至鼻觸爲緣所生諸受皆不可得彼淨不淨亦不可得所以者何此中尚無鼻界等可得何況有彼淨與不淨汝若能修如是安忍是修安忍波羅蜜多憍尸迦是善男子善女人等作此等說是爲宣說眞正安忍波羅蜜多復次憍尸迦若善男子善女人等爲發無上菩提心者宣說安忍波羅蜜多作如是言汝善男子應修安忍波羅蜜多不應觀舌界若常若無常不應觀味界舌識界及舌觸舌觸爲緣所生諸受若常若無常何以故舌界舌界自性空味界舌識界及舌觸舌觸爲緣所生諸受味界乃至舌觸爲緣所生諸受自性空是舌界自性即非自性是味界乃至舌觸爲緣所生諸受自性亦非自性若非自性即是安忍波羅蜜多於此安忍波羅蜜多舌界不可得彼常無常亦不可得味界乃至舌觸爲緣所生諸受皆不可得彼常無常亦不可得所以者何此中尚無舌界等可得何況有彼常與無常汝若能修如是安忍是修安忍波羅蜜多復作是言汝善男子應修安忍波羅蜜多不應觀舌界若樂若苦不應觀味界舌識界及舌觸舌觸爲緣所生諸受若樂若苦何

以故舌界舌界自性空味界舌識界及舌觸舌觸爲緣所生諸受味界乃至舌觸爲緣所生諸受自性空是舌界自性即非自性是味界乃至舌觸爲緣所生諸受自性亦非自性若非自性即是安忍波羅蜜多舌界不可得彼樂與苦亦不可得味界乃至舌觸爲緣所生諸受皆不可得彼樂與苦亦不可得所以者何此中尚無舌界等可得何況有彼樂之與苦汝若能修如是安忍是修安忍波羅蜜多復作是言汝善男子應修安忍波羅蜜多不應觀舌界若我若無我不應觀味界舌識界及舌觸舌觸爲緣所生諸受若我若無我何以故舌界舌界自性空味界舌識界及舌觸舌觸爲緣所生諸受味界乃至舌觸爲緣所生諸受自性空是舌界自性即非自性是味界乃至舌觸爲緣所生諸受自性亦非自性若非自性即是安忍波羅蜜多舌界不可得彼我無我亦不可得味界乃至舌觸爲緣所生諸受皆不可得彼我無我亦不可得所以者何此中尚無舌界等可得何況有彼我與無我汝若能修如是安忍是修安忍波羅蜜多復作是言汝善男子應修安忍波羅蜜多不應觀舌界若淨若不淨不應觀味界舌識界及舌觸舌觸爲緣所生諸受若淨若不淨何以故舌界舌界自性空味界舌識界及舌觸舌觸爲緣所生諸受味界乃至舌觸爲緣所生諸受自性空是舌界自性即非自性是味界乃至舌觸爲緣所生諸受自性亦非自性若非自性即是安忍波羅蜜多於此安忍

波羅蜜多舌界不可得彼淨不淨亦不可得味界乃至舌觸爲緣所生諸受皆不可得彼淨不淨亦不可得所以者何此中尚無舌界等可得何況有彼淨與不淨汝若能修如是安忍是修安忍波羅蜜多憍尸迦是善男子善女人等作此等說是爲宣說眞正安忍波羅蜜多復次憍尸迦若善男子善女人等爲發無上菩提心者宣說安忍波羅蜜多作如是言汝善男子應修安忍波羅蜜多不應觀身界若常若無常不應觀觸界身識界及身觸身觸爲緣所生諸受若常若無常何以故身界身界自性空觸界身識界及身觸身觸爲緣所生諸受觸界乃至身觸爲緣所生諸受自性空是身界自性即非自性是觸界乃至身觸爲緣所生諸受自性亦非自性若非自性即是安忍波羅蜜多於此安忍波羅蜜多身界不可得彼常無常亦不可得觸界乃至身觸爲緣所生諸受皆不可得彼常無常亦不可得所以者何此中尚無身界等可得何況有彼常與無常汝若能修如是安忍是修安忍波羅蜜多復作是言汝善男子應修安忍波羅蜜多不應觀身界若樂若苦不應觀觸界身識界及身觸身觸爲緣所生諸受若樂若苦何以故身界身界自性空觸界身識界及身觸身觸爲緣所生諸受觸界乃至身觸爲緣所生諸受自性空是身界自性即非自性是觸界乃至身觸爲緣所生諸受自性亦非自性若非自性即是安忍波羅蜜多於此安忍波羅蜜多身界不可得彼樂與苦亦不可得觸界乃至身觸爲緣所生諸受皆

不可得彼樂與苦亦不可得所以者何此中尚無身界等可得何況有彼樂之與苦汝若能修如是安忍是修安忍波羅蜜多復作是言汝善男子應修安忍波羅蜜多不應觀身界若我若無我不應觀觸界身識界及身觸身觸爲緣所生諸受若我若無我何以故身界身界自性空觸界身識界及身觸身觸爲緣所生諸受觸界乃至身觸爲緣所生諸受自性空是身界自性即非自性是觸界乃至身觸爲緣所生諸受自性亦非自性若非自性即是安忍波羅蜜多於此安忍波羅蜜多身界不可得彼我無我亦不可得觸界乃至身觸爲緣所生諸受皆不可得彼我無我亦不可得所以者何此中尚無身界等可得何況有彼我與無我汝若能修如是安忍是修安忍波羅蜜多復作是言汝善男子應修安忍波羅蜜多不應觀身界若淨若不淨不應觀觸界身識界及身觸身觸爲緣所生諸受若淨若不淨何以故身界身界自性空觸界身識界及身觸身觸爲緣所生諸受觸界乃至身觸爲緣所生諸受自性空是身界自性即非自性是觸界乃至身觸爲緣所生諸受自性亦非自性若非自性即是安忍波羅蜜多於此安忍波羅蜜多身界不可得彼淨不淨亦不可得觸界乃至身觸爲緣所生諸受皆不可得彼淨不淨亦不可得所以者何此中尚無身界等可得何況有彼淨與不淨汝若能修如是安忍是修安忍波羅蜜多憍尸迦是善男子善女人等作此等說是爲宣說眞正安忍波羅蜜多復次憍尸迦若善男子

善女人等爲發無上菩提心者宣說安忍波羅蜜多作如是言汝善男子應修安忍波羅蜜多不應觀意界若常若無常不應觀法界意識界及意觸意觸爲緣所生諸受若常若無常何以故意界意界自性空法界意識界及意觸意觸爲緣所生諸受法界乃至意觸爲緣所生諸受自性空是意界自性即非自性是法界乃至意觸爲緣所生諸受自性亦非自性若非自性即是安忍波羅蜜多於此安忍波羅蜜多意界不可得彼常無常亦不可得法界乃至意觸爲緣所生諸受皆不可得彼常無常亦不可得所以者何此中尚無意界等可得何況有彼常與無常汝若能修如是安忍是修安忍波羅蜜多復作是言汝善男子應修安忍波羅蜜多不應觀意界若樂若苦不應觀法界意識界及意觸意觸爲緣所生諸受若樂若苦何以故意界意界自性空法界意識界及意觸意觸爲緣所生諸受法界乃至意觸爲緣所生諸受自性空是意界自性即非自性是法界乃至意觸爲緣所生諸受自性亦非自性若非自性即是安忍波羅蜜多於此安忍波羅蜜多意界不可得彼樂與苦亦不可得法界乃至意觸爲緣所生諸受皆不可得彼樂與苦亦不可得所以者何此中尚無意界等可得何況有彼樂之與苦汝若能修如是安忍是修安忍波羅蜜多復作是言汝善男子應修安忍波羅蜜多不應觀意界若我若無我不應觀法界意識界及意觸意觸爲緣所生諸受若我若無我何以故意界意界自性空法界意識界及

意觸意觸爲緣所生諸受法界乃至意觸爲緣所生諸受自性空是意界自性即非自性是法界乃至意觸爲緣所生諸受自性亦非自性若非自性即是安忍波羅蜜多於此安忍波羅蜜多意界不可得彼我無我亦不可得法界乃至意觸爲緣所生諸受皆不可得彼我無我亦不可得所以者何此中尚無意界等可得何況有彼我與無我汝若能修如是安忍是修安忍波羅蜜多復作是言汝善男子應修安忍波羅蜜多不應觀意界若淨若不淨不應觀法界意識界及意觸意觸爲緣所生諸受若淨若不淨何以故意界意界自性空法界意識界及意觸意觸爲緣所生諸受法界乃至意觸爲緣所生諸受自性空是意界自性即非自性是法界乃至意觸爲

緣所生諸受自性亦非自性若非自性即是安忍波羅蜜多於此安忍波羅蜜多意界不可得彼淨不淨亦不可得法界乃至意觸爲緣所生諸受皆不可得彼淨不淨亦不可得所以者何此中尚無意界等可得何況有彼淨與不淨汝若能修如是安忍是修安忍波羅蜜多憍尸迦是善男子善女人等作此等說是爲宣說眞正安忍波羅蜜多復次憍尸迦若善男子善女人等爲發無上菩提心者宣說安忍波羅蜜多作如是言汝善男子應修安忍波羅蜜多不應觀地界若常若無常不應觀水火風空識界若常若無常何以故地界地界自性空水火風空識界水火風空識界自性空是地界自性即非自性是水火風空識界自性亦非自性若非自性即是安

忍波羅蜜多於此安忍波羅蜜多地界不可得彼常無常亦不可得水火風空識界皆不可得彼常無常亦不可得所以者何此中尚無地界等可得何況有彼常與無常汝若能修如是安忍是修安忍波羅蜜多復作是言汝善男子應修安忍波羅蜜多不應觀地界若樂若苦不應觀水火風空識界若樂若苦何以故地界地界自性空水火風空識界水火風空識界自性空是地界自性即非自性是水火風空識界自性亦非自性若非自性即是安忍波羅蜜多於此安忍波羅蜜多地界不可得彼樂與苦亦不可得水火風空識界皆不可得彼樂與苦亦不可得所以者何此中尚無地界等可得何況有彼樂之與苦汝若能修如是安忍是修安忍波羅蜜多復作是言汝善男子應修安忍波羅蜜多不應觀地界若我若無我不應觀水火風空識界若我若無我何以故地界地界自性空水火風空識界水火風空識界自性空是地界自性即非自性是水火風空識界自性亦非自性若非自性即是安忍波羅蜜多於此安忍波羅蜜多地界不可得彼我無我亦不可得水火風空識界皆不可得彼我無我亦不可得所以者何此中尚無地界等可得何況有彼我與無我汝若能修如是安忍是修安忍波羅蜜多復作是言汝善男子應修安忍波羅蜜多不應觀地界若淨若不淨不應觀水火風空識界若淨若不淨何以故地界地界自性空水火風空識界水火風空識界自性空是地界自性即非自性是水火風空識界

自性亦非自性若非自性即是安忍波羅蜜多於此安忍波羅蜜多地界不可得彼淨不淨亦不可得水火風空識界皆不可得彼淨不淨亦不可得所以者何此中尚無地界等可得何況有彼淨與不淨汝若能修如是安忍是修安忍波羅蜜多憍尸迦是善男子善女人等作此等説是爲宣説眞正安忍波羅蜜多復次憍尸迦若善男子善女人等爲發無上菩提心者宣説安忍波羅蜜多作如是言汝善男子應修安忍波羅蜜多不應觀無明若常若無常不應觀行識名色六處觸受愛取有生老死愁歎苦憂惱若常若無常何以故無明無明自性空行識名色六處觸受愛取有生老死愁歎苦憂惱行乃至老死愁歎苦憂惱自性空是無明自性即非自性是行乃至老死愁歎苦憂惱自性亦非自性若非自性即是安忍波羅蜜多於此安忍波羅蜜多無明不可得彼常無常亦不可得行乃至老死愁歎苦憂惱皆不可得彼常無常亦不可得所以者何此中尚無無明等可得何況有彼常與無常汝若能修如是安忍是修安忍波羅蜜多復作是言汝善男子應修安忍波羅蜜多不應觀無明若樂若苦不應觀行識名色六處觸受愛取有生老死愁歎苦憂惱若樂若苦何以故無明無明自性空行識名色六處觸受愛取有生老死愁歎苦憂惱行乃至老死愁歎苦憂惱自性空是無明自性即非自性是行乃至老死愁歎苦憂惱自性亦非自性若非自性即是安忍波羅蜜多於此安忍波羅蜜多無明不可得彼樂與

苦亦不可得行乃至老死愁歎苦憂惱皆不可得彼樂與苦亦不可得所以者何此中尚無無明等可得何況有彼樂之與苦汝若能修如是安忍是修安忍波羅蜜多復作是言汝善男子應修安忍波羅蜜多不應觀無明若我若無我不應觀行識名色六處觸受愛取有生老死愁歎苦憂惱若我若無我何以故無明無明自性空行識名色六處觸受愛取有生老死愁歎苦憂惱行乃至老死愁歎苦憂惱自性空是無明自性即非自性是行乃至老死愁歎苦憂惱自性亦非自性若非自性即是安忍波羅蜜多於此安忍波羅蜜多無明不可得彼我無我亦不可得行乃至老死愁歎苦憂惱皆不可得彼我無我亦不可得所以者何此中尚無無明等可得何況有彼我與無我汝若能修如是安忍是修安忍波羅蜜多復作是言汝善男子應修安忍波羅蜜多不應觀無明若淨若不淨不應觀行識名色六處觸受愛取有生老死愁歎苦憂惱若淨若不淨何以故無明無明自性空行識名色六處觸受愛取有生老死愁歎苦憂惱行乃至老死愁歎苦憂惱自性空是無明自性即非自性是行乃至老死愁歎苦憂惱自性亦非自性若非自性即是安忍波羅蜜多於此安忍波羅蜜多無明不可得彼淨不淨亦不可得行乃至老死愁歎苦憂惱皆不可得彼淨不淨亦不可得所以者何此中尚無無明等可得何況有彼淨與不淨汝若能修如是安忍是修安忍波羅蜜多憍尸迦是善男子善女人等作此等說是爲宣說眞

正安忍波羅蜜多

大般若波羅蜜多經卷第一百五十六

大般若波羅蜜多經卷第一百五十七

唐三藏法師玄奘奉　詔譯

初分校量功德品第三十之五十五

復次憍尸迦若善男子善女人等爲發無上菩提心者宣說安忍波羅蜜多作如是言汝善男子應修安忍波羅蜜多不應觀布施波羅蜜多若常若無常不應觀淨戒安忍精進靜慮般若波羅蜜多若常若無常何以故布施波羅蜜多布施波羅蜜多自性空淨戒安忍精進靜慮般若波羅蜜多淨戒乃至般若波羅蜜多淨戒乃至般若波羅蜜多自性空是布施波羅蜜多自性即非自性是淨戒乃至般若波羅蜜多自性亦非自性若非自性即是安忍波羅蜜多於此安忍波羅蜜多布施波羅蜜多不可得彼常無常亦不可得淨戒乃至般若波羅蜜多皆不可得彼常無常亦不可得所以者何此中尚無布施波羅蜜多等可得何況有彼常與無常汝若能修如是安忍是修安忍波羅蜜多復作是言汝善男子應修安忍波羅蜜多不應觀布施波羅蜜多若樂若苦不應觀淨戒安忍精進靜慮般若波羅蜜多若樂若苦何以故布施波羅蜜多布施波羅蜜多自性空淨戒安忍精進靜慮般若波羅蜜多淨戒乃至般若波羅蜜多淨戒乃至般若波羅蜜多自性空是布施波羅蜜多自性即非自性是淨戒乃至般若波羅蜜多自性亦非自性若非自性即是安忍波羅蜜多於此安忍波羅蜜多布施波羅蜜多不可得彼樂與苦亦不可得淨戒乃至般若波羅蜜多皆不可得彼樂與苦亦不可得所以者何此中尚無布施波羅蜜多等可得何況

有彼樂之與苦汝若能修如是安忍是修安忍波羅蜜多復作是言汝善男子應修安忍波羅蜜多不應觀布施波羅蜜多若我若無我不應觀淨戒安忍精進靜慮般若波羅蜜多若我若無我何以故布施波羅蜜多布施波羅蜜多自性空淨戒安忍精進靜慮般若波羅蜜多淨戒乃至般若波羅蜜多自性空是布施波羅蜜多自性即非自性是淨戒乃至般若波羅蜜多自性亦非自性若非自性即是安忍波羅蜜多於此安忍波羅蜜多布施波羅蜜多不可得彼我無我亦不可得淨戒乃至般若波羅蜜多皆不可得彼我無我亦不可得所以者何此中尚無布施波羅蜜多等可得何況有彼我與無我汝若能修如是安忍是修安忍波羅蜜多復作是言汝善男子應修安忍波羅蜜多不應觀布施波羅蜜多若淨若不淨不應觀淨戒安忍精進靜慮般若波羅蜜多若淨若不淨何以故布施波羅蜜多布施波羅蜜多自性空淨戒安忍精進靜慮般若波羅蜜多淨戒乃至般若波羅蜜多自性空是布施波羅蜜多自性即非自性是淨戒乃至般若波羅蜜多自性亦非自性若非自性即是安忍波羅蜜多於此安忍波羅蜜多布施波羅蜜多不可得彼淨不淨亦不可得淨戒乃至般若波羅蜜多皆不可得彼淨不淨亦不可得所以者何此中尚無布施波羅蜜多等可得何況有彼淨與不淨汝若能修如是安忍是修安忍波羅蜜多憍尸迦是善男子善女人等作此等說是爲宣說眞正安忍波羅蜜多復次憍尸迦若善

男子善女人等爲發無上菩提心者宣說安忍波羅蜜多作如是言汝善男子應修安忍波羅蜜多不應觀内空若常若無常不應觀外空内外空空空大空勝義空有爲空無爲空畢竟空無際空散空無變異空本性空自相空共相空一切法空不可得空無性空自性空無性自性空若常若無常何以故内空内空自性空外空内外空空空大空勝義空有爲空無爲空畢竟空無際空散空無變異空本性空自相空共相空一切法空不可得空無性空自性空無性自性空外空乃至無性自性空自性空是内空自性即非自性是外空乃至無性自性空自性亦非自性若非自性即是安忍波羅蜜多於此安忍波羅蜜多内空不可得彼常無常亦不可得外空乃至無性自性空皆不可得彼常無常亦不可得所以者何此中尚無内空等可得何況有彼常與無常汝若能修如是安忍是修安忍波羅蜜多復作是言汝善男子應修安忍波羅蜜多不應觀内空若樂若苦不應觀外空内外空空空大空勝義空有爲空無爲空畢竟空無際空散空無變異空本性空自相空共相空一切法空不可得空無性空自性空無性自性空若樂若苦何以故内空内空自性空外空内外空空空大空勝義空有爲空無爲空畢竟空無際空散空無變異空本性空自相空共相空一切法空不可得空無性空自性空無性自性空外空乃至無性自性空自性空是内空自性即非自性是外空乃至無性自性空自性亦非自性若非自性即

是安忍波羅蜜多於此安忍波羅蜜多內空不可得彼樂與苦亦不可得外空乃至無性自性空皆不可得彼樂與苦亦不可得所以者何此中尚無內空等可得何況有彼樂之與苦汝若能修如是安忍是修安忍波羅蜜多復作是言汝善男子應修安忍波羅蜜多不應觀內空若我若無我不應觀外空內外空空空大空勝義空有爲空無爲空畢竟空無際空散空無變異空本性空自相空共相空一切法空不可得空無性空自性空無性自性空若我若無我何以故內空內空自性空外空內外空空空大空勝義空有爲空無爲空畢竟空無際空散空無變異空本性空自相空共相空一切法空不可得空無性空自性空無性自性空外空乃至無性自性空自性空是內空自性即非自性是外空乃至無性自性空自性亦非自性若非自性即是安忍波羅蜜多於此安忍波羅蜜多內空不可得彼我無我亦不可得外空乃至無性自性空皆不可得彼我無我亦不可得所以者何此中尚無內空等可得何況有彼我與無我汝若能修如是安忍是修安忍波羅蜜多復作是言汝善男子應修安忍波羅蜜多不應觀內空若淨若不淨不應觀外空內外空空空大空勝義空有爲空無爲空畢竟空無際空散空無變異空本性空自相空共相空一切法空不可得空無性空自性空無性自性空若淨若不淨何以故內空內空自性空外空內外空空空大空勝義空有爲空無爲空畢竟空無際空散空無變異空本性空自

相空共相空一切法空不可得空無性空自性空無性自性空外空乃至無性自性空自性空是內空自性即非自性是外空乃至無性自性空自性亦非自性若非自性即是安忍波羅蜜多於此安忍波羅蜜多內空不可得彼淨不淨亦不可得外空乃至無性自性空皆不可得彼淨不淨亦不可得所以者何此中尚無內空等可得何況有彼淨與不淨汝若能修如是安忍是修安忍波羅蜜多憍尸迦是善男子善女人等作此等說是為宣說眞正安忍波羅蜜多復次憍尸迦若善男子善女人等為發無上菩提心者宣說安忍波羅蜜多作如是言汝善男子應修安忍波羅蜜多不應觀眞如若常若無常不應觀法界法性不虛妄性不變異性平等性離生性法定法住實際虛空界不思議界若常若無常何以故眞如眞如自性空法界法性不虛妄性不變異性平等性離生性法定法住實際虛空界不思議界法界乃至不思議界自性空是眞如自性即非自性是法界乃至不思議界自性亦非自性若非自性即是安忍波羅蜜多於此安忍波羅蜜多眞如不可得彼常無常亦不可得法界乃至不思議界皆不可得彼常無常亦不可得所以者何此中尚無眞如等可得何況有彼常與無常汝若能修如是安忍是修安忍波羅蜜多復作是言汝善男子應修安忍波羅蜜多不應觀眞如若樂若苦不應觀法界法性不虛妄性不變異性平等性離生性法定法住實際虛空界不思議界若樂若苦何以故眞如眞如自

性空法界法性不虛妄性不變異性平等性離生性法定法住實際虛空界不思議界法界乃至不思議界自性空是眞如自性即非自性是法界乃至不思議界自性亦非自性若非自性即是安忍波羅蜜多於此安忍波羅蜜多眞如不可得彼樂與苦亦不可得法界乃至不思議界皆不可得彼樂與苦亦不可得所以者何此中尚無眞如等可得何況有彼樂之與苦汝若能修如是安忍是修安忍波羅蜜多復作是言汝善男子應修安忍波羅蜜多不應觀眞如若我若無我不應觀法界法性不虛妄性不變異性平等性離生性法定法住實際虛空界不思議界若我若無我何以故眞如眞如自性空法界法性不虛妄性不變異性平等性離生性法定法住實際虛空界不思議界法界乃至不思議界自性空是眞如自性即非自性是法界乃至不思議界自性亦非自性若非自性即是安忍波羅蜜多於此安忍波羅蜜多眞如不可得彼我無我亦不可得法界乃至不思議界皆不可得彼我無我亦不可得所以者何此中尚無眞如等可得何況有彼我與無我汝若能修如是安忍是修安忍波羅蜜多復作是言汝善男子應修安忍波羅蜜多不應觀眞如若淨若不淨不應觀法界法性不虛妄性不變異性平等性離生性法定法住實際虛空界不思議界若淨若不淨何以故眞如眞如自性空法界法性不虛妄性不變異性平等性離生性法定法住實際虛空界不思議界法界乃至不思議界自性空是眞如自

性即非自性是法界乃至不思議界自性亦非自性若非自性即是安忍波羅蜜多於此安忍波羅蜜多眞如不可得彼淨不淨亦不可得法界乃至不思議界皆不可得彼淨不淨亦不可得所以者何此中尚無眞如等可得何況有彼淨與不淨汝若能修如是安忍是修安忍波羅蜜多憍尸迦是善男子善女人等作此等說是爲宣說眞正安忍波羅蜜多復次憍尸迦若善男子善女人等爲發無上菩提心者宣說安忍波羅蜜多作如是言汝善男子應修安忍波羅蜜多不應觀苦聖諦若常若無常不應觀集滅道聖諦若常若無常何以故苦聖諦苦聖諦自性空集滅道聖諦集滅道聖諦自性空是苦聖諦自性即非自性是集滅道聖諦自性亦非自性若非自性即是安忍波羅蜜多於此安忍波羅蜜多苦聖諦不可得彼常無常亦不可得集滅道聖諦皆不可得彼常無常亦不可得所以者何此中尚無苦聖諦等可得何況有彼常與無常汝若能修如是安忍是修安忍波羅蜜多復作是言汝善男子應修安忍波羅蜜多不應觀苦聖諦若樂若苦不應觀集滅道聖諦若樂若苦何以故苦聖諦苦聖諦自性空集滅道聖諦集滅道聖諦自性空是苦聖諦自性即非自性是集滅道聖諦自性亦非自性若非自性即是安忍波羅蜜多於此安忍波羅蜜多苦聖諦不可得彼樂與苦亦不可得集滅道聖諦皆不可得彼樂與苦亦不可得所以者何此中尚無苦聖諦等可得何況有彼樂之與苦汝若能修如是安忍是修

安忍波羅蜜多復作是言汝善男子應修安忍波羅蜜多不應觀苦聖諦若我若無我不應觀集滅道聖諦若我若無我何以故苦聖諦苦聖諦自性空集滅道聖諦集滅道聖諦自性空是苦聖諦自性即非自性是集滅道聖諦自性亦非自性若非自性即是安忍波羅蜜多於此安忍波羅蜜多苦聖諦不可得彼我無我亦不可得集滅道聖諦皆不可得彼我無我亦不可得所以者何此中尚無苦聖諦等可得何況有彼我與無我汝若能修如是安忍是修安忍波羅蜜多復作是言汝善男子應修安忍波羅蜜多不應觀苦聖諦若淨若不淨不應觀集滅道聖諦若淨若不淨何以故苦聖諦苦聖諦自性空集滅道聖諦集滅道聖諦自性空是苦聖諦自性即非自性是集滅道聖諦自性亦非自性若非自性即是安忍波羅蜜多於此安忍波羅蜜多苦聖諦不可得彼淨不淨亦不可得集滅道聖諦皆不可得彼淨不淨亦不可得所以者何此中尚無苦聖諦等可得何況有彼淨與不淨汝若能修如是安忍是修安忍波羅蜜多憍尸迦是善男子善女人等作此等説是爲宣説眞正安忍波羅蜜多復次憍尸迦若善男子善女人等爲發無上菩提心者宣説安忍波羅蜜多作如是言汝善男子應修安忍波羅蜜多不應觀四靜慮若常若無常不應觀四無量四無色定若常若無常何以故四靜慮四靜慮自性空四無量四無色定四無量四無色定自性空是四靜慮自性即非自性是四無量四無色定自性亦非自性若

非自性即是安忍波羅蜜多於此安忍波羅蜜多四靜慮不可得彼常無常亦不可得四無量四無色定皆不可得彼常無常亦不可得所以者何此中尚無四靜慮等可得何況有彼常與無常汝若能修如是安忍是修安忍波羅蜜多復作是言汝善男子應修安忍波羅蜜多不應觀四靜慮若樂若苦不應觀四無量四無色定若樂若苦何以故四靜慮四靜慮自性空四無量四無色定四無量四無色定自性空是四靜慮自性即非自性是四無量四無色定自性亦非自性若非自性即是安忍波羅蜜多於此安忍波羅蜜多四靜慮不可得彼樂與苦亦不可得四無量四無色定皆不可得彼樂與苦亦不可得所以者何此中尚無四靜慮等可得何況有彼樂之與苦汝若能修如是安忍是修安忍波羅蜜多復作是言汝善男子應修安忍波羅蜜多不應觀四靜慮若我若無我不應觀四無量四無色定若我若無我何以故四靜慮四靜慮自性空四無量四無色定四無量四無色定自性空是四靜慮自性即非自性是四無量四無色定自性亦非自性若非自性即是安忍波羅蜜多於此安忍波羅蜜多四靜慮不可得彼我無我亦不可得四無量四無色定皆不可得彼我無我亦不可得所以者何此中尚無四靜慮等可得何況有彼我與無我汝若能修如是安忍是修安忍波羅蜜多復作是言汝善男子應修安忍波羅蜜多不應觀四靜慮若淨若不淨不應觀四無量四無色定若淨若不淨何以故四靜慮四靜

慮自性空四無量四無色定四無量四無色定自性空是四靜慮自性即非自性是四無量四無色定自性亦非自性若非自性即是安忍波羅蜜多於此安忍波羅蜜多四靜慮不可得彼淨不淨亦不可得四無量四無色定皆不可得彼淨不淨亦不可得所以者何此中尚無四靜慮等可得何況有彼淨與不淨汝若能修如是安忍是修安忍波羅蜜多憍尸迦是善男子善女人等作此等說是爲宣說真正安忍波羅蜜多復次憍尸迦若善男子善女人等爲發無上菩提心者宣說安忍波羅蜜多作如是言汝善男子應修安忍波羅蜜多不應觀八解脫若常若無常不應觀八勝處九次第定十遍處若常若無常何以故八解脫八解脫自性空八勝處九次第定十遍處八勝處九次第定十遍處自性空是八解脫自性即非自性是八勝處九次第定十遍處自性亦非自性若非自性即是安忍波羅蜜多於此安忍波羅蜜多八解脫不可得彼常無常亦不可得八勝處九次第定十遍處皆不可得彼常無常亦不可得所以者何此中尚無八解脫等可得何況有彼常與無常汝若能修如是安忍是修安忍波羅蜜多復作是言汝善男子應修安忍波羅蜜多不應觀八解脫若樂若苦不應觀八勝處九次第定十遍處若樂若苦何以故八解脫八解脫自性空八勝處九次第定十遍處八勝處九次第定十遍處自性空是八解脫自性即非自性是八勝處九次第定十遍處自性亦非自性若非自性即是安忍波羅蜜多

於此安忍波羅蜜多八解脱不可得彼樂與苦亦不可得八勝處九次第定十遍處皆不可得彼樂與苦亦不可得所以者何此中尚無八解脱等可得何況有彼樂之與苦汝若能修如是安忍是修安忍波羅蜜多復作是言汝善男子應修安忍波羅蜜多不應觀八解脱若我若無我不應觀八勝處九次第定十遍處若我若無我何以故八解脱八解脱自性空八勝處九次第定十遍處八勝處九次第定十遍處自性空是八解脱自性即非自性是八勝處九次第定十遍處自性亦非自性若非自性即是安忍波羅蜜多於此安忍波羅蜜多八解脱不可得彼我無我亦不可得八解脱九次第定十遍處皆不可得彼我無我亦不可得所以者何此中尚無八解脱等可得何況有彼我與無我汝若能修如是安忍是修安忍波羅蜜多復作是言汝善男子應修安忍波羅蜜多不應觀八解脱若淨若不淨不應觀八勝處九次第定十遍處若淨若不淨何以故八解脱八解脱自性空八勝處九次第定十遍處八勝處九次第定十遍處自性空是八解脱自性即非自性是八勝處九次第定十遍處自性亦非自性若非自性即是安忍波羅蜜多於此安忍波羅蜜多八解脱不可得彼淨不淨亦不可得八勝處九次第定十遍處皆不可得彼淨不淨亦不可得所以者何此中尚無八解脱等可得何況有彼淨與不淨汝若能修如是安忍是修安忍波羅蜜多憍尸迦是善男子善女人等作此等說是爲宣說眞正安忍波羅蜜

多復次憍尸迦若善男子善女人等爲發無上菩提心者宣説安忍波羅蜜多作如是言汝善男子應修安忍波羅蜜多不應觀四念住若常若無常不應觀四正斷四神足五根五力七等覺支八聖道支若常若無常何以故四念住四念住自性空四正斷四神足五根五力七等覺支八聖道支四正斷乃至八聖道支自性空是四念住自性即非自性是四正斷乃至八聖道支自性亦非自性若非自性即是安忍波羅蜜多於此安忍波羅蜜多四念住不可得彼常無常亦不可得四正斷乃至八聖道支皆不可得彼常無常亦不可得所以者何此中尚無四念住等可得何況有彼常與無常汝若能修如是安忍是修安忍波羅蜜多復作是言汝善男子應修安忍波羅蜜多不應觀四念住若樂若苦不應觀四正斷四神足五根五力七等覺支八聖道支若樂若苦何以故四念住四念住自性空四正斷乃至八聖道支四正斷乃至八聖道支自性空是四念住自性即非自性是四正斷乃至八聖道支自性亦非自性若非自性即是安忍波羅蜜多於此安忍波羅蜜多四念住不可得彼樂與苦亦不可得四正斷乃至八聖道支皆不可得彼樂與苦亦不可得所以者何此中尚無四念住等可得何況有彼樂之與苦汝若能修如是安忍是修安忍波羅蜜多復作是言汝善男子應修安忍波羅蜜多不應觀四念住若我若無我不應觀四正斷四神足五根五力七等覺支八聖道支若我若無我何

以故四念住四念住自性空四正斷四神足五根五力七等覺支八聖道支四正斷乃至八聖道支自性空是四念住自性即非自性是四正斷乃至八聖道支自性亦非自性若非自性即是安忍波羅蜜多於此安忍波羅蜜多四念住不可得彼我無我亦不可得四正斷乃至八聖道支皆不可得彼我無我亦不可得所以者何此中尚無四念住等可得何況有彼我與無我汝若能修如是安忍是修安忍波羅蜜多復作是言汝善男子應修安忍波羅蜜多不應觀四念住若淨若不淨不應觀四正斷四神足五根五力七等覺支八聖道支若淨若不淨何以故四念住四念住自性空四正斷四神足五根五力七等覺支八聖道支四正斷乃至八聖道支自性空

是四念住自性即非自性是四正斷乃至八聖道支自性亦非自性若非自性即是安忍波羅蜜多於此安忍波羅蜜多四念住不可得彼淨不淨亦不可得四正斷乃至八聖道支皆不可得彼淨不淨亦不可得所以者何此中尚無四念住等可得何況有彼淨與不淨汝若能修如是安忍是修安忍波羅蜜多憍尸迦是善男子善女人等作此等說是爲宣說眞正安忍波羅蜜多復次憍尸迦若善男子善女人等爲發無上菩提心者宣說安忍波羅蜜多作如是言汝善男子應修安忍波羅蜜多不應觀空解脫門若常若無常不應觀無相無願解脫門若常若無常何以故空解脫門空解脫門自性空無相無願解脫門無相無願解脫門自性空是空解脫門自

性即非自性是無相無願解脱門自性亦非自性若非自性即是安忍波羅蜜多於此安忍波羅蜜多空解脱門不可得彼常無常亦不可得無相無願解脱門皆不可得彼常無常亦不可得所以者何此中尚無空解脱門等可得何況有彼常與無常汝若能修如是安忍是修安忍波羅蜜多復作是言汝善男子應修安忍波羅蜜多不應觀空解脱門若樂若苦不應觀無相無願解脱門若樂若苦何以故空解脱門空解脱門自性空無相無願解脱門無相無願解脱門自性空是空解脱門自性即非自性是無相無願解脱門自性亦非自性若非自性即是安忍波羅蜜多於此安忍波羅蜜多空解脱門不可得彼樂與苦亦不可得無相無願解脱門皆不可得彼樂與苦亦不可得所以者何此中尚無空解脱門等可得何況有彼樂之與苦汝若能修如是安忍是修安忍波羅蜜多復作是言汝善男子應修安忍波羅蜜多不應觀空解脱門若我若無我不應觀無相無願解脱門若我若無我何以故空解脱門空解脱門自性空無相無願解脱門無相無願解脱門自性空是空解脱門自性即非自性是無相無願解脱門自性亦非自性若非自性即是安忍波羅蜜多於此安忍波羅蜜多空解脱門不可得彼我無我亦不可得無相無願解脱門皆不可得彼我無我亦不可得所以者何此中尚無空解脱門等可得何況有彼我與無我汝若能修如是安忍是修安忍波羅蜜多復作是言汝善男子應修安忍波羅蜜多

不應觀空解脫門若淨若不淨不應觀無相無願解脫門若淨若不淨何以故空解脫門空解脫門自性空無相無願解脫門無相無願解脫門自性空是空解脫門自性即非自性是無相無願解脫門自性亦非自性若非自性即是安忍波羅蜜多於此安忍波羅蜜多空解脫門不可得彼淨不淨亦不可得無相無願解脫門皆不可得彼淨不淨亦不可得所以者何此中尚無空解脫門等可得何況有彼淨與不淨汝若能修如是安忍是修安忍波羅蜜多憍尸迦是善男子善女人等作此等說是爲宣說真正安忍波羅蜜多

大般若波羅蜜多經卷第一百五十七

大般若波羅蜜多經卷第一百五十八

唐三藏法師玄奘奉詔譯

初分校量功德品第三十之五十六

復次憍尸迦若善男子善女人等爲發無上菩提心者宣說安忍波羅蜜多作如是言汝善男子應修安忍波羅蜜多不應觀五眼若常若無常不應觀六神通若常若無常何以故五眼五眼自性空六神通六神通自性空是五眼自性即非自性是六神通自性亦非自性若非自性即是安忍波羅蜜多於此安忍波羅蜜多五眼不可得彼常無常亦不可得六神通不可得彼常無常亦不可得所以者何此中尚無五眼等可得何況有彼常與無常汝若能修如是安忍是修安忍波羅蜜多復作是言汝善男子應修安忍波羅蜜多不應觀五眼若樂若苦不應觀六神通若樂若苦何以故五眼五眼自性空六神通六神通自性空是五眼自性即非自性是六神通自性亦非自性若非自性即是安忍波羅蜜多於此安忍波羅蜜多五眼不可得彼樂與苦亦不可得六神通不可得彼樂與苦亦不可得所以者何此中尚無五眼等可得何況有彼樂之與苦汝若能修如是安忍是修安忍波羅蜜多復作是言汝善男子應修安忍波羅蜜多不應觀五眼若我若無我不應觀六神通若我若無我何以故五眼五眼自性空六神通六神通自性空是五眼自性即非自性是六神通自性亦非自性若非自性即是安忍波羅蜜多於此安忍波羅蜜多五眼不可得彼我無我亦不可得六神通不可得

彼我無我亦不可得所以者何此中尚無五眼等可得何況有彼我與無我汝若能修如是安忍是修安忍波羅蜜多復作是言汝善男子應修安忍波羅蜜多不應觀五眼若淨若不淨不應觀六神通若淨若不淨何以故五眼五眼自性空六神通六神通自性空是五眼自性即非自性是六神通自性亦非自性若非自性即是安忍波羅蜜多於此安忍波羅蜜多五眼不可得彼淨不淨亦不可得六神通不可得彼淨不淨亦不可得所以者何此中尚無五眼等可得何況有彼淨與不淨汝若能修如是安忍是修安忍波羅蜜多憍尸迦是善男子善女人等作此等説是爲宣説真正安忍波羅蜜多復次憍尸迦若善男子善女人等爲發無上菩提心者宣説安忍波羅蜜多作如是言汝善男子應修安忍波羅蜜多不應觀佛十力若常若無常不應觀四無所畏四無礙解大慈大悲大喜大捨十八佛不共法若常若無常何以故佛十力佛十力自性空四無所畏四無礙解大慈大悲大喜大捨十八佛不共法四無所畏乃至十八佛不共法自性空是佛十力自性即非自性是四無所畏乃至十八佛不共法自性亦非自性若非自性即是安忍波羅蜜多於此安忍波羅蜜多佛十力不可得彼常無常亦不可得四無所畏乃至十八佛不共法皆不可得彼常無常亦不可得所以者何此中尚無佛十力等可得何況有彼常與無常汝若能修如是安忍是修安忍波羅蜜多復作是言汝善男子應修安忍波羅蜜多不應觀

佛十力若樂若苦不應觀四無所畏四無礙解大慈大悲大喜大捨十八佛不共法若樂若苦何以故佛十力佛十力自性空四無所畏四無礙解大慈大悲大喜大捨十八佛不共法四無所畏乃至十八佛不共法自性空是佛十力自性即非自性是四無所畏乃至十八佛不共法自性亦非自性若非自性即是安忍波羅蜜多於此安忍波羅蜜多佛十力不可得彼樂與苦亦不可得四無所畏乃至十八佛不共法皆不可得彼樂與苦亦不可得所以者何此中尚無佛十力等可得何況有彼樂之與苦汝若能修如是安忍是修安忍波羅蜜多復作是言汝善男子應修安忍波羅蜜多不應觀佛十力若我若無我不應觀四無所畏四無礙解大慈大悲大喜大捨十八佛不共法若我若無我何以故佛十力佛十力自性空四無所畏四無礙解大慈大悲大喜大捨十八佛不共法四無所畏乃至十八佛不共法自性空是佛十力自性即非自性是四無所畏乃至十八佛不共法自性亦非自性若非自性即是安忍波羅蜜多於此安忍波羅蜜多佛十力不可得彼我無我亦不可得四無所畏乃至十八佛不共法皆不可得彼我無我亦不可得所以者何此中尚無佛十力等可得何況有彼我與無我汝若能修如是安忍是修安忍波羅蜜多復作是言汝善男子應修安忍波羅蜜多不應觀佛十力若淨若不淨不應觀四無所畏四無礙解大慈大悲大喜大捨十八佛不共法若淨若不淨何以故佛十力佛十力自性空

四無所畏四無礙解大慈大悲大喜大捨十八佛不共法四無所畏乃至十八佛不共法自性空是佛十力自性即非自性是四無所畏乃至十八佛不共法自性亦非自性若非自性即是安忍波羅蜜多於此安忍波羅蜜多佛十力不可得彼淨不淨亦不可得四無所畏乃至十八佛不共法皆不可得彼淨不淨亦不可得所以者何此中尚無佛十力等可得何況有彼淨與不淨汝若能修如是安忍是修安忍波羅蜜多憍尸迦是善男子善女人等作此等說是為宣說真正安忍波羅蜜多復次憍尸迦若善男子善女人等為發無上菩提心者宣說安忍波羅蜜多作如是言汝善男子應修安忍波羅蜜多不應觀無忘失法若常若無常不應觀恒住捨性若常若無常何以故無忘失法無忘失法自性空恒住捨性恒住捨性自性空是無忘失法自性即非自性是恒住捨性自性亦非自性若非自性即是安忍波羅蜜多於此安忍波羅蜜多無忘失法不可得彼常無常亦不可得恒住捨性不可得彼常無常亦不可得所以者何此中尚無無忘失法等可得何況有彼常與無常汝若能修如是安忍是修安忍波羅蜜多復作是言汝善男子應修安忍波羅蜜多不應觀無忘失法若樂若苦不應觀恒住捨性若樂若苦何以故無忘失法無忘失法自性空恒住捨性恒住捨性自性空是無忘失法自性即非自性是恒住捨性自性亦非自性若非自性即是安忍波羅蜜多於此安忍波羅蜜多無忘失法不可得彼樂與苦

亦不可得恒住捨性不可得彼樂與苦亦不可得所以者何此中尚無無忘失法等可得何況有彼樂之與苦汝若能修如是安忍是修安忍波羅蜜多復作是言汝善男子應修安忍波羅蜜多不應觀無忘失法若我若無我不應觀恒住捨性若我若無我何以故無忘失法無忘失法自性空恒住捨性恒住捨性自性空是無忘失法自性即非自性是恒住捨性自性亦非自性若非自性即是安忍波羅蜜多於此安忍波羅蜜多無忘失法不可得彼我無我亦不可得恒住捨性不可得彼我無我亦不可得所以者何此中尚無無忘失法等可得何況有彼我與無我汝若能修如是安忍是修安忍波羅蜜多復作是言汝善男子應修安忍波羅蜜多不應觀無忘失法若淨若不淨不應觀恒住捨性若淨若不淨何以故無忘失法無忘失法自性空恒住捨性恒住捨性自性空是無忘失法自性即非自性是恒住捨性自性亦非自性若非自性即是安忍波羅蜜多於此安忍波羅蜜多無忘失法不可得彼淨不淨亦不可得恒住捨性不可得彼淨不淨亦不可得所以者何此中尚無無忘失法等可得何況有彼淨與不淨汝若能修如是安忍是修安忍波羅蜜多憍尸迦是善男子善女人等作此等說是為宣說真正安忍波羅蜜多復次憍尸迦若善男子善女人等為發無上菩提心者宣說安忍波羅蜜多作如是言汝善男子應修安忍波羅蜜多不應觀一切智若常若無常不應觀道相智一切相智若常若無常何以

故一切智一切智自性空道相智一切相智道相智一切相智自性空是一切智自性即非自性是道相智一切相智自性亦非自性若非自性即是安忍波羅蜜多於此安忍波羅蜜多一切智不可得彼常無常亦不可得道相智一切相智皆不可得彼常無常亦不可得所以者何此中尚無一切智等可得何況有彼常與無常汝若能修如是安忍是修安忍波羅蜜多復作是言汝善男子應修安忍波羅蜜多不應觀一切智若樂若苦不應觀道相智一切相智若樂若苦何以故一切智一切智自性空道相智一切相智道相智一切相智自性空是一切智自性即非自性是道相智一切相智自性亦非自性若非自性即是安忍波羅蜜多於此安忍波羅蜜多

一切智不可得彼樂與苦亦不可得道相智一切相智皆不可得彼樂與苦亦不可得所以者何此中尚無一切智等可得何況有彼樂之與苦汝若能修如是安忍是修安忍波羅蜜多復作是言汝善男子應修安忍波羅蜜多不應觀一切智若我若無我不應觀道相智一切相智若我若無我何以故一切智一切智自性空道相智一切相智道相智一切相智自性空是一切智自性即非自性是道相智一切相智自性亦非自性若非自性即是安忍波羅蜜多於此安忍波羅蜜多一切智不可得彼我無我亦不可得道相智一切相智皆不可得彼我無我亦不可得所以者何此中尚無一切智等可得何況有彼我與無我汝若能修如是安忍是修安忍波羅

蜜多復作是言汝善男子應修安忍波羅蜜多不應觀一切智若淨若不淨不應觀道相智一切相智若淨若不淨何以故一切智一切智自性空道相智一切相智道相智一切相智自性空是一切智自性即非自性是道相智一切相智自性亦非自性若非自性即是安忍波羅蜜多於此安忍波羅蜜多一切智不可得彼淨不淨亦不可得道相智一切相智皆不可得彼淨不淨亦不可得所以者何此中尚無一切智等可得何況有彼淨與不淨汝若能修如是安忍是修安忍波羅蜜多憍尸迦是善男子善女人等作此等說是爲宣說真正安忍波羅蜜多復次憍尸迦若善男子善女人等爲發無上菩提心者宣說安忍波羅蜜多作如是言汝善男子應修安忍波羅蜜多不應觀一切陀羅尼門若常若無常不應觀一切三摩地門若常若無常何以故一切陀羅尼門一切陀羅尼門自性空一切三摩地門一切三摩地門自性空是一切陀羅尼門自性即非自性是一切三摩地門自性亦非自性若非自性即是安忍波羅蜜多於此安忍波羅蜜多一切陀羅尼門不可得彼常無常亦不可得一切三摩地門不可得彼常無常亦不可得所以者何此中尚無一切陀羅尼門等可得何況有彼常與無常汝若能修如是安忍是修安忍波羅蜜多復作是言汝善男子應修安忍波羅蜜多不應觀一切陀羅尼門若樂若苦不應觀一切三摩地門若樂若苦何以故一切陀羅尼門一切陀羅尼門自性空一切三摩地門一切

三摩地門自性空是一切陀羅尼門自性即非自性是一切三摩地門自性亦非自性若非自性即是安忍波羅蜜多於此安忍波羅蜜多一切陀羅尼門不可得彼樂與苦亦不可得一切三摩地門不可得彼樂與苦亦不可得所以者何此中尚無一切陀羅尼門等可得何況有彼樂之與苦汝若能修如是安忍是修安忍波羅蜜多復作是言汝善男子應修安忍波羅蜜多不應觀一切陀羅尼門若我若無我不應觀一切三摩地門若我若無我何以故一切陀羅尼門一切陀羅尼門自性空一切三摩地門一切三摩地門自性空是一切陀羅尼門自性即非自性是一切三摩地門自性亦非自性若非自性即是安忍波羅蜜多於此安忍波羅蜜多一切陀羅尼門不可得彼我無我亦不可得一切三摩地門不可得彼我無我亦不可得所以者何此中尚無一切陀羅尼門等可得何況有彼我與無我汝若能修如是安忍是修安忍波羅蜜多復作是言汝善男子應修安忍波羅蜜多不應觀一切陀羅尼門若淨若不淨不應觀一切三摩地門若淨若不淨何以故一切陀羅尼門一切陀羅尼門自性空一切三摩地門一切三摩地門自性空是一切陀羅尼門自性即非自性是一切三摩地門自性亦非自性若非自性即是安忍波羅蜜多於此安忍波羅蜜多一切陀羅尼門不可得彼淨不淨亦不可得一切三摩地門不可得彼淨不淨亦不可得所以者何此中尚無一切陀羅尼門等可得何況有彼淨與不淨汝若

能修如是安忍是修安忍波羅蜜多憍尸迦是善男子善女人等作此等說是爲宣說眞正安忍波羅蜜多復次憍尸迦若善男子善女人等爲發無上菩提心者宣說安忍波羅蜜多作如是言汝善男子應修安忍波羅蜜多不應觀預流向預流果若常若無常不應觀一來向一來果不還向不還果阿羅漢向阿羅漢果若常若無常何以故預流向預流果預流向預流果自性空一來向一來果不還向不還果阿羅漢向阿羅漢果一來向乃至阿羅漢果自性空是預流向預流果自性即非自性是一來向乃至阿羅漢果自性亦非自性若非自性即是安忍波羅蜜多於此安忍波羅蜜多預流向預流果不可得彼常無常亦不可得一來向乃至阿羅漢果皆不可得彼常無常亦不可得所以者何此中尚無預流向等可得何況有彼常與無常汝若能修如是安忍是修安忍波羅蜜多復作是言汝善男子應修安忍波羅蜜多不應觀預流向預流果若樂若苦不應觀一來向一來果不還向不還果阿羅漢向阿羅漢果若樂若苦何以故預流向預流果預流向預流果自性空一來向一來果不還向不還果阿羅漢向阿羅漢果一來向乃至阿羅漢果自性空是預流向預流果自性即非自性是一來向乃至阿羅漢果自性亦非自性若非自性即是安忍波羅蜜多於此安忍波羅蜜多預流向預流果不可得彼樂與苦亦不可得一來向乃至阿羅漢果皆不可得彼樂與苦亦不可得所以者何此中尚無預流向等可得

何況有彼樂之與苦汝若能修如是安忍是修安忍波羅蜜多復作是言汝善男子應修安忍波羅蜜多不應觀預流向預流果若我若無我不應觀一來向一來果不還向不還果阿羅漢向阿羅漢果若我若無我何以故預流向預流果預流向預流果自性空一來向一來果不還向不還果阿羅漢向阿羅漢果一來向乃至阿羅漢果自性空是預流向預流果自性即非自性是一來向乃至阿羅漢果自性亦非自性若非自性即是安忍波羅蜜多於此安忍波羅蜜多預流向預流果不可得彼我無我亦不可得一來向乃至阿羅漢果皆不可得彼我無我亦不可得所以者何此中尚無預流向等可得何況有彼我與無我汝若能修如是安忍是修安忍波羅

蜜多復作是言汝善男子應修安忍波羅蜜多不應觀預流向預流果若淨若不淨不應觀一來向一來果不還向不還果阿羅漢向阿羅漢果若淨若不淨何以故預流向預流果預流向預流果自性空一來向一來果不還向不還果阿羅漢向阿羅漢果一來向乃至阿羅漢果自性空是預流向預流果自性即非自性是一來向乃至阿羅漢果自性亦非自性若非自性即是安忍波羅蜜多於此安忍波羅蜜多預流向預流果不可得彼淨不淨亦不可得一來向乃至阿羅漢果皆不可得彼淨不淨亦不可得所以者何此中尚無預流向等可得何況有彼淨與不淨汝若能修如是安忍是修安忍波羅蜜多憍尸迦是善男子善女人等作此等說是爲宣說真

正安忍波羅蜜多復次憍尸迦若善男子善女人等為發無上菩提心者宣說安忍波羅蜜多作如是言汝善男子應修安忍波羅蜜多不應觀一切獨覺菩提若常若無常何以故一切獨覺菩提一切獨覺菩提自性空是一切獨覺菩提自性即非自性若非自性即是安忍波羅蜜多於此安忍波羅蜜多一切獨覺菩提不可得彼常無常亦不可得所以者何此中尚無一切獨覺菩提可得何況有彼常與無常汝若能修如是安忍是修安忍波羅蜜多復作是言汝善男子應修安忍波羅蜜多不應觀一切獨覺菩提若樂若苦何以故一切獨覺菩提一切獨覺菩提自性空是一切獨覺菩提自性即非自性若非自性即是安忍波羅蜜多於此安忍波羅蜜多一切獨覺菩提不可得彼樂與苦亦不可得所以者何此中尚無一切獨覺菩提可得何況有彼樂之與苦汝若能修如是安忍是修安忍波羅蜜多復作是言汝善男子應修安忍波羅蜜多不應觀一切獨覺菩提若我若無我何以故一切獨覺菩提一切獨覺菩提自性空是一切獨覺菩提自性即非自性若非自性即是安忍波羅蜜多於此安忍波羅蜜多一切獨覺菩提不可得彼我無我亦不可得所以者何此中尚無一切獨覺菩提可得何況有彼我與無我汝若能修如是安忍是修安忍波羅蜜多復作是言汝善男子應修安忍波羅蜜多不應觀一切獨覺菩提若淨若不淨何以故一切獨覺菩提一切獨覺菩提自性空是一切獨覺菩提自性即非自性

若非自性即是安忍波羅蜜多於此安忍波羅蜜多一切獨覺菩提不可得彼淨不淨亦不可得所以者何此中尚無一切獨覺菩提可得何況有彼淨與不淨汝若能修如是安忍是修安忍波羅蜜多憍尸迦是善男子善女人等作此等說是爲宣說眞正安忍波羅蜜多復次憍尸迦若善男子善女人等爲發無上菩提心者宣說安忍波羅蜜多作如是言汝善男子應修安忍波羅蜜多不應觀一切菩薩摩訶薩行若常若無常何以故一切菩薩摩訶薩行一切菩薩摩訶薩行自性空是一切菩薩摩訶薩行自性即非自性若非自性即是安忍波羅蜜多於此安忍波羅蜜多一切菩薩摩訶薩行不可得彼常無常亦不可得所以者何此中尚無一切菩薩摩訶薩行可得何況有彼常與無常汝若能修如是安忍是修安忍波羅蜜多復作是言汝善男子應修安忍波羅蜜多不應觀一切菩薩摩訶薩行若樂若苦何以故一切菩薩摩訶薩行一切菩薩摩訶薩行自性空是一切菩薩摩訶薩行自性即非自性若非自性即是安忍波羅蜜多於此安忍波羅蜜多一切菩薩摩訶薩行不可得彼樂與苦亦不可得所以者何此中尚無一切菩薩摩訶薩行可得何況有彼樂之與苦汝若能修如是安忍是修安忍波羅蜜多復作是言汝善男子應修安忍波羅蜜多不應觀一切菩薩摩訶薩行若我若無我何以故一切菩薩摩訶薩行一切菩薩摩訶薩行自性空是一切菩薩摩訶薩行自性即非自性若非自性即是安忍波

羅蜜多於此安忍波羅蜜多一切菩薩摩訶
薩行不可得彼我無我亦不可得所以者何
此中尚無一切菩薩摩訶薩行可得何況有
彼我與無我汝若能修如是安忍是修安忍
波羅蜜多復作是言汝善男子應修安忍波
羅蜜多不應觀一切菩薩摩訶薩行若淨若
不淨何以故一切菩薩摩訶薩行一切菩薩
摩訶薩行自性空是一切菩薩摩訶薩行自
性即非自性若非自性即是安忍波羅蜜多
於此安忍波羅蜜多一切菩薩摩訶薩行不
可得彼淨不淨亦不可得所以者何此中尚
無一切菩薩摩訶薩行可得何況有彼淨與
不淨汝若能修如是安忍是修安忍波羅蜜
多憍尸迦是善男子善女人等作此等說是
爲宣說眞正安忍波羅蜜多復次憍尸迦若

善男子善女人等爲發無上菩提心者宣說
安忍波羅蜜多作如是言汝善男子應修安
忍波羅蜜多不應觀諸佛無上正等菩提若
常若無常何以故諸佛無上正等菩提諸佛
無上正等菩提自性空是諸佛無上正等菩
提自性即非自性若非自性即是安忍波羅
蜜多於此安忍波羅蜜多諸佛無上正等菩
提不可得彼常無常亦不可得所以者何此
中尚無諸佛無上正等菩提可得何況有彼
常與無常汝若能修如是安忍是修安忍波
羅蜜多復作是言汝善男子應修安忍波羅
蜜多不應觀諸佛無上正等菩提若樂若苦
何以故諸佛無上正等菩提諸佛無上正等
菩提自性空是諸佛無上正等菩提自性即
非自性若非自性即是安忍波羅蜜多於此

安忍波羅蜜多諸佛無上正等菩提不可得彼樂與苦亦不可得所以者何此中尚無諸佛無上正等菩提可得何況有彼樂之與苦汝若能修如是安忍是修安忍波羅蜜多復作是言汝善男子應修安忍波羅蜜多不應觀諸佛無上正等菩提若我若無我何以故諸佛無上正等菩提諸佛無上正等菩提自性空是諸佛無上正等菩提自性即非自性若非自性即是安忍波羅蜜多於此安忍波羅蜜多諸佛無上正等菩提不可得彼我無我亦不可得所以者何此中尚無諸佛無上正等菩提可得何況有彼我與無我汝若能修如是安忍是修安忍波羅蜜多復作是言汝善男子應修安忍波羅蜜多不應觀諸佛無上正等菩提若淨若不淨何以故諸佛無上正等菩提諸佛無上正等菩提自性空是諸佛無上正等菩提自性即非自性若非自性即是安忍波羅蜜多於此安忍波羅蜜多諸佛無上正等菩提不可得彼淨不淨亦不可得所以者何此中尚無諸佛無上正等菩提可得何況有彼淨與不淨汝若能修如是安忍是修安忍波羅蜜多憍尸迦是善男子善女人等作此等說是為宣說真正安忍波羅蜜多

大般若波羅蜜多經卷第一百五十八

大般若波羅蜜多經卷第一百五十九

唐三藏法師玄奘奉　詔譯

初分校量功德品第三十之五十七

時天帝釋復白佛言世尊云何諸善男子善女人等說無所得淨戒波羅蜜多名說眞正淨戒波羅蜜多佛言憍尸迦若善男子善女人等爲發無上菩提心者宣說淨戒波羅蜜多作如是言汝善男子應修淨戒波羅蜜多不應觀色若常若無常不應觀受想行識若常若無常何以故色色自性空受想行識受想行識自性空是色自性即非自性是受想行識自性亦非自性若非自性即是淨戒波羅蜜多於此淨戒波羅蜜多色不可得彼常無常亦不可得受想行識皆不可得彼常無常亦不可得所以者何此中尚無色等可得何況有彼常與無常汝若能修如是淨戒是修淨戒波羅蜜多復作是言汝善男子應修淨戒波羅蜜多不應觀色若樂若苦不應觀受想行識若樂若苦何以故色色自性空受想行識受想行識自性空是色自性即非自性是受想行識自性亦非自性若非自性即是淨戒波羅蜜多於此淨戒波羅蜜多色不可得彼樂與苦亦不可得受想行識皆不可得彼樂與苦亦不可得所以者何此中尚無色等可得何況有彼樂之與苦汝若能修如是淨戒是修淨戒波羅蜜多復作是言汝善男子應修淨戒波羅蜜多不應觀色若我若無我不應觀受想行識若我若無我何以故色色自性空受想行識受想行識自性空是色自性即非自性是受想行識自性亦非自

性若非自性即是淨戒波羅蜜多於此淨戒波羅蜜多色不可得彼我無我亦不可得受想行識皆不可得彼我無我亦不可得所以者何此中尚無色等可得何況有彼我與無我汝若能修如是淨戒是修淨戒波羅蜜多復作是言汝善男子應修淨戒波羅蜜多不應觀色若淨若不淨不應觀受想行識若淨若不淨何以故色色自性空受想行識受想行識自性空是色自性即非自性是受想行識自性亦非自性若非自性即是淨戒波羅蜜多於此淨戒波羅蜜多色不可得彼淨不淨亦不可得受想行識皆不可得彼淨不淨亦不可得所以者何此中尚無色等可得何況有彼淨與不淨汝若能修如是淨戒是修淨戒波羅蜜多憍尸迦是善男子善女人等作此等說是爲宣說眞正淨戒波羅蜜多復次憍尸迦若善男子善女人等爲發無上菩提心者宣說淨戒波羅蜜多作如是言汝善男子應修淨戒波羅蜜多不應觀眼處若常若無常不應觀耳鼻舌身意處若常若無常何以故眼處眼處自性空耳鼻舌身意處耳鼻舌身意處自性空是眼處自性即非自性是耳鼻舌身意處自性亦非自性若非自性即是淨戒波羅蜜多於此淨戒波羅蜜多眼處不可得彼常無常亦不可得耳鼻舌身意處皆不可得彼常無常亦不可得所以者何此中尚無眼處等可得何況有彼常與無常汝若能修如是淨戒是修淨戒波羅蜜多復作是言汝善男子應修淨戒波羅蜜多不應觀眼處若樂若苦不應觀耳鼻舌身意處若

樂若苦何以故眼處眼處自性空耳鼻舌身意處耳鼻舌身意處自性空是眼處自性即非自性是耳鼻舌身意處自性亦非自性若非自性即是淨戒波羅蜜多於此淨戒波羅蜜多眼處不可得彼樂與苦亦不可得耳鼻舌身意處皆不可得彼樂與苦亦不可得所以者何此中尚無眼處等可得何況有彼樂之與苦汝若能修如是淨戒是修淨戒波羅蜜多復作是言汝善男子應修淨戒波羅蜜多不應觀眼處若我若無我不應觀耳鼻舌身意處若我若無我何以故眼處眼處自性空耳鼻舌身意處耳鼻舌身意處自性空是眼處自性即非自性是耳鼻舌身意處自性亦非自性若非自性即是淨戒波羅蜜多於此淨戒波羅蜜多眼處不可得彼我無我亦不可得耳鼻舌身意處皆不可得彼我無我亦不可得所以者何此中尚無眼處等可得何況有彼我與無我汝若能修如是淨戒是修淨戒波羅蜜多復作是言汝善男子應修淨戒波羅蜜多不應觀眼處若淨若不淨不應觀耳鼻舌身意處若淨若不淨何以故眼處眼處自性空耳鼻舌身意處耳鼻舌身意處自性空是眼處自性即非自性是耳鼻舌身意處自性亦非自性若非自性即是淨戒波羅蜜多於此淨戒波羅蜜多眼處不可得彼淨不淨亦不可得耳鼻舌身意處皆不可得彼淨不淨亦不可得所以者何此中尚無眼處等可得何況有彼淨與不淨汝若能修如是淨戒是修淨戒波羅蜜多憍尸迦是善男子善女人等作此等說是爲宣說眞正淨

戒波羅蜜多復次憍尸迦若善男子善女人等爲發無上菩提心者宣説淨戒波羅蜜多作如是言汝善男子應修淨戒波羅蜜多不應觀色處若常若無常不應觀聲香味觸法處若常若無常何以故色處色處自性空聲香味觸法處聲香味觸法處自性空是色處自性即非自性是聲香味觸法處自性亦非自性若非自性即是淨戒波羅蜜多於此淨戒波羅蜜多色處不可得彼常無常亦不可得聲香味觸法處皆不可得彼常無常亦不可得所以者何此中尚無色處等可得何況有彼常與無常汝若能修如是淨戒是修淨戒波羅蜜多復作是言汝善男子應修淨戒波羅蜜多不應觀色處若樂若苦不應觀聲香味觸法處若樂若苦何以故色處色處自性空聲香味觸法處聲香味觸法處自性空是色處自性即非自性是聲香味觸法處自性亦非自性若非自性即是淨戒波羅蜜多於此淨戒波羅蜜多色處不可得彼樂與苦亦不可得聲香味觸法處皆不可得彼樂與苦亦不可得所以者何此中尚無色處等可得何況有彼樂之與苦汝若能修如是淨戒是修淨戒波羅蜜多復作是言汝善男子應修淨戒波羅蜜多不應觀色處若我若無我不應觀聲香味觸法處若我若無我何以故色處色處自性空聲香味觸法處聲香味觸法處自性空是色處自性即非自性是聲香味觸法處自性亦非自性若非自性即是淨戒波羅蜜多於此淨戒波羅蜜多色處不可得彼我無我亦不可得聲香味觸法處皆不

可得彼我無我亦不可得所以者何此中尚無色處等可得何況有彼我與無我汝若能修如是淨戒是修淨戒波羅蜜多復作是言汝善男子應修淨戒波羅蜜多不應觀色處若淨若不淨不應觀聲香味觸法處若淨若不淨何以故色處色處自性空聲香味觸法處聲香味觸法處自性空是色處自性即非自性是聲香味觸法處自性亦非自性若非自性即是淨戒波羅蜜多於此淨戒波羅蜜多色處不可得彼淨不淨亦不可得聲香味觸法處皆不可得彼淨不淨亦不可得所以者何此中尚無色處等可得何況有彼淨與不淨汝若能修如是淨戒是修淨戒波羅蜜多憍尸迦是善男子善女人等作此等說是爲宣說眞正淨戒波羅蜜多復次憍尸迦若善男子善女人等爲發無上菩提心者宣說淨戒波羅蜜多作如是言汝善男子應修淨戒波羅蜜多不應觀眼界若常若無常不應觀色界眼識界及眼觸眼觸爲緣所生諸受若常若無常何以故眼界眼界自性空色界眼識界及眼觸眼觸爲緣所生諸受色界乃至眼觸爲緣所生諸受自性空是眼界自性即非自性是色界乃至眼觸爲緣所生諸受自性亦非自性若非自性即是淨戒波羅蜜多於此淨戒波羅蜜多眼界不可得彼常無常亦不可得色界乃至眼觸爲緣所生諸受皆不可得彼常無常亦不可得所以者何此中尚無眼界等可得何況有彼常與無常汝若能修如是淨戒是修淨戒波羅蜜多復作是言汝善男子應修淨戒波羅蜜多不應觀

眼界若樂若苦不應觀色界眼識界及眼觸眼觸爲緣所生諸受若樂若苦何以故眼界眼界自性空色界眼識界及眼觸眼觸爲緣所生諸受色界乃至眼觸爲緣所生諸受自性空是眼界自性即非自性是色界乃至眼觸爲緣所生諸受自性亦非自性若非自性即是淨戒波羅蜜多於此淨戒波羅蜜多眼界不可得彼樂與苦亦不可得色界乃至眼觸爲緣所生諸受皆不可得彼樂與苦亦不可得所以者何此中尚無眼界等可得何況有彼樂之與苦汝若能修如是淨戒是修淨戒波羅蜜多復作是言汝善男子應修淨戒波羅蜜多不應觀眼界若我若無我不應觀色界眼識界及眼觸眼觸爲緣所生諸受若我若無我何以故眼界眼界自性空色界眼識界及眼觸眼觸爲緣所生諸受色界乃至眼觸爲緣所生諸受自性空是眼界自性即非自性是色界乃至眼觸爲緣所生諸受自性亦非自性若非自性即是淨戒波羅蜜多於此淨戒波羅蜜多眼界不可得彼我無我亦不可得色界乃至眼觸爲緣所生諸受皆不可得彼我無我亦不可得所以者何此中尚無眼界等可得何況有彼我與無我汝若能修如是淨戒是修淨戒波羅蜜多復作是言汝善男子應修淨戒波羅蜜多不應觀眼界若淨若不淨不應觀色界眼識界及眼觸眼觸爲緣所生諸受若淨若不淨何以故眼界眼界自性空色界眼識界及眼觸眼觸爲緣所生諸受色界乃至眼觸爲緣所生諸受自性空是眼界自性即非自性是色界乃至

眼觸爲緣所生諸受自性亦非自性若非自性即是淨戒波羅蜜多於此淨戒波羅蜜多眼界不可得彼淨不淨亦不可得色界乃至眼觸爲緣所生諸受皆不可得彼淨不淨亦不可得所以者何此中尚無眼界等可得何況有彼淨與不淨汝若能修如是淨戒是修淨戒波羅蜜多憍尸迦是善男子善女人等作此等説是爲宣説眞正淨戒波羅蜜多復次憍尸迦若善男子善女人等爲發無上菩提心者宣説淨戒波羅蜜多作如是言汝善男子應修淨戒波羅蜜多不應觀耳界若常若無常不應觀聲界耳識界及耳觸耳觸爲緣所生諸受若常若無常何以故耳界耳界自性空聲界耳識界及耳觸耳觸爲緣所生諸受聲界乃至耳觸爲緣所生諸受自性空

是耳界自性即非自性是聲界乃至耳觸爲緣所生諸受自性亦非自性若非自性即是淨戒波羅蜜多於此淨戒波羅蜜多耳界不可得彼常無常亦不可得聲界乃至耳觸爲緣所生諸受皆不可得彼常無常亦不可得所以者何此中尚無耳界等可得何況有彼常與無常汝若能修如是淨戒是修淨戒波羅蜜多復作是言汝善男子應修淨戒波羅蜜多不應觀耳界若樂若苦不應觀聲界耳識界及耳觸耳觸爲緣所生諸受若樂若苦何以故耳界耳界自性空聲界耳識界及耳觸耳觸爲緣所生諸受聲界乃至耳觸爲緣所生諸受自性空是耳界自性即非自性是聲界乃至耳觸爲緣所生諸受自性亦非自性若非自性即是淨戒波羅蜜多於此淨戒

波羅蜜多耳界不可得彼樂與苦亦不可得聲界乃至耳觸爲縁所生諸受皆不可得彼樂與苦亦不可得所以者何此中尚無耳界等可得何況有彼樂之與苦汝若能修如是淨戒是修淨戒波羅蜜多復作是言汝善男子應修淨戒波羅蜜多不應觀耳界若我若無我不應觀聲界耳識界及耳觸耳觸爲縁所生諸受若我若無我何以故耳界耳界自性空聲界耳識界及耳觸耳觸爲縁所生諸受聲界乃至耳觸爲縁所生諸受自性空是耳界自性即非自性是聲界乃至耳觸爲縁所生諸受自性亦非自性若非自性即是淨戒波羅蜜多於此淨戒波羅蜜多耳界不可得彼我無我亦不可得聲界乃至耳觸爲縁所生諸受皆不可得彼我無我亦不可得所以者何此中尚無耳界等可得何況有彼我與無我汝若能修如是淨戒是修淨戒波羅蜜多復作是言汝善男子應修淨戒波羅蜜多不應觀耳界若淨若不淨不應觀聲界耳識界及耳觸耳觸爲縁所生諸受若淨若不淨何以故耳界耳界自性空聲界耳識界及耳觸耳觸爲縁所生諸受聲界乃至耳觸爲縁所生諸受自性空是耳界自性即非自性是聲界乃至耳觸爲縁所生諸受自性亦非自性若非自性即是淨戒波羅蜜多於此淨戒波羅蜜多耳界不可得彼淨不淨亦不可得聲界乃至耳觸爲縁所生諸受皆不可得彼淨不淨亦不可得所以者何此中尚無耳界等可得何況有彼淨與不淨汝若能修如是淨戒是修淨戒波羅蜜多憍尸迦是善男

子善女人等作此等説是爲宣説眞正淨戒波羅蜜多復次憍尸迦若善男子善女人等爲發無上菩提心者宣説淨戒波羅蜜多作如是言汝善男子應修淨戒波羅蜜多不應觀鼻界若常若無常不應觀香界鼻識界及鼻觸鼻觸爲緣所生諸受若常若無常何以故鼻界鼻界自性空香界鼻識界及鼻觸鼻觸爲緣所生諸受香界乃至鼻觸爲緣所生諸受自性空是鼻界自性即非自性是香界乃至鼻觸爲緣所生諸受自性亦非自性若非自性即是淨戒波羅蜜多於此淨戒波羅蜜多鼻界不可得彼常無常亦不可得香界乃至鼻觸爲緣所生諸受皆不可得彼常無常亦不可得所以者何此中尚無鼻界等可得何況有彼常與無常汝若能修如是淨戒是修淨戒波羅蜜多復作是言汝善男子應修淨戒波羅蜜多不應觀鼻界若樂若苦不應觀香界鼻識界及鼻觸鼻觸爲緣所生諸受若樂若苦何以故鼻界鼻界自性空香界乃至鼻觸爲緣所生諸受香界乃至鼻觸爲緣所生諸受自性空是鼻界自性即非自性是香界乃至鼻觸爲緣所生諸受自性亦非自性若非自性即是淨戒波羅蜜多於此淨戒波羅蜜多鼻界不可得彼樂與苦亦不可得香界乃至鼻觸爲緣所生諸受皆不可得彼樂與苦亦不可得所以者何此中尚無鼻界等可得何況有彼樂之與苦汝若能修如是淨戒是修淨戒波羅蜜多復作是言汝善男子應修淨戒波羅蜜多不應觀鼻界若我若無我不應觀香界鼻識界及鼻

觸鼻觸爲緣所生諸受若我若無我何以故鼻界鼻界自性空香界鼻識界及鼻觸鼻觸爲緣所生諸受香界乃至鼻觸爲緣所生諸受自性空是鼻界自性即非自性是香界乃至鼻觸爲緣所生諸受自性亦非自性若非自性即是淨戒波羅蜜多於此淨戒波羅蜜多鼻界不可得彼我無我亦不可得香界乃至鼻觸爲緣所生諸受皆不可得彼我無我亦不可得所以者何此中尚無鼻界等可得何況有彼我與無我汝若能修如是淨戒是修淨戒波羅蜜多復作是言汝善男子應修淨戒波羅蜜多不應觀鼻界若淨若不淨不應觀香界鼻識界及鼻觸鼻觸爲緣所生諸受若淨若不淨何以故鼻界鼻界自性空香界鼻識界及鼻觸鼻觸爲緣所生諸受香界乃至鼻觸爲緣所生諸受自性空是鼻界自性即非自性是香界乃至鼻觸爲緣所生諸受自性亦非自性若非自性即是淨戒波羅蜜多於此淨戒波羅蜜多鼻界不可得彼淨不淨亦不可得香界乃至鼻觸爲緣所生諸受皆不可得彼淨不淨亦不可得所以者何此中尚無鼻界等可得何況有彼淨與不淨汝若能修如是淨戒是修淨戒波羅蜜多憍尸迦是善男子善女人等作此等說是爲宣說眞正淨戒波羅蜜多復次憍尸迦若善男子善女人等爲發無上菩提心者宣說淨戒波羅蜜多作如是言汝善男子應修淨戒波羅蜜多不應觀舌界若常若無常不應觀味界舌識界及舌觸舌觸爲緣所生諸受若常若無常何以故舌界舌界自性空味界舌識

界及舌觸舌觸爲緣所生諸受味界乃至舌觸爲緣所生諸受自性空是舌界自性即非自性是味界乃至舌觸舌觸爲緣所生諸受自性亦非自性若非自性即是淨戒波羅蜜多於此淨戒波羅蜜多舌界不可得彼常無常亦不可得味界乃至舌觸爲緣所生諸受皆不可得彼常無常亦不可得所以者何此中尚無舌界等可得何況有彼常與無常汝若能修如是淨戒是修淨戒波羅蜜多復作是言汝善男子應修淨戒波羅蜜多不應觀舌界若樂若苦不應觀味界舌識界及舌觸舌觸爲緣所生諸受若樂若苦何以故舌界舌界自性空味界舌識界及舌觸舌觸爲緣所生諸受味界乃至舌觸爲緣所生諸受自性空是舌界自性即非自性是味界乃至舌觸爲緣所生諸受自性亦非自性若非自性即是淨戒波羅蜜多於此淨戒波羅蜜多舌界不可得彼樂與苦亦不可得味界乃至舌觸爲緣所生諸受皆不可得彼樂與苦亦不可得所以者何此中尚無舌界等可得何況有彼樂之與苦汝若能修如是淨戒是修淨戒波羅蜜多復作是言汝善男子應修淨戒波羅蜜多不應觀舌界若我若無我不應觀味界舌識界及舌觸舌觸爲緣所生諸受若我若無我何以故舌界舌界自性空味界舌識界及舌觸舌觸爲緣所生諸受味界乃至舌觸爲緣所生諸受自性空是舌界自性即非自性是味界乃至舌觸爲緣所生諸受自性亦非自性若非自性即是淨戒波羅蜜多於此淨戒波羅蜜多舌界不可得彼我無我亦不

可得味界乃至舌觸爲緣所生諸受皆不可得彼我無我亦不可得所以者何此中尚無舌界等可得何況有彼我與無我汝若能修如是淨戒是修淨戒波羅蜜多復作是言汝善男子應修淨戒波羅蜜多不應觀舌界若淨若不淨不應觀味界舌識界及舌觸舌觸爲緣所生諸受若淨若不淨何以故舌界舌界自性空味界舌識界及舌觸舌觸爲緣所生諸受味界乃至舌觸爲緣所生諸受自性空是舌界自性即非自性是味界乃至舌觸爲緣所生諸受自性亦非自性若非自性即是淨戒波羅蜜多於此淨戒波羅蜜多舌界不可得彼淨不淨亦不可得味界乃至舌觸爲緣所生諸受皆不可得彼淨不淨亦不可得所以者何此中尚無舌界等可得何況有彼淨與不淨汝若能修如是淨戒是修淨戒波羅蜜多憍尸迦是善男子善女人等作此等說是爲宣說眞正淨戒波羅蜜多復次憍尸迦若善男子善女人等爲發無上菩提心者宣說淨戒波羅蜜多作如是言汝善男子應修淨戒波羅蜜多不應觀身界若常若無常不應觀觸界身識界及身觸身觸爲緣所生諸受若常若無常何以故身界身界自性空觸界身識界及身觸身觸爲緣所生諸受觸界乃至身觸爲緣所生諸受自性空是身界自性即非自性是觸界乃至身觸爲緣所生諸受自性亦非自性若非自性即是淨戒波羅蜜多於此淨戒波羅蜜多身界不可得彼常無常亦不可得觸界乃至身觸爲緣所生諸受皆不可得彼常無常亦不可得所以

者何此中尚無身界等可得何況有彼常與無常汝若能修如是淨戒是修淨戒波羅蜜多復作是言汝善男子應修淨戒波羅蜜多不應觀身界若樂若苦不應觀觸界身識界及身觸身觸爲縁所生諸受若樂若苦何以故身界身界自性空觸界身識界及身觸身觸爲縁所生諸受觸界乃至身觸爲縁所生諸受自性空是身界自性即非自性是觸界乃至身觸爲縁所生諸受自性亦非自性若非自性即是淨戒波羅蜜多於此淨戒波羅蜜多身界不可得彼樂與苦亦不可得觸界乃至身觸爲縁所生諸受皆不可得彼樂與苦亦不可得所以者何此中尚無身界等可得何況有彼樂之與苦汝若能修如是淨戒是修淨戒波羅蜜多復作是言汝善男子應修淨戒波羅蜜多不應觀身界若我若無我不應觀觸界身識界及身觸身觸爲縁所生諸受若我若無我何以故身界身界自性空觸界身識界及身觸身觸爲縁所生諸受觸界乃至身觸爲縁所生諸受自性空是身界自性即非自性是觸界乃至身觸爲縁所生諸受自性亦非自性若非自性即是淨戒波羅蜜多於此淨戒波羅蜜多身界不可得彼我無我亦不可得觸界乃至身觸爲縁所生諸受皆不可得彼我無我亦不可得所以者何此中尚無身界等可得何況有彼我與無我汝若能修如是淨戒是修淨戒波羅蜜多復作是言汝善男子應修淨戒波羅蜜多不應觀身界若淨若不淨不應觀觸界身識界及身觸身觸爲縁所生諸受若淨若不淨何

以故身界身界自性空觸界身識界及身觸身觸爲緣所生諸受觸界乃至身觸爲緣所生諸受自性空是身界自性即非自性是觸界乃至身觸爲緣所生諸受自性亦非自性若非自性即是淨戒波羅蜜多於此淨戒波羅蜜多身界不可得彼淨不淨亦不可得觸界乃至身觸爲緣所生諸受皆不可得彼淨不淨亦不可得所以者何此中尚無身界等可得何況有彼淨與不淨汝若能修如是淨戒是修淨戒波羅蜜多憍尸迦是善男子善女人等作此等說是爲宣說真正淨戒波羅蜜多復次憍尸迦若善男子善女人等爲發無上菩提心者宣說淨戒波羅蜜多作如是言汝善男子應修淨戒波羅蜜多不應觀意界若常若無常不應觀法界意識界及意觸意觸爲緣所生諸受若常若無常何以故意界意界自性空法界意識界及意觸意觸爲緣所生諸受法界乃至意觸爲緣所生諸受自性空是意界自性即非自性是法界乃至意觸爲緣所生諸受自性亦非自性若非自性即是淨戒波羅蜜多於此淨戒波羅蜜多意界不可得彼常無常亦不可得法界乃至意觸爲緣所生諸受皆不可得彼常無常亦不可得所以者何此中尚無意界等可得何況有彼常與無常汝若能修如是淨戒是修淨戒波羅蜜多復作是言汝善男子應修淨戒波羅蜜多不應觀意界若樂若苦不應觀法界意識界及意觸意觸爲緣所生諸受若樂若苦何以故意界意界自性空法界意識界及意觸意觸爲緣所生諸受法界乃至意

觸爲緣所生諸受自性空是意界自性即非自性是法界乃至意觸爲緣所生諸受自性亦非自性若非自性即是淨戒波羅蜜多於此淨戒波羅蜜多意界不可得彼樂與苦亦不可得法界乃至意觸爲緣所生諸受皆不可得彼樂與苦亦不可得所以者何此中尚無意界等可得何況有彼樂之與苦汝若能修如是淨戒是修淨戒波羅蜜多復作是言汝善男子應修淨戒波羅蜜多不應觀意界若我若無我不應觀法界意識界及意觸意觸爲緣所生諸受若我若無我何以故意界意界自性空法界意識界及意觸意觸爲緣所生諸受法界乃至意觸爲緣所生諸受自性空是意界自性即非自性是法界乃至意觸爲緣所生諸受自性亦非自性若非自性即是淨戒波羅蜜多於此淨戒波羅蜜多意界不可得彼我無我亦不可得法界乃至意觸爲緣所生諸受皆不可得彼我無我亦不可得所以者何此中尚無意界等可得何況有彼我與無我汝若能修如是淨戒是修淨戒波羅蜜多復作是言汝善男子應修淨戒波羅蜜多不應觀意界若淨若不淨不應觀法界意識界及意觸意觸爲緣所生諸受若淨若不淨何以故意界意界自性空法界意識界及意觸意觸爲緣所生諸受法界乃至意觸爲緣所生諸受自性空是意界自性即非自性是法界乃至意觸爲緣所生諸受自性亦非自性若非自性即是淨戒波羅蜜多於此淨戒波羅蜜多意界不可得彼淨不淨亦不可得法界乃至意觸爲緣所生諸受皆

不可得彼淨不淨亦不可得所以者何此中尚無意界等可得何況有彼淨與不淨汝若能修如是淨戒是修淨戒波羅蜜多憍尸迦是善男子善女人等作此等說是爲宣說眞正淨戒波羅蜜多

大般若波羅蜜多經卷第一百五十九

大般若波羅蜜多經卷第一百六十

唐三藏法師玄奘奉詔譯

初分校量功德品第三十之五十八

復次憍尸迦若善男子善女人等爲發無上菩提心者宣說淨戒波羅蜜多作如是言汝善男子應修淨戒波羅蜜多不應觀地界若常若無常不應觀水火風空識界若常若無常何以故地界地界自性空水火風空識界水火風空識界自性空是地界自性即非自性是水火風空識界自性亦非自性若非自性即是淨戒波羅蜜多於此淨戒波羅蜜多地界不可得彼常無常亦不可得水火風空識界皆不可得彼常無常亦不可得所以者何此中尚無地界等可得何況有彼常與無常汝若能修如是淨戒是修淨戒波羅蜜多復作是言汝善男子應修淨戒波羅蜜多不應觀地界若樂若苦不應觀水火風空識界若樂若苦何以故地界地界自性空水火風空識界水火風空識界自性空是地界自性即非自性是水火風空識界自性亦非自性若非自性即是淨戒波羅蜜多於此淨戒波羅蜜多地界不可得彼樂與苦亦不可得水火風空識界皆不可得彼樂與苦亦不可得所以者何此中尚無地界等可得何況有彼樂之與苦汝若能修如是淨戒是修淨戒波羅蜜多復作是言汝善男子應修淨戒波羅蜜多不應觀地界若我若無我不應觀水火風空識界若我若無我何以故地界地界自性空水火風空識界水火風空識界自性空是地界自性即非自性是水火風空識界自

性亦非自性若非自性即是淨戒波羅蜜多於此淨戒波羅蜜多地界不可得彼我無我亦不可得水火風空識界皆不可得彼我無我亦不可得所以者何此中尚無地界等可得何況有彼我與無我汝若能修如是淨戒是修淨戒波羅蜜多復作是言汝善男子應修淨戒波羅蜜多不應觀地界若淨若不淨不應觀水火風空識界若淨若不淨何以故地界地界自性空水火風空識界水火風空識界識界自性空是地界自性即非自性是水火風空識界自性亦非自性若非自性即是淨戒波羅蜜多於此淨戒波羅蜜多地界不可得彼淨不淨亦不可得水火風空識界皆不可得彼淨不淨亦不可得所以者何此中尚無地界等可得何況有彼淨與不淨汝若能

修如是淨戒是修淨戒波羅蜜多憍尸迦是善男子善女人等作此等説是爲宣説眞正淨戒波羅蜜多復次憍尸迦若善男子善女人等爲發無上菩提心者宣説淨戒波羅蜜多作如是言汝善男子應修淨戒波羅蜜多不應觀無明若常若無常不應觀行識名色六處觸受愛取有生老死愁歎苦憂惱若常若無常何以故無明無明自性空行識名色六處觸受愛取有生老死愁歎苦憂惱行乃至老死愁歎苦憂惱自性空是無明自性即非自性是行乃至老死愁歎苦憂惱自性亦非自性若非自性即是淨戒波羅蜜多於此淨戒波羅蜜多無明不可得彼常無常亦不可得行乃至老死愁歎苦憂惱皆不可得彼常無常亦不可得所以者何此中尚無無明

等可得何況有彼常與無常汝若能修如是淨戒是修淨戒波羅蜜多復作是言汝善男子應修淨戒波羅蜜多不應觀無明若樂若苦不應觀行識名色六處觸受愛取有生老死愁歎苦憂惱若樂若苦何以故無明無明自性空行識名色六處觸受愛取有生老死愁歎苦憂惱行乃至老死愁歎苦憂惱自性空是無明自性即非自性是行乃至老死愁歎苦憂惱自性亦非自性若非自性即是淨戒波羅蜜多於此淨戒波羅蜜多無明不可得彼樂與苦亦不可得行乃至老死愁歎苦憂惱皆不可得彼樂與苦亦不可得所以者何此中尚無無明等可得何況有彼樂之與苦汝若能修如是淨戒是修淨戒波羅蜜多復作是言汝善男子應修淨戒波羅蜜多不應觀無明若我若無我不應觀行識名色六處觸受愛取有生老死愁歎苦憂惱若我若無我何以故無明無明自性空行識名色六處觸受愛取有生老死愁歎苦憂惱行乃至老死愁歎苦憂惱自性空是無明自性即非自性是行乃至老死愁歎苦憂惱自性亦非自性若非自性即是淨戒波羅蜜多於此淨戒波羅蜜多無明不可得彼我無我亦不可得行乃至老死愁歎苦憂惱皆不可得彼我無我亦不可得所以者何此中尚無無明等可得何況有彼我與無我汝若能修如是淨戒是修淨戒波羅蜜多復作是言汝善男子應修淨戒波羅蜜多不應觀無明若淨若不淨不應觀行識名色六處觸受愛取有生老死愁歎苦憂惱若淨若不淨何以故無明無

明自性空行識名色六處觸受愛取有生老死愁歎苦憂惱行乃至老死愁歎苦憂惱自性空是無明自性即非自性是行乃至老死愁歎苦憂惱自性亦非自性若非自性即是淨戒波羅蜜多於此淨戒波羅蜜多無明不可得彼淨不淨亦不可得行乃至老死愁歎苦憂惱皆不可得彼淨不淨亦不可得所以者何此中尚無無明等可得何況有彼淨與不淨汝若能修如是淨戒是修淨戒波羅蜜多憍尸迦是善男子善女人等作此等說是爲宣說眞正淨戒波羅蜜多復次憍尸迦若善男子善女人等爲發無上菩提心者宣說淨戒波羅蜜多作如是言汝善男子應修淨戒波羅蜜多不應觀布施波羅蜜多若常若無常不應觀淨戒安忍精進靜慮般若波羅蜜多若常若無常何以故布施波羅蜜多布施波羅蜜多自性空淨戒安忍精進靜慮般若波羅蜜多淨戒乃至般若波羅蜜多自性空是布施波羅蜜多自性即非自性是淨戒乃至般若波羅蜜多自性亦非自性若非自性即是淨戒波羅蜜多於此淨戒波羅蜜多布施波羅蜜多不可得彼常無常亦不可得淨戒乃至般若波羅蜜多皆不可得彼常無常亦不可得所以者何此中尚無布施波羅蜜多等可得何況有彼常與無常汝若能修如是淨戒是修淨戒波羅蜜多復作是言汝善男子應修淨戒波羅蜜多不應觀布施波羅蜜多若樂若苦不應觀淨戒安忍精進靜慮般若波羅蜜多若樂若苦何以故布施波羅蜜多布施波羅蜜多自性空淨戒安忍精

進靜慮般若波羅蜜多淨戒乃至般若波羅蜜多自性空是布施波羅蜜多自性即非自性是淨戒乃至般若波羅蜜多自性亦非自性若非自性即是淨戒波羅蜜多於此淨戒波羅蜜多布施波羅蜜多不可得彼樂與苦亦不可得淨戒乃至般若波羅蜜多皆不可得彼樂與苦亦不可得所以者何此中尚無布施波羅蜜多等可得何況有彼樂之與苦汝若能修如是淨戒是修淨戒波羅蜜多復作是言汝善男子應修淨戒波羅蜜多不應觀布施波羅蜜多若我若無我不應觀淨戒安忍精進靜慮般若波羅蜜多若我若無我何以故布施波羅蜜多布施波羅蜜多自性空淨戒安忍精進靜慮般若波羅蜜多淨戒乃至般若波羅蜜多自性空是布施波羅蜜多自性即非自性是淨戒乃至般若波羅蜜多自性亦非自性若非自性即是淨戒波羅蜜多於此淨戒波羅蜜多布施波羅蜜多不可得彼我無我亦不可得淨戒乃至般若波羅蜜多皆不可得彼我無我亦不可得所以者何此中尚無布施波羅蜜多等可得何況有彼我與無我汝若能修如是淨戒是修淨戒波羅蜜多復作是言汝善男子應修淨戒波羅蜜多不應觀布施波羅蜜多若淨若不淨不應觀淨戒安忍精進靜慮般若波羅蜜多若淨若不淨何以故布施波羅蜜多布施波羅蜜多自性空淨戒安忍精進靜慮般若波羅蜜多淨戒乃至般若波羅蜜多自性空是布施波羅蜜多自性即非自性是淨戒乃至般若波羅蜜多自性亦非自性若非自性

即是淨戒波羅蜜多於此淨戒波羅蜜多布施波羅蜜多不可得彼淨不淨亦不可得淨戒乃至般若波羅蜜多皆不可得彼淨不淨亦不可得所以者何此中尚無布施波羅蜜多等可得何況有彼淨與不淨汝若能修如是淨戒是修淨戒波羅蜜多憍尸迦是善男子善女人等作此等說是為宣說真正淨戒波羅蜜多復次憍尸迦若善男子善女人等為發無上菩提心者宣說淨戒波羅蜜多作如是言汝善男子應修淨戒波羅蜜多不應觀內空若常若無常不應觀外空內外空空空大空勝義空有為空無為空畢竟空無際空散空無變異空本性空自相空共相空一切法空不可得空無性空自性空無性自性空若常若無常何以故內空內空自性空外空內外空空空大空勝義空有為空無為空畢竟空無際空散空無變異空本性空自相空共相空一切法空不可得空無性空自性空無性自性空無性自性空外空乃至無性自性空自性空是內空自性即非自性是外空乃至無性自性空自性亦非自性若非自性即是淨戒波羅蜜多於此淨戒波羅蜜多內空不可得彼常無常亦不可得外空乃至無性自性空皆不可得彼常無常亦不可得所以者何此中尚無內空等可得何況有彼常與無常汝若能修如是淨戒是修淨戒波羅蜜多復作是言汝善男子應修淨戒波羅蜜多不應觀內空若樂若苦不應觀外空內外空空空大空勝義空有為空無為空畢竟空無際空散空無變異空本性空自相空共相空一切法

空不可得空無性空自性空無性自性空若樂若苦何以故內空內空自性空外空內外空空空大空勝義空有爲空無爲空畢竟空無際空散空無變異空本性空自相空共相空一切法空不可得空無性空自性空無性自性空外空乃至無性自性空自性空是內空自性即非自性是外空乃至無性自性空自性亦非自性若非自性即是淨戒波羅蜜多於此淨戒波羅蜜多內空不可得彼樂與苦亦不可得外空乃至無性自性空皆不可得彼樂與苦亦不可得所以者何此中尚無內空等可得何況有彼樂之與苦汝若能修如是淨戒是修淨戒波羅蜜多復作是言汝善男子應修淨戒波羅蜜多不應觀內空若我若無我不應觀外空內外空空空大空勝義空有爲空無爲空畢竟空無際空散空無變異空本性空自相空共相空一切法空不可得空無性空自性空無性自性空若我若無我何以故內空內空自性空外空內外空空空大空勝義空有爲空無爲空畢竟空無際空散空無變異空本性空自相空共相空一切法空不可得空無性空自性空無性自性空外空乃至無性自性空自性空是內空自性即非自性是外空乃至無性自性空自性亦非自性若非自性即是淨戒波羅蜜多於此淨戒波羅蜜多內空不可得彼我無我亦不可得外空乃至無性自性空皆不可得彼我無我亦不可得所以者何此中尚無內空等可得何況有彼我與無我汝若能修如是淨戒是修淨戒波羅蜜多復作是言汝善

男子應修淨戒波羅蜜多不應觀內空若淨若不淨不應觀外空內外空空空大空勝義空有為空無為空畢竟空無際空散空無變異空本性空自相空共相空一切法空不可得空無性空自性空無性自性空若淨若不淨何以故內空內空自性空外空內外空空空大空勝義空有為空無為空畢竟空無際空散空無變異空本性空自相空共相空一切法空不可得空無性空自性空無性自性空外空乃至無性自性空自性空是內空自性即非自性是外空乃至無性自性空自性亦非自性若非自性即是淨戒波羅蜜多於此淨戒波羅蜜多內空不可得彼淨不淨亦不可得外空乃至無性自性空皆不可得彼淨不淨亦不可得所以者何此中尚無內空等可得何況有彼淨與不淨汝若能修如是淨戒是修淨戒波羅蜜多憍尸迦是善男子善女人等作此等說是為宣說真正淨戒波羅蜜多復次憍尸迦若善男子善女人等為發無上菩提心者宣說淨戒波羅蜜多作如是言汝善男子應修淨戒波羅蜜多不應觀真如若常若無常不應觀法界法性不虛妄性不變異性平等性離生性法定法住實際虛空界不思議界若常若無常何以故真如真如自性空法界法性不虛妄性不變異性平等性離生性法定法住實際虛空界不思議界法界乃至不思議界自性空是真如自性即非自性是法界乃至不思議界自性亦非自性若非自性即是淨戒波羅蜜多於此淨戒波羅蜜多真如不可得彼常無常亦不

可得法界乃至不思議界皆不可得彼常無常亦不可得所以者何此中尚無眞如等可得何況有彼常與無常汝若能修如是淨戒是修淨戒波羅蜜多復作是言汝善男子應修淨戒波羅蜜多不應觀眞如若樂若苦不應觀法界法性不虛妄性不變異性平等性離生性法定法住實際虛空界不思議界若樂若苦何以故眞如眞如自性空法界法性不虛妄性不變異性平等性離生性法定法住實際虛空界不思議界法界乃至不思議界自性空是眞如自性即非自性是法界乃至不思議界自性亦非自性若非自性即是淨戒波羅蜜多於此淨戒波羅蜜多眞如不可得彼樂與苦亦不可得法界乃至不思議界皆不可得彼樂與苦亦不可得所以者何此中尚無眞如等可得何況有彼樂之與苦汝若能修如是淨戒是修淨戒波羅蜜多復作是言汝善男子應修淨戒波羅蜜多不應觀眞如若我若無我不應觀法界法性不虛妄性不變異性平等性離生性法定法住實際虛空界不思議界若我若無我何以故眞如眞如自性空法界法性不虛妄性不變異性平等性離生性法定法住實際虛空界不思議界法界乃至不思議界自性空是眞如自性即非自性是法界乃至不思議界自性亦非自性若非自性即是淨戒波羅蜜多於此淨戒波羅蜜多眞如不可得彼我無我亦不可得法界乃至不思議界皆不可得彼我無我亦不可得所以者何此中尚無眞如等可得何況有彼我與無我汝若能修如是淨

戒是修淨戒波羅蜜多復作是言汝善男子應修淨戒波羅蜜多不應觀眞如若淨若不淨不應觀法界法性不虛妄性不變異性平等性離生性法定法住實際虛空界不思議界若淨若不淨何以故眞如眞如自性空法界法性不虛妄性不變異性平等性離生性法定法住實際虛空界不思議界法界乃至不思議界自性空是眞如自性即非自性是法界乃至不思議界自性亦非自性若非自性即是淨戒波羅蜜多於此淨戒波羅蜜多眞如不可得彼淨不淨亦不可得法界乃至不思議界皆不可得彼淨不淨亦不可得所以者何此中尚無眞如等可得何況有彼淨與不淨汝若能修如是淨戒是修淨戒波羅蜜多憍尸迦是善男子善女人等作此等說是爲宣說眞正淨戒波羅蜜多復次憍尸迦若善男子善女人等爲發無上菩提心者宣說淨戒波羅蜜多作如是言汝善男子應修淨戒波羅蜜多不應觀苦聖諦若常若無常不應觀集滅道聖諦若常若無常何以故苦聖諦苦聖諦自性空集滅道聖諦集滅道聖諦自性空是苦聖諦自性即非自性是集滅道聖諦自性亦非自性若非自性即是淨戒波羅蜜多於此淨戒波羅蜜多苦聖諦不可得彼常無常亦不可得集滅道聖諦皆不可得彼常無常亦不可得所以者何此中尚無苦聖諦等可得何況有彼常與無常汝若能修如是淨戒是修淨戒波羅蜜多復作是言汝善男子應修淨戒波羅蜜多不應觀苦聖諦若樂若苦不應觀集滅道聖諦若樂若苦

何以故苦聖諦苦聖諦自性空集滅道聖諦集滅道聖諦自性空是苦聖諦自性即非自性是集滅道聖諦自性亦非自性若非自性即是淨戒波羅蜜多於此淨戒波羅蜜多苦聖諦不可得彼樂與苦亦不可得集滅道聖諦皆不可得彼樂與苦亦不可得所以者何此中尚無苦聖諦等可得何況有彼樂之與苦汝若能修如是淨戒是修淨戒波羅蜜多復作是言汝善男子應修淨戒波羅蜜多不應觀苦聖諦若我若無我不應觀集滅道聖諦若我若無我何以故苦聖諦苦聖諦自性空集滅道聖諦集滅道聖諦自性空是苦聖諦自性即非自性是集滅道聖諦自性亦非自性若非自性即是淨戒波羅蜜多於此淨戒波羅蜜多苦聖諦不可得彼我無我亦不可得集滅道聖諦皆不可得彼我無我亦不可得所以者何此中尚無苦聖諦等可得何況有彼我與無我汝若能修如是淨戒是修淨戒波羅蜜多復作是言汝善男子應修淨戒波羅蜜多不應觀苦聖諦若淨若不淨不應觀集滅道聖諦若淨若不淨何以故苦聖諦苦聖諦自性空集滅道聖諦集滅道聖諦自性空是苦聖諦自性即非自性是集滅道聖諦自性亦非自性若非自性即是淨戒波羅蜜多於此淨戒波羅蜜多苦聖諦不可得彼淨不淨亦不可得集滅道聖諦皆不可得彼淨不淨亦不可得所以者何此中尚無苦聖諦等可得何況有彼淨與不淨汝若能修如是淨戒是修淨戒波羅蜜多憍尸迦是善男子善女人等作此等說是爲宣說真正淨

戒波羅蜜多復次憍尸迦若善男子善女人等爲發無上菩提心者宣說淨戒波羅蜜多作如是言汝善男子應修淨戒波羅蜜多不應觀四靜慮若常若無常不應觀四無量四無色定若常若無常何以故四靜慮四靜慮自性空四無量四無色定四無量四無色定自性空是四靜慮自性即非自性是四無量四無色定自性亦非自性若非自性即是淨戒波羅蜜多於此淨戒波羅蜜多四靜慮不可得彼常無常亦不可得四無量四無色定皆不可得彼常無常亦不可得所以者何此中尚無四靜慮等可得何況有彼常與無常汝若能修如是淨戒是修淨戒波羅蜜多復作是言汝善男子應修淨戒波羅蜜多不應觀四靜慮若樂若苦不應觀四無量四無色定若樂若苦何以故四靜慮四靜慮自性空四無量四無色定四無量四無色定自性空是四靜慮自性即非自性是四無量四無色定自性亦非自性若非自性即是淨戒波羅蜜多於此淨戒波羅蜜多四靜慮不可得彼樂與苦亦不可得四無量四無色定皆不可得彼樂與苦亦不可得所以者何此中尚無四靜慮等可得何況有彼樂之與苦汝若能修如是淨戒是修淨戒波羅蜜多復作是言汝善男子應修淨戒波羅蜜多不應觀四靜慮若我若無我不應觀四無量四無色定若我若無我何以故四靜慮四靜慮自性空四無量四無色定四無量四無色定自性空是四靜慮自性即非自性是四無量四無色定自性亦非自性若非自性即是淨戒波羅蜜

多於此淨戒波羅蜜多四靜慮不可得彼我無我亦不可得四無量四無色定皆不可得彼我無我亦不可得所以者何此中尚無四靜慮等可得何況有彼我與無我汝若能修如是淨戒是修淨戒波羅蜜多復作是言汝善男子應修淨戒波羅蜜多不應觀四靜慮若淨若不淨不應觀四無量四無色定若淨若不淨何以故四靜慮四靜慮自性空四無量四無色定四無量四無色定自性空是四靜慮自性即非自性是四無量四無色定自性亦非自性若非自性即是淨戒波羅蜜多於此淨戒波羅蜜多四靜慮不可得彼淨不淨亦不可得四無量四無色定皆不可得彼淨不淨亦不可得所以者何此中尚無四靜慮等可得何況有彼淨與不淨汝若能修如是淨戒是修淨戒波羅蜜多憍尸迦是善男子善女人等作此等說是爲宣說眞正淨戒波羅蜜多

大般若波羅蜜多經卷第一百六十

大般若波羅蜜多經卷第一百六十一

唐三藏法師玄奘奉詔譯

初分校量功德品第三十之五十九

復次憍尸迦若善男子善女人等爲發無上菩提心者宣說淨戒波羅蜜多作如是言汝善男子應修淨戒波羅蜜多不應觀八解脫若常若無常不應觀八勝處九次第定十遍處若常若無常何以故八解脫八解脫自性空八勝處九次第定十遍處八勝處九次第定十遍處自性空是八解脫自性即非自性是八勝處九次第定十遍處自性亦非自性若非自性即是淨戒波羅蜜多於此淨戒波羅蜜多八解脫不可得亦不無常亦不可得八勝處九次第定十遍處皆不可得彼常無常可彼常得所以者何此中尚無八解脫等可得何況有彼常與無常汝若能修如是淨戒是修淨戒波羅蜜多復作是言汝善男子應修淨戒波羅蜜多不應觀八解脫若樂若苦不應觀八勝處九次第定十遍處若樂若苦何以故八解脫八解脫自性空八勝處九次第定十遍處八勝處九次第定十遍處自性空是八解脫自性即非自性是八勝處九次第定十遍處自性亦非自性若非自性即是淨戒波羅蜜多於此淨戒波羅蜜多八解脫不可得彼樂與苦亦不可得八勝處九次第定十遍處皆不可得彼樂與苦亦不可得所以者何此中尚無八解脫等可得何況有彼樂之與苦汝若能修如是淨戒是修淨戒波羅蜜多復作是言汝善男子應修淨戒波羅蜜多不應觀八解脫若我若無我不應觀

八勝處九次第定十遍處若我若無我何以故八解脱八解脱自性空八勝處九次第定十遍處八勝處九次第定十遍處自性空是八解脱自性即非自性是八勝處九次第定十遍處　自性亦非自性若非自性即是淨戒波羅蜜多於此淨戒波羅蜜多八解脱不可得彼我無我亦不可得八勝處九次第定十遍處皆不可得彼我無我亦不可得所以者何此中尚無八解脱等可得何況有彼我與無我汝若能修如是淨戒是修淨戒波羅蜜多復作是言汝善男子應修淨戒波羅蜜多不應觀八解脱若淨若不淨不應觀八勝處九次第定十遍處若淨若不淨何以故八解脱八解脱自性空八勝處九次第定十遍處八勝處九次第定十遍處自性空是八解脱自性即非自性是八勝處九次第定十遍處自性亦非自性若非自性即是淨戒波羅蜜多於此淨戒波羅蜜多八解脱不可得彼淨不淨亦不可得八勝處九次第定十遍處皆不可得彼淨不淨亦不可得所以者何此中尚無八解脱等可得何況有彼淨與不淨汝若能修如是淨戒是修淨戒波羅蜜多憍尸迦是善男子善女人等作此等說是為宣說真正淨戒波羅蜜多復次憍尸迦若善男子善女人等為發無上菩提心者宣說淨戒波羅蜜多作如是言汝善男子應修淨戒波羅蜜多不應觀四念住若常若無常不應觀四正斷四神足五根五力七等覺支八聖道支若常若無常何以故四念住四念住自性空四正斷四神足五根五力七等覺支八聖道

支四正斷乃至八聖道支自性空是四念住自性即非自性是四正斷乃至八聖道支自性亦非自性若非自性即是淨戒波羅蜜多於此淨戒波羅蜜多四念住不可得彼常無常亦不可得四正斷乃至八聖道支皆不可得彼常無常亦不可得所以者何此中尚無四念住等可得何況有彼常與無常汝若能修如是淨戒是修淨戒波羅蜜多復作是言汝善男子應修淨戒波羅蜜多不應觀四念住若樂若苦不應觀四正斷四神足五根五力七等覺支八聖道支若樂若苦何以故四念住四念住自性空四正斷四神足五根五力七等覺支八聖道支四正斷乃至八聖道支自性空是四念住自性即非自性是四正斷乃至八聖道支自性亦非自性若非自性即是淨戒波羅蜜多於此淨戒波羅蜜多四念住不可得彼樂與苦亦不可得四正斷乃至八聖道支皆不可得彼樂與苦亦不可得所以者何此中尚無四念住等可得何況有彼樂之與苦汝若能修如是淨戒是修淨戒波羅蜜多復作是言汝善男子應修淨戒波羅蜜多不應觀四念住若我若無我不應觀四正斷四神足五根五力七等覺支八聖道支若我若無我何以故四念住四念住自性空四正斷四神足五根五力七等覺支八聖道支四正斷乃至八聖道支自性空是四念住自性即非自性是四正斷乃至八聖道支自性亦非自性若非自性即是淨戒波羅蜜多於此淨戒波羅蜜多四念住不可得彼我無我亦不可得四正斷乃至八聖道支皆不

可得彼我無我亦不可得所以者何此中尚無四念住等可得何況有彼我與無我汝若能修如是淨戒是修淨戒波羅蜜多復作是言汝善男子應修淨戒波羅蜜多不應觀四念住若淨若不淨不應觀四正斷四神足五根五力七等覺支八聖道支若淨若不淨何以故四念住四念住自性空四正斷四神足五根五力七等覺支八聖道支四正斷乃至八聖道支自性空是四念住自性即非自性是四正斷乃至八聖道支自性亦非自性若非自性即是淨戒波羅蜜多於此淨戒波羅蜜多四念住不可得彼淨不淨亦不可得四正斷乃至八聖道支皆不可得彼淨不淨亦不可得所以者何此中尚無四念住等可得何況有彼淨與不淨汝若能修如是淨戒是修淨戒波羅蜜多憍尸迦是善男子善女人等作此等說是爲宣說眞正淨戒波羅蜜多復次憍尸迦若善男子善女人等爲發無上菩提心者宣說淨戒波羅蜜多作如是言汝善男子應修淨戒波羅蜜多不應觀空解脱門若常若無常不應觀無相無願解脱門若常若無常何以故空解脱門空解脱門自性空無相無願解脱門無相無願解脱門自性空是空解脱門自性即非自性是無相無願解脱門自性亦非自性若非自性即是淨戒波羅蜜多於此淨戒波羅蜜多空解脱門不可得彼常無常亦不可得無相無願解脱門皆不可得彼常無常亦不可得所以者何此中尚無空解脱門等可得何況有彼常與無常汝若能修如是淨戒是修淨戒波羅蜜多

復作是言汝善男子應修淨戒波羅蜜多不應觀空解脱門若樂若苦不應觀無相無願解脱門若樂若苦何以故空解脱門空解脱門自性空無相無願解脱門無相無願解脱門自性空是空解脱門自性即非自性是無相無願解脱門自性亦非自性若非自性即是淨戒波羅蜜多於此淨戒波羅蜜多空解脱門不可得彼樂與苦亦不可得無相無願解脱門皆不可得彼樂與苦亦不可得所以者何此中尚無空解脱門等可得何況有彼樂之與苦汝若能修如是淨戒是修淨戒波羅蜜多復作是言汝善男子應修淨戒波羅蜜多不應觀空解脱門若我若無我不應觀無相無願解脱門若我若無我何以故空解脱門空解脱門自性空無相無願解脱門無相無願解脱門自性空是空解脱門自性即非自性是無相無願解脱門自性亦非自性若非自性即是淨戒波羅蜜多於此淨戒波羅蜜多空解脱門不可得彼我無我亦不可得無相無願解脱門皆不可得彼我無我亦不可得所以者何此中尚無空解脱門等可得何況有彼我與無我汝若能修如是淨戒是修淨戒波羅蜜多復作是言汝善男子應修淨戒波羅蜜多不應觀空解脱門若淨若不淨不應觀無相無願解脱門若淨若不淨何以故空解脱門空解脱門自性空無相無願解脱門無相無願解脱門自性空是空解脱門自性即非自性是無相無願解脱門自性亦非自性若非自性即是淨戒波羅蜜多於此淨戒波羅蜜多空解脱門不可得彼淨

不淨亦不可得無相無願解脫門皆不可得彼淨不淨亦不可得所以者何此中尚無空解脫門等可得何況有彼淨與不淨汝若能修如是淨戒是修淨戒波羅蜜多憍尸迦是善男子善女人等作此等說是爲宣說眞正淨戒波羅蜜多復次憍尸迦若善男子善女人等爲發無上菩提心者宣說淨戒波羅蜜多作如是言汝善男子應修淨戒波羅蜜多不應觀五眼若常若無常不應觀六神通若常若無常何以故五眼五眼自性空六神通六神通自性空是五眼自性即非自性是六神通自性亦非自性若非自性即是淨戒波羅蜜多於此淨戒波羅蜜多五眼不可得彼常無常亦不可得六神通不可得彼常無常亦不可得所以者何此中尚無五眼等可得何況有彼常與無常汝若能修如是淨戒是修淨戒波羅蜜多復作是言汝善男子應修淨戒波羅蜜多不應觀五眼若樂若苦不應觀六神通若樂若苦何以故五眼五眼自性空六神通六神通自性空是五眼自性即非自性是六神通自性亦非自性若非自性即是淨戒波羅蜜多於此淨戒波羅蜜多五眼不可得彼樂與苦亦不可得六神通不可得彼樂與苦亦不可得所以者何此中尚無五眼等可得何況有彼樂之與苦汝若能修如是淨戒是修淨戒波羅蜜多復作是言汝善男子應修淨戒波羅蜜多不應觀五眼若我若無我不應觀六神通若我若無我何以故五眼五眼自性空六神通六神通自性空是五眼自性即非自性是六神通自性亦非自

性若非自性即是淨戒波羅蜜多於此淨戒波羅蜜多五眼不可得彼我無我亦不可得六神通不可得彼我無我亦不可得所以者何此中尚無五眼等可得何況有彼我與無我汝若能修如是淨戒是修淨戒波羅蜜多復作是言汝善男子應修淨戒波羅蜜多不應觀五眼若淨若不淨不應觀六神通若淨若不淨何以故五眼五眼自性空六神通六神通自性空是五眼自性即非自性是六神通自性亦非自性若非自性即是淨戒波羅蜜多於此淨戒波羅蜜多五眼不可得彼淨不淨亦不可得六神通不可得彼淨不淨亦不可得所以者何此中尚無五眼等可得何況有彼淨與不淨汝若能修如是淨戒是修淨戒波羅蜜多憍尸迦是善男子善女人等作此等說是爲宣說眞正淨戒波羅蜜多復次憍尸迦若善男子善女人等爲發無上菩提心者宣說淨戒波羅蜜多作如是言汝善男子應修淨戒波羅蜜多不應觀佛十力若常若無常不應觀四無所畏四無礙解大慈大悲大喜大捨十八佛不共法若常若無常何以故佛十力佛十力自性空四無所畏四無礙解大慈大悲大喜大捨十八佛不共法四無所畏乃至十八佛不共法自性空是佛十力自性即非自性是四無所畏乃至十八佛不共法自性亦非自性若非自性即是淨戒波羅蜜多於此淨戒波羅蜜多佛十力不可得彼常無常亦不可得四無所畏乃至十八佛不共法皆不可得彼常無常亦不可得所以者何此中尚無佛十力等可得何況有

彼常與無常汝若能修如是淨戒是修淨戒波羅蜜多復作是言汝善男子應修淨戒波羅蜜多不應觀佛十力若樂若苦不應觀四無所畏四無礙解大慈大悲大喜大捨十八佛不共法若樂若苦何以故佛十力佛十力自性空四無所畏四無礙解大慈大悲大喜大捨十八佛不共法四無所畏乃至十八佛不共法自性空是佛十力自性即非自性是四無所畏乃至十八佛不共法自性亦非自性若非自性即是淨戒波羅蜜多於此淨戒波羅蜜多佛十力不可得彼樂與苦亦不可得四無所畏乃至十八佛不共法皆不可得彼樂與苦亦不可得所以者何此中尚無佛十力等可得何況有彼樂之與苦汝若能修如是淨戒是修淨戒波羅蜜多復作是言汝善男子應修淨戒波羅蜜多不應觀佛十力若我若無我不應觀四無所畏四無礙解大慈大悲大喜大捨十八佛不共法若我若無我何以故佛十力佛十力自性空四無所畏四無礙解大慈大悲大喜大捨十八佛不共法四無所畏乃至十八佛不共法自性空是佛十力自性即非自性是四無所畏乃至十八佛不共法自性亦非自性若非自性即是淨戒波羅蜜多於此淨戒波羅蜜多佛十力不可得彼我無我亦不可得四無所畏乃至十八佛不共法皆不可得彼我無我亦不可得所以者何此中尚無佛十力等可得何況有彼我與無我汝若能修如是淨戒是修淨戒波羅蜜多復作是言汝善男子應修淨戒波羅蜜多不應觀佛十力若淨若不淨不應

觀四無所畏四無礙解大慈大悲大喜大捨十八佛不共法若淨若不淨何以故佛十力佛十力自性空四無所畏四無礙解大慈大悲大喜大捨十八佛不共法四無所畏乃至十八佛不共法自性空是佛十力自性即非自性是四無所畏乃至十八佛不共法自性亦非自性若非自性即是淨戒波羅蜜多於此淨戒波羅蜜多佛十力不可得彼淨不淨亦不可得四無所畏乃至十八佛不共法皆不可得彼淨不淨亦不可得所以者何此中尚無佛十力等可得何況有彼淨與不淨汝若能修如是淨戒是修淨戒波羅蜜多憍尸迦是善男子善女人等作此等說是爲宣說眞正淨戒波羅蜜多復次憍尸迦若善男子善女人等爲發無上菩提心者宣說淨戒波羅蜜多作如是言汝善男子應修淨戒波羅蜜多不應觀無忘失法若常若無常不應觀恒住捨性若常若無常何以故無忘失法無忘失法自性空恒住捨性恒住捨性自性空是無忘失法自性即非自性是恒住捨性自性亦非自性若非自性即是淨戒波羅蜜多於此淨戒波羅蜜多無忘失法不可得彼常無常亦不可得恒住捨性不可得彼常無常亦不可得所以者何此中尚無無忘失法等可得何況有彼常與無常汝若能修如是淨戒是修淨戒波羅蜜多復作是言汝善男子應修淨戒波羅蜜多不應觀無忘失法若樂若苦不應觀恒住捨性若樂若苦何以故無忘失法無忘失法自性空恒住捨性恒住捨性自性空是無忘失法自性即非自性是恒

住捨性自性亦非自性若非自性即是淨戒波羅蜜多於此淨戒波羅蜜多無忘失法不可得彼樂與苦亦不可得恒住捨性不可得彼樂與苦亦不可得所以者何此中尚無無忘失法等可得何況有彼樂之與苦汝若能修如是淨戒是修淨戒波羅蜜多復作是言汝善男子應修淨戒波羅蜜多不應觀無忘失法若我若無我不應觀恒住捨性若我若無我何以故無忘失法無忘失法自性空恒住捨性恒住捨性自性空是無忘失法自性即非自性是恒住捨性自性亦非自性若非自性即是淨戒波羅蜜多於此淨戒波羅蜜多無忘失法不可得彼我無我亦不可得恒住捨性不可得彼我無我亦不可得所以者何此中尚無無忘失法等可得何況有彼我與無我汝若能修如是淨戒是修淨戒波羅蜜多復作是言汝善男子應修淨戒波羅蜜多不應觀無忘失法若淨若不淨不應觀恒住捨性若淨若不淨何以故無忘失法無忘失法自性空恒住捨性恒住捨性自性空是無忘失法自性即非自性是恒住捨性自性亦非自性若非自性即是淨戒波羅蜜多於此淨戒波羅蜜多無忘失法不可得彼淨不淨亦不可得恒住捨性不可得彼淨不淨亦不可得所以者何此中尚無無忘失法等可得何況有彼淨與不淨汝若能修如是淨戒是修淨戒波羅蜜多憍尸迦是善男子善女人等作此等說是爲宣說眞正淨戒波羅蜜多復次憍尸迦若善男子善女人等爲發無上菩提心者宣說淨戒波羅蜜多作如是言

汝善男子應修淨戒波羅蜜多不應觀一切智若常若無常不應觀道相智一切相智若常若無常何以故一切智一切智自性空道相智一切相智道相智一切相智自性空是一切智自性即非自性是道相智一切相智自性亦非自性若非自性即是淨戒波羅蜜多於此淨戒波羅蜜多一切智不可得彼常無常亦不可得道相智一切相智皆不可得彼常無常亦不可得所以者何此中尚無一切智等可得何況有彼常與無常汝若能修如是淨戒是修淨戒波羅蜜多復作是言汝善男子應修淨戒波羅蜜多不應觀一切智若樂若苦不應觀道相智一切相智若樂若苦何以故一切智一切智自性空道相智一切相智道相智一切相智自性空是一切智自性即非自性是道相智一切相智自性亦非自性若非自性即是淨戒波羅蜜多於此淨戒波羅蜜多一切智不可得彼樂與苦亦不可得道相智一切相智皆不可得彼樂與苦亦不可得所以者何此中尚無一切智等可得何況有彼樂之與苦汝若能修如是淨戒是修淨戒波羅蜜多復作是言汝善男子應修淨戒波羅蜜多不應觀一切智若我若無我不應觀道相智一切相智若我若無我何以故一切智一切智自性空道相智一切相智道相智一切相智自性空是一切智自性即非自性是道相智一切相智自性亦非自性若非自性即是淨戒波羅蜜多於此淨戒波羅蜜多一切智不可得彼我無我亦不可得道相智一切相智皆不可得彼我無我

亦不可得所以者何此中尚無一切智等可得何況有彼我與無我汝若能修如是淨戒是修淨戒波羅蜜多復作是言汝善男子應修淨戒波羅蜜多不應觀一切智若淨若不淨不應觀道相智一切相智若淨若不淨何以故一切智一切智自性空道相智一切相智道相智一切相智自性空是一切智自性即非自性是道相智一切相智自性亦非自性若非自性即是淨戒波羅蜜多於此淨戒波羅蜜多一切智不可得彼淨不淨亦不可得道相智一切相智皆不可得彼淨不淨亦不可得所以者何此中尚無一切智等可得何況有彼淨與不淨汝若能修如是淨戒是修淨戒波羅蜜多憍尸迦是善男子善女人等作此等說是為宣說真正淨戒波羅蜜多

復次憍尸迦若善男子善女人等為發無上菩提心者宣說淨戒波羅蜜多作如是言汝善男子應修淨戒波羅蜜多不應觀一切陀羅尼門若常若無常不應觀一切三摩地門若常若無常何以故一切陀羅尼門一切陀羅尼門自性空一切三摩地門一切三摩地門自性空是一切陀羅尼門自性即非自性是一切三摩地門自性亦非自性若非自性即是淨戒波羅蜜多於此淨戒波羅蜜多一切陀羅尼門不可得彼常無常亦不可得一切三摩地門不可得彼常無常亦不可得所以者何此中尚無一切陀羅尼門等可得何況有彼常與無常汝若能修如是淨戒是修淨戒波羅蜜多復作是言汝善男子應修淨戒波羅蜜多不應觀一切陀羅尼門若樂若

苦不應觀一切三摩地門若樂若苦何以故一切陀羅尼門一切陀羅尼門自性空一切三摩地門一切三摩地門自性空是一切陀羅尼門自性即非自性是一切三摩地門自性亦非自性若非自性即是淨戒波羅蜜多於此淨戒波羅蜜多一切陀羅尼門不可得彼樂與苦亦不可得一切三摩地門不可得彼樂與苦亦不可得所以者何此中尚無一切陀羅尼門等可得何況有彼樂之與苦汝若能修如是淨戒是修淨戒波羅蜜多復作是言汝善男子應修淨戒波羅蜜多不應觀一切陀羅尼門若我若無我不應觀一切三摩地門若我若無我何以故一切陀羅尼門一切陀羅尼門自性空一切三摩地門一切三摩地門自性空是一切陀羅尼門自性即非自性是一切三摩地門自性亦非自性若非自性即是淨戒波羅蜜多於此淨戒波羅蜜多一切陀羅尼門不可得彼我無我亦不可得一切三摩地門不可得彼我無我亦不可得所以者何此中尚無一切陀羅尼門等可得何況有彼我與無我汝若能修如是淨戒是修淨戒波羅蜜多復作是言汝善男子應修淨戒波羅蜜多不應觀一切陀羅尼門若淨若不淨不應觀一切三摩地門若淨若不淨何以故一切陀羅尼門一切陀羅尼門自性空一切三摩地門一切三摩地門自性空是一切陀羅尼門自性即非自性是一切三摩地門自性亦非自性若非自性即是淨戒波羅蜜多於此淨戒波羅蜜多一切陀羅尼門不可得彼淨不淨亦不可得一切三摩

地門不可得彼淨不淨亦不可得所以者何此中尚無一切陀羅尼門等可得何況有彼淨與不淨汝若能修如是淨戒是修淨戒波羅蜜多憍尸迦是善男子善女人等作此等說是爲宣說眞正淨戒波羅蜜多復次憍尸迦若善男子善女人等爲發無上菩提心者宣說淨戒波羅蜜多作如是言汝善男子應修淨戒波羅蜜多不應觀預流向預流果若常若無常不應觀一來向一來果不還向不還果阿羅漢向阿羅漢果若常若無常何以故預流向預流果預流向預流果自性空一來向一來果不還向不還果阿羅漢向阿羅漢果一來向乃至阿羅漢果自性空是預流向預流果自性即非自性是一來向乃至阿羅漢果自性亦非自性若非自性即是淨戒波羅蜜多於此淨戒波羅蜜多預流向預流果不可得彼常無常亦不可得一來向乃至阿羅漢果皆不可得彼常無常亦不可得所以者何此中尚無預流向等可得何況有彼常與無常汝若能修如是淨戒是修淨戒波羅蜜多復作是言汝善男子應修淨戒波羅蜜多不應觀預流向預流果若樂若苦不應觀一來向一來果不還向不還果阿羅漢向阿羅漢果若樂若苦何以故預流向預流果預流向預流果自性空一來向一來果不還向不還果阿羅漢向阿羅漢果一來向乃至阿羅漢果自性空是預流向預流果自性即非自性是一來向乃至阿羅漢果自性亦非自性若非自性即是淨戒波羅蜜多於此淨戒波羅蜜多預流向預流果不可得彼樂與

苦亦不可得一來向乃至阿羅漢果皆不可得彼樂與苦亦不可得所以者何此中尚無預流向等可得何況有彼樂之與苦汝若能修如是淨戒是修淨戒波羅蜜多復作是言汝善男子應修淨戒波羅蜜多不應觀預流向預流果若我若無我不應觀一來向一來果不還向不還果阿羅漢向阿羅漢果若我若無我何以故預流向預流果預流向預流果自性空一來向一來果不還向不還果阿羅漢向阿羅漢果一來向乃至阿羅漢果自性空是預流向預流果自性即非自性是一來向乃至阿羅漢果自性亦非自性若非自性即是淨戒波羅蜜多於此淨戒波羅蜜多預流向預流果不可得彼我無我亦不可得一來向乃至阿羅漢果皆不可得彼我無我亦不可得所以者何此中尚無預流向等可得何況有彼我與無我汝若能修如是淨戒是修淨戒波羅蜜多復作是言汝善男子應修淨戒波羅蜜多不應觀預流向預流果若淨若不淨不應觀一來向一來果不還向不還果阿羅漢向阿羅漢果若淨若不淨何以故預流向預流果預流向預流果自性空一來向一來果不還向不還果阿羅漢向阿羅漢果一來向乃至阿羅漢果自性空是預流向預流果自性即非自性是一來向乃至阿羅漢果自性亦非自性若非自性即是淨戒波羅蜜多於此淨戒波羅蜜多預流向預流果不可得彼淨不淨亦不可得一來向乃至阿羅漢果皆不可得彼淨不淨亦不可得所以者何此中尚無預流向等可得何況有彼

淨與不淨汝若能修如是淨戒是修淨戒波羅蜜多憍尸迦是善男子善女人等作此等說是爲宣說眞正淨戒波羅蜜多復次憍尸迦若善男子善女人等爲發無上菩提心者宣說淨戒波羅蜜多作如是言汝善男子應修淨戒波羅蜜多不應觀一切獨覺菩提若常若無常何以故一切獨覺菩提一切獨覺菩提自性空是一切獨覺菩提自性即非自性若非自性即是淨戒波羅蜜多於此淨戒波羅蜜多一切獨覺菩提不可得彼常無常亦不可得所以者何此中尚無一切獨覺菩提可得何況有彼常與無常汝若能修如是淨戒是修淨戒波羅蜜多復作是言汝善男子應修淨戒波羅蜜多不應觀一切獨覺菩提若樂若苦何以故一切獨覺菩提一切獨覺菩提自性空是一切獨覺菩提自性即非自性若非自性即是淨戒波羅蜜多於此淨戒波羅蜜多一切獨覺菩提不可得彼樂與苦亦不可得所以者何此中尚無一切獨覺菩提可得何況有彼樂之與苦汝若能修如是淨戒是修淨戒波羅蜜多復作是言汝善男子應修淨戒波羅蜜多不應觀一切獨覺菩提若我若無我何以故一切獨覺菩提一切獨覺菩提自性空是一切獨覺菩提自性即非自性若非自性即是淨戒波羅蜜多於此淨戒波羅蜜多一切獨覺菩提不可得彼我無我亦不可得所以者何此中尚無一切獨覺菩提可得何況有彼我與無我汝若能修如是淨戒是修淨戒波羅蜜多復作是言汝善男子應修淨戒波羅蜜多不應觀一切

獨覺菩提若淨若不淨何以故一切獨覺菩
提一切獨覺菩提自性空是一切獨覺菩提
自性即非自性若非自性即是淨戒波羅蜜
多於此淨戒波羅蜜多一切獨覺菩提不可
得彼淨不淨亦不可得所以者何此中尚無
一切獨覺菩提可得何況有彼淨與不淨汝
若能修如是淨戒是修淨戒波羅蜜多憍尸
迦是善男子善女人等作此等說是爲宣說
真正淨戒波羅蜜多
大般若波羅蜜多經卷第一百六十一

大般若波羅蜜多經卷第一百六十二

唐三藏法師玄奘奉　詔譯

初分校量功德品第三十之六十

復次憍尸迦若善男子善女人等爲發無上菩提心者宣說淨戒波羅蜜多作如是言汝善男子應修淨戒波羅蜜多不應觀一切菩薩摩訶薩行若常若無常何以故一切菩薩摩訶薩行一切菩薩摩訶薩行自性空是一切菩薩摩訶薩行自性即非自性若非自性即是淨戒波羅蜜多於此淨戒波羅蜜多一切菩薩摩訶薩行不可得彼常無常亦不可得所以者何此中尚無一切菩薩摩訶薩行可得何況有彼常與無常汝若能修如是淨戒是修淨戒波羅蜜多復作是言汝善男子應修淨戒波羅蜜多不應觀一切菩薩摩訶薩行若樂若苦何以故一切菩薩摩訶薩行一切菩薩摩訶薩行自性空是一切菩薩摩訶薩行自性即非自性若非自性即是淨戒波羅蜜多於此淨戒波羅蜜多一切菩薩摩訶薩行不可得彼樂與苦亦不可得所以者何此中尚無一切菩薩摩訶薩行可得何況有彼樂之與苦汝若能修如是淨戒是修淨戒波羅蜜多復作是言汝善男子應修淨戒波羅蜜多不應觀一切菩薩摩訶薩行若我若無我何以故一切菩薩摩訶薩行一切菩薩摩訶薩行自性空是一切菩薩摩訶薩行自性即非自性若非自性即是淨戒波羅蜜多於此淨戒波羅蜜多一切菩薩摩訶薩行不可得彼我無我亦不可得所以者何此中尚無一切菩薩摩訶薩行可得何況有彼我

與無我汝若能修如是淨戒是修淨戒波羅蜜多復作是言汝善男子應修淨戒波羅蜜多不應觀一切菩薩摩訶薩行若淨若不淨何以故一切菩薩摩訶薩行一切菩薩摩訶薩行自性空是一切菩薩摩訶薩行自性即非自性若非自性即是淨戒波羅蜜多於此淨戒波羅蜜多一切菩薩摩訶薩行不可得彼淨不淨亦不可得所以者何此中尚無一切菩薩摩訶薩行可得何況有彼淨與不淨汝若能修如是淨戒是修淨戒波羅蜜多憍尸迦是善男子善女人等作此等說是爲宣說眞正淨戒波羅蜜多復次憍尸迦若善男子善女人等爲發無上菩提心者宣說淨戒波羅蜜多作如是言汝善男子應修淨戒波羅蜜多不應觀諸佛無上正等菩提若常若無常何以故諸佛無上正等菩提諸佛無上正等菩提自性空是諸佛無上正等菩提自性即非自性若非自性即是淨戒波羅蜜多於此淨戒波羅蜜多諸佛無上正等菩提不可得彼常無常亦不可得所以者何此中尚無諸佛無上正等菩提可得何況有彼常與無常汝若能修如是淨戒是修淨戒波羅蜜多復作是言汝善男子應修淨戒波羅蜜多不應觀諸佛無上正等菩提若樂若苦何以故諸佛無上正等菩提諸佛無上正等菩提自性空是諸佛無上正等菩提自性即非自性若非自性即是淨戒波羅蜜多於此淨戒波羅蜜多諸佛無上正等菩提不可得彼樂與苦亦不可得所以者何此中尚無諸佛無上正等菩提可得何況有彼樂之與苦汝若

能修如是淨戒是修淨戒波羅蜜多復作是言汝善男子應修淨戒波羅蜜多不應觀諸佛無上正等菩提若我若無我何以故諸佛無上正等菩提諸佛無上正等菩提自性空是諸佛無上正等菩提自性即非自性若非自性即是淨戒波羅蜜多於此淨戒波羅蜜多諸佛無上正等菩提不可得彼我無我亦不可得所以者何此中尚無諸佛無上正等菩提可得何況有彼我與無我汝若能修如是淨戒是修淨戒波羅蜜多復作是言汝善男子應修淨戒波羅蜜多不應觀諸佛無上正等菩提若淨若不淨何以故諸佛無上正等菩提諸佛無上正等菩提自性空是諸佛無上正等菩提自性即非自性若非自性即是淨戒波羅蜜多於此淨戒波羅蜜多諸佛無上正等菩提不可得彼淨不淨亦不可得所以者何此中尚無諸佛無上正等菩提可得何況有彼淨與不淨汝若能修如是淨戒是修淨戒波羅蜜多憍尸迦是善男子善女人等作此等說是爲宣說真正淨戒波羅蜜多時天帝釋復白佛言世尊云何諸善男子善女人等說無所得布施波羅蜜多名說真正布施波羅蜜多佛言憍尸迦若善男子善女人等爲發無上菩提心者宣說布施波羅蜜多作如是言汝善男子應修布施波羅蜜多不應觀色若常若無常不應觀受想行識若常若無常何以故色色自性空受想行識受想行識自性空是色自性即非自性是受想行識自性亦非自性若非自性即是布施波羅蜜多於此布施波羅蜜多色不可得彼

常無常亦不可得受想行識皆不可得彼常無常亦不可得所以者何此中尚無色等可得何况有彼常與無常汝若能修如是布施是修布施波羅蜜多復作是言汝善男子應修布施波羅蜜多不應觀色若樂若苦不應觀受想行識若樂若苦何以故色色自性空受想行識受想行識自性空是色自性即非自性是受想行識自性亦非自性若非自性即是布施波羅蜜多於此布施波羅蜜多色不可得彼樂與苦亦不可得受想行識皆不可得彼樂與苦亦不可得所以者何此中尚無色等可得何况有彼樂之與苦汝若能修如是布施是修布施波羅蜜多復作是言汝善男子應修布施波羅蜜多不應觀色若我若無我不應觀受想行識若我若無我何以故色色自性空受想行識受想行識自性空是色自性即非自性是受想行識自性亦非自性若非自性即是布施波羅蜜多色不可得彼我無我亦不可得受想行識皆不可得彼我無我亦不可得所以者何此中尚無色等可得何况有彼我與無我汝若能修如是布施是修布施波羅蜜多復作是言汝善男子應修布施波羅蜜多不應觀色若淨若不淨不應觀受想行識若淨若不淨何以故色色自性空受想行識受想行識自性空是色自性即非自性是受想行識自性亦非自性若非自性即是布施波羅蜜多於此布施波羅蜜多色不可得彼淨不淨亦不可得受想行識皆不可得彼淨不淨亦不可得所以者何此中尚無色等可得

何況有彼淨與不淨汝若能修如是布施是修布施波羅蜜多憍尸迦是善男子善女人等作此等説是爲宣説眞正布施波羅蜜多復次憍尸迦若善男子善女人等爲發無上菩提心者宣説布施波羅蜜多作如是言汝善男子應修布施波羅蜜多不應觀眼處若常若無常不應觀耳鼻舌身意處若常若無常何以故眼處眼處自性空耳鼻舌身意處耳鼻舌身意處自性空是眼處自性即非自性是耳鼻舌身意處自性亦非自性若非自性即是布施波羅蜜多於此布施波羅蜜多眼處不可得彼常無常亦不可得耳鼻舌身意處皆不可得彼常無常亦不可得所以者何此中尚無眼處等可得何況有彼常與無常汝若能修如是布施是修布施波羅蜜多

復作是言汝善男子應修布施波羅蜜多不應觀眼處若樂若苦不應觀耳鼻舌身意處若樂若苦何以故眼處眼處自性空耳鼻舌身意處耳鼻舌身意處自性空是眼處自性即非自性是耳鼻舌身意處自性亦非自性若非自性即是布施波羅蜜多於此布施波羅蜜多眼處不可得彼樂與苦亦不可得耳鼻舌身意處皆不可得彼樂與苦亦不可得所以者何此中尚無眼處等可得何況有彼樂之與苦汝若能修如是布施是修布施波羅蜜多復作是言汝善男子應修布施波羅蜜多不應觀眼處若我若無我不應觀耳鼻舌身意處若我若無我何以故眼處眼處自性空耳鼻舌身意處耳鼻舌身意處自性空是眼處自性即非自性是耳鼻舌身意處自

性亦非自性若非自性即是布施波羅蜜多於此布施波羅蜜多眼處不可得彼我無我亦不可得耳鼻舌身意處皆不可得彼我無我亦不可得所以者何此中尚無眼處等可得何況有彼我與無我汝若能修如是布施是修布施波羅蜜多復作是言汝善男子應修布施波羅蜜多不應觀眼處若淨若不淨不應觀耳鼻舌身意處若淨若不淨何以故眼處眼處自性空耳鼻舌身意處耳鼻舌身意處自性空是眼處自性即非自性是耳鼻舌身意處自性亦非自性若非自性即是布施波羅蜜多於此布施波羅蜜多眼處不可得彼淨不淨亦不可得耳鼻舌身意處皆不可得彼淨不淨亦不可得所以者何此中尚無眼處等可得何況有彼淨與不淨汝若能修如是布施是修布施波羅蜜多憍尸迦是善男子善女人等作此等說是爲宣說眞正布施波羅蜜多復次憍尸迦若善男子善女人等爲發無上菩提心者宣說布施波羅蜜多作如是言汝善男子應修布施波羅蜜多不應觀色處若常若無常不應觀聲香味觸法處若常若無常何以故色處色處自性空聲香味觸法處聲香味觸法處自性空是色處自性即非自性是聲香味觸法處自性亦非自性若非自性即是布施波羅蜜多於此布施波羅蜜多色處不可得彼常無常亦不可得聲香味觸法處皆不可得彼常無常亦不可得所以者何此中尚無色處等可得何況有彼常與無常汝若能修如是布施是修布施波羅蜜多復作是言汝善男子應修布

施波羅蜜多不應觀色處若樂若苦不應觀聲香味觸法處若樂若苦何以故色處色處自性空聲香味觸法處聲香味觸法處自性空是色處自性即非自性是聲香味觸法處自性亦非自性若非自性即是布施波羅蜜多於此布施波羅蜜多色處不可得彼樂與苦亦不可得聲香味觸法處皆不可得彼樂與苦亦不可得所以者何此中尚無色處等可得何況有彼樂之與苦汝若能修如是布施是修布施波羅蜜多復作是言汝善男子應修布施波羅蜜多不應觀色處若我若無我不應觀聲香味觸法處若我若無我何以故色處色處自性空聲香味觸法處聲香味觸法處自性空是色處自性即非自性是聲香味觸法處自性亦非自性若非自性即是布施波羅蜜多於此布施波羅蜜多色處不可得彼我無我亦不可得聲香味觸法處皆不可得彼我無我亦不可得所以者何此中尚無色處等可得何況有彼我與無我汝若能修如是布施是修布施波羅蜜多復作是言汝善男子應修布施波羅蜜多不應觀色處若淨若不淨不應觀聲香味觸法處若淨若不淨何以故色處色處自性空聲香味觸法處聲香味觸法處自性空是色處自性即非自性是聲香味觸法處自性亦非自性若非自性即是布施波羅蜜多於此布施波羅蜜多色處不可得彼淨不淨亦不可得聲香味觸法處皆不可得彼淨不淨亦不可得所以者何此中尚無色處等可得何況有彼淨與不淨汝若能修如是布施是修布施波羅

蜜多憍尸迦是善男子善女人等作此等說是爲宣說眞正布施波羅蜜多復次憍尸迦若善男子善女人等爲發無上菩提心者宣說布施波羅蜜多作如是言汝善男子應修布施波羅蜜多不應觀眼界若常若無常不應觀色界眼識界及眼觸眼觸爲緣所生諸受若常若無常何以故眼界眼界自性空色界眼識界及眼觸眼觸爲緣所生諸受色界乃至眼觸爲緣所生諸受自性空是眼界自性即非自性是色界乃至眼觸爲緣所生諸受自性亦非自性若非自性即是布施波羅蜜多於此布施波羅蜜多眼界不可得彼常無常亦不可得色界乃至眼觸爲緣所生諸受皆不可得彼常無常亦不可得所以者何此中尚無眼界等可得何況有彼常與無常汝若能修如是布施是修布施波羅蜜多復作是言汝善男子應修布施波羅蜜多不應觀眼界若樂若苦不應觀色界眼識界及眼觸眼觸爲緣所生諸受若樂若苦何以故眼界眼界自性空色界眼識界及眼觸眼觸爲緣所生諸受色界乃至眼觸爲緣所生諸受自性空是眼界自性即非自性是色界乃至眼觸爲緣所生諸受自性亦非自性若非自性即是布施波羅蜜多於此布施波羅蜜多眼界不可得彼樂與苦亦不可得色界乃至眼觸爲緣所生諸受皆不可得彼樂與苦亦不可得所以者何此中尚無眼界等可得何況有彼樂之與苦汝若能修如是布施是修布施波羅蜜多復作是言汝善男子應修布施波羅蜜多不應觀眼界若我若無我不應

觀色界眼識界及眼觸眼觸爲縁所生諸受若我若無我何以故眼界眼界自性空色界眼識界及眼觸眼觸爲縁所生諸受色界乃至眼觸爲縁所生諸受自性空是眼界自性即非自性是色界乃至眼觸爲縁所生諸受自性亦非自性若非自性即是布施波羅蜜多於此布施波羅蜜多眼界不可得彼我無我亦不可得色界乃至眼觸爲縁所生諸受皆不可得彼我無我亦不可得所以者何此中尚無眼界等可得何況有彼我與無我汝若能修如是布施是修布施波羅蜜多復作是言汝善男子應修布施波羅蜜多不應觀眼界若淨若不淨不應觀色界眼識界及眼觸眼觸爲縁所生諸受若淨若不淨何以故眼界眼界自性空色界眼識界及眼觸眼觸爲縁所生諸受色界乃至眼觸爲縁所生諸受自性空是眼界自性即非自性是色界乃至眼觸爲縁所生諸受自性亦非自性若非自性即是布施波羅蜜多於此布施波羅蜜多眼界不可得彼淨不淨亦不可得色界乃至眼觸爲縁所生諸受皆不可得彼淨不淨亦不可得所以者何此中尚無眼界等可得何況有彼淨與不淨汝若能修如是布施是修布施波羅蜜多憍尸迦是善男子善女人等作此等説是爲宣説眞正布施波羅蜜多復次憍尸迦若善男子善女人等爲發無上菩提心者宣説布施波羅蜜多作如是言汝善男子應修布施波羅蜜多不應觀耳界若常若無常不應觀聲界耳識界及耳觸耳觸爲縁所生諸受若常若無常何以故耳界耳

界自性空聲界耳識界及耳觸耳觸爲緣所生諸受聲界乃至耳觸爲緣所生諸受自性空是耳界自性即非自性是聲界乃至耳觸爲緣所生諸受自性亦非自性若非自性即是布施波羅蜜多於此布施波羅蜜多耳界不可得彼常無常亦不可得聲界乃至耳觸爲緣所生諸受皆不可得彼常無常亦不可得所以者何此中尚無耳界等可得何況有彼常與無常汝若能修如是布施是修布施波羅蜜多復作是言汝善男子應修布施波羅蜜多不應觀耳界若樂若苦不應觀聲界耳識界及耳觸耳觸爲緣所生諸受若樂若苦何以故耳界耳界自性空聲界耳識界及耳觸耳觸爲緣所生諸受聲界乃至耳觸爲緣所生諸受自性空是耳界自性即非自性

是聲界乃至耳觸爲緣所生諸受自性亦非自性若非自性即是布施波羅蜜多於此布施波羅蜜多耳界不可得彼樂與苦亦不可得聲界乃至耳觸爲緣所生諸受皆不可得彼樂與苦亦不可得所以者何此中尚無耳界等可得何況有彼樂之與苦汝若能修如是布施是修布施波羅蜜多復作是言汝善男子應修布施波羅蜜多不應觀耳界若我若無我不應觀聲界耳識界及耳觸耳觸爲緣所生諸受若我若無我何以故耳界耳界自性空聲界耳識界及耳觸耳觸爲緣所生諸受聲界乃至耳觸爲緣所生諸受自性空是耳界自性即非自性是聲界乃至耳觸爲緣所生諸受自性亦非自性若非自性即是布施波羅蜜多於此布施波羅蜜多耳界不

可得彼我無我亦不可得聲界乃至耳觸爲緣所生諸受皆不可得彼我無我亦不可得所以者何此中尚無耳界等可得何況有彼我與無我汝若能修如是布施是修布施波羅蜜多復作是言汝善男子應修布施波羅蜜多不應觀耳界若淨若不淨不應觀聲界耳識界及耳觸耳觸爲緣所生諸受若淨若不淨何以故耳界耳界自性空聲界耳識界及耳觸耳觸爲緣所生諸受聲界乃至耳觸爲緣所生諸受自性空是耳界自性即非自性是聲界乃至耳觸爲緣所生諸受自性亦非自性若非自性即是布施波羅蜜多於此布施波羅蜜多耳界不可得彼淨不淨亦不可得聲界乃至耳觸爲緣所生諸受皆不可得彼淨不淨亦不可得所以者何此中尚無

耳界等可得何況有彼淨與不淨汝若能修如是布施是修布施波羅蜜多憍尸迦是善男子善女人等作此等説是爲宣説眞正布施波羅蜜多復次憍尸迦若善男子善女人等爲發無上菩提心者宣説布施波羅蜜多作如是言汝善男子應修布施波羅蜜多不應觀鼻界若常若無常不應觀香界鼻識界及鼻觸鼻觸爲緣所生諸受若常若無常何以故鼻界鼻界自性空香界鼻識界及鼻觸鼻觸爲緣所生諸受香界乃至鼻觸爲緣所生諸受自性空是鼻界自性即非自性是香界乃至鼻觸爲緣所生諸受自性亦非自性若非自性即是布施波羅蜜多於此布施波羅蜜多鼻界不可得彼常無常亦不可得香界乃至鼻觸爲緣所生諸受皆不可得彼常

無常亦不可得所以者何此中尚無鼻界等可得何况有彼常與無常汝若能修如是布施是修布施波羅蜜多復作是言汝善男子應修布施波羅蜜多不應觀鼻界若樂若苦不應觀香界鼻識界及鼻觸鼻觸爲緣所生諸受若樂若苦何以故鼻界鼻界自性空香界鼻識界及鼻觸鼻觸爲緣所生諸受香界乃至鼻觸爲緣所生諸受自性空是鼻界自性即非自性是香界乃至鼻觸爲緣所生諸受自性亦非自性若非自性即是布施波羅蜜多於此布施波羅蜜多鼻界不可得彼樂與苦亦不可得香界乃至鼻觸爲緣所生諸受皆不可得彼樂與苦亦不可得所以者何此中尚無鼻界等可得何况有彼樂之與苦汝若能修如是布施是修布施波羅蜜多復作是言汝善男子應修布施波羅蜜多不應觀鼻界若我若無我不應觀香界鼻識界及鼻觸鼻觸爲緣所生諸受若我若無我何以故鼻界鼻界自性空香界鼻識界及鼻觸鼻觸爲緣所生諸受香界乃至鼻觸爲緣所生諸受自性空是鼻界自性即非自性是香界乃至鼻觸爲緣所生諸受自性亦非自性若非自性即是布施波羅蜜多於此布施波羅蜜多鼻界不可得彼我無我亦不可得香界乃至鼻觸爲緣所生諸受皆不可得彼我無我亦不可得所以者何此中尚無鼻界等可得何况有彼我與無我汝若能修如是布施是修布施波羅蜜多復作是言汝善男子應修布施波羅蜜多不應觀鼻界若淨若不淨不應觀香界鼻識界及鼻觸鼻觸爲緣所生

諸受若淨若不淨何以故鼻界鼻界自性空香界鼻識界及鼻觸鼻觸爲緣所生諸受香界乃至鼻觸爲緣所生諸受自性空是鼻界自性即非自性是香界乃至鼻觸爲緣所生諸受自性亦非自性若非自性即是布施波羅蜜多於此布施波羅蜜多鼻界不可得彼淨不淨亦不可得香界乃至鼻觸爲緣所生諸受皆不可得彼淨不淨亦不可得所以者何此中尚無鼻界等可得何況有彼淨與不淨汝若能修如是布施是修布施波羅蜜多憍尸迦是善男子善女人等作此等說是爲宣說眞正布施波羅蜜多復次憍尸迦若善男子善女人等爲發無上菩提心者宣說布施波羅蜜多作如是言汝善男子應修布施波羅蜜多不應觀舌界若常若無常不應觀味界舌識界及舌觸舌觸爲緣所生諸受若常若無常何以故舌界舌界自性空味界舌識界及舌觸舌觸爲緣所生諸受味界乃至舌觸爲緣所生諸受自性空是舌界自性即非自性是味界乃至舌觸爲緣所生諸受自性亦非自性若非自性即是布施波羅蜜多於此布施波羅蜜多舌界不可得彼常無常亦不可得味界乃至舌觸爲緣所生諸受皆不可得彼常無常亦不可得所以者何此中尚無舌界等可得何況有彼常與無常汝若能修如是布施是修布施波羅蜜多復作是言汝善男子應修布施波羅蜜多不應觀舌界若樂若苦不應觀味界舌識界及舌觸舌觸爲緣所生諸受若樂若苦何以故舌界舌界自性空味界舌識界及舌觸舌觸爲緣所

生諸受味界乃至舌觸爲緣所生諸受自性空是舌界自性即非自性是味界乃至舌觸爲緣所生諸受自性亦非自性若非自性即是布施波羅蜜多於此布施波羅蜜多舌界不可得彼樂與苦亦不可得味界乃至舌觸爲緣所生諸受皆不可得彼樂與苦亦不可得所以者何此中尚無舌界等可得何況有彼樂之與苦汝若能修如是布施是修布施波羅蜜多復作是言汝善男子應修布施波羅蜜多不應觀舌界若我若無我不應觀味界舌識界及舌觸舌觸爲緣所生諸受若我若無我何以故舌界舌界自性空味界舌識界及舌觸舌觸爲緣所生諸受味界乃至舌觸爲緣所生諸受自性空是舌界自性即非自性是味界乃至舌觸爲緣所生諸受自性亦非自性若非自性即是布施波羅蜜多於此布施波羅蜜多舌界不可得彼我無我亦不可得味界乃至舌觸爲緣所生諸受皆不可得彼我無我亦不可得所以者何此中尚無舌界等可得何況有彼我與無我汝若能修如是布施是修布施波羅蜜多復作是言汝善男子應修布施波羅蜜多不應觀舌界若淨若不淨不應觀味界舌識界及舌觸舌觸爲緣所生諸受若淨若不淨何以故舌界舌界自性空味界舌識界及舌觸舌觸爲緣所生諸受味界乃至舌觸爲緣所生諸受自性空是舌界自性即非自性是味界乃至舌觸爲緣所生諸受自性亦非自性若非自性即是布施波羅蜜多於此布施波羅蜜多舌界不可得彼淨不淨亦不可得味界乃至舌

觸爲緣所生諸受皆不可得彼淨不淨亦不可得所以者何此中尚無舌界等可得何況有彼淨與不淨汝若能修如是布施是修布施波羅蜜多憍尸迦是善男子善女人等作此等說是爲宣說眞正布施波羅蜜多

大般若波羅蜜多經卷第一百六十二

大般若波羅蜜多經卷第一百六十三

唐三藏法師玄奘奉　詔譯

初分校量功德品第三十之六十一

復次憍尸迦若善男子善女人等爲發無上菩提心者宣說布施波羅蜜多作如是言汝善男子應修布施波羅蜜多不應觀身界若常若無常不應觀觸界身識界及身觸身觸爲緣所生諸受若常若無常何以故身界身界自性空觸界身識界及身觸身觸爲緣所生諸受觸界乃至身觸爲緣所生諸受自性空是身界自性即非自性是觸界乃至身觸爲緣所生諸受自性亦非自性若非自性即是布施波羅蜜多於此布施波羅蜜多身界不可得彼常無常亦不可得觸界乃至身觸爲緣所生諸受皆不可得彼常無常亦不可得所以者何此中尚無身界等可得何況有彼常與無常汝若能修如是布施是修布施波羅蜜多復作是言汝善男子應修布施波羅蜜多不應觀身界若樂若苦不應觀觸界身識界及身觸身觸爲緣所生諸受若樂若苦何以故身界身界自性空觸界身識界及身觸身觸爲緣所生諸受自性空是身界自性即非自性是觸界乃至身觸爲緣所生諸受自性亦非自性若非自性即是布施波羅蜜多於此布施波羅蜜多身界不可得彼樂與苦亦不可得觸界乃至身觸爲緣所生諸受皆不可得彼樂與苦亦不可得所以者何此中尚無身界等可得何況有彼樂之與苦汝若能修如是布施是修布施波羅蜜多復作是言汝善

男子應修布施波羅蜜多不應觀身界若我若無我不應觀觸界身識界及身觸身觸爲緣所生諸受若我若無我何以故身界身界自性空觸界身識界及身觸身觸爲緣所生諸受觸界乃至身觸爲緣所生諸受自性空是身界自性即非自性是觸界乃至身觸爲緣所生諸受自性亦非自性若非自性即是布施波羅蜜多於此布施波羅蜜多身界不可得彼我無我亦不可得觸界乃至身觸爲緣所生諸受皆不可得彼我無我亦不可得所以者何此中尚無身界等可得何況有彼我與無我汝若能修如是布施是修布施波羅蜜多復作是言汝善男子應修布施波羅蜜多不應觀身界若淨若不淨不應觀觸界身識界及身觸身觸爲緣所生諸受若淨若不淨何以故身界身界自性空觸界身識界及身觸身觸爲緣所生諸受觸界乃至身觸爲緣所生諸受自性空是身界自性即非自性是觸界乃至身觸爲緣所生諸受自性亦非自性若非自性即是布施波羅蜜多於此布施波羅蜜多身界不可得彼淨不淨亦不可得觸界乃至身觸爲緣所生諸受皆不可得彼淨不淨亦不可得所以者何此中尚無身界等可得何況有彼淨與不淨汝若能修如是布施是修布施波羅蜜多憍尸迦是善男子善女人等作此等說是爲宣說真正布施波羅蜜多復次憍尸迦若善男子善女人等爲發無上菩提心者宣說布施波羅蜜多作如是言汝善男子應修布施波羅蜜多不應觀意界若常若無常不應觀法界意識界

及意觸意觸爲緣所生諸受若常若無常何以故意界意界自性空法界意識界及意觸意觸爲緣所生諸受法界乃至意觸爲緣所生諸受自性空是意界自性即非自性是法界乃至意觸爲緣所生諸受自性亦非自性若非自性即是布施波羅蜜多於此布施波羅蜜多意界不可得彼常無常亦不可得法界乃至意觸爲緣所生諸受皆不可得彼常無常亦不可得所以者何此中尚無意界等可得何況有彼常與無常汝若能修如是布施是修布施波羅蜜多復作是言汝善男子應修布施波羅蜜多不應觀意界若樂若苦不應觀法界意識界及意觸意觸爲緣所生諸受若樂若苦何以故意界意界自性空法界意識界及意觸意觸爲緣所生諸受法界乃至意觸爲緣所生諸受自性空是意界自性即非自性是法界乃至意觸爲緣所生諸受自性亦非自性若非自性即是布施波羅蜜多於此布施波羅蜜多意界不可得彼樂與苦亦不可得法界乃至意觸爲緣所生諸受皆不可得彼樂與苦亦不可得所以者何此中尚無意界等可得何況有彼樂之與苦汝若能修如是布施是修布施波羅蜜多復作是言汝善男子應修布施波羅蜜多不應觀意界若我若無我不應觀法界意識界及意觸意觸爲緣所生諸受若我若無我何以故意界意界自性空法界意識界及意觸意觸爲緣所生諸受法界乃至意觸爲緣所生諸受自性空是意界自性即非自性是法界乃至意觸爲緣所生諸受自性亦非自性若

非自性即是布施波羅蜜多於此布施波羅蜜多意界不可得彼我無我亦不可得法界乃至意觸爲緣所生諸受皆不可得彼我無我亦不可得所以者何此中尚無意界等可得何況有彼我與無我汝若能修如是布施是修布施波羅蜜多復作是言汝善男子應修布施波羅蜜多不應觀意界若淨若不淨不應觀法界意識界及意觸意觸爲緣所生諸受若淨若不淨何以故意界意界自性空法界意識界及意觸意觸爲緣所生諸受法界乃至意觸爲緣所生諸受自性空是意界自性即非自性是法界乃至意觸爲緣所生諸受自性亦非自性若非自性即是布施波羅蜜多於此布施波羅蜜多意界不可得彼淨不淨亦不可得法界乃至意觸爲緣所生諸受皆不可得彼淨不淨亦不可得所以者何此中尚無意界等可得何況有彼淨與不淨汝若能修如是布施是修布施波羅蜜多憍尸迦是善男子善女人等作此等說是爲宣說眞正布施波羅蜜多復次憍尸迦若善男子善女人等爲發無上菩提心者宣說布施波羅蜜多作如是言汝善男子應修布施波羅蜜多不應觀地界若常若無常不應觀水火風空識界若常若無常何以故地界地界自性空水火風空識界水火風空識界自性空是地界自性即非自性是水火風空識界自性亦非自性若非自性即是布施波羅蜜多於此布施波羅蜜多地界不可得彼常無常亦不可得水火風空識界皆不可得彼常無常亦不可得所以者何此中尚無地界

等可得何況有彼常與無常汝若能修如是布施是修布施波羅蜜多復作是言汝善男子應修布施波羅蜜多不應觀地界若樂若苦不應觀水火風空識界若樂若苦何以故地界地界自性空水火風空識界水火風空識界自性空是地界自性即非自性是水火風空識界自性亦非自性若非自性即是布施波羅蜜多於此布施波羅蜜多地界不可得彼樂與苦亦不可得水火風空識界皆不可得彼樂與苦亦不可得所以者何此中尚無地界等可得何況有彼樂之與苦汝若能修如是布施是修布施波羅蜜多復作是言汝善男子應修布施波羅蜜多不應觀地界若我若無我不應觀水火風空識界若我若無我何以故地界地界自性空水火風空識界水火風空識界自性空是地界自性即非自性是水火風空識界自性亦非自性若非自性即是布施波羅蜜多於此布施波羅蜜多地界不可得彼我無我亦不可得水火風空識界皆不可得彼我無我亦不可得所以者何此中尚無地界等可得何況有彼我與無我汝若能修如是布施是修布施波羅蜜多復作是言汝善男子應修布施波羅蜜多不應觀地界若淨若不淨不應觀水火風空識界若淨若不淨何以故地界地界自性空水火風空識界水火風空識界自性空是地界自性即非自性是水火風空識界自性亦非自性若非自性即是布施波羅蜜多於此布施波羅蜜多地界不可得彼淨不淨亦不可得水火風空識界皆不可得彼淨不淨亦

不可得所以者何此中尚無地界等可得何況有彼淨與不淨汝若能修如是布施是修布施波羅蜜多憍尸迦是善男子善女人等作此等説是爲宣説眞正布施波羅蜜多復次憍尸迦若善男子善女人等爲發無上菩提心者宣説布施波羅蜜多作如是言汝善男子應修布施波羅蜜多不應觀無明若常若無常不應觀行識名色六處觸受愛取有生老死愁歎苦憂惱若常若無常何以故無明無明自性空行識名色六處觸受愛取有生老死愁歎苦憂惱行乃至老死愁歎苦憂惱自性空是無明自性即非自性是行乃至老死愁歎苦憂惱自性亦非自性若非自性即是布施波羅蜜多於此布施波羅蜜多無明不可得彼常無常亦不可得行乃至老死愁歎苦憂惱皆不可得彼常無常亦不可得所以者何此中尚無無明等可得何況有彼常與無常汝若能修如是布施是修布施波羅蜜多復作是言汝善男子應修布施波羅蜜多不應觀無明若樂若苦不應觀行識名色六處觸受愛取有生老死愁歎苦憂惱若樂若苦何以故無明無明自性空行識名色六處觸受愛取有生老死愁歎苦憂惱行乃至老死愁歎苦憂惱自性空是無明自性即非自性是行乃至老死愁歎苦憂惱自性亦非自性若非自性即是布施波羅蜜多於此布施波羅蜜多無明不可得彼樂與苦亦不可得行乃至老死愁歎苦憂惱皆不可得彼樂與苦亦不可得所以者何此中尚無無明等可得何況有彼樂之與苦汝若能修如是

布施是修布施波羅蜜多復作是言汝善男子應修布施波羅蜜多不應觀無明若我若無我不應觀行識名色六處觸受愛取有生老死愁歎苦憂惱若我若無我何以故無明無明自性空行識名色六處觸受愛取有生老死愁歎苦憂惱行乃至老死愁歎苦憂惱自性空是無明自性即非自性是行乃至老死愁歎苦憂惱自性亦非自性若非自性即是布施波羅蜜多於此布施波羅蜜多無明不可得彼我無我亦不可得行乃至老死愁歎苦憂惱皆不可得彼我無我亦不可得所以者何此中尚無無明等可得何況有彼我與無我汝若能修如是布施是修布施波羅蜜多復作是言汝善男子應修布施波羅蜜多不應觀無明若淨若不淨不應觀行識名色六處觸受愛取有生老死愁歎苦憂惱若淨若不淨何以故無明無明自性空行識名色六處觸受愛取有生老死愁歎苦憂惱行乃至老死愁歎苦憂惱自性空是無明自性即非自性是行乃至老死愁歎苦憂惱自性亦非自性若非自性即是布施波羅蜜多於此布施波羅蜜多無明不可得彼淨不淨亦不可得行乃至老死愁歎苦憂惱皆不可得彼淨不淨亦不可得所以者何此中尚無無明等可得何況有彼淨與不淨汝若能修如是布施是修布施波羅蜜多憍尸迦是善男子善女人等作此等說是爲宣說真正布施波羅蜜多復次憍尸迦若善男子善女人等爲發無上菩提心者宣說布施波羅蜜多作如是言汝善男子應修布施波羅蜜多不應

觀布施波羅蜜多若常若無常不應觀淨戒安忍精進靜慮般若波羅蜜多若常若無常何以故布施波羅蜜多布施波羅蜜多自性空淨戒安忍精進靜慮般若波羅蜜多淨戒乃至般若波羅蜜多自性空是布施波羅蜜多自性即非自性是淨戒乃至般若波羅蜜多自性亦非自性若非自性即是布施波羅蜜多於此布施波羅蜜多布施波羅蜜多不可得彼常無常亦不可得淨戒乃至般若波羅蜜多皆不可得彼常無常亦不可得所以者何此中尚無布施波羅蜜多等可得何況有彼常與無常汝若能修如是布施是修布施波羅蜜多復作是言汝善男子應修布施波羅蜜多不應觀布施波羅蜜多若樂若苦不應觀淨戒安忍精進靜慮般若波羅蜜多若樂若苦何以故布施波羅蜜多布施波羅蜜多自性空淨戒安忍精進靜慮般若波羅蜜多淨戒乃至般若波羅蜜多自性空是布施波羅蜜多自性即非自性是淨戒乃至般若波羅蜜多自性亦非自性若非自性即是布施波羅蜜多於此布施波羅蜜多布施波羅蜜多不可得彼樂與苦亦不可得淨戒乃至般若波羅蜜多皆不可得彼樂與苦亦不可得所以者何此中尚無布施波羅蜜多等可得何況有彼樂之與苦汝若能修如是布施是修布施波羅蜜多復作是言汝善男子應修布施波羅蜜多不應觀布施波羅蜜多若我若無我不應觀淨戒安忍精進靜慮般若波羅蜜多若我若無我何以故布施波羅蜜多布施波羅蜜多自性空淨戒安忍精進

靜慮般若波羅蜜多淨戒乃至般若波羅蜜多自性空是布施波羅蜜多自性即非自性是淨戒乃至般若波羅蜜多自性亦非自性若非自性即是布施波羅蜜多於此布施波羅蜜多布施波羅蜜多不可得彼我無我亦不可得淨戒乃至般若波羅蜜多皆不可得彼我無我亦不可得所以者何此中尚無布施波羅蜜多等可得何況有彼我與無我汝若能修如是布施是修布施波羅蜜多復作是言汝善男子應修布施波羅蜜多不應觀布施波羅蜜多若淨若不淨不應觀淨戒安忍精進靜慮般若波羅蜜多若淨若不淨何以故布施波羅蜜多布施波羅蜜多自性空淨戒安忍精進靜慮般若波羅蜜多淨戒乃至般若波羅蜜多自性空是布施波羅蜜多自性即非自性是淨戒乃至般若波羅蜜多自性亦非自性若非自性即是布施波羅蜜多於此布施波羅蜜多布施波羅蜜多不可得彼淨不淨亦不可得淨戒乃至般若波羅蜜多皆不可得彼淨不淨亦不可得所以者何此中尚無布施波羅蜜多等可得何況有彼淨與不淨汝若能修如是布施是修布施波羅蜜多憍尸迦是善男子善女人等作此等說是爲宣說眞正布施波羅蜜多復次憍尸迦若善男子善女人等爲發無上菩提心者宣說布施波羅蜜多作如是言汝善男子應修布施波羅蜜多不應觀內空若常若無常不應觀外空內外空空空大空勝義空有爲空無爲空畢竟空無際空散空無變異空本性空自相空共相空一切法空不可得空

無性空自性空無性自性空若常若無常何以故內空內空自性空外空內外空空空大空勝義空有爲空無爲空畢竟空無際空散空無變異空本性空自相空共相空一切法空不可得空無性空自性空無性自性空外空乃至無性自性空自性空是內空自性即非自性是外空乃至無性自性空自性空亦非自性若非自性即是布施波羅蜜多於此布施波羅蜜多內空不可得彼常無常亦不可得外空乃至無性自性空皆不可得彼常無常亦不可得所以者何此中尚無內空等可得何況有彼常與無常汝若能修如是布施是修布施波羅蜜多復作是言汝善男子應修布施波羅蜜多不應觀內空若樂若苦不應觀外空內外空空空大空勝義空有爲空無爲空畢竟空無際空散空無變異空本性空自相空共相空一切法空不可得空無性空自性空無性自性空若樂若苦何以故內空內空自性空外空內外空空空大空勝義空有爲空無爲空畢竟空無際空散空無變異空本性空自相空共相空一切法空不可得空無性空自性空無性自性空外空乃至無性自性空自性空是內空自性即非自性是外空乃至無性自性空自性亦非自性若非自性即是布施波羅蜜多於此布施波羅蜜多內空不可得彼樂與苦亦不可得外空乃至無性自性空皆不可得彼樂與苦亦不可得所以者何此中尚無內空等可得何況有彼樂之與苦汝若能修如是布施是修布施波羅蜜多復作是言汝善男子應修布

施波羅蜜多不應觀內空若我若無我不應觀外空內外空空空大空勝義空有爲空無爲空畢竟空無際空散空無變異空本性空自相空共相空一切法空不可得空無性空自性空無性自性空若我若無我何以故內空內空自性空外空內外空空空大空勝義空有爲空無爲空畢竟空無際空散空無變異空本性空自相空共相空一切法空不可得空無性空自性空無性自性空外空乃至無性自性空自性空是內空自性即非自性是外空乃至無性自性空自性亦非自性若非自性即是布施波羅蜜多於此布施波羅蜜多內空不可得彼我無我亦不可得外空乃至無性自性空皆不可得彼我無我亦不可得所以者何此中尚無內空等可得何況有彼我與無我汝若能修如是布施是修布施波羅蜜多復作是言汝善男子應修布施波羅蜜多不應觀內空若淨若不淨不應觀外空內外空空空大空勝義空有爲空無爲空畢竟空無際空散空無變異空本性空自相空共相空一切法空不可得空無性空自性空無性自性空若淨若不淨何以故內空內空自性空外空內外空空空大空勝義空有爲空無爲空畢竟空無際空散空無變異空本性空自相空共相空一切法空不可得空無性空自性空無性自性空外空乃至無性自性空自性空是內空自性即非自性是外空乃至無性自性空自性亦非自性若非自性即是布施波羅蜜多於此布施波羅蜜多內空不可得彼淨不淨亦不可得外空乃

至無性自性空皆不可得彼淨不淨亦不可得所以者何此中尚無内空等可得何況有彼淨與不淨汝若能修如是布施是修布施波羅蜜多憍尸迦是善男子善女人等作此等説是爲宣説真正布施波羅蜜多復次憍尸迦若善男子善女人等爲發無上菩提心者宣説布施波羅蜜多作如是言汝善男子應修布施波羅蜜多不應觀真如若常若無常不應觀法界法性不虚妄性不變異性平等性離生性法定法住實際虚空界不思議界若常若無常何以故真如真如自性空法界法性不虚妄性不變異性平等性離生性法定法住實際虚空界不思議界法界乃至不思議界自性空是真如自性即非自性是法界乃至不思議界自性亦非自性若非自性即是布施波羅蜜多於此布施波羅蜜多真如不可得彼常無常亦不可得法界乃至不思議界皆不可得彼常無常亦不可得所以者何此中尚無真如等可得何況有彼常與無常汝若能修如是布施是修布施波羅蜜多復作是言汝善男子應修布施波羅蜜多不應觀真如若樂若苦不應觀法界法性不虚妄性不變異性平等性離生性法定法住實際虚空界不思議界若樂若苦何以故真如真如自性空法界法性不虚妄性不變異性平等性離生性法定法住實際虚空界不思議界法界乃至不思議界自性空是真如自性即非自性是法界乃至不思議界自性亦非自性若非自性即是布施波羅蜜多於此布施波羅蜜多真如不可得彼樂與苦

亦不可得法界乃至不思議界皆不可得彼樂與苦亦不可得所以者何此中尚無眞如等可得何況有彼樂之與苦汝若能修如是布施是修布施波羅蜜多復作是言汝善男子應修布施波羅蜜多不應觀眞如若我若無我不應觀法界法性不虚妄性不變異性平等性離生性法定法住實際虚空界不思議界若我若無我何以故眞如眞如自性空法界法性不虚妄性不變異性平等性離生性法定法住實際虚空界不思議界法界乃至不思議界自性空是眞如自性即非自性是法界乃至不思議界自性亦非自性若非自性即是布施波羅蜜多於此布施波羅蜜多眞如不可得彼我無我亦不可得法界乃至不思議界皆不可得彼我無我亦不可得

所以者何此中尚無眞如等可得何況有彼我與無我汝若能修如是布施是修布施波羅蜜多復作是言汝善男子應修布施波羅蜜多不應觀眞如若淨若不淨不應觀法界法性不虚妄性不變異性平等性離生性法定法住實際虚空界不思議界若淨若不淨何以故眞如眞如自性空法界法性不虚妄性不變異性平等性離生性法定法住實際虚空界不思議界法界乃至不思議界自性空是眞如自性即非自性是法界乃至不思議界自性亦非自性若非自性即是布施波羅蜜多於此布施波羅蜜多眞如不可得彼淨不淨亦不可得法界乃至不思議界皆不可得彼淨不淨亦不可得所以者何此中尚無眞如等可得何況有彼淨與不淨汝若能

修如是布施是修布施波羅蜜多憍尸迦是善男子善女人等作此等説是爲宣説眞正布施波羅蜜多復次憍尸迦若善男子善女人等爲發無上菩提心者宣説布施波羅蜜多作如是言汝善男子應修布施波羅蜜多不應觀苦聖諦若常若無常不應觀集滅道聖諦若常若無常何以故苦聖諦苦聖諦自性空集滅道聖諦集滅道聖諦自性空是苦聖諦自性即非自性是集滅道聖諦自性亦非自性若非自性即是布施波羅蜜多於此布施波羅蜜多苦聖諦不可得彼常無常亦不可得集滅道聖諦皆不可得彼常無常亦不可得所以者何此中尚無苦聖諦等可得何況有彼常與無常汝若能修如是布施是修布施波羅蜜多復作是言汝善男子應修布施波羅蜜多不應觀苦聖諦若樂若苦不應觀集滅道聖諦若樂若苦何以故苦聖諦苦聖諦自性空集滅道聖諦集滅道聖諦自性空是苦聖諦自性即非自性是集滅道聖諦自性亦非自性若非自性即是布施波羅蜜多於此布施波羅蜜多苦聖諦不可得彼樂與苦亦不可得集滅道聖諦皆不可得彼樂與苦亦不可得所以者何此中尚無苦聖諦等可得何況有彼樂之與苦汝若能修如是布施是修布施波羅蜜多復作是言汝善男子應修布施波羅蜜多不應觀苦聖諦若我若無我不應觀集滅道聖諦若我若無我何以故苦聖諦苦聖諦自性空集滅道聖諦集滅道聖諦自性空是苦聖諦自性即非自性是集滅道聖諦自性亦非自性若非自性

即是布施波羅蜜多於此布施波羅蜜多苦聖諦不可得彼我無我亦不可得集滅道聖諦皆不可得彼我無我亦不可得所以者何此中尚無苦聖諦等可得何況有彼我與無我汝若能修如是布施是修布施波羅蜜多復作是言汝善男子應修布施波羅蜜多不應觀苦聖諦若淨若不淨不應觀集滅道聖諦若淨若不淨何以故苦聖諦苦聖諦自性空集滅道聖諦集滅道聖諦自性空是苦聖諦自性即非自性是集滅道聖諦自性亦非自性若非自性即是布施波羅蜜多於此布施波羅蜜多苦聖諦不可得彼淨不淨亦不可得集滅道聖諦皆不可得彼淨不淨亦不可得所以者何此中尚無苦聖諦等可得何況有彼淨與不淨汝若能修如是布施是修布施波羅蜜多憍尸迦是善男子善女人等作此等說是爲宣說真正布施波羅蜜多

大般若波羅蜜多經卷第一百六十三

大般若波羅蜜多經卷第一百六十四

唐三藏法師玄奘奉　詔譯

初分校量功德品第三十之六十二

復次憍尸迦若善男子善女人等爲發無上菩提心者宣說布施波羅蜜多作如是言汝善男子應修布施波羅蜜多不應觀四靜慮若常若無常不應觀四無量四無色定若常若無常何以故四靜慮四靜慮自性空四無量四無色定四無量四無色定自性空是四靜慮自性即非自性是四無量四無色定自性亦非自性若非自性即是布施波羅蜜多於此布施波羅蜜多四靜慮不可得彼常無常亦不可得四無量四無色定皆不可得彼常無常亦不可得所以者何此中尚無四靜慮等可得何況有彼常與無常汝若能修如是布施是修布施波羅蜜多復作是言汝善男子應修布施波羅蜜多不應觀四靜慮若樂若苦不應觀四無量四無色定若樂若苦何以故四靜慮四靜慮自性空四無量四無色定四無量四無色定自性空是四靜慮自性即非自性是四無量四無色定自性亦非自性若非自性即是布施波羅蜜多於此布施波羅蜜多四靜慮不可得彼樂與苦亦不可得四無量四無色定皆不可得彼樂與苦亦不可得所以者何此中尚無四靜慮等可得何況有彼樂之與苦汝若能修如是布施是修布施波羅蜜多復作是言汝善男子應修布施波羅蜜多不應觀四靜慮若我若無我不應觀四無量四無色定若我若無我何以故四靜慮四靜慮自性空四無量四無色

定四無量四無色定自性空是四靜慮自性即非自性是四無量四無色定自性亦非自性若非自性即是布施波羅蜜多於此布施波羅蜜多四靜慮不可得彼我無我亦不可得四無量四無色定皆不可得彼我無我亦不可得所以者何此中尚無四靜慮等可得何況有彼我與無我汝若能修如是布施是修布施波羅蜜多復作是言汝善男子應修布施波羅蜜多不應觀四靜慮若淨若不淨不應觀四無量四無色定若淨若不淨何以故四靜慮四靜慮自性空四無量四無色定四無量四無色定自性空是四靜慮自性即非自性是四無量四無色定自性亦非自性若非自性即是布施波羅蜜多於此布施波羅蜜多四靜慮不可得彼淨不淨亦不可得四無量四無色定皆不可得彼淨不淨亦不可得所以者何此中尚無四靜慮等可得何況有彼淨與不淨汝若能修如是布施是修布施波羅蜜多憍尸迦是善男子善女人等作此等說是爲宣說眞正布施波羅蜜多復次憍尸迦若善男子善女人等爲發無上菩提心者宣說布施波羅蜜多作如是言汝善男子應修布施波羅蜜多不應觀八解脫若常若無常不應觀八勝處九次第定十遍處若常若無常何以故八解脫八解脫自性空八勝處九次第定十遍處八勝處九次第定十遍處自性空是八解脫自性即非自性是八勝處九次第定十遍處自性亦非自性若非自性即是布施波羅蜜多於此布施波羅蜜多八解脫不可得彼常無常亦不可得八

勝處九次第定十遍處皆不可得彼常無常亦不可得所以者何此中尚無八解脫等可得何況有彼常與無常汝若能修如是布施是修布施波羅蜜多復作是言汝善男子應修布施波羅蜜多不應觀八解脫若樂若苦不應觀八勝處九次第定十遍處若樂若苦何以故八解脫八解脫自性空八勝處九次第定十遍處八勝處九次第定十遍處自性空是八解脫自性即非自性是八勝處九次第定十遍處自性亦非自性若非自性即是布施波羅蜜多於此布施波羅蜜多八解脫不可得彼樂與苦亦不可得八勝處九次第定十遍處皆不可得彼樂與苦亦不可得所以者何此中尚無八解脫等可得何況有彼樂之與苦汝若能修如是布施是修布施波羅蜜多復作是言汝善男子應修布施波羅蜜多不應觀八解脫若我若無我不應觀八勝處九次第定十遍處若我若無我何以故八解脫八解脫自性空八勝處九次第定十遍處八勝處九次第定十遍處自性空是八解脫自性即非自性是八勝處九次第定十遍處自性亦非自性若非自性即是布施波羅蜜多於此布施波羅蜜多八解脫不可得彼我無我亦不可得八勝處九次第定十遍處皆不可得彼我無我亦不可得所以者何此中尚無八解脫等可得何況有彼我與無我汝若能修如是布施是修布施波羅蜜多復作是言汝善男子應修布施波羅蜜多不應觀八解脫若淨若不淨不應觀八勝處九次第定十遍處若淨若不淨何以故八解脫

八解脱自性空八勝處九次第定十遍處八勝處九次第定十遍處自性空是八解脱自性即非自性是八勝處九次第定十遍處自性亦非自性若非自性即是布施波羅蜜多於此布施波羅蜜多八解脱不可得彼淨不淨亦不可得八勝處九次第定十遍處皆不可得彼淨不淨亦不可得所以者何此中尚無八解脱等可得何况有彼淨與不淨汝若能修如是布施是修布施波羅蜜多憍尸迦是善男子善女人等作此等説是爲宣説眞正布施波羅蜜多復次憍尸迦若善男子善女人等爲發無上菩提心者宣説布施波羅蜜多作如是言汝善男子應修布施波羅蜜多不應觀四念住若常若無常不應觀四正斷四神足五根五力七等覺支八聖道支若常若無常何以故四念住四念住自性空四正斷四神足五根五力七等覺支八聖道支四正斷乃至八聖道支自性空是四念住自性即非自性是四正斷乃至八聖道支自性亦非自性若非自性即是布施波羅蜜多於此布施波羅蜜多四念住不可得彼常無常亦不可得四正斷乃至八聖道支皆不可得彼常無常亦不可得所以者何此中尚無四念住等可得何况有彼常與無常汝若能修如是布施是修布施波羅蜜多復作是言汝善男子應修布施波羅蜜多不應觀四念住若樂若苦不應觀四正斷四神足五根五力七等覺支八聖道支若樂若苦何以故四念住四念住自性空四正斷四神足五根五力七等覺支八聖道支四正斷乃至八聖道支

自性空是四念住自性即非自性是四正斷乃至八聖道支自性亦非自性若非自性即是布施波羅蜜多於此布施波羅蜜多四念住不可得彼樂與苦亦不可得四正斷乃至八聖道支皆不可得彼樂與苦亦不可得所以者何此中尚無四念住等可得何況有彼樂之與苦汝若能修如是布施是修布施波羅蜜多復作是言汝善男子應修布施波羅蜜多不應觀四念住若我若無我不應觀四正斷四神足五根五力七等覺支八聖道支若我若無我何以故四念住四念住自性空四正斷四神足五根五力七等覺支八聖道支四正斷乃至八聖道支自性空是四念住自性即非自性是四正斷乃至八聖道支自性亦非自性若非自性即是布施波羅蜜多

於此布施波羅蜜多四念住不可得彼我無我亦不可得四正斷乃至八聖道支皆不可得彼我無我亦不可得所以者何此中尚無四念住等可得何況有彼我與無我汝若能修如是布施是修布施波羅蜜多復作是言汝善男子應修布施波羅蜜多不應觀四念住若淨若不淨不應觀四正斷四神足五根五力七等覺支八聖道支若淨若不淨何以故四念住四念住自性空四正斷四神足五根五力七等覺支八聖道支四正斷乃至八聖道支自性空是四念住自性即非自性是四正斷乃至八聖道支自性亦非自性若非自性即是布施波羅蜜多於此布施波羅蜜多四念住不可得彼淨不淨亦不可得四正斷乃至八聖道支皆不何得彼淨不淨亦不

可得所以者何此中尚無四念住等可得何況有彼淨與不淨汝若能修如是布施是修布施波羅蜜多憍尸迦是善男子善女人等作此等說是爲宣說眞正布施波羅蜜多復次憍尸迦若善男子善女人等爲發無上菩提心者宣說布施波羅蜜多作如是言汝善男子應修布施波羅蜜多不應觀空解脫門若常若無常不應觀無相無願解脫門若常若無常何以故空解脫門空解脫門自性空無相無願解脫門無相無願解脫門自性空是空解脫門自性即非自性是無相無願解脫門自性亦非自性若非自性即是布施波羅蜜多於此布施波羅蜜多空解脫門不可得彼常無常亦不可得無相無願解脫門皆不可得彼常無常亦不可得所以者何此中尚無空解脫門等可得何況有彼常與無常汝若能修如是布施是修布施波羅蜜多復作是言汝善男子應修布施波羅蜜多不應觀空解脫門若樂若苦不應觀無相無願解脫門若樂若苦何以故空解脫門空解脫門自性空無相無願解脫門無相無願解脫門自性空是空解脫門自性即非自性是無相無願解脫門自性亦非自性若非自性即是布施波羅蜜多於此布施波羅蜜多空解脫門不可得彼樂與苦亦不可得無相無願解脫門皆不可得彼樂與苦亦不可得所以者何此中尚無空解脫門等可得何況有彼樂之與苦汝若能修如是布施是修布施波羅蜜多復作是言汝善男子應修布施波羅蜜多不應觀空解脫門若我若無我不應觀無

相無願解脫門若我若無我何以故空解脫門空解脫門自性空無相無願解脫門無相無願解脫門自性空是空解脫門自性即非自性是無相無願解脫門自性亦非自性若非自性即是布施波羅蜜多於此布施波羅蜜多空解脫門不可得彼我無我亦不可得無相無願解脫門皆不可得彼我無我亦不可得所以者何此中尚無空解脫門等可得何況有彼我與無我汝若能修如是布施是修布施波羅蜜多復作是言汝善男子應修布施波羅蜜多不應觀空解脫門若淨若不淨不應觀無相無願解脫門若淨若不淨何以故空解脫門空解脫門自性空無相無願解脫門無相無願解脫門自性空是空解脫門自性即非自性是無相無願解脫門自性亦非自性若非自性即是布施波羅蜜多於此布施波羅蜜多空解脫門不可得彼淨不淨亦不可得無相無願解脫門皆不可得彼淨不淨亦不可得所以者何此中尚無空解脫門等可得何況有彼淨與不淨汝若能修如是布施是修布施波羅蜜多憍尸迦是善男子善女人等作此等說是爲宣說眞正布施波羅蜜多復次憍尸迦若善男子善女人等爲發無上菩提心者宣說布施波羅蜜多作如是言汝善男子應修布施波羅蜜多不應觀五眼若常若無常不應觀六神通若常若無常何以故五眼五眼自性空六神通六神通自性空是五眼自性即非自性是六神通自性亦非自性若非自性即是布施波羅蜜多於此布施波羅蜜多五眼不可得彼常

無常亦不可得六神通不可得彼常無常亦不可得所以者何此中尚無五眼等可得何況有彼常與無常汝若能修如是布施是修布施波羅蜜多復作是言汝善男子應修布施波羅蜜多不應觀五眼若樂若苦不應觀六神通若樂若苦何以故五眼五眼自性空六神通六神通自性空是五眼自性即非自性是六神通自性亦非自性若非自性即是布施波羅蜜多於此布施波羅蜜多五眼不可得彼樂與苦亦不可得六神通不可得彼樂與苦亦不可得所以者何此中尚無五眼等可得何況有彼樂之與苦汝若能修如是布施是修布施波羅蜜多復作是言汝善男子應修布施波羅蜜多不應觀五眼若我若無我不應觀六神通若我若無我何以故五眼五眼自性空六神通六神通自性空是五眼自性即非自性是六神通自性亦非自性若非自性即是布施波羅蜜多於此布施波羅蜜多五眼不可得彼我無我亦不可得六神通不可得彼我無我亦不可得所以者何此中尚無五眼等可得何況有彼我與無我汝若能修如是布施是修布施波羅蜜多復作是言汝善男子應修布施波羅蜜多不應觀五眼若淨若不淨不應觀六神通若淨若不淨何以故五眼五眼自性空六神通六神通自性空是五眼自性即非自性是六神通自性亦非自性若非自性即是布施波羅蜜多於此布施波羅蜜多五眼不可得彼淨不淨亦不可得六神通不可得彼淨不淨亦不可得所以者何此中尚無五眼等可得何況

有彼淨與不淨汝若能修如是布施是修布施波羅蜜多憍尸迦是善男子善女人等作此等說是爲宣說眞正布施波羅蜜多復次憍尸迦若善男子善女人等爲發無上菩提心者宣說布施波羅蜜多作如是言汝善男子應修布施波羅蜜多不應觀佛十力若常若無常不應觀四無所畏四無礙解大慈大悲大喜大捨十八佛不共法若常若無常何以故佛十力佛十力自性空四無所畏四無礙解大慈大悲大喜大捨十八佛不共法四無所畏乃至十八佛不共法自性空是佛十力自性即非自性是四無所畏乃至十八佛不共法自性亦非自性若非自性即是布施波羅蜜多於此布施波羅蜜多佛十力不可得彼常無常亦不可得四無所畏乃至十八佛不共法皆不可得彼常無常亦不可得所以者何此中尚無佛十力等可得何況有彼常與無常汝若能修如是布施是修布施波羅蜜多復作是言汝善男子應修布施波羅蜜多不應觀佛十力若樂若苦不應觀四無所畏四無礙解大慈大悲大喜大捨十八佛不共法若樂若苦何以故佛十力佛十力自性空四無所畏四無礙解大慈大悲大喜大捨十八佛不共法四無所畏乃至十八佛不共法自性空是佛十力自性即非自性是四無所畏乃至十八佛不共法自性亦非自性若非自性即是布施波羅蜜多於此布施波羅蜜多佛十力不可得彼樂與苦亦不可得四無所畏乃至十八佛不共法皆不可得彼樂與苦亦不可得所以者何此中尚無佛十

力等可得何況有彼樂之與苦汝若能修如是布施是修布施波羅蜜多復作是言汝善男子應修布施波羅蜜多不應觀佛十力若我若無我不應觀四無所畏四無礙解大慈大悲大喜大捨十八佛不共法若我若無我何以故佛十力佛十力自性空四無所畏四無礙解大慈大悲大喜大捨十八佛不共法四無所畏乃至十八佛不共法自性空是佛十力自性即非自性是四無所畏乃至十八佛不共法自性亦非自性若非自性即是布施波羅蜜多於此布施波羅蜜多佛十力不可得彼我無我亦不可得四無所畏乃至十八佛不共法皆不可得彼我無我亦不可得所以者何此中尚無佛十力等可得何況有彼我與無我汝若能修如是布施是修布施波羅蜜多復作是言汝善男子應修布施波羅蜜多不應觀佛十力若淨若不淨不應觀四無所畏四無礙解大慈大悲大喜大捨十八佛不共法若淨若不淨何以故佛十力佛十力自性空四無所畏四無礙解大慈大悲大喜大捨十八佛不共法四無所畏乃至十八佛不共法自性空是佛十力自性即非自性是四無所畏乃至十八佛不共法自性亦非自性若非自性即是布施波羅蜜多於此布施波羅蜜多佛十力不可得彼淨不淨亦不可得四無所畏乃至十八佛不共法皆不可得彼淨不淨亦不可得所以者何此中尚無佛十力等可得何況有彼淨與不淨汝若能修如是布施是修布施波羅蜜多憍尸迦是善男子善女人等作此等說是爲宣說眞

正布施波羅蜜多復次憍尸迦若善男子善女人等爲發無上菩提心者宣說布施波羅蜜多作如是言汝善男子應修布施波羅蜜多不應觀無忘失法若常若無常不應觀恒住捨性若常若無常何以故無忘失法無忘失法自性空恒住捨性恒住捨性自性空是無忘失法自性即非自性是恒住捨性自性亦非自性若非自性即是布施波羅蜜多於此布施波羅蜜多無忘失法不可得彼常無常亦不可得恒住捨性不可得彼常無常亦不可得所以者何此中尚無無忘失法等可得何況有彼常與無常汝若能修如是布施是修布施波羅蜜多復作是言汝善男子應修布施波羅蜜多不應觀無忘失法若樂若苦不應觀恒住捨性若樂若苦何以故無忘失法無忘失法自性空恒住捨性恒住捨性自性空是無忘失法自性即非自性是恒住捨性自性亦非自性若非自性即是布施波羅蜜多於此布施波羅蜜多無忘失法不可得彼樂與苦亦不可得恒住捨性不可得彼樂與苦亦不可得所以者何此中尚無無忘失法等可得何況有彼樂之與苦汝若能修如是布施是修布施波羅蜜多復作是言汝善男子應修布施波羅蜜多不應觀無忘失法若我若無我不應觀恒住捨性若我若無我何以故無忘失法無忘失法自性空恒住捨性恒住捨性自性空是無忘失法自性即非自性是恒住捨性自性亦非自性若非自性即是布施波羅蜜多於此布施波羅蜜多無忘失法不可得彼我無我亦不可得恒住

捨性不可得彼我無我亦不可得所以者何此中尚無無忘失法等可得何況有彼我與無我汝若能修如是布施是修布施波羅蜜多復作是言汝善男子應修布施波羅蜜多不應觀無忘失法若淨若不淨不應觀恒住捨性若淨若不淨何以故無忘失法無忘失法自性空恒住捨性恒住捨性自性空是無忘失法自性即非自性是恒住捨性自性亦非自性若非自性即是布施波羅蜜多於此布施波羅蜜多無忘失法不可得彼淨不淨亦不可得恒住捨性不可得彼淨不淨亦不可得所以者何此中尚無無忘失法等可得何況有彼淨與不淨汝若能修如是布施是修布施波羅蜜多憍尸迦是善男子善女人等作此等説是爲宣説真正布施波羅蜜多

復次憍尸迦若善男子善女人等爲發無上菩提心者宣説布施波羅蜜多作如是言汝善男子應修布施波羅蜜多不應觀一切智若常若無常不應觀道相智一切相智若常若無常何以故一切智一切智自性空道相智一切相智道相智一切相智自性空是一切智自性即非自性是道相智一切相智自性亦非自性若非自性即是布施波羅蜜多於此布施波羅蜜多一切智不可得彼常無常亦不可得道相智一切相智皆不可得彼常無常亦不可得所以者何此中尚無一切智等可得何況有彼常與無常汝若能修如是布施是修布施波羅蜜多復作是言汝善男子應修布施波羅蜜多不應觀一切智若樂若苦不應觀道相智一切相智若樂若苦

何以故一切智一切智自性空道相智一切相智道相智一切相智自性空是一切智自性即非自性是道相智一切相智自性亦非自性若非自性即是布施波羅蜜多於此布施波羅蜜多一切智不可得彼樂與苦亦不可得道相智一切相智皆不可得彼樂與苦亦不可得所以者何此中尚無一切智等可得何況有彼樂之與苦汝若能修如是布施是修布施波羅蜜多復作是言汝善男子應修布施波羅蜜多不應觀一切智若我若無我不應觀道相智一切相智若我若無我何以故一切智一切智自性空道相智一切相智道相智一切相智自性空是一切智自性即非自性是道相智一切相智自性亦非自性若非自性即是布施波羅蜜多於此布施波羅蜜多一切智不可得彼我無我亦不可得道相智一切相智皆不可得彼我無我亦不可得所以者何此中尚無一切智等可得何況有彼我與無我汝若能修如是布施是修布施波羅蜜多復作是言汝善男子應修布施波羅蜜多不應觀一切智若淨若不淨不應觀道相智一切相智若淨若不淨何以故一切智一切智自性空道相智一切相智道相智一切相智自性空是一切智自性即非自性是道相智一切相智自性亦非自性若非自性即是布施波羅蜜多於此布施波羅蜜多一切智不可得彼淨不淨亦不可得道相智一切相智皆不可得彼淨不淨亦不可得所以者何此中尚無一切智等可得何況有彼淨與不淨汝若能修如是布施是修

布施波羅蜜多憍尸迦是善男子善女人等作此等説是爲宣説眞正布施波羅蜜多復次憍尸迦若善男子善女人等爲發無上菩提心者宣説布施波羅蜜多作如是言汝善男子應修布施波羅蜜多不應觀一切陀羅尼門若常若無常不應觀一切三摩地門若常若無常何以故一切陀羅尼門一切陀羅尼門自性空一切三摩地門一切三摩地門自性空是一切陀羅尼門自性即非自性是一切三摩地門自性亦非自性若非自性即是布施波羅蜜多於此布施波羅蜜多一切陀羅尼門不可得彼常無常亦不可得一切三摩地門不可得彼常無常亦不可得所以者何此中尚無一切陀羅尼門等可得何況有彼常與無常汝若能修如是布施是修布施波羅蜜多復作是言汝善男子應修布施波羅蜜多不應觀一切陀羅尼門若樂若苦不應觀一切三摩地門若樂若苦何以故一切陀羅尼門一切陀羅尼門自性空一切三摩地門一切三摩地門自性空是一切陀羅尼門自性即非自性是一切三摩地門自性亦非自性若非自性即是布施波羅蜜多於此布施波羅蜜多一切陀羅尼門不可得彼樂與苦亦不可得一切三摩地門不可得彼樂與苦亦不可得所以者何此中尚無一切陀羅尼門等可得何況有彼樂之與苦汝若能修如是布施是修布施波羅蜜多復作是言汝善男子應修布施波羅蜜多不應觀一切陀羅尼門若我若無我不應觀一切三摩地門若我若無我何以故一切陀羅尼門一

切陀羅尼門自性空一切三摩地門一切三摩地門自性空是一切陀羅尼門自性即非自性是一切三摩地門自性亦非自性若非自性即是布施波羅蜜多於此布施波羅蜜多一切陀羅尼門不可得彼我無我亦不可得一切三摩地門不可得彼我無我亦不可得所以者何此中尚無一切陀羅尼門等可得何況有彼我與無我汝若能修如是布施是修布施波羅蜜多復作是言汝善男子應修布施波羅蜜多不應觀一切陀羅尼門若淨若不淨不應觀一切三摩地門若淨若不淨何以故一切陀羅尼門一切陀羅尼門自性空一切三摩地門一切三摩地門自性空是一切陀羅尼門自性即非自性是一切三摩地門自性亦非自性若非自性即是布施波羅蜜多於此布施波羅蜜多一切陀羅尼門不可得彼淨不淨亦不可得一切三摩地門不可得彼淨不淨亦不可得所以者何此中尚無一切陀羅尼門等可得何況有彼淨與不淨汝若能修如是布施是修布施波羅蜜多憍尸迦是善男子善女人等作此等說是爲宣說眞正布施波羅蜜多

大般若波羅蜜多經卷第一百六十四

大般若波羅蜜多經卷第一百六十五

唐三藏法師玄奘奉詔譯

初分校量功德品第三十之六十三

復次憍尸迦若善男子善女人等爲發無上菩提心者宣說布施波羅蜜多作如是言汝善男子應修布施波羅蜜多不應觀預流向預流果若常若無常不應觀一來向一來果不還向不還果阿羅漢向阿羅漢果若常若無常何以故預流向預流果預流向預流果自性空一來向一來果不還向不還果阿羅漢向阿羅漢果一來向乃至阿羅漢果自性空是預流向預流果自性即非自性是一來向乃至阿羅漢果自性亦非自性若非自性即是布施波羅蜜多於此布施波羅蜜多預流向預流果不可得彼常無常亦不可得一來向乃至阿羅漢果皆不可得彼常無常亦不可得所以者何此中尚無預流向等可得何況有彼常與無常汝若能修如是布施是修布施波羅蜜多復作是言汝善男子應修布施波羅蜜多不應觀預流向預流果若樂若苦不應觀一來向一來果不還向不還果阿羅漢向阿羅漢果若樂若苦何以故預流向預流果預流向預流果自性空一來向一來果不還向不還果阿羅漢向阿羅漢果一來向乃至阿羅漢果自性空是預流向預流果自性即非自性是一來向乃至阿羅漢果自性亦非自性若非自性即是布施波羅蜜多於此布施波羅蜜多預流向預流果不可得彼樂與苦亦不可得一來向乃至阿羅漢果皆不可得彼樂與苦亦不可得所以者何

此中尚無預流向等可得何況有彼樂之與苦汝若能修如是布施是修布施波羅蜜多復作是言汝善男子應修布施波羅蜜多不應觀預流向預流果若我若無我不應觀一來向一來果不還向不還果阿羅漢向阿羅漢果若我若無我何以故預流向預流果預流向預流果自性空一來向一來果不還向不還果阿羅漢向阿羅漢果一來向乃至阿羅漢果自性空是預流向預流果自性即非自性是一來向乃至阿羅漢果自性亦非自性若非自性即是布施波羅蜜多於此布施波羅蜜多預流向預流果不可得彼我無我亦不可得一來向乃至阿羅漢果皆不可得彼我無我亦不可得所以者何此中尚無預流向等可得何況有彼我與無我汝若能修如是布施是修布施波羅蜜多復作是言汝善男子應修布施波羅蜜多不應觀預流向預流果若淨若不淨不應觀一來向一來果不還向不還果阿羅漢向阿羅漢果若淨若不淨何以故預流向預流果預流向預流果自性空一來向一來果不還向不還果阿羅漢向阿羅漢果一來向乃至阿羅漢果自性空是預流向預流果自性即非自性是一來向乃至阿羅漢果自性亦非自性若非自性即是布施波羅蜜多於此布施波羅蜜多預流向預流果不可得彼淨不淨亦不可得一來向乃至阿羅漢果皆不可得彼淨不淨亦不可得所以者何此中尚無預流向等可得何況有彼淨與不淨汝若能修如是布施是修布施波羅蜜多憍尸迦是善男子善女人

等作此等説是爲宣説眞正布施波羅蜜多復次憍尸迦若善男子善女人等爲發無上菩提心者宣説布施波羅蜜多作如是言汝善男子應修布施波羅蜜多不應觀一切獨覺菩提若常若無常何以故一切獨覺菩提一切獨覺菩提自性空是一切獨覺菩提自性即非自性若非自性即是布施波羅蜜多於此布施波羅蜜多一切獨覺菩提不可得彼常無常亦不可得所以者何此中尚無一切獨覺菩提可得何況有彼常與無常汝若能修如是布施是修布施波羅蜜多復作是言汝善男子應修布施波羅蜜多不應觀一切獨覺菩提若樂若苦何以故一切獨覺菩提一切獨覺菩提自性空是一切獨覺菩提自性即非自性若非自性即是布施波羅蜜多於此布施波羅蜜多一切獨覺菩提不可得彼樂與苦亦不可得所以者何此中尚無一切獨覺菩提可得何況有彼樂之與苦汝若能修如是布施是修布施波羅蜜多復作是言汝善男子應修布施波羅蜜多不應觀一切獨覺菩提若我若無我何以故一切獨覺菩提一切獨覺菩提自性空是一切獨覺菩提自性即非自性若非自性即是布施波羅蜜多於此布施波羅蜜多一切獨覺菩提不可得彼我無我亦不可得所以者何此中尚無一切獨覺菩提可得何況有彼我與無我汝若能修如是布施是修布施波羅蜜多復作是言汝善男子應修布施波羅蜜多不應觀一切獨覺菩提若淨若不淨何以故一切獨覺菩提一切獨覺菩提自性空是一切

獨覺菩提自性即非自性若非自性即是布施波羅蜜多於此布施波羅蜜多一切獨覺菩提不可得彼淨不淨亦不可得所以者何此中尚無一切獨覺菩提可得何況有彼淨與不淨汝若能修如是布施是修布施波羅蜜多憍尸迦是善男子善女人等作此等説是爲宣説眞正布施波羅蜜多復次憍尸迦若善男子善女人等爲發無上菩提心者宣説布施波羅蜜多作如是言汝善男子應修布施波羅蜜多不應觀一切菩薩摩訶薩行若常若無常何以故一切菩薩摩訶薩行一切菩薩摩訶薩行自性空是一切菩薩摩訶薩行自性即非自性若非自性即是布施波羅蜜多於此布施波羅蜜多一切菩薩摩訶薩行不可得彼常無常亦不可得所以者何此中尚無一切菩薩摩訶薩行可得何況有彼常與無常汝若能修如是布施是修布施波羅蜜多復作是言汝善男子應修布施波羅蜜多不應觀一切菩薩摩訶薩行若樂若苦何以故一切菩薩摩訶薩行一切菩薩摩訶薩行自性空是一切菩薩摩訶薩行自性即非自性若非自性即是布施波羅蜜多於此布施波羅蜜多一切菩薩摩訶薩行不可得彼樂與苦亦不可得所以者何此中尚無一切菩薩摩訶薩行可得何況有彼樂之與苦汝若能修如是布施是修布施波羅蜜多復作是言汝善男子應修布施波羅蜜多不應觀一切菩薩摩訶薩行若我若無我何以故一切菩薩摩訶薩行一切菩薩摩訶薩行自性空是一切菩薩摩訶薩行自性即非自

性若非自性即是布施波羅蜜多於此布施波羅蜜多一切菩薩摩訶薩行不可得彼我無我亦不可得所以者何此中尚無一切菩薩摩訶薩行可得何況有彼我與無我汝若能修如是布施是修布施波羅蜜多復作是言汝善男子應修布施波羅蜜多不應觀一切菩薩摩訶薩行若淨若不淨何以故一切菩薩摩訶薩行一切菩薩摩訶薩行自性空是一切菩薩摩訶薩行自性即非自性若非自性即是布施波羅蜜多於此布施波羅蜜多一切菩薩摩訶薩行不可得彼淨不淨亦不可得所以者何此中尚無一切菩薩摩訶薩行可得何況有彼淨與不淨汝若能修如是布施是修布施波羅蜜多憍尸迦是善男子善女人等作此等說是為宣說真正布施

波羅蜜多復次憍尸迦若善男子善女人等為發無上菩提心者宣說布施波羅蜜多作如是言汝善男子應修布施波羅蜜多不應觀諸佛無上正等菩提若常若無常何以故諸佛無上正等菩提諸佛無上正等菩提自性空是諸佛無上正等菩提自性即非自性若非自性即是布施波羅蜜多於此布施波羅蜜多諸佛無上正等菩提不可得彼常無常亦不可得所以者何此中尚無諸佛無上正等菩提可得何況有彼常與無常汝若能修如是布施是修布施波羅蜜多復作是言汝善男子應修布施波羅蜜多不應觀諸佛無上正等菩提若樂若苦何以故諸佛無上正等菩提諸佛無上正等菩提自性空是諸佛無上正等菩提自性即非自性若非自性

即是布施波羅蜜多於此布施波羅蜜多諸佛無上正等菩提不可得彼樂與苦亦不可得所以者何此中尚無諸佛無上正等菩提可得何況有彼樂之與苦汝若能修如是布施是修布施波羅蜜多復作是言汝善男子應修布施波羅蜜多不應觀諸佛無上正等菩提若我若無我何以故諸佛無上正等菩提諸佛無上正等菩提自性空是諸佛無上正等菩提自性即非自性若非自性即是布施波羅蜜多於此布施波羅蜜多諸佛無上正等菩提不可得彼我無我亦不可得所以者何此中尚無諸佛無上正等菩提可得何況有彼我與無我汝若能修如是布施是修布施波羅蜜多復作是言汝善男子應修布施波羅蜜多不應觀諸佛無上正等菩提若淨若不淨何以故諸佛無上正等菩提諸佛無上正等菩提自性空是諸佛無上正等菩提自性即非自性若非自性即是布施波羅蜜多於此布施波羅蜜多諸佛無上正等菩提不可得彼淨不淨亦不可得所以者何此中尚無諸佛無上正等菩提可得何況有彼淨與不淨汝若能修如是布施是修布施波羅蜜多憍尸迦是善男子善女人等作此等說是爲宣說眞正布施波羅蜜多復次憍尸迦若善男子善女人等爲發無上菩提心者宣說般若波羅蜜多或說靜慮波羅蜜多或說精進波羅蜜多或說安忍波羅蜜多或說淨戒波羅蜜多或說布施波羅蜜多作如是言來善男子我當教汝修學般若乃至布施波羅蜜多汝修學時勿觀諸法有少可住可

超可入可得可證可受持等所獲功德及可隨喜回向菩提何以故於此般若乃至布施波羅蜜多畢竟無有少法可住可超可入可得可證可受持等所獲功德及可隨喜回向菩提所以者何以一切法自性皆空都無所有若無所有即是般若乃至布施波羅蜜多於此般若乃至布施波羅蜜多畢竟無少法有入有出有生有滅有斷有常有一有異有來有去而可得者憍尸迦是善男子善女人等作此等說是說真正般若靜慮精進安忍淨戒布施波羅蜜多以是故憍尸迦諸善男子善女人等應於般若波羅蜜多以無所得而爲方便受持讀誦如理思惟當以種種巧妙文義爲他廣說宣示開演顯了解釋分別義趣令其易解憍尸迦由此緣故我作是說若善男子善女人等於此般若波羅蜜多以無所得而爲方便受持讀誦如理思惟復以種種巧妙文義經須臾間爲他辯說宣示開演顯了解釋分別義趣令其易解所獲福聚甚多於前復次憍尸迦若善男子善女人等教贍部洲諸有情類皆令住預流果於意云何是善男子善女人等由此因緣得福多不天帝釋言甚多世尊甚多善逝佛言憍尸迦若善男子善女人等於此般若波羅蜜多以無量門巧妙文義爲他廣說宣示開演顯了解釋分別義趣令其易解復作是言來善男子汝當於此甚深般若波羅蜜多至心聽聞受持讀誦令善通利如理思惟隨此法門應勤修學是善男子善女人等所獲功德甚多於前何以故憍尸迦一切預流及預流果皆

是般若波羅蜜多所流出故復次憍尸迦置贍部洲諸有情類若善男子善女人等教贍部洲東勝身洲諸有情類皆令住預流果於意云何是善男子善女人等由此因緣得福多不天帝釋言甚多世尊甚多善逝佛言憍尸迦若善男子善女人等於此般若波羅蜜多以無量門巧妙文義爲他廣說宣示開演顯了解釋分別義趣令其易解復作是言來善男子汝當於此甚深般若波羅蜜多至心聽聞受持讀誦令善通利如理思惟隨此法門應勤修學是善男子善女人等所獲功德甚多於前何以故憍尸迦一切預流及預流果皆是般若波羅蜜多所流出故復次憍尸迦置贍部洲東勝身洲諸有情類若善男子善女人等教贍部洲東勝身洲西牛貨洲諸

有情類皆令住預流果於意云何是善男子善女人等由此因緣得福多不天帝釋言甚多世尊甚多善逝佛言憍尸迦若善男子善女人等於此般若波羅蜜多以無量門巧妙文義爲他廣說宣示開演顯了解釋分別義趣令其易解復作是言來善男子汝當於此甚深般若波羅蜜多至心聽聞受持讀誦令善通利如理思惟隨此法門應勤修學是善男子善女人等所獲功德甚多於前何以故憍尸迦一切預流及預流果皆是般若波羅蜜多所流出故復次憍尸迦置贍部洲東勝身洲西牛貨洲諸有情類若善男子善女人等教贍部洲東勝身洲西牛貨洲北俱盧洲諸有情類皆令住預流果於意云何是善男子善女人等由此因緣得福多不天帝釋言

甚多世尊甚多善逝佛言憍尸迦若善男子善女人等於此般若波羅蜜多以無量門巧妙文義爲他廣說宣示開演顯了解釋分别義趣令其易解復作是言來善男子汝當於此甚深般若波羅蜜多至心聽聞受持讀誦令善通利如理思惟隨此法門應勤修學是善男子善女人等所獲功德甚多於前何以故憍尸迦一切預流及預流果皆是般若波羅蜜多所流出故復次憍尸迦置四大洲諸有情類若善男子善女人等教小千界諸有情類皆令住預流果於意云何是善男子善女人等由此因縁得福多不天帝釋言甚多世尊甚多善逝佛言憍尸迦若善男子善女人等於此般若波羅蜜多以無量門巧妙文義爲他廣說宣示開演顯了解釋分别義趣

令其易解復作是言來善男子汝當於此甚深般若波羅蜜多至心聽聞受持讀誦令善通利如理思惟隨此法門應勤修學是善男子善女人等所獲功德甚多於前何以故憍尸迦一切預流及預流果皆是般若波羅蜜多所流出故復次憍尸迦置小千界諸有情類若善男子善女人等教中千界諸有情類皆令住預流果於意云何是善男子善女人等由此因縁得福多不天帝釋言甚多世尊甚多善逝佛言憍尸迦若善男子善女人等於此般若波羅蜜多以無量門巧妙文義爲他廣說宣示開演顯了解釋分别義趣令其易解復作是言來善男子汝當於此甚深般若波羅蜜多至心聽聞受持讀誦令善通利如理思惟隨此法門應勤修學是善男子善

女人等所獲功德甚多於前何以故憍尸迦一切預流及預流果皆是般若波羅蜜多所流出故復次憍尸迦置中千界諸有情類若善男子善女人等教化三千大千世界諸有情類皆令住預流果於意云何是善男子善女人等由此因緣得福多不天帝釋言甚多世尊甚多善逝佛言憍尸迦若善男子善女人等於此般若波羅蜜多以無量門巧妙文義爲他廣說宣示開演顯了解釋分別義趣令其易解復作是言來善男子汝當於此甚深般若波羅蜜多至心聽聞受持讀誦令善通利如理思惟隨此法門應勤修學是善男子善女人等所獲功德甚多於前何以故憍尸迦一切預流及預流果皆是般若波羅蜜多所流出故復次憍尸迦置此三千大千世界諸有情類若善男子善女人等教化十方各如殑伽沙等世界諸有情類皆令住預流果於意云何是善男子善女人等由此因緣得福多不天帝釋言甚多世尊甚多善逝佛言憍尸迦若善男子善女人等於此般若波羅蜜多以無量門巧妙文義爲他廣說宣示開演顯了解釋分別義趣令其易解復作是言來善男子汝當於此甚深般若波羅蜜多至心聽聞受持讀誦令善通利如理思惟隨此法門應勤修學是善男子善女人等所獲功德甚多於前何以故憍尸迦一切預流及預流果皆是般若波羅蜜多所流出故復次憍尸迦置此十方各如殑伽沙等世界諸有情類若善男子善女人等教化十方一切世界諸有情類皆令住預流果於意云何是善

男子善女人等由此因緣得福多不天帝釋言甚多世尊甚多善逝佛言憍尸迦若善男子善女人等於此般若波羅蜜多以無量門巧妙文義爲他廣說宣示開演顯了解釋分別義趣令其易解復作是言來善男子汝當於此甚深般若波羅蜜多至心聽聞受持讀誦令善通利如理思惟隨此法門應勤修學是善男子善女人等所獲功德甚多於前何以故憍尸迦一切預流及預流果皆是般若波羅蜜多所流出故復次憍尸迦若善男子善女人等教贍部洲諸有情類皆令住一來果於意云何是善男子善女人等由此因緣得福多不天帝釋言甚多世尊甚多善逝佛言憍尸迦若善男子善女人等於此般若波羅蜜多以無量門巧妙文義爲他廣說宣示開演顯了解釋分別義趣令其易解復作是言來善男子汝當於此甚深般若波羅蜜多至心聽聞受持讀誦令善通利如理思惟隨此法門應勤修學是善男子善女人等所獲功德甚多於前何以故憍尸迦一切一來及一來果皆是般若波羅蜜多所流出故復次憍尸迦置贍部洲諸有情類若善男子善女人等教贍部洲東勝身洲諸有情類皆令住一來果於意云何是善男子善女人等由此因緣得福多不天帝釋言甚多世尊甚多善逝佛言憍尸迦若善男子善女人等於此般若波羅蜜多以無量門巧妙文義爲他廣說宣示開演顯了解釋分別義趣令其易解復作是言來善男子汝當於此甚深般若波羅蜜多至心聽聞受持讀誦令善通利如理思

惟隨此法門應勤修學是善男子善女人等所獲功德甚多於前何以故憍尸迦一切一來及一來果皆是般若波羅蜜多所流出故復次憍尸迦置贍部洲東勝身洲諸有情類若善男子善女人等教贍部洲東勝身洲西牛貨洲諸有情類皆令住一來果於意云何是善男子善女人等由此因緣得福多不天帝釋言甚多世尊甚多善逝佛言憍尸迦若善男子善女人等於此般若波羅蜜多以無量門巧妙文義爲他廣說宣示開演顯了解釋分別義趣令其易解復作是言來善男子汝當於此甚深般若波羅蜜多至心聽聞受持讀誦令善通利如理思惟隨此法門應勤修學是善男子善女人等所獲功德甚多於前何以故憍尸迦一切一來及一來果皆是般若波羅蜜多所流出故復次憍尸迦置贍部洲東勝身洲西牛貨洲諸有情類若善男子善女人等教贍部洲東勝身洲西牛貨洲北俱盧洲諸有情類皆令住一來果於意云何是善男子善女人等由此因緣得福多不天帝釋言甚多世尊甚多善逝佛言憍尸迦若善男子善女人等於此般若波羅蜜多以無量門巧妙文義爲他廣說宣示開演顯了解釋分別義趣令其易解復作是言來善男子汝當於此甚深般若波羅蜜多至心聽聞受持讀誦令善通利如理思惟隨此法門應勤修學是善男子善女人等所獲功德甚多於前何以故憍尸迦一切一來及一來果皆是般若波羅蜜多所流出故復次憍尸迦置四大洲諸有情類若善男子善女人等教小

千界諸有情類皆令住一來果於意云何是善男子善女人等由此因緣得福多不天帝釋言甚多世尊甚多善逝佛言憍尸迦若善男子善女人等於此般若波羅蜜多以無量門巧妙文義爲他廣説宣示開演顯了解釋分別義趣令其易解復作是言來善男子汝當於此甚深般若波羅蜜多至心聽聞受持讀誦令善通利如理思惟隨此法門應勤修學是善男子善女人等所獲功德甚多於前何以故憍尸迦一切一來及一來果皆是般若波羅蜜多所流出故復次憍尸迦置小千界諸有情類若善男子善女人等教中千界諸有情類皆令住一來果於意云何是善男子善女人等由此因緣得福多不天帝釋言甚多世尊甚多善逝佛言憍尸迦若善男子善女人等於此般若波羅蜜多以無量門巧妙文義爲他廣説宣示開演顯了解釋分別義趣令其易解復作是言來善男子汝當於此甚深般若波羅蜜多至心聽聞受持讀誦令善通利如理思惟隨此法門應勤修學是善男子善女人等所獲功德甚多於前何以故憍尸迦一切一來及一來果皆是般若波羅蜜多所流出故復次憍尸迦置中千界諸有情類若善男子善女人等教化三千大千世界諸有情類皆令住一來果於意云何是善男子善女人等由此因緣得福多不天帝釋言甚多世尊甚多善逝佛言憍尸迦若善男子善女人等於此般若波羅蜜多以無量門巧妙文義爲他廣説宣示開演顯了解釋分別義趣令其易解復作是言來善男子汝

當於此甚深般若波羅蜜多至心聽聞受持讀誦令善通利如理思惟隨此法門應勤修學是善男子善女人等所獲功德甚多於前何以故憍尸迦一切一來及一來果皆是般若波羅蜜多所流出故復次憍尸迦置此三千大千世界諸有情類若善男子善女人等教化十方各如殑伽沙等世界諸有情類皆令住一來果於意云何是善男子善女人等由此因緣得福多不天帝釋言甚多世尊甚多善逝佛言憍尸迦若善男子善女人等於此般若波羅蜜多以無量門巧妙文義爲他廣說宣示開演顯了解釋分別義趣令其易解復作是言來善男子汝當於此甚深般若波羅蜜多至心聽聞受持讀誦令善通利如理思惟隨此法門應勤修學是善男子善女人等所獲功德甚多於前何以故憍尸迦一切一來及一來果皆是般若波羅蜜多所流出故復次憍尸迦置此十方各如殑伽沙等世界諸有情類若善男子善女人等教化十方一切世界諸有情類皆令住一來果於意云何是善男子善女人等由此因緣得福多不天帝釋言甚多世尊甚多善逝佛言憍尸迦若善男子善女人等於此般若波羅蜜多以無量門巧妙文義爲他廣說宣示開演顯了解釋分別義趣令其易解復作是言來善男子汝當於此甚深般若波羅蜜多至心聽聞受持讀誦令善通利如理思惟隨此法門應勤修學是善男子善女人等所獲功德甚多於前何以故憍尸迦一切一來及一來果皆是般若波羅蜜多所流出故復次憍尸迦

若善男子善女人等教贍部洲諸有情類皆令住不還果於意云何是善男子善女人等由此因緣得福多不天帝釋言甚多世尊甚多善逝佛言憍尸迦若善男子善女人等於此般若波羅蜜多以無量門巧妙文義爲他廣說宣示開演顯了解釋分別義趣令其易解復作是言來善男子汝當於此甚深般若波羅蜜多至心聽聞受持讀誦令善通利如理思惟隨此法門應勤修學是善男子善女人等所獲功德甚多於前何以故憍尸迦一切不還及不還果皆是般若波羅蜜多所流出故復次憍尸迦置贍部洲諸有情類若善男子善女人等教贍部洲東勝身洲諸有情類皆令住不還果於意云何是善男子善女人等由此因緣得福多不天帝釋言甚多世尊甚多善逝佛言憍尸迦若善男子善女人等於此般若波羅蜜多以無量門巧妙文義爲他廣說宣示開演顯了解釋分別義趣令其易解復作是言來善男子汝當於此甚深般若波羅蜜多至心聽聞受持讀誦令善通利如理思惟隨此法門應勤修學是善男子善女人等所獲功德甚多於前何以故憍尸迦一切不還及不還果皆是般若波羅蜜多所流出故復次憍尸迦置贍部洲東勝身洲諸有情類若善男子善女人等教贍部洲東勝身洲西牛貨洲諸有情類皆令住不還果於意云何是善男子善女人等由此因緣得福多不天帝釋言甚多世尊甚多善逝佛言憍尸迦若善男子善女人等於此般若波羅蜜多以無量門巧妙文義爲他廣說宣示開

演顯了解釋分別義趣令其易解復作是言來善男子汝當於此甚深般若波羅蜜多至心聽聞受持讀誦令善通利如理思惟隨此法門應勤修學是善男子善女人等所獲功德甚多於前何以故憍尸迦一切不還及不還果皆是般若波羅蜜多所流出故

大般若波羅蜜多經卷第一百六十五

大般若波羅蜜多經卷第一百六十六

唐三藏法師玄奘奉詔譯

初分校量功德品第三十之六十四

復次憍尸迦置贍部洲東勝身洲西牛貨洲諸有情類若善男子善女人等教贍部洲東勝身洲西牛貨洲北俱盧洲諸有情類皆令住不還果於意云何是善男子善女人等由此因緣得福多不天帝釋言甚多世尊甚多善逝佛言憍尸迦若善男子善女人等於此般若波羅蜜多以無量門巧妙文義爲他廣說宣示開演顯了解釋分別義趣令其易解復作是言來善男子汝當於此甚深般若波羅蜜多至心聽聞受持讀誦令善通利如理思惟隨此法門應勤修學是善男子善女人等所獲功德甚多於前何以故憍尸迦一切不還及不還果皆是般若波羅蜜多所流出故復次憍尸迦置四大洲諸有情類若善男子善女人等教小千界諸有情類皆令住不還果於意云何是善男子善女人等由此因緣得福多不天帝釋言甚多世尊甚多善逝佛言憍尸迦若善男子善女人等於此般若波羅蜜多以無量門巧妙文義爲他廣說宣示開演顯了解釋分別義趣令其易解復作是言來善男子汝當於此甚深般若波羅蜜多至心聽聞受持讀誦令善通利如理思惟隨此法門應勤修學是善男子善女人等所獲功德甚多於前何以故憍尸迦一切不還及不還果皆是般若波羅蜜多所流出故復次憍尸迦置小千界諸有情類若善男子善女人等教中千界諸有情類皆令住不還果

於意云何是善男子善女人等由此因緣得福多不天帝釋言甚多世尊甚多善逝佛言憍尸迦若善男子善女人等於此般若波羅蜜多以無量門巧妙文義爲他廣説宣示開演顯了解釋分別義趣令其易解復作是言來善男子汝當於此甚深般若波羅蜜多至心聽聞受持讀誦令善通利如理思惟隨此法門應勤修學是善男子善女人等所獲功德甚多於前何以故憍尸迦一切不還及不還果皆是般若波羅蜜多所流出故復次憍尸迦置中千界諸有情類若善男子善女人等教化三千大千世界諸有情類皆令住不還果於意云何是善男子善女人等由此因緣得福多不天帝釋言甚多世尊甚多善逝佛言憍尸迦若善男子善女人等於此般若

波羅蜜多以無量門巧妙文義爲他廣説宣示開演顯了解釋分別義趣令其易解復作是言來善男子汝當於此甚深般若波羅蜜多至心聽聞受持讀誦令善通利如理思惟隨此法門應勤修學是善男子善女人等所獲功德甚多於前何以故憍尸迦一切不還及不還果皆是般若波羅蜜多所流出故復次憍尸迦置此三千大千世界諸有情類若善男子善女人等教化十方各如殑伽沙等世界諸有情類皆令住不還果於意云何是善男子善女人等由此因緣得福多不天帝釋言甚多世尊甚多善逝佛言憍尸迦若善男子善女人等於此般若波羅蜜多以無量門巧妙文義爲他廣説宣示開演顯了解釋分別義趣令其易解復作是言來善男子汝

當於此甚深般若波羅蜜多至心聽聞受持讀誦令善通利如理思惟隨此法門應勤修學是善男子善女人等所獲功德甚多於前何以故憍尸迦一切不還及不還果皆是般若波羅蜜多所流出故復次憍尸迦置此十方各如殑伽沙等世界諸有情類若善男子善女人等教化十方一切世界諸有情類皆令住不還果於意云何是善男子善女人等由此因緣得福多不天帝釋言甚多世尊甚多善逝佛言憍尸迦若善男子善女人等於此般若波羅蜜多以無量門巧妙文義爲他廣說宣示開演顯了解釋分別義趣令其易解復作是言來善男子汝當於此甚深般若波羅蜜多至心聽聞受持讀誦令善通利如理思惟隨此法門應勤修學是善男子善女人等所獲功德甚多於前何以故憍尸迦一切不還及不還果皆是般若波羅蜜多所流出故復次憍尸迦若善男子善女人等教贍部洲諸有情類皆令安住阿羅漢果於意云何是善男子善女人等由此因緣得福多不天帝釋言甚多世尊甚多善逝佛言憍尸迦若善男子善女人等於此般若波羅蜜多以無量門巧妙文義爲他廣說宣示開演顯了解釋分別義趣令其易解復作是言來善男子汝當於此甚深般若波羅蜜多至心聽聞受持讀誦令善通利如理思惟隨此法門應勤修學是善男子善女人等所獲功德甚多於前何以故憍尸迦諸阿羅漢阿羅漢果皆是般若波羅蜜多所流出故復次憍尸迦置贍部洲諸有情類若善男子善女人等教贍

部洲東勝身洲諸有情類皆令安住阿羅漢果於意云何是善男子善女人等由此因緣得福多不天帝釋言甚多世尊甚多善逝佛言憍尸迦若善男子善女人等於此般若波羅蜜多以無量門巧妙文義爲他廣説宣示開演顯了解釋分别義趣令其易解復作是言來善男子汝當於此甚深般若波羅蜜多至心聽聞受持讀誦令善通利如理思惟隨此法門應勤修學是善男子善女人等所獲功德甚多於前何以故憍尸迦諸阿羅漢阿羅漢果皆是般若波羅蜜多所流出故復次憍尸迦置贍部洲東勝身洲諸有情類若善男子善女人等教贍部洲東勝身洲西牛貨洲諸有情類皆令安住阿羅漢果於意云何是善男子善女人等由此因緣得福多不天帝釋言甚多世尊甚多善逝佛言憍尸迦若善男子善女人等於此般若波羅蜜多以無量門巧妙文義爲他廣説宣示開演顯了解釋分别義趣令其易解復作是言來善男子汝當於此甚深般若波羅蜜多至心聽聞受持讀誦令善通利如理思惟隨此法門應勤修學是善男子善女人等所獲功德甚多於前何以故憍尸迦諸阿羅漢阿羅漢果皆是般若波羅蜜多所流出故復次憍尸迦置贍部洲東勝身洲西牛貨洲諸有情類若善男子善女人等教贍部洲東勝身洲西牛貨洲北俱盧洲諸有情類皆令安住阿羅漢果於意云何是善男子善女人等由此因緣得福多不天帝釋言甚多世尊甚多善逝佛言憍尸迦若善男子善女人等於此般若波羅蜜

多以無量門巧妙文義爲他廣説宣示開演顯了解釋分别義趣令其易解復作是言來善男子汝當於此甚深般若波羅蜜多至心聽聞受持讀誦令善通利如理思惟隨此法門應勤修學是善男子善女人等所獲功德甚多於前何以故憍尸迦諸阿羅漢阿羅漢果皆是般若波羅蜜多所流出故復次憍尸迦置四大洲諸有情類若善男子善女人等教小千界諸有情類皆令安住阿羅漢果於意云何是善男子善女人等由此因縁得福多不天帝釋言甚多世尊甚多善逝佛言憍尸迦若善男子善女人等於此般若波羅蜜多以無量門巧妙文義爲他廣説宣示開演顯了解釋分别義趣令其易解復作是言來善男子汝當於此甚深般若波羅蜜多至心聽聞受持讀誦令善通利如理思惟隨此法門應勤修學是善男子善女人等所獲功德甚多於前何以故憍尸迦諸阿羅漢阿羅漢果皆是般若波羅蜜多所流出故復次憍尸迦置小千界諸有情類若善男子善女人等教中千界諸有情類皆令安住阿羅漢果於意云何是善男子善女人等由此因縁得福多不天帝釋言甚多世尊甚多善逝佛言憍尸迦若善男子善女人等於此般若波羅蜜多以無量門巧妙文義爲他廣説宣示開演顯了解釋分别義趣令其易解復作是言來善男子汝當於此甚深般若波羅蜜多至心聽聞受持讀誦令善通利如理思惟隨此法門應勤修學是善男子善女人等所獲功德甚多於前何以故憍尸迦諸阿羅漢阿羅漢

果皆是般若波羅蜜多所流出故復次憍尸迦置中千界諸有情類若善男子善女人等教化三千大千世界諸有情類皆令安住阿羅漢果於意云何是善男子善女人等由此因緣得福多不天帝釋言甚多世尊甚多善逝佛言憍尸迦若善男子善女人等於此般若波羅蜜多以無量門巧妙文義爲他廣說宣示開演顯了解釋分別義趣令其易解復作是言來善男子汝當於此甚深般若波羅蜜多至心聽聞受持讀誦令善通利如理思惟隨此法門應勤修學是善男子善女人等所獲功德甚多於前何以故憍尸迦諸阿羅漢阿羅漢果皆是般若波羅蜜多所流出故復次憍尸迦置此三千大千世界諸有情類若善男子善女人等教化十方各如殑伽沙等世界諸有情類皆令安住阿羅漢果於意云何是善男子善女人等由此因緣得福多不天帝釋言甚多世尊甚多善逝佛言憍尸迦若善男子善女人等於此般若波羅蜜多以無量門巧妙文義爲他廣說宣示開演顯了解釋分別義趣令其易解復作是言來善男子汝當於此甚深般若波羅蜜多至心聽聞受持讀誦令善通利如理思惟隨此法門應勤修學是善男子善女人等所獲功德甚多於前何以故憍尸迦諸阿羅漢阿羅漢果皆是般若波羅蜜多所流出故復次憍尸迦置此十方各如殑伽沙等世界諸有情類若善男子善女人等教化十方一切世界諸有情類皆令安住阿羅漢果於意云何是善男子善女人等由此因緣得福多不天帝釋言

甚多世尊甚多善逝佛言憍尸迦若善男子善女人等於此般若波羅蜜多以無量門巧妙文義爲他廣說宣示開演顯了解釋分別義趣令其易解復作是言來善男子汝當於此甚深般若波羅蜜多至心聽聞受持讀誦令善通利如理思惟隨此法門應勤修學是善男子善女人等所獲功德甚多於前何以故憍尸迦諸阿羅漢阿羅漢果皆是般若波羅蜜多所流出故復次憍尸迦若善男子善女人等教贍部洲諸有情類皆令安生獨覺菩提於意云何是善男子善女人等由此因緣得福多不天帝釋言甚多世尊甚多善逝佛言憍尸迦若善男子善女人等於此般若波羅蜜多以無量門巧妙文義爲他廣說宣示開演顯了解釋分別義趣令其易解復作是言來善男子汝當於此甚深般若波羅蜜多至心聽聞受持讀誦令善通利如理思惟隨此法門應勤修學是善男子善女人等所獲功德甚多於前何以故憍尸迦一切獨覺獨覺菩提皆是般若波羅蜜多所流出故復次憍尸迦置贍部洲諸有情類若善男子善女人等教贍部洲東勝身洲諸有情類皆令安住獨覺菩提於意云何是善男子善女人等由此因緣得福多不天帝釋言甚多世尊甚多善逝佛言憍尸迦若善男子善女人等於此般若波羅蜜多以無量門巧妙文義爲他廣說宣示開演顯了解釋分別義趣令其易解復作是言來善男子汝當於此甚深般若波羅蜜多至心聽聞受持讀誦令善通利如理思惟隨此法門應勤修學是善男子善

女人等所獲功德甚多於前何以故憍尸迦一切獨覺獨覺菩提皆是般若波羅蜜多所流出故復次憍尸迦置贍部洲東勝身洲諸有情類若善男子善女人等教贍部洲東勝身洲西牛貨洲諸有情類皆令安住獨覺菩提於意云何是善男子善女人等由此因緣得福多不天帝釋言甚多世尊甚多善逝佛言憍尸迦若善男子善女人等於此般若波羅蜜多以無量門巧妙文義爲他廣說宣示開演顯了解釋分別義趣令其易解復作是言來善男子汝當於此甚深般若波羅蜜多至心聽聞受持讀誦令善通利如理思惟隨此法門應勤修學是善男子善女人等所獲功德甚多於前何以故憍尸迦一切獨覺獨覺菩提皆是般若波羅蜜多所流出故復次憍尸迦置贍部洲東勝身洲西牛貨洲諸有情類若善男子善女人等教贍部洲東勝身洲西牛貨洲北俱盧洲諸有情類皆令安住獨覺菩提於意云何是善男子善女人等由此因緣得福多不天帝釋言甚多世尊甚多善逝佛言憍尸迦若善男子善女人等於此般若波羅蜜多以無量門巧妙文義爲他廣說宣示開演顯了解釋分別義趣令其易解復作是言來善男子汝當於此甚深般若波羅蜜多至心聽聞受持讀誦令善通利如理思惟隨此法門應勤修學是善男子善女人等所獲功德甚多於前何以故憍尸迦一切獨覺獨覺菩提皆是般若波羅蜜多所流出故復次憍尸迦置四大洲諸有情類若善男子善女人等教小千界諸有情類皆令安住

獨覺菩提於意云何是善男子善女人等由此因緣得福多不天帝釋言甚多世尊甚多善逝佛言憍尸迦若善男子善女人等於此般若波羅蜜多以無量門巧妙文義爲他廣說宣示開演顯了解釋分別義趣令其易解復作是言來善男子汝當於此甚深般若波羅蜜多至心聽聞受持讀誦令善通利如理思惟隨此法門應勤修學是善男子善女人等所獲功德甚多於前何以故憍尸迦一切獨覺獨覺菩提皆是般若波羅蜜多所流出故復次憍尸迦置小千界諸有情類若善男子善女人等教中千界諸有情類皆令安住獨覺菩提於意云何是善男子善女人等由此因緣得福多不天帝釋言甚多世尊甚多善逝佛言憍尸迦若善男子善女人等於此般若波羅蜜多以無量門巧妙文義爲他廣說宣示開演顯了解釋分別義趣令其易解復作是言來善男子汝當於此甚深般若波羅蜜多至心聽聞受持讀誦令善通利如理思惟隨此法門應勤修學是善男子善女人等所獲功德甚多於前何以故憍尸迦一切獨覺獨覺菩提皆是般若波羅蜜多所流出故復次憍尸迦置中千界諸有情類若善男子善女人等教化三千大千世界諸有情類皆令安住獨覺菩提於意云何是善男子善女人等由此因緣得福多不天帝釋言甚多世尊甚多善逝佛言憍尸迦若善男子善女人等於此般若波羅蜜多以無量門巧妙文義爲他廣說宣示開演顯了解釋分別義趣令其易解復作是言來善男子汝當於此甚

深般若波羅蜜多至心聽聞受持讀誦令善通利如理思惟隨此法門應勤修學是善男子善女人等所獲功德甚多於前何以故憍尸迦一切獨覺獨覺菩提皆是般若波羅蜜多所流出故復次憍尸迦置此三千大千世界若善男子善女人等教化十方各如殑伽沙等世界諸有情類皆令安住獨覺菩提於意云何是善男子善女人等由此因緣得福多不天帝釋言甚多世尊甚多善逝佛言憍尸迦若善男子善女人等於此般若波羅蜜多以無量門巧妙文義爲他廣説宣示開演顯了解釋分別義趣令其易解復作是言來善男子汝當於此甚深般若波羅蜜多至心聽聞受持讀誦令善通利如理思惟隨此法門應勤修學是善男子善女人等所獲功德甚多於前何以故憍尸迦一切獨覺獨覺菩提皆是般若波羅蜜多所流出故復次憍尸迦置此十方各如殑伽沙等世界諸有情類若善男子善女人等教化十方一切世界諸有情類皆令安住獨覺菩提於意云何是善男子善女人等由此因緣得福多不天帝釋言甚多世尊甚多善逝佛言憍尸迦若善男子善女人等於此般若波羅蜜多以無量門巧妙文義爲他廣説宣示開演顯了解釋分別義趣令其易解復作是言來善男子汝當於此甚深般若波羅蜜多至心聽聞受持讀誦令善通利如理思惟隨此法門應勤修學是善男子善女人等所獲功德甚多於前何以故憍尸迦一切獨覺獨覺菩提皆是般若波羅蜜多所流出故復次憍尸迦若善男子

善女人等教贍部洲諸有情類皆發無上正等覺心於意云何是善男子善女人等由此因緣得福多不天帝釋言甚多世尊甚多善逝佛言憍尸迦若善男子善女人等於此般若波羅蜜多以無量門巧妙文義爲他廣說宣示開演顯了解釋分别義趣令其易解復作是言來善男子汝當於此甚深般若波羅蜜多至心聽聞受持讀誦令善通利如理思惟隨此般若波羅蜜多所說法門應正信解若正信解則能修學如是般若波羅蜜多若能修學如是般若波羅蜜多則能證得一切智法若能證得一切智法則修般若波羅蜜多增益圓滿若修般若波羅蜜多增益圓滿便證無上正等菩提憍尸迦是善男子善女人等所獲功德甚多於前何以故憍尸迦一切初發阿耨多羅三藐三菩提心菩薩摩訶薩皆是般若波羅蜜多所流出故復次憍尸迦置贍部洲諸有情類若善男子善女人等教贍部洲東勝身洲諸有情類皆發無上正等覺心於意云何是善男子善女人等由此因緣得福多不天帝釋言甚多世尊甚多善逝佛言憍尸迦若善男子善女人等於此般若波羅蜜多以無量門巧妙文義爲他廣說宣示開演顯了解釋分别義趣令其易解復作是言來善男子汝當於此甚深般若波羅蜜多至心聽聞受持讀誦令善通利如理思惟隨此般若波羅蜜多所說法門應正信解若正信解則能修學如是般若波羅蜜多若能修學如是般若波羅蜜多則能證得一切智法若能證得一切智法則修般若波羅蜜

多增益圓滿若修般若波羅蜜多增益圓滿
便證無上正等菩提憍尸迦是善男子善女
人等所獲功德甚多於前何以故憍尸迦一
切初發阿耨多羅三藐三菩提心菩薩摩訶
薩皆是般若波羅蜜多所流出故復次憍尸
迦置贍部洲東勝身洲諸有情類若善男子
善女人等教贍部洲東勝身洲西牛貨洲諸
有情類皆發無上正等覺心於意云何是善
男子善女人等由此因緣得福多不天帝釋
言甚多世尊甚多善逝佛言憍尸迦若善男
子善女人等於此般若波羅蜜多以無量門
巧妙文義爲他廣說宣示開演顯了解釋分
別義趣令其易解復作是言來善男子汝當
於此甚深般若波羅蜜多至心聽聞受持讀
誦令善通利如理思惟隨此般若波羅蜜多

所說法門應正信解若正信解則能修學如
是般若波羅蜜多若能修學如是般若波羅
蜜多則能證得一切智法若能證得一切智
法則修般若波羅蜜多增益圓滿若修般若
波羅蜜多增益圓滿便證無上正等菩提憍
尸迦是善男子善女人等所獲功德甚多於
前何以故憍尸迦一切初發阿耨多羅三藐
三菩提心菩薩摩訶薩皆是般若波羅蜜多
所流出故復次憍尸迦置贍部洲東勝身洲
西牛貨洲諸有情類若善男子善女人等教
贍部洲東勝身洲西牛貨洲北俱盧洲諸有
情類皆發無上正等覺心於意云何是善男
子善女人等由此因緣得福多不天帝釋言
甚多世尊甚多善逝佛言憍尸迦若善男子
善女人等於此般若波羅蜜多以無量門巧

妙文義爲他廣說宣示開演顯了解釋分別義趣令其易解復作是言來善男子汝當於此甚深般若波羅蜜多至心聽聞受持讀誦令善通利如理思惟隨此般若波羅蜜多所說法門應正信解若正信解則能修學如是般若波羅蜜多若能修學如是般若波羅蜜多則能證得一切智法若能證得一切智法則修般若波羅蜜多增益圓滿若修般若波羅蜜多增益圓滿便證無上正等菩提憍尸迦是善男子善女人等所獲功德甚多於前何以故憍尸迦一切初發阿耨多羅三藐三菩提心菩薩摩訶薩皆是般若波羅蜜多所流出故復次憍尸迦置四大洲諸有情類若善男子善女人等教小千界諸有情類皆發無上正等覺心於意云何是善男子善女人等由此因緣得福多不天帝釋言甚多世尊甚多善逝佛言憍尸迦若善男子善女人等於此般若波羅蜜多以無量門巧妙文義爲他廣說宣示開演顯了解釋分別義趣令其易解復作是言來善男子汝當於此甚深般若波羅蜜多至心聽聞受持讀誦令善通利如理思惟隨此般若波羅蜜多所說法門應正信解若正信解則能修學如是般若波羅蜜多若能修學如是般若波羅蜜多則能證得一切智法若能證得一切智法則修般若波羅蜜多增益圓滿若修般若波羅蜜多增益圓滿便證無上正等菩提憍尸迦是善男子善女人等所獲功德甚多於前何以故憍尸迦一切初發阿耨多羅三藐三菩提心菩薩摩訶薩皆是般若波羅蜜多所流出故復

次憍尸迦置小千界諸有情類若善男子善女人等教中千界諸有情類皆發無上正等覺心於意云何是善男子善女人等由此因緣得福多不天帝釋言甚多世尊甚多善逝佛言憍尸迦若善男子善女人等於此般若波羅蜜多以無量門巧妙文義爲他廣說宣示開演顯了解釋分别義趣令其易解復作是言來善男子汝當於此甚深般若波羅蜜多至心聽聞受持讀誦令善通利如理思惟隨此般若波羅蜜多所說法門應正信解若正信解則能修學如是般若波羅蜜多若能修學如是般若波羅蜜多則能證得一切智法若能證得一切智法則修般若波羅蜜多增益圓滿若修般若波羅蜜多增益圓滿便證無上正等菩提憍尸迦是善男子善女人等所獲功德甚多於前何以故憍尸迦一切初發阿耨多羅三藐三菩提心菩薩摩訶薩皆是般若波羅蜜多所流出故復次憍尸迦置中千界諸有情類若善男子善女人等教化三千大千世界諸有情類皆發無上正等覺心於意云何是善男子善女人等由此因緣得福多不天帝釋言甚多世尊甚多善逝佛言憍尸迦若善男子善女人等於此般若波羅蜜多以無量門巧妙文義爲他廣說宣示開演顯了解釋分别義趣令其易解復作是言來善男子汝當於此甚深般若波羅蜜多至心聽聞受持讀誦令善通利如理思惟隨此般若波羅蜜多所說法門應正信解若正信解則能修學如是般若波羅蜜多若能修學如是般若波羅蜜多則能證得一切智

法若能證得一切智法則修般若波羅蜜多增益圓滿若修般若波羅蜜多增益圓滿便證無上正等菩提憍尸迦是善男子善女人等所獲功德甚多於前何以故憍尸迦一切初發阿耨多羅三藐三菩提心菩薩摩訶薩皆是般若波羅蜜多所流出故復次憍尸迦置此三千大千世界諸有情類若善男子善女人等教化十方各如殑伽沙等世界諸有情類皆發無上正等覺心於意云何是善男子善女人等由此因緣得福多不天帝釋言甚多世尊甚多善逝佛言憍尸迦若善男子善女人等於此般若波羅蜜多以無量門巧妙文義為他廣說宣示開演顯了解釋分別義趣令其易解復作是言來善男子汝當於此甚深般若波羅蜜多至心聽聞受持讀誦

令善通利如理思惟隨此般若波羅蜜多所說法門應正信解若正信解則能修學如是般若波羅蜜多若能修學如是般若波羅蜜多則能證得一切智法若能證得一切智法則修般若波羅蜜多增益圓滿若修般若波羅蜜多增益圓滿便證無上正等菩提憍尸迦是善男子善女人等所獲功德甚多於前何以故憍尸迦一切初發阿耨多羅三藐三菩提心菩薩摩訶薩皆是般若波羅蜜多所流出故復次憍尸迦置此十方各如殑伽沙等世界諸有情類若善男子善女人等教化十方一切世界諸有情類皆發無上正等覺心於意云何是善男子善女人等由此因緣得福多不天帝釋言甚多世尊甚多善逝佛言憍尸迦若善男子善女人等於此般若波

羅蜜多以無量門巧妙文義爲他廣説宣示開演顯了解釋分别義趣令其易解復作是言來善男子汝當於此甚深般若波羅蜜多至心聽聞受持讀誦令善通利如理思惟隨此般若波羅蜜多所説法門應正信解若正信解則能修學如是般若波羅蜜多若能修學如是般若波羅蜜多則能證得一切智法若能證得一切智法則修般若波羅蜜多增益圓滿若修般若波羅蜜多增益圓滿便證無上正等菩提憍尸迦是善男子善女人等所獲功德甚多於前何以故憍尸迦一切初發阿耨多羅三藐三菩提心菩薩摩訶薩皆是般若波羅蜜多所流出故

大般若波羅蜜多經卷第一百六十六

大般若波羅蜜多經卷第一百六十七

唐三藏法師玄奘奉　詔譯

初分校量功德品第三十之六十五

復次憍尸迦若善男子善女人等教贍部洲諸有情類皆住菩薩不退轉地於意云何是善男子善女人等由此因緣得福多不天帝釋言甚多世尊甚多善逝佛言憍尸迦若善男子善女人等於此般若波羅蜜多以無量門巧妙文義爲他廣說宣示開演顯了解釋分別義趣令其易解復作是言來善男子汝當於此甚深般若波羅蜜多至心聽聞受持讀誦令善通利如理思惟隨此般若波羅蜜多所說法門應正信解若正信解則能修學如是般若波羅蜜多若能修學如是般若波羅蜜多則能證得一切智法若能證得一切智法則修般若波羅蜜多增益圓滿若修般若波羅蜜多增益圓滿便證無上正等菩提憍尸迦是善男子善女人等所獲功德甚多於前何以故憍尸迦一切不退轉地菩薩摩訶薩皆是般若波羅蜜多所流出故復次憍尸迦置贍部洲諸有情類若善男子善女人等教贍部洲東勝身洲諸有情類皆住菩薩不退轉地於意云何是善男子善女人等由此因緣得福多不天帝釋言甚多世尊甚多善逝佛言憍尸迦若善男子善女人等於此般若波羅蜜多以無量門巧妙文義爲他廣說宣示開演顯了解釋分別義趣令其易解復作是言來善男子汝當於此甚深般若波羅蜜多至心聽聞受持讀誦令善通利如理思惟隨此般若波羅蜜多所說法門應正信

解若正信解則能修學如是般若波羅蜜多若能修學如是般若波羅蜜多則能證得一切智法若能證得一切智法則修般若波羅蜜多增益圓滿若修般若波羅蜜多增益圓滿便證無上正等菩提憍尸迦是善男子善女人等所獲功德甚多於前何以故憍尸迦一切不退轉地菩薩摩訶薩皆是般若波羅蜜多所流出故復次憍尸迦置贍部洲東勝身洲諸有情類若善男子善女人等教贍部洲東勝身洲西牛貨洲諸有情類皆住菩薩不退轉地於意云何是善男子善女人等由此因緣得福多不天帝釋言甚多世尊甚多善逝佛言憍尸迦若善男子善女人等於此般若波羅蜜多以無量門巧妙文義爲他廣說宣示開演顯了解釋分別義趣令其易解復作是言來善男子汝當於此甚深般若波羅蜜多至心聽聞受持讀誦令善通利如理思惟隨此般若波羅蜜多所說法門應正信解若正信解則能修學如是般若波羅蜜多若能修學如是般若波羅蜜多則能證得一切智法若能證得一切智法則修般若波羅蜜多增益圓滿若修般若波羅蜜多增益圓滿便證無上正等菩提憍尸迦是善男子善女人等所獲功德甚多於前何以故憍尸迦一切不退轉地菩薩摩訶薩皆是般若波羅蜜多所流出故復次憍尸迦置贍部洲東勝身洲西牛貨洲諸有情類若善男子善女人等教贍部洲東勝身洲西牛貨洲北俱盧洲諸有情類皆住菩薩不退轉地於意云何是善男子善女人等由此因緣得福多不天帝

釋言甚多世尊甚多善逝佛言憍尸迦若善男子善女人等於此般若波羅蜜多以無量門巧妙文義爲他廣説宣示開演顯了解釋分別義趣令其易解復作是言來善男子汝當於此甚深般若波羅蜜多至心聽聞受持讀誦令善通利如理思惟隨此般若波羅蜜多所説法門應正信解若正信解則能修學如是般若波羅蜜多若能修學如是般若波羅蜜多則能證得一切智法若能證得一切智法則修般若波羅蜜多增益圓滿若修般若波羅蜜多增益圓滿便證無上正等菩提憍尸迦是善男子善女人等所獲功德甚多於前何以故憍尸迦一切不退轉地菩薩摩訶薩皆是般若波羅蜜多所流出故復次憍尸迦置四大洲諸有情類若善男子善女人等教小千界諸有情類皆住菩薩不退轉地於意云何是善男子善女人等由此因緣得福多不天帝釋言甚多世尊甚多善逝佛言憍尸迦若善男子善女人等於此般若波羅蜜多以無量門巧妙文義爲他廣説宣示開演顯了解釋分別義趣令其易解復作是言來善男子汝當於此甚深般若波羅蜜多至心聽聞受持讀誦令善通利如理思惟隨此般若波羅蜜多所説法門應正信解若正信解則能修學如是般若波羅蜜多若能修學如是般若波羅蜜多則能證得一切智法若能證得一切智法則修般若波羅蜜多增益圓滿若修般若波羅蜜多增益圓滿便證無上正等菩提憍尸迦是善男子善女人等所獲功德甚多於前何以故憍尸迦一切不退

轉地菩薩摩訶薩皆是般若波羅蜜多所流出故復次憍尸迦置小千界諸有情類若善男子善女人等教中千界諸有情類皆住菩薩不退轉地於意云何是善男子善女人等由此因緣得福多不天帝釋言甚多世尊甚多善逝佛言憍尸迦若善男子善女人等於此般若波羅蜜多以無量門巧妙文義為他廣說宣示開演顯了解釋分別義趣令其易解復作是言來善男子汝當於此甚深般若波羅蜜多至心聽聞受持讀誦令善通利如理思惟隨此般若波羅蜜多所說法門應正信解若正信解則能修學如是般若波羅蜜多若能修學如是般若波羅蜜多則能證得一切智法若能證得一切智法則修般若波羅蜜多增益圓滿若修般若波羅蜜多增益

圓滿便證無上正等菩提憍尸迦是善男子善女人等所獲功德甚多於前何以故憍尸迦一切不退轉地菩薩摩訶薩皆是般若波羅蜜多所流出故復次憍尸迦置中千界諸有情類若善男子善女人等教化三千大千世界諸有情類皆住菩薩不退轉地於意云何是善男子善女人等由此因緣得福多不天帝釋言甚多世尊甚多善逝佛言憍尸迦若善男子善女人等於此般若波羅蜜多以無量門巧妙文義為他廣說宣示開演顯了解釋分別義趣令其易解復作是言來善男子汝當於此甚深般若波羅蜜多至心聽聞受持讀誦令善通利如理思惟隨此般若波羅蜜多所說法門應正信解若正信解則能修學如是般若波羅蜜多若能修學如是般

若波羅蜜多則能證得一切智法若能證得一切智法則修般若波羅蜜多增益圓滿若修般若波羅蜜多增益圓滿便證無上正等菩提憍尸迦是善男子善女人等所獲功德甚多於前何以故憍尸迦一切不退轉地菩薩摩訶薩皆是般若波羅蜜多所流出故復次憍尸迦置此三千大千世界諸有情類若善男子善女人等教化十方各如殑伽沙等世界諸有情類皆住菩薩不退轉地於意云何是善男子善女人等由此因緣得福多不天帝釋言甚多世尊甚多善逝佛言憍尸迦若善男子善女人等於此般若波羅蜜多以無量門巧妙文義爲他廣說宣示開演顯了解釋分別義趣令其易解復作是言來善男子汝當於此甚深般若波羅蜜多至心聽聞

受持讀誦令善通利如理思惟隨此般若波羅蜜多所說法門應正信解若正信解則能修學如是般若波羅蜜多若能修學如是般若波羅蜜多則能證得一切智法若能證得一切智法則修般若波羅蜜多增益圓滿若修般若波羅蜜多增益圓滿便證無上正等菩提憍尸迦是善男子善女人等所獲功德甚多於前何以故憍尸迦一切不退轉地菩薩摩訶薩皆是般若波羅蜜多所流出故復次憍尸迦置此十方各如殑伽沙等世界諸有情類若善男子善女人等教化十方一切世界諸有情類皆住菩薩不退轉地於意云何是善男子善女人等由此因緣得福多不天帝釋言甚多世尊甚多善逝佛言憍尸迦若善男子善女人等於此般若波羅蜜多以

無量門巧妙文義爲他廣説宣示開演顯了解釋分別義趣令其易解復作是言來善男子汝當於此甚深般若波羅蜜多至心聽聞受持讀誦令善通利如理思惟隨此般若波羅蜜多所説法門應正信解若正信解則能修學如是般若波羅蜜多若能修學如是般若波羅蜜多則能證得一切智法若能證得一切智法則修般若波羅蜜多增益圓滿若修般若波羅蜜多增益圓滿便證無上正等菩提憍尸迦是善男子善女人等所獲功德甚多於前何以故憍尸迦一切不退轉地菩薩摩訶薩皆是般若波羅蜜多所流出故復次憍尸迦若贍部洲諸有情類皆趣無上正等菩提有善男子善女人等於此般若波羅蜜多以無量門巧妙文義爲他廣説宣示開

演顯了解釋分別義趣令其易解復作是言來善男子汝當於此甚深般若波羅蜜多至心聽聞受持讀誦令善通利如理思惟隨此般若波羅蜜多所説法門應正信解若正信解則能修學如是般若波羅蜜多若能修學如是般若波羅蜜多則能證得一切智法若能證得一切智法則修般若波羅蜜多增益圓滿若修般若波羅蜜多增益圓滿便證無上正等菩提憍尸迦是善男子善女人等所獲功德甚多於前復次憍尸迦置贍部洲諸有情類若贍部洲東勝身洲諸有情類皆趣無上正等菩提有善男子善女人等於此般若波羅蜜多以無量門巧妙文義爲他廣説宣示開演顯了解釋分別義趣令其易解復作是言來善男子汝當於此甚深般若波羅

蜜多至心聽聞受持讀誦令善通利如理思惟隨此般若波羅蜜多所說法門應正信解若正信解則能修學如是般若波羅蜜多若能修學如是般若波羅蜜多則能證得一切智法若能證得一切智法則修般若波羅蜜多增益圓滿若修般若波羅蜜多增益圓滿便證無上正等菩提憍尸迦是善男子善女人等所獲功德甚多於前復次憍尸迦置贍部洲東勝身洲諸有情類若贍部洲東勝身洲西牛貨洲諸有情類皆趣無上正等菩提有善男子善女人等於此般若波羅蜜多以無量門巧妙文義爲他廣說宣示開演顯了解釋分別義趣令其易解復作是言來善男子汝當於此甚深般若波羅蜜多至心聽聞受持讀誦令善通利如理思惟隨此般若波羅蜜多所說法門應正信解若正信解則能修學如是般若波羅蜜多若能修學如是般若波羅蜜多則能證得一切智法若能證得一切智法則修般若波羅蜜多增益圓滿若修般若波羅蜜多增益圓滿便證無上正等菩提憍尸迦是善男子善女人等所獲功德甚多於前復次憍尸迦置贍部洲東勝身洲西牛貨洲諸有情類若贍部洲東勝身洲西牛貨洲北俱盧洲諸有情類皆趣無上正等菩提有善男子善女人等於此般若波羅蜜多以無量門巧妙文義爲他廣說宣示開演顯了解釋分別義趣令其易解復作是言來善男子汝當於此甚深般若波羅蜜多至心聽聞受持讀誦令善通利如理思惟隨此般若波羅蜜多所說法門應正信解若正信解

則能修學如是般若波羅蜜多若能修學如是般若波羅蜜多則能證得一切智法若能證得一切智法則修般若波羅蜜多增益圓滿若修般若波羅蜜多增益圓滿便證無上正等菩提憍尸迦是善男子善女人等所獲功德甚多於前復次憍尸迦置四大洲諸有情類若小千界諸有情類皆趣無上正等菩提有善男子善女人等於此般若波羅蜜多以無量門巧妙文義爲他廣說宣示開演顯了解釋分別義趣令其易解復作是言來善男子汝當於此甚深般若波羅蜜多至心聽聞受持讀誦令善通利如理思惟隨此般若波羅蜜多所說法門應正信解若正信解則能修學如是般若波羅蜜多若能修學如是般若波羅蜜多則能證得一切智法若能證得一切智法則修般若波羅蜜多增益圓滿若修般若波羅蜜多增益圓滿便證無上正等菩提憍尸迦是善男子善女人等所獲功德甚多於前復次憍尸迦置小千界諸有情類若中千界諸有情類皆趣無上正等菩提有善男子善女人等於此般若波羅蜜多以無量門巧妙文義爲他廣說宣示開演顯了解釋分別義趣令其易解復作是言來善男子汝當於此甚深般若波羅蜜多至心聽聞受持讀誦令善通利如理思惟隨此般若波羅蜜多所說法門應正信解若正信解則能修學如是般若波羅蜜多若能修學如是般若波羅蜜多則能證得一切智法若能證得一切智法則修般若波羅蜜多增益圓滿若修般若波羅蜜多增益圓滿便證無上正等

菩提憍尸迦是善男子善女人等所獲功德甚多於前復次憍尸迦置中千界諸有情類若此三千大千世界諸有情類皆趣無上正等菩提有善男子善女人等於此般若波羅蜜多以無量門巧妙文義爲他廣說宣示開演顯了解釋分別義趣令其易解復作是言來善男子汝當於此甚深般若波羅蜜多至心聽聞受持讀誦令善通利如理思惟隨此般若波羅蜜多所說法門應正信解若正信解則能修學如是般若波羅蜜多若能修學如是般若波羅蜜多則能證得一切智法若能證得一切智法則修般若波羅蜜多增益圓滿若修般若波羅蜜多增益圓滿便證無上正等菩提憍尸迦是善男子善女人等所獲功德甚多於前復次憍尸迦置此三千大千世界諸有情類若於十方各如殑伽沙等世界諸有情類皆趣無上正等菩提有善男子善女人等於此般若波羅蜜多以無量門巧妙文義爲他廣說宣示開演顯了解釋分別義趣令其易解復作是言來善男子汝當於此甚深般若波羅蜜多至心聽聞受持讀誦令善通利如理思惟隨此般若波羅蜜多所說法門應正信解若正信解則能修學如是般若波羅蜜多若能修學如是般若波羅蜜多則能證得一切智法若能證得一切智法則修般若波羅蜜多增益圓滿若修般若波羅蜜多增益圓滿便證無上正等菩提憍尸迦是善男子善女人等所獲功德甚多於前復次憍尸迦置此十方各如殑伽沙等世界諸有情類若於十方一切世界諸有情類

皆趣無上正等菩提有善男子善女人等於此般若波羅蜜多以無量門巧妙文義爲他廣說宣示開演顯了解釋分別義趣令其易解復作是言來善男子汝當於此甚深般若波羅蜜多至心聽聞受持讀誦令善通利如理思惟隨此般若波羅蜜多所說法門應正信解若正信解則能修學如是般若波羅蜜多若能修學如是般若波羅蜜多則能證得一切智法若能證得一切智法則修般若波羅蜜多增益圓滿若修般若波羅蜜多增益圓滿便證無上正等菩提憍尸迦是善男子善女人等所獲功德甚多於前復次憍尸迦若贍部洲諸有情類皆於無上正等菩提得不退轉有善男子善女人等於此般若波羅蜜多以無量門巧妙文義爲他廣說宣示開演顯了解釋分別義趣令其易解復作是言來善男子汝當於此甚深般若波羅蜜多至心聽聞受持讀誦令善通利如理思惟隨此般若波羅蜜多所說法門應正信解若正信解則能修學如是般若波羅蜜多若能修學如是般若波羅蜜多則能證得一切智法若能證得一切智法則修般若波羅蜜多增益圓滿若修般若波羅蜜多增益圓滿便證無上正等菩提憍尸迦是善男子善女人等所獲功德甚多於前復次憍尸迦置贍部洲諸有情類若贍部洲東勝身洲諸有情類皆於無上正等菩提得不退轉有善男子善女人等於此般若波羅蜜多以無量門巧妙文義爲他廣說宣示開演顯了解釋分別義趣令其易解復作是言來善男子汝當於此甚深

般若波羅蜜多至心聽聞受持讀誦令善通利如理思惟隨此般若波羅蜜多所說法門應正信解若正信解則能修學如是般若波羅蜜多若能修學如是般若波羅蜜多則能證得一切智法若能證得一切智法則修般若波羅蜜多增益圓滿若修般若波羅蜜多增益圓滿便證無上正等菩提憍尸迦是善男子善女人等所獲功德甚多於前復次憍尸迦置贍部洲東勝身洲諸有情類若贍部洲東勝身洲西牛貨洲諸有情類皆於無上正等菩提得不退轉有善男子善女人等於此般若波羅蜜多以無量門巧妙文義爲他廣說宣示開演顯了解釋分別義趣令其易解復作是言來善男子汝當於此甚深般若波羅蜜多至心聽聞受持讀誦令善通利如理思惟隨此般若波羅蜜多所說法門應正信解若正信解則能修學如是般若波羅蜜多若能修學如是般若波羅蜜多則能證得一切智法若能證得一切智法則修般若波羅蜜多增益圓滿若修般若波羅蜜多增益圓滿便證無上正等菩提憍尸迦是善男子善女人等所獲功德甚多於前復次憍尸迦置贍部洲東勝身洲西牛貨洲諸有情類若贍部洲東勝身洲西牛貨洲北俱盧洲諸有情類皆於無上正等菩提得不退轉有善男子善女人等於此般若波羅蜜多以無量門巧妙文義爲他廣說宣示開演顯了解釋分別義趣令其易解復作是言來善男子汝當於此甚深般若波羅蜜多至心聽聞受持讀誦令善通利如理思惟隨此般若波羅蜜多

所說法門應正信解若正信解則能修學如是般若波羅蜜多若能修學如是般若波羅蜜多則能證得一切智法若能證得一切智法則修般若波羅蜜多增益圓滿若修般若波羅蜜多增益圓滿便證無上正等菩提憍尸迦是善男子善女人等所獲功德甚多於前復次憍尸迦置四大洲諸有情類若小千界諸有情類皆於無上正等菩提得不退轉有善男子善女人等於此般若波羅蜜多以無量門巧妙文義為他廣說宣示開演顯了解釋分別義趣令其易解復作是言來善男子汝當於此甚深般若波羅蜜多至心聽聞受持讀誦令善通利如理思惟隨此般若波羅蜜多所說法門應正信解若正信解則能修學如是般若波羅蜜多若能修學如是般若波羅蜜多則能證得一切智法若能證得一切智法則修般若波羅蜜多增益圓滿若修般若波羅蜜多增益圓滿便證無上正等菩提憍尸迦是善男子善女人等所獲功德甚多於前復次憍尸迦置小千界諸有情類若中千界諸有情類皆於無上正等菩提得不退轉有善男子善女人等於此般若波羅蜜多以無量門巧妙文義為他廣說宣示開演顯了解釋分別義趣令其易解復作是言來善男子汝當於此甚深般若波羅蜜多至心聽聞受持讀誦令善通利如理思惟隨此般若波羅蜜多所說法門應正信解若正信解則能修學如是般若波羅蜜多若能修學如是般若波羅蜜多則能證得一切智法若能證得一切智法則修般若波羅蜜多增益

圓滿若修般若波羅蜜多增益圓滿便證無上正等菩提憍尸迦是善男子善女人等所獲功德甚多於前復次憍尸迦置中千界諸有情類若此三千大千世界諸有情類皆於無上正等菩提得不退轉有善男子善女人等於此般若波羅蜜多以無量門巧妙文義爲他廣說宣示開演顯了解釋分別義趣令其易解復作是言來善男子汝當於此甚深般若波羅蜜多至心聽聞受持讀誦令善通利如理思惟隨此般若波羅蜜多所說法門應正信解若正信解則能修學如是般若波羅蜜多若能修學如是般若波羅蜜多則能證得一切智法若能證得一切智法則修般若波羅蜜多增益圓滿若修般若波羅蜜多增益圓滿便證無上正等菩提憍尸迦是善男子善女人等所獲功德甚多於前復次憍尸迦置此三千大千世界諸有情類若於十方各如殑伽沙等世界諸有情類皆於無上正等菩提得不退轉有善男子善女人等於此般若波羅蜜多以無量門巧妙文義爲他廣說宣示開演顯了解釋分別義趣令其易解復作是言來善男子汝當於此甚深般若波羅蜜多至心聽聞受持讀誦令善通利如理思惟隨此般若波羅蜜多所說法門應正信解若正信解則能修學如是般若波羅蜜多若能修學如是般若波羅蜜多則能證得一切智法若能證得一切智法則修般若波羅蜜多增益圓滿若修般若波羅蜜多增益圓滿便證無上正等菩提憍尸迦是善男子善女人等所獲功德甚多於前復次憍尸迦

置此十方各如殑伽沙等世界諸有情類若於十方一切世界諸有情類皆於無上正等菩提得不退轉有善男子善女人等於此般若波羅蜜多以無量門巧妙文義爲他廣說宣示開演顯了解釋分別義趣令其易解復作是言來善男子汝當於此甚深般若波羅蜜多至心聽聞受持讀誦令善通利如理思惟隨此般若波羅蜜多所說法門應正信解若正信解則能修學如是般若波羅蜜多若能修學如是般若波羅蜜多則能證得一切智法若能證得一切智法則修般若波羅蜜多增益圓滿若修般若波羅蜜多增益圓滿便證無上正等菩提憍尸迦是善男子善女人等所獲功德甚多於前復次憍尸迦若善男子善女人等教贍部洲諸有情類皆趣無上正等菩提復以般若波羅蜜多無量法門巧妙文義爲其廣說宣示開演顯了解釋分別義趣令其易解有善男子善女人等教一有情令於無上正等菩提得不退轉復以般若波羅蜜多無量法門巧妙文義爲其廣說宣示開演顯了解釋分別義趣令其易解憍尸迦後善男子善女人等所獲功德甚多於前復次憍尸迦置贍部洲諸有情類若善男子善女人等教贍部洲東勝身洲諸有情類皆趣無上正等菩提復以般若波羅蜜多無量法門巧妙文義爲其廣說宣示開演顯了解釋分別義趣令其易解有善男子善女人等教一有情令於無上正等菩提得不退轉復以般若波羅蜜多無量法門巧妙文義爲其廣說宣示開演顯了解釋分別義趣令其

易解憍尸迦後善男子善女人等所獲功德甚多於前復次憍尸迦置贍部洲東勝身洲諸有情類若善男子善女人等教贍部洲東勝身洲西牛貨洲諸有情類皆趣無上正等菩提復以般若波羅蜜多無量法門巧妙文義爲其廣說宣示開演顯了解釋分別義趣令其易解有善男子善女人等教一有情令於無上正等菩提得不退轉復以般若波羅蜜多無量法門巧妙文義爲其廣說宣示開演顯了解釋分別義趣令其易解憍尸迦後善男子善女人等所獲功德甚多於前

大般若波羅蜜多經卷第一百六十七

善女人等教贍部洲諸有情類皆於無上正等菩提得不退轉復以般若波羅蜜多無量法門巧妙文義爲其廣說宣示開演顯了解釋分別義趣令其易解有善男子善女人等於中勸一速趣無上正等菩提令說三乘救度一切復以般若波羅蜜多無量法門巧妙文義爲其廣說宣示開演顯了解釋分別義趣令其易解憍尸迦後善男子善女人等所獲功德甚多於前何以故憍尸迦住不退轉地菩薩摩訶薩不甚假藉所說法故於無上覺定趣向故於大菩提不退轉故速趣大菩提菩薩摩訶薩要甚假藉所說法故於無上覺求速趣故觀生死苦一切有情運大悲心極痛切故復次憍尸迦置贍部洲諸有情類若善男子善女人等教贍部洲東勝身洲諸有情類皆於無上正等菩提得不退轉復以般若波羅蜜多無量法門巧妙文義爲其廣說宣示開演顯了解釋分別義趣令其易解有善男子善女人等於中勸一速趣無上正等菩提令說三乘救度一切復以般若波羅蜜多無量法門巧妙文義爲其廣說宣示開演顯了解釋分別義趣令其易解憍尸迦後善男子善女人等所獲功德甚多於前何以故憍尸迦住不退轉地菩薩摩訶薩不甚假藉所說法故於無上覺定趣向故於大菩提不退轉故速趣大菩提菩薩摩訶薩要甚假藉所說法故於無上覺求速趣故觀生死苦一切有情運大悲心極痛切故復次憍尸迦置贍部洲東勝身洲諸有情類若善男子善女人等教贍部洲東勝身洲西牛貨洲諸有

情類皆於無上正等菩提得不退轉復以般若波羅蜜多無量法門巧妙文義爲其廣說宣示開演顯了解釋分別義趣令其易解有善男子善女人等於中勸一速趣無上正等菩提令說三乘救度一切復以般若波羅蜜多無量法門巧妙文義爲其廣說宣示開演顯了解釋分別義趣令其易解憍尸迦後善男子善女人等所獲功德甚多於前何以故憍尸迦住不退轉地菩薩摩訶薩不甚假藉所說法故於無上覺定趣向故於大菩提不退轉故速趣大菩提菩薩摩訶薩要甚假藉所說法故於無上覺求速趣故觀生死苦一切有情運大悲心極痛切故復次憍尸迦置贍部洲東勝身洲西牛貨洲諸有情類若善男子善女人等教贍部洲東勝身洲西牛貨洲北俱盧洲諸有情類皆於無上正等菩提得不退轉復以般若波羅蜜多無量法門巧妙文義爲其廣說宣示開演顯了解釋分別義趣令其易解有善男子善女人等於中勸一速趣無上正等菩提令說三乘救度一切復以般若波羅蜜多無量法門巧妙文義爲其廣說宣示開演顯了解釋分別義趣令其易解憍尸迦後善男子善女人等所獲功德甚多於前何以故憍尸迦住不退轉地菩薩摩訶薩不甚假藉所說法故於無上覺定趣向故於大菩提不退轉故速趣大菩提菩薩摩訶薩要甚假藉所說法故於無上覺求速趣故觀生死苦一切有情運大悲心極痛切故復次憍尸迦置四大洲諸有情類若善男子善女人等教小千界諸有情類皆於無上

正等菩提得不退轉復以般若波羅蜜多無量法門巧妙文義爲其廣說宣示開演顯了解釋分別義趣令其易解有善男子善女人等於中勸一速趣無上正等菩提令說三乘救度一切復以般若波羅蜜多無量法門巧妙文義爲其廣說宣示開演顯了解釋分別義趣令其易解憍尸迦後善男子善女人等所獲功德甚多於前何以故憍尸迦住不退轉地菩薩摩訶薩不甚假藉所說法故於無上覺定趣向故於大菩提不退轉故速趣大菩提菩薩摩訶薩要甚假藉所說法故於無上覺求速趣故觀生死苦一切有情運大悲心極痛切故復次憍尸迦置小千界諸有情類若善男子善女人等教中千界諸有情類皆於無上正等菩提得不退轉復以般若波羅蜜多無量法門巧妙文義爲其廣說宣示開演顯了解釋分別義趣令其易解有善男子善女人等於中勸一速趣無上正等菩提令說三乘救度一切復以般若波羅蜜多無量法門巧妙文義爲其廣說宣示開演顯了解釋分別義趣令其易解憍尸迦後善男子善女人等所獲功德甚多於前何以故憍尸迦住不退轉地菩薩摩訶薩不甚假藉所說法故於無上覺定趣向故於大菩提不退轉故速趣大菩提菩薩摩訶薩要甚假藉所說法故於無上覺求速趣故觀生死苦一切有情運大悲心極痛切故復次憍尸迦置中千界諸有情類若善男子善女人等教化三千大千世界諸有情類皆於無上正等菩提得不退轉復以般若波羅蜜多無量法門巧妙

文義爲其廣說宣示開演顯了解釋分別義趣令其易解有善男子善女人等於中勸一速趣無上正等菩提令說三乘救度一切復以般若波羅蜜多無量法門巧妙文義爲其廣說宣示開演顯了解釋分別義趣令其易解憍尸迦後善男子善女人等所獲功德甚多於前何以故憍尸迦住不退轉地菩薩摩訶薩不甚假藉所說法故於無上覺定趣向故於大菩提不退轉故速趣大菩提菩薩摩訶薩要甚假藉所說法故於無上覺求速趣故觀生死苦一切有情運大悲心極痛切故復次憍尸迦置此三千大千世界諸有情類若善男子善女人等教化十方各如殑伽沙等世界諸有情類皆於無上正等菩提得不退轉復以般若波羅蜜多無量法門巧妙文

義爲其廣說宣示開演顯了解釋分別義趣令其易解有善男子善女人等於中勸一速趣無上正等菩提令說三乘救度一切復以般若波羅蜜多無量法門巧妙文義爲其廣說宣示開演顯了解釋分別義趣令其易解憍尸迦後善男子善女人等所獲功德甚多於前何以故憍尸迦住不退轉地菩薩摩訶薩不甚假藉所說法故於無上覺定趣向故於大菩提不退轉故速趣大菩提菩薩摩訶薩要甚假藉所說法故於無上覺求速趣故觀生死苦一切有情運大悲心極痛切故復次憍尸迦置此十方各如殑伽沙等世界諸有情類若善男子善女人等教化十方一切世界諸有情類皆於無上正等菩提得不退轉復以般若波羅蜜多無量法門巧妙文義

爲其廣說宣示開演顯了解釋分別義趣令其易解有善男子善女人等於中勸一速趣無上正等菩提令說三乘救度一切復以般若波羅蜜多無量法門巧妙文義爲其廣說宣示開演顯了解釋分別義趣令其易解憍尸迦後善男子善女人等所獲功德甚多於前何以故憍尸迦住不退轉地菩薩摩訶薩不甚假藉所說法故於無上覺定趣向故於大菩提不退轉故速趣大菩提菩薩摩訶薩要甚假藉所說法故於無上覺求速趣故觀生死苦一切有情運大悲心極痛切故爾時天帝釋白佛言世尊如如菩薩摩訶薩轉近無上正等菩提如是如是應以布施波羅蜜多速疾教誡教授彼菩薩摩訶薩如如菩薩摩訶薩轉近無上正等菩提如是如是應以淨戒安忍精進靜慮般若波羅蜜多速疾教誡教授彼菩薩摩訶薩世尊如如菩薩摩訶薩轉近無上正等菩提如是如是應以內空速疾教誡教授彼菩薩摩訶薩如如菩薩摩訶薩轉近無上正等菩提如是如是應以外空內外空空空大空勝義空有爲空無爲空畢竟空無際空散空無變異空本性空自相空共相空一切法空不可得空無性空自性空無性自性空速疾教誡教授彼菩薩摩訶薩世尊如如菩薩摩訶薩轉近無上正等菩提如是如是應以真如速疾教誡教授彼菩薩摩訶薩如如菩薩摩訶薩轉近無上正等菩提如是如是應以法界法性不虛妄性不變異性平等性離生性法定法住實際虛空界不思議界速疾教誡教授彼菩薩摩訶薩

世尊如如菩薩摩訶薩轉近無上正等菩提如是如是應以苦聖諦速疾教誡教授彼菩薩摩訶薩如如菩薩摩訶薩轉近無上正等菩提如是如是應以集滅道聖諦速疾教誡教授彼菩薩摩訶薩世尊如如菩薩摩訶薩轉近無上正等菩提如是如是應以四靜慮速疾教誡教授彼菩薩摩訶薩如如菩薩摩訶薩轉近無上正等菩提如是如是應以四無量四無色定速疾教誡教授彼菩薩摩訶薩世尊如如菩薩摩訶薩轉近無上正等菩提如是如是應以八解脫速疾教誡教授彼菩薩摩訶薩如如菩薩摩訶薩轉近無上正等菩提如是如是應以八勝處九次第定十遍處速疾教誡教授彼菩薩摩訶薩世尊如如菩薩摩訶薩轉近無上正等菩提如是如

是應以四念住速疾教誡教授彼菩薩摩訶薩如如菩薩摩訶薩轉近無上正等菩提如是如是應以四正斷四神足五根五力七等覺支八聖道支速疾教誡教授彼菩薩摩訶薩世尊如如菩薩摩訶薩轉近無上正等菩提如是如是應以空解脫門速疾教誡教授彼菩薩摩訶薩如如菩薩摩訶薩轉近無上正等菩提如是如是應以無相無願解脫門速疾教誡教授彼菩薩摩訶薩世尊如如菩薩摩訶薩轉近無上正等菩提如是如是應以五眼速疾教誡教授彼菩薩摩訶薩如如菩薩摩訶薩轉近無上正等菩提如是如是應以六神通速疾教誡教授彼菩薩摩訶薩世尊如如菩薩摩訶薩轉近無上正等菩提如是如是應以佛十力速疾教誡教授彼菩

薩摩訶薩如如菩薩摩訶薩轉近無上正等菩提如是如是應以四無所畏四無礙解大慈大悲大喜大捨十八佛不共法速疾教誡教授彼菩薩摩訶薩世尊如如菩薩摩訶薩轉近無上正等菩提如是如是應以無忘失法速疾教誡教授彼菩薩摩訶薩如如菩薩摩訶薩轉近無上正等菩提如是如是應以恒住捨性速疾教誡教授彼菩薩摩訶薩世尊如如菩薩摩訶薩轉近無上正等菩提如是如是應以一切智速疾教誡教授彼菩薩摩訶薩如如菩薩摩訶薩轉近無上正等菩提如是如是應以道相智一切相智速疾教誡教授彼菩薩摩訶薩世尊如如菩薩摩訶薩轉近無上正等菩提如是如是應以一切陀羅尼門速疾教誡教授彼菩薩摩訶薩如如菩薩摩訶薩轉近無上正等菩提如是如是應以一切三摩地門速疾教誡教授彼菩薩摩訶薩世尊如如菩薩摩訶薩轉近無上正等菩提如是如是應以上妙衣服飲食卧具醫藥隨其所須種種資具供養攝受彼菩薩摩訶薩世尊若善男子善女人等能以如是法施財施供養攝受彼菩薩摩訶薩是善男子善女人等所獲功德甚多於前何以故世尊彼菩薩摩訶薩要由以此布施淨戒安忍精進靜慮般若波羅蜜多教誡教授所攝受故速證無上正等菩提世尊彼菩薩摩訶薩要由以此內空外空內外空空空大空勝義空有爲空無爲空畢竟空無際空散空無變異空本性空自相空共相空一切法空不可得空無性空自性空無性自性空教誡教

授所攝受故速證無上正等菩提世尊彼菩薩摩訶薩要由以此真如法界法性不虛妄性不變異性平等性離生性法定法住實際虛空界不思議界教誡教授所攝受故速證無上正等菩提世尊彼菩薩摩訶薩要由以此苦聖諦集聖諦滅聖諦道聖諦教誡教授所攝受故速證無上正等菩提世尊彼菩薩摩訶薩要由以此四靜慮四無量四無色定教誡教授所攝受故速證無上正等菩提世尊彼菩薩摩訶薩要由以此八解脫八勝處九次第定十遍處教誡教授所攝受故速證無上正等菩提世尊彼菩薩摩訶薩要由以此四念住四正斷四神足五根五力七等覺支八聖道支教誡教授所攝受故速證無上正等菩提世尊彼菩薩摩訶薩要由以此空解脫門無相解脫門無願解脫門教誡教授所攝受故速證無上正等菩提世尊彼菩薩摩訶薩要由以此五眼六神通教誡教授所攝受故速證無上正等菩提世尊彼菩薩摩訶薩要由以此佛十力四無所畏四無礙解大慈大悲大喜大捨十八佛不共法教誡教授所攝受故速證無上正等菩提世尊彼菩薩摩訶薩要由以此無忘失法恒住捨性教誡教授所攝受故速證無上正等菩提世尊彼菩薩摩訶薩要由以此一切智道相智一切相智教誡教授所攝受故速證無上正等菩提世尊彼菩薩摩訶薩要由以此一切陀羅尼門一切三摩地門教誡教授所攝受故速證無上正等菩提世尊彼菩薩摩訶薩復由以此衣服飲食卧具醫藥隨其所須種種

資具所攝受故速證無上正等菩提爾時具壽善現告天帝釋言善哉善哉憍尸迦汝乃能勸勵彼菩薩摩訶薩復能攝受彼菩薩摩訶薩亦能護助彼菩薩摩訶薩汝今已作佛聖弟子所應作事一切如來諸聖弟子爲欲利樂諸有情故方便勸勵彼菩薩摩訶薩令速趣無上正等菩提以法施財施攝受護助彼菩薩摩訶薩令速證無上正等菩提何以故憍尸迦一切如來聲聞獨覺世間勝事由彼菩薩摩訶薩故而得出生所以者何若無菩薩摩訶薩發阿耨多羅三藐三菩提心者則無有能修學布施淨戒安忍精進靜慮般若波羅蜜多亦無有能安住內空外空內外空空空大空勝義空有爲空無爲空畢竟空無際空散空無變異空本性空自相空共相空一切法空不可得空無性空自性空無性自性空亦無有能安住真如法界法性不虚妄性不變異性平等性離生性法定法住實際虛空界不思議界亦無有能安住苦聖諦集聖諦滅聖諦道聖諦亦無有能修學四靜慮四無量四無色定亦無有能修學八解脫八勝處九次第定十遍處亦無有能修學四念住四正斷四神足五根五力七等覺支八聖道支亦無有能修學空解脫門無相解脫門無願解脫門亦無有能修學五眼六神通亦無有能修學佛十力四無所畏四無礙解大慈大悲大喜大捨十八佛不共法亦無有能修學無忘失法恒住捨性亦無有能修學一切智道相智一切相智亦無有能修學一切陀羅尼門一切三摩地門若無菩薩摩訶

薩修學安住如是諸事則無有能證得無上
正等菩提若無菩薩摩訶薩證得無上正等
菩提則無有能安立菩薩聲聞獨覺世間勝
事憍尸迦由有菩薩摩訶薩發阿耨多羅三
藐三菩提心故則便有能修學布施淨戒安
忍精進靜慮般若波羅蜜多亦復有能安住
內空外空內外空空空大空勝義空有爲空
無爲空畢竟空無際空散空無變異空本性
空自相空共相空一切法空不可得空無性
空自性空無性自性空亦復有能安住真如
法界法性不虛妄性不變異性平等性離生
性法定法住實際虛空界不思議界亦復有
能安住苦聖諦集聖諦滅聖諦道聖諦亦復
有能修學四靜慮四無量四無色定亦復有
能修學八解脫八勝處九次第定十遍處亦
復有能修學四念住四正斷四神足五根五
力七等覺支八聖道支亦復有能修學空解
脫門無相解脫門無願解脫門亦復有能修
學五眼六神通亦復有能修學佛十力四無
所畏四無礙解大慈大悲大喜大捨十八佛
不共法亦復有能修學無忘失法恒住捨性
亦復有能修學一切智道相智一切相智亦
復有能修學一切陀羅尼門一切三摩地門
由有菩薩摩訶薩修學安住如是事故則便
有能證得無上正等菩提由有菩薩摩訶薩
證得無上正等菩提則斷世間一切地獄傍
生鬼界亦能損減阿素洛黨增益天衆憍尸
迦由有菩薩摩訶薩證得阿耨多羅三藐三
菩提故便有刹帝利大族婆羅門大族長者
大族居士大族出現世間由此復有四大王

衆天三十三天夜摩天覩史多天樂變化天他化自在天出現世間由此復有梵衆天梵輔天梵會天大梵天光天少光天無量光天極光淨天淨天少淨天無量淨天遍淨天廣天少廣天無量廣天廣果天出現世間由此復有無煩天無熱天善現天善見天色究竟天出現世間由此復有空無邊處天識無邊處天無所有處天非想非非想處天出現世間由此復有布施波羅蜜多淨戒波羅蜜多安忍波羅蜜多精進波羅蜜多靜慮波羅蜜多般若波羅蜜多出現世間由此復有內空外空內外空空空大空勝義空有爲空無爲空畢竟空無際空散空無變異空本性空自相空共相空一切法空不可得空無性空自性空無性自性空出現世間由此復有眞如法界法性不虛妄性不變異性平等性離生性法定法住實際虛空界不思議界出現世間由此復有苦聖諦集聖諦滅聖諦道聖諦出現世間由此復有四靜慮四無量四無色定出現世間由此復有八解脫八勝處九次第定十遍處出現世間由此復有四念住四正斷四神足五根五力七等覺支八聖道支出現世間由此復有空解脫門無相解脫門無願解脫門出現世間由此復有五眼六神通出現世間由此復有佛十力四無所畏四無礙解大慈大悲大喜大捨十八佛不共法出現世間由此復有無忘失法恒住捨性出現世間由此復有一切智道相智一切相智出現世間由此復有一切陀羅尼門一切三摩地門出現世間由此復有一切聲聞乘一

切獨覺乘一切大乘出現世間

初分隨喜回向品第三十一之一

爾時彌勒菩薩摩訶薩白上座善現言大德若菩薩摩訶薩於一切有情所有功德隨喜俱行諸福業事若菩薩摩訶薩以此福業事與一切有情同共回向阿耨多羅三藐三菩提以無所得爲方便故若餘有情隨喜回向諸福業事若諸異生聲聞獨覺諸福業事所謂施性戒性修性三福業事若四念住四正斷四神足五根五力七等覺支八聖道支四靜慮四無量四無色定四聖諦八解脫八勝處九次第定十遍處空無相無願解脫門四無礙解六神通等諸福業事是菩薩摩訶薩所有隨喜回向功德於彼異生聲聞獨覺諸福業事爲最爲勝爲尊爲高爲妙爲微妙爲上爲無上無等無等等何以故大德以諸異生修福業事但爲令己自在安樂聲聞獨覺修福業事爲自調伏爲自寂靜爲自涅槃菩薩摩訶薩所有隨喜回向功德普爲一切有情調伏寂靜般涅槃故爾時具壽善現白彌勒菩薩摩訶薩言大士是菩薩摩訶薩隨喜回向心普緣十方無數無量無邊世界一一世界無數無量無邊諸佛已涅槃者從初發心至得無上正等菩提如是展轉入無餘依般涅槃後乃至法滅於其中間所有六波羅蜜多相應善根及餘無數無量無邊佛法相應善根若彼異生弟子所有施性戒性修性三福業事若彼聲聞弟子所有學無學無漏善根若諸如來應正等覺所有戒蘊定蘊慧蘊解脫蘊解脫智見蘊及爲利樂一切有情

大慈大悲大喜大捨無數無量無邊佛法及彼諸佛所說正法若依彼法精勤修學得預流果得一來果得不還果得阿羅漢果得獨覺菩提得入菩薩正性離生如是所有一切善根及餘有情於諸如來應正等覺聲聞菩薩諸弟子衆若現住世若涅槃後所種善根是諸善根一切合集現前隨喜既隨喜已復以如是隨喜俱行諸福業事與一切有情同共回向阿耨多羅三藐三菩提願我以此善根與一切有情同共引發無上菩提如是所起隨喜回向於餘所起諸福業事爲最爲勝爲尊爲高爲妙爲微妙爲上爲無上無等無等等於意云何彌勒大士彼菩薩摩訶薩緣如是事起隨喜回向心爲有如是所緣事如彼菩薩摩訶薩所取相不

大般若波羅蜜多經卷第一百六十八

大般若波羅蜜多經卷第一百六十九

唐三藏法師玄奘奉　詔譯

初分隨喜回向品第三十一之二

時彌勒菩薩摩訶薩白上座善現言大德彼菩薩摩訶薩緣如是事起隨喜回向心實無如是所緣事如彼菩薩摩訶薩所取相具壽善現言大士若無所緣事如所取相者彼菩薩摩訶薩隨喜回向心以取相爲方便普緣十方無數無量無邊世界一一世界無數無量無邊諸佛已涅槃者從初發心乃至法滅所有善根及弟子等所有善根一切合集現前隨喜回向無上正等菩提如是所起隨喜回向將非顛倒如於無常謂常是想顛倒心顛倒見顛倒於苦謂樂是想顛倒心顛倒見顛倒於無我謂我是想顛倒心顛倒見顛倒於不淨謂淨是想顛倒心顛倒見顛倒此於無相而取其相亦應如是大士如所緣事實無所有隨喜回向心亦如是諸善根等亦如是無上正等菩提亦如是色受想行識亦如是眼耳鼻舌身意處亦如是色聲香味觸法處亦如是眼界色界眼識界及眼觸眼觸爲緣所生諸受亦如是耳界聲界耳識界及耳觸耳觸爲緣所生諸受亦如是鼻界香界鼻識界及鼻觸鼻觸爲緣所生諸受亦如是舌界味界舌識界及舌觸舌觸爲緣所生諸受亦如是身界觸界身識界及身觸身觸爲緣所生諸受亦如是意界法界意識界及意觸意觸爲緣所生諸受亦如是地水火風空識界亦如是無明行識名色六處觸受愛取有生老死愁歎苦憂惱亦如是布施淨戒安忍

精進靜慮般若波羅蜜多亦如是內空外空內外空空空大空勝義空有爲空無爲空畢竟空無際空散空無變異空本性空自相空共相空一切法空不可得空無性空自性空無性自性空亦如是眞如法界法性不虛妄性不變異性平等性離生性法定法住實際虛空界不思議界亦如是苦集滅道聖諦亦如是四靜慮四無量四無色定亦如是八解脱八勝處九次第定十遍處亦如是四念住四正斷四神足五根五力七等覺支八聖道支亦如是空無相無願解脱門亦如是五眼六神通亦如是佛十力四無所畏四無礙解大慈大悲大喜大捨十八佛不共法亦如是無忘失法恒住捨性亦如是一切智道相智一切相智亦如是一切陀羅尼門一切三摩地門亦如是諸聲聞獨覺大乘亦如是大士若如所緣事實無所有隨喜回向心亦如是諸善根等亦如是無上正等菩提亦如是色受想行識亦如是眼耳鼻舌身意處亦如是色聲香味觸法處亦如是眼界色界眼識界及眼觸眼觸爲緣所生諸受亦如是耳界聲界耳識界及耳觸耳觸爲緣所生諸受亦如是鼻界香界鼻識界及鼻觸鼻觸爲緣所生諸受亦如是舌界味界舌識界及舌觸舌觸爲緣所生諸受亦如是身界觸界身識界及身觸身觸爲緣所生諸受亦如是意界法界意識界及意觸意觸爲緣所生諸受亦如是地水火風空識界亦如是無明行識名色六處觸受愛取有生老死愁歎苦憂惱亦如是布施淨戒安忍精進靜慮般若波羅蜜多亦

如是內空外空內外空空空大空勝義空有爲空無爲空畢竟空無際空散空無變異空本性空自相空共相空一切法空不可得空無性空自性空無性自性空亦如是眞如法界法性不虛妄性不變異性平等性離生性法定法住實際虛空界不思議界亦如是苦集滅道聖諦亦如是四靜慮四無量四無色定亦如是八解脫八勝處九次第定十遍處亦如是四念住四正斷四神足五根五力七等覺支八聖道支亦如是空無相無願解脫門亦如是五眼六神通亦如是佛十力四無所畏四無礙解大慈大悲大喜大捨十八佛不共法亦如是無忘失法恒住捨性亦如是一切智道相智一切相智亦如是一切陀羅尼門一切三摩地門亦如是諸聲聞獨覺大乘亦如是者何等是所緣何等是事何等是隨喜回向心何等是諸善根等何等是無上正等菩提而彼菩薩摩訶薩緣如是事起隨喜心回向無上正等菩提彌勒菩薩言大德若菩薩摩訶薩久修行六波羅蜜多已曾供養無量諸佛宿植善根久發大願爲諸善友之所攝受善學諸法自相空義是菩薩摩訶薩能於所緣事隨喜回向心諸善根等無上菩提及一切法皆不取相而能發起隨喜回向阿耨多羅三藐三菩提如是隨喜回向以非二非不二爲方便非相非無相爲方便非有所得非無所得爲方便非染非淨爲方便非生非滅爲方便故於所緣事乃至無上正等菩提能不取相不取相故非顚倒攝若有菩薩不久修行六波羅蜜多未曾供養無量

諸佛不宿植善根未久發大願不爲善友之所攝受未於一切法善學自相空是諸菩薩於所緣事隨喜回向諸善根等無上菩提及一切法猶取其相而起隨喜回向無上正等菩提如是所起隨喜回向以取相故猶顛倒攝復次大德不應爲彼新學大乘諸菩薩等及於其前宣說般若波羅蜜多亦不應爲新學大乘諸菩薩等及於其前宣說靜慮精進安忍淨戒布施波羅蜜多不應爲彼新學大乘諸菩薩等及於其前宣說内空亦不應爲新學大乘諸菩薩等及於其前宣說外空内外空空空大空勝義空有爲空無爲空畢竟空無際空散空無變異空本性空自相空共相空一切法空不可得空無性空自性空無性自性空不應爲彼新學大乘諸菩薩等及於其前宣說眞如亦不應爲新學大乘諸菩薩等及於其前宣說法界法性不虛妄性不變異性平等性離生性法定法住實際虛空界不思議界不應爲彼新學大乘諸菩薩等及於其前宣說苦聖諦亦不應爲新學大乘諸菩薩等及於其前宣說集滅道聖諦不應爲彼新學大乘諸菩薩等及於其前宣說四靜慮亦不應爲新學大乘諸菩薩等及於其前宣說四無量四無色定不應爲彼新學大乘諸菩薩等及於其前宣說八解脫亦不應爲新學大乘諸菩薩等及於其前宣說八勝處九次第定十遍處不應爲彼新學大乘諸菩薩等及於其前宣說四念住亦不應爲新學大乘諸菩薩等及於其前宣說四正斷四神足五根五力七等覺支八聖道支不應爲

彼新學大乘諸菩薩等及於其前宣說空解脫門亦不應爲新學大乘諸菩薩等及於其前宣說無相無願解脫門不應爲彼新學大乘諸菩薩等及於其前宣說五眼亦不應爲新學大乘諸菩薩等及於其前宣說六神通不應爲彼新學大乘諸菩薩等及於其前宣說佛十力亦不應爲新學大乘諸菩薩等及於其前宣說四無所畏四無礙解大慈大悲大喜大捨十八佛不共法不應爲彼新學大乘諸菩薩等及於其前宣說無忘失法亦不應爲新學大乘諸菩薩等及於其前宣說恒住捨性不應爲彼新學大乘諸菩薩等及於其前宣說一切智亦不應爲新學大乘諸菩薩等及於其前宣說道相智一切相智不應爲彼新學大乘諸菩薩等及於其前宣說一切陀羅尼門亦不應爲新學大乘諸菩薩等及於其前宣說一切三摩地門不應爲彼新學大乘諸菩薩等及於其前宣說一切法自相空義何以故大德新學大乘諸菩薩等於如是法雖有少分信敬愛樂而彼聞已尋皆忘失驚疑恐懼生毀謗故復次大德若不退轉菩薩摩訶薩或曾供養無量諸佛宿植善根久發大願諸善知識所攝受者應對其前廣爲辯說般若靜慮精進安忍淨戒布施波羅蜜多若不退轉菩薩摩訶薩或曾供養無量諸佛宿植善根久發大願諸善知識所攝受者應對其前廣爲辯說內空外空內外空空空大空勝義空有爲空無爲空畢竟空無際空散空無變異空本性空自相空共相空一切法空不可得空無性空自性空無性自

性空若不退轉菩薩摩訶薩或曾供養無量諸佛宿植善根久發大願諸善知識所攝受者應對其前廣爲辯說眞如法界法性不虛妄性不變異性平等性離生性法定法住實際虛空界不思議界若不退轉菩薩摩訶薩或曾供養無量諸佛宿植善根久發大願諸善知識所攝受者應對其前廣爲辯說苦聖諦集聖諦滅聖諦道聖諦若不退轉菩薩摩訶薩或曾供養無量諸佛宿植善根久發大願諸善知識所攝受者應對其前廣爲辯說四靜慮四無量四無色定若不退轉菩薩摩訶薩或曾供養無量諸佛宿植善根久發大願諸善知識所攝受者應對其前廣爲辯說八解脱八勝處九次第定十遍處若不退轉菩薩摩訶薩或曾供養無量諸佛宿植善根

久發大願諸善知識所攝受者應對其前廣爲辯說四念住四正斷四神足五根五力七等覺支八聖道支若不退轉菩薩摩訶薩或曾供養無量諸佛宿植善根久發大願諸善知識所攝受者應對其前廣爲辯說空解脱門無相解脱門無願解脱門若不退轉菩薩摩訶薩或曾供養無量諸佛宿植善根久發大願諸善知識所攝受者應對其前廣爲辯說五眼六神通若不退轉菩薩摩訶薩或曾供養無量諸佛宿植善根久發大願諸善知識所攝受者應對其前廣爲辯說佛十力四無所畏四無礙解大慈大悲大喜大捨十八佛不共法若不退轉菩薩摩訶薩或曾供養無量諸佛宿植善根久發大願諸善知識所攝受者應對其前廣爲辯說無忘失法恒住

捨性若不退轉菩薩摩訶薩或曾供養無量諸佛宿植善根久發大願諸善知識所攝受者應對其前廣爲辯說一切智道相智一切相智若不退轉菩薩摩訶薩或曾供養無量諸佛宿植善根久發大願諸善知識所攝受者應對其前廣爲辯說一切陀羅尼門一切三摩地門若不退轉菩薩摩訶薩或曾供養無量諸佛宿植善根久發大願諸善知識所攝受者應對其前廣爲辯說一切法自相空義何以故大德如是不退轉菩薩摩訶薩及曾供養無量諸佛宿植善根久發大願諸善知識所攝受者若聞此法皆能受持終不廢忘心不驚疑不恐不慴不毀謗故爾時具壽善現白彌勒菩薩言菩薩摩訶薩應以如是隨喜俱行諸福業事回向無上正等菩提謂所用心隨喜回向此所用心盡滅離變此所縁事及諸善根亦皆如心盡滅離變此中何等是所用心復以何等爲所縁事及諸善根而說隨喜回向無上正等菩提是心於心理不應有隨喜回向以無二心俱時起故心亦不可隨喜回向心自性故大士若菩薩摩訶薩修行般若波羅蜜多時能如實知色無所有受想行識無所有眼處無所有耳鼻舌身意處無所有色處無所有聲香味觸法處無所有眼界無所有色界眼識界及眼觸眼觸爲縁所生諸受無所有耳界無所有聲界耳識界及耳觸耳觸爲縁所生諸受無所有鼻界無所有香界鼻識界及鼻觸鼻觸爲縁所生諸受無所有舌界無所有味界舌識界及舌觸舌觸爲縁所生諸受無所有身界無所

有觸界身識界及身觸身觸爲緣所生諸受無所有意界無所有法界意識界及意觸意觸爲緣所生諸受無所有地界無所有水火風空識界無所有無明無所有行識名色六處觸受愛取有生老死愁歎苦憂惱無所有布施波羅蜜多無所有淨戒安忍精進靜慮般若波羅蜜多無所有內空無所有外空內外空空空大空勝義空有爲空無爲空畢竟空無際空散空無變異空本性空自相空共相空一切法空不可得空無性空自性空無性自性空無所有眞如無所有法界法性不虛妄性不變異性平等性離生性法定法住實際虛空界不思議界無所有苦聖諦無所有集滅道聖諦無所有四靜慮無所有四無量四無色定無所有八解脫無所有八勝處九次第定十遍處無所有四念住無所有四正斷四神足五根五力七等覺支八聖道支無所有空解脫門無所有無相無願解脫門無所有五眼無所有六神通無所有佛十力無所有四無所畏四無礙解大慈大悲大喜大捨十八佛不共法無所有無忘失法無所有恒住捨性無所有一切智無所有道相智一切相智無所有一切陀羅尼門無所有一切三摩地門無所有預流果無所有一來不還阿羅漢果無所有獨覺菩提無所有菩薩摩訶薩行無所有無上正等菩提無所有大士是菩薩摩訶薩既如實知一切法皆無所有以隨喜俱行福業事回向無上正等菩提是名無顚倒隨喜回向阿耨多羅三藐三菩提爾時天帝釋白具壽善現言大德新學大

乘菩薩摩訶薩聞如是法其心將無驚疑恐怖大德新學大乘菩薩摩訶薩云何以所修習一切善根回向無上正等菩提大德新學大乘菩薩摩訶薩云何攝受隨喜俱行諸福業事回向無上正等菩提時具壽善現承彌勒菩薩摩訶薩神力加被告天帝釋言憍尸迦新學大乘菩薩摩訶薩若修般若波羅蜜多以無所得爲方便無相爲方便攝受般若波羅蜜多若修靜慮精進安忍淨戒布施波羅蜜多以無所得爲方便無相爲方便攝受靜慮精進安忍淨戒布施波羅蜜多若住内空以無所得爲方便無相爲方便攝受内空若住外空内外空空空大空勝義空有爲空無爲空畢竟空無際空散空無變異空本性空自相空共相空一切法空不可得空無性空自性空無性自性空以無所得爲方便無相爲方便攝受外空乃至無性自性空若住眞如以無所得爲方便無相爲方便攝受眞如若住法界法性不虚妄性不變異性平等性離生性法定法住實際虚空界不思議界以無所得爲方便無相爲方便攝受法界乃至不思議界若住苦聖諦以無所得爲方便無相爲方便攝受苦聖諦若住集滅道聖諦以無所得爲方便無相爲方便攝受集滅道聖諦若修四靜慮以無所得爲方便無相爲方便攝受四靜慮若修四無量四無色定以無所得爲方便無相爲方便攝受四無量四無色定若修八解脱以無所得爲方便無相爲方便攝受八解脱若修八勝處九次第定十遍處以無所得爲方便無相爲方便攝受

八勝處九次第定十遍處若修四念住以無所得爲方便無相爲方便攝受四念住若修四正斷四神足五根五力七等覺支八聖道支以無所得爲方便無相爲方便攝受四五斷乃至八聖道支若修空解脱門以無所得爲方便無相爲方便攝受空解脱門若修無相無願解脱門以無所得爲方便無相爲方便攝受無相無願解脱門若修五眼以無所得爲方便無相爲方便攝受五眼若修六神通以無所得爲方便無相爲方便攝受六神通若修佛十力以無所得爲方便無相爲方便攝受佛十力若修四無所畏四無礙解大慈大悲大喜大捨十八佛不共法以無所得爲方便無相爲方便攝受四無所畏乃至十八佛不共法若修無忘失法以無所得爲方便無相爲方便攝受無忘失法若修恒住捨性以無所得爲方便無相爲方便攝受恒住捨性若修一切智以無所得爲方便無相爲方便攝受一切智若修道相智一切相智以無所得爲方便無相爲方便攝受道相智一切相智若修一切陀羅尼門以無所得爲方便無相爲方便攝受一切陀羅尼門若修一切三摩地門以無所得爲方便無相爲方便攝受一切三摩地門若修菩薩摩訶薩行以無所得爲方便無相爲方便攝受菩薩摩訶薩行若修無上正等菩提以無所得爲方便無相爲方便攝受無上正等菩提憍尸迦是菩薩摩訶薩由此因緣多信解般若波羅蜜多多信解靜慮精進安忍淨戒布施波羅蜜多多信解内空多信解外空内外空空空大

空勝義空有爲空無爲空畢竟空無際空散空無變異空本性空自相空共相空一切法空不可得空無性空自性空無性自性空多信解眞如多信解法界法性不虛妄性不變異性平等性離生性法定法住實際虛空界不思議界多信解苦聖諦多信解集滅道聖諦多信解四靜慮多信解四無量四無色定多信解八解脫多信解八勝處九次第定十遍處多信解四念住多信解四正斷四神足五根五力七等覺支八聖道支多信解空解脫門多信解無相無願解脫門多信解五眼多信解六神通多信解佛十力多信解四無所畏四無礙解大慈大悲大喜大捨十八佛不共法多信解無忘失法多信解恒住捨性多信解一切智多信解道相智一切相智多信解一切陀羅尼門多信解一切三摩地門多信解菩薩摩訶薩行多信解無上正等菩提憍尸迦是菩薩摩訶薩由此因縁常爲善友之所攝受如是善友以無量門巧妙文義爲其辯說般若靜慮精進安忍淨戒布施波羅蜜多相應之法以如是法教誡教授令其乃至得入菩薩正性離生常不遠離般若靜慮精進安忍淨戒布施波羅蜜多以如是法教誡教授令其乃至得入菩薩正性離生常不遠離内空外空内外空空空大空勝義空有爲空無爲空畢竟空無際空散空無變異空本性空自相空共相空一切法空不可得空無性空自性空無性自性空以如是法教誡教授令其乃至得入菩薩正性離生常不遠離眞如法界法性不虛妄性不變異性平

等性離生性法定法住實際虛空界不思議界以如是法教誡教授令其乃至得入菩薩五性離生常不遠離苦聖諦集聖諦滅聖諦道聖諦以如是法教誡教授令其乃至得入菩薩正性離生常不遠離四靜慮四無量四無色定以如是法教誡教授令其乃至得入菩薩五性離生常不遠離八解脫八勝處九次第定十遍處以如是法教誡教授令其乃至得入菩薩正性離生常不遠離四念住四正斷四神足五根五力七等覺支八聖道支以如是法教誡教授令其乃至得入菩薩正性離生常不遠離空解脫門無相解脫門無願解脫門以如是法教誡教授令其乃至得入菩薩正性離生常不遠離五眼六神通以如是法教誡教授令其乃至得入菩薩正性離生常不遠離佛十力四無所畏四無礙解大慈大悲大喜大捨十八佛不共法以如是法教誡教授令其乃至得入菩薩正性離生常不遠離無忘失法恒住捨性以如是法教誡教授令其乃至得入菩薩正性離生常不遠離一切智道相智一切相智以如是法教誡教授令其乃至得入菩薩正性離生常不遠離一切陀羅尼門一切三摩地門以如是法教誡教授令其乃至得入菩薩正性離生常不遠離菩薩摩訶薩行以如是法教誡教授令其乃至得入菩薩正性離生常不遠離無上正等菩提亦為辯說諸惡魔事令其聞已於諸魔事心無增減何以故諸魔事業性無所有不可得故亦以是法教誡教授令其乃至得入菩薩正性離生常不遠離佛薄伽

梵於諸佛所植衆善根復由善根所攝受故常生菩薩摩訶薩家乃至無上正等菩提於諸善根常不遠離憍尸迦新學大乘菩薩摩訶薩若能如是以無所得爲方便無相爲方便攝受諸功德於諸功德多深信解常爲善友之所攝受聞如是法心不驚疑不恐不怖復次憍尸迦新學大乘菩薩摩訶薩隨所修習布施淨戒安忍精進靜慮般若波羅蜜多應以無所得爲方便無相爲方便與一切有情皆悉同共回向無上正等菩提隨所安住內空外空內外空空空大空勝義空有爲空無爲空畢竟空無際空散空無變異空本性空自相空共相空一切法空不可得空無性空自性空無性自性空應以無所得爲方便無相爲方便與一切有情皆悉同共回向無上正等菩提隨所安住眞如法界法性不虛妄性不變異性平等性離生性法定法住實際虛空界不思議界應以無所得爲方便無相爲方便與一切有情皆悉同共回向無上正等菩提隨所安住苦聖諦集聖諦滅聖諦道聖諦應以無所得爲方便無相爲方便與一切有情皆悉同共回向無上正等菩提隨所修習四靜慮四無量四無色定應以無所得爲方便無相爲方便與一切有情皆悉同共回向無上正等菩提隨所修習八解脫八勝處九次第定十遍處應以無所得爲方便無相爲方便與一切有情皆悉同共回向無上正等菩提隨所修習四念住四正斷四神足五根五力七等覺支八聖道支應以無所得爲方便無相爲方便與一切有情皆悉同

共回向無上正等菩提隨所修習空解脱門無相解脱門無願解脱門應以無所得爲方便無相爲方便與一切有情皆悉同共回向無上正等菩提隨所修習五眼六神通應以無所得爲方便無相爲方便與一切有情皆悉同共回向無上正等菩提隨所修習佛十力四無所畏四無礙解大慈大悲大喜大捨十八佛不共法應以無所得爲方便無相爲方便與一切有情皆悉同共回向無上正等菩提隨所修習無忘失法恒住捨性應以無所得爲方便無相爲方便與一切有情皆悉同共回向無上正等菩提隨所修習一切智道相智一切相智應以無所得爲方便無相爲方便與一切有情皆悉同共回向無上正等菩提隨所修習一切陀羅尼門一切三摩地門應以無所得爲方便無相爲方便與一切有情皆悉同共回向無上正等菩提隨所修習菩薩摩訶薩行應以無所得爲方便無相爲方便與一切有情皆悉同共回向無上正等菩提隨所修習無上正等菩提應以無所得爲方便無相爲方便與一切有情皆悉同共回向無上正等菩提復次憍尸迦新學大乘菩薩摩訶薩應普於十方無數無量無邊世界一一世界各有無數無量無邊斷諸有路絶戲論道棄諸重擔摧聚落刺盡諸有結具足正智心善解脱巧説法要一切如來應正等覺及諸弟子所成戒蘊定蘊慧蘊解脱蘊解脱知見蘊及所起作種種功德并於是處所種善根謂刹帝利大族婆羅門大族長者大族居士大族等所種善根若四大王

衆天三十三天夜摩天覩史多天樂變化天他化自在天所種善根若梵衆天梵輔天梵會天大梵天光天少光天無量光天極光淨天淨天少淨天無量淨天遍淨天廣天少廣天無量廣天廣果天所種善根若無煩天無熱天善現天善見天色究竟天等所種善根如是一切合集稱量現前發起比餘善根爲最爲勝爲尊爲高爲妙爲微妙爲上爲無上無等無等等隨喜之心復以如是隨喜俱行諸福業事與一切有情同共回向阿耨多羅三藐三菩提爾時彌勒菩薩摩訶薩問具壽善現言大德新學大乘菩薩摩訶薩若念諸佛及弟子衆所有功德幷人天等所種善根如是一切合集稱量現前發起比餘善根爲最爲勝爲尊爲高爲妙爲微妙爲上爲無上無等無等等隨喜之心復以如是隨喜善根與諸有情皆悉同共回向無上正等菩提是菩薩摩訶薩云何不墮想顛倒心顛倒見顛倒具壽善現答言大士若菩薩摩訶薩於所念佛及弟子衆所有功德不起諸佛及弟子衆功德之想於人天等所種善根不起善根人天等想於所發起隨喜回向無上正等菩提之心亦復不起隨喜回向無上正等菩提心想是菩薩摩訶薩所起隨喜回向無想顛倒無心顛倒無見顛倒若菩薩摩訶薩於所念佛及弟子衆所有功德及佛弟子功德之相於人天等所種善根取彼善根人天等相於所發起隨喜回向無上正等菩提之心取所發起隨喜回向無上正等菩提心相是菩薩摩訶薩所起隨喜回向有想顛倒有心顛

倒有見顛倒復次大士若菩薩摩訶薩以如是隨喜心念一切佛及弟子衆功德善根正知此心盡滅離變非能隨喜正知彼法其性亦然非所隨喜又正了達能回向心法性亦爾非能回向及正了達所回向法其性亦爾非所回向若有能依如是所説隨喜回向是正非邪菩薩摩訶薩皆應如是隨喜回向復次大士若菩薩摩訶薩於過去未來現在一切如來應正等覺從初發心至得無上正等菩提乃至法滅於其中間所有功德若佛弟子及諸獨覺依彼佛法所起善根若諸異生聞彼説法所種善根若諸龍神藥叉健達縛阿素洛揭路荼緊捺洛莫呼洛伽人非人等聞彼説法所種善根若刹帝利大族婆羅門大族長者大族居士大族聞彼説法所種善根若四大王衆天三十三天夜摩天覩史多天樂變化天他化自在天聞彼説法所種善根若梵衆天梵輔天梵會天大梵天光天少光天無量光天極光淨天淨天少淨天無量淨天遍淨天廣天少廣天無量廣天廣果天聞彼説法所種善根若無煩天無熱天善現天善見天色究竟天聞彼説法所種善根若善男子善女人等聞所説法發趣無上正等覺心勤修種種諸菩薩行如是一切合集稱量現前發起比餘善根爲最爲勝爲尊爲高爲妙爲微妙爲上爲無上無等無等等隨喜之心復以如是隨喜善根與諸有情皆悉同共回向無上正等菩提於如是時若正解了諸能隨喜回向之法盡滅離變諸所隨喜回向之法自性皆空雖如是知而能隨喜回向

無上正等菩提復於是時若正解了都無有
法可能隨喜回向於法何以故以一切法自
性皆空空中都無能所隨喜回向法故雖如
是知而能隨喜回向無上正等菩提是菩薩
摩訶薩若能如是隨喜回向修行般若波羅
蜜多修行靜慮精進安忍淨戒布施波羅蜜
多無想顛倒無心顛倒無見顛倒所以者何
是菩薩摩訶薩於隨喜心不生執著於所隨
喜功德善根亦不執著於回向心不生執著
於所回向無上菩提亦不執著由無執著不
隨顛倒如是菩薩摩訶薩所起隨喜回向心
名爲無上隨喜回向

大般若波羅蜜多經卷第一百六十九

音釋

慴質涉切懼也憍尸迦憍堅克切憍尸迦帝釋別名也重檐重柱
勇切檐都濫切重檐謂五陰重檐也健達縛梵語也亦云乾闥婆此云香陰
帝釋樂神也健渠建切揭路荼梵語也此云金翅鳥揭古列切緊捺
洛梵語也亦云巽那羅此云疑神緊居忍切捺乃八切

大般若波羅蜜多經卷第一百七十

唐三藏法師玄奘奉　詔譯

初分隨喜回向品第三十一之三

復次大士若菩薩摩訶薩於所修作諸福業事正知離色離受想行識正知離眼處離耳鼻舌身意處正知離色處離聲香味觸法處正知離眼界離色界眼識界及眼觸眼觸爲緣所生諸受正知離耳界離聲界耳識界及耳觸耳觸爲緣所生諸受正知離鼻界離香界鼻識界及鼻觸鼻觸爲緣所生諸受正知離舌界離味界舌識界及舌觸舌觸爲緣所生諸受正知離身界離觸界身識界及身觸身觸爲緣所生諸受正知離意界離法界意識界及意觸意觸爲緣所生諸受正知離地界離水火風空識界正知離無明離行識名色六處觸受愛取有生老死愁歎苦憂惱正知離布施波羅蜜多離淨戒安忍精進靜慮般若波羅蜜多正知離內空離外空內外空空空大空勝義空有爲空無爲空畢竟空無際空散空無變異空本性空自相空共相空一切法空不可得空無性空自性空無性自性空正知離眞如離法界法性不虛妄性不變異性平等性離生性法定法住實際虛空界不思議界正知離苦聖諦離集滅道聖諦正知離四靜慮離四無量四無色定正知離八解脫離八勝處九次第定十遍處正知離四念住離四正斷四神足五根五力七等覺支八聖道支正知離空解脫門離無相無願解脫門正知離五眼離六神通正知離佛十力離四無所畏四無礙解大慈大悲大喜大

捨十八佛不共法正知離無忘失法離恒住捨性正知離一切智離道相智一切相智正知離一切陀羅尼門離一切三摩地門正知離菩薩摩訶薩行正知離佛無上正等菩提是菩薩摩訶薩於所修作諸福業事如是正知能正隨喜回向無上正等菩提復次大士若菩薩摩訶薩正知所修隨喜俱行諸福業事遠離所修隨喜俱行諸福業事自性正知如來應正等覺遠離如來應正等覺自性正知如來應正等覺所有功德遠離如來應正等覺功德自性正知聲聞獨覺菩薩遠離聲聞獨覺菩薩自性正知聲聞獨覺菩薩所修善根遠離聲聞獨覺菩薩善根自性正知菩提心遠離菩提心自性正知回向心遠離回向心自性正知所回向無上正等菩提遠離所回向無上正等菩提自性正知般若波羅蜜多遠離般若波羅蜜多自性正知靜慮精進安忍淨戒布施波羅蜜多遠離靜慮精進安忍淨戒布施波羅蜜多自性正知內空遠離內空自性正知外空內外空空空大空勝義空有爲空無爲空畢竟空無際空散空無變異空本性空自相空共相空一切法空不可得空無性空自性空無性自性空遠離外空乃至無性自性空自性正知真如遠離真如自性正知法界法性不虛妄性不變異性平等性離生性法定法住實際虛空界不思議界遠離法界乃至不思議界自性正知苦聖諦遠離苦聖諦自性正知集滅道聖諦遠離集滅道聖諦自性正知四靜慮遠離四靜慮自性正知四無量四無色定遠離四無量

四無色定自性正知八解脫遠離八解脫自性正知八勝處九次第定十遍處遠離八勝處九次第定十遍處自性正知四念住遠離四念住自性正知四正斷四神足五根五力七等覺支八聖道支遠離四正斷乃至八聖道支自性正知空解脫門遠離空解脫門自性正知無相無願解脫門遠離無相無願解脫門自性正知五眼遠離五眼自性正知六神通遠離六神通自性正知佛十力遠離佛十力自性正知四無所畏四無礙解大慈大悲大喜大捨十八佛不共法遠離四無所畏乃至十八佛不共法自性正知無忘失法遠離無忘失法自性正知恒住捨性遠離恒住捨性自性正知一切智遠離一切智自性正知道相智一切相智遠離道相智一切相智自性正知一切陀羅尼門遠離一切陀羅尼門自性正知一切三摩地門遠離一切三摩地門自性正知菩薩摩訶薩行遠離菩薩摩訶薩行自性正知佛無上正等菩提遠離佛無上正等菩提自性是菩薩摩訶薩如是修行離性般若波羅蜜多能正隨喜回向無上正等菩提復次大士諸菩薩摩訶薩於已涅槃一切如來應正等覺及諸弟子功德善根若欲發起隨喜回向無上正等菩提心者應作如是隨喜回向謂作是念如諸如來應正等覺及諸弟子皆已滅度功德善根亦復如是我所發起隨喜回向無上正等菩提之心及所回向無上菩提其性亦爾如是隨喜回向無上正等菩提無想顛倒無心顛倒無見顛倒若菩薩摩訶薩以取相爲方便修行般

若波羅蜜多於彼一切佛及弟子功德善根取相隨喜回向無上正等菩提是爲非善隨喜回向以過去佛及弟子衆功德善根非相無相所取境界是菩薩摩訶薩以取相念發起隨喜回向無上正等菩提是故非善隨喜回向由此因緣隨想顛倒隨心顛倒隨見顛倒若菩薩摩訶薩不取相爲方便修行般若波羅蜜多於彼一切佛及弟子功德善根離相隨喜回向無上正等菩提是名爲善隨喜回向由此因緣是菩薩摩訶薩隨喜回向離想顛倒離心顛倒離見顛倒爾時彌勒菩薩摩訶薩問具壽善現言大德云何菩薩摩訶薩於諸如來應正等覺及弟子衆功德善根隨喜俱行福業事等皆不取相而能隨喜回向無上正等菩提具壽善現答言大士應知菩薩摩訶薩所學般若波羅蜜多中有如是等善巧方便雖不取相而所作成非離般若波羅蜜多有能發起隨喜俱行諸福業事回向無上正等菩提彌勒菩薩摩訶薩言大德善現勿作是説所以者何以甚深般若波羅蜜多中一切如來應正等覺及弟子衆功德善根皆無所有不可得故所作隨喜諸福業事亦無所有不可得故發心回向無上菩提亦無所有不可得故此中菩薩摩訶薩修行般若波羅蜜多時應如是觀過去諸佛及弟子衆功德善根性皆已滅所作隨喜諸福業事發心回向無上菩提性皆寂滅我若於彼一切如來應正等覺及弟子衆功德善根取相分別及於所作隨喜俱行諸福業事發心回向無上菩提取相分別以是取相分別方

便發起隨喜回向無上正等菩提諸佛世尊皆所不許何以故於已滅度諸佛世尊及弟子等取相分别隨喜回向無上正等菩提是大有所得故是故菩薩摩訶薩欲於諸佛及弟子衆功德善根正起隨喜回向無上正等菩提不應於中起有所得取相分别隨喜回向若於其中起有所得取相分别隨喜回向佛不説彼有大義利何以故如是隨喜回向之心妄想分别雜毒藥故譬如有食雖具上妙色香美味而雜毒藥愚人淺識貪取噉之雖初適意歡喜快樂而後食消備受衆苦或便致死若等失命如是一類補特伽羅不善受持不善觀察不善讀誦不了知義而告大乘種性者曰來善男子汝於過去未來現在一切如來應正等覺從初發心至得無上正

等菩提轉妙法輪度無量衆入無餘依般涅槃已乃至法滅於其中間若修般若波羅蜜多已集當集現集善根若修靜慮精進安忍淨戒布施波羅蜜多已集當集現集善根若住内空已集當集現集善根若住外空内外空空空大空勝義空有爲空無爲空畢竟空無際空散空無變異空本性空自相空共相空一切法空不可得空無性空自性空無性自性空已集當集現集善根若住眞如已集當集現集善根若住法界法性不虚妄性不變異性平等性離生性法定法住實際虚空界不思議界已集當集現集善根若住苦聖諦已集當集現集善根若住集滅道聖諦已集當集現集善根若修四靜慮已集當集現集善根若修四無量四無色定已集當集現

集善根若修八解脫已集當集現集善根若修八勝處九次第定十遍處已集當集現集善根若修四念住已集當集現集善根若修四正斷四神足五根五力七等覺支八聖道支已集當集現集善根若修空解脫門已集當集現集善根若修無相無願解脫門已集當集現集善根若修五眼已集當集現集善根若修六神通已集當集現集善根若修佛十力已集當集現集善根若修四無所畏四無礙解大慈大悲大喜大捨十八佛不共法已集當集現集善根若修無忘失法已集當集現集善根若修恒住捨性已集當集現集善根若修一切智已集當集現集善根若修道相智一切相智已集當集現集善根若修一切陀羅尼門已集當集現集善根若修一切三摩地門已集當集現集善根若嚴淨佛土已集當集現集善根若成熟有情已集當集現集善根若諸如來應正等覺所有戒蘊定蘊慧蘊解脫蘊解脫知見蘊及餘一切無數無量無邊功德若佛弟子一切有漏無漏善根若諸如來應正等覺已當現記諸天人等獨覺菩提所有功德若諸天龍藥义健達縛阿素洛揭路荼緊捺洛莫呼洛伽人非人等已集當集現集善根若善男子善女人等於諸功德發起隨喜回向善根如是一切合集稱量現前隨喜與一切有情同共回向阿耨多羅三藐三菩提如是所說隨喜回向以有所得取相分別而爲方便如食雜毒初益後損故此非善隨喜回向所以者何以有所得取相分別發起隨喜回向之心有因有緣

有作意有戲論不應般若波羅蜜多彼雜毒故則爲謗佛不隨佛教不隨法說菩薩種性補特伽羅不應隨彼所說修學是故大德應說云何住菩薩乘諸善男子善女人等應於過去未來現在十方世界一切如來應正等覺及弟子等功德善根隨喜回向謂彼諸佛從初發心至得無上正等菩提轉妙法輪度無量衆入無餘依般涅槃已乃至法滅於其中間若修般若波羅蜜多集諸善根若修靜慮精進安忍淨戒布施波羅蜜多集諸善根若住內空集諸善根若住外空內外空空空大空勝義空有爲空無爲空畢竟空無際空散空無變異空本性空自相空共相空一切法空不可得空無性空自性空無性自性空集諸善根若住眞如集諸善根若住法界法性不虛妄性不變異性平等性離生性法定法住實際虛空界不思議界集諸善根若住苦聖諦集諸善根若住集滅道聖諦集諸善根若修四靜慮集諸善根若修四無量四無色定集諸善根若修八解脫集諸善根若修八勝處九次第定十遍處集諸善根若修四念住集諸善根若修四正斷四神足五根五力七等覺支八聖道支集諸善根若修空解脫門集諸善根若修無相無願解脫門集諸善根若修五眼集諸善根若修六神通集諸善根若修佛十力集諸善根若修四無所畏四無礙解大慈大悲大喜大捨十八佛不共法集諸善根若修無忘失法集諸善根若修恒住捨性集諸善根若修一切智集諸善根若修道相智一切相智集諸善根若修一切

陀羅尼門集諸善根若修一切三摩地門集諸善根若嚴淨佛土集諸善根若成熟有情集諸善根若諸如來應正等覺所有戒蘊定蘊慧蘊解脫蘊解脫知見蘊及餘一切無數無量無邊功德若佛弟子一切有漏無漏善根若諸如來應正等覺已當現記諸天人等獨覺菩提所有功德若諸天龍藥叉健達縛阿素洛揭路荼緊捺洛莫呼洛伽人非人等集諸善根若善男子善女人等於諸功德發起隨喜回向善根住菩薩乘諸善男子善女人等云何於彼功德善根發起隨喜回向無上正等菩提具壽善現白言大士住菩薩乘諸善男子善女人等修行般若波羅蜜多若欲不謗諸佛世尊而發隨喜回向心者應作是念如諸如來應正等覺以無上佛智了達遍知諸功德善根有如是類有如是體有如是相有如是法而可隨喜我今亦應如是隨喜又如諸如來應正等覺以無上佛智了達遍知應以如是諸福業事回向無上正等菩提我今亦應如是回向住菩薩乘諸善男子善女人等於諸如來應正等覺及弟子等功德善根應作如是隨喜回向若作如是隨喜回向則不謗佛隨佛所教隨法而說是菩薩摩訶薩如是隨喜回向之心不雜衆毒終至甘露無上菩提復次大士住菩薩乘諸善男子善女人等修行般若波羅蜜多於諸如來應正等覺及弟子等功德善根應作如是隨喜回向如色不墮欲界色界無色界既不墮三界則非過去未來現在隨喜回向亦應如是如受想行識不墮欲界色界無色界既不

墮三界則非過去未來現在隨喜回向亦應如是如眼處不墮欲界色界無色界既不墮三界則非過去未來現在隨喜回向亦應如是如耳鼻舌身意處不墮欲界色界無色界既不墮三界則非過去未來現在隨喜回向亦應如是如色處不墮欲界色界無色界既不墮三界則非過去未來現在隨喜回向亦應如是如聲香味觸法處不墮欲界色界無色界既不墮三界則非過去未來現在隨喜回向亦應如是如眼界不墮欲界色界無色界既不墮三界則非過去未來現在隨喜回向亦應如是如色界眼識界及眼觸眼觸爲緣所生諸受不墮欲界色界無色界既不墮三界則非過去未來現在隨喜回向亦應如是如耳界不墮欲界色界無色界既不墮三界則非過去未來現在隨喜回向亦應如是如聲界耳識界及耳觸耳觸爲緣所生諸受不墮欲界色界無色界既不墮三界則非過去未來現在隨喜回向亦應如是如鼻界不墮欲界色界無色界既不墮三界則非過去未來現在隨喜回向亦應如是如香界鼻識界及鼻觸鼻觸爲緣所生諸受不墮欲界色界無色界既不墮三界則非過去未來現在隨喜回向亦應如是如舌界不墮欲界色界無色界既不墮三界則非過去未來現在隨喜回向亦應如是如味界舌識界及舌觸舌觸爲緣所生諸受不墮欲界色界無色界既不墮三界則非過去未來現在隨喜回向亦應如是如身界不墮欲界色界無色界既不墮三界則非過去未來現在隨喜回向亦應

如是如觸界身識界及身觸身觸爲緣所生諸受不墮欲界色界無色界既不墮三界則非過去未來現在隨喜回向亦應如是如意界不墮欲界色界無色界既不墮三界則非過去未來現在隨喜回向亦應如是如法界意識界及意觸意觸爲緣所生諸受不墮欲界色界無色界既不墮三界則非過去未來現在隨喜回向亦應如是如地界不墮欲界色界無色界既不墮三界則非過去未來現在隨喜回向亦應如是如水火風空識界不墮欲界色界無色界既不墮三界則非過去未來現在隨喜回向亦應如是如無明不墮欲界色界無色界既不墮三界則非過去未來現在隨喜回向亦應如是如行識名色六處觸受愛取有生老死愁歎苦憂惱不墮欲界色界無色界既不墮三界則非過去未來現在隨喜回向亦應如是如布施波羅蜜多不墮欲界色界無色界既不墮三界則非過去未來現在隨喜回向亦應如是如淨戒安忍精進靜慮般若波羅蜜多不墮欲界色界無色界既不墮三界則非過去未來現在隨喜回向亦應如是如內空不墮欲界色界無色界既不墮三界則非過去未來現在隨喜回向亦應如是如外空內外空空空大空勝義空有爲空無爲空畢竟空無際空散空無變異空本性空自相空共相空一切法空不可得空無性空自性空無性自性空不墮欲界色界無色界既不墮三界則非過去未來現在隨喜回向亦應如是如真如不墮欲界色界無色界既不墮三界則非過去未來現

在隨喜回向亦應如是如法界法性不虛妄性不變異性平等性離生性法定法住實際虛空界不思議界不墮欲界色界無色界既不墮三界則非過去未來現在隨喜回向亦應如是如苦聖諦不墮欲界色界無色界既不墮三界則非過去未來現在隨喜回向亦應如是如集滅道聖諦不墮欲界色界無色界既不墮三界則非過去未來現在隨喜回向亦應如是如四靜慮不墮欲界色界無色界既不墮三界則非過去未來現在隨喜回向亦應如是如四無量四無色定不墮欲界色界無色界既不墮三界則非過去未來現在隨喜回向亦應如是如八解脫不墮欲界色界無色界既不墮三界則非過去未來現在隨喜回向亦應如是如八勝處九次第定十遍處不墮欲界色界無色界既不墮三界則非過去未來現在隨喜回向亦應如是如四念住不墮欲界色界無色界既不墮三界則非過去未來現在隨喜回向亦應如是如四正斷四神足五根五力七等覺支八聖道支不墮欲界色界無色界既不墮三界則非過去未來現在隨喜回向亦應如是如空解脫門不墮欲界色界無色界既不墮三界則非過去未來現在隨喜回向亦應如是如無相無願解脫門不墮欲界色界無色界既不墮三界則非過去未來現在隨喜回向亦應如是如五眼不墮欲界色界無色界既不墮三界則非過去未來現在隨喜回向亦應如是如六神通不墮欲界色界無色界既不墮三界則非過去未來現在隨喜回向亦應如

是如佛十力不墮欲界色界無色界既不墮三界則非過去未來現在隨喜回向亦應如是如四無所畏四無礙解大慈大悲大喜大捨十八佛不共法不墮欲界色界無色界既不墮三界則非過去未來現在隨喜回向亦應如是如無忘失法不墮欲界色界無色界既不墮三界則非過去未來現在隨喜回向亦應如是如恒住捨性不墮欲界色界無色界既不墮三界則非過去未來現在隨喜回向亦應如是如一切智不墮欲界色界無色界既不墮三界則非過去未來現在隨喜回向亦應如是如道相智一切相智不墮欲界色界無色界既不墮三界則非過去未來現在隨喜回向亦應如是如一切陀羅尼門不墮欲界色界無色界既不墮三界則非過去未來現在隨喜回向亦應如是如一切三摩地門不墮欲界色界無色界既不墮三界則非過去未來現在隨喜回向亦應如是如戒蘊不墮欲界色界無色界既不墮三界則非過去未來現在隨喜回向亦應如是如定蘊慧蘊解脱蘊解脱知見蘊不墮欲界色界無色界既不墮三界則非過去未來現在隨喜回向亦應如是如預流果不墮欲界色界無色界既不墮三界則非過去未來現在隨喜回向亦應如是如一來果不還果阿羅漢果不墮欲界色界無色界既不墮三界則非過去未來現在隨喜回向亦應如是如獨覺菩提不墮欲界色界無色界既不墮三界則非過去未來現在隨喜回向亦應如是如諸菩薩摩訶薩行不墮欲界色界無色界既不墮

三界則非過去未來現在隨喜回向亦應如是如諸佛無上正等菩提不墮欲界色界無色界既不墮三界則非過去未來現在隨喜回向亦應如是所以者何如彼諸法自性空故不墮三界非三世攝隨喜回向亦復如是謂諸如來應正等覺自性空故不墮三界非三世攝諸佛功德自性空故不墮三界非三世攝聲聞獨覺及人天等自性空故不墮三界非三世攝彼諸善根自性空故不墮三界非三世攝於彼隨喜自性空故不墮三界非三世攝所回向法自性空故不墮三界非三世攝能回向者自性空故不墮三界非三世攝若菩薩摩訶薩修行般若波羅蜜多如實知色不墮欲界色界無色界如實知受想行識不墮欲界色界無色界若俱不墮三界則非過去未來現在若非三世則不可以彼有相爲方便有所得爲方便發生隨喜回向無上正等菩提何以故以色等法自性不生若法不生則無所有不可以彼無所有法隨喜回向無所有故若菩薩摩訶薩修行般若波羅蜜多如實知眼處不墮欲界色界無色界如實知耳鼻舌身意處不墮欲界色界無色界若俱不墮三界則非過去未來現在若非三世則不可以彼有相爲方便有所得爲方便發生隨喜回向無上正等菩提何以故以眼處等法自性不生若法不生則無所有不可以彼無所有法隨喜回向無所有故若菩薩摩訶薩修行般若波羅蜜多如實知色處不墮欲界色界無色界如實知聲香味觸法處不墮欲界色界無色界若俱不墮三界則

非過去未來現在若非三世則不可以彼有相爲方便有所得爲方便發生隨喜回向無上正等菩提何以故以色處等法自性不生若法不生則無所有不可以彼無所有法隨喜回向無所有故若菩薩摩訶薩修行般若波羅蜜多如實知眼界不墮欲界色界無色界如實知色界眼識界及眼觸眼觸爲緣所生諸受不墮欲界色界無色界若俱不墮三界則非過去未來現在若非三世則不可以彼有相爲方便有所得爲方便發生隨喜回向無上正等菩提何以故以眼界等法自性不生若法不生則無所有不可以彼無所有法隨喜向向無所有故若菩薩摩訶薩修行般若波羅蜜多如實知耳界不墮欲界色界無色界如實知聲界耳識界及耳觸耳觸爲緣所生諸受不墮欲界色界無色界若俱不墮三界則非過去未來現在若非三世則不可以彼有相爲方便有所得爲方便發生隨喜回向無上正等菩提何以故耳界等法自性不生若法不生則無所有不可以彼無所有法隨喜回向無所有故若菩薩摩訶薩修行般若波羅蜜多如實知鼻界不墮欲界色界無色界如實知香界鼻識界及鼻觸鼻觸爲緣所生諸受不墮欲界色界無色界若俱不墮三界則非過去未來現在若非三世則不可以彼有相爲方便有所得爲方便發生隨喜回向無上正等菩提何以故以鼻界等法自性不生若法不生則無所有不可以彼無所有法隨喜回向無所有故若菩薩摩訶薩修行般若波羅蜜多如實知舌界不墮欲

界色界無色界如實知味界舌識界及舌觸舌觸爲緣所生諸受不墮欲界色界無色界若俱不墮三界則非過去未來現在若非三世則不可以彼有相爲方便有所得爲方便發生隨喜回向無上正等菩提何以故以舌界等法自性不生若法不生則無所有不可以彼無所有法隨喜回向無所有故若菩薩摩訶薩修行般若波羅蜜多如實知身界不墮欲界色界無色界如實知觸界身識界及身觸身觸爲緣所生諸受不墮欲界色界無色界若俱不墮三界則非過去未來現在若非三世則不可以彼有相爲方便有所得爲方便發生隨喜回向無上正等菩提何以故以身界等法自性不生若法不生則無所有不可以彼無所有法隨喜回向無所有故若菩薩摩訶薩修行般若波羅蜜多如實知意界不墮欲界色界無色界如實知法界意識界及意觸意觸爲緣所生諸受不墮欲界色界無色界若俱不墮三界則非過去未來現在若非三世則不可以彼有相爲方便有所得爲方便發生隨喜回向無上正等菩提何以故以意界等法自性不生若法不生則無所有不可以彼無所有法隨喜回向無所有故

大般若波羅蜜多經卷第一百七十

大般若波羅蜜多經卷第一百七十一

唐三藏法師玄奘奉詔譯

初分隨喜迴向品第三十一之四

若菩薩摩訶薩修行般若波羅蜜多如實知地界不墮欲界色界無色界如實知水火風空識界不墮欲界色界無色界若俱不墮三界則非過去未來現在若非三世則不可以彼有相爲方便有所得爲方便發生隨喜迴向無上正等菩提何以故以地界等法自性不生若法不生則無所有不可以彼無所有法隨喜迴向無所有故若菩薩摩訶薩修行般若波羅蜜多如實知無明不墮欲界色界無色界如實知行識名色六處觸受愛取有生老死愁歎苦憂惱不墮欲界色界無色界若俱不墮三界則非過去未來現在若非三世則不可以彼有相爲方便有所得爲方便發生隨喜迴向無上正等菩提何以故以無明等法自性不生若法不生則無所有不可以彼無所有法隨喜迴向無所有故若菩薩摩訶薩修行般若波羅蜜多如實知布施波羅蜜多不墮欲界色界無色界如實知淨戒安忍精進靜慮般若波羅蜜多不墮欲界色界無色界若俱不墮三界則非過去未來現在若非三世則不可以彼有相爲方便有所得爲方便發生隨喜迴向無上正等菩提何以故以布施波羅蜜多等法自性不生若法不生則無所有不可以彼無所有法隨喜迴向無所有故若菩薩摩訶薩修行般若波羅蜜多如實知內空不墮欲界色界無色界如實知外空內外空空空大空勝義空有爲空

無爲空畢竟空無際空散空無變異空本性空自相空共相空一切法空不可得空無性空自性空無性自性空不墮欲界色界無色界若俱不墮三界則非過去未來現在若非三世則不可以彼有相爲方便有所得爲方便發生隨喜迴向無上正等菩提何以故以内空等法自性不生若法不生則無所有不可以彼無所有法隨喜迴向無所有故若菩薩摩訶薩修行般若波羅蜜多如實知眞如不墮欲界色界無色界如實知法界法性不虛妄性不變異性平等性離生性法定法住實際虛空界不思議界不墮欲界色界無色界若俱不墮三界則非過去未來現在若非三世則不可以彼有相爲方便有所得爲方便發生隨喜迴向無上正等菩提何以故以眞如等法自性不生若法不生則無所有不可以彼無所有法隨喜迴向無所有故若菩薩摩訶薩修行般若波羅蜜多如實知苦聖諦不墮欲界色界無色界如實知集滅道聖諦不墮欲界色界無色界若俱不墮三界則非過去未來現在若非三世則不可以彼有相爲方便有所得爲方便發生隨喜迴向無上正等菩提何以故以苦聖諦等法自性不生若法不生則無所有不可以彼無所有法隨喜迴向無所有故若菩薩摩訶薩修行般若波羅蜜多如實知四靜慮不墮欲界色界無色界如實知四無量四無色定不墮欲界色界無色界若俱不墮三界則非過去未來現在若非三世則不可以彼有相爲方便有所得爲方便發生隨喜迴向無上正等菩提

何以故以四靜慮等法自性不生若法不生則無所有不可以彼無所有法隨喜迴向無所有故若菩薩摩訶薩修行般若波羅蜜多如實知八解脫不墮欲界色界無色界如實知八勝處九次第定十徧處不墮欲界色界無色界若俱不墮三界則非過去未來現在若非三世則不可以彼有相爲方便有所得爲方便發生隨喜迴向無上正等菩提何以故以八解脫等法自性不生若法不生則無所有不可以彼無所有法隨喜迴向無所有故若菩薩摩訶薩修行般若波羅蜜多如實知四念住不墮欲界色界無色界如實知四正斷四神足五根五力七等覺支八聖道支不墮欲界色界無色界若俱不墮三界則非過去未來現在若非三世則不可以彼有相爲方便有所得爲方便發生隨喜迴向無上正等菩提何以故以四念住等法自性不生若法不生則無所有不可以彼無所有法隨喜迴向無所有故若菩薩摩訶薩修行般若波羅蜜多如實知空解脫門不墮欲界色界無色界如實知無相無願解脫門不墮欲界色界無色界若俱不墮三界則非過去未來現在若非三世則不可以彼有相爲方便有所得爲方便發生隨喜迴向無上正等菩提何以故以空解脫門等法自性不生若法不生則無所有不可以彼無所有法隨喜迴向無所有故若菩薩摩訶薩修行般若波羅蜜多如實知五眼不墮欲界色界無色界如實知六神通不墮欲界色界無色界若俱不墮三界則非過去未來現在若非三世則不可

以彼有相爲方便有所得爲方便發生隨喜迴向無上正等菩提何以故以五眼等法自性不生若法不生則無所有不可以彼無所有法隨喜迴向無所有故若菩薩摩訶薩修行般若波羅蜜多如實知佛十力不墮欲界色界無色界如實知四無所畏四無礙解大慈大悲大喜大捨十八佛不共法不墮欲界色界無色界若俱不墮三界則非過去未來現在若非三世則不可以彼有相爲方便有所得爲方便發生隨喜迴向無上正等菩提何以故以佛十力等法自性不生若法不生則無所有不可以彼無所有法隨喜迴向無所有故若菩薩摩訶薩修行般若波羅蜜多如實知無忘失法不墮欲界色界無色界如實知恒住捨性不墮欲界色界無色界若俱不墮三界則非過去未來現在若非三世則不可以彼有相爲方便有所得爲方便發生隨喜迴向無上正等菩提何以故以無忘失法等法自性不生若法不生則無所有不可以彼無所有法隨喜迴向無所有故若菩薩摩訶薩修行般若波羅蜜多如實知一切智不墮欲界色界無色界如實知道相智一切相智不墮欲界色界無色界若俱不墮三界則非過去未來現在若非三世則不可以彼有相爲方便有所得爲方便發生隨喜迴向無上正等菩提何以故以一切智等法自性不生若法不生則無所有不可以彼無所有法隨喜迴向無所有故若菩薩摩訶薩修行般若波羅蜜多如實知一切陀羅尼門不墮欲界色界無色界如實知一切三摩地門不

墮欲界色界無色界若俱不墮三界則非過去未來現在若非三世則不可以彼有相爲方便有所得爲方便發生隨喜迴向無上正等菩提何以故以一切陀羅尼門等法自性不生若法不生則無所有不可以彼無所有法隨喜迴向無所有故若菩薩摩訶薩修行般若波羅蜜多如實知戒蘊不墮欲界色界無色界如實知定蘊慧蘊解脱蘊解脱知見蘊不墮欲界色界無色界若俱不墮三界則非過去未來現在若非三世則不可以彼有相爲方便有所得爲方便發生隨喜迴向無上正等菩提何以故以戒蘊等法自性不生若法不生則無所有不可以彼無所有法隨喜迴向無所有故若菩薩摩訶薩修行般若波羅蜜多如實知預流果不墮欲界色界無色界如實知一來果不還果阿羅漢果不墮欲界色界無色界若俱不墮三界則非過去未來現在若非三世則不可以彼有相爲方便有所得爲方便發生隨喜迴向無上正等菩提何以故以預流果等法自性不生若法不生則無所有不可以彼無所有法隨喜迴向無所有故若菩薩摩訶薩修行般若波羅蜜多如實知諸獨覺菩提不墮欲界色界無色界若不墮三界則非過去未來現在若非三世則不可以彼有相爲方便有所得爲方便發生隨喜迴向無上正等菩提何以故以諸獨覺菩提法自性不生若法不生則無所有不可以彼無所有法隨喜迴向無所有故若菩薩摩訶薩修行般若波羅蜜多如實知諸菩薩摩訶薩行不墮欲界色界無色界若

不墮三界則非過去未來現在若非三世則不可以彼有相爲方便有所得爲方便發生隨喜迴向無上正等菩提何以故以諸菩薩摩訶薩行法自性不生若法不生則無所有不可以彼無所有法隨喜迴向無所有故若菩薩摩訶薩修行般若波羅蜜多如實知諸佛無上正等菩提不墮欲界色界無色界若不墮三界則非過去未來現在若非三世則不可以彼有相爲方便有所得爲方便發生隨喜迴向無上正等菩提何以故以諸佛無上正等菩提法自性不生若法不生則無所有不可以彼無所有法隨喜迴向無所有故是菩薩摩訶薩如是隨喜迴向不雜衆毒終至甘露無上菩提復次大士住菩薩乘諸善男子善女人等若以有相爲方便或有所得爲方便於諸如來應正等覺及弟子等功德善根發生隨喜迴向無上正等菩提如是爲邪隨喜迴向此邪隨喜迴向之心諸佛世尊所不稱讚如是隨喜迴向之心非佛世尊所稱讚故不能圓滿布施淨戒安忍精進靜慮般若波羅蜜多亦不能圓滿四靜慮四無量四無色定亦不能圓滿八解脫八勝處九次第定十徧處亦不能圓滿四念住四正斷四神足五根五力七等覺支八聖道支亦不能圓滿空解脫門無相解脫門無願解脫門由不能圓滿布施淨戒安忍精進靜慮般若波羅蜜多故不能圓滿四靜慮四無量四無色定故不能圓滿八解脫八勝處九次第定十徧處故不能圓滿四念住四正斷四神足五根五力七等覺支八聖道支故不能圓滿空

解脫門無相解脫門無願解脫門故則不能圓證內空外空內外空空空大空勝義空有爲空無爲空畢竟空無際空散空無變異空本性空自相空共相空一切法空不可得空無性空自性空無性自性空亦不能圓證眞如法界法性不虛妄性不變異性平等性離生性法定法住實際虛空界不思議界亦不能圓證苦聖諦集聖諦滅聖諦道聖諦由不能圓證內空外空內外空空空大空勝義空有爲空無爲空畢竟空無際空散空無變異空本性空自相空共相空一切法空不可得空無性空自性空無性自性空故不能圓證眞如法界法性不虛妄性不變異性平等性離生性法定法住實際虛空界不思議界故不能圓證苦聖諦集聖諦滅聖諦道聖諦故則不能圓滿五眼六神通亦不能圓滿佛十力四無所畏四無礙解大慈大悲大喜大捨十八佛不共法亦不能圓滿無忘失法恒住捨性亦不能圓滿一切智道相智一切相智亦不能圓滿一切陀羅尼門一切三摩地門由不能圓滿五眼六神通故不能圓滿佛十力四無所畏四無礙解大慈大悲大喜大捨十八佛不共法故不能圓滿無忘失法恒住捨性故不能圓滿一切智道相智一切相智故不能圓滿一切陀羅尼門一切三摩地門故則不能圓滿嚴淨佛土亦不能圓滿成熟有情由不能圓滿嚴淨佛土故不能圓滿成熟有情故則不能證得阿耨多羅三藐三菩提何以故由彼所起隨喜迴向雜衆毒故復次大士諸菩薩摩訶薩修行般若波羅蜜多

應作是念如十方界一切如來應正等覺如實照了功德善根有如是法可依是法發生無倒隨喜迴向我今亦應依如是法發生隨喜迴向無上正等菩提是爲正起隨喜迴向爾時世尊讚具壽善現言善哉善哉善現汝今已爲佛所作事謂爲菩薩摩訶薩等善說無倒隨喜迴向如是所說隨喜迴向以無相爲方便無所得爲方便無生爲方便無滅爲方便無染爲方便無淨爲方便無性自性爲方便自相空爲方便自性空爲方便眞如爲方便法界爲方便法性爲方便不虛妄性爲方便實際爲方便故善現假使三千大千世界一切有情皆得成就十善業道四靜慮四無量四無色定五神通於汝意云何是諸有情功德多不善現答言甚多世尊甚多善逝

佛言善現若善男子善女人等於諸如來應正等覺及弟子等功德善根起無染著隨喜迴向所獲功德甚多於前善現是善男子善女人等所起如是隨喜迴向爲最爲勝爲尊爲高爲妙爲微妙爲上爲無上無等無等等復次善現假使三千大千世界一切有情皆得預流一來不還阿羅漢果有善男子善女人等於彼預流一來不還阿羅漢果盡其形壽供養恭敬尊重讚歎以無量種衣服飲食卧具醫藥及餘資具而奉施之於汝意云何是善男子善女人等由此因緣得福多不善現答言甚多世尊甚多善逝佛言善現若善男子善女人等於諸如來應正等覺及弟子等功德善根起無染著隨喜迴向所獲福聚甚多於前善現是善男子善女人等所起如

是隨喜迴向爲最爲勝爲尊爲高爲妙爲微妙爲上爲無上無等無等等復次善現假使三千大千世界一切有情皆成獨覺有善男子善女人等於彼獨覺盡其形壽供養恭敬尊重讚歎以無量種衣服飲食卧具醫藥及餘資具而奉施之於汝意云何是善男子善女人等由此因緣得福多不善現答言甚多世尊甚多善逝佛言善現若善男子善女人等於諸如來應正等覺及弟子等功德善根起無染著隨喜迴向所獲福聚甚多於前善現是善男子善女人等所起如是隨喜迴向爲最爲勝爲尊爲高爲妙爲微妙爲上爲無上無等無等等復次善現假使三千大千世界一切有情皆趣無上正等菩提設復十方各如殑伽沙等世界一切有情一一各於彼趣無上正等菩提一一菩薩摩訶薩所供養恭敬尊重讚歎以無量種衣服飲食卧具醫藥及餘資生上妙樂具而奉施之經如殑伽沙等大劫於汝意云何是諸有情由此因緣得福多不善現答言甚多世尊甚多善逝如是福聚無數無量無邊無限筭數譬喻難可測量世尊若是福聚有形色者十方各如殑伽沙界所不容受佛言善哉善哉善現彼福聚量如汝所説若善男子善女人等於諸如來應正等覺及弟子等功德善根起無染著隨喜迴向所獲福聚甚多於前善現是善男子善女人等所起如是隨喜迴向爲最爲勝爲尊爲高爲妙爲微妙爲上爲無上無等無等等善現若以前福比此福聚百分不及一千分不及一百千分不及一俱胝分不及一

百俱胝分不及一千俱胝分不及一百千俱胝分不及一百千俱胝那庾多分不及一數分算分計分喻分乃至鄔波尼殺曇分亦不及一何以故善現彼諸有情所成就十善業道四靜慮四無量四無色定五神通皆以有相及有所得爲方便故彼善男子善女人等供養恭敬尊重讚歎以無量種衣服飲食卧具醫藥及餘資具奉施預流一來不還阿羅漢果及諸獨覺所獲福聚皆以有相及有所得爲方便故彼諸有情供養恭敬尊重讚歎以無量種衣服飲食卧具醫藥及餘資生上妙樂具奉施彼趣無上菩提諸菩薩衆所獲福聚皆以有相及有所得爲方便故爾時四大天王與其眷屬二萬天子俱踊躍歡喜便起合掌頂禮佛足白言世尊如是菩薩摩訶薩乃能發起如是廣大隨喜迴向謂彼菩薩摩訶薩方便善巧以無相爲方便無所得爲方便無染著爲方便無思作爲方便於諸如來應正等覺及弟子等功德善根發生隨喜迴向無上正等菩提如是所起隨喜迴向不墮二法不二法中時天帝釋與其眷屬無量百千天子俱各持種種天妙華鬘燒香塗香散香衣服瓔珞寶幢旛蓋衆妙珍奇奏諸天樂以供養佛白言世尊如是菩薩摩訶薩乃能發起如是廣大隨喜迴向謂彼菩薩摩訶薩方便善巧以無相爲方便無所得爲方便無染著爲方便無思作爲方便於諸如來應正等覺及弟子等功德善根發生隨喜迴向無上正等菩提如是所起隨喜迴向不墮二法不二法中時蘇夜摩天王與其眷屬無量

百千天子俱各持種種天妙華鬘燒香塗香散香衣服瓔珞寶幢旛蓋衆妙珍奇奏諸天樂以供養佛白言世尊如是菩薩摩訶薩乃能發起如是廣大隨喜迴向謂彼菩薩摩訶薩方便善巧以無相爲方便無所得爲方便無染著爲方便無思作爲方便於諸如來應正等覺及弟子等功德善根發生隨喜迴向無上正等菩提如是所起隨喜迴向不墮二法不二法中時珊覩史多天王與其眷屬無量百千天子俱各持種種天妙華鬘燒香塗香散香衣服瓔珞寶幢旛蓋衆妙珍奇奏諸天樂以供養佛白言世尊如是菩薩摩訶薩乃能發起如是廣大隨喜迴向謂彼菩薩摩訶薩方便善巧以無相爲方便無所得爲方便無染著爲方便無思作爲方便於諸如來

應正等覺及弟子等功德善根發生隨喜迴向無上正等菩提如是所起隨喜迴向不墮二法不二法中時善變化天王與其眷屬無量百千天子俱各持種種天妙華鬘燒香塗香散香衣服瓔珞寶幢旛蓋衆妙珍奇奏諸天樂以供養佛白言世尊如是菩薩摩訶薩乃能發起如是廣大隨喜迴向謂彼菩薩摩訶薩方便善巧以無相爲方便無所得爲方便無染著爲方便無思作爲方便於諸如來應正等覺及弟子等功德善根發生隨喜迴向無上正等菩提如是所起隨喜迴向不墮二法不二法中時最自在天王與其眷屬無量百千天子俱各持種種天妙華鬘燒香塗香散香衣服瓔珞寶幢旛蓋衆妙珍奇奏諸天樂以供養佛白言世尊如是菩薩摩訶薩

乃能發起如是廣大隨喜迴向謂彼菩薩摩訶薩方便善巧以無相爲方便無所得爲方便無染著爲方便無思作爲方便於諸如來應正等覺及弟子等功德善根發生隨喜迴向無上正等菩提如是所起隨喜迴向不墮二法不二法中爾時大梵天王與無量百千俱胝那庾多梵天衆俱前詣佛所頂禮雙足俱發聲言希有世尊如是菩薩摩訶薩爲般若波羅蜜多及方便善巧所攝受故超勝於前無方便善巧有相有所得諸善男子善女人等所修善根時極光淨天與無量百千俱胝那庾多光天衆俱前詣佛所頂禮雙足俱發聲言希有世尊如是菩薩摩訶薩爲般若波羅蜜多及方便善巧所攝受故超勝於前無方便善巧有相有所得諸善男子善女人等所修善根時徧淨天與無量百千俱胝那庾多淨天衆俱前詣佛所頂禮雙足俱發聲言希有世尊如是菩薩摩訶薩爲般若波羅蜜多及方便善巧所攝受故超勝於前無方便善巧有相有所得諸善男子善女人等所修善根時廣果天與無量百千俱胝那庾多廣天衆俱前詣佛所頂禮雙足俱發聲言希有世尊如是菩薩摩訶薩爲般若波羅蜜多及方便善巧所攝受故超勝於前無方便善巧有相有所得諸善男子善女人等所修善根時色究竟天與無量百千俱胝那庾多淨居天衆俱前詣佛所頂禮雙足俱發聲言希有世尊如是菩薩摩訶薩爲般若波羅蜜多及方便善巧所攝受故超勝於前無方便善巧有相有所得諸善男子善女人等所修善

根爾時佛告四大王衆天三十三天夜摩天覩史多天樂變化天他化自在天梵衆天梵輔天梵會天大梵天光天少光天無量光天極光淨天淨天少淨天無量淨天徧淨天廣天少廣天無量廣天廣果天無煩天無熱天善現天善見天色究竟天等言假使三千大千世界一切有情皆發阿耨多羅三藐三菩提心普於過去未來現在十方世界一切如來應正等覺從初發心至得無上正等菩提轉妙法輪入無餘依般涅槃後乃至法滅於其中間所有修習布施淨戒安忍精進靜慮般若波羅蜜多相應善根若安住內空外空內外空空空大空勝義空有爲空無爲空畢竟空無際空散空無變異空本性空自相空共相空一切法空不可得空無性空自性空無性自性空相應善根若安住眞如法界法性不虛妄性不變異性平等性離生性法定法住實際虛空界不思議界相應善根若安住苦聖諦集聖諦滅聖諦道聖諦相應善根若修習四靜慮四無量四無色定相應善根若修習八解脫八勝處九次第定十徧處相應善根若修習四念住四正斷四神足五根五力七等覺支八聖道支相應善根若修習空解脫門無相解脫門無願解脫門相應善根若修習五眼六神通相應善根若修習佛十力四無所畏四無礙解大慈大悲大喜大捨十八佛不共法相應善根若修習無忘失法恒住捨性相應善根若修習一切智道相智一切相智相應善根若修習一切陀羅尼門一切三摩地門相應善根若修習諸菩薩

摩訶薩行相應善根若修習諸佛無上正等菩提相應善根若諸弟子所有善根若諸如來應正等覺戒蘊定蘊慧蘊解脱蘊解脱知見蘊及餘無量無邊佛法若諸如來所説正法若依彼法修習施性戒性修性三福業事若依彼法精勤修學得預流果得一來果得不還果得阿羅漢果得獨覺菩提得入菩薩正性離生若諸有情修布施淨戒安忍精進靜慮般若等所引善根如是一切合集稱量以有相爲方便有所得爲方便有染著爲方便有思作爲方便有二不二爲方便現前隨喜既隨喜已迴向無上正等菩提有善男子善女人等發趣無上正等菩提普於過去未來現在十方世界一切如來應正等覺從初發心至得無上正等菩提轉妙法輪入無餘依般涅槃後乃至法滅於其中間所有修習布施淨戒安忍精進靜慮般若波羅蜜多相應善根若安住内空外空内外空空空大空勝義空有爲空無爲空畢竟空無際空散空無變異空本性空自相空共相空一切法空不可得空無性空自性空無性自性空相應善根若安住眞如法界法性不虛妄性不變異性平等性離生性法定法住實際虛空界不思議界相應善根若安住苦聖諦集聖諦滅聖諦道聖諦相應善根若修習四靜慮四無量四無色定相應善根若修習八解脱八勝處九次第定十徧處相應善根若修習四念住四正斷四神足五根五力七等覺支八聖道支相應善根若修習空解脱門無相解脱門無願解脱門相應善根若修習五眼六

神通相應善根若修習佛十力四無所畏四無礙解大慈大悲大喜大捨十八佛不共法相應善根若修習無忘失法恒住捨性相應善根若修習一切智道相智一切相智相應善根若修習一切陀羅尼門一切三摩地門相應善根若修習諸菩薩摩訶薩行相應善根若修習諸佛無上正等菩提相應善根若諸弟子所有善根若諸如來應正等覺戒蘊定蘊慧蘊解脫蘊解脫知見蘊及餘無量無邊佛法若諸如來所說正法若依彼法修習施性戒性修性三福業事若依彼法精勤修學得預流果得一來果得不還果得阿羅漢果得獨覺菩提得入菩薩正性離生若諸有情修布施淨戒安忍精進靜慮般若等所引善根如是一切合集稱量以無相爲方便無所得爲方便無染著爲方便無思作爲方便無二不二爲方便現前隨喜既隨喜已迴向無上正等菩提是善男子善女人等隨喜迴向爲最爲勝爲尊爲高爲妙爲微妙爲上爲無上無等無等等於前有情隨喜迴向百倍爲勝千倍爲勝百千倍爲勝俱胝倍爲勝百俱胝倍爲勝千俱胝倍爲勝百千俱胝倍爲勝百千俱胝那庾多倍爲勝數倍算倍計倍喻倍乃至鄔波尼殺曇倍亦最爲勝

大般若波羅蜜多經卷第一百七十一

音釋

殑伽梵語也此云天堂來河名也以從高處來故殑其拯其陵二切伽具牙切
俱胝梵語也此云百億胝張尼切
那庾多梵語也此云萬億庾弋渚切
鄔波尼殺曇梵語也此謂數之極鄔安古切曇徒南切
華鬘鬘莫班切
珊覩史多梵語也亦云兜率陀此云知足珊音山

大般若波羅蜜多經卷第一百七十二

唐三藏法師玄奘奉　詔譯

初分隨喜迴向品第三十一之五

爾時具壽善現白佛言世尊如世尊說是善男子善女人等隨喜迴向爲最爲勝爲尊爲高爲妙爲微妙爲上爲無上無等無等等世尊齊何說是隨喜迴向爲最爲勝爲尊爲高爲妙爲微妙爲上爲無上無等無等等佛言善現是善男子善女人等普於過去未來現在十方世界一切如來應正等覺聲聞獨覺菩薩及餘一切有情諸善根等不取不捨不矜不慊非有所得非無所得又知諸法無生無滅無染無淨無增無減無去無來無聚無散無入無出作如是念如彼過去未來現在諸法眞如法界法性不虛妄性不變異性平等性離生性法定法住實際虛空界不思議界我亦如是隨喜迴向善現齊是菩薩摩訶薩所起隨喜迴向我說爲最爲勝爲尊爲高爲妙爲微妙爲上爲無上無等無等等善現如是隨喜迴向勝餘隨喜迴向百倍千倍百千倍俱胝倍百俱胝倍千俱胝倍百千俱胝倍百千俱胝那庾多倍數倍算倍計倍喻倍乃至鄔波尼殺曇倍是故我說如是所起隨喜迴向爲最爲勝爲尊爲高爲妙爲微妙爲上爲無上無等無等等復次善現住菩薩乘諸善男子善女人等欲於過去未來現在十方世界一切如來應正等覺從初發心至得無上正等菩提轉妙法輪入無餘依般涅槃後乃至法滅於其中間所有一切布施淨戒安忍精進靜慮般若波羅蜜多相應善根若

戒蘊定蘊慧蘊解脫蘊解脫知見蘊若餘無量無邊佛法若諸聲聞獨覺菩薩功德善根若餘有情所有施性戒性修性三福業事及餘善法合集稱量現前發起無倒隨喜迴向心者應作是念如解脫色亦如是如解脫受想行識亦如是如解脫眼處亦如是如解脫耳鼻舌身意處亦如是如解脫色處亦如是如解脫聲香味觸法處亦如是如解脫眼界亦如是如解脫色界眼識界及眼觸眼觸爲緣所生諸受亦如是如解脫耳界亦如是如解脫聲界耳識界及耳觸耳觸爲緣所生諸受亦如是如解脫鼻界亦如是如解脫香界鼻識界及鼻觸鼻觸爲緣所生諸受亦如是如解脫舌界亦如是如解脫味界舌識界及舌觸舌觸爲緣所生諸受亦如是如解脫身界亦如是如解脫觸界身識界及身觸身觸爲緣所生諸受亦如是如解脫意界亦如是如解脫法界意識界及意觸意觸爲緣所生諸受亦如是如解脫地界亦如是如解脫水火風空識界亦如是如解脫無明亦如是如解脫行識名色六處觸受愛取有生老死愁歎苦憂惱亦如是如解脫布施波羅蜜多亦如是如解脫淨戒安忍精進靜慮般若波羅蜜多亦如是如解脫內空亦如是如解脫外空內外空空空大空勝義空有爲空無爲空畢竟空無際空散空無變異空本性空自相空共相空一切法空不可得空無性空自性空無性自性空亦如是如解脫眞如亦如是如解脫法界法性不虛妄性不變異性平等性離生性法定法住實際虛空界不思議界

亦如是如解脫若聖諦亦如是如解脫集滅道聖諦亦如是如解脫四靜慮亦如是如解脫四無量四無色定亦如是如解脫八解脫亦如是如解脫八勝處九次第定十徧處亦如是如解脫四念住亦如是如解脫四正斷四神足五根五力七等覺支八聖道支亦如是如解脫空解脫門亦如是如解脫無相無願解脫門亦如是如解脫五眼亦如是如解脫六神通亦如是如解脫佛十力亦如是如解脫四無所畏四無礙解大慈大悲大喜大捨十八佛不共法亦如是如解脫無忘失法亦如是如解脫恒住捨性亦如是如解脫一切智亦如是如解脫道相智一切相智亦如是如解脫一切陀羅尼門亦如是如解脫一切三摩地門亦如是如解脫戒蘊亦如是如解脫定慧解脫解脫知見蘊亦如是如解脫過去未來現在一切法亦如是如解脫過去未來現在十方世界一切如來應正等覺亦如是如解脫一切佛菩提涅槃亦如是如解脫無數無量無邊佛法亦如是如解脫一切佛弟子亦如是如解脫一切佛弟子諸根成熟亦如是如解脫一切佛弟子般涅槃亦如是如解脫一切佛弟子諸法亦如是如解脫一切獨覺亦如是如解脫一切獨覺諸根成熟亦如是如解脫一切獨覺般涅槃亦如是如解脫一切獨覺諸法亦如是如解脫一切如來應正等覺及佛弟子獨覺法性亦如是如解脫一切有情亦如是如解脫一切法性亦如是如解脫一切隨喜迴向亦如是如諸法性無縛無解無染無淨無起無盡無生無

滅無取無捨我於如是功德善根現前隨喜迴向無上正等菩提如是隨喜非能隨喜無所隨喜故如是迴向非能迴向無所迴向故如是所起隨喜迴向非轉非息無生滅故善現是菩薩摩訶薩隨喜迴向爲最爲勝爲尊爲高爲妙爲微妙爲上爲無上無等無等等善現若菩薩摩訶薩成就如是隨喜迴向疾證無上正等菩提復次善現若趣大乘諸善男子善女人等假使能於十方現在各如殑伽沙等世界一切如來應正等覺及弟子衆以有相爲方便有所得爲方便盡其形壽供養恭敬尊重讚歎復持種種衣服飲食臥具醫藥及餘資生諸妙樂具而奉施之彼諸如來應正等覺及弟子衆般涅槃後取設利羅以妙七寶修建高廣諸窣堵波晝夜精勤禮敬右繞復以種種上妙華鬘塗散等香衣服瓔珞寶幢旛蓋衆妙珍奇妓樂燈明盡諸所有供養恭敬尊重讚歎復以有相爲方便有所得爲方便修習布施淨戒安忍精進靜慮般若波羅蜜多等相應善根又以有相爲方便有所得爲方便於諸如來應正等覺及弟子等功德善根發生隨喜迴向無上正等菩提有善男子善女人等發趣無上正等菩提以無相爲方便無所得爲方便修習布施淨戒安忍精進靜慮般若波羅蜜多等相應善根又以無相爲方便無所得爲方便於諸如來應正等覺及弟子等功德善根發生隨喜迴向無上正等菩提是善男子善女人等由依般若波羅蜜多方便善巧隨喜迴向勝前所起隨喜迴向百倍千倍百千倍俱胝倍百

俱胝倍千俱胝倍百千俱胝倍百千俱胝那庾多倍數倍算倍計倍喻倍乃至鄔波尼殺曇倍故說如是隨喜迴向爲最爲勝爲尊爲高爲妙爲微妙爲上爲無上無等無等等是故善現發趣大乘諸菩薩摩訶薩皆應以無相爲方便無所得爲方便修學布施淨戒安忍精進靜慮般若波羅蜜多等相應善根及依般若波羅蜜多方便善巧於諸如來應正等覺及弟子等功德善根發生隨喜迴向無上正等菩提

初分讚般若品第三十二之一

爾時具壽舍利子白佛言世尊如是所說豈非般若波羅蜜多佛言舍利子如是所說即是般若波羅蜜多時舍利子復白佛言世尊如是般若波羅蜜多能作照明畢竟淨故世尊如是般若波羅蜜多皆應禮敬我等天人所欽奉故世尊如是般若波羅蜜多無所染著諸世間法不能汙故世尊如是般若波羅蜜多遠離一切三界瞖眩能除煩惱諸見暗故世尊如是般若波羅蜜多最爲上首於一切種覺分法中極尊勝故世尊如是般若波羅蜜多能作安隱永斷一切驚恐逼惱災橫事故世尊如是般若波羅蜜多能施光明攝受諸有情令得五眼故世尊如是般若波羅蜜多能示中道令失路者離二邊故世尊如是般若波羅蜜多善能發生一切智智永斷一切相續煩惱并習氣故世尊如是般若波羅蜜多是諸菩薩摩訶薩母菩薩所修一切佛法從此生故世尊如是般若波羅蜜多不生不滅自相空故世尊如是般若波羅蜜多

遠離生死非常非壞故世尊如是般若波羅蜜多能作依怙施諸法寶故世尊如是般若波羅蜜多能成佛十力不可屈伏故世尊如是般若波羅蜜多能轉三轉十二行相無上法輪達一切法無轉還故世尊如是般若波羅蜜多能示諸法無顛倒性顯了無性自性空故世尊住菩薩乘若獨覺乘若聲聞乘諸有情類於此般若波羅蜜多應云何住佛言舍利子是諸有情於此般若波羅蜜多應如佛住供養禮敬思惟般若波羅蜜多應如供養禮敬思惟佛薄伽梵所以者何般若波羅蜜多不異佛薄伽梵佛薄伽梵不異般若波羅蜜多般若波羅蜜多即是佛薄伽梵佛薄伽梵即是般若波羅蜜多何以故舍利子一切如來應正等覺皆由般若波羅蜜多得出現故舍利子一切菩薩摩訶薩獨覺阿羅漢不還一來預流等皆由般若波羅蜜多得出現故舍利子一切世間十善業道四靜慮四無量四無色定五神通皆由般若波羅蜜多得出現故舍利子一切布施淨戒安忍精進靜慮般若波羅蜜多皆由般若波羅蜜多得出現故舍利子一切內空外空內外空空空大空勝義空有爲空無爲空畢竟空無際空散空無變異空本性空自相空共相空一切法空不可得空無性空自性空無性自性空皆由般若波羅蜜多得出現故舍利子一切眞如法界法性不虛妄性不變異性平等性離生性法定法住實際虛空界不思議界皆由般若波羅蜜多得出現故舍利子一切苦聖諦集聖諦滅聖諦道聖諦皆由般若波羅

蜜多得出現故舍利子一切四靜慮四無量四無色定皆由般若波羅蜜多得出現故舍利子一切八解脫八勝處九次第定十徧處皆由般若波羅蜜多得出現故舍利子一切四念住四正斷四神足五根五力七等覺支八聖道支皆由般若波羅蜜多得出現故舍利子一切空解脫門無相解脫門無願解脫門皆由般若波羅蜜多得出現故舍利子一切五眼六神通皆由般若波羅蜜多得出現故舍利子一切佛十力四無所畏四無礙解大慈大悲大喜大捨十八佛不共法皆由般若波羅蜜多得出現故舍利子一切無忘失法恒住捨性皆由般若波羅蜜多得出現故舍利子一切智道相智一切相智皆由般若波羅蜜多得出現故舍利子一切陀羅尼門一切三摩地門皆由般若波羅蜜多得出現故時天帝釋竊生是念今舍利子以何因緣乃問斯事時舍利子知其心念便告之言憍尸迦諸菩薩摩訶薩爲般若波羅蜜多及方便善巧所攝受故能於過去未來現在十方世界一切如來應正等覺從初發心至得無上正等菩提轉妙法輪乃至法滅於其中間所有一切功德善根若諸聲聞獨覺菩薩餘有情類功德善根合集稱量現前隨喜迴向無上正等菩提由是因緣故問斯事復次憍尸迦諸菩薩摩訶薩所學般若波羅蜜多超勝布施淨戒安忍精進靜慮波羅蜜多無量倍數如生盲人百千等衆無淨目者善引導之猶尚不能近趣正道況能遠達豐樂大城如是布施淨戒安忍精進靜慮波羅蜜多諸

生盲衆若無般若波羅蜜多淨目者導尚不能趣善薩正道況能得入一切智城復次憍尸迦如是布施淨戒安忍精進靜慮波羅蜜多由此般若波羅蜜多所攝受故名有目者復由般若波羅蜜多之所攝受故布施等一切皆得到彼岸名時天帝釋便白具壽舍利子言如大德說布施等五波羅蜜多要由般若波羅蜜多所攝受故乃得名爲到彼岸者豈不可說要由布施波羅蜜多所攝受故餘五乃得到彼岸名要由淨戒波羅蜜多所攝受故餘五乃得到彼岸名要由安忍波羅蜜多所攝受故餘五乃得到彼岸名要由精進波羅蜜多所攝受故餘五乃得到彼岸名要由靜慮波羅蜜多所攝受故餘五乃得到彼岸名若爾何緣獨讃般若超勝餘五波羅蜜

多舍利子言不爾不爾何以故憍尸迦非由布施波羅蜜多所攝受故餘五方得到彼岸名非由淨戒波羅蜜多所攝受故餘五方得到彼岸名非由安忍波羅蜜多所攝受故餘五方得到彼岸名非由精進波羅蜜多所攝受故餘五方得到彼岸名非由靜慮波羅蜜多所攝受故餘五方得到彼岸名但由般若波羅蜜多所攝受故餘五方得到彼岸名所以者何諸菩薩摩訶薩要住般若波羅蜜多方能圓滿布施淨戒安忍精進靜慮般若波羅蜜多非住餘五能成是事是故般若波羅蜜多於前五種爲最爲勝爲尊爲高爲妙爲微妙爲上爲無上無等無等等爾時舍利子白佛言世尊諸菩薩摩訶薩云何應引發般若波羅蜜多佛言舍利子菩薩摩訶薩不爲

引發色故應引發般若波羅蜜多不爲引發受想行識故應引發般若波羅蜜多世尊云何菩薩摩訶薩不爲引發色故應引發般若波羅蜜多不爲引發受想行識故應引發般若波羅蜜多舍利子以色無作無止無生無滅無成無壞無得無捨無自性故菩薩摩訶薩不爲引發色故應引發般若波羅蜜多以受想行識無作無止無生無滅無成無壞無得無捨無自性故菩薩摩訶薩不爲引發受想行識故應引發般若波羅蜜多復次舍利子菩薩摩訶薩不爲引發眼處故應引發般若波羅蜜多不爲引發耳鼻舌身意處故應引發般若波羅蜜多世尊云何菩薩摩訶薩不爲引發眼處故應引發般若波羅蜜多不爲引發耳鼻舌身意處故應引發般若波羅蜜多舍利子以眼處無作無止無生無滅無成無壞無得無捨無自性故菩薩摩訶薩不爲引發眼處故應引發般若波羅蜜多以耳鼻舌身意處無作無止無生無滅無成無壞無得無捨無自性故菩薩摩訶薩不爲引發耳鼻舌身意處故應引發般若波羅蜜多復次舍利子菩薩摩訶薩不爲引發色處故應引發般若波羅蜜多不爲引發聲香味觸法處故應引發般若波羅蜜多世尊云何菩薩摩訶薩不爲引發色處故應引發般若波羅蜜多不爲引發聲香味觸法處故應引發般若波羅蜜多舍利子以色處無作無止無生無滅無成無壞無得無捨無自性故菩薩摩訶薩不爲引發色處故應引發般若波羅蜜多以聲香味觸法處無作無止無生無滅無

成無壞無得無捨無自性故菩薩摩訶薩不爲引發聲香味觸法處故應引發般若波羅蜜多復次舍利子菩薩摩訶薩不爲引發眼界故應引發般若波羅蜜多不爲引發色界眼識界及眼觸眼觸爲緣所生諸受故應引發般若波羅蜜多世尊云何菩薩摩訶薩不爲引發眼界故應引發般若波羅蜜多不爲引發色界眼識界及眼觸眼觸爲緣所生諸受故應引發般若波羅蜜多舍利子以眼界無作無止無生無滅無成無壞無得無捨無自性故菩薩摩訶薩不爲引發眼界故應引發般若波羅蜜多以色界乃至眼觸爲緣所生諸受無作無止無生無滅無成無壞無得無捨無自性故菩薩摩訶薩不爲引發色界乃至眼觸爲緣所生諸受故應引發般若波羅蜜多復次舍利子菩薩摩訶薩不爲引發耳界故應引發般若波羅蜜多不爲引發聲界耳識界及耳觸耳觸爲緣所生諸受故應引發般若波羅蜜多世尊云何菩薩摩訶薩不爲引發耳界故應引發般若波羅蜜多不爲引發聲界耳識界及耳觸耳觸爲緣所生諸受故應引發般若波羅蜜多舍利子以耳界無作無止無生無滅無成無壞無得無捨無自性故菩薩摩訶薩不爲引發耳界故應引發般若波羅蜜多以聲界乃至耳觸爲緣所生諸受無作無止無生無滅無成無壞無得無捨無自性故菩薩摩訶薩不爲引發聲界乃至耳觸爲緣所生諸受故應引發般若波羅蜜多復次舍利子菩薩摩訶薩不爲引發鼻界故應引發般若波羅蜜多不爲引發

香界鼻識界及鼻觸鼻觸爲緣所生諸受故應引發般若波羅蜜多世尊云何菩薩摩訶薩不爲引發鼻界故應引發般若波羅蜜多不爲引發香界鼻識界及鼻觸鼻觸爲緣所生諸受故應引發般若波羅蜜多舍利子以鼻界無作無止無生無滅無成無壞無得無捨無自性故菩薩摩訶薩不爲引發鼻界故應引發般若波羅蜜多以香界乃至鼻觸爲緣所生諸受無作無止無生無滅無成無壞無得無捨無自性故菩薩摩訶薩不爲引發香界乃至鼻觸爲緣所生諸受故應引發般若波羅蜜多復次舍利子菩薩摩訶薩不爲引發舌界故應引發般若波羅蜜多不爲引發味界舌識界及舌觸舌觸爲緣所生諸受故應引發般若波羅蜜多世尊云何菩薩摩訶薩不爲引發舌界故應引發般若波羅蜜多不爲引發味界舌識界及舌觸舌觸爲緣所生諸受故應引發般若波羅蜜多舍利子以舌界無作無止無生無滅無成無壞無得無捨無自性故菩薩摩訶薩不爲引發舌界故應引發般若波羅蜜多以味界乃至舌觸爲緣所生諸受無作無止無生無滅無成無壞無得無捨無自性故菩薩摩訶薩不爲引發味界乃至舌觸爲緣所生諸受故應引發般若波羅蜜多復次舍利子菩薩摩訶薩不爲引發身界故應引發般若波羅蜜多不爲引發觸界身識界及身觸身觸爲緣所生諸受故應引發般若波羅蜜多世尊云何菩薩摩訶薩不爲引發身界故應引發般若波羅蜜多不爲引發觸界身識界及身觸身觸爲

緣所生諸受故應引發般若波羅蜜多舍利子以身界無作無止無生無滅無成無壞無得無捨無自性故菩薩摩訶薩不爲引發身界故應引發般若波羅蜜多以觸界乃至身觸爲緣所生諸受無作無止無生無滅無成無壞無得無捨無自性故菩薩摩訶薩不爲引發觸界乃至身觸爲緣所生諸受故應引發般若波羅蜜多復次舍利子菩薩摩訶薩不爲引發意界故應引發般若波羅蜜多不爲引發法界意識界及意觸意觸爲緣所生諸受故應引發般若波羅蜜多世尊云何菩薩摩訶薩不爲引發意界故應引發般若波羅蜜多不爲引發法界意識界及意觸意觸爲緣所生諸受故應引發般若波羅蜜多舍利子以意界無作無止無生無滅無成無壞無得無捨無自性故菩薩摩訶薩不爲引發意界故應引發般若波羅蜜多以法界乃至意觸爲緣所生諸受無作無止無生無滅無成無壞無得無捨無自性故菩薩摩訶薩不爲引發法界乃至意觸爲緣所生諸受故應引發般若波羅蜜多復次舍利子菩薩摩訶薩不爲引發地界故應引發般若波羅蜜多不爲引發水火風空識界故應引發般若波羅蜜多世尊云何菩薩摩訶薩不爲引發地界故應引發般若波羅蜜多不爲引發水火風空識界故應引發般若波羅蜜多舍利子以地界無作無止無生無滅無成無壞無得無捨無自性故菩薩摩訶薩不爲引發地界故應引發般若波羅蜜多以水火風空識界無作無止無生無滅無成無壞無得無捨無

自性故菩薩摩訶薩不爲引發水火風空識界故應引發般若波羅蜜多復次舍利子菩薩摩訶薩不爲引發無明故應引發般若波羅蜜多不爲引發行識名色六處觸受愛取有生老死愁歎苦憂惱故應引發般若波羅蜜多世尊云何菩薩摩訶薩不爲引發無明故應引發般若波羅蜜多不爲引發行識名色六處觸受愛取有生老死愁歎苦憂惱故應引發般若波羅蜜多舍利子以無明無作無止無生無滅無成無壞無得無捨無自性故菩薩摩訶薩不爲引發無明故應引發般若波羅蜜多以行乃至老死愁歎苦憂惱無作無止無生無滅無成無壞無得無捨無自性故菩薩摩訶薩不爲引發行乃至老死愁歎苦憂惱故應引發般若波羅蜜多復次舍利子菩薩摩訶薩不爲引發布施波羅蜜多故應引發般若波羅蜜多不爲引發淨戒安忍精進靜慮般若波羅蜜多故應引發般若波羅蜜多世尊云何菩薩摩訶薩不爲引發布施波羅蜜多故應引發般若波羅蜜多不爲引發淨戒安忍精進靜慮般若波羅蜜多故應引發般若波羅蜜多舍利子以布施波羅蜜多無作無止無生無滅無成無壞無得無捨無自性故菩薩摩訶薩不爲引發布施波羅蜜多故應引發般若波羅蜜多以淨戒乃至般若波羅蜜多無作無止無生無滅無成無壞無得無捨無自性故菩薩摩訶薩不爲引發淨戒乃至般若波羅蜜多故應引發般若波羅蜜多復次舍利子菩薩摩訶薩不爲引發內空故應引發般若波羅蜜多不爲

引發外空內外空空空大空勝義空有爲空無爲空畢竟空無際空散空無變異空本性空自相空共相空一切法空不可得空無性空自性空無性自性空故應引發般若波羅蜜多世尊云何菩薩摩訶薩不爲引發內空故應引發般若波羅蜜多不爲引發外空內外空空空大空勝義空有爲空無爲空畢竟空無際空散空無變異空本性空自相空共相空一切法空不可得空無性空自性空無性自性空故應引發般若波羅蜜多舍利子以內空無作無止無生無滅無成無壞無得無捨無自性故菩薩摩訶薩不爲引發內空故應引發般若波羅蜜多以外空乃至無性自性空無作無止無生無滅無成無壞無得無捨無自性故菩薩摩訶薩不爲引發外空乃至無性自性空故應引發般若波羅蜜多復次舍利子菩薩摩訶薩不爲引發眞如故應引發般若波羅蜜多不爲引發法界法性不虛妄性不變異性平等性離生性法定法住實際虛空界不思議界故應引發般若波羅蜜多世尊云何菩薩摩訶薩不爲引發眞如故應引發般若波羅蜜多不爲引發法界法性不虛妄性不變異性平等性離生性法定法住實際虛空界不思議界故應引發般若波羅蜜多舍利子以眞如無作無止無生無滅無成無壞無得無捨無自性故菩薩摩訶薩不爲引發眞如故應引發般若波羅蜜多以法界乃至不思議界無作無止無生無滅無成無壞無得無捨無自性故菩薩摩訶薩不爲引發法界乃至不思議界故應引發

般若波羅蜜多復次舍利子菩薩摩訶薩不爲引發苦聖諦故應引發般若波羅蜜多不爲引發集滅道聖諦故應引發般若波羅蜜多世尊云何菩薩摩訶薩不爲引發苦聖諦故應引發般若波羅蜜多不爲引發集滅道聖諦故應引發般若波羅蜜多舍利子以苦聖諦無作無止無生無滅無成無壞無得無捨無自性故菩薩摩訶薩不爲引發苦聖諦故應引發般若波羅蜜多以集滅道聖諦無作無止無生無滅無成無壞無得無捨無自性故菩薩摩訶薩不爲引發集滅道聖諦故應引發般若波羅蜜多復次舍利子菩薩摩訶薩不爲引發四靜慮故應引發般若波羅蜜多不爲引發四無量四無色定故應引發般若波羅蜜多世尊云何菩薩摩訶薩不爲引發四靜慮故應引發般若波羅蜜多不爲引發四無量四無色定故應引發般若波羅蜜多舍利子以四靜慮無作無止無生無滅無成無壞無得無捨無自性故菩薩摩訶薩不爲引發四靜慮故應引發般若波羅蜜多以四無量四無色定無作無止無生無滅無成無壞無得無捨無自性故菩薩摩訶薩不爲引發四無量四無色定故應引發般若波羅蜜多

大般若波羅蜜多經卷第一百七十二

音釋

矜（居卿切驕矜也）懱（彌列切輕易也）設利羅（梵語也亦云室利羅又云舍利此云骨身又云靈骨）窣堵波（梵語也此云方墳又云圓塚窣蘇沒切堵音覩）瞖眩（瞖音翳目疾也眩音縣目無常主也）

大般若波羅蜜多經卷第一百七十三

唐三藏法師玄奘奉詔譯

初分讚般若品第三十二之二

復次舍利子菩薩摩訶薩不爲引發八解脫故應引發般若波羅蜜多不爲引發八勝處九次第定十徧處故應引發般若波羅蜜多世尊云何菩薩摩訶薩不爲引發八解脫故應引發般若波羅蜜多不爲引發八勝處九次第定十徧處故應引發般若波羅蜜多舍利子以八解脫無作無止無生無滅無成無壞無得無捨無自性故菩薩摩訶薩不爲引發八解脫故應引發般若波羅蜜多以八勝處九次第定十徧處無作無止無生無滅無成無壞無得無捨無自性故菩薩摩訶薩不爲引發八勝處九次第定十徧處故應引發般若波羅蜜多復次舍利子菩薩摩訶薩不爲引發四念住故應引發般若波羅蜜多不爲引發四正斷四神足五根五力七等覺支八聖道支故應引發般若波羅蜜多世尊云何菩薩摩訶薩不爲引發四念住故應引發般若波羅蜜多不爲引發四正斷四神足五根五力七等覺支八聖道支故應引發般若波羅蜜多舍利子以四念住無作無止無生無滅無成無壞無得無捨無自性故菩薩摩訶薩不爲引發四念住故應引發般若波羅蜜多以四正斷乃至八聖道支無作無止無生無滅無成無壞無得無捨無自性故菩薩摩訶薩不爲引發四正斷乃至八聖道支故應引發般若波羅蜜多復次舍利子菩薩摩訶薩不爲引發空解脫門故應引發般若波

羅蜜多不爲引發無相無願解脱門故應引
發般若波羅蜜多世尊云何菩薩摩訶薩不
爲引發空解脱門故應引發般若波羅蜜多
不爲引發無相無願解脱門故應引發般若
波羅蜜多舍利子以空解脱門無作無止無
生無滅無成無壞無得無捨無自性故菩薩
摩訶薩不爲引發空解脱門故應引發般若
波羅蜜多以無相無願解脱門無作無止無
生無滅無成無壞無得無捨無自性故菩薩
摩訶薩不爲引發無相無願解脱門故應引
發般若波羅蜜多復次舍利子菩薩摩訶薩
不爲引發五眼故應引發般若波羅蜜多不
爲引發六神通故應引發般若波羅蜜多世
尊云何菩薩摩訶薩不爲引發五眼故應引
發般若波羅蜜多不爲引發六神通故應引
發般若波羅蜜多舍利子以五眼無作無止
無生無滅無成無壞無得無捨無自性故菩
薩摩訶薩不爲引發五眼故應引發般若波
羅蜜多以六神通無作無止無生無滅無成
無壞無得無捨無自性故菩薩摩訶薩不爲
引發六神通故應引發般若波羅蜜多復次
舍利子菩薩摩訶薩不爲引發佛十力故應
引發般若波羅蜜多不爲引發四無所畏四
無礙解大慈大悲大喜大捨十八佛不共法
故應引發般若波羅蜜多世尊云何菩薩摩
訶薩不爲引發佛十力故應引發般若波羅
蜜多不爲引發四無所畏四無礙解大慈大
悲大喜大捨十八佛不共法故應引發般若
波羅蜜多舍利子以佛十力無作無止無生
無滅無成無壞無得無捨無自性故菩薩摩

訶薩不爲引發佛十力故應引發般若波羅蜜多以四無所畏乃至十八佛不共法無作無止無生無滅無成無壞無得無捨無自性故菩薩摩訶薩不爲引發四無所畏乃至十八佛不共法故應引發般若波羅蜜多復次舍利子菩薩摩訶薩不爲引發無忘失法故應引發般若波羅蜜多不爲引發恒住捨性故應引發般若波羅蜜多世尊云何菩薩摩訶薩不爲引發無忘失法故應引發般若波羅蜜多不爲引發恒住捨性故應引發般若波羅蜜多舍利子以無忘失法無作無止無生無滅無成無壞無得無捨無自性故菩薩摩訶薩不爲引發無忘失法故應引發般若波羅蜜多以恒住捨性無作無止無生無滅無成無壞無得無捨無自性故菩薩摩訶薩

不爲引發恒住捨性故應引發般若波羅蜜多復次舍利子菩薩摩訶薩不爲引發一切智故應引發般若波羅蜜多不爲引發道相智一切相智故應引發般若波羅蜜多世尊云何菩薩摩訶薩不爲引發一切智故應引發般若波羅蜜多不爲引發道相智一切相智故應引發般若波羅蜜多舍利子以一切智無作無止無生無滅無成無壞無得無捨無自性故菩薩摩訶薩不爲引發一切智故應引發般若波羅蜜多以道相智一切相智無作無止無生無滅無成無壞無得無捨無自性故菩薩摩訶薩不爲引發道相智一切相智故應引發般若波羅蜜多復次舍利子菩薩摩訶薩不爲引發一切陁羅尼門故應引發般若波羅蜜多不爲引發一切三摩地

門故應引發般若波羅蜜多世尊云何菩薩摩訶薩不爲引發一切陀羅尼門故應引發般若波羅蜜多不爲引發一切三摩地門故應引發般若波羅蜜多舍利子以一切陀羅尼門無作無止無生無滅無成無壞無得無捨無自性故菩薩摩訶薩不爲引發一切陀羅尼門故應引發般若波羅蜜多以一切三摩地門無作無止無生無滅無成無壞無得無捨無自性故菩薩摩訶薩不爲引發一切三摩地門故應引發般若波羅蜜多復次舍利子菩薩摩訶薩不爲引發預流果故應引發般若波羅蜜多不爲引發一來不還阿羅漢果故應引發般若波羅蜜多世尊云何菩薩摩訶薩不爲引發預流果故應引發般若波羅蜜多不爲引發一來不還阿羅漢果故應引發般若波羅蜜多舍利子以預流果無作無止無生無滅無成無壞無得無捨無自性故菩薩摩訶薩不爲引發預流果故應引發般若波羅蜜多以一來不還阿羅漢果無作無止無生無滅無成無壞無得無捨無自性故菩薩摩訶薩不爲引發一來不還阿羅漢果故應引發般若波羅蜜多復次舍利子菩薩摩訶薩不爲引發獨覺菩提故應引發般若波羅蜜多世尊云何菩薩摩訶薩不爲引發獨覺菩提故應引發般若波羅蜜多舍利子以獨覺菩提無作無止無生無滅無成無壞無得無捨無自性故菩薩摩訶薩不爲引發獨覺菩提故應引發般若波羅蜜多復次舍利子菩薩摩訶薩不爲引發一切菩薩摩訶薩行故應引發般若波羅蜜多世尊云

何菩薩摩訶薩不爲引發一切菩薩摩訶薩行故應引發般若波羅蜜多舍利子以一切菩薩摩訶薩行無作無止無生無滅無成無壞無得無捨無自性故菩薩摩訶薩不爲引發一切菩薩摩訶薩行故應引發般若波羅蜜多復次舍利子菩薩摩訶薩不爲引發諸佛無上正等菩提故應引發般若波羅蜜多世尊云何菩薩摩訶薩不爲引發諸佛無上正等菩提故應引發般若波羅蜜多舍利子以諸佛無上正等菩提無作無上無生無滅無成無壞無得無捨無自性故菩薩摩訶薩不爲引發諸佛無上正等菩提故應引發般若波羅蜜多復次舍利子菩薩摩訶薩不爲引發一切法故應引發般若波羅蜜多世尊云何菩薩摩訶薩不爲引發一切法故應引

發般若波羅蜜多舍利子以一切法無作無止無生無滅無成無壞無得無捨無自性故菩薩摩訶薩不爲引發一切法故應引發般若波羅蜜多時舍利子復白佛言世尊菩薩摩訶薩如是引發般若波羅蜜多與何法合佛言舍利子菩薩摩訶薩如是引發般若波羅蜜多不與一切法合以不合故得名般若波羅蜜多世尊如是般若波羅蜜多不與何等一切法合舍利子如是般若波羅蜜多不與善法合不與非善法合不與有罪法合不與無罪法合不與有漏法合不與無漏法合不與有爲法合不與無爲法合不與雜染法合不與清淨法合不與染汙法合不與不染汙法合不與世間法合不與出世間法合不與生死法合不與涅槃法合何以故舍利子

如是般若波羅蜜多於一切法無所得故爾時天帝釋白佛言世尊如是般若波羅蜜多豈亦不合一切智智佛言憍尸迦如是如是此般若波羅蜜多亦不合一切智智由此於彼不可得故世尊云何般若波羅蜜多於一切智智無合亦無得憍尸迦非般若波羅蜜多於一切智智如名如相如其所作有合有得世尊云何般若波羅蜜多於一切智智亦有合有得憍尸迦般若波羅蜜多於一切智智如名相等無受無取無住無斷無執無捨如是合得而無合得憍尸迦如是般若波羅蜜多於一切法亦如名相等無受無取無住無斷無執無捨如是合得而無合得時天帝釋復白佛言希有世尊如是般若波羅蜜多爲一切法無作無止無生無滅無成無壞無得無捨無自性故而現在前雖有合有得然無合無得爾時具壽善現白佛言世尊若菩薩摩訶薩修行般若波羅蜜多時起如是想般若波羅蜜多與一切法合般若波羅蜜多不與一切法合是菩薩摩訶薩俱棄捨般若波羅蜜多俱遠離般若波羅蜜多佛言善現復有因緣諸菩薩摩訶薩棄捨般若波羅蜜多遠離般若波羅蜜多謂菩薩摩訶薩修行般若波羅蜜多時起如是想如是般若波羅蜜多無所有非眞實不堅固不自在是菩薩摩訶薩俱棄捨般若波羅蜜多俱遠離般若波羅蜜多具壽善現復白佛言世尊若菩薩摩訶薩信般若波羅蜜多時爲不信何法佛言善現若菩薩摩訶薩信般若波羅蜜多時則不信色不信受想行識世尊云何菩薩摩

訶薩信般若波羅蜜多時則不信色不信受想行識善現菩薩摩訶薩行般若波羅蜜多時觀色不可得觀受想行識不可得是故菩薩摩訶薩信般若波羅蜜多時則不信色不信受想行識復次善現若菩薩摩訶薩信般若波羅蜜多時則不信眼處不信耳鼻舌身意處世尊云何菩薩摩訶薩信般若波羅蜜多時則不信眼處不信耳鼻舌身意處善現菩薩摩訶薩行般若波羅蜜多時觀眼處不可得觀耳鼻舌身意處不可得是故菩薩摩訶薩信般若波羅蜜多時則不信眼處不信耳鼻舌身意處復次善現若菩薩摩訶薩信般若波羅蜜多時則不信色處不信聲香味觸法處世尊云何菩薩摩訶薩信般若波羅蜜多時則不信色處不信聲香味觸法處善現菩薩摩訶薩行般若波羅蜜多時觀色處不可得觀聲香味觸法處不可得是故菩薩摩訶薩信般若波羅蜜多時則不信色處不信聲香味觸法處復次善現若菩薩摩訶薩信般若波羅蜜多時則不信眼界不信色界眼識界及眼觸眼觸爲緣所生諸受世尊云何菩薩摩訶薩信般若波羅蜜多時則不信眼界不信色界眼識界及眼觸眼觸爲緣所生諸受善現菩薩摩訶薩行般若波羅蜜多時觀眼界不可得觀色界乃至眼觸爲緣所生諸受不可得是故菩薩摩訶薩信般若波羅蜜多時則不信眼界不信色界乃至眼觸爲緣所生諸受復次善現若菩薩摩訶薩信般若波羅蜜多時則不信耳界不信聲界耳識界及耳觸耳觸爲緣所生諸受世尊云何

菩薩摩訶薩信般若波羅蜜多時則不信耳界不信聲界耳識界及耳觸耳觸爲縁所生諸受善現菩薩摩訶薩行般若波羅蜜多時觀耳界不可得觀聲界乃至耳觸爲縁所生諸受不可得是故菩薩摩訶薩信般若波羅蜜多時則不信耳界不信聲界乃至耳觸爲縁所生諸受復次善現若菩薩摩訶薩信般若波羅蜜多時則不信鼻界不信香界鼻識界及鼻觸鼻觸爲縁所生諸受世尊云何菩薩摩訶薩信般若波羅蜜多時則不信鼻界不信香界鼻識界及鼻觸鼻觸爲縁所生諸受善現菩薩摩訶薩行般若波羅蜜多時觀鼻界不可得觀香界乃至鼻觸爲縁所生諸受不可得是故菩薩摩訶薩信般若波羅蜜多時則不信鼻界不信香界乃至鼻觸爲縁所生諸受復次善現若菩薩摩訶薩信般若波羅蜜多時則不信舌界不信味界舌識界及舌觸舌觸爲縁所生諸受世尊云何菩薩摩訶薩信般若波羅蜜多時則不信舌界不信味界舌識界及舌觸舌觸爲縁所生諸受善現菩薩摩訶薩行般若波羅蜜多時觀舌界不可得觀味界乃至舌觸爲縁所生諸受不可得是故菩薩摩訶薩信般若波羅蜜多時則不信舌界不信味界乃至舌觸爲縁所生諸受復次善現若菩薩摩訶薩信般若波羅蜜多時則不信身界不信觸界身識界及身觸身觸爲縁所生諸受世尊云何菩薩摩訶薩信般若波羅蜜多時則不信身界不信觸界身識界及身觸身觸爲縁所生諸受善現菩薩摩訶薩行般若波羅蜜多時觀身界

不可得觀觸界乃至身觸爲縁所生諸受不可得是故菩薩摩訶薩信般若波羅蜜多時則不信身界不信觸界乃至身觸爲縁所生諸受復次善現若菩薩摩訶薩信般若波羅蜜多時則不信意界不信法界意識界及意觸意觸爲縁所生諸受世尊云何菩薩摩訶薩信般若波羅蜜多時則不信意界不信法界意識界及意觸意觸爲縁所生諸受善現菩薩摩訶薩行般若波羅蜜多時觀意界不可得觀法界乃至意觸爲縁所生諸受不可得是故菩薩摩訶薩信般若波羅蜜多時則不信意界不信法界乃至意觸爲縁所生諸受復次善現若菩薩摩訶薩信般若波羅蜜多時則不信地界不信水火風空識界世尊云何菩薩摩訶薩信般若波羅蜜多時則不信地界不信水火風空識界善現菩薩摩訶薩行般若波羅蜜多時觀地界不可得觀水火風空識界不可得是故菩薩摩訶薩信般若波羅蜜多時則不信地界不信水火風空識界復次善現若菩薩摩訶薩信般若波羅蜜多時則不信無明不信行識名色六處觸受愛取有生老死愁歎苦憂惱世尊云何菩薩摩訶薩信般若波羅蜜多時則不信無明不信行識名色六處觸受愛取有生老死愁歎苦憂惱善現菩薩摩訶薩行般若波羅蜜多時觀無明不可得觀行乃至老死愁歎苦憂惱不可得是故菩薩摩訶薩信般若波羅蜜多時則不信無明不信行乃至老死愁歎苦憂惱復次善現若菩薩摩訶薩信般若波羅蜜多時則不信布施波羅蜜多不信淨戒

安忍精進靜慮般若波羅蜜多世尊云何菩薩摩訶薩信般若波羅蜜多時則不信布施波羅蜜多不信淨戒安忍精進靜慮般若波羅蜜多善現菩薩摩訶薩行般若波羅蜜多時觀布施波羅蜜多不可得觀淨戒安忍精進靜慮般若波羅蜜多不可得是故菩薩摩訶薩信般若波羅蜜多時則不信布施波羅蜜多不信淨戒安忍精進靜慮般若波羅蜜多復次善現若菩薩摩訶薩信般若波羅蜜多時則不信内空不信外空内外空空空大空勝義空有爲空無爲空畢竟空無際空散空無變異空本性空自相空共相空一切法空不可得空無性空自性空無性自性空世尊云何菩薩摩訶薩信般若波羅蜜多時則不信内空不信外空内外空空空大空勝義空有爲空無爲空畢竟空無際空散空無變異空本性空自相空共相空一切法空不可得空無性空自性空無性自性空善現菩薩摩訶薩行般若波羅蜜多時觀内空不可得觀外空乃至無性自性空不可得是故菩薩摩訶薩信般若波羅蜜多時則不信内空不信外空乃至無性自性空復次善現若菩薩摩訶薩信般若波羅蜜多時則不信眞如不信法界法性不虚妄性不變異性平等性離生性法定法住實際虚空界不思議界世尊云何菩薩摩訶薩信般若波羅蜜多時則不信眞如不信法界法性不虚妄性不變異性平等性離生性法定法住實際虚空界不思議界善現菩薩摩訶薩行般若波羅蜜多時觀眞如不可得觀法界乃至不思議界不可

得是故菩薩摩訶薩信般若波羅蜜多時則不信眞如不信法界乃至不思議界復次善現若菩薩摩訶薩信般若波羅蜜多時則不信苦聖諦不信集滅道聖諦世尊云何菩薩摩訶薩信般若波羅蜜多時則不信苦聖諦不信集滅道聖諦善現菩薩摩訶薩行般若波羅蜜多時觀苦聖諦不可得觀集滅道聖諦不可得是故菩薩摩訶薩信般若波羅蜜多時則不信苦聖諦不信集滅道聖諦復次善現若菩薩摩訶薩信般若波羅蜜多時則不信四靜慮不信四無量四無色定世尊云何菩薩摩訶薩信般若波羅蜜多時則不信四靜慮不信四無量四無色定善現菩薩摩訶薩行般若波羅蜜多時觀四靜慮不可得觀四無量四無色定不可得是故菩薩摩訶薩信般若波羅蜜多時則不信四靜慮不信四無量四無色定復次善現若菩薩摩訶薩信般若波羅蜜多時則不信八解脫不信八勝處九次第定十徧處世尊云何菩薩摩訶薩信般若波羅蜜多時則不信八解脫不信八勝處九次第定十徧處善現菩薩摩訶薩行般若波羅蜜多時觀八解脫不可得觀八勝處九次第定十徧處不可得是故菩薩摩訶薩信般若波羅蜜多時則不信八解脫不信八勝處九次第定十徧處復次善現若菩薩摩訶薩信般若波羅蜜多時則不信四念住不信四正斷四神足五根五力七等覺支八聖道支世尊云何菩薩摩訶薩信般若波羅蜜多時則不信四念住不信四正斷四神足五根五力七等覺支八聖道支善現菩薩

摩訶薩行般若波羅蜜多時觀四念住不可得觀四正斷乃至八聖道支不可得是故善薩摩訶薩信般若波羅蜜多時則不信四念住不信四正斷乃至八聖道支復次善現若菩薩摩訶薩信般若波羅蜜多時則不信空解脱門不信無相無願解脱門世尊云何菩薩摩訶薩信般若波羅蜜多時則不信空解脱門不信無相無願解脱門善現菩薩摩訶薩行般若波羅蜜多時觀空解脱門不可得觀無相無願解脱門不可得是故菩薩摩訶薩信般若波羅蜜多時則不信空解脱門不信無相無願解脱門復次善現若菩薩摩訶薩信般若波羅蜜多時則不信五眼不信六神通世尊云何菩薩摩訶薩信般若波羅蜜多時則不信五眼不信六神通善現菩薩摩訶薩行般若波羅蜜多時觀五眼不可得觀六神通不可得是故菩薩摩訶薩信般若波羅蜜多時則不信五眼不信六神通復次善現若菩薩摩訶薩信般若波羅蜜多時則不信佛十力不信四無所畏四無礙解大慈大悲大喜大捨十八佛不共法世尊云何菩薩摩訶薩信般若波羅蜜多時則不信佛十力不信四無所畏四無礙解大慈大悲大喜大捨十八佛不共法善現菩薩摩訶薩行般若波羅蜜多時觀佛十力不可得觀四無所畏乃至十八佛不共法不可得是故菩薩摩訶薩信般若波羅蜜多時則不信佛十力不信四無所畏乃至十八佛不共法復次善現若菩薩摩訶薩信般若波羅蜜多時則不信無忘失法不信恒住捨性世尊云何菩薩摩訶

薩信般若波羅蜜多時則不信無忘失法不信恒住捨性善現菩薩摩訶薩行般若波羅蜜多時觀無忘失法不可得觀恒住捨性不可得是故菩薩摩訶薩信般若波羅蜜多時則不信無忘失法不信恒住捨性復次善現若菩薩摩訶薩信般若波羅蜜多時則不信一切智不信道相智一切相智世尊云何菩薩摩訶薩信般若波羅蜜多時不信一切智不信道相智一切相智善現菩薩摩訶薩行般若波羅蜜多時觀一切智不可得觀道相智一切相智不可得是故菩薩摩訶薩信般若波羅蜜多時則不信一切智不信道相智一切相智復次善現若菩薩摩訶薩信般若波羅蜜多時則不信一切陀羅尼門不信一切三摩地門世尊云何菩薩摩訶薩信般若波羅蜜多時則不信一切陀羅尼門不信一切三摩地門善現菩薩摩訶薩行般若波羅蜜多時觀一切陀羅尼門不可得觀一切三摩地門不可得是故菩薩摩訶薩信般若波羅蜜多時則不信一切陀羅尼門不信一切三摩地門復次善現若菩薩摩訶薩信般若波羅蜜多時則不信預流果不信一來不還阿羅漢果世尊云何菩薩摩訶薩信般若波羅蜜多時則不信預流果不信一來不還阿羅漢果善現菩薩摩訶薩行般若波羅蜜多時觀預流果不可得觀一來不還阿羅漢果不可得是故菩薩摩訶薩信般若波羅蜜多時則不信預流果不信一來不還阿羅漢果復次善現若菩薩摩訶薩信般若波羅蜜多時則不信獨覺菩提世尊云何菩薩摩訶薩

信般若波羅蜜多時則不信獨覺菩提善現菩薩摩訶薩行般若波羅蜜多時觀獨覺菩提不可得是故菩薩摩訶薩信般若波羅蜜多時則不信獨覺菩提復次善現若菩薩摩訶薩信般若波羅蜜多時則不信一切菩薩摩訶薩行世尊云何菩薩摩訶薩信般若波羅蜜多時則不信一切菩薩摩訶薩行善現菩薩摩訶薩行般若波羅蜜多時觀一切菩薩摩訶薩行不可得是故菩薩摩訶薩信般若波羅蜜多時則不信一切菩薩摩訶薩行復次善現若菩薩摩訶薩信般若波羅蜜多時則不信諸佛無上正等菩提世尊云何菩薩摩訶薩信般若波羅蜜多時則不信諸佛無上正等菩提善現菩薩摩訶薩行般若波羅蜜多時觀諸佛無上正等菩提不可得是故菩薩摩訶薩信般若波羅蜜多時則不信諸佛無上正等菩提復次善現若菩薩摩訶薩信般若波羅蜜多時則不信一切法世尊云何菩薩摩訶薩信般若波羅蜜多時則不信一切法善現菩薩摩訶薩行般若波羅蜜多時觀一切法不可得是故菩薩摩訶薩信般若波羅蜜多時則不信一切法具壽善現復白佛言世尊菩薩摩訶薩般若波羅蜜多名大波羅蜜多佛言善現汝緣何意說菩薩摩訶薩般若波羅蜜多名大波羅蜜多善現白佛世尊菩薩摩訶薩般若波羅蜜多於色不作大不作小於受想行識亦不作大不作小於色不作集不作散於受想行識亦不作集不作散於色不作有量不作無量於受想行識亦不作有量不作無量於色不作廣不

作狹於受想行識亦不作廣不作狹於色不作有力不作無力於受想行識亦不作有力不作無力世尊我緣此意故說菩薩摩訶薩般若波羅蜜多名大波羅蜜多復次世尊菩薩摩訶薩般若波羅蜜多於眼處不作大不作小於耳鼻舌身意處亦不作大不作小於眼處不作集不作散於耳鼻舌身意處亦不作集不作散於眼處不作有量不作無量於耳鼻舌身意處亦不作有量不作無量於眼處不作廣不作狹於耳鼻舌身意處亦不作廣不作狹於眼處不作有力不作無力於耳鼻舌身意處亦不作有力不作無力世尊我緣此意故說菩薩摩訶薩般若波羅蜜多名大波羅蜜多復次世尊菩薩摩訶薩般若波羅蜜多於色處不作大不作小於聲香味觸法處亦不作大不作小於色處不作集不作散於聲香味觸法處亦不作集不作散於色處不作有量不作無量於聲香味觸法處亦不作有量不作無量於色處不作廣不作狹於聲香味觸法處亦不作廣不作狹於色處不作有力不作無力於聲香味觸法處亦不作有力不作無力世尊我緣此意故說菩薩摩訶薩般若波羅蜜多名大波羅蜜多

大般若波羅蜜多經卷第一百七十三

大般若波羅蜜多經卷第一百七十四

唐三藏法師玄奘奉詔譯

初分讚般若品第三十二之三

復次世尊菩薩摩訶薩般若波羅蜜多於眼界不作大不作小於色界眼識界及眼觸眼觸爲緣所生諸受亦不作大不作小於眼界不作集不作散於色界乃至眼觸爲緣所生諸受亦不作集不作散於眼界不作有量不作無量於色界乃至眼觸爲緣所生諸受亦不作有量不作無量於眼界不作廣不作狹於色界乃至眼觸爲緣所生諸受亦不作廣不作狹於眼界不作有力不作無力於色界乃至眼觸爲緣所生諸受亦不作有力不作無力世尊我緣此意故說菩薩摩訶薩般若波羅蜜多名大波羅蜜多復次世尊菩薩摩訶薩般若波羅蜜多於耳界不作大不作小於聲界耳識界及耳觸耳觸爲緣所生諸受亦不作大不作小於耳界不作集不作散於聲界乃至耳觸爲緣所生諸受亦不作集不作散於耳界不作有量不作無量於聲界乃至耳觸爲緣所生諸受亦不作有量不作無量於耳界不作廣不作狹於聲界乃至耳觸爲緣所生諸受亦不作廣不作狹於耳界不作有力不作無力於聲界乃至耳觸爲緣所生諸受亦不作有力不作無力世尊我緣此意故說菩薩摩訶薩般若波羅蜜多名大波羅蜜多復次世尊菩薩摩訶薩般若波羅蜜多於鼻界不作大不作小於香界鼻識界及鼻觸鼻觸爲緣所生諸受亦不作大不作小於鼻界不作集不作散於香界乃至鼻觸爲

縁所生諸受亦不作集不作散於鼻界不作有量不作無量於香界乃至鼻觸爲縁所生諸受亦不作有量不作無量於鼻界不作廣不作狹於香界乃至鼻觸爲縁所生諸受亦不作廣不作狹於鼻界不作有力不作無力於香界乃至鼻觸爲縁所生諸受亦不作有力不作無力世尊我縁此意故說菩薩摩訶薩般若波羅蜜多名大波羅蜜多復次世尊菩薩摩訶薩般若波羅蜜多於舌界不作大不作小於味界舌識界及舌觸舌觸爲縁所生諸受亦不作大不作小於舌界不作集不作散於味界乃至舌觸爲縁所生諸受亦不作集不作散於舌界不作有量不作無量於味界乃至舌觸爲縁所生諸受亦不作有量不作無量於舌界不作廣不作狹於味界乃至舌觸爲縁所生諸受亦不作廣不作狹於舌界不作有力不作無力於味界乃至舌觸爲縁所生諸受亦不作有力不作無力世尊我縁此意故說菩薩摩訶薩般若波羅蜜多名大波羅蜜多復次世尊菩薩摩訶薩般若波羅蜜多於身界不作大不作小於觸界身識界及身觸身觸爲縁所生諸受亦不作大不作小於身界不作集不作散於觸界乃至身觸爲縁所生諸受亦不作集不作散於身界不作有量不作無量於觸界乃至身觸爲縁所生諸受亦不作有量不作無量於身界不作廣不作狹於觸界乃至身觸爲縁所生諸受亦不作廣不作狹於身界不作有力不作無力於觸界乃至身觸爲縁所生諸受亦不作有力不作無力世尊我縁此意故說菩

薩摩訶薩般若波羅蜜多名大波羅蜜多復次世尊菩薩摩訶薩般若波羅蜜多於意界不作大不作小於法界意識界及意觸意觸爲緣所生諸受亦不作大不作小於意界不作集不作散於法界乃至意觸爲緣所生諸受亦不作集不作散於意界不作有量不作無量於法界乃至意觸爲緣所生諸受亦不作有量不作無量於意界不作廣不作狹於法界乃至意觸爲緣所生諸受亦不作廣不作狹於意界不作有力不作無力於法界乃至意觸爲緣所生諸受亦不作有力不作無力世尊我緣此意故說菩薩摩訶薩般若波羅蜜多名大波羅蜜多復次世尊菩薩摩訶薩般若波羅蜜多於地界不作大不作小於水火風空識界亦不作大不作小於地界不作集不作散於水火風空識界亦不作集不作散於地界不作有量不作無量於水火風空識界亦不作有量不作無量於地界不作廣不作狹於水火風空識界亦不作廣不作狹於地界不作有力不作無力於水火風空識界亦不作有力不作無力世尊我緣此意故說菩薩摩訶薩般若波羅蜜多名大波羅蜜多復次世尊菩薩摩訶薩般若波羅蜜多於無明不作大不作小於行識名色六處觸受愛取有生老死愁歎苦憂惱亦不作大不作小於無明不作集不作散於行乃至老死愁歎苦憂惱亦不作集不作散於無明不作有量不作無量於行乃至老死愁歎苦憂惱亦不作有量不作無量於無明不作廣不作狹於行乃至老死愁歎苦憂惱亦不作廣不

作狹於無明不作有力不作無力於行乃至老死愁歎苦憂惱亦不作有力不作無力世尊我緣此意故說菩薩摩訶薩般若波羅蜜多名大波羅蜜多復次世尊菩薩摩訶薩般若波羅蜜多於布施波羅蜜多不作大不作小於淨戒安忍精進靜慮般若波羅蜜多亦不作大不作小於布施波羅蜜多不作集不作散於淨戒乃至般若波羅蜜多亦不作集不作散於布施波羅蜜多不作有量不作無量於淨戒乃至般若波羅蜜多亦不作有量不作無量於布施波羅蜜多不作廣不作狹於淨戒乃至般若波羅蜜多亦不作廣不作狹於布施波羅蜜多不作有力不作無力於淨戒乃至般若波羅蜜多亦不作有力不作無力世尊我緣此意故說菩薩摩訶薩般若波羅蜜多名大波羅蜜多復次世尊菩薩摩訶薩般若波羅蜜多於內空不作大不作小於外空內外空空空大空勝義空有爲空無爲空畢竟空無際空散空無變異空本性空自相空共相空一切法空不可得空無性空自性空無性自性空亦不作大不作小於內空不作集不作散於外空乃至無性自性空亦不作集不作散於內空不作有量不作無量於外空乃至無性自性空亦不作有量不作無量於內空不作廣不作狹於外空乃至無性自性空亦不作廣不作狹於內空不作有力不作無力於外空乃至無性自性空亦不作有力不作無力世尊我緣此意故說菩薩摩訶薩般若波羅蜜多名大波羅蜜多復次世尊菩薩摩訶薩般若波羅蜜多於眞如

不作大不作小於法界法性不虛妄性不變異性平等性離生性法定法住實際虛空界不思議界亦不作大不作小於眞如不作集不作散於法界乃至不思議界亦不作集不作散於眞如不作有量不作無量於法界乃至不思議界亦不作有量不作無量於眞如不作廣不作狹於法界乃至不思議界亦不作廣不作狹於眞如不作有力不作無力於法界乃至不思議界亦不作有力不作無力世尊我緣此意故說菩薩摩訶薩般若波羅蜜多名大波羅蜜多復次世尊菩薩摩訶薩般若波羅蜜多於苦聖諦不作大不作小於集滅道聖諦亦不作大不作小於苦聖諦不作集不作散於集滅道聖諦亦不作集不作散於苦聖諦不作有量不作無量於集滅道聖諦亦不作有量不作無量於苦聖諦不作廣不作狹於集滅道聖諦亦不作廣不作狹於苦聖諦不作有力不作無力於集滅道聖諦亦不作有力不作無力世尊我緣此意故說菩薩摩訶薩般若波羅蜜多名大波羅蜜多復次世尊菩薩摩訶薩般若波羅蜜多於四靜慮不作大不作小於四無量四無色定亦不作大不作小於四靜慮不作集不作散於四無量四無色定亦不作集不作散於四靜慮不作有量不作無量於四無量四無色定亦不作有量不作無量於四靜慮不作廣不作狹於四無量四無色定亦不作廣不作狹於四靜慮不作有力不作無力於四無量四無色定亦不作有力不作無力世尊我緣此意故說菩薩摩訶薩般若波羅蜜多名大

波羅蜜多復次世尊菩薩摩訶薩般若波羅蜜多於八解脫不作大不作小於八勝處九次第定十徧處亦不作大不作小於八解脫不作集不作散於八勝處九次第定十徧處亦不作集不作散於八解脫不作有量不作無量於八勝處九次第定十徧處亦不作有量不作無量於八解脫不作廣不作狹於八勝處九次第定十徧處亦不作廣不作狹於八解脫不作有力不作無力於八勝處九次第定十徧處亦不作有力不作無力世尊我緣此意故說菩薩摩訶薩般若波羅蜜多名大波羅蜜多復次世尊菩薩摩訶薩般若波羅蜜多於四念住不作大不作小於四正斷四神足五根五力七等覺支八聖道支亦不作大不作小於四念住不作集不作散於四正斷乃至八聖道支亦不作集不作散於四念住不作有量不作無量於四正斷乃至八聖道支亦不作有量不作無量於四念住不作廣不作狹於四正斷乃至八聖道支亦不作廣不作狹於四念住不作有力不作無力於四正斷乃至八聖道支亦不作有力不作無力世尊我緣此意故說菩薩摩訶薩般若波羅蜜多名大波羅蜜多復次世尊菩薩摩訶薩般若波羅蜜多於空解脫門不作大不作小於無相無願解脫門亦不作大不作小於空解脫門不作集不作散於無相無願解脫門亦不作集不作散於空解脫門不作有量不作無量於無相無願解脫門亦不作有量不作無量於空解脫門不作廣不作狹於無相無願解脫門亦不作廣不作狹於空解

脫門不作有力不作無力於無相無願解脫門亦不作有力不作無力世尊我緣此意故說菩薩摩訶薩般若波羅蜜多名大波羅蜜多復次世尊菩薩摩訶薩般若波羅蜜多於五眼不作大不作小於六神通亦不作大不作小於五眼不作集不作散於六神通亦不作集不作散於五眼不作有量不作無量於六神通亦不作有量不作無量於五眼不作廣不作狹於六神通亦不作廣不作狹於五眼不作有力不作無力於六神通亦不作有力不作無力世尊我緣此意故說菩薩摩訶薩般若波羅蜜多名大波羅蜜多復次世尊菩薩摩訶薩般若波羅蜜多於佛十力不作大不作小於四無所畏四無礙解大慈大悲大喜大捨十八佛不共法亦不作大不作小

於佛十力不作集不作散於四無所畏乃至十八佛不共法亦不作集不作散於佛十力不作有量不作無量於四無所畏乃至十八佛不共法亦不作有量不作無量於佛十力不作廣不作狹於四無所畏乃至十八佛不共法亦不作廣不作狹於佛十力不作有力不作無力於四無所畏乃至十八佛不共法亦不作有力不作無力世尊我緣此意故說菩薩摩訶薩般若波羅蜜多名大波羅蜜多復次世尊菩薩摩訶薩般若波羅蜜多於無忘失法不作大不作小於恒住捨性亦不作大不作小於無忘失法不作集不作散於恒住捨性亦不作集不作散於無忘失法不作有量不作無量於恒住捨性亦不作有量不作無量於無忘失法不作廣不作狹於恒住

捨性亦不作廣不作狹於無忘失法不作有力不作無力於恒住捨性亦不作有力不作無力世尊我緣此意故說菩薩摩訶薩般若波羅蜜多名大波羅蜜多復次世尊菩薩摩訶薩般若波羅蜜多於一切智不作大不作小於道相智一切相智亦不作大不作小於一切智不作集不作散於道相智一切相智亦不作集不作散於一切智不作有量不作無量於道相智一切相智亦不作有量不作無量於一切智不作廣不作狹於道相智一切相智亦不作廣不作狹於一切智不作有力不作無力於道相智一切相智亦不作有力不作無力世尊我緣此意故說菩薩摩訶薩般若波羅蜜多名大波羅蜜多復次世尊菩薩摩訶薩般若波羅蜜多於一切陀羅尼門不作大不作小於一切三摩地門亦不作大不作小於一切陀羅尼門不作集不作散於一切三摩地門亦不作集不作散於一切陀羅尼門不作有量不作無量於一切三摩地門亦不作有量不作無量於一切陀羅尼門不作廣不作狹於一切三摩地門亦不作廣不作狹於一切陀羅尼門不作有力不作無力於一切三摩地門亦不作有力不作無力世尊我緣此意故說菩薩摩訶薩般若波羅蜜多名大波羅蜜多復次世尊菩薩摩訶薩般若波羅蜜多於預流不作大不作小於一來不還阿羅漢亦不作大不作小於預流不作集不作散於一來不還阿羅漢亦不作集不作散於預流不作有量不作無量於一來不還阿羅漢亦不作有量不作無量於預

流不作廣不作狹於一來不還阿羅漢亦不作廣不作狹於預流不作有力不作無力於一來不還阿羅漢亦不作有力不作無力世尊我緣此意故說菩薩摩訶薩般若波羅蜜多名大波羅蜜多復次世尊菩薩摩訶薩般若波羅蜜多於預流向預流果不作大不作小於一來向一來果不還向不還果阿羅漢向阿羅漢果亦不作大不作小於預流向預流果不作集不作散於一來向乃至阿羅漢果亦不作集不作散於預流向預流果不作有量不作無量於一來向乃至阿羅漢果亦不作有量不作無量於預流向預流果不作廣不作狹於一來向乃至阿羅漢果亦不作廣不作狹於預流向預流果不作有力不作無力於一來向乃至阿羅漢果亦不作有力不作無力世尊我緣此意故說菩薩摩訶薩般若波羅蜜多名大波羅蜜多復次世尊菩薩摩訶薩般若波羅蜜多於獨覺不作大不作小於獨覺菩提亦不作大不作小於獨覺不作集不作散於獨覺菩提亦不作集不作散於獨覺不作有量不作無量於獨覺菩提亦不作有量不作無量於獨覺不作廣不作狹於獨覺菩提亦不作廣不作狹於獨覺不作有力不作無力於獨覺菩提亦不作有力不作無力世尊我緣此意故說菩薩摩訶薩般若波羅蜜多名大波羅蜜多復次世尊菩薩摩訶薩般若波羅蜜多於菩薩摩訶薩不作大不作小於菩薩摩訶薩行亦不作大不作小於菩薩摩訶薩不作集不作散於菩薩摩訶薩行亦不作集不作散於菩薩摩訶薩

不作有量不作無量於菩薩摩訶薩行亦不作有量不作無量於菩薩摩訶薩不作廣不作狹於菩薩摩訶薩行亦不作廣不作狹於菩薩摩訶薩不作有力不作無力於菩薩摩訶薩行亦不作有力不作無力世尊我緣此意故說菩薩摩訶薩般若波羅蜜多名大波羅蜜多復次世尊菩薩摩訶薩般若波羅蜜多於諸如來應正等覺不作大不作小於佛無上正等菩提亦不作大不作小於諸如來應正等覺不作集不作散於佛無上正等菩提亦不作集不作散於諸如來應正等覺不作有量不作無量於佛無上正等菩提亦不作有量不作無量於諸如來應正等覺不作廣不作狹於佛無上正等菩提亦不作廣不作狹於諸如來應正等覺不作有力不作無力於佛無上正等菩提亦不作有力不作無力世尊我緣此意故說菩薩摩訶薩般若波羅蜜多名大波羅蜜多復次世尊菩薩摩訶薩般若波羅蜜多於一切法不作大不作小不作集不作散不作有量不作無量不作廣不作狹不作有力不作無力世尊我緣此意故說菩薩摩訶薩般若波羅蜜多名大波羅蜜多復次世尊若新學大乘菩薩摩訶薩依般若波羅蜜多靜慮波羅蜜多精進波羅蜜多安忍波羅蜜多淨戒波羅蜜多布施波羅蜜多起如是想如是般若波羅蜜多於色不作大不作小於受想行識亦不作大不作小於色不作集不作散於受想行識亦不作集不作散於色不作有量不作無量於受想行識亦不作有量不作無量於色不作廣不作

狹於受想行識亦不作廣不作狹於色不作有力不作無力於受想行識亦不作有力不作無力世尊是菩薩摩訶薩由起此想非行般若波羅蜜多復次世尊若新學大乘菩薩摩訶薩依般若靜慮精進安忍淨戒布施波羅蜜多起如是想如是般若波羅蜜多於眼處不作大不作小於耳鼻舌身意處亦不作大不作小於眼處不作集不作散於耳鼻舌身意處亦不作集不作散於眼處不作有量不作無量於耳鼻舌身意處亦不作有量不作無量於眼處不作廣不作狹於耳鼻舌身意處亦不作廣不作狹於眼處不作有力不作無力於耳鼻舌身意處亦不作有力不作無力世尊是菩薩摩訶薩由起此想非行般若波羅蜜多復次世尊若新學大乘菩薩摩訶薩依般若靜慮精進安忍淨戒布施波羅蜜多起如是想如是般若波羅蜜多於色處不作大不作小於聲香味觸法處亦不作大不作小於色處不作集不作散於聲香味觸法處亦不作集不作散於色處不作有量不作無量於聲香味觸法處亦不作有量不作無量於色處不作廣不作狹於聲香味觸法處亦不作廣不作狹於色處不作有力不作無力於聲香味觸法處亦不作有力不作無力世尊是菩薩摩訶薩由起此想非行般若波羅蜜多復次世尊若新學大乘菩薩摩訶薩依般若靜慮精進安忍淨戒布施波羅蜜多起如是想如是般若波羅蜜多於眼界不作大不作小於色界眼識界及眼觸眼觸爲緣所生諸受亦不作大不作小於眼界不作

集不作散於色界乃至眼觸爲緣所生諸受亦不作集不作散於眼界不作有量不作無量於色界乃至眼觸爲緣所生諸受亦不作有量不作無量於眼界不作廣不作狹於色界乃至眼觸爲緣所生諸受亦不作廣不作狹於眼界不作有力不作無力於色界乃至眼觸爲緣所生諸受亦不作有力不作無力世尊是菩薩摩訶薩由起此想非行般若波羅蜜多復次世尊若新學大乘菩薩摩訶薩依般若靜慮精進安忍淨戒布施波羅蜜多起如是想如是般若波羅蜜多於耳界不作大不作小於聲界耳識界及耳觸耳觸爲緣所生諸受亦不作大不作小於耳界不作集不作散於聲界乃至耳觸爲緣所生諸受亦不作集不作散於耳界不作有量不作無量於聲界乃至耳觸爲緣所生諸受亦不作有量不作無量於耳界不作廣不作狹於聲界乃至耳觸爲緣所生諸受亦不作廣不作狹於耳界不作有力不作無力於聲界乃至耳觸爲緣所生諸受亦不作有力不作無力世尊是菩薩摩訶薩由起此想非行般若波羅蜜多復次世尊若新學大乘菩薩摩訶薩依般若靜慮精進安忍淨戒布施波羅蜜多起如是想如是般若波羅蜜多於鼻界不作大不作小於香界鼻識界及鼻觸鼻觸爲緣所生諸受亦不作大不作小於鼻界不作集不作散於香界乃至鼻觸爲緣所生諸受亦不作集不作散於鼻界不作有量不作無量於香界乃至鼻觸爲緣所生諸受亦不作有量不作無量於鼻界不作廣不作狹於香界乃

至鼻觸爲緣所生諸受亦不作廣不作狹於鼻界不作有力不作無力於香界乃至鼻觸爲緣所生諸受亦不作有力不作無力世尊是菩薩摩訶薩由起此想非行般若波羅蜜多復次世尊若新學大乘菩薩摩訶薩依般若靜慮精進安忍淨戒布施波羅蜜多起如是想如是般若波羅蜜多於舌界不作大不作小於味界舌識界及舌觸舌觸爲緣所生諸受亦不作大不作小於舌界不作集不作散於味界乃至舌觸爲緣所生諸受亦不作集不作散於舌界不作有量不作無量於味界乃至舌觸爲緣所生諸受亦不作有量不作無量於舌界不作廣不作狹於味界乃至舌觸爲緣所生諸受亦不作廣不作狹於舌界不作有力不作無力於味界乃至舌觸爲緣所生諸受亦不作有力不作無力世尊是菩薩摩訶薩由起此想非行般若波羅蜜多復次世尊若新學大乘菩薩摩訶薩依般若靜慮精進安忍淨戒布施波羅蜜多起如是想如是般若波羅蜜多於身界不作大不作小於觸界身識界及身觸身觸爲緣所生諸受亦不作大不作小於身界不作集不作散於觸界乃至身觸爲緣所生諸受亦不作集不作散於身界不作有量不作無量於觸界乃至身觸爲緣所生諸受亦不作有量不作無量於身界不作廣不作狹於觸界乃至身觸爲緣所生諸受亦不作廣不作狹於身界不作有力不作無力於觸界乃至身觸爲緣所生諸受亦不作有力不作無力世尊是菩薩摩訶薩由起此想非行般若波羅蜜多復

次世尊若新學大乘菩薩摩訶薩依般若靜慮精進安忍淨戒布施波羅蜜多起如是想如是般若波羅蜜多於意界不作大不作小於法界意識界及意觸意觸爲緣所生諸受亦不作大不作小於意界不作集不作散於法界乃至意觸爲緣所生諸受亦不作集不作散於意界不作有量不作無量於法界乃至意觸爲緣所生諸受亦不作有量不作無量於意界不作廣不作狹於法界乃至意觸爲緣所生諸受亦不作廣不作狹於意界不作有力不作無力於法界乃至意觸爲緣所生諸受亦不作有力不作無力世尊是菩薩摩訶薩由起此想非行般若波羅蜜多復次世尊若新學大乘菩薩摩訶薩依般若靜慮精進安忍淨戒布施波羅蜜多起如是想如是般若波羅蜜多於地界不作大不作小於水火風空識界亦不作大不作小於地界不作集不作散於水火風空識界亦不作集不作散於地界不作有量不作無量於水火風空識界亦不作有量不作無量於地界不作廣不作狹於水火風空識界亦不作廣不作狹於地界不作有力不作無力於水火風空識界亦不作有力不作無力世尊是菩薩摩訶薩由起此想非行般若波羅蜜多復次世尊若新學大乘菩薩摩訶薩依般若靜慮精進安忍淨戒布施波羅蜜多起如是想如是般若波羅蜜多於無明不作大不作小於行識名色六處觸受愛取有生老死愁歎苦憂惱亦不作大不作小於無明不作集不作散於行乃至老死愁歎苦憂惱亦不作集不作

散於無明不作有量不作無量於行乃至老死愁歎苦憂惱亦不作有量不作無量於無明不作廣不作狹於行乃至老死愁歎苦憂惱亦不作廣不作狹於無明不作有力不作無力於行乃至老死愁歎苦憂惱亦不作有力不作無力世尊是菩薩摩訶薩由起此想非行般若波羅蜜多復次世尊若新學大乘菩薩摩訶薩依般若靜慮精進安忍淨戒布施波羅蜜多起如是想如是般若波羅蜜多於布施波羅蜜多不作大不作小於淨戒安忍精進靜慮般若波羅蜜多亦不作大不作小於布施波羅蜜多不作集不作散於淨戒乃至般若波羅蜜多亦不作集不作散於布施波羅蜜多不作有量不作無量於淨戒乃至般若波羅蜜多亦不作有量不作無量於布施波羅蜜多不作廣不作狹於淨戒乃至般若波羅蜜多亦不作廣不作狹於布施波羅蜜多不作有力不作無力於淨戒乃至般若波羅蜜多亦不作有力不作無力世尊是菩薩摩訶薩由起此想非行般若波羅蜜多

大般若波羅蜜多經卷第一百七十四

大般若波羅蜜多經卷第一百七十五

唐三藏法師玄奘奉詔譯

初分讃般若品第三十二之四

復次世尊若新學大乘菩薩摩訶薩依般若靜慮精進安忍淨戒布施波羅蜜多起如是想如是般若波羅蜜多於内空不作大不作小於外空内外空空空大空勝義空有爲空無爲空畢竟空無際空散空無變異空本性空自相空共相空一切法空不可得空無性空自性空無性自性空亦不作大不作小於内空不作集不作散於外空乃至無性自性空亦不作集不作散於内空不作有量不作無量於外空乃至無性自性空亦不作有量不作無量於内空不作廣不作狹於外空乃至無性自性空亦不作廣不作狹於内空不作有力不作無力於外空乃至無性自性空亦不作有力不作無力世尊是菩薩摩訶薩由起此想非行般若波羅蜜多復次世尊若新學大乘菩薩摩訶薩依般若靜慮精進安忍淨戒布施波羅蜜多起如是想如是般若波羅蜜多於眞如不作大不作小於法界法性不虛妄性不變異性平等性離生性法定法住實際虛空界不思議界亦不作大不作小於眞如不作集不作散於法界乃至不思議界亦不作集不作散於眞如不作有量不作無量於法界乃至不思議界亦不作有量不作無量於眞如不作廣不作狹於法界乃至不思議界亦不作廣不作狹於眞如不作有力不作無力於法界乃至不思議界亦不作有力不作無力世尊是菩薩摩訶薩由起

此想非行般若波羅蜜多復次世尊若新學大乘菩薩摩訶薩依般若靜慮精進安忍淨戒布施波羅蜜多起如是想如是般若波羅蜜多於苦聖諦不作大不作小於集滅道聖諦亦不作大不作小於苦聖諦不作集不作散於集滅道聖諦亦不作集不作散於苦聖諦不作有量不作無量於集滅道聖諦亦不作有量不作無量於苦聖諦不作廣不作狹於集滅道聖諦亦不作廣不作狹於苦聖諦不作有力不作無力於集滅道聖諦亦不作有力不作無力世尊是菩薩摩訶薩由起此想非行般若波羅蜜多復次世尊若新學大乘菩薩摩訶薩依般若靜慮精進安忍淨戒布施波羅蜜多起如是想如是般若波羅蜜多於四靜慮不作大不作小於四無量四無色定亦不作大不作小於四靜慮不作集不作散於四無量四無色定亦不作集不作散於四靜慮不作有量不作無量於四無量四無色定亦不作有量不作無量於四靜慮不作廣不作狹於四無量四無色定亦不作廣不作狹於四靜慮不作有力不作無力於四無量四無色定亦不作有力不作無力世尊是菩薩摩訶薩由起此想非行般若波羅蜜多復次世尊若新學大乘菩薩摩訶薩依般若靜慮精進安忍淨戒布施波羅蜜多起如是想如是般若波羅蜜多於八解脫不作大不作小於八勝處九次第定十徧處亦不作大不作小於八解脫不作集不作散於八勝處九次第定十徧處亦不作集不作散於八解脫不作有量不作無量於八勝處九次第

定十徧處亦不作有量不作無量於八解脫不作廣不作狹於八勝處九次第定十徧處亦不作廣不作狹於八解脫不作有力不作無力於八勝處九次第定十徧處亦不作有力不作無力世尊是菩薩摩訶薩由起此想非行般若波羅蜜多復次世尊若新學大乘菩薩摩訶薩依般若靜慮精進安忍淨戒布施波羅蜜多起如是想如是般若波羅蜜多於四念住不作大不作小於四正斷四神足五根五力七等覺支八聖道支亦不作大不作小於四念住不作集不作散於四正斷乃至八聖道支亦不作集不作散於四念住不作有量不作無量於四正斷乃至八聖道支亦不作有量不作無量於四念住不作廣不作狹於四正斷乃至八聖道支亦不作廣不作狹於四念住不作有力不作無力於四正斷乃至八聖道支亦不作有力不作無力世尊是菩薩摩訶薩由起此想非行般若波羅蜜多復次世尊若新學大乘菩薩摩訶薩依般若靜慮精進安忍淨戒布施波羅蜜多起如是想如是般若波羅蜜多於空解脫門不作大不作小於無相無願解脫門亦不作大不作小於空解脫門不作集不作散於無相無願解脫門亦不作集不作散於空解脫門不作有量不作無量於無相無願解脫門亦不作有量不作無量於空解脫門不作廣不作狹於無相無願解脫門亦不作廣不作狹於空解脫門不作有力不作無力於無相無願解脫門亦不作有力不作無力世尊是菩薩摩訶薩由起此想非行般若波羅蜜多復

次世尊若新學大乘菩薩摩訶薩依般若靜慮精進安忍淨戒布施波羅蜜多起如是想如是般若波羅蜜多於五眼不作大不作小於六神通亦不作大不作小於五眼不作集不作散於六神通亦不作集不作散於五眼不作有量不作無量於六神通亦不作有量不作無量於五眼不作廣不作狹於六神通亦不作廣不作狹於五眼不作有力不作無力於六神通亦不作有力不作無力世尊是菩薩摩訶薩由起此想非行般若波羅蜜多復次世尊若新學大乘菩薩摩訶薩依般若靜慮精進安忍淨戒布施波羅蜜多起如是想如是般若波羅蜜多於佛十力不作大不作小於四無所畏四無礙解大慈大悲大喜大捨十八佛不共法亦不作大不作小於佛十力不作集不作散於四無所畏乃至十八佛不共法亦不作集不作散於佛十力不作有量不作無量於四無所畏乃至十八佛不共法亦不作有量不作無量於佛十力不作廣不作狹於四無所畏乃至十八佛不共法亦不作廣不作狹於佛十力不作有力不作無力於四無所畏乃至十八佛不共法亦不作有力不作無力世尊是菩薩摩訶薩由起此想非行般若波羅蜜多復次世尊若新學大乘菩薩摩訶薩依般若靜慮精進安忍淨戒布施波羅蜜多起如是想如是般若波羅蜜多於無忘失法不作大不作小於恒住捨性亦不作大不作小於無忘失法不作集不作散於恒住捨性亦不作集不作散於無忘失法不作有量不作無量於恒住捨性亦不

作有量不作無量於無忘失法不作廣不作狹於恒住捨性亦不作廣不作狹於無忘失法不作有力不作無力於恒住捨性亦不作有力不作無力世尊是菩薩摩訶薩由起此想非行般若波羅蜜多復次世尊若新學大乘菩薩摩訶薩依般若靜慮精進安忍淨戒布施波羅蜜多起如是想如是般若波羅蜜多於一切智不作大不作小於道相智一切相智亦不作大不作小於一切智不作集不作散於道相智一切相智亦不作集不作散於一切智不作有量不作無量於道相智一切相智亦不作有量不作無量於一切智不作廣不作狹於道相智一切相智亦不作廣不作狹於一切智不作有力不作無力於道相智一切相智亦不作有力不作無力世尊

是菩薩摩訶薩由起此想非行般若波羅蜜多復次世尊若新學大乘菩薩摩訶薩依般若靜慮精進安忍淨戒布施波羅蜜多起如是想如是般若波羅蜜多於一切陀羅尼門不作大不作小於一切三摩地門亦不作大不作小於一切陀羅尼門不作集不作散於一切三摩地門亦不作集不作散於一切陀羅尼門不作有量不作無量於一切三摩地門亦不作有量不作無量於一切陀羅尼門不作廣不作狹於一切三摩地門亦不作廣不作狹於一切陀羅尼門不作有力不作無力於一切三摩地門亦不作有力不作無力世尊是菩薩摩訶薩由起此想非行般若波羅蜜多復次世尊若新學大乘菩薩摩訶薩依般若靜慮精進安忍淨戒布施波羅蜜多

起如是想如是般若波羅蜜多於預流不作大不作小於一來不還阿羅漢亦不作大不作小於預流不作集不作散於一來不還阿羅漢亦不作集不作散於預流不作有量不作無量於一來不還阿羅漢亦不作有量不作無量於預流不作廣不作狹於一來不還阿羅漢亦不作廣不作狹於預流不作有力不作無力於一來不還阿羅漢亦不作有力不作無力世尊是菩薩摩訶薩由起此想非行般若波羅蜜多復次世尊若新學大乘菩薩摩訶薩依般若靜慮精進安忍淨戒布施波羅蜜多起如是想如是般若波羅蜜多於預流向預流果不作大不作小於一來向一來果不還向不還果阿羅漢向阿羅漢果亦不作大不作小於預流向預流果不作集不作散於一來向乃至阿羅漢果亦不作集不作散於預流向預流果不作有量不作無量於一來向乃至阿羅漢果亦不作有量不作無量於預流向預流果不作廣不作狹於一來向乃至阿羅漢果亦不作廣不作狹於預流向預流果不作有力不作無力於一來向乃至阿羅漢果亦不作有力不作無力世尊是菩薩摩訶薩由起此想非行般若波羅蜜多復次世尊若新學大乘菩薩摩訶薩依般若靜慮精進安忍淨戒布施波羅蜜多起如是想如是般若波羅蜜多於獨覺不作大不作小於獨覺菩提亦不作大不作小於獨覺不作集不作散於獨覺菩提亦不作集不作散於獨覺不作有量不作無量於獨覺菩提亦不作有量不作無量於獨覺不作廣不作

狹於獨覺菩提亦不作廣不作狹於獨覺不作有力不作無力於獨覺菩提亦不作有力不作無力世尊是菩薩摩訶薩由起此想非行般若波羅蜜多復次世尊若新學大乘菩薩摩訶薩依般若靜慮精進安忍淨戒布施波羅蜜多起如是想如是般若波羅蜜多於菩薩摩訶薩不作大不作小於菩薩摩訶薩行亦不作大不作小於菩薩摩訶薩不作集不作散於菩薩摩訶薩行亦不作集不作散於菩薩摩訶薩不作有量不作無量於菩薩摩訶薩行亦不作有量不作無量於菩薩摩訶薩不作廣不作狹於菩薩摩訶薩行亦不作廣不作狹於菩薩摩訶薩不作有力不作無力於菩薩摩訶薩行亦不作有力不作無力世尊是菩薩摩訶薩由起此想非行般若

波羅蜜多復次世尊若新學大乘菩薩摩訶薩依般若靜慮精進安忍淨戒布施波羅蜜多起如是想如是般若波羅蜜多於諸如來應正等覺不作大不作小於佛無上正等菩提亦不作大不作小於諸如來應正等覺不作集不作散於佛無上正等菩提亦不作集不作散於諸如來應正等覺不作有量不作無量於佛無上正等菩提亦不作有量不作無量於諸如來應正等覺不作廣不作狹於佛無上正等菩提亦不作廣不作狹於諸如來應正等覺不作有力不作無力於佛無上正等菩提亦不作有力不作無力世尊是菩薩摩訶薩由起此想非行般若波羅蜜多復次世尊若新學大乘菩薩摩訶薩依般若靜慮精進安忍淨戒布施波羅蜜多起如是想

如是般若波羅蜜多於一切法不作大不作小不作集不作散不作有量不作無量不作廣不作狹不作有力不作無力世尊是菩薩摩訶薩由起此想非行般若波羅蜜多世尊若新學大乘菩薩摩訶薩依般若波羅蜜多靜慮波羅蜜多精進波羅蜜多安忍波羅蜜多淨戒波羅蜜多布施波羅蜜多起如是想如是般若波羅蜜多於色作大作小於受想行識亦作大作小於色作集作散於受想行識亦作集作散於色作有量作無量於受想行識亦作有量作無量於色作廣作狹於受想行識亦作廣作狹於色作有力作無力於受想行識亦作有力作無力世尊是菩薩摩訶薩由起此想非行般若波羅蜜多復次世尊若新學大乘菩薩摩訶薩依般若靜慮精進安忍淨戒布施波羅蜜多起如是想如是般若波羅蜜多於眼處作大作小於耳鼻舌身意處亦作大作小於眼處作集作散於耳鼻舌身意處亦作集作散於眼處作有量作無量於耳鼻舌身意處亦作有量作無量於眼處作廣作狹於耳鼻舌身意處亦作廣作狹於眼處作有力作無力於耳鼻舌身意處亦作有力作無力世尊是菩薩摩訶薩由起此想非行般若波羅蜜多復次世尊若新學大乘菩薩摩訶薩依般若靜慮精進安忍淨戒布施波羅蜜多起如是想如是般若波羅蜜多於色處作大作小於聲香味觸法處亦作大作小於色處作集作散於聲香味觸法處亦作集作散於色處作有量作無量於聲香味觸法處亦作有量作無量於色處作廣

作狹於聲香味觸法處亦作廣作狹於色處作有力作無力於聲香味觸法處亦作有力作無力世尊是菩薩摩訶薩由起此想非行般若波羅蜜多復次世尊若新學大乘菩薩摩訶薩依般若靜慮精進安忍淨戒布施波羅蜜多起如是想如是般若波羅蜜多於眼界作大作小於色界眼識界及眼觸眼觸爲緣所生諸受亦作大作小於眼界作集作散於色界乃至眼觸爲緣所生諸受亦作集作散於眼界作有量作無量於色界乃至眼觸爲緣所生諸受亦作有量作無量於眼界作廣作狹於色界乃至眼觸爲緣所生諸受亦作廣作狹於眼界作有力作無力於色界乃至眼觸爲緣所生諸受亦作有力作無力世尊是菩薩摩訶薩由起此想非行般若波羅蜜多復次世尊若新學大乘菩薩摩訶薩依般若靜慮精進安忍淨戒布施波羅蜜多起如是想如是般若波羅蜜多於耳界作大作小於聲界耳識界及耳觸耳觸爲緣所生諸受亦作大作小於耳界作集作散於聲界乃至耳觸爲緣所生諸受亦作集作散於耳界作有量作無量於聲界乃至耳觸爲緣所生諸受亦作有量作無量於耳界作廣作狹於聲界乃至耳觸爲緣所生諸受亦作廣作狹於耳界作有力作無力於聲界乃至耳觸爲緣所生諸受亦作有力作無力世尊是菩薩摩訶薩由起此想非行般若波羅蜜多復次世尊若新學大乘菩薩摩訶薩依般若靜慮精進安忍淨戒布施波羅蜜多起如是想如是般若波羅蜜多於鼻界作大作小於香界

鼻識界及鼻觸鼻觸爲緣所生諸受亦作大作小於鼻界作集作散於香界乃至鼻觸爲緣所生諸受亦作集作散於鼻界作有量作無量於香界乃至鼻觸爲緣所生諸受亦作有量作無量於鼻界作廣作狹於香界乃至鼻觸爲緣所生諸受亦作廣作狹於鼻界作有力作無力於香界乃至鼻觸爲緣所生諸受亦作有力作無力世尊是菩薩摩訶薩由起此想非行般若波羅蜜多復次世尊若新學大乗菩薩摩訶薩依般若静慮精進安忍淨戒布施波羅蜜多起如是想如是般若波羅蜜多於舌界作大作小於味界舌識界及舌觸舌觸爲緣所生諸受亦作大作小於舌界作集作散於味界乃至舌觸爲緣所生諸受亦作集作散於舌界作有量作無量於味界乃至舌觸爲緣所生諸受亦作有量作無量於舌界作廣作狹於味界乃至舌觸爲緣所生諸受亦作廣作狹於舌界作有力作無力於味界乃至舌觸爲緣所生諸受亦作有力作無力世尊是菩薩摩訶薩由起此想非行般若波羅蜜多復次世尊若新學大乗菩薩摩訶薩依般若静慮精進安忍淨戒布施波羅蜜多起如是想如是般若波羅蜜多於身界作大作小於觸界身識界及身觸身觸爲緣所生諸受亦作大作小於身界作集作散於觸界乃至身觸爲緣所生諸受亦作集作散於身界作有量作無量於觸界乃至身觸爲緣所生諸受亦作有量作無量於身界作廣作狹於觸界乃至身觸爲緣所生諸受亦作廣作狹於身界作有力作無力於觸界

乃至身觸爲緣所生諸受亦作有力作無力世尊是菩薩摩訶薩由起此想非行般若波羅蜜多復次世尊若新學大乘菩薩摩訶薩依般若靜慮精進安忍淨戒布施波羅蜜多起如是想如是般若波羅蜜多於意界作大作小於法界意識界及意觸意觸爲緣所生諸受亦作大作小於意界作集作散於法界乃至意觸爲緣所生諸受亦作集作散於意界作有量作無量於法界乃至意觸爲緣所生諸受亦作有量作無量於意界作廣作狹於法界乃至意觸爲緣所生諸受亦作廣作狹於意界作有力作無力於法界乃至意觸爲緣所生諸受亦作有力作無力世尊是菩薩摩訶薩由起此想非行般若波羅蜜多復次世尊若新學大乘菩薩摩訶薩依般若靜慮精進安忍淨戒布施波羅蜜多起如是想如是般若波羅蜜多於地界作大作小於水火風空識界亦作大作小於地界作集作散於水火風空識界亦作集作散於地界作有量作無量於水火風空識界亦作有量作無量於地界作廣作狹於水火風空識界亦作廣作狹於地界作有力作無力於水火風空識界亦作有力作無力世尊是菩薩摩訶薩由起此想非行般若波羅蜜多復次世尊若新學大乘菩薩摩訶薩依般若靜慮精進安忍淨戒布施波羅蜜多起如是想如是般若波羅蜜多於無明作大作小於行識名色六處觸受愛取有生老死愁歎苦憂惱亦作大作小於無明作集作散於行乃至老死愁歎苦憂惱亦作集作散於無明作有量作無量

於行乃至老死愁歎苦憂惱亦作有量作無量於無明作廣作狹於行乃至老死愁歎苦憂惱亦作廣作狹於無明作有力作無力於行乃至老死愁歎苦憂惱亦作有力作無力世尊是菩薩摩訶薩由起此想非行般若波羅蜜多復次世尊若新學大乘菩薩摩訶薩依般若靜慮精進安忍淨戒布施波羅蜜多起如是想如是般若波羅蜜多於布施波羅蜜多作大作小於淨戒安忍精進靜慮般若波羅蜜多亦作大作小於布施波羅蜜多作集作散於淨戒乃至般若波羅蜜多亦作集作散於布施波羅蜜多作有量作無量於淨戒乃至般若波羅蜜多亦作有量作無量於布施波羅蜜多作廣作狹於淨戒乃至般若波羅蜜多亦作廣作狹於布施波羅蜜多作有力作無力於淨戒乃至般若波羅蜜多亦作有力作無力世尊是菩薩摩訶薩由起此想非行般若波羅蜜多復次世尊若新學大乘菩薩摩訶薩依般若靜慮精進安忍淨戒布施波羅蜜多起如是想如是般若波羅蜜多於內空作大作小於外空內外空空空大空勝義空有爲空無爲空畢竟空無際空散空無變異空本性空自相空共相空一切法空不可得空無性空自性空無性自性空亦作大作小於內空作集作散於外空乃至無性自性空亦作集作散於內空作有量作無量於外空乃至無性自性空亦作有量作無量於內空作廣作狹於外空乃至無性自性空亦作廣作狹於內空作有力作無力於外空乃至無性自性空亦作有力作無力世尊

是菩薩摩訶薩由起此想非行般若波羅蜜多復次世尊若新學大乘菩薩摩訶薩依般若靜慮精進安忍淨戒布施波羅蜜多起如是想如是般若波羅蜜多於眞如作大作小於法界法性不虛妄性不變異性平等性離生性法定法住實際虛空界不思議界亦作大作小於眞如作集作散於法界乃至不思議界亦作集作散於眞如作有量作無量於法界乃至不思議界亦作有量作無量於眞如作廣作狹於法界乃至不思議界亦作廣作狹於眞如作有力作無力於法界乃至不思議界亦作有力作無力世尊是菩薩摩訶薩由起此想非行般若波羅蜜多復次世尊若新學大乘菩薩摩訶薩依般若靜慮精進安忍淨戒布施波羅蜜多起如是想如是般若波羅蜜多於苦聖諦作大作小於集滅道聖諦亦作大作小於苦聖諦作集作散於集滅道聖諦亦作集作散於苦聖諦作有量作無量於集滅道聖諦亦作有量作無量於苦聖諦作廣作狹於集滅道聖諦亦作廣作狹於苦聖諦作有力作無力於集滅道聖諦亦作有力作無力世尊是菩薩摩訶薩由起此想非行般若波羅蜜多復次世尊若新學大乘菩薩摩訶薩依般若靜慮精進安忍淨戒布施波羅蜜多起如是想如是般若波羅蜜多於四靜慮作大作小於四無量四無色定亦作大作小於四靜慮作集作散於四無量四無色定亦作集作散於四靜慮作有量作無量於四無量四無色定亦作有量作無量於四靜慮作廣作狹於四無量四無色定亦

作廣作狹於四靜慮作有力作無力於四無量四無色定亦作有力作無力世尊是菩薩摩訶薩由起此想非行般若波羅蜜多復次世尊若新學大乘菩薩摩訶薩依般若靜慮精進安忍淨戒布施波羅蜜多起如是想如是般若波羅蜜多於八解脫作大作小於八勝處九次第定十徧處亦作大作小於八解脫作集作散於八勝處九次第定十徧處亦作集作散於八解脫作有量作無量於八勝處九次第定十徧處亦作有量作無量於八解脫作廣作狹於八勝處九次第定十徧處亦作廣作狹於八解脫作有力作無力於八勝處九次第定十徧處亦作有力作無力世尊是菩薩摩訶薩由起此想非行般若波羅蜜多復次世尊若新學大乘菩薩摩訶薩依般若靜慮精進安忍淨戒布施波羅蜜多起如是想如是般若波羅蜜多於四念住作大作小於四正斷四神足五根五力七等覺支八聖道支亦作大作小於四念住作集作散於四正斷乃至八聖道支亦作集作散於四念住作有量作無量於四正斷乃至八聖道支亦作有量作無量於四念住作廣作狹於四正斷乃至八聖道支亦作廣作狹於四念住作有力作無力於四正斷乃至八聖道支亦作有力作無力世尊是菩薩摩訶薩由起此想非行般若波羅蜜多復次世尊若新學大乘菩薩摩訶薩依般若靜慮精進安忍淨戒布施波羅蜜多起如是想如是般若波羅蜜多於空解脫門作大作小於無相無願解脫門亦作大作小於空解脫門作集作散於

無相無願解脫門亦作集作散於空解脫門作有量作無量於無相無願解脫門亦作有量作無量於空解脫門作廣作狹於無相無願解脫門亦作廣作狹於空解脫門作有力作無力於無相無願解脫門亦作有力作無力世尊是菩薩摩訶薩由起此想非行般若波羅蜜多復次世尊若新學大乘菩薩摩訶薩依般若靜慮精進安忍淨戒布施波羅蜜多起如是想如是般若波羅蜜多於五眼作大作小於六神通亦作大作小於五眼作集作散於六神通亦作集作散於五眼作有量作無量於六神通亦作有量作無量於五眼作廣作狹於六神通亦作廣作狹於五眼作有力作無力於六神通亦作有力作無力世尊是菩薩摩訶薩由起此想非行般若波羅蜜多復次世尊若新學大乘菩薩摩訶薩依般若靜慮精進安忍淨戒布施波羅蜜多起如是想如是般若波羅蜜多於佛十力作大作小於四無所畏四無礙解大慈大悲大喜大捨十八佛不共法亦作大作小於佛十力作集作散於四無所畏乃至十八佛不共法亦作集作散於佛十力作有量作無量於四無所畏乃至十八佛不共法亦作有量作無量於佛十力作廣作狹於四無所畏乃至十八佛不共法亦作廣作狹於佛十力作有力作無力於四無所畏乃至十八佛不共法亦作有力作無力世尊是菩薩摩訶薩由起此想非行般若波羅蜜多復次世尊若新學大乘菩薩摩訶薩依般若靜慮精進安忍淨戒布施波羅蜜多起如是想如是般若波羅蜜

多於無忘失法作大作小於恒住捨性亦作大作小於無忘失法作集作散於恒住捨性亦作集作散於無忘失法作有量作無量於恒住捨性亦作有量作無量於無忘失法作廣作狹於恒住捨性亦作廣作狹於無忘失法作有力作無力於恒住捨性亦作有力作無力世尊是菩薩摩訶薩由起此想非行般若波羅蜜多

大般若波羅蜜多經卷第一百七十五

大般若波羅蜜多經卷第一百七十六

唐三藏法師玄奘奉　詔譯

初分讃般若品第三十二之五

復次世尊若新學大乘菩薩摩訶薩依般若靜慮精進安忍淨戒布施波羅蜜多起如是想如是般若波羅蜜多於一切智作大作小於道相智一切相智亦作大作小於一切智作集作散於道相智一切相智亦作集作散於一切智作有量作無量於道相智一切相智亦作有量作無量於一切智作廣作狹於道相智一切相智亦作廣作狹於一切智作有力作無力於道相智一切相智亦作有力作無力世尊是菩薩摩訶薩由起此想非行般若波羅蜜多復次世尊若新學大乘菩薩摩訶薩依般若靜慮精進安忍淨戒布施波羅蜜多起如是想如是般若波羅蜜多於一切陀羅尼門作大作小於一切三摩地門亦作大作小於一切陀羅尼門作集作散於一切三摩地門亦作集作散於一切陀羅尼門作有量作無量於一切三摩地門亦作有量作無量於一切陀羅尼門作廣作狹於一切三摩地門亦作廣作狹於一切陀羅尼門作有力作無力於一切三摩地門亦作有力作無力世尊是菩薩摩訶薩由起此想非行般若波羅蜜多復次世尊若新學大乘菩薩摩訶薩依般若靜慮精進安忍淨戒布施波羅蜜多起如是想如是般若波羅蜜多於預流作大作小於一來不還阿羅漢亦作大作小於預流作集作散於一來不還阿羅漢亦作集作散於預流作有量作無量於一來不還

阿羅漢亦作有量作無量於預流作廣作狹於一來不還阿羅漢亦作廣作狹於預流作有力作無力於一來不還阿羅漢亦作有力作無力世尊是菩薩摩訶薩由起此想非行般若波羅蜜多復次世尊若新學大乘菩薩摩訶薩依般若靜慮精進安忍淨戒布施波羅蜜多起如是想如是般若波羅蜜多於預流向預流果作大作小於一來向一來果不還向不還果阿羅漢向阿羅漢果亦作大作小於預流向預流果作集作散於一來向乃至阿羅漢果亦作集作散於預流向預流果作有量作無量於一來向乃至阿羅漢果亦作有量作無量於預流向預流果作廣作狹於一來向乃至阿羅漢果亦作廣作狹於預流向預流果作有力作無力於一來向乃至阿羅漢果亦作有力作無力世尊是菩薩摩訶薩由起此想非行般若波羅蜜多復次世尊若新學大乘菩薩摩訶薩依般若靜慮精進安忍淨戒布施波羅蜜多起如是想如是般若波羅蜜多於獨覺菩提作大作小於獨覺菩提亦作大作小於獨覺菩提作集作散於獨覺菩提亦作集作散於獨覺菩提作有量作無量於獨覺菩提亦作有量作無量於獨覺菩提作廣作狹於獨覺菩提亦作廣作狹於獨覺菩提作有力作無力於獨覺菩提亦作有力作無力世尊是菩薩摩訶薩由起此想非行般若波羅蜜多復次世尊若新學大乘菩薩摩訶薩依般若靜慮精進安忍淨戒布施波羅蜜多起如是想如是般若波羅蜜多於菩薩摩訶薩作大作小於菩薩摩訶薩行亦作大作小於菩薩

摩訶薩作集作散於菩薩摩訶薩行亦作集作散於菩薩摩訶薩作有量作無量於菩薩摩訶薩行亦作有量作無量於菩薩摩訶薩作廣作狹於菩薩摩訶薩行亦作廣作狹於菩薩摩訶薩作有力作無力於菩薩摩訶薩行亦作有力作無力世尊是菩薩摩訶薩由起此想非行般若波羅蜜多復次世尊若新學大乘菩薩摩訶薩依般若靜慮精進安忍淨戒布施波羅蜜多起如是想如是般若波羅蜜多於諸如來應正等覺作大作小於佛無上正等菩提亦作大作小於諸如來應正等覺作集作散於佛無上正等菩提亦作集作散於諸如來應正等覺作有量作無量於佛無上正等菩提亦作有量作無量於諸如來應正等覺作廣作狹於佛無上正等菩提亦作廣作狹於諸如來應正等覺作有力作無力於佛無上正等菩提亦作有力作無力世尊是菩薩摩訶薩由起此想非行般若波羅蜜多復次世尊若新學大乘菩薩摩訶薩依般若靜慮精進安忍淨戒布施波羅蜜多起如是想如是般若波羅蜜多於一切法作大作小作集作散作有量作無量作廣作狹作有力作無力世尊是菩薩摩訶薩由起此想非行般若波羅蜜多世尊若新學大乘菩薩摩訶薩不依般若波羅蜜多靜慮波羅蜜多精進波羅蜜多安忍波羅蜜多淨戒波羅蜜多布施波羅蜜多起如是想如是般若波羅蜜多於色不作大不作小於受想行識亦不作大不作小於色不作集不作散於受想行識亦不作集不作散於色不作有量不作

無量於受想行識亦不作有量不作無量於色不作廣不作狹於受想行識亦不作廣不作狹於色不作有力不作無力於受想行識亦不作有力不作無力世尊是菩薩摩訶薩由起此想非行般若波羅蜜多復次世尊若新學大乘菩薩摩訶薩不依般若靜慮精進安忍淨戒布施波羅蜜多起如是想如是般若波羅蜜多於眼處不作大不作小於耳鼻舌身意處亦不作大不作小於眼處不作集不作散於耳鼻舌身意處亦不作集不作散於眼處不作有量不作無量於耳鼻舌身意處亦不作有量不作無量於眼處不作廣不作狹於耳鼻舌身意處亦不作廣不作狹於眼處不作有力不作無力於耳鼻舌身意處亦不作有力不作無力世尊是菩薩摩訶薩由起此想非行般若波羅蜜多復次世尊若新學大乘菩薩摩訶薩不依般若靜慮精進安忍淨戒布施波羅蜜多起如是想如是般若波羅蜜多於色處不作大不作小於聲香味觸法處亦不作大不作小於色處不作集不作散於聲香味觸法處亦不作集不作散於色處不作有量不作無量於聲香味觸法處亦不作有量不作無量於色處不作廣不作狹於聲香味觸法處亦不作廣不作狹於色處不作有力不作無力於聲香味觸法處亦不作有力不作無力世尊是菩薩摩訶薩由起此想非行般若波羅蜜多復次世尊若新學大乘菩薩摩訶薩不依般若靜慮精進安忍淨戒布施波羅蜜多起如是想如是般若波羅蜜多於眼界不作大不作小於色界

眼識界及眼觸眼觸爲縁所生諸受亦不作大不作小於眼界不作集不作散於色界乃至眼觸爲縁所生諸受亦不作集不作散於眼界不作有量不作無量於色界乃至眼觸爲縁所生諸受亦不作有量不作無量於眼界不作廣不作狹於色界乃至眼觸爲縁所生諸受亦不作廣不作狹於眼界不作有力不作無力於色界乃至眼觸爲縁所生諸受亦不作有力不作無力世尊是菩薩摩訶薩由起此想非行般若波羅蜜多復次世尊若新學大乗菩薩摩訶薩不依般若靜慮精進安忍淨戒布施波羅蜜多起如是想如是般若波羅蜜多於耳界不作大不作小於聲界耳識界及耳觸耳觸爲縁所生諸受亦不作大不作小於耳界不作集不作散於聲界乃至耳觸爲縁所生諸受亦不作集不作散於耳界不作有量不作無量於聲界乃至耳觸爲縁所生諸受亦不作有量不作無量於耳界不作廣不作狹於聲界乃至耳觸爲縁所生諸受亦不作廣不作狹於耳界不作有力不作無力於聲界乃至耳觸爲縁所生諸受亦不作有力不作無力世尊是菩薩摩訶薩由起此想非行般若波羅蜜多復次世尊若新學大乗菩薩摩訶薩不依般若靜慮精進安忍淨戒布施波羅蜜多起如是想如是般若波羅蜜多於鼻界不作大不作小於香界鼻識界及鼻觸鼻觸爲縁所生諸受亦不作大不作小於鼻界不作集不作散於香界乃至鼻觸爲縁所生諸受亦不作集不作散於鼻界不作有量不作無量於香界乃至鼻觸

爲緣所生諸受亦不作有量不作無量於鼻界不作廣不作狹於香界乃至鼻觸爲緣所生諸受亦不作廣不作狹於鼻界不作有力不作無力於香界乃至鼻觸爲緣所生諸受亦不作有力不作無力世尊是菩薩摩訶薩由起此想非行般若波羅蜜多復次世尊若新學大乘菩薩摩訶薩不依般若靜慮精進安忍淨戒布施波羅蜜多起如是想如是般若波羅蜜多於舌界不作大不作小於味界舌識界及舌觸舌觸爲緣所生諸受亦不作大不作小於舌界不作集不作散於味界乃至舌觸爲緣所生諸受亦不作集不作散於舌界不作有量不作無量於味界乃至舌觸爲緣所生諸受亦不作有量不作無量於舌界不作廣不作狹於味界乃至舌觸爲緣所生諸受亦不作廣不作狹於舌界不作有力不作無力於味界乃至舌觸爲緣所生諸受亦不作有力不作無力世尊是菩薩摩訶薩由起此想非行般若波羅蜜多復次世尊若新學大乘菩薩摩訶薩不依般若靜慮精進安忍淨戒布施波羅蜜多起如是想如是般若波羅蜜多於身界不作大不作小於觸界身識界及身觸身觸爲緣所生諸受亦不作大不作小於身界不作集不作散於觸界乃至身觸爲緣所生諸受亦不作集不作散於身界不作有量不作無量於觸界乃至身觸爲緣所生諸受亦不作有量不作無量於身界不作廣不作狹於觸界乃至身觸爲緣所生諸受亦不作廣不作狹於身界不作有力不作無力於觸界乃至身觸爲緣所生諸受

亦不作有力不作無力世尊是菩薩摩訶薩由起此想非行般若波羅蜜多復次世尊若新學大乘菩薩摩訶薩不依般若靜慮精進安忍淨戒布施波羅蜜多起如是想如是般若波羅蜜多於意界不作大不作小於法界意識界及意觸意觸爲緣所生諸受亦不作大不作小於意界不作集不作散於法界乃至意觸爲緣所生諸受亦不作集不作散於意界不作有量不作無量於法界乃至意觸爲緣所生諸受亦不作有量不作無量於意界不作廣不作狹於法界乃至意觸爲緣所生諸受亦不作廣不作狹於意界不作有力不作無力於法界乃至意觸爲緣所生諸受亦不作有力不作無力世尊是菩薩摩訶薩由起此想非行般若波羅蜜多復次世尊若新學大乘菩薩摩訶薩不依般若靜慮精進安忍淨戒布施波羅蜜多起如是想如是般若波羅蜜多於地界不作大不作小於水火風空識界亦不作大不作小於地界不作集不作散於水火風空識界亦不作集不作散於地界不作有量不作無量於水火風空識界亦不作有量不作無量於地界不作廣不作狹於水火風空識界亦不作廣不作狹於地界不作有力不作無力於水火風空識界亦不作有力不作無力世尊是菩薩摩訶薩由起此想非行般若波羅蜜多復次世尊若新學大乘菩薩摩訶薩不依般若靜慮精進安忍淨戒布施波羅蜜多起如是想如是般若波羅蜜多於無明不作大不作小於行識名色六處觸受愛取有生老死愁歎苦憂惱

亦不作大不作小於無明不作集不作散於行乃至老死愁歎苦憂惱亦不作集不作散於無明不作有量不作無量於行乃至老死愁歎苦憂惱亦不作有量不作無量於無明不作廣不作狹於行乃至老死愁歎苦憂惱亦不作廣不作狹於無明不作有力不作無力於行乃至老死愁歎苦憂惱亦不作有力不作無力世尊是菩薩摩訶薩由起此想非行般若波羅蜜多復次世尊若新學大乘菩薩摩訶薩不依般若靜慮精進安忍淨戒布施波羅蜜多起如是想如是般若波羅蜜多於布施波羅蜜多不作大不作小於淨戒安忍精進靜慮般若波羅蜜多亦不作大不作小於布施波羅蜜多不作集不作散於淨戒乃至般若波羅蜜多亦不作集不作散於布施波羅蜜多不作有量不作無量於淨戒乃至般若波羅蜜多亦不作有量不作無量於布施波羅蜜多不作廣不作狹於淨戒乃至般若波羅蜜多亦不作廣不作狹於布施波羅蜜多不作有力不作無力於淨戒乃至般若波羅蜜多亦不作有力不作無力世尊是菩薩摩訶薩由起此想非行般若波羅蜜多復次世尊若新學大乘菩薩摩訶薩不依般若靜慮精進安忍淨戒布施波羅蜜多起如是想如是般若波羅蜜多於內空不作大不作小於外空內外空空空大空勝義空有為空無為空畢竟空無際空散空無變異空本性空自相空共相空一切法空不可得空無性空自性空無性自性空亦不作大不作小於內空不作集不作散於外空乃至無性自

性空亦不作集不作散於內空不作有量不作無量於外空乃至無性自性空亦不作有量不作無量於內空不作廣不作狹於外空乃至無性自性空亦不作廣不作狹於內空不作有力不作無力於外空乃至無性自性空亦不作有力不作無力世尊是菩薩摩訶薩由起此想非行般若波羅蜜多復次世尊若新學大乘菩薩摩訶薩不依般若靜慮精進安忍淨戒布施波羅蜜多起如是想如是般若波羅蜜多於眞如不作大不作小於法界法性不虛妄性不變異性平等性離生性法定法住實際虛空界不思議界亦不作大不作小於眞如不作集不作散於法界乃至不思議界亦不作集不作散於眞如不作有量不作無量於法界乃至不思議界亦不作有量不作無量於眞如不作廣不作狹於法界乃至不思議界亦不作廣不作狹於眞如不作有力不作無力於法界乃至不思議界亦不作有力不作無力世尊是菩薩摩訶薩由起此想非行般若波羅蜜多復次世尊若新學大乘菩薩摩訶薩不依般若靜慮精進安忍淨戒布施波羅蜜多起如是想如是般若波羅蜜多於苦聖諦不作大不作小於集滅道聖諦亦不作大不作小於苦聖諦不作集不作散於集滅道聖諦亦不作集不作散於苦聖諦不作有量不作無量於集滅道聖諦亦不作有量不作無量於苦聖諦不作廣不作狹於集滅道聖諦亦不作廣不作狹於苦聖諦不作有力不作無力於集滅道聖諦亦不作有力不作無力世尊是菩薩摩訶薩

由起此想非行般若波羅蜜多復次世尊若新學大乘菩薩摩訶薩不依般若靜慮精進安忍淨戒布施波羅蜜多起如是想如是般若波羅蜜多於四靜慮不作大不作小於四無量四無色定亦不作大不作小於四靜慮不作集不作散於四無量四無色定亦不作集不作散於四靜慮不作有量不作無量於四無量四無色定亦不作有量不作無量於四靜慮不作廣不作狹於四無量四無色定亦不作廣不作狹於四靜慮不作有力不作無力於四無量四無色定亦不作有力不作無力世尊是菩薩摩訶薩由起此想非行般若波羅蜜多復次世尊若新學大乘菩薩摩訶薩不依般若靜慮精進安忍淨戒布施波羅蜜多起如是想如是般若波羅蜜多於八解脫不作大不作小於八勝處九次第定十徧處亦不作大不作小於八解脫不作集不作散於八勝處九次第定十徧處亦不作集不作散於八解脫不作有量不作無量於八勝處九次第定十徧處亦不作有量不作無量於八解脫不作廣不作狹於八勝處九次第定十徧處亦不作廣不作狹於八解脫不作有力不作無力於八勝處九次第定十徧處亦不作有力不作無力世尊是菩薩摩訶薩由起此想非行般若波羅蜜多復次世尊若新學大乘菩薩摩訶薩不依般若靜慮精進安忍淨戒布施波羅蜜多起如是想如是般若波羅蜜多於四念住不作大不作小於四正斷四神足五根五力七等覺支八聖道支亦不作大不作小於四念住不作集不作

散於四正斷乃至八聖道支亦不作集不作散於四念住不作有量不作無量於四正斷乃至八聖道支亦不作有量不作無量於四念住不作廣不作狹於四正斷乃至八聖道支亦不作廣不作狹於四念住不作有力不作無力於四正斷乃至八聖道支亦不作有力不作無力世尊是菩薩摩訶薩由起此想非行般若波羅蜜多復次世尊若新學大乘菩薩摩訶薩不依般若靜慮精進安忍淨戒布施波羅蜜多起如是想如是般若波羅蜜多於空解脱門不作大不作小於無相無願解脱門亦不作大不作小於空解脱門不作集不作散於無相無願解脱門亦不作集不作散於空解脱門不作有量不作無量於無相無願解脱門亦不作有量不作無量於空解脱門不作廣不作狹於無相無願解脱門亦不作廣不作狹於空解脱門不作有力不作無力於無相無願解脱門亦不作有力不作無力世尊是菩薩摩訶薩由起此想非行般若波羅蜜多復次世尊若新學大乘菩薩摩訶薩不依般若靜慮精進安忍淨戒布施波羅蜜多起如是想如是般若波羅蜜多於五眼不作大不作小於六神通亦不作大不作小於五眼不作集不作散於六神通亦不作集不作散於五眼不作有量不作無量於六神通亦不作有量不作無量於五眼不作廣不作狹於六神通亦不作廣不作狹於五眼不作有力不作無力於六神通亦不作有力不作無力世尊是菩薩摩訶薩由起此想非行般若波羅蜜多復次世尊若新學大乘

菩薩摩訶薩不依般若靜慮精進安忍淨戒布施波羅蜜多起如是想如是般若波羅蜜多於佛十力不作大不作小於四無所畏四無礙解大慈大悲大喜大捨十八佛不共法亦不作大不作小於佛十力不作集不作散於四無所畏乃至十八佛不共法亦不作集不作散於佛十力不作有量不作無量於四無所畏乃至十八佛不共法亦不作有量不作無量於佛十力不作廣不作狹於四無所畏乃至十八佛不共法亦不作廣不作狹於佛十力不作有力不作無力於四無所畏乃至十八佛不共法亦不作有力不作無力世尊是菩薩摩訶薩由起此想非行般若波羅蜜多復次世尊若新學大乘菩薩摩訶薩不依般若靜慮精進安忍淨戒布施波羅蜜多起如是想如是般若波羅蜜多於無忘失法不作大不作小於恒住捨性亦不作大不作小於無忘失法不作集不作散於恒住捨性亦不作集不作散於無忘失法不作有量不作無量於恒住捨性亦不作有量不作無量於無忘失法不作廣不作狹於恒住捨性亦不作廣不作狹於無忘失法不作有力不作無力於恒住捨性亦不作有力不作無力世尊是菩薩摩訶薩由起此想非行般若波羅蜜多復次世尊若新學大乘菩薩摩訶薩不依般若靜慮精進安忍淨戒布施波羅蜜多起如是想如是般若波羅蜜多於一切智不作大不作小於道相智一切相智亦不作大不作小於一切智不作集不作散於道相智一切相智亦不作集不作散於一切智不作

有量不作無量於道相智一切相智亦不作有量不作無量於一切智不作廣不作狹於道相智一切相智亦不作廣不作狹於一切智不作有力不作無力於道相智一切相智亦不作有力不作無力世尊是菩薩摩訶薩由起此想非行般若波羅蜜多復次世尊若新學大乘菩薩摩訶薩不依般若靜慮精進安忍淨戒布施波羅蜜多起如是想如是般若波羅蜜多於一切陀羅尼門不作大不作小於一切三摩地門亦不作大不作小於一切陀羅尼門不作集不作散於一切三摩地門亦不作集不作散於一切陀羅尼門不作有量不作無量於一切三摩地門亦不作有量不作無量於一切陀羅尼門不作廣不作狹於一切三摩地門不不作廣不作狹於一切陀羅尼門不作有力不作無力於一切三摩地門亦不作有力不作無力世尊是菩薩摩訶薩由起此想非行般若波羅蜜多復次世尊若新學大乘菩薩摩訶薩不依般若靜慮精進安忍淨戒布施波羅蜜多起如是想如是般若波羅蜜多於預流不作大不作小於一來不還阿羅漢亦不作大不作小於預流不作集不作散於一來不還阿羅漢亦不作集不作散於預流不作有量不作無量於一來不還阿羅漢亦不作有量不作無量於預流不作廣不作狹於一來不還阿羅漢亦不作廣不作狹於預流不作有力不作無力於一來不還阿羅漢亦不作有力不作無力世尊是菩薩摩訶薩由起此想非行般若波羅蜜多復次世尊若新學大乘菩薩摩訶薩

不依般若靜慮精進安忍淨戒布施波羅蜜多起如是想如是般若波羅蜜多於預流向預流果不作大不作小於一來向一來果不還向不還果阿羅漢向阿羅漢果亦不作大不作小於預流向預流果不作集不作散於一來向乃至阿羅漢果亦不作集不作散於預流向預流果不作有量不作無量於一來向乃至阿羅漢果亦不作有量不作無量於預流向預流果不作廣不作狹於一來向乃至阿羅漢果亦不作廣不作狹於預流向預流果不作有力不作無力於一來向乃至阿羅漢果亦不作有力不作無力世尊是菩薩摩訶薩由起此想非行般若波羅蜜多復次世尊若新學大乘菩薩摩訶薩不依般若靜慮精進安忍淨戒布施波羅蜜多起如是想如是般若波羅蜜多於獨覺不作大不作小於獨覺菩提亦不作大不作小於獨覺不作集不作散於獨覺菩提亦不作集不作散於獨覺不作有量不作無量於獨覺菩提亦不作有量不作無量於獨覺不作廣不作狹於獨覺菩提亦不作廣不作狹於獨覺不作有力不作無力於獨覺菩提亦不作有力不作無力世尊是菩薩摩訶薩由起此想非行般若波羅蜜多復次世尊若新學大乘菩薩摩訶薩不依般若靜慮精進安忍淨戒布施波羅蜜多起如是想如是般若波羅蜜多於菩薩摩訶薩不作大不作小於菩薩摩訶薩行亦不作大不作小於菩薩摩訶薩不作集不作散於菩薩摩訶薩行亦不作集不作散於菩薩摩訶薩不作有量不作無量於菩薩摩

訶薩行亦不作有量不作無量於菩薩摩訶薩不作廣不作狹於菩薩摩訶薩行亦不作廣不作狹於菩薩摩訶薩不作有力不作無力於菩薩摩訶薩行亦不作有力不作無力世尊是菩薩摩訶薩由起此想非行般若波羅蜜多復次世尊若新學大乘菩薩摩訶薩不依般若靜慮精進安忍淨戒布施波羅蜜多起如是想如是般若波羅蜜多於諸如來應正等覺不作大不作小於佛無上正等菩提亦不作大不作小於諸如來應正等覺不作集不作散於佛無上正等菩提亦不作集不作散於諸如來應正等覺不作有量不作無量於佛無上正等菩提亦不作有量不作無量於諸如來應正等覺不作廣不作狹於佛無上正等菩提亦不作廣不作狹於諸如來應正等覺不作有力不作無力於佛無上正等菩提亦不作有力不作無力世尊是菩薩摩訶薩由起此想非行般若波羅蜜多復次世尊若新學大乘菩薩摩訶薩不依般若靜慮精進安忍淨戒布施波羅蜜多起如是想如是般若波羅蜜多於一切法不作大不作小不作集不作散不作有量不作無量不作廣不作狹不作有力不作無力世尊是菩薩摩訶薩由起此想非行般若波羅蜜多

大般若波羅蜜多經卷第一百七十六

大般若波羅蜜多經卷第一百七十七

唐三藏法師玄奘奉詔譯

初分讃般若品第三十二之六

世尊若新學大乘菩薩摩訶薩不依般若波羅蜜多靜慮波羅蜜多精進波羅蜜多安忍波羅蜜多淨戒波羅蜜多布施波羅蜜多起如是想如是般若波羅蜜多於色作大作小於受想行識亦作大作小於色作集作散於受想行識亦作集作散於色作有量作無量於受想行識亦作有量作無量於色作廣作狹於受想行識亦作廣作狹於色作有力作無力於受想行識亦作有力作無力世尊是菩薩摩訶薩由起此想非行般若波羅蜜多復次世尊若新學大乘菩薩摩訶薩不依般若靜慮精進安忍淨戒布施波羅蜜多起如是想如是般若波羅蜜多於眼處作大作小於耳鼻舌身意處亦作大作小於眼處作集作散於耳鼻舌身意處亦作集作散於眼處作有量作無量於耳鼻舌身意處亦作有量作無量於眼處作廣作狹於耳鼻舌身意處亦作廣作狹於眼處作有力作無力於耳鼻舌身意處亦作有力作無力世尊是菩薩摩訶薩由起此想非行般若波羅蜜多復次世尊若新學大乘菩薩摩訶薩不依般若靜慮精進安忍淨戒布施波羅蜜多起如是想如是般若波羅蜜多於色處作大作小於聲香味觸法處亦作大作小於色處作集作散於聲香味觸法處亦作集作散於色處作有量作無量於聲香味觸法處亦作有量作無量於色處作廣作狹於聲香味觸法處亦作廣

作狹於色處作有力作無力於聲香味觸法處亦作有力作無力世尊是菩薩摩訶薩由起此想非行般若波羅蜜多復次世尊若新學大乘菩薩摩訶薩不依般若靜慮精進安忍淨戒布施波羅蜜多起如是想如是般若波羅蜜多於眼界作大作小於色界眼識界及眼觸眼觸爲緣所生諸受亦作大作小於眼界作集作散於色界乃至眼觸爲緣所生諸受亦作集作散於眼界作有量作無量於色界乃至眼觸爲緣所生諸受亦作有量作無量於眼界作廣作狹於色界乃至眼觸爲緣所生諸受亦作廣作狹於眼界作有力作無力於色界乃至眼觸爲緣所生諸受亦作有力作無力世尊是菩薩摩訶薩由起此想非行般若波羅蜜多復次世尊若新學大乘菩薩摩訶薩不依般若靜慮精進安忍淨戒布施波羅蜜多起如是想如是般若波羅蜜多於耳界作大作小於聲界耳識界及耳觸耳觸爲緣所生諸受亦作大作小於耳界作集作散於聲界乃至耳觸爲緣所生諸受亦作集作散於耳界作有量作無量於聲界乃至耳觸爲緣所生諸受亦作有量作無量於耳界作廣作狹於聲界乃至耳觸爲緣所生諸受亦作廣作狹於耳界作有力作無力於聲界乃至耳觸爲緣所生諸受亦作有力作無力世尊是菩薩摩訶薩由起此想非行般若波羅蜜多復次世尊若新學大乘菩薩摩訶薩不依般若靜慮精進安忍淨戒布施波羅蜜多起如是想如是般若波羅蜜多於鼻界作大作小於香界鼻識界及鼻觸鼻觸爲

緣所生諸受亦作大作小於鼻界作集作散
於香界乃至鼻觸爲緣所生諸受亦作集作
散於鼻界作有量作無量於香界乃至鼻觸
爲緣所生諸受亦作有量作無量於鼻界作
廣作狹於香界乃至鼻觸爲緣所生諸受亦
作廣作狹於鼻界作有力作無力於香界乃
至鼻觸爲緣所生諸受亦作有力作無力世
尊是菩薩摩訶薩由起此想非行般若波羅
蜜多復次世尊若新學大乘菩薩摩訶薩不
依般若靜慮精進安忍淨戒布施波羅蜜多
起如是想如是般若波羅蜜多於舌界作大
作小於味界舌識界及舌觸舌觸爲緣所生
諸受亦作大作小於舌界作集作散於味界
乃至舌觸爲緣所生諸受亦作集作散於舌
界作有量作無量於味界乃至舌觸爲緣所
生諸受亦作有量作無量於舌界作廣作狹
於味界乃至舌觸爲緣所生諸受亦作廣作
狹於舌界作有力作無力於味界乃至舌觸
爲緣所生諸受亦作有力作無力世尊是菩
薩摩訶薩由起此想非行般若波羅蜜多復
次世尊若新學大乘菩薩摩訶薩不依般若
靜慮精進安忍淨戒布施波羅蜜多起如是
想如是般若波羅蜜多於身界作大作小於
觸界身識界及身觸身觸爲緣所生諸受亦
作大作小於身界作集作散於觸界乃至身
觸爲緣所生諸受亦作集作散於身界作有
量作無量於觸界乃至身觸爲緣所生諸受
亦作有量作無量於身界作廣作狹於觸界
乃至身觸爲緣所生諸受亦作廣作狹於身
界作有力作無力於觸界乃至身觸爲緣所

生諸受亦作有力作無力世尊是菩薩摩訶薩由起此想非行般若波羅蜜多復次世尊若新學大乘菩薩摩訶薩不依般若靜慮精進安忍淨戒布施波羅蜜多起如是想如是般若波羅蜜多於意界作大作小於法界意識界及意觸意觸爲緣所生諸受亦作大作小於意界作集作散於法界乃至意觸爲緣所生諸受亦作集作散於意界作有量作無量於法界乃至意觸爲緣所生諸受亦作有量作無量於意界作廣作狹於法界乃至意觸爲緣所生諸受亦作廣作狹於意界作有力作無力於法界乃至意觸爲緣所生諸受亦作有力作無力世尊是菩薩摩訶薩由起此想非行般若波羅蜜多復次世尊若新學大乘菩薩摩訶薩不依般若靜慮精進安忍淨戒布施波羅蜜多起如是想如是般若波羅蜜多於地界作大作小於水火風空識界亦作大作小於地界作集作散於水火風空識界亦作集作散於地界作有量作無量於水火風空識界亦作有量作無量於地界作廣作狹於水火風空識界亦作廣作狹於地界作有力作無力於水火風空識界亦作有力作無力世尊是菩薩摩訶薩由起此想非行般若波羅蜜多復次世尊若新學大乘菩薩摩訶薩不依般若靜慮精進安忍淨戒布施波羅蜜多起如是想如是般若波羅蜜多於無明作大作小於行識名色六處觸受愛取有生老死愁歎苦憂惱亦作大作小於無明作集作散於行乃至老死愁歎苦憂惱亦作集作散於無明作有量作無量於行乃至

老死愁歎苦憂惱亦作有量作無量於無明作廣作狹於行乃至老死愁歎苦憂惱亦作廣作狹於無明作有力作無力於行乃至老死愁歎苦憂惱亦作有力作無力世尊是菩薩摩訶薩由起此想非行般若波羅蜜多復次世尊若新學大乘菩薩摩訶薩不依般若靜慮精進安忍淨戒布施波羅蜜多起如是想如是般若波羅蜜多於布施波羅蜜多作大作小於淨戒安忍精進靜慮般若波羅蜜多亦作大作小於布施波羅蜜多作集作散於淨戒乃至般若波羅蜜多亦作集作散於布施波羅蜜多作有量作無量於淨戒乃至般若波羅蜜多亦作有量作無量於布施波羅蜜多作廣作狹於淨戒乃至般若波羅蜜多亦作廣作狹於布施波羅蜜多作有力作無力於淨戒乃至般若波羅蜜多亦作有力作無力世尊是菩薩摩訶薩由起此想非行般若波羅蜜多復次世尊若新學大乘菩薩摩訶薩不依般若靜慮精進安忍淨戒布施波羅蜜多起如是想如是般若波羅蜜多於內空作大作小於外空內外空空空大空勝義空有爲空無爲空畢竟空無際空散空無變異空本性空自相空共相空一切法空不可得空無性空自性空無性自性空亦作大作小於內空作集作散於外空乃至無性自性空亦作集作散於內空作有量作無量於外空乃至無性自性空亦作有量作無量於內空作廣作狹於外空乃至無性自性空亦作廣作狹於內空作有力作無力於外空乃至無性自性空亦作有力作無力世尊是菩

薩摩訶薩由起此想非行般若波羅蜜多復次世尊若新學大乘菩薩摩訶薩不依般若靜慮精進安忍淨戒布施波羅蜜多起如是想如是般若波羅蜜多於真如作大作小於法界法性不虛妄性不變異性平等性離生性法定法住實際虛空界不思議界亦作大作小於真如作集作散於法界乃至不思議界亦作集作散於真如作有量作無量於法界乃至不思議界亦作有量作無量於真如作廣作狹於法界乃至不思議界亦作廣作狹於真如作有力作無力於法界乃至不思議界亦作有力作無力世尊是菩薩摩訶薩由起此想非行般若波羅蜜多復次世尊若新學大乘菩薩摩訶薩不依般若靜慮精進安忍淨戒布施波羅蜜多起如是想如是般若波羅蜜多於苦聖諦作大作小於集滅道聖諦亦作大作小於苦聖諦作集作散於集滅道聖諦亦作集作散於苦聖諦作有量作無量於集滅道聖諦亦作有量作無量於苦聖諦作廣作狹於集滅道聖諦亦作廣作狹於苦聖諦作有力作無力於集滅道聖諦亦作有力作無力世尊是菩薩摩訶薩由起此想非行般若波羅蜜多復次世尊若新學大乘菩薩摩訶薩不依般若靜慮精進安忍淨戒布施波羅蜜多起如是想如是般若波羅蜜多於四靜慮作大作小於四無量四無色定亦作大作小於四靜慮作集作散於四無量四無色定亦作集作散於四靜慮作有量作無量於四無量四無色定亦作有量作無量於四靜慮作廣作狹於四無量四無色定

亦作廣作狹於四靜慮作有力作無力於四無量四無色定亦作有力作無力世尊是菩薩摩訶薩由起此想非行般若波羅蜜多復次世尊若新學大乘菩薩摩訶薩不依般若靜慮精進安忍淨戒布施波羅蜜多起如是想如是般若波羅蜜多於八解脫作大作小於八勝處九次第定十徧處亦作大作小於八解脫作集作散於八勝處九次第定十徧處亦作集作散於八解脫作有量作無量於八勝處九次第定十徧處亦作有量作無量於八解脫作廣作狹於八勝處九次第定十徧處亦作廣作狹於八解脫作有力作無力於八勝處九次第定十徧處亦作有力作無力世尊是菩薩摩訶薩由起此想非行般若波羅蜜多復次世尊若新學大乘菩薩摩訶薩不依般若靜慮精進安忍淨戒布施波羅蜜多起如是想如是般若波羅蜜多於四念住作大作小於四正斷四神足五根五力七等覺支八聖道支亦作大作小於四念住作集作散於四正斷乃至八聖道支亦作集作散於四念住作有量作無量於四正斷乃至八聖道支亦作有量作無量於四念住作廣作狹於四正斷乃至八聖道支亦作廣作狹於四念住作有力作無力於四正斷乃至八聖道支亦作有力作無力世尊是菩薩摩訶薩由起此想非行般若波羅蜜多復次世尊若新學大乘菩薩摩訶薩不依般若靜慮精進安忍淨戒布施波羅蜜多起如是想如是般若波羅蜜多於空解脫門作大作小於無相無願解脫門亦作大作小於空解脫門作

集作散於無相無願解脫門亦作集作散於空解脫門作有量作無量於無相無願解脫門亦作有量作無量於空解脫門作廣作狹於無相無願解脫門亦作廣作狹於空解脫門作有力作無力於無相無願解脫門亦作有力作無力世尊是菩薩摩訶薩由起此想非行般若波羅蜜多復次世尊若新學大乘菩薩摩訶薩不依般若靜慮精進安忍淨戒布施波羅蜜多起如是想如是般若波羅蜜多於五眼作大作小於六神通亦作大作小於五眼作集作散於六神通亦作集作散於五眼作有量作無量於六神通亦作有量作無量於五眼作廣作狹於六神通亦作廣作狹於五眼作有力作無力於六神通亦作有力作無力世尊是菩薩摩訶薩由起此想非行般若波羅蜜多復次世尊若新學大乘菩薩摩訶薩不依般若靜慮精進安忍淨戒布施波羅蜜多起如是想如是般若波羅蜜多於佛十力作大作小於四無所畏四無礙解大慈大悲大喜大捨十八佛不共法亦作大作小於佛十力作集作散於四無所畏乃至十八佛不共法亦作集作散於佛十力作有量作無量於四無所畏乃至十八佛不共法亦作有量作無量於佛十力作廣作狹於四無所畏乃至十八佛不共法亦作廣作狹於佛十力作有力作無力於四無所畏乃至十八佛不共法亦作有力作無力世尊是菩薩摩訶薩由起此想非行般若波羅蜜多復次世尊若新學大乘菩薩摩訶薩不依般若靜慮精進安忍淨戒布施波羅蜜多起如是想

如是般若波羅蜜多於無忘失法作大作小於恒住捨性亦作大作小於無忘失法作集作散於恒住捨性亦作集作散於無忘失法作有量作無量於恒住捨性亦作有量作無量於無忘失法作廣作狹於恒住捨性亦作廣作狹於無忘失法作有力作無力於恒住捨性亦作有力作無力世尊是菩薩摩訶薩由起此想非行般若波羅蜜多復次世尊若新學大乘菩薩摩訶薩不依般若靜慮精進安忍淨戒布施波羅蜜多起如是想如是般若波羅蜜多於一切智作大作小於道相智一切相智亦作大作小於一切智作集作散於道相智一切相智亦作集作散於一切智作有量作無量於道相智一切相智亦作有量作無量於一切智作廣作狹於道相智一切相智亦作廣作狹於一切智作有力作無力於道相智一切相智亦作有力作無力世尊是菩薩摩訶薩由起此想非行般若波羅蜜多復次世尊若新學大乘菩薩摩訶薩不依般若靜慮精進安忍淨戒布施波羅蜜多起如是想如是般若波羅蜜多於一切陀羅尼門作大作小於一切三摩地門亦作大作小於一切陀羅尼門作集作散於一切三摩地門亦作集作散於一切陀羅尼門作有量作無量於一切三摩地門亦作有量作無量於一切陀羅尼門作廣作狹於一切三摩地門亦作廣作狹於一切陀羅尼門作有力作無力於一切三摩地門亦作有力作無力世尊是菩薩摩訶薩由起此想非行般若波羅蜜多復次世尊若新學大乘菩薩摩訶薩不

依般若靜慮精進安忍淨戒布施波羅蜜多起如是想如是般若波羅蜜多於預流作大作小於一來不還阿羅漢亦作大作小於預流作集作散於一來不還阿羅漢亦作集作散於預流作有量作無量於一來不還阿羅漢亦作有量作無量於預流作廣作狹於一來不還阿羅漢亦作廣作狹於預流作有力作無力於一來不還阿羅漢亦作有力作無力世尊是菩薩摩訶薩由起此想非行般若波羅蜜多復次世尊若新學大乘菩薩摩訶薩不依般若靜慮精進安忍淨戒布施波羅蜜多起如是想如是般若波羅蜜多於預流向預流果作大作小於一來向一來果不還向不還果阿羅漢向阿羅漢果亦作大作小於預流向預流果作集作散於一來向乃至阿羅漢果亦作集作散於預流向預流果作有量作無量於一來向乃至阿羅漢果亦作有量作無量於預流向預流果作廣作狹於一來向乃至阿羅漢果亦作廣作狹於預流向預流果作有力作無力於一來向乃至阿羅漢果亦作有力作無力世尊是菩薩摩訶薩由起此想非行般若波羅蜜多復次世尊若新學大乘菩薩摩訶薩不依般若靜慮精進安忍淨戒布施波羅蜜多起如是想如是般若波羅蜜多於獨覺作大作小於獨覺菩提亦作大作小於獨覺作集作散於獨覺菩提亦作集作散於獨覺作有量作無量於獨覺菩提亦作有量作無量於獨覺作廣作狹於獨覺菩提亦作廣作狹於獨覺作有力作無力於獨覺菩提亦作有力作無力世尊是

菩薩摩訶薩由起此想非行般若波羅蜜多復次世尊若新學大乘菩薩摩訶薩不依般若靜慮精進安忍淨戒布施波羅蜜多起如是想如是般若波羅蜜多於菩薩摩訶薩作大作小於菩薩摩訶薩行亦作大作小於菩薩摩訶薩作集作散於菩薩摩訶薩行亦作集作散於菩薩摩訶薩作有量作無量於菩薩摩訶薩行亦作有量作無量於菩薩摩訶薩作廣作狹於菩薩摩訶薩行亦作廣作狹於菩薩摩訶薩作有力作無力於菩薩摩訶薩行亦作有力作無力世尊是菩薩摩訶薩由起此想非行般若波羅蜜多復次世尊若新學大乘菩薩摩訶薩不依般若靜慮精進安忍淨戒布施波羅蜜多起如是想如是般若波羅蜜多於諸如來應正等覺作大作小於佛無上正等菩提亦作大作小於諸如來應正等覺作集作散於佛無上正等菩提亦作集作散於諸如來應正等覺作有量作無量於佛無上正等菩提亦作有量作無量於諸如來應正等覺作廣作狹於佛無上正等菩提亦作廣作狹於諸如來應正等覺作有力作無力於佛無上正等菩提亦作有力作無力世尊是菩薩摩訶薩由起此想非行般若波羅蜜多復次世尊若新學大乘菩薩摩訶薩不依般若靜慮精進安忍淨戒布施波羅蜜多起如是想如是般若波羅蜜多於一切法作大作小作集作散作有量作無量作廣作狹作有力作無力世尊是菩薩摩訶薩由起此想非行般若波羅蜜多何以故世尊若菩薩摩訶薩起如是想如是般若波羅蜜

多於色若作大小不作大小於受想行識若作大小不作大小於色若作集散不作集散於受想行識若作集散不作集散於色若作有量無量不作有量無量於受想行識若作有量無量不作有量無量於色若作廣狹不作廣狹於受想行識若作廣狹不作廣狹於色若作有力無力不作有力無力於受想行識若作有力無力不作有力無力世尊如是一切皆非般若波羅蜜多等流果故復次世尊若菩薩摩訶薩起如是想如是般若波羅蜜多於眼處若作大小不作大小於耳鼻舌身意處若作大小不作大小於眼處若作集散不作集散於耳鼻舌身意處若作集散不作集散於眼處若作有量無量不作有量無量於耳鼻舌身意處若作有量無量不作有量無量於眼處若作廣狹不作廣狹於耳鼻舌身意處若作廣狹不作廣狹於眼處若作有力無力不作有力無力於耳鼻舌身意處若作有力無力不作有力無力世尊如是一切皆非般若波羅蜜多等流果故復次世尊若菩薩摩訶薩起如是想如是般若波羅蜜多於色處若作大小不作大小於聲香味觸法處若作大小不作大小於色處若作集散不作集散於聲香味觸法處若作集散不作集散於色處若作有量無量不作有量無量於聲香味觸法處若作有量無量不作有量無量於色處若作廣狹不作廣狹於聲香味觸法處若作廣狹不作廣狹於色處若作有力無力不作有力無力於聲香味觸法處若作有力無力不作有力無力世尊如是一切

皆非般若波羅蜜多等流果故復次世尊若菩薩摩訶薩起如是想如是般若波羅蜜多於眼界若作大小不作大小於色界眼識界及眼觸眼觸爲緣所生諸受若作大小不作大小於眼界若作集散不作集散於色界乃至眼觸爲緣所生諸受若作集散不作集散於眼界若作有量無量不作有量無量於色界乃至眼觸爲緣所生諸受若作有量無量不作有量無量於眼界若作廣狹不作廣狹於色界乃至眼觸爲緣所生諸受若作廣狹不作廣狹於眼界若作有力無力不作有力無力於色界乃至眼觸爲緣所生諸受若作有力無力不作有力無力世尊如是一切皆非般若波羅蜜多等流果故復次世尊若菩薩摩訶薩起如是想如是般若波羅蜜多於耳界若作大小不作大小於聲界耳識界及耳觸耳觸爲緣所生諸受若作大小不作大小於耳界若作集散不作集散於聲界乃至耳觸爲緣所生諸受若作集散不作集散於耳界若作有量無量不作有量無量於聲界乃至耳觸爲緣所生諸受若作有量無量不作有量無量於耳界若作廣狹不作廣狹於聲界乃至耳觸爲緣所生諸受若作廣狹不作廣狹於耳界若作有力無力不作有力無力於聲界乃至耳觸爲緣所生諸受若作有力無力不作有力無力世尊如是一切皆非般若波羅蜜多等流果故復次世尊若菩薩摩訶薩起如是想如是般若波羅蜜多於鼻界若作大小不作大小於香界鼻識界及鼻觸鼻觸爲緣所生諸受若作大小不作大小

於鼻界若作集散不作集散於香界乃至鼻觸爲緣所生諸受若作集散不作集散於鼻界若作有量無量不作有量無量於香界乃至鼻觸爲緣所生諸受若作有量無量不作有量無量於鼻界若作廣狹不作廣狹於香界乃至鼻觸爲緣所生諸受若作廣狹不作廣狹於鼻界若作有力無力不作有力無力於香界乃至鼻觸爲緣所生諸受若作有力無力不作有力無力世尊如是一切皆非般若波羅蜜多等流果故復次世尊若菩薩摩訶薩起如是想如是般若波羅蜜多於舌界若作大小不作大小於味界舌識界及舌觸舌觸爲緣所生諸受若作大小不作大小於舌界若作集散不作集散於味界乃至舌觸爲緣所生諸受若作集散不作集散於舌界若作有量無量不作有量無量於味界乃至舌觸爲緣所生諸受若作有量無量不作有量無量於舌界若作廣狹不作廣狹於味界乃至舌觸爲緣所生諸受若作廣狹不作廣狹於舌界若作有力無力不作有力無力於味界乃至舌觸爲緣所生諸受若作有力無力不作有力無力世尊如是一切皆非般若波羅蜜多等流果故復次世尊若菩薩摩訶薩起如是想如是般若波羅蜜多於身界若作大小不作大小於觸界身識界及身觸身觸爲緣所生諸受若作大小不作大小於身界若作集散不作集散於觸界乃至身觸爲緣所生諸受若作集散不作集散於身界若作有量無量不作有量無量於觸界乃至身觸爲緣所生諸受若作有量無量不作有量

無量於身界若作廣狹不作廣狹於觸界乃至身觸爲緣所生諸受若作廣狹不作廣狹於身界若作有力無力不作有力無力於觸界乃至身觸爲緣所生諸受若作有力無力不作有力無力世尊如是一切皆非般若波羅蜜多等流果故復次世尊若菩薩摩訶薩起如是想如是般若波羅蜜多於意界若作大小不作大小於法界意識界及意觸意觸爲緣所生諸受若作大小不作大小於意界若作集散不作集散於法界乃至意觸爲緣所生諸受若作集散不作集散於意界若作有量無量不作有量無量於法界乃至意觸爲緣所生諸受若作有量無量不作有量無量於意界若作廣狹不作廣狹於法界乃至意觸爲緣所生諸受若作廣狹不作廣狹於意界若作有力無力不作有力無力於法界乃至意觸爲緣所生諸受若作有力無力不作有力無力世尊如是一切皆非般若波羅蜜多等流果故復次世尊若菩薩摩訶薩起如是想如是般若波羅蜜多於地界若作大小不作大小於水火風空識界若作大小不作大小於地界若作集散不作集散於水火風空識界若作集散不作集散於地界若作有量無量不作有量無量於水火風空識界若作有量無量不作有量無量於地界若作廣狹不作廣狹於水火風空識界若作廣狹不作廣狹於地界若作有力無力不作有力無力於水火風空識界若作有力無力不作有力無力世尊如是一切皆非般若波羅蜜多等流果故復次世尊若菩薩摩訶薩起如

是想如是般若波羅蜜多於無明若作大小不作大小於行識名色六處觸受愛取有生老死愁歎苦憂惱若作大小不作大小於無明若作集散不作集散於行乃至老死愁歎苦憂惱若作集散不作集散於無明若作有量無量不作有量無量於行乃至老死愁歎苦憂惱若作有量無量不作有量無量於無明若作廣狹不作廣狹於行乃至老死愁歎苦憂惱若作廣狹不作廣狹於無明若作有力無力不作有力無力於行乃至老死愁歎苦憂惱若作有力無力不作有力無力世尊如是一切皆非般若波羅蜜多等流果故復次世尊若菩薩摩訶薩起如是想如是般若波羅蜜多於布施波羅蜜多若作大小不作大小於淨戒安忍精進靜慮般若波羅蜜多若作大小不作大小於布施波羅蜜多若作集散不作集散於淨戒乃至般若波羅蜜多若作集散不作集散於布施波羅蜜多若作有量無量不作有量無量於淨戒乃至般若波羅蜜多若作有量無量不作有量無量於布施波羅蜜多若作廣狹不作廣狹於淨戒乃至般若波羅蜜多若作廣狹不作廣狹於布施波羅蜜多若作有力無力不作有力無力於淨戒乃至般若波羅蜜多若作有力無力不作有力無力世尊如是一切皆非般若波羅蜜多等流果故復次世尊若菩薩摩訶薩起如是想如是般若波羅蜜多於內空若作大小不作大小於外空內外空空空大空勝義空有爲空無爲空畢竟空無際空散空無變異空本性空自相空共相空一切法空

不可得空無性空自性空無性自性空若作大小不作大小於内空若作集散不作集散於外空乃至無性自性空若作集散不作集散於内空若作有量無量不作有量無量於外空乃至無性自性空若作有量無量不作有量無量於内空若作廣狹不作廣狹於外空乃至無性自性空若作廣狹不作廣狹於内空若作有力無力不作有力無力於外空乃至無性自性空若作有力無力不作有力無力世尊如是一切皆非般若波羅蜜多等流果故

大般若波羅蜜多經卷第一百七十七

大般若波羅蜜多經卷第一百七十八

唐三藏法師玄奘奉　詔譯

初分讚般若品第三十二之七

復次世尊若菩薩摩訶薩起如是想如是般若波羅蜜多於眞如若作大小不作大小於法界法性不虛妄性不變異性平等性離生性法定法住實際虛空界不思議界若作大小不作大小於眞如若作集散不作集散於法界乃至不思議界若作集散不作集散於眞如若作有量無量不作有量無量於法界乃至不思議界若作有量無量不作有量無量於眞如若作廣狹不作廣狹於法界乃至不思議界若作廣狹不作廣狹於眞如若作有力無力不作有力無力於法界乃至不思議界若作有力無力不作有力無力世尊如是一切皆非般若波羅蜜多等流果故復次世尊若菩薩摩訶薩起如是想如是般若波羅蜜多於苦聖諦若作大小不作大小於集滅道聖諦若作大小不作大小於苦聖諦若作集散不作集散於集滅道聖諦若作集散不作集散於苦聖諦若作有量無量不作有量無量於集滅道聖諦若作有量無量不作有量無量於苦聖諦若作廣狹不作廣狹於集滅道聖諦若作廣狹不作廣狹於苦聖諦若作有力無力不作有力無力於集滅道聖諦若作有力無力不作有力無力世尊如是一切皆非般若波羅蜜多等流果故復次世尊若菩薩摩訶薩起如是想如是般若波羅蜜多於四靜慮若作大小不作大小於四無量四無色定若作大小不作大小於四靜慮

若作集散不作集散於四無量四無色定若作集散不作集散於四靜慮若作有量無量不作有量無量於四無量四無色定若作有量無量不作有量無量於四靜慮若作廣狹不作廣狹於四無量四無色定若作廣狹不作廣狹於四靜慮若作有力無力不作有力無力於四無量四無色定若作有力無力不作有力無力世尊如是一切皆非般若波羅蜜多等流果故復次世尊若菩薩摩訶薩起如是想如是般若波羅蜜多於八解脫若作大小不作大小於八勝處九次第定十徧處若作大小不作大小於八解脫若作集散不作集散於八勝處九次第定十徧處若作集散不作集散於八解脫若作有量無量不作有量無量於八勝處九次第定十徧處若作有量無量不作有量無量於八解脫若作廣狹不作廣狹於八勝處九次第定十徧處若作廣狹不作廣狹於八解脫若作有力無力不作有力無力於八勝處九次第定十徧處若作有力無力不作有力無力世尊如是一切皆非般若波羅蜜多等流果故復次世尊若菩薩摩訶薩起如是想如是般若波羅蜜多於四念住若作大小不作大小於四正斷四神足五根五力七等覺支八聖道支若作大小不作大小於四念住若作集散不作集散於四正斷乃至八聖道支若作集散不作集散於四念住若作有量無量不作有量無量於四正斷乃至八聖道支若作有量無量不作有量無量於四念住若作廣狹不作廣狹於四正斷乃至八聖道支若作廣狹不作

廣狹於四念住若作有力無力不作有力無力於四正斷乃至八聖道支若作有力無力不作有力無力世尊如是一切皆非般若波羅蜜多等流果故復次世尊若菩薩摩訶薩起如是想如是般若波羅蜜多於空解脫門若作大小不作大小於無相無願解脫門若作大小不作大小於空解脫門若作集散不作集散於無相無願解脫門若作集散不作集散於空解脫門若作有量無量不作有量無量於無相無願解脫門若作有量無量不作有量無量於空解脫門若作廣狹不作廣狹於無相無願解脫門若作廣狹不作廣狹於空解脫門若作有力無力不作有力無力於無相無願解脫門若作有力無力不作有力無力世尊如是一切皆非般若波羅蜜多等流果故復次世尊若菩薩摩訶薩起如是想如是般若波羅蜜多於五眼若作大小不作大小於六神通若作大小不作大小於五眼若作集散不作集散於六神通若作集散不作集散於五眼若作有量無量不作有量無量於六神通若作有量無量不作有量無量於五眼若作廣狹不作廣狹於六神通若作廣狹不作廣狹於五眼若作有力無力不作有力無力於六神通若作有力無力不作有力無力世尊如是一切皆非般若波羅蜜多等流果故復次世尊若菩薩摩訶薩起如是想如是般若波羅蜜多於佛十力若作大小不作大小於四無所畏四無礙解大慈大悲大喜大捨十八佛不共法若作大小不作大小於佛十力若作集散不作集散於四無

所畏乃至十八佛不共法若作集散不作集散於佛十力若作有量無量不作有量無量於四無所畏乃至十八佛不共法若作有量無量不作有量無量於佛十力若作廣狹不作廣狹於四無所畏乃至十八佛不共法若作廣狹不作廣狹於佛十力若作有力無力不作有力無力於四無所畏乃至十八佛不共法若作有力無力不作有力無力世尊如是一切皆非般若波羅蜜多等流果故復次世尊若菩薩摩訶薩起如是想如是般若波羅蜜多於無忘失法若作大小不作大小於恒住捨性若作大小不作大小於無忘失法若作集散不作集散於恒住捨性若作集散不作集散於無忘失法若作有量無量不作有量無量於恒住捨性若作有量無量不作有量無量於無忘失法若作廣狹不作廣狹於恒住捨性若作廣狹不作廣狹於無忘失法若作有力無力不作有力無力於恒住捨性若作有力無力不作有力無力世尊如是一切皆非般若波羅蜜多等流果故復次世尊若菩薩摩訶薩起如是想如是般若波羅蜜多於一切智若作大小不作大小於道相智一切相智若作大小不作大小於一切智若作集散不作集散於道相智一切相智若作集散不作集散於一切智若作有量無量不作有量無量於道相智一切相智若作有量無量不作有量無量於一切智若作廣狹不作廣狹於道相智一切相智若作廣狹不作廣狹於一切智若作有力無力不作有力無力於道相智一切相智若作有力無力不

作有力無力世尊如是一切皆非般若波羅蜜多等流果故復次世尊若菩薩摩訶薩起如是想如是般若波羅蜜多於一切陀羅尼門若作大小不作大小於一切三摩地門若作大小不作大小於一切陀羅尼門若作集散不作集散於一切三摩地門若作集散不作集散於一切陀羅尼門若作有量無量不作有量無量於一切三摩地門若作有量無量不作有量無量於一切陀羅尼門若作廣狹不作廣狹於一切三摩地門若作廣狹不作廣狹於一切陀羅尼門若作有力無力不作有力無力於一切三摩地門若作有力無力不作有力無力世尊如是一切皆非般若波羅蜜多等流果故復次世尊若菩薩摩訶薩起如是想如是般若波羅蜜多於預流若作大小不作大小於一來不還阿羅漢若作大小不作大小於預流若作集散不作集散於一來不還阿羅漢若作集散不作集散於預流若作有量無量不作有量無量於一來不還阿羅漢若作有量無量不作有量無量於預流若作廣狹不作廣狹於一來不還阿羅漢若作廣狹不作廣狹於預流若作有力無力不作有力無力於一來不還阿羅漢若作有力無力不作有力無力世尊如是一切皆非般若波羅蜜多等流果故復次世尊若菩薩摩訶薩起如是想如是般若波羅蜜多於預流向預流果若作大小不作大小於一來向一來果不還向不還果阿羅漢向阿羅漢果若作大小不作大小於預流向預流果若作集散不作集散於一來向乃至阿羅漢

果若作集散不作集散於預流向預流果若作有量無量不作有量無量於一來向乃至阿羅漢果若作有量無量不作有量無量於預流向預流果若作廣狹不作廣狹於一來向乃至阿羅漢果若作廣狹不作廣狹於預流向預流果若作有力無力不作有力無力於一來向乃至阿羅漢果若作有力無力不作有力無力世尊如是一切皆非般若波羅蜜多等流果故復次世尊若菩薩摩訶薩起如是想如是般若波羅蜜多於獨覺若作大小不作大小於獨覺菩提若作大小不作大小於獨覺若作集散不作集散於獨覺菩提若作集散不作集散於獨覺若作有量無量不作有量無量於獨覺菩提若作有量無量不作有量無量於獨覺若作廣狹不作廣狹於獨覺菩提若作廣狹不作廣狹於獨覺若作有力無力不作有力無力於獨覺菩提若作有力無力不作有力無力世尊如是一切皆非般若波羅蜜多等流果故復次世尊若菩薩摩訶薩起如是想如是般若波羅蜜多於菩薩摩訶薩若作大小不作大小於菩薩摩訶薩行若作大小不作大小於菩薩摩訶薩若作集散不作集散於菩薩摩訶薩行若作集散不作集散於菩薩摩訶薩若作有量無量不作有量無量於菩薩摩訶薩行若作有量無量不作有量無量於菩薩摩訶薩若作廣狹不作廣狹於菩薩摩訶薩行若作廣狹不作廣狹於菩薩摩訶薩若作有力無力不作有力無力於菩薩摩訶薩行若作有力無力不作有力無力世尊如是一切皆非般

若波羅蜜多等流果故復次世尊若菩薩摩訶薩起如是想如是般若波羅蜜多於諸如來應正等覺若作大小不作大小於佛無上正等菩提若作大小不作大小於諸如來應正等覺若作集散不作集散於佛無上正等菩提若作集散不作集散於諸如來應正等覺若作有量無量不作有量無量於佛無上正等菩提若作有量無量不作有量無量於諸如來應正等覺若作廣狹不作廣狹於佛無上正等菩提若作廣狹不作廣狹於諸如來應正等覺若作有力無力不作有力無力於佛無上正等菩提若作有力無力不作有力無力世尊如是一切皆非般若波羅蜜多等流果故復次世尊若菩薩摩訶薩起如是想如是般若波羅蜜多於一切法若作大小

不作大小於一切法若作集散不作集散於一切法若作有量無量不作有量無量於一切法若作廣狹不作廣狹於一切法若作有力無力不作有力無力世尊如是一切皆非般若波羅蜜多等流果故世尊若菩薩摩訶薩起如是想如是般若波羅蜜多於色若作大小不作大小於受想行識若作大小不作大小於色若作集散不作集散於受想行識若作集散不作集散於色若作有量無量不作有量無量於受想行識若作有量無量不作有量無量於色若作廣狹不作廣狹於受想行識若作廣狹不作廣狹於色若作有力無力不作有力無力於受想行識若作有力無力不作有力無力世尊是菩薩摩訶薩名大有所得非行般若波羅蜜多何以故非有

所得想能證無上正等菩提故復次世尊若菩薩摩訶薩起如是想如是般若波羅蜜多於眼處若作大小不作大小於耳鼻舌身意處若作大小不作大小於眼處若作集散不作集散於耳鼻舌身意處若作集散不作集散於眼處若作有量無量不作有量無量於耳鼻舌身意處若作有量無量不作有量無量於眼處若作廣狹不作廣狹於耳鼻舌身意處若作廣狹不作廣狹於眼處若作有力無力不作有力無力於耳鼻舌身意處若作有力無力不作有力無力世尊是菩薩摩訶薩名大有所得非行般若波羅蜜多何以故非有所得想能證無上正等菩提故復次世尊若菩薩摩訶薩起如是想如是般若波羅蜜多於色處若作大小不作大小於聲香味觸法處若作大小不作大小於色處若作集散不作集散於聲香味觸法處若作集散不作集散於色處若作有量無量不作有量無量於聲香味觸法處若作有量無量不作有量無量於色處若作廣狹不作廣狹於聲香味觸法處若作廣狹不作廣狹於色處若作有力無力不作有力無力於聲香味觸法處若作有力無力不作有力無力世尊是菩薩摩訶薩名大有所得非行般若波羅蜜多何以故非有所得想能證無上正等菩提故復次世尊若菩薩摩訶薩起如是想如是般若波羅蜜多於眼界若作大小不作大小於色界眼識界及眼觸眼觸爲緣所生諸受若作大小不作大小於眼界若作集散不作集散於色界乃至眼觸爲緣所生諸受若作集散

不作集散於眼界若作有量無量不作有量無量於色界乃至眼觸爲緣所生諸受若作有量無量不作有量無量於眼界若作廣狹不作廣狹於色界乃至眼觸爲緣所生諸受若作廣狹不作廣狹於眼界若作有力無力不作有力無力於色界乃至眼觸爲緣所生諸受若作有力無力不作有力無力世尊是菩薩摩訶薩名大有所得非行般若波羅蜜多何以故非有所得想能證無上正等菩提故復次世尊若菩薩摩訶薩起如是想如是般若波羅蜜多於耳界若作大小不作大小於聲界耳識界及耳觸耳觸爲緣所生諸受若作大小不作大小於耳界若作集散不作集散於聲界乃至耳觸爲緣所生諸受若作集散不作集散於耳界若作有量無量不作有量無量於聲界乃至耳觸爲緣所生諸受若作有量無量不作有量無量於耳界若作廣狹不作廣狹於聲界乃至耳觸爲緣所生諸受若作廣狹不作廣狹於耳界若作有力無力不作有力無力於聲界乃至耳觸爲緣所生諸受若作有力無力不作有力無力世尊是菩薩摩訶薩名大有所得非行般若波羅蜜多何以故非有所得想能證無上正等菩提故復次世尊若菩薩摩訶薩起如是想如是般若波羅蜜多於鼻界若作大小不作大小於香界鼻識界及鼻觸鼻觸爲緣所生諸受若作大小不作大小於鼻界若作集散不作集散於香界乃至鼻觸爲緣所生諸受若作集散不作集散於鼻界若作有量無量不作有量無量於香界乃至鼻觸爲緣所生

諸受若作有量無量不作有量無量於鼻界
若作廣狹不作廣狹於香界乃至鼻觸爲緣
所生諸受若作廣狹不作廣狹於鼻界若作
有力無力不作有力無力於香界乃至鼻觸
爲緣所生諸受若作有力無力不作有力無
力世尊是菩薩摩訶薩名大有所得非行般
若波羅蜜多何以故非有所得想能證無上
正等菩提故復次世尊若菩薩摩訶薩起如
是想如是般若波羅蜜多於舌界若作大小
不作大小於味界舌識界及舌觸舌觸爲緣
所生諸受若作大小不作大小於舌界若作
集散不作集散於味界乃至舌觸爲緣所生
諸受若作集散不作集散於舌界若作有量
無量不作有量無量於味界乃至舌觸爲緣
所生諸受若作有量無量不作有量無量於

舌界若作廣狹不作廣狹於味界乃至舌觸
爲緣所生諸受若作廣狹不作廣狹於舌界
若作有力無力不作有力無力於味界乃至
舌觸爲緣所生諸受若作有力無力不作有
力無力世尊是菩薩摩訶薩名大有所得非
行般若波羅蜜多何以故非有所得想能證
無上正等菩提故復次世尊若菩薩摩訶薩
起如是想如是般若波羅蜜多於身界若作
大小不作大小於觸界身識界及身觸身觸
爲緣所生諸受若作大小不作大小於身界
若作集散不作集散於觸界乃至身觸爲緣
所生諸受若作集散不作集散於身界若作
有量無量不作有量無量於觸界乃至身觸
爲緣所生諸受若作有量無量不作有量無
量於身界若作廣狹不作廣狹於觸界乃至

身觸爲緣所生諸受若作廣狹不作廣狹於身界若作有力無力不作有力無力於觸界乃至身觸爲緣所生諸受若作有力無力不作有力無力世尊是菩薩摩訶薩名大有所得非行般若波羅蜜多何以故非有所得想能證無上正等菩提故復次世尊若菩薩摩訶薩起如是想如是般若波羅蜜多於意界若作大小不作大小於法界意識界及意觸意觸爲緣所生諸受若作大小不作大小於意界若作集散不作集散於法界乃至意觸爲緣所生諸受若作集散不作集散於意界若作有量無量不作有量無量於法界乃至意觸爲緣所生諸受若作有量無量不作有量無量於意界若作廣狹不作廣狹於法界乃至意觸爲緣所生諸受若作廣狹不作廣狹於意界若作有力無力不作有力無力於法界乃至意觸爲緣所生諸受若作有力無力不作有力無力世尊是菩薩摩訶薩名大有所得非行般若波羅蜜多何以故非有所得想能證無上正等菩提故復次世尊若菩薩摩訶薩起如是想如是般若波羅蜜多於地界若作大小不作大小於水火風空識界若作大小不作大小於地界若作集散不作集散於水火風空識界若作集散不作集散於地界若作有量無量不作有量無量於水火風空識界若作有量無量不作有量無量於地界若作廣狹不作廣狹於水火風空識界若作廣狹不作廣狹於地界若作有力無力不作有力無力於水火風空識界若作有力無力不作有力無力世尊是菩薩摩訶薩

名大有所得非行般若波羅蜜多何以故非
有所得想能證無上正等菩提故復次世尊
若菩薩摩訶薩起如是想如是般若波羅蜜
多於無明若作大小不作大小於行識名色
六處觸受愛取有生老死愁歎苦憂惱若作
大小不作大小於無明若作集散不作集散
於行乃至老死愁歎苦憂惱若作集散不作
集散於無明若作有量無量不作有量無量
於行乃至老死愁歎苦憂惱若作有量無量
不作有量無量於無明若作廣狹不作廣狹
於行乃至老死愁歎苦憂惱若作廣狹不作
廣狹於無明若作有力無力不作有力無力
於行乃至老死愁歎苦憂惱若作有力無力
不作有力無力世尊是菩薩摩訶薩名大有
所得非行般若波羅蜜多何以故非有所得
想能證無上正等菩提故復次世尊若菩薩
摩訶薩起如是想如是般若波羅蜜多於布
施波羅蜜多若作大小不作大小於淨戒安
忍精進靜慮般若波羅蜜多若作大小不作
大小於布施波羅蜜多若作集散不作集散
於淨戒乃至般若波羅蜜多若作集散不作
集散於布施波羅蜜多若作有量無量不作
有量無量於淨戒乃至般若波羅蜜多若作
有量無量不作有量無量於布施波羅蜜多
若作廣狹不作廣狹於淨戒乃至般若波羅
蜜多若作廣狹不作廣狹於布施波羅蜜多
若作有力無力不作有力無力於淨戒乃至
般若波羅蜜多若作有力無力不作有力無
力世尊是菩薩摩訶薩名大有所得非行般
若波羅蜜多何以故非有所得想能證無上

正等菩提故復次世尊若菩薩摩訶薩起如是想如是般若波羅蜜多於内空若作大小不作大小於外空内外空空空大空勝義空有爲空無爲空畢竟空無際空散空無變異空本性空自相空共相空一切法空不可得空無性空自性空無性自性空若作大小不作大小於内空若作集散不作集散於外空乃至無性自性空若作集散不作集散於内空若作有量無量不作有量無量於外空乃至無性自性空若作有量無量不作有量無量於内空若作廣狹不作廣狹於外空乃至無性自性空若作廣狹不作廣狹於内空若作有力無力不作有力無力於外空乃至無性自性空若作有力無力不作有力無力世尊是菩薩摩訶薩名大有所得非行般若波羅蜜多何以故非有所得想能證無上正等菩提故復次世尊若菩薩摩訶薩起如是想如是般若波羅蜜多於眞如若作大小不作大小於法界法性不虛妄性不變異性平等性離生性法定法住實際虛空界不思議界若作大小不作大小於眞如若作集散不作集散於法界乃至不思議界若作集散不作集散於眞如若作有量無量不作有量無量於法界乃至不思議界若作有量無量不作有量無量於眞如若作廣狹不作廣狹於法界乃至不思議界若作廣狹不作廣狹於眞如若作有力無力不作有力無力於法界乃至不思議界若作有力無力不作有力無力世尊是菩薩摩訶薩名大有所得非行般若波羅蜜多何以故非有所得想能證無上正

等菩提故復次世尊若菩薩摩訶薩起如是想如是般若波羅蜜多於苦聖諦若作大小不作大小於集滅道聖諦若作大小不作大小於苦聖諦若作集散不作集散於集滅道聖諦若作集散不作集散於苦聖諦若作有量無量不作有量無量於集滅道聖諦若作有量無量不作有量無量於苦聖諦若作廣狹不作廣狹於集滅道聖諦若作廣狹不作廣狹於苦聖諦若作有力無力不作有力無力於集滅道聖諦若作有力無力不作有力無力世尊是菩薩摩訶薩名大有所得非行般若波羅蜜多何以故非有所得想能證無上正等菩提故復次世尊若菩薩摩訶薩起如是想如是般若波羅蜜多於四靜慮若作大小不作大小於四無量四無色定若作大小不作大小於四靜慮若作集散不作集散於四無量四無色定若作集散不作集散於四靜慮若作有量無量不作有量無量於四無量四無色定若作有量無量不作有量無量於四靜慮若作廣狹不作廣狹於四無量四無色定若作廣狹不作廣狹於四靜慮若作有力無力不作有力無力於四無量四無色定若作有力無力不作有力無力世尊是菩薩摩訶薩名大有所得非行般若波羅蜜多何以故非有所得想能證無上正等菩提故復次世尊若菩薩摩訶薩起如是想如是般若波羅蜜多於八解脱若作大小不作大小於八勝處九次第定十徧處若作大小不作大小於八解脱若作集散不作集散於八勝處九次第定十徧處若作集散不作集散

於八解脱若作有量無量不作有量無量於八勝處九次第定十徧處若作有量無量不作有量無量於八解脱若作廣狹不作廣狹於八勝處九次第定十徧處若作廣狹不作廣狹於八解脱若作有力無力不作有力無力於八勝處九次第定十徧處若作有力無力不作有力無力世尊是菩薩摩訶薩名大有所得非行般若波羅蜜多何以故非有所得想能證無上正等菩提故復次世尊若菩薩摩訶薩起如是想如是般若波羅蜜多於四念住若作大小不作大小於四正斷四神足五根五力七等覺支八聖道支若作大小不作大小於四念住若作集散不作集散於四正斷乃至八聖道支若作集散不作集散於四念住若作有量無量不作有量無量於四正斷乃至八聖道支若作有量無量不作有量無量於四念住若作廣狹不作廣狹於四正斷乃至八聖道支若作廣狹不作廣狹於四念住若作有力無力不作有力無力於四正斷乃至八聖道支若作有力無力不作有力無力世尊是菩薩摩訶薩名大有所得非行般若波羅蜜多何以故非有所得想能證無上正等菩提故復次世尊若菩薩摩訶薩起如是想如是般若波羅蜜多於空解脱門若作大小不作大小於無相無願解脱門若作大小不作大小於空解脱門若作集散不作集散於無相無願解脱門若作集散不作集散於空解脱門若作有量無量不作有量無量於無相無願解脱門若作有量無量不作有量無量於空解脱門若作廣狹不作

廣狹於無相無願解脫門若作廣狹不作廣狹於空解脫門若作有力無力不作有力無力於無相無願解脫門若作有力無力不作有力無力世尊是菩薩摩訶薩名大有所得非行般若波羅蜜多何以故非有所得想能證無上正等菩提故復次世尊若菩薩摩訶薩起如是想如是般若波羅蜜多於五眼若作大小不作大小於六神通若作大小不作大小於五眼若作集散不作集散於六神通若作集散不作集散於五眼若作有量無量不作有量無量於六神通若作有量無量不作有量無量於五眼若作廣狹不作廣狹於六神通若作廣狹不作廣狹於五眼若作有力無力不作有力無力於六神通若作有力無力不作有力無力世尊是菩薩摩訶薩名大有所得非行般若波羅蜜多何以故非有所得想能證無上正等菩提故

大般若波羅蜜多經卷第一百七十八

大般若波羅蜜多經卷第一百七十九

唐三藏法師玄奘奉　詔譯

初分讚般若品第三十二之八

復次世尊若菩薩摩訶薩起如是想如是般若波羅蜜多於佛十力若作大小不作大小於四無所畏四無礙解大慈大悲大喜大捨十八佛不共法若作大小不作大小於佛十力若作集散不作集散於四無所畏乃至十八佛不共法若作集散不作集散於佛十力若作有量無量不作有量無量於四無所畏乃至十八佛不共法若作有量無量不作有量無量於佛十力若作廣狹不作廣狹於四無所畏乃至十八佛不共法若作廣狹不作廣狹於佛十力若作有力無力不作有力無力於四無所畏乃至十八佛不共法若作有力無力不作有力無力世尊是菩薩摩訶薩名大有所得非行般若波羅蜜多何以故非有所得想能證無上正等菩提故復次世尊若菩薩摩訶薩起如是想如是般若波羅蜜多於無忘失法若作大小不作大小於恒住捨性若作大小不作大小於無忘失法若作集散不作集散於恒住捨性若作集散不作集散於無忘失法若作有量無量不作有量無量於恒住捨性若作有量無量不作有量無量於無忘失法若作廣狹不作廣狹於恒住捨性若作廣狹不作廣狹於無忘失法若作有力無力不作有力無力於恒住捨性若作有力無力不作有力無力世尊是菩薩摩訶薩名大有所得非行般若波羅蜜多何以故非有所得想能證無上正等菩提故復次

世尊若菩薩摩訶薩起如是想如是般若波羅蜜多於一切智若作大小不作大小於道相智一切相智若作大小不作大小於一切智若作集散不作集散於道相智一切相智若作集散不作集散於一切智若作有量無量不作有量無量於道相智一切相智若作有量無量不作有量無量於一切智若作廣狹不作廣狹於道相智一切相智若作廣狹不作廣狹於一切智若作有力無力不作有力無力於道相智一切相智若作有力無力不作有力無力世尊是菩薩摩訶薩名大有所得非行般若波羅蜜多何以故非有所得想能證無上正等菩提故復次世尊若菩薩摩訶薩起如是想如是般若波羅蜜多於一切陀羅尼門若作大小不作大小於一切三摩地門若作大小不作大小於一切陀羅尼門若作集散不作集散於一切三摩地門若作集散不作集散於一切陀羅尼門若作有量無量不作有量無量於一切三摩地門若作有量無量不作有量無量於一切陀羅尼門若作廣狹不作廣狹於一切三摩地門若作廣狹不作廣狹於一切陀羅尼門若作有力無力不作有力無力於一切三摩地門若作有力無力不作有力無力世尊是菩薩摩訶薩名大有所得非行般若波羅蜜多何以故非有所得想能證無上正等菩提故復次世尊若菩薩摩訶薩起如是想如是般若波羅蜜多於預流若作大小不作大小於一來不還阿羅漢若作大小不作大小於預流若作集散不作集散於一來不還阿羅漢若作

集散不作集散於預流若作有量無量不作有量無量於一來不還阿羅漢若作有量無量不作有量無量於預流若作廣狹不作廣狹於一來不還阿羅漢若作廣狹不作廣狹於預流若作有力無力不作有力無力於一來不還阿羅漢若作有力無力不作有力無力世尊是菩薩摩訶薩名大有所得非行般若波羅蜜多何以故非有所得想能證無上正等菩提故復次世尊若菩薩摩訶薩起如是想如是般若波羅蜜多於預流向預流果若作大小不作大小於一來向一來果不還向不還果阿羅漢向阿羅漢果若作大小不作大小於預流向預流果若作集散不作集散於一來向乃至阿羅漢果若作集散不作集散於預流向預流果若作有量無量不作

有量無量於一來向乃至阿羅漢果若作有量無量不作有量無量於預流向預流果若作廣狹不作廣狹於一來向乃至阿羅漢果若作廣狹不作廣狹於預流向預流果若作有力無力不作有力無力於一來向乃至阿羅漢果若作有力無力不作有力無力世尊是菩薩摩訶薩名大有所得非行般若波羅蜜多何以故非有所得想能證無上正等菩提故復次世尊若菩薩摩訶薩起如是想如是般若波羅蜜多於獨覺若作大小不作大小於獨覺菩提若作大小不作大小於獨覺若作集散不作集散於獨覺菩提若作集散不作集散於獨覺若作有量無量不作有量無量於獨覺菩提若作有量無量不作有量無量於獨覺若作廣狹不作廣狹於獨覺菩

提若作廣狹不作廣狹於獨覺若作有力無力不作有力無力於獨覺菩提若作有力無力不作有力無力世尊是菩薩摩訶薩名大有所得非行般若波羅蜜多何以故非有所得想能證無上正等菩提故復次世尊若菩薩摩訶薩起如是想如是般若波羅蜜多於諸菩薩摩訶薩若作大小不作大小於菩薩摩訶薩行若作大小不作大小於諸菩薩摩訶薩若作集散不作集散於菩薩摩訶薩行若作集散不作集散於諸菩薩摩訶薩若作有量無量不作有量無量於菩薩摩訶薩行若作有量無量不作有量無量於諸菩薩摩訶薩若作廣狹不作廣狹於菩薩摩訶薩行若作廣狹不作廣狹於諸菩薩摩訶薩若作有力無力不作有力無力於菩薩摩訶薩行若作有力無力不作有力無力世尊是菩薩摩訶薩名大有所得非行般若波羅蜜多何以故非有所得想能證無上正等菩提故復次世尊若菩薩摩訶薩起如是想如是般若波羅蜜多於諸如來應正等覺若作大小不作大小於佛無上正等菩提若作大小不作大小於諸如來應正等覺若作集散不作集散於佛無上正等菩提若作集散不作集散於諸如來應正等覺若作有量無量不作有量無量於佛無上正等菩提若作有量無量不作有量無量於諸如來應正等覺若作廣狹不作廣狹於佛無上正等菩提若作廣狹不作廣狹於諸如來應正等覺若作有力無力不作有力無力於佛無上正等菩提若作有力無力不作有力無力世尊是菩薩摩訶

薩名大有所得非行般若波羅蜜多何以故非有所得想能證無上正等菩提故復次世尊若菩薩摩訶薩起如是想如是般若波羅蜜多於一切法若作大小不作大小於一切法若作集散不作集散於一切法若作有量無量不作有量無量於一切法若作廣狹不作廣狹於一切法若作有力無力不作有力無力世尊是菩薩摩訶薩名大有所得非行般若波羅蜜多何以故非有所得想能證無上正等菩提故所以者何世尊有情無生故當知般若波羅蜜多亦無生有情無滅故當知般若波羅蜜多亦無滅有情無自性故當知般若波羅蜜多亦無自性有情無所有故當知般若波羅蜜多亦無所有有情空故當知般若波羅蜜多亦空有情無相故當知般若波羅蜜多亦無相有情無願故當知般若波羅蜜多亦無願有情遠離故當知般若波羅蜜多亦遠離有情寂靜故當知般若波羅蜜多亦寂靜有情不可得故當知般若波羅蜜多亦不可得有情不可思議故當知般若波羅蜜多亦不可思議有情無覺知故當知般若波羅蜜多亦無覺知有情勢力不成就故當知般若波羅蜜多勢力亦不成就世尊我緣此意故說菩薩摩訶薩般若波羅蜜多名大波羅蜜多復次世尊色無生故當知般若波羅蜜多亦無生受想行識無生故當知般若波羅蜜多亦無生色無滅故當知般若波羅蜜多亦無滅受想行識無滅故當知般若波羅蜜多亦無滅色無自性故當知般若波羅蜜多亦無自性受想行識無自性故當

知般若波羅蜜多亦無自性色無所有故當
知般若波羅蜜多亦無所有受想行識無所
有故當知般若波羅蜜多亦無所有色空故
當知般若波羅蜜多亦空受想行識空故當
知般若波羅蜜多亦空色無相故當知般若
波羅蜜多亦無相受想行識無相故當知般
若波羅蜜多亦無相色無願故當知般若波
羅蜜多亦無願受想行識無願故當知般若
波羅蜜多亦無願色遠離故當知般若波羅
蜜多亦遠離受想行識遠離故當知般若波
羅蜜多亦遠離色寂靜故當知般若波羅蜜
多亦寂靜受想行識寂靜故當知般若波羅
蜜多亦寂靜色不可得故當知般若波羅蜜
多亦不可得受想行識不可得故當知般若
波羅蜜多亦不可得色不可思議故當知般
若波羅蜜多亦不可思議受想行識不可思
議故當知般若波羅蜜多亦不可思議色無
覺知故當知般若波羅蜜多亦無覺知受想
行識無覺知故當知般若波羅蜜多亦無覺
知色勢力不成就故當知般若波羅蜜多勢
力亦不成就受想行識勢力不成就故當知
般若波羅蜜多勢力亦不成就世尊我緣此
意故說菩薩摩訶薩般若波羅蜜多名大波
羅蜜多復次世尊眼處無生故當知般若波
羅蜜多亦無生耳鼻舌身意處無生故當知
般若波羅蜜多亦無生眼處無滅故當知般
若波羅蜜多亦無滅耳鼻舌身意處無滅故
當知般若波羅蜜多亦無滅眼處無自性故
當知般若波羅蜜多亦無自性耳鼻舌身意
處無自性故當知般若波羅蜜多亦無自性

眼處無所有故當知般若波羅蜜多亦無所有耳鼻舌身意處無所有故當知般若波羅蜜多亦無所有眼處空故當知般若波羅蜜多亦空耳鼻舌身意處空故當知般若波羅蜜多亦空眼處無相故當知般若波羅蜜多亦無相耳鼻舌身意處無相故當知般若波羅蜜多亦無相眼處無願故當知般若波羅蜜多亦無願耳鼻舌身意處無願故當知般若波羅蜜多亦無願眼處遠離故當知般若波羅蜜多亦遠離耳鼻舌身意處遠離故當知般若波羅蜜多亦遠離眼處寂靜故當知般若波羅蜜多亦寂靜耳鼻舌身意處寂靜故當知般若波羅蜜多亦寂靜眼處不可得故當知般若波羅蜜多亦不可得耳鼻舌身意處不可得故當知般若波羅蜜多亦不可得眼處不可思議故當知般若波羅蜜多亦不可思議耳鼻舌身意處不可思議故當知般若波羅蜜多亦不可思議眼處無覺知故當知般若波羅蜜多亦無覺知耳鼻舌身意處無覺知故當知般若波羅蜜多亦無覺知眼處勢力不成就故當知般若波羅蜜多勢力亦不成就耳鼻舌身意處勢力不成就故當知般若波羅蜜多勢力亦不成就世尊我緣此意故說菩薩摩訶薩般若波羅蜜多名大波羅蜜多復次世尊色處無生故當知般若波羅蜜多亦無生聲香味觸法處無生故當知般若波羅蜜多亦無生色處無滅故當知般若波羅蜜多亦無滅聲香味觸法處無滅故當知般若波羅蜜多亦無滅色處無自性故當知般若波羅蜜多亦無自性聲香味

觸法處無自性故當知般若波羅蜜多亦無自性色處無所有故當知般若波羅蜜多亦無所有聲香味觸法處無所有故當知般若波羅蜜多亦無所有色處空故當知般若波羅蜜多亦空聲香味觸法處空故當知般若波羅蜜多亦空色處無相故當知般若波羅蜜多亦無相聲香味觸法處無相故當知般若波羅蜜多亦無相色處無願故當知般若波羅蜜多亦無願聲香味觸法處無願故當知般若波羅蜜多亦無願色處遠離故當知般若波羅蜜多亦遠離聲香味觸法處遠離故當知般若波羅蜜多亦遠離色處寂靜故當知般若波羅蜜多亦寂靜聲香味觸法處寂靜故當知般若波羅蜜多亦寂靜色處不可得故當知般若波羅蜜多亦不可得聲香味觸法處不可得故當知般若波羅蜜多亦不可得色處不可思議故當知般若波羅蜜多亦不可思議聲香味觸法處不可思議故當知般若波羅蜜多亦不可思議色處無覺知故當知般若波羅蜜多亦無覺知聲香味觸法處無覺知故當知般若波羅蜜多亦無覺知色處勢力不成就故當知般若波羅蜜多勢力亦不成就聲香味觸法處勢力不成就故當知般若波羅蜜多勢力亦不成就世尊我緣此意故説菩薩摩訶薩般若波羅蜜多名大波羅蜜多復次世尊眼界無生故當知般若波羅蜜多亦無生色界眼識界及眼觸眼觸爲緣所生諸受無生故當知般若波羅蜜多亦無生眼界無滅故當知般若波羅蜜多亦無滅色界乃至眼觸爲緣所生諸受

無滅故當知般若波羅蜜多亦無滅眼界無自性故當知般若波羅蜜多亦無自性色界乃至眼觸爲緣所生諸受無自性故當知般若波羅蜜多亦無自性眼界無所有故當知般若波羅蜜多亦無所有色界乃至眼觸爲緣所生諸受無所有故當知般若波羅蜜多亦無所有眼界空故當知般若波羅蜜多亦空色界乃至眼觸爲緣所生諸受空故當知般若波羅蜜多亦空眼界無相故當知般若波羅蜜多亦無相色界乃至眼觸爲緣所生諸受無相故當知般若波羅蜜多亦無相眼界無願故當知般若波羅蜜多亦無願色界乃至眼觸爲緣所生諸受無願故當知般若波羅蜜多亦無願眼界遠離故當知般若波羅蜜多亦遠離色界乃至眼觸爲緣所生諸受遠離故當知般若波羅蜜多亦遠離眼界寂靜故當知般若波羅蜜多亦寂靜色界乃至眼觸爲緣所生諸受寂靜故當知般若波羅蜜多亦寂靜眼界不可得故當知般若波羅蜜多亦不可得色界乃至眼觸爲緣所生諸受不可得故當知般若波羅蜜多亦不可得眼界不可思議故當知般若波羅蜜多亦不可思議色界乃至眼觸爲緣所生諸受不可思議故當知般若波羅蜜多亦不可思議眼界無覺知故當知般若波羅蜜多亦無覺知色界乃至眼觸爲緣所生諸受無覺知故當知般若波羅蜜多亦無覺知眼界勢力不成就故當知般若波羅蜜多勢力亦不成就色界乃至眼觸爲緣所生諸受勢力不成就故當知般若波羅蜜多勢力亦不成就世尊

我緣此意故說菩薩摩訶薩般若波羅蜜多名大波羅蜜多復次世尊耳界無生故當知般若波羅蜜多亦無生聲界耳識界及耳觸耳觸爲緣所生諸受無生故當知般若波羅蜜多亦無生耳界無滅故當知般若波羅蜜多亦無滅聲界乃至耳觸爲緣所生諸受無滅故當知般若波羅蜜多亦無滅耳界無自性故當知般若波羅蜜多亦無自性聲界乃至耳觸爲緣所生諸受無自性故當知般若波羅蜜多亦無自性耳界無所有故當知般若波羅蜜多亦無所有聲界乃至耳觸爲緣所生諸受無所有故當知般若波羅蜜多亦無所有耳界空故當知般若波羅蜜多亦空聲界乃至耳觸爲緣所生諸受空故當知般若波羅蜜多亦空耳界無相故當知般若波羅蜜多亦無相聲界乃至耳觸爲緣所生諸受無相故當知般若波羅蜜多亦無相耳界無願故當知般若波羅蜜多亦無願聲界乃至耳觸爲緣所生諸受無願故當知般若波羅蜜多亦無願耳界遠離故當知般若波羅蜜多亦遠離聲界乃至耳觸爲緣所生諸受遠離故當知般若波羅蜜多亦遠離耳界寂靜故當知般若波羅蜜多亦寂靜聲界乃至耳觸爲緣所生諸受寂靜故當知般若波羅蜜多亦寂靜耳界不可得故當知般若波羅蜜多亦不可得聲界乃至耳觸爲緣所生諸受不可得故當知般若波羅蜜多亦不可得耳界不可思議故當知般若波羅蜜多亦不可思議聲界乃至耳觸爲緣所生諸受不可思議故當知般若波羅蜜多亦不可思議耳

界無覺知故當知般若波羅蜜多亦無覺知聲界乃至耳觸爲緣所生諸受無覺知故當知般若波羅蜜多亦無覺知耳界勢力不成就故當知般若波羅蜜多勢力亦不成就聲界乃至耳觸爲緣所生諸受勢力不成就故當知般若波羅蜜多勢力亦不成就世尊我緣此意故說菩薩摩訶薩般若波羅蜜多名大波羅蜜多復次世尊鼻界無生故當知般若波羅蜜多亦無生香界鼻識界及鼻觸鼻觸爲緣所生諸受無生故當知般若波羅蜜多亦無生鼻界無滅故當知般若波羅蜜多亦無滅香界乃至鼻觸爲緣所生諸受無滅故當知般若波羅蜜多亦無滅鼻界無自性故當知般若波羅蜜多亦無自性香界乃至鼻觸爲緣所生諸受無自性故當知般若波

羅蜜多亦無自性鼻界無所有故當知般若波羅蜜多亦無所有香界乃至鼻觸爲緣所生諸受無所有故當知般若波羅蜜多亦無所有鼻界空故當知般若波羅蜜多亦空香界乃至鼻觸爲緣所生諸受空故當知般若波羅蜜多亦空鼻界無相故當知般若波羅蜜多亦無相香界乃至鼻觸爲緣所生諸受無相故當知般若波羅蜜多亦無相鼻界無願故當知般若波羅蜜多亦無願香界乃至鼻觸爲緣所生諸受無願故當知般若波羅蜜多亦無願鼻界遠離故當知般若波羅蜜多亦遠離香界乃至鼻觸爲緣所生諸受遠離故當知般若波羅蜜多亦遠離鼻界寂靜故當知般若波羅蜜多亦寂靜香界乃至鼻觸爲緣所生諸受寂靜故當知般若波羅蜜

多亦寂靜鼻界不可得故當知般若波羅蜜多亦不可得香界乃至鼻觸爲緣所生諸受不可得故當知般若波羅蜜多亦不可得鼻界不可思議故當知般若波羅蜜多亦不可思議香界乃至鼻觸爲緣所生諸受不可思議故當知般若波羅蜜多亦不可思議鼻界無覺知故當知般若波羅蜜多亦無覺知香界乃至鼻觸爲緣所生諸受無覺知故當知般若波羅蜜多亦無覺知鼻界勢力不成就故當知般若波羅蜜多勢力亦不成就香界乃至鼻觸爲緣所生諸受勢力不成就故當知般若波羅蜜多勢力亦不成就世尊我緣此意故說菩薩摩訶薩般若波羅蜜多名大波羅蜜多復次世尊舌界無生故當知般若波羅蜜多亦無生味界舌識界及舌觸舌觸爲緣所生諸受無生故當知般若波羅蜜多亦無生舌界無滅故當知般若波羅蜜多亦無滅味界乃至舌觸爲緣所生諸受無滅故當知般若波羅蜜多亦無滅舌界無自性故當知般若波羅蜜多亦無自性味界乃至舌觸爲緣所生諸受無自性故當知般若波羅蜜多亦無自性舌界無所有故當知般若波羅蜜多亦無所有味界乃至舌觸爲緣所生諸受無所有故當知般若波羅蜜多亦無所有舌界空故當知般若波羅蜜多亦空味界乃至舌觸爲緣所生諸受空故當知般若波羅蜜多亦空舌界無相故當知般若波羅蜜多亦無相味界乃至舌觸爲緣所生諸受無相故當知般若波羅蜜多亦無相舌界無願故當知般若波羅蜜多亦無願味界乃至舌

觸爲緣所生諸受無願故當知般若波羅蜜多亦無願舌界遠離故當知般若波羅蜜多亦遠離味界乃至舌觸爲緣所生諸受遠離故當知般若波羅蜜多亦遠離舌界寂靜故當知般若波羅蜜多亦寂靜味界乃至舌觸爲緣所生諸受寂靜故當知般若波羅蜜多亦寂靜舌界不可得故當知般若波羅蜜多亦不可得味界乃至舌觸爲緣所生諸受不可得故當知般若波羅蜜多亦不可得舌界不可思議故當知般若波羅蜜多亦不可思議味界乃至舌觸爲緣所生諸受不可思議故當知般若波羅蜜多亦不可思議舌界無覺知故當知般若波羅蜜多亦無覺知味界乃至舌觸爲緣所生諸受無覺知故當知般若波羅蜜多亦無覺知舌界勢力不成就故當知般若波羅蜜多勢力亦不成就味界乃至舌觸爲緣所生諸受勢力不成就故當知般若波羅蜜多勢力亦不成就世尊我緣此意故說菩薩摩訶薩般若波羅蜜多名大波羅蜜多復次世尊身界無生故當知般若波羅蜜多亦無生觸界身識界及身觸身觸爲緣所生諸受無生故當知般若波羅蜜多亦無生身界無滅故當知般若波羅蜜多亦無滅觸界乃至身觸爲緣所生諸受無滅故當知般若波羅蜜多亦無滅身界無自性故當知般若波羅蜜多亦無自性觸界乃至身觸爲緣所生諸受無自性故當知般若波羅蜜多亦無自性身界無所有故當知般若波羅蜜多亦無所有觸界乃至身觸爲緣所生諸受無所有故當知般若波羅蜜多亦無所有

身界空故當知般若波羅蜜多亦空觸界乃至身觸爲緣所生諸受空故當知般若波羅蜜多亦空身界無相故當知般若波羅蜜多亦無相觸界乃至身觸爲緣所生諸受無相故當知般若波羅蜜多亦無相身界無願故當知般若波羅蜜多亦無願觸界乃至身觸爲緣所生諸受無願故當知般若波羅蜜多亦無願身界遠離故當知般若波羅蜜多亦遠離觸界乃至身觸爲緣所生諸受遠離故當知般若波羅蜜多亦遠離身界寂靜故當知般若波羅蜜多亦寂靜觸界乃至身觸爲緣所生諸受寂靜故當知般若波羅蜜多亦寂靜身界不可得故當知般若波羅蜜多亦不可得觸界乃至身觸爲緣所生諸受不可得故當知般若波羅蜜多亦不可得身界不可思議故當知般若波羅蜜多亦不可思議觸界乃至身觸爲緣所生諸受不可思議故當知般若波羅蜜多亦不可思議身界無覺知故當知般若波羅蜜多亦無覺知觸界乃至身觸爲緣所生諸受無覺知故當知般若波羅蜜多亦無覺知身界勢力不成就故當知般若波羅蜜多勢力亦不成就觸界乃至身觸爲緣所生諸受勢力不成就故當知般若波羅蜜多勢力亦不成就世尊我緣此意故說菩薩摩訶薩般若波羅蜜多名大波羅蜜多復次世尊意界無生故當知般若波羅蜜多亦無生法界意識界及意觸意觸爲緣所生諸受無生故當知般若波羅蜜多亦無生意界無滅故當知般若波羅蜜多亦無滅法界乃至意觸爲緣所生諸受無滅故當知

般若波羅蜜多亦無滅意界無自性故當知般若波羅蜜多亦無自性法界乃至意觸爲緣所生諸受無自性故當知般若波羅蜜多亦無自性意界無所有故當知般若波羅蜜多亦無所有法界乃至意觸爲緣所生諸受無所有故當知般若波羅蜜多亦無所有意界空故當知般若波羅蜜多亦空法界乃至意觸爲緣所生諸受空故當知般若波羅蜜多亦空意界無相故當知般若波羅蜜多亦無相法界乃至意觸爲緣所生諸受無相故當知般若波羅蜜多亦無相意界無願故當知般若波羅蜜多亦無願法界乃至意觸爲緣所生諸受無願故當知般若波羅蜜多亦無願意界遠離故當知般若波羅蜜多亦遠離法界乃至意觸爲緣所生諸受遠離故當知般若波羅蜜多亦遠離意界寂靜故當知般若波羅蜜多亦寂靜法界乃至意觸爲緣所生諸受寂靜故當知般若波羅蜜多亦寂靜意界不可得故當知般若波羅蜜多亦不可得法界乃至意觸爲緣所生諸受不可得故當知般若波羅蜜多亦不可得意界不可思議故當知般若波羅蜜多亦不可思議法界乃至意觸爲緣所生諸受不可思議故當知般若波羅蜜多亦不可思議意界無覺知故當知般若波羅蜜多亦無覺知法界乃至意觸爲緣所生諸受無覺知故當知般若波羅蜜多亦無覺知意界勢力不成就故當知般若波羅蜜多勢力亦不成就法界乃至意觸爲緣所生諸受勢力不成就故當知般若波羅蜜多勢力亦不成就世尊我緣此意故

說菩薩摩訶薩般若波羅蜜多名大波羅蜜多復次世尊地界無生故當知般若波羅蜜多亦無生水火風空識界無生故當知般若波羅蜜多亦無生地界無滅故當知般若波羅蜜多亦無滅水火風空識界無滅故當知般若波羅蜜多亦無滅地界無自性故當知般若波羅蜜多亦無自性水火風空識界無自性故當知般若波羅蜜多亦無自性地界無所有故當知般若波羅蜜多亦無所有水火風空識界無所有故當知般若波羅蜜多亦無所有地界空故當知般若波羅蜜多亦空水火風空識界空故當知般若波羅蜜多亦空地界無相故當知般若波羅蜜多亦無相水火風空識界無相故當知般若波羅蜜多亦無相地界無願故當知般若波羅蜜多亦無願水火風空識界無願故當知般若波羅蜜多亦無願地界遠離故當知般若波羅蜜多亦遠離水火風空識界遠離故當知般若波羅蜜多亦遠離地界寂靜故當知般若波羅蜜多亦寂靜水火風空識界寂靜故當知般若波羅蜜多亦寂靜地界不可得故當知般若波羅蜜多亦不可得水火風空識界不可得故當知般若波羅蜜多亦不可得地界不可思議故當知般若波羅蜜多亦不可思議水火風空識界不可思議故當知般若波羅蜜多亦不可思議地界無覺知故當知般若波羅蜜多亦無覺知水火風空識界無覺知故當知般若波羅蜜多亦無覺知地界勢力不成就故當知般若波羅蜜多勢力亦不成就水火風空識界勢力不成就故當知

般若波羅蜜多勢力亦不成就世尊我緣此意故說菩薩摩訶薩般若波羅蜜多名大波羅蜜多復次世尊無明無生故當知般若波羅蜜多亦無生行識名色六處觸受愛取有生老死愁歎苦憂惱無生故當知般若波羅蜜多亦無生無明無滅故當知般若波羅蜜多亦無滅行乃至老死愁歎苦憂惱無滅故當知般若波羅蜜多亦無滅無明無自性故當知般若波羅蜜多亦無自性行乃至老死愁歎苦憂惱無自性故當知般若波羅蜜多亦無自性無明無所有故當知般若波羅蜜多亦無所有行乃至老死愁歎苦憂惱無所有故當知般若波羅蜜多亦無所有無明空故當知般若波羅蜜多亦空行乃至老死愁歎苦憂惱空故當知般若波羅蜜多亦空無明無相故當知般若波羅蜜多亦無相行乃至老死愁歎苦憂惱無相故當知般若波羅蜜多亦無相無明無願故當知般若波羅蜜多亦無願行乃至老死愁歎苦憂惱無願故當知般若波羅蜜多亦無願無明遠離故當知般若波羅蜜多亦遠離行乃至老死愁歎苦憂惱遠離故當知般若波羅蜜多亦遠離無明寂靜故當知般若波羅蜜多亦寂靜行乃至老死愁歎苦憂惱寂靜故當知般若波羅蜜多亦寂靜無明不可得故當知般若波羅蜜多亦不可得行乃至老死愁歎苦憂惱不可得故當知般若波羅蜜多亦不可得無明不可思議故當知般若波羅蜜多亦不可思議行乃至老死愁歎苦憂惱不可思議故當知般若波羅蜜多亦不可思議無明無覺

知故當知般若波羅蜜多亦無覺知行乃至老死愁歎苦憂惱無覺知故當知般若波羅蜜多亦無覺知無明勢力不成就故當知般若波羅蜜多勢力亦不成就行乃至老死愁歎苦憂惱勢力不成就故當知般若波羅蜜多勢力亦不成就世尊我緣此意故說菩薩摩訶薩般若波羅蜜多名大波羅蜜多

大般若波羅蜜多經卷第一百七十九

大般若波羅蜜多經卷第一百八十

唐三藏法師玄奘奉詔譯

初分讚般若品第三十二之九

復次世尊布施波羅蜜多無生故當知般若波羅蜜多亦無生淨戒安忍精進靜慮波羅蜜多無生故當知般若波羅蜜多亦無生布施波羅蜜多無滅故當知般若波羅蜜多亦無滅淨戒乃至靜慮波羅蜜多無滅故當知般若波羅蜜多亦無滅布施波羅蜜多無自性故當知般若波羅蜜多亦無自性淨戒乃至靜慮波羅蜜多無自性故當知般若波羅蜜多亦無自性布施波羅蜜多無所有故當知般若波羅蜜多亦無所有淨戒乃至靜慮波羅蜜多無所有故當知般若波羅蜜多亦無所有布施波羅蜜多空故當知般若波羅蜜多亦空淨戒乃至靜慮波羅蜜多空故當知般若波羅蜜多亦空布施波羅蜜多無相故當知般若波羅蜜多亦無相淨戒乃至靜慮波羅蜜多無相故當知般若波羅蜜多亦無相布施波羅蜜多無願故當知般若波羅蜜多亦無願淨戒乃至靜慮波羅蜜多無願故當知般若波羅蜜多亦無願布施波羅蜜多遠離故當知般若波羅蜜多亦遠離淨戒乃至靜慮波羅蜜多遠離故當知般若波羅蜜多亦遠離布施波羅蜜多寂靜故當知般若波羅蜜多亦寂靜淨戒乃至靜慮波羅蜜多寂靜故當知般若波羅蜜多亦寂靜布施波羅蜜多不可得故當知般若波羅蜜多亦不可得淨戒乃至靜慮波羅蜜多不可得故當知般若波羅蜜多亦不可得布施波羅蜜

多不可思議故當知般若波羅蜜多亦不可思議淨戒乃至靜慮波羅蜜多不可思議故當知般若波羅蜜多亦不可思議布施波羅蜜多無覺知故當知般若波羅蜜多亦無覺知淨戒乃至靜慮波羅蜜多無覺知故當知般若波羅蜜多亦無覺知布施波羅蜜多勢力不成就故當知般若波羅蜜多勢力亦不成就淨戒乃至靜慮波羅蜜多勢力不成就故當知般若波羅蜜多勢力亦不成就世尊我緣此意故說菩薩摩訶薩般若波羅蜜多名大波羅蜜多復次世尊內空無生故當知般若波羅蜜多亦無生外空內外空空空大空勝義空有爲空無爲空畢竟空無際空散空無變異空本性空自相空共相空一切法空不可得空無性空自性空無性自性空無生故當知般若波羅蜜多亦無生內空無滅故當知般若波羅蜜多亦無滅外空乃至無性自性空無滅故當知般若波羅蜜多亦無滅內空無自性故當知般若波羅蜜多亦無自性外空乃至無性自性空無自性故當知般若波羅蜜多亦無自性內空無所有故當知般若波羅蜜多亦無所有外空乃至無性自性空無所有故當知般若波羅蜜多亦無所有內空空故當知般若波羅蜜多亦空外空乃至無性自性空空故當知般若波羅蜜多亦空內空無相故當知般若波羅蜜多亦無相外空乃至無性自性空無相故當知般若波羅蜜多亦無相內空無願故當知般若波羅蜜多亦無願外空乃至無性自性空無願故當知般若波羅蜜多亦無願內空遠離

故當知般若波羅蜜多亦遠離外空乃至無性自性空遠離故當知般若波羅蜜多亦遠離內空寂靜故當知般若波羅蜜多亦寂靜外空乃至無性自性空寂靜故當知般若波羅蜜多亦寂靜內空不可得故當知般若波羅蜜多亦不可得外空乃至無性自性空不可得故當知般若波羅蜜多亦不可得內空不可思議故當知般若波羅蜜多亦不可思議外空乃至無性自性空不可思議故當知般若波羅蜜多亦不可思議內空無覺知故當知般若波羅蜜多亦無覺知外空乃至無性自性空無覺知故當知般若波羅蜜多亦無覺知內空勢力不成就故當知般若波羅蜜多勢力亦不成就外空乃至無性自性空勢力不成就故當知般若波羅蜜多勢力亦不成就世尊我緣此意故說菩薩摩訶薩般若波羅蜜多名大波羅蜜多復次世尊真如無生故當知般若波羅蜜多亦無生法界法性不虛妄性不變異性平等性離生性法定法住實際虛空界不思議界無生故當知般若波羅蜜多亦無生真如無滅故當知般若波羅蜜多亦無滅法界乃至不思議界無滅故當知般若波羅蜜多亦無滅真如無自性故當知般若波羅蜜多亦無自性法界乃至不思議界無自性故當知般若波羅蜜多亦無自性真如無所有故當知般若波羅蜜多亦無所有法界乃至不思議界無所有故當知般若波羅蜜多亦無所有真如空故當知般若波羅蜜多亦空法界乃至不思議界空故當知般若波羅蜜多亦空真如無相故當

知般若波羅蜜多亦無相法界乃至不思議界無相故當知般若波羅蜜多亦無相眞如無願故當知般若波羅蜜多亦無願法界乃至不思議界無願故當知般若波羅蜜多亦無願眞如遠離故當知般若波羅蜜多亦遠離法界乃至不思議界遠離故當知般若波羅蜜多亦遠離眞如寂靜故當知般若波羅蜜多亦寂靜法界乃至不思議界寂靜故當知般若波羅蜜多亦寂靜眞如不可得故當知般若波羅蜜多亦不可得法界乃至不思議界不可得故當知般若波羅蜜多亦不可得眞如不可思議故當知般若波羅蜜多亦不可思議法界乃至不思議界不可思議故當知般若波羅蜜多亦不可思議眞如無覺知故當知般若波羅蜜多亦無覺知法界乃至不思議界無覺知故當知般若波羅蜜多亦無覺知眞如勢力不成就故當知般若波羅蜜多勢力亦不成就法界乃至不思議界勢力不成就故當知般若波羅蜜多勢力亦不成就世尊我緣此意故說菩薩摩訶薩般若波羅蜜多名大波羅蜜多復次世尊苦聖諦無生故當知般若波羅蜜多亦無生集滅道聖諦無生故當知般若波羅蜜多亦無生苦聖諦無滅故當知般若波羅蜜多亦無滅集滅道聖諦無滅故當知般若波羅蜜多亦無滅苦聖諦無自性故當知般若波羅蜜多亦無自性集滅道聖諦無自性故當知般若波羅蜜多亦無自性苦聖諦無所有故當知般若波羅蜜多亦無所有集滅道聖諦無所有故當知般若波羅蜜多亦無所有苦聖諦

空故當知般若波羅蜜多亦空集滅道聖諦空故當知般若波羅蜜多亦空苦聖諦無相故當知般若波羅蜜多亦無相集滅道聖諦無相故當知般若波羅蜜多亦無相苦聖諦無願故當知般若波羅蜜多亦無願集滅道聖諦無願故當知般若波羅蜜多亦無願苦聖諦遠離故當知般若波羅蜜多亦遠離集滅道聖諦遠離故當知般若波羅蜜多亦遠離苦聖諦寂靜故當知般若波羅蜜多亦寂靜集滅道聖諦寂靜故當知般若波羅蜜多亦寂靜苦聖諦不可得故當知般若波羅蜜多亦不可得集滅道聖諦不可得故當知般若波羅蜜多亦不可得苦聖諦不可思議故當知般若波羅蜜多亦不可思議集滅道聖諦不可思議故當知般若波羅蜜多亦不可思議苦聖諦無覺知故當知般若波羅蜜多亦無覺知集滅道聖諦無覺知故當知般若波羅蜜多亦無覺知苦聖諦勢力不成就故當知般若波羅蜜多勢力亦不成就集滅道聖諦勢力不成就故當知般若波羅蜜多勢力亦不成就世尊我緣此意故說菩薩摩訶薩般若波羅蜜多名大波羅蜜多復次世尊四靜慮無生故當知般若波羅蜜多亦無生四無量四無色定無生故當知般若波羅蜜多亦無生四靜慮無滅故當知般若波羅蜜多亦無滅四無量四無色定無滅故當知般若波羅蜜多亦無滅四靜慮無自性故當知般若波羅蜜多亦無自性四無量四無色定無自性故當知般若波羅蜜多亦無自性四靜慮無所有故當知般若波羅蜜多亦無所

有四無量四無色定無所有故當知般若波羅蜜多亦無所有四靜慮空故當知般若波羅蜜多亦空四無量四無色定空故當知般若波羅蜜多亦空四靜慮無相故當知般若波羅蜜多亦無相四無量四無色定無相故當知般若波羅蜜多亦無相四靜慮無願故當知般若波羅蜜多亦無願四無量四無色定無願故當知般若波羅蜜多亦無願四靜慮遠離故當知般若波羅蜜多亦遠離四無量四無色定遠離故當知般若波羅蜜多亦遠離四靜慮寂靜故當知般若波羅蜜多亦寂靜四無量四無色定寂靜故當知般若波羅蜜多亦寂靜四靜慮不可得故當知般若波羅蜜多亦不可得四無量四無色定不可得故當知般若波羅蜜多亦不可得四靜慮不可思議故當知般若波羅蜜多亦不可思議四無量四無色定不可思議故當知般若波羅蜜多亦不可思議四靜慮無覺知故當知般若波羅蜜多亦無覺知四無量四無色定無覺知故當知般若波羅蜜多亦無覺知四靜慮勢力不成就故當知般若波羅蜜多勢力亦不成就四無量四無色定勢力不成就故當知般若波羅蜜多勢力亦不成就世尊我緣此意故說菩薩摩訶薩般若波羅蜜多名大波羅蜜多復次世尊八解脫無生故當知般若波羅蜜多亦無生八勝處九次第定十徧處無生故當知般若波羅蜜多亦無生八解脫無滅故當知般若波羅蜜多亦無滅八勝處九次第定十徧處無滅故當知般若波羅蜜多亦無滅八解脫無自性故當知

般若波羅蜜多亦無自性八勝處九次第定十徧處無自性故當知般若波羅蜜多亦無自性八解脫無所有故當知般若波羅蜜多亦無所有八勝處九次第定十徧處無所有故當知般若波羅蜜多亦無所有八解脫空故當知般若波羅蜜多亦空八勝處九次第定十徧處空故當知般若波羅蜜多亦空八解脫無相故當知般若波羅蜜多亦無相八勝處九次第定十徧處無相故當知般若波羅蜜多亦無相八解脫無願故當知般若波羅蜜多亦無願八勝處九次第定十徧處無願故當知般若波羅蜜多亦無願八解脫遠離故當知般若波羅蜜多亦遠離八勝處九次第定十徧處遠離故當知般若波羅蜜多亦遠離八解脫寂靜故當知般若波羅蜜多亦寂靜八勝處九次第定十徧處寂靜故當知般若波羅蜜多亦寂靜八解脫不可得故當知般若波羅蜜多亦不可得八勝處九次第定十徧處不可得故當知般若波羅蜜多亦不可得八解脫不可思議故當知般若波羅蜜多亦不可思議八勝處九次第定十徧處不可思議故當知般若波羅蜜多亦不可思議八解脫無覺知故當知般若波羅蜜多亦無覺知八勝處九次第定十徧處無覺知故當知般若波羅蜜多亦無覺知八解脫勢力不成就故當知般若波羅蜜多勢力亦不成就八勝處九次第定十徧處勢力不成就故當知般若波羅蜜多勢力亦不成就世尊我緣此意故說菩薩摩訶薩般若波羅蜜多名大波羅蜜多復次世尊四念住無生故當

知般若波羅蜜多亦無生四正斷四神足五根五力七等覺支八聖道支無生故當知般若波羅蜜多亦無生四念住無滅故當知般若波羅蜜多亦無滅四正斷乃至八聖道支無滅故當知般若波羅蜜多亦無滅四念住無自性故當知般若波羅蜜多亦無自性四正斷乃至八聖道支無自性故當知般若波羅蜜多亦無自性四念住無所有故當知般若波羅蜜多亦無所有四正斷乃至八聖道支無所有故當知般若波羅蜜多亦無所有四念住空故當知般若波羅蜜多亦空四正斷乃至八聖道支空故當知般若波羅蜜多亦空四念住無相故當知般若波羅蜜多亦無相四正斷乃至八聖道支無相故當知般若波羅蜜多亦無相四念住無願故當知般若波羅蜜多亦無願四正斷乃至八聖道支無願故當知般若波羅蜜多亦無願四念住遠離故當知般若波羅蜜多亦遠離四正斷乃至八聖道支遠離故當知般若波羅蜜多亦遠離四念住寂靜故當知般若波羅蜜多亦寂靜四正斷乃至八聖道支寂靜故當知般若波羅蜜多亦寂靜四念住不可得故當知般若波羅蜜多亦不可得四正斷乃至八聖道支不可得故當知般若波羅蜜多亦不可得四念住不可思議故當知般若波羅蜜多亦不可思議四正斷乃至八聖道支不可思議故當知般若波羅蜜多亦不可思議四念住無覺知故當知般若波羅蜜多亦無覺知四正斷乃至八聖道支無覺知故當知般若波羅蜜多亦無覺知四念住勢力不成就

故當知般若波羅蜜多勢力亦不成就四正斷乃至八聖道支勢力不成就故當知般若波羅蜜多勢力亦不成就世尊我緣此意故説菩薩摩訶薩般若波羅蜜多名大波羅蜜多復次世尊空解脱門無生故當知般若波羅蜜多亦無生無相無願解脱門無生故當知般若波羅蜜多亦無生空解脱門無滅故當知般若波羅蜜多亦無滅無相無願解脱門無滅故當知般若波羅蜜多亦無滅空解脱門無自性故當知般若波羅蜜多亦無自性無相無願解脱門無自性故當知般若波羅蜜多亦無自性空解脱門無所有故當知般若波羅蜜多亦無所有無相無願解脱門無所有故當知般若波羅蜜多亦無所有空解脱門空故當知般若波羅蜜多亦空無相無願解脱門空故當知般若波羅蜜多亦空空解脱門無相故當知般若波羅蜜多亦無相無相無願解脱門無相故當知般若波羅蜜多亦無相空解脱門無願故當知般若波羅蜜多亦無願無相無願解脱門無願故當知般若波羅蜜多亦無願空解脱門遠離故當知般若波羅蜜多亦遠離無相無願解脱門遠離故當知般若波羅蜜多亦遠離空解脱門寂靜故當知般若波羅蜜多亦寂靜無相無願解脱門寂靜故當知般若波羅蜜多亦寂靜空解脱門不可得故當知般若波羅蜜多亦不可得無相無願解脱門不可得故當知般若波羅蜜多亦不可得空解脱門不可思議故當知般若波羅蜜多亦不可思議無相無願解脱門不可思議故當知般若波

羅蜜多亦不可思議空解脫門無覺知故當知般若波羅蜜多亦無覺知無相無願解脫門無覺知故當知般若波羅蜜多亦無覺知空解脫門勢力不成就故當知般若波羅蜜多勢力亦不成就無相無願解脫門勢力不成就故當知般若波羅蜜多勢力亦不成就世尊我緣此意故說菩薩摩訶薩般若波羅蜜多名大波羅蜜多復次世尊五眼無生故當知般若波羅蜜多亦無生六神通無生故當知般若波羅蜜多亦無生五眼無滅故當知般若波羅蜜多亦無滅六神通無滅故當知般若波羅蜜多亦無滅五眼無自性故當知般若波羅蜜多亦無自性六神通無自性故當知般若波羅蜜多亦無自性五眼無所有故當知般若波羅蜜多亦無所有六神通無所有故當知般若波羅蜜多亦無所有五眼空故當知般若波羅蜜多亦空六神通空故當知般若波羅蜜多亦空五眼無相故當知般若波羅蜜多亦無相六神通無相故當知般若波羅蜜多亦無相五眼無願故當知般若波羅蜜多亦無願六神通無願故當知般若波羅蜜多亦無願五眼遠離故當知般若波羅蜜多亦遠離六神通遠離故當知般若波羅蜜多亦遠離五眼寂靜故當知般若波羅蜜多亦寂靜六神通寂靜故當知般若波羅蜜多亦寂靜五眼不可得故當知般若波羅蜜多亦不可得六神通不可得故當知般若波羅蜜多亦不可得五眼不可思議故當知般若波羅蜜多亦不可思議六神通不可思議故當知般若波羅蜜多亦不可思議

五眼無覺知故當知般若波羅蜜多亦無覺知六神通無覺知故當知般若波羅蜜多亦無覺知五眼勢力不成就故當知般若波羅蜜多勢力亦不成就六神通勢力不成就故當知般若波羅蜜多勢力亦不成就世尊我緣此意故說菩薩摩訶薩般若波羅蜜多名大波羅蜜多復次世尊佛十力無生故當知般若波羅蜜多亦無生四無所畏四無礙解大慈大悲大喜大捨十八佛不共法無生故當知般若波羅蜜多亦無生佛十力無滅故當知般若波羅蜜多亦無滅四無所畏乃至十八佛不共法無滅故當知般若波羅蜜多亦無滅佛十力無自性故當知般若波羅蜜多亦無自性四無所畏乃至十八佛不共法無自性故當知般若波羅蜜多亦無自性佛十力無所有故當知般若波羅蜜多亦無所有四無所畏乃至十八佛不共法無所有故當知般若波羅蜜多亦無所有佛十力空故當知般若波羅蜜多亦空四無所畏乃至十八佛不共法空故當知般若波羅蜜多亦空佛十力無相故當知般若波羅蜜多亦無相四無所畏乃至十八佛不共法無相故當知般若波羅蜜多亦無相佛十力無願故當知般若波羅蜜多亦無願四無所畏乃至十八佛不共法無願故當知般若波羅蜜多亦無願佛十力遠離故當知般若波羅蜜多亦遠離四無所畏乃至十八佛不共法遠離故當知般若波羅蜜多亦遠離佛十力寂靜故當知般若波羅蜜多亦寂靜四無所畏乃至十八佛不共法寂靜故當知般若波羅蜜多亦

寂靜佛十力不可得故當知般若波羅蜜多亦不可得四無所畏乃至十八佛不共法不可得故當知般若波羅蜜多亦不可得佛十力不可思議故當知般若波羅蜜多亦不可思議四無所畏乃至十八佛不共法不可思議故當知般若波羅蜜多亦不可思議佛十力無覺知故當知般若波羅蜜多亦無覺知四無所畏乃至十八佛不共法無覺知故當知般若波羅蜜多亦無覺知佛十力勢力不成就故當知般若波羅蜜多勢力亦不成就四無所畏乃至十八佛不共法勢力不成就故當知般若波羅蜜多勢力亦不成就世尊我緣此意故說菩薩摩訶薩般若波羅蜜多名大波羅蜜多復次世尊無忘失法無生故當知般若波羅蜜多亦無生恒住捨性無生

故當知般若波羅蜜多亦無生無忘失法無滅故當知般若波羅蜜多亦無滅恒住捨性無滅故當知般若波羅蜜多亦無滅無忘失法無自性故當知般若波羅蜜多亦無自性恒住捨性無自性故當知般若波羅蜜多亦無自性無忘失法無所有故當知般若波羅蜜多亦無所有恒住捨性無所有故當知般若波羅蜜多亦無所有無忘失法空故當知般若波羅蜜多亦空恒住捨性空故當知般若波羅蜜多亦空無忘失法無相故當知般若波羅蜜多亦無相恒住捨性無相故當知般若波羅蜜多亦無相無忘失法無願故當知般若波羅蜜多亦無願恒住捨性無願故當知般若波羅蜜多亦無願無忘失法遠離故當知般若波羅蜜多亦遠離恒住捨性遠

離故當知般若波羅蜜多亦遠離無忘失法寂靜故當知般若波羅蜜多亦寂靜恒住捨性寂靜故當知般若波羅蜜多亦寂靜無忘失法不可得故當知般若波羅蜜多亦不可得恒住捨性不可得故當知般若波羅蜜多亦不可得無忘失法不可思議故當知般若波羅蜜多亦不可思議恒住捨性不可思議故當知般若波羅蜜多亦不可思議無忘失法無覺知故當知般若波羅蜜多亦無覺知恒住捨性無覺知故當知般若波羅蜜多亦無覺知無忘失法勢力不成就故當知般若波羅蜜多勢力亦不成就恒住捨性勢力不成就故當知般若波羅蜜多勢力亦不成就世尊我緣此意故說菩薩摩訶薩般若波羅蜜多名大波羅蜜多復次世尊一切智無生故當知般若波羅蜜多亦無生道相智一切相智無生故當知般若波羅蜜多亦無生一切智無滅故當知般若波羅蜜多亦無滅道相智一切相智無滅故當知般若波羅蜜多亦無滅一切智無自性故當知般若波羅蜜多亦無自性道相智一切相智無自性故當知般若波羅蜜多亦無自性一切智無所有故當知般若波羅蜜多亦無所有道相智一切相智無所有故當知般若波羅蜜多亦無所有一切智空故當知般若波羅蜜多亦空道相智一切相智空故當知般若波羅蜜多亦空一切智無相故當知般若波羅蜜多亦無相道相智一切相智無相故當知般若波羅蜜多亦無相一切智無願故當知般若波羅蜜多亦無願道相智一切相智無願故當

知般若波羅蜜多亦無願一切智遠離故當知般若波羅蜜多亦遠離道相智一切相智遠離故當知般若波羅蜜多亦遠離一切智寂靜故當知般若波羅蜜多亦寂靜道相智一切相智寂靜故當知般若波羅蜜多亦寂靜一切智不可得故當知般若波羅蜜多亦不可得道相智一切相智不可得故當知般若波羅蜜多亦不可得一切智不可思議故當知般若波羅蜜多亦不可思議道相智一切相智不可思議故當知般若波羅蜜多亦不可思議一切智無覺知故當知般若波羅蜜多亦無覺知道相智一切相智無覺知故當知般若波羅蜜多亦無覺知一切智勢力不成就故當知般若波羅蜜多勢力亦不成就道相智一切相智勢力不成就故當知般若波羅蜜多勢力亦不成就世尊我緣此意故說菩薩摩訶薩般若波羅蜜多名大波羅蜜多復次世尊一切陀羅尼門無生故當知般若波羅蜜多亦無生一切三摩地門無生故當知般若波羅蜜多亦無生一切陀羅尼門無滅故當知般若波羅蜜多亦無滅一切三摩地門無滅故當知般若波羅蜜多亦無滅一切陀羅尼門無自性故當知般若波羅蜜多亦無自性一切三摩地門無自性故當知般若波羅蜜多亦無自性一切陀羅尼門無所有故當知般若波羅蜜多亦無所有一切三摩地門無所有故當知般若波羅蜜多亦無所有一切陀羅尼門空故當知般若波羅蜜多亦空一切三摩地門空故當知般若波羅蜜多亦空一切陀羅尼門無相故當知

般若波羅蜜多亦無相一切三摩地門無相故當知般若波羅蜜多亦無相一切陀羅尼門無願故當知般若波羅蜜多亦無願一切三摩地門無願故當知般若波羅蜜多亦無願一切陀羅尼門遠離故當知般若波羅蜜多亦遠離一切三摩地門遠離故當知般若波羅蜜多亦遠離一切陀羅尼門寂靜故當知般若波羅蜜多亦寂靜一切三摩地門寂靜故當知般若波羅蜜多亦寂靜一切陀羅尼門不可得故當知般若波羅蜜多亦不可得一切三摩地門不可得故當知般若波羅蜜多亦不可得一切陀羅尼門不可思議故當知般若波羅蜜多亦不可思議一切三摩地門不可思議故當知般若波羅蜜多亦不可思議一切陀羅尼門無覺知故當知般若波羅蜜多亦無覺知一切三摩地門無覺知故當知般若波羅蜜多亦無覺知一切陀羅尼門勢力不成就故當知般若波羅蜜多勢力亦不成就一切三摩地門勢力不成就故當知般若波羅蜜多勢力亦不成就世尊我緣此意故說菩薩摩訶薩般若波羅蜜多名大波羅蜜多復次世尊預流無生故當知般若波羅蜜多亦無生一來不還阿羅漢無生故當知般若波羅蜜多亦無生預流無滅故當知般若波羅蜜多亦無滅一來不還阿羅漢無滅故當知般若波羅蜜多亦無滅預流無自性故當知般若波羅蜜多亦無自性一來不還阿羅漢無自性故當知般若波羅蜜多亦無自性預流無所有故當知般若波羅蜜多亦無所有一來不還阿羅漢無所有故

當知般若波羅蜜多亦無所有預流空故當知般若波羅蜜多亦空一來不還阿羅漢空故當知般若波羅蜜多亦空預流無相故當知般若波羅蜜多亦無相一來不還阿羅漢無相故當知般若波羅蜜多亦無相預流無願故當知般若波羅蜜多亦無願一來不還阿羅漢無願故當知般若波羅蜜多亦無願預流遠離故當知般若波羅蜜多亦遠離一來不還阿羅漢遠離故當知般若波羅蜜多亦遠離預流寂靜故當知般若波羅蜜多亦寂靜一來不還阿羅漢寂靜故當知般若波羅蜜多亦寂靜預流不可得故當知般若波羅蜜多亦不可得一來不還阿羅漢不可得故當知般若波羅蜜多亦不可得預流不可思議故當知般若波羅蜜多亦不可思議一來不還阿羅漢不可思議故當知般若波羅蜜多亦不可思議預流無覺知故當知般若波羅蜜多亦無覺知一來不還阿羅漢無覺知故當知般若波羅蜜多亦無覺知預流勢力不成就故當知般若波羅蜜多勢力亦不成就一來不還阿羅漢勢力不成就故當知般若波羅蜜多勢力亦不成就世尊我緣此意故說菩薩摩訶薩般若波羅蜜多名大波羅蜜多

大般若波羅蜜多經卷第一百八十